पाश्चात्य दर्शन और सामाजिक अन्तर्विरोध

पाश्चात्य दर्शन और सामाजिक अन्तर्विरोध

थलेस से मार्क्स तक

रामविलास शर्मा

सम्पादक

मुरली मनोहर प्रसाद सिंह

राजकमल प्रकाशन

ISBN : 978-81-267-0307-4

मूल्य : ₹ 995

पहला संस्करण : 2001
चौथा संस्करण : 2026

प्रकाशक : राजकमल प्रकाशन प्रा.लि.
1-बी, नेताजी सुभाष मार्ग, दरियागंज
नई दिल्ली-110 002
शाखाएँ : अशोक राजपथ, साइंस कॉलेज के सामने, पटना-800 006
पहली मंजिल, दरबारी बिल्डिंग, महात्मा गांधी मार्ग, प्रयागराज-211 001
1, अनमोल सोराबजी सन्तुक लेन, धोबी तलाव, मरीन लाइंस, मुम्बई-400 002
वेबसाइट : www.rajkamalprakashan.com
ई-मेल : info@rajkamalprakashan.com

मुद्रक : राजा ऑफसेट प्रिंटर्स
दिल्ली-110 095

PASHCHATYA DARSHAN AUR SAMAJIK ANTARVIRODH
by Ram Bilas Sharma

अनुक्रम

भूमिका VII

पहला अध्याय

यूनानी दर्शन का उद्भव और विकास

(क) एशियाई धरती पर यूनानी दर्शन का जन्म 15

(ख) एथेन्स के दार्शनिक 50

दूसरा अध्याय

यूरोप का पुनर्जागरण काल : हेगल और मार्क्स

(क) दार्शनिक विरासत का मूल्यांकन 143

(ख) यथार्थवाद और शून्यवाद 155

(ग) हेगल 163

तीसरा अध्याय

मार्क्स का दार्शनिक चिन्तन और समकालीन समाज के अन्तर्विरोध

(क) मार्क्स के दार्शनिक चिन्तन का विकास 217

(ख) धर्म और नैतिकता की समस्या 244

(ग) विचारधारा और आर्थिक बुनियाद 277

(घ) समकालीन समाज के अन्तर्विरोध 316

सन्दर्भ ग्रन्थ तथा पत्र-पत्रिकाएँ 341

अनुक्रमणिका 349

भूमिका

हिन्दी में पाश्चात्य दर्शन के इतिहास पर अच्छी पुस्तकों का, खासकर मौलिक पुस्तकों का, नितान्त अभाव है। पश्चिमी दर्शन की विभिन्न धाराओं से सम्बन्धित अवधारणाओं की वैज्ञानिक मीमांसा करनेवाली पुस्तकें भी प्रायः नहीं मिलतीं। इस दृष्टि से खड़ी बोली हिन्दी को समृद्ध करने का पहला प्रयास महामहोपाध्याय पंडित रामावतार शर्मा ने किया था। यूरोपीय दर्शन के इतिहास पर 1905 में प्रकाशित उनकी पुस्तक के पहले संस्करण का ऐतिहासिक महत्त्व है। बिहार राष्ट्रभाषा परिषद् ने 1970 में उसका पुनर्प्रकाशन किया था।

रामविलास शर्मा की प्रस्तुत पुस्तक उसी परम्परा को आगे बढ़ाती है।

यद्यपि इस पुस्तक की योजना उनके जीवनकाल में ही बनी थी, पर इसका प्रकाशन उनके निधन के बाद ही सम्भव हो पाया है। एक बार राजकमल प्रकाशन के श्री अशोक महेश्वरी से मैंने चर्चा की थी कि पाश्चात्य दर्शन पर रामविलासजी का लेखन अनेक पुस्तकों में बिखरा पड़ा है और उस सामग्री को सुसंगत ढंग से अन्विति प्रदान करते हुए एक ग्रन्थ में संकलित किया जाना चाहिए। श्री अशोक महेश्वरी ने मेरे उक्त सुझाव के सन्दर्भ में यह अनुरोध किया कि मैं उसकी एक रूपरेखा बना दूँ। रामविलासजी ने उक्त रूपरेखा को देखा और थोड़े-बहुत परिवर्तन के साथ पाश्चात्य दर्शन पर अपनी स्वतन्त्र पुस्तक के प्रकाशन की मंजूरी दे दी।

अपने अन्तिम रूप में पुस्तक पाठकों के सामने है। इसमें रामविलासजी की चार पुस्तकों से सामग्री संकलित की गई है। प्रस्तुत पुस्तक तीन अध्यायों में विभजित है—(1) यूनानी दर्शन का उद्‌भव और विकास, (2) यूरोप का पुनर्जागरणकाल—हेगल और मार्क्स (3) मार्क्स का दार्शनिक चिन्तन और समकालीन समाज के अन्तर्विरोध।

अध्यायों के नाम से स्पष्ट है कि यह पुस्तक लगभग ढाई हजार साल तक फैले हुए यूरोपीय दर्शन के इतिहास को अपने विवेचन के दायरे में समेटती है। किन्तु उक्त ऐतिहासिक विकासक्रम का सिलसिलेवार या व्यवस्थित अनुशीलन प्रस्तुत करना इसका लक्ष्य नहीं है। इस लिहाज से देखें तो यह ध्यान में रखना होगा कि रामविलासजी आँकड़ेबाज इतिहासकार या व्याख्याता नहीं थे। मानव-सभ्यता के विकास के क्रम में दर्शन का उद्‌भव कैसे हुआ ? उसका विकास किस प्रकार हुआ ? क्या यूनानी दर्शन के उद्‌भव के मूल में मिस्र, बेबिलोन, भारत, चीन आदि का भी योगदान था ? समाज की ठोस अवस्थाओं के सापेक्ष सन्दर्भ के बिना क्या किसी दार्शनिक चिन्तक, किसी

दार्शनिक धारा अथवा किन्हीं दार्शनिक अवधारणाओं का अभिप्राय समुचित ढंग से समझा जा सकता है ?

इन प्रश्नों के अतिरिक्त दर्शन को ज्ञान की अन्य शाखाओं के साहचर्य अथवा उनके बीच के अन्तःसम्बन्धों की रोशनी में समझने का प्रयास किस प्रकार किया जा सकता है, इस दृष्टि से भी पाश्चात्य दर्शन पर रामविलासजी का लेखन सार्थक और मूल्यवान है।

यूनानी दर्शन, रिनासां काल के चिन्तन, दार्शनिक प्रतिपत्तियों पर सामाजिक अन्तर्विरोधों के प्रभाव, अधिरचना और बुनियाद के बीच के जटिल सम्बन्ध, एशिया-अफ्रीका की सभ्यता को देखने की पश्चिमी दृष्टि के पूर्वग्रह आदि पर रामविलासजी बहुत ही स्पष्ट और दो टूक ढंग से अपनी बात कहते हैं। हिन्दीभाषी पाठक समुदाय के लिए यह पुस्तक दर्शन-सम्बन्धी ज्ञान-झरोखा है।

'एशियाई धरती पर यूनानी दर्शन का जन्म' शीर्षक के तहत दर्शन की उत्पत्ति के प्रश्न पर विस्तार से विचार किया गया है। रामविलासजी इस निष्कर्ष पर पहुँचे हैं कि यूनानी दर्शन के उद्‌भव, विकास और उत्थान के मूल में भारत का निर्भ्रान्त योगदान था। वैदिक चिन्तन से थलेस और अन्य यूनानी दार्शनिकों के विचारों का साम्य दिखानेवाली बेनीमाधव बरुआ की पुस्तक में प्रस्तुत निष्कर्षों का रामविलासजी उल्लेख करते हैं। मानव-सभ्यता के विकास तथा दर्शन के इतिहास पर विचार करनेवाले विद्वान अभी तक यह मानते आ रहे थे कि यूनानी दर्शन के उद्‌भव के मूल में पूर्वी सभ्यता का जो योगदान था, वह मूलतः मिस्र ओर बेबिलोन तक सीमित था। रामविलासजी ने इस धारणा के खंडन में बेनीमाधव बरुआ की पुस्तक से सहायता ली है और अपनी मान्यता प्रस्तुत करते हुए इस बात पर जोर दिया है कि *"पूर्व से जो उद्‌भावनाएँ यूनान पहुँची हैं, उनका मूल स्रोत भारत है।"* अपनी इस मान्यता की पुष्टि में वेदों और उपनिषदों से रामविलासजी बार-बार उद्धरण देते हैं। परमाणुवाद के उद्‌भव और विकास की व्याख्या में भी रामविलासजी अपनी उसी मान्यता की पुनः पुष्टि करते हैं।

दर्शन के इतिहास से सम्बन्धित अनिर्णीत विवादों की विवेचना के लक्ष्य को ध्यान में रखकर रामविलासजी अपनी मान्यता प्रस्तुत करने में किसी दुविधा, किसी हिचक या झिझक का अनुभव नहीं करते। भाषाशास्त्र, पुरातत्त्व, इतिहास, समाजशास्त्र आदि के अद्यतन ज्ञान से लैस होने तथा मार्क्सवादी चिन्तन की द्वन्द्वात्मक पद्धति के सटीक विनियोग के कारण उनके निष्कर्ष वैचारिक उत्तेजना तो पैदा करते ही हैं, रोचक और ज्ञानवर्द्धक भी होते हैं।

1905 में प्रकाशित महामहोपाध्याय पंडित रामावतार शर्मा की पुस्तक 'यूरोपीय दर्शन' का उपर्युक्त विवाद के प्रसंग में उल्लेख आवश्यक है। पंडित रामावतार शर्मा ने अपनी उक्त पुस्तक की प्रस्तावना में कहा था—"यूरोपीय दर्शन की उत्पत्ति ग्रीस से मानी जाती है। यद्यपि दर्शन आदि के तत्त्व ग्रीस देश में पहले-पहले ईजिप्ट से आए थे और सिकन्दर आदि के समय में ग्रीस का भारत से भी सम्बन्ध हुआ था, तथापि यहाँ के

दार्शनिकों ने अपनी ही स्वतन्त्र बुद्धि से नवीन तर्कों के द्वारा अपना दर्शन बढ़ाया। इसलिए इनके दर्शन को स्वतन्त्र ही समझना चाहिए।''

पिछले 95 वर्षों में विश्व-स्तर पर इस बात को लेकर प्रचंड विवाद हुए हैं कि पाश्चात्य ज्ञान-विज्ञान और दर्शन के विकास के मूल में एशिया और अफ्रीका का योगदान है या नहीं। एडवर्ड सईद *(ऑरियंटिलिज्म)* और मार्टिन बर्नाल *(ब्लैक एथेना)* ने इस बहस को और भी सार्थक और जीवन्त बना दिया है। 1978 में प्रकाशित अपनी पुस्तक 'ऑरियंटिलिज्म' (प्राच्यवाद) के द्वारा एडवर्ड सईद ने विस्तार से यह स्पष्ट कर दिया कि पश्चिमी दर्शन और ज्ञान-विज्ञान के उद्‌भव तथा विकास में एशिया-अफ्रीका का कितना व्यापक योगदान है। मार्टिन बर्नाल ने भी विस्तार से पश्चिम की सर्वोपरि महत्ता का सुसंगत ढंग से खंडन किया है। इसीलिए महामहोपाध्याय पंडित रामावतार शर्मा के उपर्युक्त निष्कर्ष से रामविलासजी सहमत नहीं हैं। दरअसल सारी बहस थलेस के प्रसंग में शुरू हुई। थलेस की इतनी व्यापक प्रसिद्धि का आधार मूलतः अरस्तू की कृति *मेटाफिजिक्स* है। इस पुस्तक के पहले भाग में अरस्तू यह बताते हैं कि थलेस की जबर्दस्त शोहरत का कारण उसका यह कथन है कि तमाम वस्तुओं का मूलाधार जल है—हर वस्तु जल से उत्पन्न हुई है और अन्ततः जल में ही समाविष्ट हो जाएगी। सिर्फ इस मूल तत्त्व के अन्वेषण से सम्बन्धित विचार के कारण थलेस को इतिहास में अमर स्थान प्राप्त हो गया। थलेस को यह स्थान दर्शन और विज्ञान—दोनों के इतिहास में उपलब्ध है। दर्शनशास्त्र और विज्ञान के इतिहास-लेखक थलेस की चर्चा आयोनियाई सुप्रभात के जन्मदाता के रूप में करते हैं। उनके बारे में प्रचलित दन्तकथाओं का संग्रह और विश्लेषण जी.एस. किर्क और जे.ई. रैवेन की पुस्तक *द प्रि-सोक्रेटिक फिलौसोफ़र्स* में विस्तार से मिलता है। किन्तु इन दन्तकथाओं से वैज्ञानिक चिन्तन को छुटकारा दिलाने का काम करनेवाले जॉर्ज थॉमसन और बेंजामिन फारिंगटन की कृतियों के आधार पर यूनानी दर्शन के उद्‌भव को लेकर नए ढंग का सोच-विचार सम्भव हो सका।

बेंजामिन फारिंगटन का कहना था कि प्राचीन पुराणकथा शास्त्र में निश्चित तौर पर यह विचार प्रचलित था कि सृष्टि की हर वस्तु का सृजन किसी जलदेवता ने किया है। थलेस ने युगान्तरकारी कार्य यह किया कि देवता को हटाकर मात्र जल को प्रथम कारण का दर्जा दे दिया। मानव-सभ्यता के विकास की उस मंजिल पर महत्त्व की बात यह थी कि थलेस ने अतीत की सभी पौराणिक कल्पनाओं से मुक्त होकर प्रकृति को शुद्ध रूप से एक प्राकृतिक संवृति (फेनोमेना) के रूप में समझने का पहला प्रयत्न किया था। फारिंगटन के पहले—उन्नीसवीं सदी के हेगेलवादी चिन्तक और इतिहासकार श्वेगलर की पुस्तक *ग्रीक फिलौसोफ़ी* में भी यह बताया जा चुका था कि ''थलेस पहला व्यक्ति था जिसने बोध के सिद्धान्तों के आधार पर प्रकृति की व्याख्या का प्रयास किया।''

देवीप्रसाद चट्टोपाध्याय द्वारा सम्पादित ग्रन्थमाला की चौथी कृति के लेखक रासबिहारी दत्त का भी इस बात पर जोर है कि ''इस चिन्तन-प्रणाली ने यूरोपीय

विचारधारा में एक प्रकृतिवादी, बल्कि भौतिकवादी प्रवृत्ति तक को जन्म दिया।''

पौराणिक कथाओं के मायावी संसार से मानवीय चिन्तन को जब छुटकारा मिलता है, तभी दर्शन का आरम्भ होता है। 1905 में लिखित अपनी पुस्तक में पंडित रामावतार शर्मा यह बता चुके थे :

''जब मनुष्य संसार के दृश्यों को देखते-देखते उनके कारणों को तर्क के द्वारा निश्चय करने का प्रयत्न करने लगते हैं, तब दर्शन का आरम्भ होता है। प्रायः पुराण के समय के अनन्तर सब ही देशों में दर्शन का अविर्भाव होता है। पहले अपने ही सदृश इन्द्रिय, गुण-दोष आदि से युक्त देव, भूत, प्रेत आदि से मनुष्य संसार की स्थिति मानते हैं। वैसी अवस्था में पौराणिक कथाओं से सन्तोष हो जाता है। अनन्तर इन कथाओं से असन्तुष्ट होकर तर्क की सहायता से कथाओं के प्राकृतिक अर्थ निकालकर युक्ति से जब मनुष्य संसार की उत्पत्ति, स्थिति आदि की कल्पना करने लगते हैं, तब दर्शन की अवस्था आती है।''

मानव-सभ्यता के विकास की उस विशिष्ट मंजिल पर प्राकृतिक शक्तियाँ इसलिए धार्मिक-मिथकीय बिम्ब का रूप ले लेती थीं कि प्रकृति के साथ संघर्ष में लोग प्रायः यह अनुभव करते थे कि वे असहाय हैं। सारे-के-सारे देवगण मनुष्यों के दिमागों में उन बाह्य प्राकृतिक शक्तियों के काल्पनिक प्रतिबिम्ब मात्र थे। इसी मंजिल के किसी अगले चरण में नैतिक धारणाओं, आदेशों और नियमों को भी धार्मिक-मिथकीय बिम्बों में मूर्तिमान कर लिया गया था।

सोवियत नृविज्ञानी युलिआन ब्रोमलेय के अनुसार—''मिथक की रचना उन लोगों ने की, जो संसार का बोध पाने, उसे समझने, उनमें अन्योन्य सम्बन्ध देख पाने, कारण और कार्य ढूँढ़ पाने की चेष्टा कर रहे थे। मिथक विश्व की पहली प्राग्वैज्ञानिक व्यवस्था है, जिसमें विश्व की भावनात्मक अनुभूति अभिन्न रूप से घुली-मिली हुई है। विश्व की व्याख्या के नाते मिथक विज्ञान का पूर्ववर्ती था, विज्ञान के पहले अंकुर मिथक में ही फूटे।''

मिथक के आवरण को हटाकर प्राकृतिक संवृत्तियों के बीच से मूल तत्त्व की पहचान का दार्शनिक प्रयत्न सबसे पहले 'ऋग्वेद' में हुआ या यूनानी दर्शन में ? रामविलास शर्मा की मान्यता है कि जी.एस. किर्क जो टिप्पणी क्सेनोफनेस के काव्य के प्रसंग में करते हैं, वही टिप्पणी ''*ऋग्वेद* का अध्ययन करते समय याद रखने योग्य है—The study of gods was not divorced from that of nature.'' (देवों का अध्ययन प्रकृति के अध्ययन से अलग नहीं कर दिया गया था)। क्सेनोफनेस का देव मूल रचना तत्त्व से एकदम अलग नहीं है। अरस्तू ने कहा था कि उनके लिए जो एक है, वह देव है।''

थलेस, अनक्सिमेंदर, अनक्सिमेनेस, क्सेनोफनेस और हेराक्लितुस—ये पाँचों एशिया के एक ही जनपद के दो अलग-अलग स्थानों के निवासी थे। रामविलासजी के अनुसार इन पाँचों यूनानी दार्शनिकों की विचारधारा उपनिषदों से मिलती-जुलती है—''यह समानता इतनी गहरी और विस्तृत है कि वह आकस्मिक नहीं हो सकती। यूनानी

दार्शनिकों से पहले वहाँ काव्य अथवा दर्शन की ऐसी कोई परम्परा नहीं है जिससे उन्हें जोड़ा जाए। इसके विपरीत उपनिषदों से पहले ऋग्वेद की परम्परा है और उससे उन्हें जोड़ना सर्वथा उचित है। यूनान का प्रारंभिक दर्शन भारतीय चिन्तन से प्रभावित है।''

इस तरह आगे परमाणुवाद के सन्दर्भ में भारत और यूनान का गहरा सम्बन्ध बताने के साथ-साथ रामविलास शर्मा चीन का भी उल्लेख करते हैं किन्तु उनकी मूलभूत स्थापना यह है कि ''परमाणुवाद यूनान और चीन में स्वतन्त्र रूप से जन्मा हो तो भी मानना होगा कि उसका जन्म भारत में पहले हुआ था।''

एथेन्स के दार्शनिकों के चिन्तन की सामाजिक-वैचारिक पृष्ठभूमि और ऐतिहासिक पूर्वपीठिका का इतना स्पष्ट और विस्तृत विवेचन हिन्दी में अभी तक उपलब्ध न था। मेरी जानकारी में सुकरात, प्लेटो और अरस्तू पर हिंदीभाषी क्षेत्र के किसी भी दर्शनवेत्ता या चिन्तक ने अभी तक गम्भीर लेखन किया ही नहीं था।

इस पुस्तक के दूसरे अध्याय में यूरोप के रिनासां और प्राचीन यूनानी दर्शन की पुनर्व्याख्या के गहरे सम्बन्धों की बहुआयामी पड़ताल की गई है। रिनासां के विकास की प्रक्रिया में दोनों तत्त्व अन्तर्निहित थे—सकारात्मक भी और नकारात्मक भी। सकारात्मक की परिणति मार्क्स में हुई थी और नकारात्मक की परिणति हेगल में।

और अन्तिम अध्याय में मार्क्स के दार्शनिक चिन्तन के विकासक्रम और तत्कालीन यूरोपीय समाज की परस्पर-विरोधी शक्तियों की टकराहट का अध्ययन सांगोपांग ढंग से किया गया है।

सिर्फ दर्शन के जिज्ञासु पाठकों के लिए ही नहीं, इतिहास, समाजविज्ञान और राजनीतिशास्त्र में अभिरुचि रखनेवाले सभी बुद्धिजीवियों और सामान्य पाठकों के लिए भी यह अमूल्य कृति है, सचमुच एक संग्रहणीय ज्ञानग्रन्थ !

मुरली मनोहर प्रसाद सिंह

10 सितम्बर, 2000

पहला अध्याय

यूनानी दर्शन का उद्‌भव और विकास

(क) एशियाई धरती पर यूनानी दर्शन का जन्म

(ख) एथेन्स के दार्शनिक

(क) एशियाई धरती पर यूनानी दर्शन का जन्म

1. मूल तत्त्व : जल, वायु, अग्नि

पाश्चात्य विचारक जहाँ-तहाँ यूनानी दर्शन पर पूर्व का प्रभाव स्वीकार करते हैं पर भारत को उस पूर्व से बाहर रखते हैं।

यूनानी दर्शन के पितामह थलेस की धारणा थी कि सृष्टि एक आदि-तत्त्व से हुई है और वह जल है। देव कथाओं में इस धारणा का मूल स्रोत दिखाते हुए किर्क ने होमर की जल और समुद्र-सम्बन्धी कल्पना का उल्लेख किया है। ओकॅअनॉस् (समुद्र) धरती को घेरकर बहनेवाली नदी है और उससे सभी देवता और पदार्थ उत्पन्न हुए हैं। किर्क कहते हैं, होमर में यह विचार 'अनोखा और अप्रत्याशित' है।[1] वह ध्यान दिलाते हैं कि मिस्र और बैबिलोन के लोग विश्वास करते थे कि : ''आदिम जल से संसार उत्पन्न हुआ है।''[2] मिस्र से होमर के विचारों को और होमर से थलेस के विचारों को सबसे पहले प्लूतार्ख ने जोड़ा था। उन्होंने यूनानियों के लिए लिखा था : ''वे समझते हैं कि थलेस की तरह होमर ने भी मिस्रियों से सीखकर जल को मूल सिद्धान्त और सभी पदार्थों का उद्‌भव बताया था।''[3] थलेस की तरह होमर लघु एशिया में रहते थे। उन दोनों की भाषा मिस्री और बैबिलोनी से कम, संस्कृत से बहुत मिलती है। ओकॅअनॉस् शब्द के पूर्व रूप संस्कृत और उससे सम्बद्ध भाषाओं में हैं। किर्क ने हित्ती उगन्न (चक्र) और संस्कृत अशयानः (''जो घेरता है'') से ओकॅअनॉस् का सम्बन्ध जोड़ा है। ऋग्वेद में आशयानम् रूप का व्यवहार हुआ है (1.121.11.,2.11.9 इत्यादि)। आशयानस् से 'ओकॅअनॉस्' का सम्बन्ध किर्क से पहले काऑगी ने पहचाना था। ऋग्वेद में रसा नाम की नदी है, वैदिक इंडेक्स के लेखकों के अनुसार वह पृथ्वी और उसके वायुमंडल को घेरे हुए है।[4] ग्रिफिथ ने रसा के बारे में मैक्समुलर का यह कथन उद्‌धृत किया है कि वह वास्तविक नदी थी पर जब आर्य उससे आगे पंजाब में आए तो 'उसने देवकथात्मक रूप ले लिया और धरती की चरम सीमाओं को घेरनेवाली एक तरह का ओकॅअनॉस् बन गई'।[5] मैक्समुलर ने रसा और ओकॅअनॉस् की समानता पहचान ली थी। इससे भी महत्त्वपूर्ण तथ्य यह है कि जल से देवों और पदार्थों की उत्पत्ति का सिद्धान्त होमर में अनोखा है, पर ऋग्वेद में वह सामान्य है।

मैकडनल ने ऋग्वेद की जल माताओं के लिए लिखा था : "जो कुछ भी स्थावर और जंगम है; उस सबको उत्पन्न करनेवाली वे हैं" (6.50.7)।[6] इस तरह 'पूर्व' में मिस्र और बैबिलोन के साथ भारत को भी शामिल करना चाहिए। जल को आदि तत्त्व माननेवाली उपनिषदों की विचारधारा से थलेस के चिन्तन की समानता रानडे ने दिखाई थी। उनकी पुस्तक अंग्रेजी में थी। किर्क और रैवेन ने सुकरात से पहले के यूनानी दार्शनिकों पर जो पुस्तक लिखी है वह 1957 में प्रकाशित हुई थी। उससे पहले मैकडनल और रानडे की पुस्तकें छप चुकी थीं। वैदिक चिन्तन से थलेस और अन्य यूनानी दार्शनिकों के विचारों का साम्य दिखानेवाली बेनीमाधव बरुआ की पुस्तक प्रकाशित हो चुकी थी। शायद किर्क और रैवेन जैसे विद्वानों की मान्यता है कि भारत दूसरों से प्रभावित होता रहा है, वह भला यूनान को क्या प्रभावित करेगा ? भारत द्वारा मिस्र और बैबिलोन के प्रभावित होने का प्रश्न ही नहीं है। बैबिलोन की सृष्टि-कथा के प्रसंग में किर्क ने अप्सु और तिआमत के लिए लिखा है कि "वे आदिम जल के नर और नारी सिद्धान्त थे।"[7] इनमें अप्सु रूप ऋग्वेद में है, और वह जलवाचक है। अन्तर यह है कि वह स्त्रीलिंग सप्तमी बहुवचन है, सुमेर-बैबिलोन में वह पुल्लिंग प्रथमा एकवचन हो गया है। यह बात विश्वासपूर्वक कही जा सकती है कि 'पूर्व' से जो उद्‌भावनाएँ यूनान पहुँची हैं, उनका मूल स्रोत भारत है।

थलेस का अपना लिखा हुआ कुछ भी नहीं बचा किन्तु परवर्ती लेखकों ने उनके विचारों को बार-बार उद्‌धृत करके उन्हें सुरक्षित किया है। उनमें एक विचार यह था कि सभी पदार्थों में देवता हैं।[8] जिन्हें हम निर्जीव कहते हैं, उनमें भी वह देवों का अस्तित्व मानते थे। संकलनकर्ता ऐतिउस के अनुसार थलेस मानते थे कि विश्व का मन देवता है, पदार्थों का समवाय आत्मामय है और देवों (दैमॉन) से भरा है; आदिम आर्द्रता में ओर-छोर तक दैवी-शक्ति प्रविष्ट है और वह उसे गतिशील बनाती है।[9] थलेस की ये धारणाएँ उन्हें मिस्र और बैबिलोन से दूर ले जाती हैं और ऋग्वेद तथा उपनिषदों के बहुत पास ले आती हैं। जल के आदि तत्त्व होने के विचार को उनके साथ मिलाकर देखें तो विश्वास हो जाएगा कि यूनान की उस प्रथम दार्शनिक उद्‌भावना का स्रोत भारत है।

थलेस मानते थे कि धरती जल पर तैर रही है। धरती जल-तत्त्व से बनी है, धरती जल पर तैर रही है—ये दो अलग धारणाएँ हैं। किर्क का विचार है कि आदि तत्त्व की धारणा अरस्तू की थी और उससे उन्होंने थलेस के विचार को मिला दिया है। 'फिर भी अरस्तू की सहज कल्पना के विपरीत यह सम्भव है कि थलेस ने कहा हो कि धरती जल से निकली है (अर्थात् उससे बाहर आकर वह किसी प्रकार ठोस बनी) पर इस कारण आवश्यक नहीं कि उन्होंने सोचा हो कि धरती और उसके पदार्थ किसी प्रकार जल हैं।'[10] किर्क की टिप्पणी में धरती का जल से निकलना और धरती का जलमय होना, इन स्थापनाओं में महत्त्वपूर्ण भेद किया गया है। पर अरस्तू ने उन पर अपनी धारणा आरोपित नहीं की, न उससे थलेस के विचार को उन्होंने मिला दिया है। जिस

नगर मिलेतुस (मिलॅतॉस्) में थलेस रहते थे, उसके अन्य दार्शनिक भी मूल तत्त्व की खोज में लगे थे और उनके चिन्तन से अरस्तू को बहुत सहानुभूति नहीं थी।

अरस्तू ने लिखा था : "अधिकांश प्रारम्भिक दार्शनिक सोचते थे कि भूत के रूप में सिद्धान्त सभी पदार्थों के एकमात्र सिद्धान्त थे। सभी विद्यमान पदार्थों का जो मूलस्रोत है, जिससे कोई पदार्थ पहले अस्तित्व में आता है और जिसमें वह अन्ततः लय हो जाता है, तत्त्व बना रहता है। पर उसके गुण परिवर्तित होते हैं, इसे वे विद्यमान पदार्थों का तत्त्व और प्रथम सिद्धान्त मानते हैं। इस कारण वे मानते हैं कि पूर्णतः किसी वस्तु का उद्‌भव या अवसान नहीं होता। आधार यह कि ऐसी प्रकृति सदा बनी रहती है...क्योंकि कोई प्राकृतिक पदार्थ होना चाहिए, एक या एक से अधिक, जिससे दूसरी चीज अस्तित्व में आती है और वह बना रहता है। परन्तु इस तरह के सिद्धान्त के रूप और उसकी संख्या के बारे में वे सब एक मत नहीं हैं। किन्तु इस तरह के दर्शन के संस्थापक थलेस कहते हैं कि वह जल है (और इसलिए उन्होंने कहा था कि धरती जल पर है)... ।"[11] मूल तत्त्व की खोज करनेवाले थलेस अकेले दार्शनिक नहीं हैं, एक पूरा सम्प्रदाय है और उसके वह प्रवर्तक हैं। अरस्तू जिसे सिद्धान्त कहते हैं, वह तत्त्व है। वे इस बात से सन्तुष्ट नहीं हैं कि ये दार्शनिक संसार के सभी पदार्थों का एक ही सिद्धान्त मानते थे और वह भूत के रूप में था। यूनान के बहुदेवोपासक समाज में ये दार्शनिक एक आदितत्त्व की कल्पना कर रहे थे, इसके लिए भारतीय अद्वैतवाद को श्रेय देना चाहिए।

किर्क की यह धारणा सही होगी कि थलेस के विचार से धरती जल से बाहर निकली थी। आरम्भ में केवल गहन गम्भीर जल था, यह ऋग्वेद की एक स्थापना है। (10.129.1)। दूसरी स्थापना है—समुद्र जहाँ अपनी सुस्थिर सीमा लाँघकर बहा, अतो भूः अत आ उत्थितं रजो—वहाँ से धरती उठी, अन्तरिक्ष उठा। (10.149.2)। ये दोनों स्थापनाएँ पश्चिमी एशिया के नगर मिलेतुस पहुँची थीं। पर यह बात सही है कि पृथ्वी का जल से निकलना और पृथ्वी का जल तत्त्व से निर्मित होना एक ही बात नहीं है। थलेस के विचारों का जो विवरण मिलता है, उसमें कहीं इस भेद की व्याख्या नहीं की गई। सम्भव है, इस कारण उसी नगर के अन्य दार्शनिक अनक्सिमॅनॅस ने जल से अधिक सूक्ष्म तत्त्व वायु को संसार का मूल तत्त्व माना हो।

अनक्सिमॅनॅस के लिए संसार में बहुत से रूप हैं, एक ही तत्त्व ये रूप ग्रहण करता है पर ऐसा करते हुए अपनी मूल विशेषता खोता नहीं है। यह तत्त्व वायु है और वह सभी पदार्थों को घेरे हुए है। वह दिखाई नहीं देता पर उसकी उपस्थिति अनुभव की जा सकती है।[12] विश्व में जो वायु है, उसकी तुलना उन्होंने श्वास से की है। किर्क कहते हैं, यह श्वास 'परम्परा से श्वास-आत्मा अथवा जीवनदायी प्सूखे मानी जाती रही है। ऐसा प्रतीत होता है कि अनक्सिमॅनॅस मानते थे कि वायु संसार की श्वास है और इस प्रकार सदा जीवन्त और इस कारण दैवी, स्रोत है।"[13]

भारतीय श्वास का यूनानी रूपान्तर प्सूखे है (ग्रीक भाषा में 'श्' न होने से उसका स्थान 'स्' ने लिया है और 'व्' न होने से ओष्ठ्य तत्त्व की व्यंजना 'प्' और 'ऊ' से

हुई)। यही श्वास या प्सूखे आत्मा है। जो तत्त्व मनुष्य और संसार को जिलाए रखता है, वह प्राण है। वह सदा जीवन्त है, इसलिए विश्व का दैवी-स्रोत है। भारतीय शब्दावली में वह आत्मा अथवा ब्रह्म है।

ग्रीक भाषा में वायुसूचक तीन शब्द अर्थ के विचार से परस्पर सम्बद्ध हैं। किर्क के अनुसार अनक्सिमॅनॅस ने सम्भवतः कहा था कि "सभी पदार्थ प्नॅउमा तथा अएर 'हवा (अथवा श्वास) तथा वायु' से घिरे हैं और आत्मा इस वायु से सम्बन्धित है।"[14] आत्मा का मूल अर्थ वायु ही है। साँस लेते समय मनुष्य बाहर की वायु से अपने सम्बन्ध का प्रत्यक्ष अनुभव करता है। किर्क ने अनक्सिमॅनॅस के विचारों की जो व्याख्या की है, वह सही जान पड़ती है। उनका यह निष्कर्ष भी सही लगता है कि अनक्सिमॅनॅस के लिए वायुमंडल की वायु, कम-से-कम उसका एक अंश, तात्त्विक है, वह मूल तत्त्व है। प्नॅउमा तथा अएर का सम्बन्ध हमने ऊपर देखा, उससे प्सूखे के सम्बन्ध का उल्लेख हो चुका है। मोटे तौर पर प्राण, वायु तथा आत्मा की तरह प्नउमा, अएर और प्सूखे परस्पर सम्बद्ध हैं।

वायु सघन या विरल होकर कैसे भाप, बादलों का जल आदि बनती है, इस दिशा में अनक्सिमॅनॅस की अटकलें दार्शनिक दृष्टि से महत्त्वपूर्ण नहीं हैं। महत्त्वपूर्ण उनकी यह धारणा है कि वायु जैसा तत्त्व सभी पदार्थों में विद्यमान है और इनके मिट जाने पर भी वह बना रहता है। अनक्सिमॅनॅस के विचारों की आधारभूत स्थापना कठोपनिषद् में है : वायु जैसे भुवन में प्रविष्ट होकर पदार्थों का रूप ले लेती है, वैसे ही सब भूतों की अन्तरात्मा उनका-सा रूप लेती है। (2.5.11)। वह सबके भीतर है और वही सबके बाहर है—यह धारणा ईशावास्य में है। (5)। तैत्तिरीय के आरम्भ में ही वायु को प्रत्यक्ष ब्रह्म कहा गया है। इससे उसका अनुभवगम्य होना प्रमाणित है। ब्रह्म शब्द से उसकी अविनश्वरता की ओर संकेत है। प्रश्नोपनिषद् में प्राण अग्नि है, सूर्य है, पर्जन्य है, पृथ्वी है। (2.5)। शरीर के विभिन्न स्थानों में जो वायु है, उसके अपान, व्यान, समान, अलग-अलग नाम हैं। इनमें समान का सम्बन्ध उच्छ्वास और निःश्वास से है। (प्रश्न, 4.4)। इस प्रकार साँस लेते समय मनुष्य वायु से अपने प्राणों का सम्बन्ध पहचानता है।

हेराक्लितुस अग्नि को मूल तत्त्व मानते थे। उनका कहना था : "इस विश्वतन्त्र को न देवों ने बनाया है, न मनुष्यों ने, पर वह सदा से था और है और रहेगा : एक चिरन्तन अग्नि जो परिमाणों में जलती है और परिमाणों में बुझती है।"[15] संसार प्रतिक्षण परिवर्तनशील है और संसार का मूल तत्त्व शाश्वत है, इन विरोधी-सी लगनेवाली धारणाओं में हेराक्लितुस ने सामंजस्य उत्पन्न किया है। अग्नि के विभिन्न रूपों के बारे में कहते हैं, "अग्नि के आवर्तन : पहले समुद्र, और समुद्र का आधा भाग धरती है, आधा 'ज्वलनकर' (अर्थात् विद्युत अथवा अग्नि), समुद्र के समान (धरती) बिखरी हुई है और वह परिमाणित है जिससे कि वैसा ही अनुपात बना रहे जैसा उसके धरती बनने से पहले था।"[16] अग्नि परिवर्तित होकर जल और धरती बनी, यह हुई मूल तत्त्ववाली धारणा। पर वह जल और धरती में व्याप्त है, यह स्थापना उससे कुछ भिन्न है। अग्नि

संसार के पदार्थों के बीच विनिमय के माध्यम के समान है। "अग्नि से सभी पदार्थों का और सभी पदार्थों से अग्नि का समतुल्य विनिमय होता है, जैसे माल से सोने का और सोने से माल का होता है।"[17] यहाँ भी अग्नि की व्याप्ति का भाव नहीं है, सोना विनिमय का माध्यममात्र है, वह माल में निहित नहीं है।

किन्तु हेराक्लितुस कहते हैं : "देवता दिन-रात, शिशिर-ग्रीष्म, तुष्टि-क्षुधा है, वह वैसे ही बदलता है जैसे अग्नि, जब वह सुगन्धित द्रव्यों से मिलाई जाती है और उनमें से प्रत्येक की गन्ध के अनुसार उसे नाम दिया जाता है।"[18] किर्क ने ग्रीक थॅऑस् के लिए अंग्रेजी 'गॉड' का व्यवहार किया है। पर वह शब्द भ्रामक है। देवता पदार्थों से मिलाया नहीं जाता, न वह बदलता है। ग्रीक थॅऑस् भारतीय देवः का प्रतिरूप है किन्तु थॅऑस् और देवः भी हेराक्लितुस का भाव प्रकट नहीं करते। वह ऐसी शक्ति की बात कर रहे हैं जो पदार्थों से मिलती है और उनके रूप-गुण के अनुसार नाम ग्रहण करती है। उपनिषदों में इस शक्ति को ब्रह्म कहा गया है। ग्रीक भाषा में ब्रह्म का-सा अर्थ देनेवाला कोई शब्द नहीं है, इसलिए उन्होंने देववाचक थॅऑस् से काम चलाया है। ऊपर के उद्धरण में देवता की जगह ब्रह्म कर दें तो अर्थ स्पष्ट हो जाएगा। ब्रह्म दिन-रात है और अग्नि के समान पदार्थों से मिलकर वह विभिन्न नामों से पुकारा जाता है।

आगे वह एकल उद्धरण चिह्नों में 'god' की चर्चा करते हैं। इस चर्चा में थॅऑस् का ब्रह्मवाला भाव और भी स्पष्ट हो जाता है। किर्क कहते हैं, ऐसा प्रतीत होता है कि हेराक्लितुस ने "सम्भवतः किसी अपरिभाषित ढंग से 'देव' को पदार्थों में निहित (immanent) अथवा पदार्थों का समवाय माना है।"[19]

यूनानी देवता पदार्थों में निहित नहीं हैं। वह उनका समवाय तो और भी नहीं हैं। पर ये दोनों बातें ब्रह्म के बारे में अवश्य कही जा सकती हैं। अग्नि ब्रह्म है, सभी पदार्थों में विद्यमान है, यह धारणा तो उपनिषदों में है ही; 'देव' की व्याप्ति के लिए हेराक्लितुस ने जो प्रपंच गिनाए हैं, वे भी सीधे उपनिषदों से आए प्रतीत होते हैं। अहोरात्रो वै प्रजापतिः—दिन-रात ही प्रजापति है। (प्रश्न 0, 1.13)। यह उक्ति एक विस्तृत विवेचन का अंश है—संवत्सर ही प्रजापति है, मास ही प्रजापति है, अहोरात्र ही प्रजापति है। (उप, 1.9.12-13)। सबकुछ काल से उत्पन्न है, इस अर्थ में संवत्सर प्रजापति है। हेराक्लितुस का ध्यान काल पर नहीं, विरोधी प्रपंचों के जोड़े पर है, इसलिए दिन-रात और शिशिर-ग्रीष्म के साथ उन्होंने तुष्टि-क्षुधा का उल्लेख किया है। ऐसा द्वन्द्ववाद ऋग्वेद से उपनिषदों तक चला आया है। यथा ईशावास्य में : वह गति करता है, वह गति नहीं करता; वह दूर है, वह पास ही है। (5) अथवा कठ. में : वह अणु से भी छोटा है, महत् से भी बड़ा है। (2.20)।

किर्क कहते हैं कि सुकरात से पहले के सभी यूनानी विचारक अपने अनुभव के संसार में परिवर्तन की प्रधानता को लक्ष्य करते हैं। ऋग्वेद में गति और परिवर्तन पर बहुत जोर है, इतना कि जल और अग्नि जैसे विरोधी तत्त्व एक-दूसरे में परिणत हो जाते हैं। कह सकते हैं कि संसार में परिवर्तन को लक्ष्य करने में प्रारम्भिक यूनानी चिन्तन

वैदिक परम्परा के अनुरूप है। किर्क के अनुसार हेराक्लितुस ने सम्भवतः अपने पूर्ववर्तियों की अपेक्षा परिवर्तन की विश्वजनीनता को अधिक स्पष्टता से व्यक्त किया, 'परन्तु उनके लिए जो परिमाण उसका विपर्यय था, उसमें निहित था, जो स्थिरता उसमें बनी रहती है, वह अतिशय महत्त्व की थी।'[20] परिवर्तन के साथ स्थिरता, वह गति करता है और वह गति नहीं करता, ईशावास्य की द्वन्द्ववादी धारणा हेराक्लितुस की विचारधारा को बौद्धों के क्षणवाद से अलग करती है। वह सम्भवतः क्षणवादियों के चिन्तन से परिचित थे क्योंकि उन्होंने क्षणवादियों की तरह संसार की तुलना नदी से की है। प्लेटो के संवाद में क्रतुलॉस् कहते हैं : "हेराक्लितुस ने कहीं कहा है कि सभी वस्तुएँ प्रक्रिया में हैं और कोई चीज स्थिर नहीं रहती; और विद्यमान वस्तुओं की तुलना नदी से करते हुए उन्होंने कहा था कि तुम उसी नदी में दोबारा प्रवेश नहीं कर सकते।"[21] किर्क ने लक्ष्य किया है कि कुछ विवेचकों ने परिवर्तन को निरपेक्ष बना दिया है।[22] उनका यह कहना सही है कि हेराक्लितुस के लिए जो चीज अतिशय महत्त्व की थी, वह परिवर्तन में निहित स्थिरता थी।[23] जिसने अग्नि को संसार का मूल रचनातत्त्व माना था, उसकी विचारधारा इससे भिन्न हो भी न सकती थी।

यदि संसार का कोई मूल रचनातत्त्व है तो उससे रचे गए पदार्थों का परस्पर सम्बद्ध होना अनिवार्य है। यह सम्बद्धता उन पदार्थों में भी होगी जो भिन्न ही नहीं, परस्पर विरोधी भी जान पड़ते हैं। किर्क कहते हैं : "(जिसे हम 'गुण' कहेंगे, उसे हेराक्लितुस् सदा सीधी-सादी पराकाष्ठाओं की शब्दावली से व्यक्त करते हैं। फिर इन्हें वह विरोधी चीजों में वर्गीकृत कर लेंगे। इस तरह सभी परिवर्तन विरोधी चीजों के बीच परिवर्तन माना जाएगा)। 'ऐसी चीजें, 'एक साथ ली जाएँ' तो एक अर्थ में उन्हें सच ही 'पूर्ण' कहा जाएगा, अर्थात् उनसे एक निरन्तरता बनती है। दूसरे अर्थ में वे 'पूर्ण नहीं' हैं अर्थात् जब वे एकल घटकों के रूप में क्रियाशील होती हैं। 'चीजों' को एक साथ लेते हुए उनके समवाय पर इन वैकल्पिक विश्लेषणों को लागू करें तो हम देख सकते हैं कि 'सभी चीजों से एकता बनती है' और यह भी कि इस एकता से चीजों का सतही, पृथक और बहुल पक्ष अलग किया जा सकता है।"[24] आवश्यक नहीं कि जो चीजें परस्पर सम्बद्ध हों, उनमें एकता भी हो। हेराक्लितुस के चिन्तन में ऋग्वेद और उपनिषदों की तरह एकता और सम्बद्धता दोनों हैं।

किर्क ने जिसे एकता (Unity) कहा है, वह मूल भाषा में हॅनॉस् (एक) है। उसे उन्होंने स्वयं 'एकता' के आगे कोष्ठकों में दे दिया है। 'एक' का व्यवहार उन्हें और भी दृढ़ता से वैदिक परम्परा से जोड़ता है। ऋग्वेद और उपनिषदों में इस 'एक' पर बहुत जोर है। चीजें अपने समवाय रूप में एक हैं, पृथकता में अनेक हैं। एकं रूपं बहुधा यः करोति—ब्रह्म एक है, वह एक रूप को अनेक रूप बना लेता है। (कठ.,5.12)। पृथकता और एकता का कुछ ऐसा ही सम्बन्ध हेराक्लितुस में है। उनके आत्मा-सम्बन्धी विचार इस धारणा को पुष्ट करते हैं कि वह भारतीय चिन्तन से प्रभावित थे। आत्मा अग्नि रूप है और विश्वव्यापी अग्नि से जुड़ी है। हेराक्लितुस कहते थे : "किसी भी रास्ते से

चलो, तुम आत्मा की सीमाएँ न पा सकोगे; उसका परिमाण इतना गहरा है।"[25] इस उक्ति पर किर्क की टिप्पणी है : "सम्भवतः यहाँ जो विचार व्यक्त किया गया है, वह उतना आत्म-चेतना की समस्या का नहीं है जितना इसका कि आत्मा विश्व अग्नि का प्रतिनिधि अंश है जिसका विस्तार व्यक्ति की तुलना में स्पष्ट ही विराट है।"[26] किर्क ने यहाँ अपने शब्दों में आत्मा और ब्रह्म के सम्बन्ध की व्याख्या की है। निस्सन्देह यह व्याख्या हेराक्लितुस के विचारों को समझने में सहायता करती है।

वृहदारण्यक में मन या चेतना की तीन अवस्थाएँ बताई गई हैं—जागृत, स्वप्न और सुषुप्ति। जागृत अवस्था में मनुष्य सूर्य की ज्योति से सारे काम करता है, सूर्य के अभाव में चन्द्रमा अथवा अग्नि के प्रकाश में काम करता है। (4.3.2-4)। स्वप्नावस्था में मनुष्य आत्मा की ज्योति से काम करता है। (4.3.6)। सुषुप्ति में इन्द्रियाँ और मन काम नहीं करते, द्रष्टा रूप में केवल अद्वैत आत्मा रह जाती है। यह उसकी परम गति है, और वह आनन्दमय है। (4.3.32)। आत्मा की तीन अवस्थाओं के बारे में हेराक्लितुस के विचारों को संकलित करते हुए किर्क ने शीर्षक रूप दो वाक्य लिखे हैं : "जागृति, निद्रा और मृत्यु आत्मा में आग्नेयता की मात्रा में जुड़ी हैं। नींद में आत्मा अंशतः विश्व अग्नि से विलग हो जाती है और इस कारण अपनी सक्रियता कम कर देती है।"[27]

उचित शब्द के अभाव में किर्क ने सुषुप्ति के लिए मृत्यु शब्द का व्यवहार किया है। हेराक्लितुस के दर्शन में आत्मा मरती नहीं है, अगले विवेचन के लिए किर्क ने शीर्षक रूप में जो वाक्य दिए हैं, उनसे यह बात स्पष्ट हो जाती है। "शरीर के मरने पर सुकृतिं आत्माएँ जल नहीं हो जातीं वरन् अन्ततः विश्व अग्नि में सम्मिलित होने को बनी रहती हैं।"[28] कम-से-कम सुकृति जनों की आत्माएँ नहीं मरतीं। अग्नि का विरोधी तत्त्व जल है, आत्मा के जलमय होने का अर्थ है, शरीर के भीतर रहनेवाला अग्नि तत्त्व बुझ गया। पर वह बुझता नहीं है, सुकृति आत्माएँ विश्व अग्नि (अर्थात् ब्रह्म) में मिल जाती हैं। इसलिए जागृति और निद्रा के अलावा आत्मा की तीसरी कोई अवस्था है, तो वह निश्चित रूप से मृत्यु नहीं है।

हेराक्लितुस की एक उक्ति यह है : "रात में जब आदमी की दृष्टि बुझ जाती है, तब वह अपने लिए प्रकाश प्रज्वलित करता है। जीता हुआ वह जब सोता है, तब वह मृत के सम्पर्क में होता है; जागता होता है तब वह सोते हुए के सम्पर्क में होता है।"[29] सूर्य के अभाव में मनुष्य चन्द्रमा के प्रकाश में काम करता है अथवा आग जलाता है, बृहदारण्यक की यह बात यहाँ भी है। जब वह सोता है, तब साँस लेता रहता है, जीवित रहता है। पर नींद गहरी हो, वह स्वप्न भी न देखे, तो मुर्दा जैसा होता है, संसार से उसका सम्पर्क पूरी तरह टूट जाता है। यह वृहदारण्यक की सुषुप्त अवस्था है। हेराक्लितुस ने आगे जो कहा है, जागता होता है, तब वह सोते हुए के सम्पर्क में होता है, यह स्वप्नावस्था है। गहरी नींद में नहीं होता, सपने देखता है, जागे बिना सपने नहीं देख सकता किन्तु पूरी तरह जागता भी नहीं है। निराला की स्वप्न-जागृति सुघर की-सी अवस्था है। जागते हुए भी सोते हुए के सम्पर्क में होने का यही अर्थ हो सकता है।

जीते हुए भी मृत के सम्पर्क में होने का अर्थ गहरी नींद सोना होगा। हेराक्लितुस निश्चित रूप से आत्मा की मृत्यु की बात नहीं सोच रहे, वह चेतना की तीन अवस्थाओं की बात सोच रहे हैं। मृत शब्द का व्यवहार देखकर किर्क ने जागृति और निद्रा के साथ मृत्यु का उल्लेख किया था।

आत्मा की तीन अवस्थाओं का विवेचन इसलिए महत्त्वपूर्ण है कि वह ग्रीक दर्शन में सामान्य नहीं है और उससे हेराक्लितुस पर उपनिषदों का प्रभाव सुनिश्चित हो जाता है। उल्लेखनीय है कि जैसे उपनिषदों की विचारधारा कर्मकांड की विरोधी है, वैसे ही हेराक्लितुस ने मूर्तिपूजा और धार्मिक अन्धविश्वासों का विरोध किया था।

2. विश्व रचना और आकाश

अनक्सिमंदॅर (अनक्सिमंद्रॉस्) ने आकाश को संसार का मूल रचनातत्त्व माना था। उनके भाष्यकारों को इस तत्त्व की व्याख्या करने में वैसे ही कठिनाई हुई है जैसे हेराक्लितुस के भाष्यकारों को सुषुप्ति की व्याख्या में हुई है। यूनान और यूरोप में बहुत दिनों तक चार तत्त्वों की बात कही जाती रही, आकाश को शून्य मानने से उसे तत्त्व रूप में स्वीकारना वहाँ कठिन था। अनक्सिमंदॅर मूल तत्त्व को तॉ अपॅइरॉन् (the indefinite —अनिश्चित) कहते थे। उन्होंने, अन्य अद्वैतवादियों की तरह, इस शब्द का व्यवहार 'देशगत असीम' (spatially infinite) के लिए किया था–यह अरस्तू का मत था।[30] अनक्सिमंदॅर के विचारों का विवरण देनेवाले एक पुराने लेखक थॅओफ्रास्तुस थे। किर्क कहते हैं, इनके अनुसार : "अनक्सिमंदॅर ने मूल तत्त्व को ऐसा नाम दिया था जिससे उसकी देशगत विशेषता (spatial property) का पता चलता था। उसकी गुणात्मक विशेषताओं के बारे में कुछ ज्ञात न होता था सिवा इस निहित संकेत के (कि बादवाले 'तत्त्वों' में किसी से उसका तादात्म्य नहीं था)। वह तत्त्व है पर अन्य चार तत्त्वों से भिन्न है। उसके गुणों का पता नहीं, इसलिए वह अनिश्चित है, पर उसका सम्बन्ध 'स्पेस' (आकाश) से अवश्य है। और भी, वह 'जल नहीं है न अन्य तथाकथित तत्त्वों में कोई है : वह कोई और प्रकृति है जिससे समस्त आकाश (heavens) उत्पन्न हुए हैं।' आगे किर्क की टिप्पणी है : "(थॅओफ्रास्तुस के लिए अनक्सिमंदॅर के आकाश असंख्य थे)।"[31] जल तत्त्व एक है पर जल अनेक हैं, इसी तरह यह बिल्कुल सम्भव है कि आकाश तत्त्व एक हो पर हर घड़े के अन्दर उसका अपना आकाश हो, हर मनुष्य के भीतर उसका आकाश हो, सूर्य, चन्द्र, ग्रहों, नक्षत्रों आदि के साथ अपनी-अपनी स्पेस हो !

अरस्तू के अनुसार अनक्सिमंदॅर का असीम सब चीजों को घेरे है और सबका संचालन करता है।[32] जैसे अग्नि ब्रह्म है, वैसे ही आकाश ब्रह्म है। जो पदार्थ के भीतर हो और उसके बाहर भी हो, यह स्थिति ब्रह्म की है। वह पदार्थ का संचालक भी होता है। कॉर्नफील्ड का मत दिलचस्प है। वह ग्रीक दर्शन के आधुनिक भाष्यकार हैं। तॉ अपॅइरॉन् 'वह है जो भीतर से सीमाहीन है, उसमें कोई आन्तरिक भेद नहीं हैं।'[33] यह

बात अन्य तत्त्वों की अपेक्षा आकाश पर अधिक लागू होती है। किर्क कहते हैं, 'अनक्सिमंदॅर के लिए विश्व रचना की मूल सामग्री अनिश्चित थी। विकसित संसार के किसी एक प्रकार के भूत (matter) से मिलती-जुलती न थी। किन्तु निश्चित अदेशगत अर्थ (non-spatial sense) में इसके समानान्तर अपॅइरॉस् का कोई प्राचीन प्रयोग उद्धृत नहीं किया जा सकता। यह बात 'देशगत अनिश्चित' (spatially indefinite) वाली व्याख्या को मानते रहने के पक्ष में है।'[34] अनक्सिमंदॅर का अनिश्चित या असीम आकाश है, यह स्पष्ट है।

छान्दोग्य में कहा गया है कि समस्त भूत आकाश से उत्पन्न होते हैं, उसी में उनका अवसान होता है। वह सबसे बढ़कर है और वह अनन्त है। (1.9.1-2)। उसी उपनिषद् में आगे कहा गया है—आकाश तेज से बढ़कर है, सूर्य, चन्द्रमा, विद्युत, नक्षत्र, अग्नि उसी में हैं, आकाश में प्राणी उत्पन्न होते हैं, आकाश से हम बोलते और सुनते हैं। (7.12.1)। आकाश का गुण शब्द है, यह धारणा अनक्सिमंदॅर के यहाँ नहीं है पर वह अनन्त है, ग्रहों-नक्षत्रों आदि की स्थिति उसी में है, सभी प्राणी उसमें जन्मते हैं, ये विचार उन्होंने ग्रहण किए हैं।

क्सेनोफनेस (क्सॅनॉफनेस्) मूल तत्त्व पर विचार नहीं करते, वह उस देवशक्ति पर विचार करते हैं जो संसार में व्याप्त है और उससे अलग नहीं है। अरस्तू के अनुसार क्सेनोफनेस की निगाह पूरे विश्व पर थी; उन्होंने कहा कि जो एक है, वह देव है। किर्क कहते हैं कि इससे स्पष्ट संकेत मिलता है कि देव और विश्व एकात्म हैं। वह यह भी बताते हैं कि क्सेनोफनेस का देव विश्वतन्त्र परम्परा का सीधा विकास नहीं है वरन् सम्भवतः वह किसी हद तक उस दैवी-तत्त्व पर आधारित है, जो थलेस और अनक्सिमॅनॅस के मत से किसी प्रकार संसार के पदार्थों में व्याप्त था और उन्हें जीवन और गति प्रदान करता था।[35] क्सेनोफनेस वास्तव में पुराने देवतन्त्र को मिटा रहे थे, वह अनेक देवों के स्थान पर एक देव को प्रतिष्ठित कर रहे थे। कुछ ऐसा ही कार्य ऋग्वेद के कवियों ने किया था। अनेक देवों में उन्होंने एकं सद् को प्रतिष्ठित किया था। क्सेनोफनेस का देव विश्वतन्त्र परम्परा का विकास नहीं है पर उपनिषदों का ब्रह्म ऋग्वेद की एकं सद् परम्परा का विकास है। क्सेनोफनेस का देव इस ब्रह्म का प्रतिरूप है। वह विश्व में व्याप्त है, उसे विश्व से अलग नहीं किया जा सकता। स्वभावतः क्लेसोफनेस ने होमर के मानवाकार देवों की आलोचना की थी। जो लोग यह मानते हैं कि ऋग्वेद में देवतन्त्र पूरी तरह विकसित न हुआ था, इसलिए देवों की आकृतियाँ स्पष्ट नहीं होतीं, उन्हें मिलेतुस नगर के दार्शनिकों की देव-सम्बन्धी धारणाओं पर विचार करना चाहिए। ये सब अद्वैतवादी थे, मूल रचनातत्त्व की खोज कर रहे थे, देवों की मानवीय आकृतियाँ उनके लिए व्यर्थ थीं। किर्क की बात सही है : "होमर के मानवाकार बहुदेववाद की प्रतिक्रिया में क्सेनोफनेस एक देव की धारणा तक पहुँचे।"[36]

मूर्तिविधान के बिना कवियों का काम नहीं चलता, उनकी सहज प्रवृत्ति बहुदेववाद की ओर होती है। होमर बहुत बड़े कवि थे, इसमें सन्देह ही क्या, पर उनका देवतन्त्र

दार्शनिक चिन्तन से दूर है। शेली अद्वैतवादी थे, बहुदेववाद को मूर्तिविधान के तौर पर इस्तेमाल करते थे। उनका मूर्तिविधान और अद्वैतवाद एक-दूसरे से पृथक हैं, इनमें सामंजस्य स्थापित किया है सूरदास और तुलसीदास ने।

क्सेनोफनेस कवि थे पर अपने दार्शनिक चिन्तन के आधार पर उन्होंने कोई नया मूर्तिविधान नहीं रचा। उनके प्रसंग में किर्क की कही हुई बात ऋग्वेद का अध्ययन करते समय याद रखने योग्य है : "The study of gods was not divorced from that of nature (देवों का अध्ययन प्रकृति के अध्ययन से अलग न कर दिया गया था)।"[37] क्सेनोफनेस का देव मूल रचनातत्त्व से एकदम अलग नहीं है। अरस्तू ने कहा था कि उनके लिए जो एक है, वह देव है। अरस्तू ने देव के लिए ऑउरनॉस् शब्द का व्यवहार किया था जिसका अर्थ आकाश होना चाहिए, न कि देव। किर्क का विचार है कि यहाँ ऑउरनॉस् का अर्थ 'प्रथम आकाश' (first heaven) न रहा होगा।[38] उनकी समझ में आकाश कोई तत्त्व नहीं है, इसलिए विश्व-रचना के लिए वह अप्रासंगिक है। यह कठिनाई वैसी है जैसी अनक्सिमंदॅर के असीम और अनिश्चित को लेकर पैदा हुई है। बहुत सम्भव है अनक्सिमंदॅर की तरह क्सेनोफनेस भी आकाश को विश्व का मूल रचनातत्त्व मानते रहे हों।

उनके संकलित विचारों को देखने से ज्ञात होता है कि वह पृथ्वी, जल, अग्नि, वायु को भी मूल तत्त्व मानते हैं। "पृथ्वी असीम है, वह न वायु से घिरी है, न आकाश से; बहुत से सूर्य और चन्द्र हैं और सभी चीजें पृथ्वी से बनी हैं।"[39] फिर वह पृथ्वी और जल तत्त्वों को मिला देते हैं। "सभी चीजें जो अस्तित्व में आती हैं और बढ़ती हैं पृथ्वी और जल है।"[40] जल से वायु का सम्बन्ध दिखाते हैं : "समुद्र जल का स्रोत है और वायु का स्रोत है,...महान समुद्र बादलों का, और हवाओं का, और नदियों का जनक है।"[41] पृथ्वी के मुकाबले जल की भूमिका अधिक महत्त्वपूर्ण है। "पृथ्वी और जल का मिश्रण जारी रहता है। समय बीतने पर पृथ्वी आर्द्रता में घुल जाती है...जब भी पृथ्वी समुद्र में डूबती है और कीचड़ हो जाती है, सारी मानव-जाति का नाश हो जाता है। फिर अस्तित्व में आने की प्रक्रिया दूसरी बार आरम्भ होती है और यह आधार सभी लोकों के लिए घटित होता है।"[42] जल की महत्ता के अलावा यहाँ सृष्टि-प्रलय-क्रम की भारतीय धारणा दोहराई गई है। वायु, जल और अग्नि सम्बद्ध रूप में क्रियाशील होते हैं। "छोटे-छोटे अग्नि-खंडों के एकत्र होने से सूर्य प्रतिदिन अस्तित्व में आता है।"[43] "सूर्य और नक्षत्र बादलों से बने हैं।"[44] सूर्य प्रज्वलित बादलों से बना है।"[45] पृथ्वी, जल, वायु, अग्नि के साथ ऑउरनॉस् (आकाशों) को जोड़ दें तो भारतीय दर्शन के पाँचों तत्त्व प्राप्त हो जाएँगे। इनसे एक देव का सामंजस्य स्थापित करना हो तो कह सकते हैं, जो शक्ति इन पाँचों तत्त्वों में और उनसे बने पदार्थों में व्याप्त है, वही एक देव है।

क्सेनोफनेस ने यह बात लक्ष्य की थी कि जहाँ अब चट्टानें और पर्वत हैं, वहाँ पहले जल था। समुद्र-तट से दूर शंख मिले, मछली और समुद्री घास की छाप चट्टानों में मिली। यह तब हुआ जब सब कुछ कीचड़ से ढँका हुआ था, कीचड़ सूख गया, छाप

बनी रही।[46] विज्ञान के लिए यह जानकारी महत्त्वपूर्ण थी पर क्सेनोफनेस जिस तत्त्ववाद के परिप्रेक्ष्य में संसार को देखते थे, उससे उन्होंने धरती के परिवर्तन और विकास के बारे में कोई परिणाम न निकाला था। उन्होंने उक्त तथ्यों को इस बात का प्रमाण माना कि धरती और जल का मिश्रण जारी रहता है और समय बीतने पर धरती पानी में घुल जाती है। उन्होंने इस प्रश्न पर विचार नहीं किया कि धरती के बिना पानी किस पर टिका रहेगा। यह सम्भव है, वह सोचते हों कि बादलों के रूप में पानी हवा में तैरता है, वैसे ही धरती के बिना भी जल बना रहेगा। पर जैसाकि ऋग्वेद के कवियों की मान्यता थी, बादलों के निर्माण के लिए सूर्य, समुद्र और धरती का वायुमंडल दरकार हैं। जो भी हो, पर्वतों और चट्टानों में समुद्री चीजों की छाप देखना वैज्ञानिक अनुसन्धान की दिशा में एक नया प्रयास था।

अब तक जिन पाँच यूनानी दार्शनिकों का उल्लेख हुआ है उनमें तीन–थलेस, अनक्सिमंदॅर और अनक्सिमॅनॅस–एक ही नगर मिलेतुस के रहनेवाले थे। शेष दो में क्सेनोफनेस कॉलॉफोन और हेराक्लितुस ऍफॅसुस के रहनेवाले थे। पर वे सब एक ही जनपद के निवासी थे और यह जनपद एशिया में था। उपनिषदों से उनकी विचारधारा की समानता अनेक विद्वानों ने लक्षित की है। उपनिषदों पर ग्रीक प्रभाव है, यह दावा शायद ही किसी ने किया हो। ग्रीक चिन्तन यदि वैज्ञानिक है और उपनिषदों का ब्रह्म रहस्यवाद से ढँका है तो ग्रीक चिन्तन का प्रभाव उपनिषदों पर हो ही कैसे सकता है। पर दोनों में समानता है, यह तो अनेक विद्वानों ने लक्ष्य किया है। यह समानता इतनी गहरी और विस्तृत है कि वह आकस्मिक नहीं हो सकती। यूनानी दार्शनिकों से पहले वहाँ काव्य अथवा दर्शन की ऐसी कोई परम्परा नहीं है जिससे उन्हें जोड़ा जाए। इसके विपरीत उपनिषदों से पहले ऋग्वेद की परम्परा है और उससे उन्हें जोड़ना सर्वथा उचित है। यूनान का प्रारम्भिक दर्शन भारतीय चिन्तन से प्रभावित है, यह मानना युक्तिसंगत है।

यूनानी विज्ञान पर अपनी पुस्तक में फारिंगटन ने शुरू के तीन सौ वर्षों (600-400 ई.पू.) को सबसे महत्त्वपूर्ण माना है। लिखा है : "यूनानी विज्ञान के शुरुआती दौर में उसकी मौलिकता इस बात में है कि वह इतिहास में पहली बार ऐसा प्रयास प्रस्तुत करता है जो समूचे विश्व की विशुद्ध प्राकृतिक व्याख्या करे। देवतन्त्र का स्थान विश्वतन्त्र लेता है।"[47] यह बात उपनिषदों के बारे में भी कही जा सकती है। यूनानी विचारकों की विश्व-व्याख्या विशुद्ध प्राकृतिक नहीं थी, यह फारिंगटन की इस बात से जाहिर है कि उन्हें उत्तरकालीन यूनानी जीवन्त भूतवादी (hylozoists) कहते थे अर्थात् वे भूत (matter) को जीवन्त मानते थे। फारिंगटन की टिप्पणी है : "इसका अर्थ यह है कि वे यह न मानते थे कि जीवन अथवा आत्मा ने संसार में कहीं बाहर से प्रवेश किया है वरन् जिसे जीवन अथवा आत्मा अथवा पदार्थों में गति का कारण कहा जाता है, वह भूत में निहित है और उसके व्यवहार का ही रूप है।"[48]

ऋग्वेद में प्रकृति की एक अवस्था ऐसी है जब न मृत्यु थी, न अमृत था।

(10.129.2)। यह अव्यक्त प्रकृति है और उसे जीवन्त नहीं कहा गया। निर्जीव से जीव की उत्पत्ति हुई, यह विकासवाद का मूल सूत्र है। असत् से सत् उत्पन्न हुआ। (10.72.2)। जो असत् है वह जीवन्त नहीं है। तैत्तिरीय में कहा गया है–अथवा पहले वह असत् था, उसी से सत् उत्पन्न हुआ। (2.7) अव्यक्त से व्यक्त, अजीव से जीव, असत् से सत्–प्रकृति में गुणात्मक परिवर्तनों द्वारा यह विकास सम्भव होता है। इसके सिवा संसार में जीव-अजीव का भेद सदा बना रहता है। कठोपनिषद् की उक्ति न हन्यते हन्यमाने शरीरे (2.18) में मरणशील शरीर और अमर आत्मा अथवा ब्रह्म का भेद स्पष्ट है। अतः उपनिषदों में सभी प्रकृति समान रूप से जीवन्त नहीं है। पदार्थ अपनी शक्ति से गतिशील होते हैं, उनके भीतर किसी देवता को प्रतिष्ठित कराना आवश्यक नहीं होता। छान्दोग्य में कहा गया है : मन को ब्रह्म मानकर उसकी उपासना करे। (3.18.1)। और केन में ब्रह्म को मन का भी मन कहा गया है। (2)। स्पष्ट ही यह मन मनुष्य में है, संसार के इतर पदार्थों में नहीं। मन को चेतना का प्रतीक मानें तो उपनिषदों में चेतन-अचेतन का भेद स्पष्ट हो जाएगा।

यदि फारिंगटन की बात मानें कि 600 से 400 ई.पू. का समय यूनानी दर्शन के इतिहास में सबसे महत्त्वपूर्ण है तो कहना होगा कि उसे महत्त्वपूर्ण बनाने में भारत का योगदान उल्लेखनीय है। यदि यूरोप के दर्शन-विज्ञान की नींव उन प्रारम्भिक यूनानी दार्शनिकों ने डाली तो मानना होगा कि इस नींव में कुछ पत्थर भारत के हैं। भारत की तरह यूनान में दार्शनिक चिन्तन की दो परम्पराएँ थीं और इन दोनों का सम्बन्ध भारत से हो तो भारतीय प्रभाव की व्यापकता का अनुमान किया जा सकेगा। फारिंगटन के अनुसार उत्तरकालीन यूनानी स्वयं दो परम्पराओं में भेद करते थे : एक थी विशुद्ध प्रकृतिवादी, भौतिकवादी या नास्तिक और दूसरी धार्मिक जिसकी शुरुआत पिथागोरस (पुथगॉरस्) से होती है।[49] थलेस आदि का चिन्तन विशुद्ध प्रकृतिवादी नहीं था। इसका उल्लेख पहले हो चुका है। पिथागोरस का चिन्तन विशुद्ध रूप से धार्मिक नहीं था, वह वैज्ञानिक भी थे और उनके नाम से विख्यात ज्यामिति की एक थ्योरम अब तक चली आती है। वास्तव में दोनों धाराएँ एक-दूसरे से उतना अलग न थीं जितना परवर्ती विवेचक उन्हें मानने लगे थे। हेराक्लितुस आदि के लिए आत्मा जिस तत्त्व से भी बनी हो, वह तत्त्व अमर था। पिथागोरस के लिए भी आत्मा अमर थी, यह दोनों में समानता थी।

पिथागोरस की नई कल्पना यह थी कि मनुष्य की आत्मा शरीर का अन्त होने पर किसी पशु के शरीर में भी जा सकती थी।[50] यह कल्पना छान्दोग्य में भी है : इस जन्म में जिनका आचरण बुरा है, वे निकट भविष्य में गर्हित योनि को प्राप्त होंगे, कुत्ता, सुअर या चांडाल होंगे। (5.10.7)। कुत्ते में मनुष्य की आत्मा पिथागोरस ने भी देखी थी। क्सेनोफनेस के अनुसार एक बार कहीं जाते हुए उन्होंने देखा, एक आदमी कुत्ते को मार रहा है। उन्होंने कहा : इसे मत मारो; इसमें मेरे एक मित्र की आत्मा है। उसकी आवाज से मैंने उसे पहचान लिया।[51] हेराक्लितुस का विचार था कि आत्मा के विभिन्न योनियों

में जन्म लेने की बात पिथागोरस ने मिस्र से सीखी थी। किर्क का कहना है कि मिस्र में इस सिद्धान्त का चलन न था।[52] पर वह मानते हैं कि पिथागोरस ने यह सिद्धान्त बाहर से प्राप्त किया था, कहाँ से यह अनिश्चित है। जिन लोगों से उसे प्राप्त करने की सम्भावना मानी गई है, उनमें "खाल्दी, भारतीय ब्राह्मण, यहूदी और द्रुइद और केल्त भी" हैं।[53] खाल्दी इराक में, यहूदी पश्चिमी एशिया में, द्रुइद और केल्त पहले यूरोप फिर ब्रिटेन में रहते थे। इन सभी से किसी-न-किसी समय भारतीयों का सम्पर्क रहा था। किर्क के मत से परवर्ती लोगों ने इनके और पिथागोरस के विचारों में समानता देखी, इतना ही निश्चित है। पर इस समानता से यह भी संकेत मिलता है कि विभिन्न योनियों में आत्मा के जन्म का सिद्धान्त पश्चिमी एशिया के जन-समुदायों में दूर-दूर तक, यूरोप के उत्तर में ब्रिटेन तक, फैला हुआ था और उपनिषदों में आत्मा-सम्बन्धी विवेचन पर ध्यान दें तो लगेगा, उस सिद्धान्त का स्रोत भारत हो सकता है। इन जन-समुदायों से भारत का सम्पर्क ऐतिहासिक भाषा-विज्ञान और पुरातत्त्व दोनों से प्रमाणित है। इससे यह सम्भावना भी उत्पन्न होती है कि मुख्य उपनिषदों का आत्मा-सम्बन्धी विवेचन दूसरी सहस्राब्दी ई.पू. में प्रचलित था।

पिथागोरस के आत्मा-सम्बन्धी विचार का स्रोत जानने के लिए उनके चिन्तन की समग्रता पर ध्यान देना चाहिए। वह, सब नहीं तो कुछ, वनस्पतियों को सजीव मानते थे। इसके सिवा वह विश्वव्यापी प्सूखे की एकता पर विश्वास करते थे। किर्क ने प्सूखे के लिए 'जीवन' का व्यवहार किया है, उसे हम प्राण अथवा आत्मा भी कह सकते हैं। "इसका एक भाग, अपावन रूप में, सारे संसार में बिखरा हुआ है, दूसरा भाग अपनी पावनता बनाए रहता है। अपने अन्तिम अवतरण में व्यक्ति की आत्मा उसमें पुनः मज्जित हो जाएगी।"[54] यह सुपरिचित भारतीय विचार है कि जीव ब्रह्म का अंश है, वह अनेक योनियों में भटकता है और अन्त में उसी ब्रह्म में लीन हो जाता है। इसे यदि विशिष्टाद्वैत माना जाए तो कहना होगा कि छठी सदी ई.पू. के पहले भारत में उसका आविर्भाव हो चुका था। पिथागोरस के चिन्तन में आवागमन के साथ मोक्ष की धारणा भी विद्यमान थी। किर्क ने लिखा है : "विश्व में—विशेष रूप से आकाशीय पिंडों की नियमित गति में—जो व्यवस्था का सिद्धान्त [अर्थात् ऋत] उद्घाटित है, उसका ध्यान करने और उस व्यवस्थित तत्त्व में स्वयं को मज्जित करने से मनुष्य क्रमशः पवित्र होता जाता है और अन्त में जन्म-चक्र से बच निकलता है और अमरत्व प्राप्त करता है।"[55]

कॉर्नफोर्ड के अनुसार पिथागोरस के लिए विश्व किसी जीवित और साँस लेते हुए प्राणी के समान था। विश्व की पुरुष रूप में कल्पना ऋग्वेद में है, उपनिषदों में भी है। पिथागोरस के अनुयायी मानते थे कि संसार में नारी और पुरुष ये दो सिद्धान्त काम करते हैं। सीमित होने का सिद्धान्त पुरुष है, असीम होने का सिद्धान्त नारी है।[56] प्रश्नोपनिषद् में प्रजापति ने प्रजा को उत्पन्न करने के लिए प्राण और रयि के मिथुन को जन्म दिया। आदित्य प्राण है, चन्द्रमा रयि है (1.4.5)। अहोरात्र में दिन प्राण है,

रात्रि रयि है (1.13)। इस तरह यह पुरुष-नारी सिद्धान्त सारे संसार में चरितार्थ होता है।

पिथागोरस के अनुयायी मानते थे कि शून्य का अस्तित्व है। शून्य और श्वास असीम से आकर आकाश (The heaven) में प्रवेश करते हैं, वह मानों निःश्वास द्वारा उन्हें भीतर खींचता है। शून्य पदार्थों को एक-दूसरे से अलग करता है, इससे उनका स्वभाव पहचाना जाता है। यह बात सबसे पहले अंकों के बारे में घटित होती है।[57] यहाँ जिसे शून्य कहा गया है, उसे हम आकाश कह सकते हैं। वह तत्त्व है क्योंकि साँस के साथ खींचा जाता है। जिसे ऊपर आकाश कहा गया है, उसे हम द्युलोक कह सकते हैं। आकाश वहाँ भी प्रवेश करता है, पृथ्वी पर वह पदार्थों को एक-दूसरे से अलग करता है। पिथागोरस के अनुयायी मानते थे कि संसार के केन्द्र-स्थान में पृथ्वी नहीं अग्नि है।[58] स्पष्ट ही अग्नि यहाँ एक तत्त्व है। इससे यह धारणा पुष्ट होती है कि जिसे शून्य कहा गया था, वह आकाश नाम का तत्त्व है। मनुष्य और संसार पाँच तत्त्वों से बने हैं, इस भारतीय स्थापना से पिथागोरस के अनुयायी परिचित थे।

पिथागोरस और उनके अनुयायी मनुष्य के आचरण पर बड़ा जोर देते थे। वे जीव हत्या के विरोधी थे और सभी प्राणियों के बन्धुत्व में विश्वास करते थे।[59] उपासना के समय वे जूते उतार देते थे।[60] पिथागोरस ने कुछ संगीत-सम्बन्धी प्रयोग किए थे। उनका उल्लेख आगे होगा। उनसे यह संकेत मिलता है कि वह भारतीय श्रुति-विज्ञान से परिचित थे। उनसे सम्बन्धित सभी बातों पर ध्यान दिया जाए तो यही निष्कर्ष निकलेगा कि उनकी विचारधारा का मूल स्रोत भारत था और लघु एशिया पर यूनानी आक्रमण से पहले यूनान और भारत का सम्बन्ध क्रमशः घनिष्ठ होता गया था।

छान्दोग्य में कहा गया है : आरम्भ में सत् ही था। कथम् असतः सत् जायेत इति—असत् से सत् कैसे उत्पन्न हो सकता है ? (6.2.1-2)। ठीक यही बात पाँचवीं सदी के विचारक पर्मेनिदेस (परमॅनिदेस) ने कही थी। सत् और असत् का जोड़ा उनकी भाषा में ऍस्तिन् ए ऑउक् ऍस्तिन् है। रैवेन ने इसका अनुवाद किया है : कोई चीज या तो है या नहीं है। समस्या तब पैदा होती है जब लोग सत् या ऍस्तिन् का यह अर्थ करते हैं कि वह अभौतिक है। पर्मेनिदेस ने एक कविता लिखी थी। इसके पहले भाग में 'सत्य का मार्ग' (सत्) विवेचित है; दूसरे भाग में 'प्रतीति का मार्ग' वर्णित है। पहले भाग में सत्य का बोध इन्द्रियों से नहीं होता; दूसरे भाग में संसार का ज्ञान इन्द्रियों से ही होता है। दोनों में परस्पर विरोध जान पड़ता है।

वास्तव में विरोध है नहीं। विरोध तभी पैदा होता जान पड़ेगा जब हम सत् को अभौतिक मान लेंगे। रैवेन ने ठीक लिखा है कि पर्मेनिदेस के बारे में कठिनाई यह है कि : "जो अभौतिक (incorporeal) है, वह अभी अज्ञात था" अर्थात् उसकी चर्चा न होती थी। यह कठिनाई पर्मेनिदेस ने नहीं, उनके भाष्यकारों ने पैदा की है। संसार इन्द्रियों से जाना जाता है और ब्रह्म इसी गोचर संसार में निहित है। जो निहित है, उसे हम इन्द्रियों के प्रत्यक्ष बोध से नहीं, बुद्धि से पहचानते हैं। दोनों में परस्पर विरोध नहीं

है। पर्मेनिदेस के लिए जो सत् है वह स्वयंभू है, अमर है, अचल और अविच्छिन्न है। वह एक है और उसकी कोई सीमा नहीं है। सत् अपने में पूर्ण है परन्तु पिथागोरस के अनुयायी कहते थे कि असत् शून्य से निकलकर सत् अधिकाधिक अस्तित्व में आता रहता है।"[61] रैवेन ने जिसे unreal void (असत् शून्य) कहा है, उसे शून्य मानना आवश्यक नहीं है। वह आकाश तत्त्व हो सकता है जिससे वस्तुओं में भेद, उनके बीच का फासला दिखाई देता है। सम्भव है, पर्मेनिदेस आकाश को तत्त्व न मानते हों, इसलिए उन्होंने उसे शून्य समझा हो। पर यदि सत् को व्यक्त और असत् को अव्यक्त प्रकृति माना जाए तो अन्तर्विरोध समाप्त हो जाता है। तब अव्यक्त प्रकृति निरन्तर व्यक्त रूप धारण करती जाती है, अभाव से भाव के उत्पन्न होने का प्रश्न ही नहीं उठता। रैवेन ने पिथागोरस के अनुयायियों को इस बात के लिए दोषी ठहराया है कि जो है नहीं, उसका होना उन्होंने मान लिया है। ये लोग ही नहीं, इनके साथ अनाक्सिमॅनॅस को भी उन्होंने उसी अपराध के लिए दोषी (guilty) मान लिया है।[62] अनक्सिमॅनॅस के अनुसार वायु मूल तत्त्व है, उसी से संसार बना है और वह संसार को घेरे हुए है। यदि वायु के लिए कहा जाए कि वह है नहीं, तो आकाश के लिए और भी कहा जा सकता है कि वह नहीं है।

रैवेन के अनुसार पर्मेनिदेस का अपराध यह है कि सत् को एक मानते हुए भी उन्होंने उसे 'एकदम अवैध ढंग से (quite illegitimately)' गोचर पदार्थों से भर दिया है।[63] प्रकाश और अन्धकार गोचर हैं और परस्पर विरोधी हैं। प्रकाश और अन्धकार के उल्लेख से पर्मेनिदेस के मूल स्रोत का पता लग जाता है। प्रश्नोपनिषद् में कहा गया है : अहोरात्र प्रजापति हैं, इनमें दिन प्राण (पुल्लिंग) है, रात्रि रयि (स्त्रीलिंग) है। (1.13)। ब्रह्म एक है, उसी में प्रकाश और अन्धकार, ये दो विरोधी तत्त्व क्रियाशील होते हैं। इसलिए पर्मेनिदेस ने अपने सत् को, एक को, प्रकाश और अन्धकार से भर दिया, तो कोई अपराध नहीं किया। वह सत् कभी रीता था ही नहीं, वह विरोधी तत्त्वों का समवाय है, उन्हीं से उसमें गति उत्पन्न होती है। वह केवल अपनी पूर्णता में अचल है।

पर्मेनिदेस की कविता के दोनों भागों को परस्पर विरोधी मानकर रैवेन ने लिखा है कि पहला भाग (सत्य का मार्ग) प्रभावशाली हुआ है, परवर्ती विचारकों पर उसके दूसरे भाग का प्रभाव अपेक्षाकृत कम हुआ है। वास्तव में दोनों भागों से मिलकर पूरी कविता बनी है, प्रश्नोपनिषद् के अहोरात्र की तरह। यूनान और यूरोप में जब लोग ब्रह्म को प्रकृति से अलग करने लगे, तब कविता का पहला भाग अधिक प्रभावशाली लगा, दूसरा भाग असंगत और अनावश्यक प्रतीत हुआ। इसमें दोष पर्मेनिदेरा का नहीं है।

पाँचवीं सदी के यूनानी दार्शनिक एम्पिदोक्लेस(ॲम्पिदॉक्लेस) के बारे में कहा गया है कि वह क्सेनोफनेस और पर्मेनिदेस से प्रभावित थे। जो ब्रह्मवादी होगा, वह मानवाकार देवों का विरोध करेगा। यही काम एम्पिदोक्लेस और उनके पूर्ववर्ती विचारकों ने किया था। एम्पिदोक्लेस ने आकाश को छोड़ दिया था, पाँच की जगह चार तत्व माने थे। चार तत्त्वों से संसार बना है, चार से मानव शरीर बना है। जो पिंड में है वही ब्रह्मांड में है—यह

भारतीय सिद्धान्त वह मानते थे। राग और द्वेष से चारों तत्त्व मिलते और जुदा होते हैं। संघटन और विघटन का यह क्रम बराबर चला करता है। रैवेन कहते हैं, एम्पिदोक्लेस के सिद्धान्त की सबसे बड़ी विचित्रता यह विश्वचक्र (cosmic cycle) की धारणा है।[64] यह हमारे यहाँ के सृष्टि-प्रलय-क्रम की धारणा के समान है। विशेष बात यह है कि एक सृष्टि-क्रम में चार युग आते हैं। जब राग की प्रधानता होती है तब सब तत्त्व सन्तुलित रहते हैं; वैसे ही मानव जीवन स्वच्छ और सामंजस्यपूर्ण होता है। फिर द्वेष थोड़ा बढ़ा, दूसरा युग आया। राग तत्त्व कम हुआ, द्वेष और बढ़ा, तीसरा युग आया। द्वेष तत्त्व की प्रधानता हुई और चौथा युग आ गया। मानव समाज की ये चार अवस्थाएँ, उसके चार युग, हमारे यहाँ के सत्य युग, द्वापर, त्रेता और कलियुग के अनुरूप हैं। ऐसे युगों की कल्पना यूनान में पहले से प्रचलित थी। यूनानियों के लिए जो नई बात थी, वह यह कि जीव-हत्या से मनुष्य का पतन होता है।

पिथागोरस की तरह एम्पिदोक्लेस जीवमात्र की एकता में विश्वास करते थे। वनस्पतियों में भी जीवन है, यह सिद्धान्त वह मानते थे। बहुत से भारतवासियों की तरह वह कहते थे कि पाप के कारण मनुष्य को बार-बार इस संसार में जन्म लेना होता है। मनुष्य पशुयोनि में भी जन्म लेता है, फिर क्रमशः उन्नति करता हुआ, सम्भवतः पुण्य कर्मों के कारण वह भविष्यवक्ता, कवि, वैद्य या राजकुमार के रूप में जन्म लेता है। वह देवत्व भी प्राप्त कर सकता है। "मैं अब मर्त्य नहीं हूँ, तुम्हारे बीच मैं अमर देव के समान विचरता हूँ!" ऐसी उक्ति किसी ब्रह्मवादी की हो सकती है, ब्रह्म से जो अपनी आत्मा का तादात्म्य स्थापित करता हो।

जो ब्रह्मवादी होगा, वह अद्वैतवादी होगा। रैवेन का मत है, एम्पिदोक्लेस ने पर्मेनिदेस के अद्वैतवाद का खंडन किया था, शायद इसलिए कि वह संसार और मनुष्यों को चार तत्त्वों से बना मानते थे। पर एम्पिदोक्लेस की उक्तियों की ओर संकेत करते हुए रैवेन यह भी कहते हैं : "तत्त्व ही समूचा भौतिक यथार्थ (the whole of material reality) है।"[65] समूचा भौतिक यथार्थ एक है, वह चार तत्त्वों (राग-द्वेष को जोड़ लें तो छह तत्त्वों) से बना है। इस स्थापना से अद्वैतवाद खंडित नहीं होता, वास्तव में रैवेन को आपत्ति एम्पिदोक्लेस के भौतिकवाद पर है। लिखा है : "आकाशगत (spatial sxtension) प्रसार छोड़कर वह अब भी अस्तित्व के किसी रूप की कल्पना नहीं कर पाते।"[66] होना यह चाहिए था कि वह ऐसी सत्ता की बात करें जो आकाशीय प्रसार से बाहर हो अर्थात् देश-काल से परे हो। ऐसा न करके वे राग-द्वेष को भी भौतिक मानते हैं। और भी, उनके लिए यौन प्रेम और विश्वगत प्रेम या राग एक ही हैं।[67] यदि कोई प्राण और रयि की व्याप्ति मनुष्य से लेकर समस्त विश्व में माने तो वह यही कहेगा। प्रश्नोपनिषद् की तरह एम्पिदोक्लेस का यथार्थ गतिशील है और इस गतिशीलता का कारण प्राण और रयि, राग और द्वेष, इन विरोधी लगनेवाले तत्त्वों का सक्रिय होना है।

रैवेन ने बताया है कि एम्पिदोक्लेस के अनुसार क्रमशः वायु और अग्नि की ऊर्ध्वगति से आकाश में दो अर्द्धमंडल बने, एक प्रकाशमय, दूसरा अन्धकारमय; फिर

इनका सन्तुलन बिगड़ने से दिन और रात का चक्र आरम्भ हुआ।[68] प्रश्नोपनिषद् के अहोरात्र में दिन और रात का यही जोड़ा है, उसमें दिन प्राण है, रात रयि है (1.13)। एम्पिदोक्लेस का विचार था कि सूर्य अग्नि नहीं है पर वह अग्नि की प्रतिच्छाया है।[69] इससे तुलनीय है प्रश्नोपनिषद् की यह स्थापना : वही वैश्वानर, विश्वरूप, प्राण, अग्नि (सूर्यरूप में) उदित होता है (1.7)।

रैवेन को जैसी कठिनाई पर्मेनिदेस के विश्लेषण में हुई थी, वैसी ही कठिनाई उनके सामने एम्पिदोक्लेस के विश्लेषण में आई है। एम्पिदोक्लेस ने दो कविताएँ लिखी थीं, एक प्रकृति पर, दूसरी आत्मशुद्धि पर। "प्रकृति पर कविता का सर्वप्रथम सरोकार विश्व और उसकी अन्तर्वस्तु की भौतिक व्याख्या से है। इस प्रक्रिया में, ऐसा लगता है, अमर आत्मा के लिए कोई स्थान नहीं रहता। आत्मशुद्धि का आधार (आत्मा के) देहान्तरण में पिथागोरसपन्थी विश्वास है।"[70] कठिनाई इसलिए पैदा होती है कि रैवेन तथा अन्य भाष्यकार आत्मा को अभौतिक मानकर प्रकृति से उसकी संरचना को एकदम भिन्न मानते हैं। यदि आत्मा प्राण है तो वह एक शरीर छोड़कर दूसरे में जा सकती है। प्राण की व्याप्ति और उसकी पृथक सत्ता में विरोध नहीं है। कठोपनिषद् में कहा गया है : यह सारा जगत प्राण के स्पन्दन से निकला है। (6.2)। इसके बाद व्यक्ति के शरीर की चर्चा है। यदि शरीर छूटने से पहले व्यक्ति (प्राण का रहस्य) जान लेता है, तो वह सर्वेषु लोकेषु–'सृष्टि करने में समर्थ पृथिवी आदि लोकों में' शरीरत्वाय कल्पते–'शरीर धारण करने के लिए समर्थ या योग्य होता है।' (सत्यव्रत सिद्धान्तालंकार, 6.4)। यहाँ पहले प्राण (आत्मा या ब्रह्म) की व्याप्ति है, फिर आत्मा के देहान्तरण की बात कही गई है। एम्पिदोक्लेस की कविताओं में भी प्रकृति और आत्मा (विश्व-केन्द्रित शक्ति और व्यक्ति-केन्द्रित शक्ति) का सम्बन्ध इसी तरह दिखाया गया है।

रैवेन के अनुसार सुकरात के पहले के दार्शनिक अमूर्त को समझने की ओर बहुत धीरे-धीरे बढ़ रहे थे। "लक्ष्य तभी प्राप्त हुआ जब प्लेटो ने अपने 'विचारों के सिद्धान्त' (theory of ideas) को विस्तार दिया।"[71] उससे पहले यूरोप के दर्शन और विज्ञान की आधारशिला उन दार्शनिकों ने रखी, जो भौतिकवादी थे और उपनिषदों के दार्शनिक यथार्थवाद से प्रभावित थे। समानताएँ इतनी अधिक हैं कि उन्हें यूनानी दर्शन पर भारतीय प्रभाव के अलावा और कुछ कहा नहीं जा सकता।

3. परमाणुवाद : भारत और यूनान

पाँचवीं सदी ई.पू. में लॅउकिप्पुस (लॅउकिप्पॉस्) और देमोक्रितुस (देमॉक्रितॉस) ने यूनानी दर्शन में परमाणुवाद का विकास किया। कहा जाता है कि इस सिद्धान्त को जन्म दिया लॅउकिप्पुस ने, उसका विस्तार किया देमोक्रितुस ने। मूल सिद्धान्त यह है कि भूत का सबसे छोटा अविभाज्य घटक परमाणु है। वह इतना छोटा होता है कि दिखाई नहीं देता। संसार के सारे पदार्थ इन्हीं परमाणुओं से बनते हैं, वे सब इन्द्रियग्राह्य होते हैं। सभी

परमाणुओं में एक भूत होता है, उनके आकार भिन्न होते हैं। उनके मिलने पर कैसी व्यवस्था बनती है, उसमें परमाणुओं का स्थान कहाँ होता है, इससे पदार्थों के विशेष रूप निर्धारित होते हैं। देमोक्रितुस का विचार था कि परमाणुओं में वजन होता है और वे एक विशेष दिशा में गतिशील होते हैं।[72] इनकी गतिशीलता किस कारण होती है, यह स्पष्ट नहीं है। अरस्तू के अनुसार देमोक्रितुस मानते थे कि आत्मा-परमाणु (Soul-atoms) स्वयं गतिशील होते हैं।[73] किर्क ने व्याख्या की है कि आत्मा और अग्नि गोलाकार परमाणुओं से बनी हैं। परमाणु एकत्र होते हैं, फिर बिखर जाते हैं, इससे संसार में परिवर्तन होता है और पदार्थ एक-दूसरे से भिन्न दिखाई देते हैं।[74]

देमोक्रितुस के चिन्तन में शून्य अथवा आकाश से सम्बन्धित संकेत दिलचस्प हैं। अरस्तू के अनुसार परमाणुवादी सत् और असत् में भेद करते थे। सत् ठोस है, पूर्ण है, असत् खाली है, शून्य है। "पिंड की तुलना में शून्य का अस्तित्व कम नहीं है, अतः सत् की तुलना में असत् का अस्तित्व कम नहीं है। ये दोनों विद्यमान वस्तुओं के भौतिक कारण हैं।"[75] अरस्तू यह भी बताते हैं कि देमोक्रितुस ने आकाश (space) को शून्य, असत् और अनन्त कहा है। किर्क का मत है कि अरस्तू ने शून्य (void) को आकाश (space) कहकर भ्रम पैदा किया है। "पिंड आकाश (space) घेरते हैं, यह धारणा परमाणुवादियों के यहाँ नहीं थी। उनके लिए जहाँ परमाणु नहीं है, वहीं शून्य का अस्तित्व है अर्थात् उनके बीच जो खाली जगह होती है, वह शून्य है।"[76] ऐसा लगता है, यह सारा झमेला आकाश को तत्त्व न मानने से पैदा होता है। अरस्तू की स्पष्ट उक्ति है कि देमोक्रितुस के लिए सत् और असत् दोनों की सत्ता है और दोनों विद्यमान पदार्थों के भौतिक कारण हैं। जो शून्य है, वह किसी पदार्थ का भौतिक कारण नहीं हो सकता। परमाणुओं के बीच जो खाली जगह है, वह शून्य नहीं है, आकाश है।

मार्क्स ने अपना शोध प्रबन्ध देमोक्रितुस और एपिकुरुस के दर्शन पर लिखा था। इसमें उन्होंने देमोक्रितुस की मिस्र और ईरान की यात्राओं की चर्चा करते हुए लिखा है : "कुछ लोगों का कहना है कि वह भारत के विद्वानों से भी मिले थे, और इथिओपिया भी गए थे।"[77] मार्क्स मानते थे कि देमोक्रितुस भारतीय विद्वानों से मिले थे क्योंकि एपिकुरुस से उनकी भिन्नता दिखाते हुए उन्होंने लिखा है : "परन्तु देमोक्रितुस जहाँ मिस्र के पुरोहितों से, ईरान के खाल्दिओं से और भारतीय विद्वानों से सीखना चाहते थे, वहाँ एपिकुरुस को गर्व था कि उनका कोई गुरु नहीं है, वह स्वयंशिक्षित हैं।"[78] मिस्र और भारत, ये प्राचीन सभ्यताओं के दो केन्द्र थे। यूनान के विद्वान इन्हीं दो से कुछ सीख सकते थे। इनमें, और समस्त प्राचीन संसार में, दार्शनिक चिन्तन का एकमात्र केन्द्र भारत था। अनेक यूनानी दार्शनिकों के बारे में ये उल्लेख मिलते हैं कि उन्होंने मिस्र और भारत की यात्रा की। मिस्र में दर्शन का विकास न हुआ था, अतः दर्शन में कुछ सीखने की सुविधा उन्हें भारत में ही मिल सकती थी। यूनान अभी साम्राज्यवादी यूरोप का सांस्कृतिक आधार न बनाया गया था। यूनानी लोग अन्य जातियों को बर्बर मानते थे (यूरोप के लिए यह ठीक ही था!) पर वे भारत का आदर करते थे। इसलिए यह

बिल्कुल सम्भव है कि देमोक्रितुस भारत आए हों और यहाँ परमाणुवाद सीखा हो।

देमोक्रितुस विचार और संवेदन के बारे में जो कुछ कहते हैं, उससे सांख्य दर्शन के तन्मात्रा सिद्धान्त का स्मरण हो आता है। किर्क के अनुसार देमोक्रितुस के यहाँ 'विचार ऐसी प्रक्रिया है जो संवेदन से मिलती-जुलती है। वह तब घटित होती है जब आत्मा—या चित्त—परमाणु के बाहर के तदनुरूप परमाणुओं के आघात से गतिशील होते हैं।'[79] मनुष्य की इन्द्रियों और बाहर के पदार्थों में जब सूक्ष्म स्तर पर भौतिक सम्पर्क होता है, तब संवेदनों का जन्म होता है। प्रश्नोपनिषद् (4.8) में पहले पृथिवी और पृथिवीमात्रा, अपः और अपोमात्रा, तेजः और तेजोमात्रा, वायुः और वायुमात्रा, आकाशः और आकाशमात्रा में भेद किया गया है। हर तत्त्व का एक स्थूल रूप है, एक सूक्ष्म रूप है। इसके बाद चक्षुः और द्रष्टव्यं, श्रोत्रं और श्रोतव्यं, प्रत्येक इन्द्रिय और उसके विषय का उल्लेख किया गया है। आगे बताया है कि मनुष्य में जो विज्ञानात्मा (अर्थात् चेतन) पुरुष है, वह द्रष्टा, स्प्रष्टा, श्रोता आदि है। (मनुष्य का चित्त इन्द्रियों द्वारा प्रेषित संवेदन ग्रहण करता है)। इन्द्रियाँ जो ग्रहण करती हैं, वह स्थूल पृथिवी नहीं है, उसकी मात्रा है, उसका सूक्ष्म रूप है। इन्द्रियों से तन्मात्रा का सम्पर्क होने पर संवेदन उत्पन्न होता है।

मार्क्स ने देमोक्रितुस और एपिकुरुस का जो तुलनात्मक अध्ययन प्रस्तुत किया है, उससे यह संकेत मिलता है कि दोनों विद्वान भारतीय दर्शन से परिचित थे। देमोक्रितुस नियतिवादी थे, एपिकुरुस यदृच्छावादी। नियतिवाद और यदृच्छावाद, भौतिकवाद की इन दोनों धाराओं का प्रचार-प्रसार छठी सदी ई.पू. में यहाँ हो चुका था। देमोक्रितुस (पाँचवीं सदी ई.पू.) और एपिकुरुस (चौथी सदी ई.पू.) दोनों मानते थे कि परमाणु सीधी रेखा में गिरते हैं, यह भी कि बहुत से परमाणुओं के विकर्षण से उनमें गति उत्पन्न होती है। एपिकुरुस मानते थे कि परमाणु की गति सीधी रेखा से हटते हुए भी होती है।[80] देमोक्रितुस के लिए जो भी घटित होता है, वह अनिवार्य होता है। अनिवार्यता नियति है। इसके विपरीत एपिकुरुस का विचार था : "कुछ लोक निरपेक्ष शासक के रूप में अनिवार्यता का प्रवेश कराते हैं। उसका कोई अस्तित्व नहीं है। परन्तु कुछ चीजें आकस्मिक होती हैं, अन्य हमारी अनियत इच्छा (arbitrary will) पर निर्भर होती हैं। अनिवार्यता को समझाया नहीं जा सकता पर आकस्मिकता (chance) अस्थिर है। प्रकृतिवादियों की नियति का दास बनने से देवों के बारे में पुराणकथाओं के पीछे चलना ज्यादा अच्छा होगा। तब यदि हम देवों का आदर करते हों तो दया की कुछ आशा बच रहती है पर दूसरी जगह तो अटल अनिवार्यता है। परन्तु स्वीकारना चाहिए आकस्मिकता को, न कि ईश्वर को जैसाकि जनसमूह का विश्वास है।"[81] मार्क्स ने एपिकुरुस को 'यूनानी जागरण (enlightenment) का सबसे बड़ा प्रतिनिधि' कहा है।[82] कम-से-कम इस शोध प्रबन्ध के लेखन के समय मार्क्स नियतिवादी नहीं थे। बाद को भी जो हुआ है, अक्सर उसका विकल्प, जो हो सकता था, उसे भी सुझाते थे। अतः उन्हें पूर्ण रूप से नियतिवादी समझना सही न होगा।

भारतीय तर्कशास्त्र और परमाणुवाद पर अपनी पुस्तक में कीथ ने सुझाया है कि भारतीय परमाणुवाद यूनानी प्रभाव से विकसित हुआ हो, यह सम्भव है।[83] यहाँ विचारणीय यह है कि संसार पाँच तत्त्वों से बना है, इस धारणा का सहज विकास है परमाणुवाद। उपनिषदों में पाँचों तत्त्व हैं और अणु भी है। जो यथार्थ है, वह अणो रणीयान्महतो महीयान्, अणु से भी छोटा और महत् से भी बड़ा है (कठ., 2.30)। हर तत्त्व के अपने परमाणु हैं। प्रश्नोपनिषद् में पृथिवी है, पृथिवी मात्रा है, अपः है, अपो मात्रा है। यूनान में तन्मात्राएँ परमाणु रूप में ही ग्रहण की गई थीं। दोनों में थोड़ा अन्तर है। सुरेन्द्रनाथ दासगुप्त के अनुसार : "तन्मात्राओं में हमारी इन्द्रियों को प्रभावित करने की निगूढ़ (potential) शक्ति होती है। इसके पहले कि वे हमारी इन्द्रियों को प्रभावित करें, उन्हें एक विशेष रूप में समूहबद्ध और पुनः समूहबद्ध होना पड़ता है जिससे कि वे परमाणुओं की नई सत्ता बन सकें।"[84] पाँच तत्त्वों में पाँच गुण हैं और इन्हें हमारी पाँच इन्द्रियाँ ग्रहण करती हैं। हर तत्त्व की अपनी तन्मात्राएँ होती हैं, तन्मात्राओं से उत्पन्न अपने अणु होते हैं। अणु समूहबद्ध अपने वजन से या सीधी-टेढ़ी गति से नहीं होते, वे समूहबद्ध होते हैं अपनी तत्त्वगत विशेषता से। भारतीय दर्शन में जैसे पाँच तत्त्व अलग हैं, उनके गुण अलग हैं, वैसे ही हर तत्त्व के परमाणु अलग हैं, उनकी विशेषताएँ अलग हैं।

सुरेन्द्रनाथ दासगुप्त कहते हैं : "आकाश-अणु में प्रवेश क्षमता होती है, वायु-अणु में आघात अथवा यान्त्रिक दबाव की क्षमता होती है, तेजस् अणु में विकीर्ण ऊष्मा और प्रकाश की, अप् अणु में आर्द्र आकर्षण और पृथिवी-अणु में संलग्नशील आकर्षण की क्षमता होती है।"[85] सांख्य दर्शन में आकाश दो तरह का होता है। एक है कारण आकाश। यह अणुविहीन और व्यापक होता है, वह रूपविहीन तमस् है, भूतादि है। वह निषेधमात्र नहीं है, रिक्ता नहीं है। "जब पहली बार ऊर्जा इस तमस् तत्त्व के सम्पर्क में आती है, तब शब्द तन्मात्रा का जन्म होता है। इस शब्द तन्मात्रा से भूतादि के मूल काय घटक एकीकृत होते हैं तो इसका परिणाम होता है अणुमय आकाश। उसे कायाकाश कहते हैं।" पाँच तत्त्व, इन तत्त्वों के गुण, उनकी तन्मात्राएँ, तन्मात्राओं से उत्पन्न परमाणु, तत्त्वों के अनुसार परमाणुओं की विशेषताएँ, विशेषताओं के अनुसार उनकी क्रियाशीलता—वृक्ष की जड़, उसका तना, उसकी शाखाएँ, उसके पत्ते, फूल और फल, यह विस्तार हमारे यहाँ है, यूनान में नहीं।

आधुनिक विज्ञानवेत्ता बताते हैं कि 'परमाणु, और छोटे कणों से, निर्मित होते हैं।'[86] प्रकृति का सूक्ष्मतम घटक कण है, इस विचार के प्रतिपादन के कारण वैशेषिक दर्शन के संस्थापक कणाद कहलाए। परमाणु से सूक्ष्म हैं तन्मात्राएँ, परमाणु तन्मात्राओं से निर्मित होते हैं; यह कल्पना इस वैज्ञानिक स्थापना के अनुरूप है कि परमाणु, और छोटे कणों से निर्मित होते हैं। हर परमाणु की नाभि में प्रोटोन और एलेक्ट्रोन नाम के कण होते हैं। हर तत्त्व में इनकी संख्या अलग-अलग होती है। हाइड्रोजन की नाभि में न्यूट्रोन नहीं होता, केवल एक प्रोटोन होता है। इसलिए हाइड्रोजन की आणविक संख्या हुई एक।

हीलियम में 2 प्रोटोन होते हैं, उसकी आणविक संख्या हुई दो। ऑक्सीजन में आठ प्रोटोन होते हैं, उसकी आणविक संख्या हुई आठ। किसी तत्त्व के परमाणु में कितने प्रोटोन हैं, इससे उसकी आणविक संख्या निर्धारित होती है। कार्बन के परमाणु में छह, पोटैशियम के परमाणु में उन्नीस और यूरेनियम के परमाणु में बानबे प्रोटोन होते हैं। हर तत्त्व के परमाणु में प्रोटोन एक विशेष संख्या में होते हैं, इसलिए यह धारणा युक्तिसंगत थी कि सभी परमाणु एक से नहीं होते, उनकी विशेषताएँ तत्त्वों के अनुरूप होती हैं।

किर्क ने यूनानी परमाणुवाद के बारे में लिखा है : "प्लेटो से पहले, अनेक प्रकार से, यूनानी दर्शन की सर्वोत्कृष्ट उपलब्धि परमाणुवाद है...वास्तव में वह नई धारणा थी जिसे, बड़े पैमाने पर और कौशल से, देमोक्रितुस ने लागू किया था। प्लेटो और अरस्तू के बाद भी एपिकुरुस और लुक्रेतिउस से होते हुए उसे यूनानी चिन्तन में महत्त्वपूर्ण भूमिका निबाहनी थी। बेशक उसने अन्ततः आधुनिक आणविक सिद्धान्त के विकास को भी प्रेरित किया पर इस सिद्धान्त की वास्तविक प्रकृति और प्रेरणाएँ एकदम भिन्न हैं।"[87] आणविक भौतिकवाद से ऊर्जा की धारणा जोड़ दें तो ये प्रेरणाएँ एकदम भिन्न प्रतीत न होंगी। प्राण रूप में ऊर्जा की यह धारणा उपनिषदों में भरी पड़ी है। ऊर्जा के कारण ही सृष्टि-प्रलय-क्रम चालू रहता है, एक संसार नष्ट होता है, दूसरा संसार उसके स्थान पर निर्मित होता है। ऐसा इसलिए होता है कि भौतिक पदार्थ नष्ट हो जाते हैं, ऊर्जा और आकाश बच रहते हैं।

यूनान के परमाणुवादियों ने बहुत से संसारों की बात कही पर उससे ऊर्जा का सम्बन्ध नहीं जोड़ा। किर्क कहते हैं : "परमाणु असंख्य हैं और शून्य असीम है, इसलिए कोई कारण नहीं कि ऐसा विश्व केवल एक हो। अतः लॅउकिप्पुस और देमोक्रितुस ने असंख्य विश्वों की कल्पना की, समूचे शून्य में वे अस्तित्व में आते हैं, फिर तिरोहित हो जाते हैं।"[88] भारतीय सृष्टिक्रम की यह धारणा न केवल यूनानियों के लिए वरन् उनके भाष्यकार किर्क के लिए भी अनोखी थी। कहते हैं : "वे पहले आदमी हैं जिनके बारे में हम पूरे निश्चय से कह सकते हैं कि असंख्य विश्वों की यह अनोखी धारणा (odd concept) उन्होंने प्रतिपादित की।"[89] वह धारणा यूनान के लिए अनोखी थी, इसी से उसके भारतीय उद्भव का संकेत मिलता है। वह परमाणुवाद से जुड़ी है, इससे यूनान की इस दार्शनिक धारणा (अर्थात् परमाणुवाद) के भारतीय स्रोत का पता चलता है।

एक आधुनिक वैज्ञानिक हैरॉल्ड लॅविन ने लिखा है : "25 शताब्दियों पहले हिन्दू दार्शनिक कणाद ने सुझाया था, भूत का निर्माण सूक्ष्म, अदृश्य, 'अनन्तकालीन कणों' से हुआ है।"[90] डॉ. धर्मेन्द्रनाथ शास्त्री ने न्याय-वैशेषिक दर्शन से दिङ्नागपन्थियों की टक्कर पर अपने शोध प्रबन्ध में लिखा है : "संसार के सभी भौतिक पदार्थ, अर्थात् अंशों से बने हुए सभी कार्य-तत्त्व, जब अपने अंशों में या अंशों के अंशों में विभाजित किए जाते हैं, तब उनकी परिणति परमाणुओं में होती है। ये परमाणु और आगे

विभाजित नहीं किए जा सकते, इसलिए अविभाज्य और अंशविहीन हैं। परम्परा से कणाद को परमाणुवाद का जनक माना जाता है। उन्होंने केवल मूल धारणा प्रस्तुत की थी। उनका कहना था कि अंशहीन परमाणुओं के अस्तित्व की कल्पना करनी होगी। न्याय-वैशेषिक के अनुसार कारण सदा अंशों के रूप में होते हैं, अतः परमाणुओं को अकारणवत और इसलिए नित्य मानना होगा।''[91]

परमाणुवाद भारत के दार्शनिक यथार्थवाद की बहुत महत्त्वपूर्ण धारा है। इसका जन्म उस समय हुआ होगा जब समाज में पुरोहितों का वर्चस्व स्थापित न हुआ था। सम्भवतः इसकी मूल धारणाएँ ऋग्वेद के रचनाकाल में प्रचलित थीं। कर्मकांड के विरोध में जब उपनिषद् रचे गए, तब उनके समानान्तर भाववाद के विरोध में परमाणुवाद का विकास हुआ। इस सन्दर्भ में सुरेन्द्रनाथ दासगुप्त की यह उद्भावना रोचक है: ''उपनिषदों से बाहर की मंडलियों में भी दार्शनिक खोजबीन जारी थी। यथा बुद्ध ने बासठ प्रकार के अपधर्मों का उल्लेख किया और उन्हें गिनाया है और उपनिषदों में इनका पता लगाना दुष्कर है। वह आरम्भिक उपनिषदों के दौर के तुरन्त बाद ही हुए थे। शायद उस समय जैन भी सक्रिय थे परन्तु उपनिषदों में कहीं उनका उल्लेख नहीं है। इस प्रकार यह अनुमान काफी तर्कसंगत होगा कि औपनिषदिक ऋषि-मंडल के बाहर अन्य मंडलों में दार्शनिक छानबीन के विभिन्न रूप थे जिनका अता-पता अब नहीं है। यह सम्भव लगता है, हिन्दू विचारतन्त्र जिन ऋषियों में उत्पन्न हुए थे, वे प्रधानतः उपनिषद् मंडलों से सम्बद्ध थे, वे विरोधी और अपधर्मी दार्शनिक मंडलों में चालू विवादों और विचारों का लेखा-जोखा रखते थे। इन ऋषियों और उनके शिष्यों की सभाओं में अपधर्मी मंडलों के मतों पर शायद विचार-विमर्श होता था और उनका खंडन किया जाता था। यह स्थिति सम्भवतः कुछ समय तक बनी रही। उसके बाद गौतम या कणाद जैसे सभा के किसी यशस्वी सदस्य ने विभिन्न विषयों और समस्याओं पर इन विचार-विमर्शों का सार-संकलन किया, बीच की छूटी हुई कड़ियों को बहाल किया, उन्हें दार्शनिक तन्त्र के रूप में वर्गीकृत और व्यवस्थित किया और उसे सूत्रों में लिपिबद्ध किया। ये सूत्र सम्भवतः उन लोगों के लिए बनाए गए थे जिन्होंने विस्तृत मौखिक विचार-विमर्श देखा, सुना था, इसलिए वे सूत्रों की सांकेतिक शब्दावली आसानी से समझ सकते थे।''[92]

सांख्य, न्याय-वैशेषिक आदि धाराओं के मूल विचार बहुत पुराने हैं, इसमें सन्देह नहीं; विद्वानों की सभाओं में विविध विषयों पर विचार-विमर्श होता था, यह भी निश्चित है। किन्तु दार्शनिक चिन्तन उपनिषदों और उपनिषद-विरोधियों में बँटा हुआ हो, ऐसी स्थिति नहीं थी। यहाँ इतना ही स्मरण करना यथेष्ट होगा कि बृहदारण्यक में ऐसी स्थापना मौजूद है जो चार्वाक मत का विवरण देते हुए उसकी पुष्टि में माधवाचार्य द्वारा सर्वदर्शन संग्रह में उद्धृत की गई है। उपनिषदों में जैन-बौद्ध मतों की ओर संकेत नहीं है तो इसका यही कारण हो सकता है कि उनके रचनाकाल में या तो ये धर्म अभी इतिहास के रंगमंच पर आए न थे या फिर प्रभावशाली न हो पाए थे। बौद्ध-जैन धर्मों की शुरुआत उपनिषदों के आत्मवाद तथा भौतिकवादी धाराओं के खंडन से होती है,

इसलिए इनका जन्म उक्त धर्मों से पहले हुआ है, यह मानना तर्कसंगत है।

परमाणुवाद के उच्छेद के लिए शताब्दियों तक भाववादियों ने प्रयत्न किया पर सफल न हुए। इस प्रयत्न की ओर डॉ. धर्मेन्द्रनाथ शास्त्री के उपर्युक्त ग्रन्थ की भूमिका में डॉ. राधाकृष्णन ने संकेत किया है : "यद्यपि वैशेषिक अथवा न्याय का आरम्भ बौद्ध धर्म से पहले का है और वे दूसरी तरह की दार्शनिक पृष्ठभूमि से जुड़े हैं किन्तु छह शताब्दियों से अधिक समय तक बौद्ध धर्म के दिङ्नाग पन्थ से इनका जो दार्शनिक द्वन्द्व छिड़ा रहा, उसके दौरान न्याय-वैशेषिक ने सुसंगत यथार्थवाद का वह विशिष्ट रूप प्राप्त किया जो सामान्य बोध (common sense) के सर्वाधिक निकट है।"[93]

डेल रीप ने भारतीय चिन्तन की प्रकृतिवादी परम्परा पर अपनी पुस्तक में लिखा है कि परमाणुवाद की मूल धारणाएँ लगभग 600 से 500 ई.पू. के बीच की हैं और वे अजित केशकम्बली तथा पकुध कच्चायन के यहाँ मिलती हैं।[94] तमिल काव्य मणिमेखलइ में एक जैन मतावलम्बी आजीवक परमाणुवादी है। चार्वाक-पन्थियों की तरह वह चार तत्त्वों को मानता है पर यूनानी दार्शनिकों के यहाँ ऊर्जा की जो धारणा नहीं है, वह यहाँ है :

चतुर्विध तत्त्व
रूपायित होते भी हैं, संयोग से
गिरि, तरु, देह के रूप में।
प्रसारित होते भी हैं
अलग-अलग होकर।
इन सबको जानता है जो,
वही कहलाता है प्राण।[95]

ऊर्जा का दूसरा नाम है प्राण। चार तत्त्वों के अनुरूप अणुओं की विशेषताएँ होती हैं :

दृढ़ होती है पृथ्वी,
जल है निम्नोन्मुख...
गुण है अग्नि का जलना
तथा उठना ऊपर की ओर।
पवन की है प्रवृत्ति अनुप्रस्थ चलना।

यूनानी दर्शन में तत्त्वों के अनुरूप अणुओं में भेद नहीं किया गया। तमिल विवरण में वैसे ही अणुओं में भेद है जैसे उत्तर भारत के दर्शन में। मणिमेखलइ में एक तत्त्व का अणु दूसरे तत्त्व के अणु का रूप ग्रहण नहीं करता।

अनादि जलाणु बनता नहीं पृथ्वी का कण।

और अणु गतिशील है :

घूमता है, गिरता है, उठता है।

डारविन से बहुत पहले संसार के परिवर्तन का यह दृश्य चमत्कारी है :

जो हैं तरु रूप में,
वे बनकर वज्र होंगे अधिक दृढ़।
वंशीरूप में होंगे छिद्रित,
बीज रूप में होंगे अंकुरित
अक्षय चन्द्र से होंगे भूतल समृद्ध।[96]

संसार परिवर्तनशील है पर अणुओं के रूप में भूत अमर है। शून्यवादी अणुओं का अस्तित्व स्वीकार न करें, यह स्वाभाविक था।

परमाणुवाद नियतिवादी रूप में ग्रहण किया जा सकता है और यदृच्छावादी रूप में भी। अठारहवीं सदी में फ्रांस के भौतिकवादी हॉल्बाख़ ने उसे नियतिवादी रूप में स्वीकारा। अन्र्स्त कासिरे ने उनकी धारणा यों प्रस्तुत की है : ''अणुओं की संरचना से वह (मनुष्य) निर्मित होता है, उनकी गति उसे आगे बढ़ने को प्रेरित करती है। जो परिस्थितियाँ उस पर निर्भर नहीं हैं, वे उसकी प्रकृति निर्धारित करती हैं और उसका भाग्य निश्चित करती हैं।''[97] परमाणुवाद दर्शन का विषय है, विज्ञान का विषय है, लोग उसे काव्य का विषय भी बना लेते हैं, जैसे मणिमेखलइ में। पहली सदी ई.पू. में रोमन कवि लुक्रेतिउस ने उसे दार्शनिक काव्य का विषय बनाया। उनके काव्य से पुनर्जागरणकाल के भौतिकवादी विचारक, उसके बाद भी शेली जैसे कवि, प्रभावित हुए। एक केन्द्र से अनेक दिशाओं में संस्कृति की धाराएँ कैसे प्रवाहित होती हैं, परमाणुवाद इसका अच्छा उदाहरण है। उसने चीन में भी प्रवेश किया।

चीनी संस्कृति के विशेषज्ञ नीढैम का विचार है कि यूनान, भारत और चीन, इन तीनों देशों में परमाणुवाद का जन्म स्वतन्त्र रूप से हुआ, पर सबसे पहले उसका जन्म यूनान में हुआ। लिखा है : उसकी शुरुआत पाँचवीं सदी ई.पू. में लॅउकिप्पुस और देमोक्रितुस से हुई, फिर तीसरी और पहली सदियों ई.पू. में एपिकुरुस और लुक्रेतिउस के यहाँ वह विकसित हुआ। ''भारतीय परमाणुवाद उसके बाद का प्रतीत होता है। उमास्वाति का जैन दर्शन 50 ई. के लगभग अपने प्रबलतम रूप में दिखाई देता है और कणाद का वैशेषिक दर्शन दूसरी ईस्वी सदी के उत्तरार्ध में फूलता-फलता है।'' आगे फ्रांसीसी लेखक अबेल रे (Abel Rey) का हवाला देते हुए वह अपनी धारणा में थोड़ा परिवर्तन करते हैं। 'पर जैसाकि रे ने जोर देकर सुझाया है, यह विश्वास करने के कारण हैं कि परमाणुवाद के बीज भारतीय चिन्तन के इतिहास में और पीछे जाते हैं।'[98] फिर बताते हैं कि चीनी भौतिकी में परमाणुवाद का प्रवेश कभी नहीं हुआ किन्तु 370 ई.पू. के लगभग ज्यामिति के एक संकलन में 'बिन्दु की व्याख्या इस रूप में की गई प्रतीत होती है कि वह रेखा का ऐसा छोटा खंड है जिसे और खंडित नहीं किया जा सकता।' निष्कर्ष : 'इस तरह ऐसा कोई कारण प्रतीत नहीं होता कि अखंडित होने का सिद्धान्त इन तीन महान सभ्यताओं में, स्वतन्त्र रूप से प्रत्येक में, न उत्पन्न हुआ हो।' फिर दार्शनिक धारणाओं के उद्‌भव पर यह रोचक स्थापना है : ''इन सबमें, और उनमें प्रत्येक में, लोग लकड़ी और दूसरी चीजें चीर रहे थे और काट रहे थे। कुछ विचारशील

लोगों का इस बात पर आश्चर्य करना बहुत कठिन न रहा होगा कि आदमी आधे-आधे टुकड़े करता चला जाए, अन्त में इतना छोटा टुकड़ा बचे कि उसे आधा-आधा न किया जा सके, तब क्या होगा ? इसके बाद दार्शनिक चिन्तन उस सबकी पड़ताल करता जिसकी व्याख्या उन तमाम गतियों और सम्मिलनों से हो सकती।''[99]

लकड़ियाँ चीरने और काटने का धन्धा हर देश में होता रहा है किन्तु परमाणु की धारणा दो-तीन देशों में ही उत्पन्न हुई। इनमें एक था यूनान जो अभी एशिया का एक भाग था और जिससे भारत के सम्बन्ध थे। दूसरा था चीन जिसने यूनान और भारत की तरह सामाजिक विकास की एक विशेष अवस्था में पहुँचकर परमाणुवाद को जन्म दिया अथवा उसे अपनाया। यह ऐसी अवस्था है जिसमें विनिमय का विकास हुआ हो, प्रकृति को जानने-समझने की आकांक्षा हो। ऐसी अवस्था में चिन्तनशील व्यक्ति पहले प्रकृति को चार या पाँच तत्त्वों में विभाजित करते हैं, इनसे समस्त पदार्थों को निर्मित मानते हैं। इनसे सन्तोष न करके वह अल्पतम अविभाज्य घटक परमाणु की कल्पना करते हैं। उनके लिए परमाणु अदृश्य है, यह बात ध्यान देने की है। उपनिषदों में पाँचों तत्त्व हैं, अणु भी है। परमाणुवाद यूनान और चीन में स्वतन्त्र रूप से जन्मा हो तो भी मानना होगा कि उसका जन्म भारत में पहले हुआ था। बौद्ध धर्म के अलावा भी भारतीय दर्शन-विज्ञान के अनेक तत्त्व चीन पहुँचे हैं, यह बात अनेक विद्वान स्वीकार करते हैं। यथा चीनी विद्वान हुआङ् खिनचुआन कहते हैं : ''एक हजार वर्ष से और पहले लोकायत से चीन का परिचय कराया गया।''[100] उनका लेख 1992 में छपा था, उससे हजार साल पहले लोकायत दर्शन चीन पहुँचा था। आगे उन्होंने बताया है कि लोकायत दर्शन और बौद्ध धर्म ने चीन में लगभग एक साथ प्रवेश किया। तीसरी सदी के उत्तरार्ध से लेकर सत्रहवीं सदी के मध्य तक 'बौद्ध शास्त्रों तथा अन्य ऐतिहासिक ग्रन्थों के 62 चीनी रूपान्तरों या भाष्यों में लोकायत से सम्बन्धित स्रोतों का उल्लेख है।''[101]

हजार साल से ऊपर के इस दीर्घ सम्पर्क में यदि लोकायत दर्शन चीन पहुँच सकता था तो परमाणुवाद भी वहाँ भारत से अवश्य पहुँच सकता था। वैशेषिक दर्शन भारत को एक ओर चीन से, दूसरी ओर यूनान से जोड़ता है। इन तीन देशों के प्राचीन सांस्कृतिक सम्बन्ध परमाणुवाद तक सीमित नहीं हैं, वे संसार के सांस्कृतिक इतिहास का बहुत महत्त्वपूर्ण पक्ष हैं और इस इतिहास में भारत की भूमिका उजागर करते हैं।

4. परमाणुवाद : भारत, चीन, यूनान

चीन में प्रकृतिवादियों का एक सम्प्रदाय था जिसके मुख्य ग्रन्थ ताओ ते चिङ् के लेखक लाओ त्ज़ू चौथी सदी ई.पू. में विद्यमान थे। ताओ का अर्थ है मार्ग। जिस नियम से विश्व संचालित होता है, वह ताओ है।[102] नीढैम कहते हैं : ''ताओ प्रकृति की व्यवस्था है। उसी ने सब पदार्थों को उत्पन्न किया है और उनकी प्रत्येक क्रिया को शासित करती हैं। वह ऐसा उतना बल द्वारा नहीं, जितना एक देशगत, कालगत, नैसर्गिक भंगिमा से

करती है। उससे हमें एफिसस के हेराक्लितुस की याद आती है जिनका लोगोस परिवर्तन की व्यवस्थित प्रक्रियाओं को नियन्त्रण में रखता है।"[103] यूनानियों ने जिसे लोगोस कहा, चीनियों ने ताओ कहा, उसे ऋग्वेद में ऋत कहा गया है। मैकडनल ने लिखा है : "प्रकृति में क्रियाशील विश्वगत व्यवस्था किंवा नियम ऋत नाम से पहचाना गया है (सही अर्थ है पदार्थों का 'मार्ग') जिसे सर्वोच्च देवों के संरक्षण के अन्तर्गत माना गया है। वही शब्द नैतिक जगत में सत्य और 'उचित' के रूप में, और धार्मिक जगत में यज्ञ अथवा 'कृत्य' के रूप में 'व्यवस्था' का व्यंजक है।"[104] नीढैम ने जैसे ताओ की व्याख्या की है, वैसे ही लगभग उन्हीं शब्दों में मैकडनल ने ऋत की व्याख्या की है। ऋत मूलतः प्रकृति का नियम है, पर वह नैतिक और धार्मिक क्षेत्रों में भी क्रियाशील माना जाता था। यही स्थिति ताओ की है। नीढैम कहते हैं : "एक और बात जो फिर अक्सर सामने आती है, वह उन शारीरिक और मानसिक लाभों की है जो ताओ का अनुसरण करनेवालों को प्राप्त होते हैं।"[105] यह नैतिक आचरण की बात हुई। ताओवादी लेखक चुआङ्जू का विचार था कि मनुष्य प्रकृति से तादात्म्य स्थपित करे तो उसे मोक्ष का अनुभव होगा। नीढैम कहते हैं : "निःसन्देह इस तादात्म्य में एक सबल धार्मिक तत्त्व भी था, क्योंकि जैसा पहले ही कहा जा चुका है, प्रकृति की एकता के वैज्ञानिक विश्वास से धार्मिक अनुभव अपने को अलग न कर पाया था।"[106] यह हुआ ताओ का धार्मिक पक्ष।

संसार की रचना कैसे हुई ? लाओ त्जू ने कहा : "अन्धकार से प्रकाश उत्पन्न हुआ, अरूप से व्यवस्था उत्पन्न हुई। ताओ जीवन ऊर्जा (बीज तत्त्व) को जन्म देता है, और इससे आंशिक रूप उत्पन्न होते हैं, तमाम अगणित चीजें (अपनी जाति को पुनः उत्पादित करती हैं), रूप से रूप उत्पन्न होता जाता है।"[107] यह असत् से सत्, अव्यक्त से व्यक्त के उद्भव का सिद्धान्त है। वह ऋग्वेद (10.72.2) में है, उसका उल्लेख तैत्तिरीय उपनिषद् (1.7) में है। यूनानियों में देमोक्रितुस के यहाँ उससे मिलती-जुलती धारणा है। जहाँ तक अन्धकार से प्रकाश और संसार के जन्म लेने का सम्बन्ध है, यह धारणा बहुत स्पष्ट रूप में ऋग्वेद (10.129) में व्यक्त हुई है।

कुछ ताओवादी मानते थे कि सभी पदार्थों की उत्पत्ति जल से हुई है। नीढैम को थलेस याद आते हैं। "साथ ही इससे हमें सुकरात से पहले के यूनानी दार्शनिकों से एक समानान्तरता और मिलती है क्योंकि कुआन त्जू ग्रन्थ के इस अध्याय का विषय यह सिद्धान्त है कि सभी चीजों का मूल तत्त्व और परिवर्तन का आधार जल है। दूसरे शब्दों में यह मिलेतुस के थलेस, सुकरात से पहले के प्रथम-प्रकृति-दार्शनिक, के सिद्धान्त से मिलता-जुलता है।"[108] यह सिद्धान्त ऋग्वेद (10.129) में है, बृहदारण्यक उपनिषद् (5.5.1) में है।

एक ताओवादी लेखक के अनुसार : "संसार की श्वास का नाम वायु है।"[109] यह सिद्धान्त ऋग्वेद (7.87.2) में है, छांदोग्य उपनिषद् (4.3.1.2) में है। यूनानियों में वह अनक्सिमॅनॅस के यहाँ है। किसी लेखक द्वारा आदि तत्त्व के रूप में वायु का विवेचन नहीं किया गया; प्रकृति में जो आवाजें सुनाई देती हैं, उनके प्रसंग में उसे संसार की

श्वास कह दिया गया है। इस तरह ऊष्मा (अग्नि) के बारे में कहा गया है, ''काठ के टुकड़े आपस में रगड़े जाएँ तो ऊष्मा को जन्म देते हैं।'' अग्नि के उत्पन्न होने का, संसार के आदि तत्त्व होने का स्पष्ट उल्लेख नहीं है। अरणियों की रगड़ से अग्नि के पैदा होने की बात ऋग्वेद (7.1.1) में है, कठोपनिषद् (4.8) में हैं। यूनानियों में हेराक्लितुस के यहाँ है।

चीनियों को इस बात से कोई खास दिलचस्पी नहीं रही कि संसार किस आदि तत्त्व से अथवा किन आदि तत्त्वों से बना है। उनका नैसर्गिक झुकाव व्यवहारवाद की ओर है। भारतीय मेधा व्यवहारवाद से सन्तुष्ट न होकर विश्व प्रपंच के मूल तत्त्वों तक पहुँचने का प्रयत्न करती है। हिमालय के उस पार चीन में उत्तरी एशिया की ठंडी हवाएँ चलती हैं, हिमालय भारत को उनसे बचाए रहता है। दोनों देशों के प्राकृतिक परिवेश में यह मोटा फर्क है। चीनी और भारतीय विद्वानों के प्रकृति सम्बन्धी चिन्तन में भेद का यह एक कारण हो सकता है। वैसे तो सर्दी-गर्मी दोनों देशों में पड़ती है और प्रदेश भेद से कम-ज्यादा भी होती है। चीनियों के पाँच तत्त्वों में जल, अग्नि और पृथ्वी तो हमारे यहाँ की तरह हैं किन्तु वायु और आकाश गायब हैं। इनकी जगह काष्ठ और धातु हैं। पाँच की संख्या कायम रहती है।

भारत की तरह चीन में भी इन तत्त्वों के गुण हैं पर कुछ भिन्न रूप में। जल का गुण है, वह चीजों को सोख लेता है और उसकी गति नीचे को होती है। स्वाद में वह खारा होता है। अग्नि जलती है और ऊपर को उठती है। स्वाद में वह कटु है। पृथ्वी में उर्वरता का गुण है, उसमें फसल बोई और काटी जाती है। स्वाद में वह मधुर है। काष्ठ प्रकृति का वह गुण है जिससे वक्र धरातल अथवा सीधे किनारे बनते हैं। उसमें खटास का स्वाद होता है। धातु किसी भी साँचे का रूप ले सकती है और फिर सख्त हो सकती है। स्वाद में वह तिक्त होती है। इस विवरण पर नीढैम की टिप्पणी है : ''इस सबसे संकेत यह मिलता है कि तत्त्वों की अवधारणा का सम्बन्ध बुनियादी भूत के पाँच प्रकारों की शृंखला से उतना नहीं है (प्रश्न से कणों का कोई सम्बन्ध नहीं है), जितना बुनियादी प्रक्रियाओं के पाँच प्रकारों की शृंखला है। चीनी सोच यहाँ अपनी विशेषता दिखाते हुए तत्त्व से बचा और सम्बन्ध से नत्थी हो गया।''[110] आम खाने से काम, पेड़ में फल कैसे आया और उसकी जड़ कहाँ है, इससे व्यवहारवादी को मतलब नहीं। इसीलिए परमाणुओं की या बुनियादी तत्त्वों की बात जहाँ आती है, वहाँ वह कहीं बाहर से उधार ली हुई होती है।

जल, अग्नि और पृथ्वी, सम्भवतः ये तीन तत्त्व चीनी दर्शन में भारत से पहुँचे थे। आकाश को निराकार मानकर चार्वाक-पन्थियों और बहुत से यूनानियों ने छोड़ दिया था, चीनियों ने आकाश के साथ वायु को भी पकड़ से बाहर मानकर छोड़ दिया था। फिर बौद्ध धर्म के साथ आकाश को छोड़कर, किन्तु वायु समेत, चार तत्त्वों ने चीन में पुनः प्रवेश किया। नीढैम ने बताया है कि बौद्ध विचारक शरीर और चेतना को चार स्कन्धों में बाँटते थे। जन्म के समय ये मनुष्य के साथ लग जाते थे, मृत्यु के समय उससे अलग

होते थे। इनमें चार 'अभौतिक' थे, 'नाम' के अन्तर्गत थे। इनमें संस्कार, विज्ञान (चेतना), स्पर्श और वेदना शामिल थे। 'रूप' 'भौतिक' था। ''उसके अन्तर्गत चार तत्त्व थे : ठोसपन के गुण के साथ पृथ्वी, द्रवणशीलता के गुण के साथ जल, ऊष्मा के गुण के साथ अग्नि और गति के गुण के साथ वायु। यद्यपि ये अरस्तू और (औषधि विज्ञानी) गालेन की बहुत याद दिलाते हैं पर ऐसा नहीं प्रतीत होता कि इस वर्गीकरण ने चीन के वैज्ञानिक चिन्तन को विशेष प्रभावित किया हो।''[111] आधारभूत वैज्ञानिक चिन्तन में यूनान और भारत एक-दूसरे के अधिक निकट थे, नीढैम के कथन से यही तथ्य फिर उभरकर सामने आता है। पाँच या चार तत्त्वों की धारणा भारत से यूनान पहुँची, वहाँ दर्शन-विज्ञान में उसने जड़ समाई। भारत से वह धारणा चीन भी पहुँची पर वहाँ के वैज्ञानिक चिन्तन में वह जड़ न जमा पाई।

चीन में कुछ दार्शनिक भरा-पूरा जीवन बिताने में विश्वास करते थे। ''यह तपस्या का जीवन नहीं था क्योंकि उसका लक्ष्य सभी इन्द्रियों की सामंजस्यपूर्ण सक्रियता थी, भोग का पूर्ण निषेध नहीं, उसकी अति भी नहीं।''[112] इस प्रसंग में नीढैम ने यूनानी दार्शनिक एपिकुरुस को याद किया है, पर इस तरह के दृष्टिकोण पर लोकायत दर्शन का प्रभाव भी हो सकता है। भारत के दार्शनिक यथार्थवाद में अनेक धाराएँ थीं, उनमें एक स्वभाववाद था। संसार में हर चीज की अपनी गतिविधि होती है। वह उसके स्वभाव के अनुसार होती है। एक चीनी दार्शनिक की बातें स्वभाववाद का अच्छा उदाहरण हैं। ''पानी के पौधों की जड़ें पानी में होती हैं, पेड़ों की जड़ें धरती में होती हैं। पक्षी हवा में उड़ते हैं और पशु स्थल पर घूमते हैं। घड़ियाल और हिंसक जलचर (dragons) पानी में रहते हैं। चीते और बन्दर पहाड़ों में रहते हैं—ऐसी है उनकी अन्तर्निहित प्रकृति।''[113] कहीं-कहीं ताओवाद बिल्कुल स्वभाववाद जैसा लगता है। लाओ त्ज़ू ने कहा था : ''आकाश ऊँचा हुए बिना नहीं रह सकता, पृथ्वी चौड़ी हुए बिना नहीं रह सकती, चाँद-सूरज चक्कर लगाए बिना नहीं रह सकते और सृष्टि के सभी पदार्थ जिए और संख्या-वृद्धि किए बिना नहीं रह सकते।''[114] नीढैम छठी-पाँचवीं ई.पू. सदियों के यूनानी दार्शनिकों का स्मरण करते हुए कहते हैं : ''सबकुछ अनिवार्यता द्वारा शासित है।''[115] भारत के भौतिकवाद की एक धारा नियतिवाद थी। उक्त धारणा नियतिवाद की प्रतिध्वनि हो सकती है।

उपनिषदों में दार्शनिक यथार्थवाद अनेक रूपों में व्यक्त हुआ है। कहीं-कहीं ताओवादियों का ताओ उपनिषदों के ब्रह्म की याद दिलाता है। लाओ त्ज़ू ताओ के बारे में कहते हैं : ''आवश्यक नहीं कि अत्यन्त विस्तृत 'ज्ञान' उसे जाने, 'तर्क' से मनुष्यों को उसका बोध नहीं हो सकता। ज्ञानियों ने इन चीजों को छोड़ा था। उसमें चाहे जितना जोड़ो, वह बढ़ेगा नहीं : उसमें सोचा हो जितना घटाओ, वह घटेगा नहीं। उसके बारे में ज्ञानियों ने ऐसा ही कहा है।''[116] ऐसा लगता है मानो किसी ने बृहदारण्यक के श्लोक का अनुवाद किया हो :

पूर्णमदः पूर्णमिदं पूर्णात्पूर्णमुदच्यते।
पूर्णस्य पूर्णमादाय पूर्णमेवावशिष्यते॥ (5.1.1)।

वह (ब्रह्म) पूर्ण है, यह (संसार) पूर्ण है। पूर्ण (ब्रह्म) से पूर्ण (संसार) उभरता है। पूर्ण (ब्रह्म) से पूर्ण (संसार) ले लें तो पूर्ण ही बचता है।

प्रश्नोपनिषद् के प्राण और रयि की तरह ताओवाद में यिन् और याङ् थे। पदार्थों की उत्पत्ति के बारे में कहा गया है : ''यिन् और याङ् ने एक-दूसरे को प्रतिबिम्बित किया, एक-दूसरे को आवृत्त किया और परस्पर घात-प्रतिघात किया। चार ऋतुओं ने परस्पर स्थान परिवर्तन किया, एक-दूसरे को उत्पन्न किया और एक-दूसरे का अवसान किया। तब तृष्णा और वितृष्णा, आकर्षण और विकर्षण पूरी स्पष्टता से प्रकट हुए। उससे नर और मादा का अलगाव और उनका संयोग सम्पन्न हुआ।''[117] नीढैम ने उचित ही यहाँ यूनानी दार्शनिक एम्पिदोक्लेस के राग और द्वेष, आकर्षण और विकर्षण को याद किया है। यिन् और याङ् को बहुत स्पष्ट रूप में नर और मादा कहा गया है। प्रश्नोपनिषद् के अनुसार प्रजापति ने प्राण और रयि का जोड़ा उत्पन्न किया और कहा : समस्त प्रजाएँ इस जोड़े से उत्पन्न होंगी। आदित्य प्राण है, चन्द्रमा रयि है; संवत्सर का उत्तरायण अंश प्राण है, दक्षिणायन रयि है। (1,4,5,9,10)। संवत्सर में ऋतुओं की धारणा निहित है। चार ऋतुएँ मानी जाएँ तो दो-दो का एक घटक बनेगा। तब एक ऋतु दूसरी को प्रतिबिम्बित करेगी, आवृत्त करेगी, एक ऋतु दूसरी को जन्म देगी और उसका अवसान करेगी। धारणा का महत्त्वपूर्ण पक्ष यह है कि यिन् और याङ् प्राण और रयि, का सिद्धान्त दृश्यमान पदार्थों तथा अदृश्य काल दोनों पर लागू होता है।

ताओवादी गुरु ने शिष्य से कहा : ''जो महत्तम है, ताओ उसमें सीमित नहीं होता, जो अल्पतम है, उसमें वह कभी अनुपस्थित नहीं होता। इसीलिए वह पूर्ण और सर्वव्यापी है।''[118] कठोपनिषद् में आत्मा अथवा ब्रह्म के लिए कहा गया है : वह अणु से छोटा और महत् से भी बड़ा है। (2.20)। इस तरह उसके सर्वव्यापी होने की घोषणा की गई है। व्यवहारवादी चिन्तन पद्धति के लिए अणु की कल्पना सहज नहीं थी। इसलिए यह सम्भावना और दृढ़ होती है कि महत्तम और अल्पतम में ताओ की व्याप्ति के सिद्धान्त का स्रोत कठोपनिषद् है।

व्यवहार और चिन्तन जहाँ घुलते-मिलते दिखाई देते हैं वह भूमि योग की है। योग में अभ्यास पर इतना जोर है कि कुछ लोग उसे दर्शन मानते ही नहीं। जो पिंड में है, वही ब्रह्मांड में है—यह योग का मूल सिद्धान्त है। इस तरह वह प्रकृतिवादी दर्शनों के अन्तर्गत है। सांख्य, वैशेषिक आदि दर्शन बाह्य जगत् का विश्लेषण करते हैं, योग मनुष्य के अन्तर्जगत पर ध्यान केन्द्रित करता है। अन्तर्जगत में शरीर और मन दोनों की क्रियाएँ शामिल हैं। नीढैम ने ताओवाद पर जो अध्याय लिखा है, उसमें एक अनुभाग का सम्बन्ध मनुष्य की अमरता से है। वह यों आरम्भ होता है : ''शुरू से ही ताओवादी चिन्तन इस विचार पर मुग्ध था कि भौतिक अमरता की उपलब्धि सम्भव है। हमारी जानकारी में इसकी नजदीकी समानान्तरता संसार के और किसी भाग में नहीं है। विज्ञान

के लिए इसका महत्त्व अकूत था। कारण यह कि जैसा हम आगे देखेंगे, इससे रसायन कौशल के विकास को प्रेरणा मिली और यह लगभग निश्चित है कि अन्य किसी देश की अपेक्षा यह काम चीन में पहले हुआ।''[119] अमरता की व्याख्या कई तरह से हो सकती है। आदमी बहुत दिन तक जिए, यह एक तरह की अमरता है। सुमेरी महाकाव्य में इसी तरह की अमरता का उल्लेख है, काव्य का नायक अमरों का देश खोजते हुए भारत पहुँचता है। मनुष्य अपनी सन्तान के माध्यम से जीवित रहता है, ऋग्वेद और उपनिषदों में इस तरह की अमरता का उल्लेख भी है। अमर होने की आकांक्षा से रसायनशास्त्र को चाहे जो प्रेरणा मिली हो, यह आकांक्षा थी एक प्रवंचना ही। रसायनशास्त्र की किसी भी उपलब्धि से मनुष्य अमर नहीं हुआ। पर शरीर और मन को साधना, स्वस्थ रहना, मानसिक शान्ति के साथ बहुत दिन जीना, यह काम तो बहुतों ने किया, भारत में किया, और चीन में किया।

शिशु का जीवन सामंजस्यपूर्ण है, इसे लक्ष्य करके एक चीनी कवि ने कहा था :

> *इस सामंजस्य को समझना अचूक (जीवनी शक्ति को समझना) है।*
> *अचूक को समझना ज्ञानी होना है।*
> *अपने (संसारी) जीवन को सघन बनाकर (मनुष्य) अशुभ को (आमन्त्रित करता है)।*
> *मन और हृदय (के भावों) को जीवनश्वास पर हावी होने देकर (मनुष्य मृत्यु की) जड़ता को (प्राप्त होता है)।*[120]

यहाँ किसी रसायन की चर्चा नहीं है, मन को साधने की बात है। जो सांसारिक सुख-भोग में डूबा रहता है, वह मर जाता है। मन की इच्छाओं को जीवनश्वास पर हावी न होने देना चाहिए। संकेत यह कि मनुष्य तब अधिक दिन जिएगा, यह नहीं कि वह सदा जीता रहेगा। जीवनश्वास के लिए चीनी शब्द है छि, उसका अंग्रेजी रूपान्तर है 'life-breath' हम इसे प्राण कह सकते हैं। श्वास अथवा प्राण की साधना का नाम है प्राणायाम।

ऐसा लगता है, चीन में प्राणायाम पहले, बौद्ध धर्म बाद में पहुँचा। नीढैम के अनुसार छठी सदी ई.पू. के एक अभिलेख में श्वास-सम्बन्धी व्यायाम का वर्णन इस प्रकार है : ''साँस लेते समय मनुष्य को (इस रीति पर) चलना चाहिए। मनुष्य (साँस) रोकता है और वह इकट्ठा हो जाती है। वह इकट्ठा होती है तो फैलती है। जब वह फैलती है तो नीचे को जाती है। जब वह नीचे को जाती है तब वह शान्त होती है। जब वह शान्त होगी तब ठोस बनेगी। जब ठोस बनेगी तब अंकुरित होने लगेगी। जब अंकुरित होगी, तब बढ़ेगी। बढ़ेगी तब पुनः (ऊर्ध्व देश की ओर) खींच ली जाएगी। जब खींच ली जाएगी तब वह मूर्धा तक पहुँचेगी। ऊपर वह मूर्धा को दबाएगी, नीचे वह अधोभाग को दबाएगी। जो भी इस रीति पर चलेगा, वह जिएगा; जो इससे विपरीत चलेगा, वह मरेगा।''[121] साँस के ठोस होने और अंकुरित होने की बात छोड़ दें तो मूल तत्त्व यह सामने आता है कि गहरी साँस लेना और साँस को रोकने का अभ्यास करना स्वास्थ्य के लिए लाभकारी होता है।

योग से प्राणायाम और आसनों का घनिष्ठ सम्बन्ध है। प्राणायाम का उल्लेख ऊपर हो चुका है। जिन्हें हम आसन कहते हैं, उन्हें नीढैम ने 'Gymnastic Techniques' (व्यायाम विधियाँ) कहा है। चीनी में इन्हें ताओ यिन्—'अर्थात् शरीर का प्रसारण और संकोचन' कहा जाता था।[122] स्पष्ट ही आशय आसनों से है। अठारहवीं सदी में चीनियों की आसन-विद्या का ज्ञान यूरोप को हुआ। उससे वहाँ का औषधि-विज्ञान प्रभावित हुआ और सम्भवतः आज तक वह प्रभाव बना हुआ है। नीढैम कहते हैं : "चीनी ग्रन्थों में अंकित कुछ भंगिमाएँ उन स्थितियों की बेहद याद दिलाती हैं जिनका उपयोग आधुनिक औषधि-विज्ञान में बड़े पैमाने पर होता रहा है।"[123] सीधे नहीं तो चीन के माध्यम से भारतीय आसन-विद्या ने यूरोप के औषधि-विज्ञान को प्रभावित किया। आसनों के साथ सूर्य नमस्कार की पद्धति भी पहले चीन, फिर यूरोप पहुँची। नीढैम बताते हैं : "लगता है, ताओवादियों ने सौर उपचार (heliotherapy) के कुछ गुणों का पता लगा लिया था। यूरोप के औषधि-विज्ञान ने हमारे जमाने से पहले इन्हें न पहचाना था। 'रवि किरणों का परिधान पहनने की पद्धति' यह थी कि शरीर धूप खाता था और हाथ में हरे कागज पर लाल रंग में लिखा हुआ एक विशेष अक्षर (आयतन में सूर्य) होता था।"[124] तन्त्र-मन्त्र के साथ यन्त्र भी ! प्राण, प्राणायाम और सूर्योपासना, पूरा एक विचारतन्त्र है जिसका बीजमन्त्र प्रश्नोपनिषद् का यह वाक्य माना जा सकता है, प्राणः प्रजानामुदयत्येष सूर्यः, सूर्य सभी जीवों का प्राण है, वह उदय हो रहा है। (1.8)।

नीढैम ने कई जगह जीवनीशक्ति का जिक्र किया है। वनस्पतियों में यह जीवनीशक्ति होती है। पशुओं और मनुष्यों में भी यह शक्ति होती है, वनस्पतियों से भिन्न उनमें रक्त, संवेदन और प्रत्यक्ष बोध भी होता है।[125] यह जीवनीशक्ति वही है जिसे हम प्राण कहते हैं। प्राण सिद्धान्त का विकास दो मंजिलों में हुआ। "पूर्व सिद्धान्त के अनुसार जीवन्त वायु (inspired air) पोषण के लिए थी और श्वसन के लिए भी। नए सिद्धान्त के अनुसार एक विशिष्ट आन्तरिक श्वास अथवा नॅद् छि थी जिसका संचरण और रूपान्तरण कल्पनाशील ध्यान द्वारा सम्पन्न और द्रुत किया जा सकता था।"[126] यह आन्तरिक श्वास प्राण ही है, ध्यान द्वारा उसी को नियन्त्रित किया जाता है।

ताओवाद उपनिषदों के चिन्तन से मिलता-जुलता है। उससे पहले चीन में खुङ् फू. त्जू (Confucius) के मत की प्रधानता थी। खुङ् छठी सदी ई.पू. के विचारक थे। उनके मत के बारे में नीढैम ने लिखा है : "वह इस संसार से सम्बद्ध सामाजिक-मानसिकता का सिद्धान्त था। जहाँ तक सामन्ती, अथवा सामन्ती-नौकरशाही समाज व्यवस्था के साँचे में सामाजिक न्याय की कल्पना की जा सकती थी, कनफूशियरा ने उसके लिए प्रयास किया।"[127] संसार के उद्‌भव और विकास से उन्हें मतलब न था। जो समाज उनके सामने था, उसी को ध्यान में रखकर उन्होंने मानव आचरण के नियम बनाए थे। उनका चिन्तन तमिलनाडु के तिरूवल्लवर की याद दिलाता है। ताओवाद का सम्बन्ध प्रकृति से था; वह पूर्ववर्ती चिन्तन का विकास नहीं था, उसकी गति नई और भिन्न दिशा में थी। मेरा अनुमान है, नई दिशा में यह गति उपनिषदों के प्रभाव से हुई। ताओवाद

के जन्म के लिए नीढैम ने एक ओर ओझा-सयानों और जादूगरों को श्रेय दिया है (लकड़ी चीरने से यदि परमाणुवाद के उद्भव को जोड़ा जा सके तो यह बात सही है), दूसरी ओर उन्होंने उन दार्शनिकों से इसका सम्बन्ध जोड़ा है जो 'मानव-समाज के ताओ के बदले प्रकृति के ताओ (मार्ग) का अनुसरण करते थे। अतः सामन्तों के दरबारों में चाकरी ढूँढ़ने के बदले वे निर्जन स्थानों, वनों और पर्वतों में चले जाते थे जिससे वहाँ प्रकृति की व्यवस्था का ध्यान करें और उसकी अभिव्यक्तियों का निरीक्षण करें।''[128] ताओवाद के संस्थापकों का जीवन उपनिषदों के ऋषियों के जीवन से मिलता-जुलता था, उनका चिन्तन इन ऋषियों के चिन्तन से मिलता-जुलता था, इतना अधिक मिलता-जुलता था कि दोनों की समानताओं को आकस्मिक नहीं माना जा सकता। उपनिषदों ने ऋग्वेद की परम्परा को आगे बढ़ाया, चीन में ताओवाद के विकास के लिए ऐसी कोई दार्शनिक काव्य परम्परा नहीं थी।

उपनिषदों के दार्शनिक यथार्थवाद का विरोध कर्मकांड से था, विज्ञान से नहीं; वैसे ही ताओवाद प्रकृति विज्ञान के विकास के अनुकूल था। नीढैम के अनुसार ताओवादी विचारतन्त्र 'दर्शन और धर्म का अनूठा और अत्यन्त रोचक सम्मिलन था जिसमें 'आदिम' विज्ञान (proto science) और जादू शामिल थे। समस्त चीनी विज्ञान और प्रौद्योगिकी को समझने के लिए उसका महत्त्व मार्मिक है।''[129] उपनिषदों में जो दर्शन बीज रूप में हैं, उन्हीं से आगे लोकायत, सांख्य, योग, वैशेषिक आदि का विकास हुआ और इन्हीं की आधारभूत दृष्टि अपनाकर चरक ने शरीर विज्ञान, कौटिल्य ने समाज विज्ञान और पणिनि ने भाषा विज्ञान के ग्रन्थ रचे। बौद्ध धर्म भारत का और विश्व का पहला संघबद्ध धर्म है। पहली सदी ईस्वी में उसने चीन में प्रवेश किया।[130] ''दूसरी सदी के मध्य से चीन में बौद्ध ग्रन्थों का प्रवेश अविच्छिन्न रूप से जारी रहा और शायद उसने अधिकतम गति पाँचवीं सदी में पकड़ी। चीनी विद्वानों के सहयोग से उन (ग्रन्थों) का अनुवाद करते हुए बहुत से भारतीय भिक्खुओं ने अपना जीवन चीन में बिता दिया।''[131] यदि भारतीय विद्वान ईस्वी सन् की आरम्भिक शताब्दियों में धर्म प्रचार के लिए चीन जा सकते थे तो इससे कुछ पहले की शताब्दियों में ज्ञान-प्रसार के लिए भी वे चीन जा सकते थे।

चीन में बौद्ध धर्म की भूमिका भारतीय इतिहासकारों के लिए शिक्षाप्रद है। नीढैम के सामने समस्या है कि 'चीन में बौद्ध धर्म के प्रवेश के बाद वैज्ञानिक चिन्तन पर उसका प्रभाव कैसा था, यह तय करें। जहाँ तक मैं देख सका हूँ, यह प्रभाव अधिकांशतः निषेधात्मक था। अतः संक्षेप में ही उस प्रश्न से छुट्टी पा लेना सम्भव था। पर हमारा सरोकार तो निषेधात्मक प्रक्रियाओं से उतना ही है जितना सकारात्मक प्रक्रियाओं से। आखिर इस पुस्तक के विवेच्य विषय का एक बहुत दिलचस्प पहलू यह प्रश्न है कि पूर्वी एशिया में आधुनिक विज्ञान और प्रौद्योगिकी का विकास क्यों नहीं हुआ।'[132] जो भी इस प्रश्न का उत्तर दे, उसे दो अन्य सम्बद्ध प्रश्नों का उत्तर भी देना चाहिए : (1) इंग्लैंड ने औद्योगिक क्रान्ति के लिए (अतः आधुनिक विज्ञान और प्रौद्योगिकी के विकास के लिए) आवश्यक पूँजी कैसे संचित की; (2) इंग्लैंड के पूँजीपतियों और जमींदारों ने पूर्वी

एशिया के अन्तर्राष्ट्रीय बाजार का नाश किन उपायों से किया। पर यह तो बहुत आगे की बात है। उससे पहले बौद्ध धर्म का विवेचन करते हुए ही बहुत सी अनिश्चितताओं से जूझना पड़ता है। ''इतना ही निश्चित है कि कार्य-कारण नियम के अनुसार व्यक्ति की प्रकृति, उसकी जीवन-वृत्ति के सिद्धान्तों के साथ और व्यक्ति की अन्तिम नियति के सिद्धान्त के साथ दार्शनिक तन्त्र अस्तित्व में आया। फिर महायान आन्दोलन के साथ इन सभी समस्याओं का रूप बदल गया। यथार्थ का एक नया सिद्धान्त आया। बुद्ध के बारे में ऐसी धारणा बनी कि वह हिन्दू देवता की उच्चतम धारणा से अभिन्न हो गए।''[133] अर्थात् गौतम बुद्ध को ईश्वर बना दिया गया।

बौद्ध धर्म के किसी भी ग्रन्थ के रचे जाने से पहले यह धर्म अनेक वादों में विभाजित हो गया। ''किन्तु सभी वाद और सम्प्रदाय कुछ मूल बातों के बारे में एकमत हैं। कर्म-सिद्धान्त बौद्ध धर्म से प्राचीन है। एक के बाद दूसरे जन्म में आत्मा को सुख या दुःख का अनुभव होगा, उसके देहान्तरण की यह बात उपनिषदों में मिलती है। परन्तु बौद्धों का कर्म उससे इस बात में भिन्न था (और यहाँ उसके संस्थापक की नैतिक दृष्टि प्रकट होती है) कि सुख या दुःख को नैतिक भूमि पर आधारित माना गया था, न कि इस पर कि कर्मकांड अथवा यज्ञ सम्पन्न किए गए हैं या नहीं।''[134] उपनिषदों में अनेक प्रकार के मत हैं किन्तु मूल सिद्धान्त यह है कि आत्मा या ब्रह्म सारे विश्व में व्याप्त हैं, अतः वह कर्म के बन्धन से, सुख और दुःख के अनुभव से, मुक्त है या मुक्त हो सकता है। यज्ञ न करने से मनुष्य को दुःख मिलता है, इस मत के विपरीत उपनिषद् ब्रह्म के ध्यान पर जोर देते हैं और कर्मकांड का विरोध करते हैं।

नीढैम आगे कहते हैं : ''बौद्ध धर्म से पहले, वेदों और उपनिषदों के समय में व्यक्ति की आत्मा के अस्तित्व में अपेक्षाकृत भोलाभाला विश्वास था। भारत के भाववादी अधिभूतवाद (idealist metaphysics) में इस 'खोज' ने पहले-पहल जन्म लिया कि 'आत्मा और ब्रह्म एक हैं', व्यक्ति की आत्मा विश्व अथवा ईश्वर (God) से संयुक्त है।''[135] यदि आत्मा और ब्रह्म एक थे तो इनका पुनर्जन्म कैसे होता था ? आत्मा कर्म के बन्धन में कैसे बँधती थी ? इन प्रश्नों के उत्तर बाद में दिए गए हैं पर वेदों और अधिकांश उपनिषदों में न तो 'GOD' (ईश्वर) है, न आत्मा कर्मों के अनुसार सुख-दुख भोगती है। नीढैम ने लिखा है, ''परन्तु बौद्ध परिश्रमपूर्वक आत्मा का अस्तित्व अमान्य ठहराते थे, साथ ही वे यह मानते थे कि व्यक्ति की आत्मा के स्कन्ध अगले जन्मों में बने रहते थे। जब और यदि, वह अर्हत का पद प्राप्त कर ले, तो अन्ततः उनका अवसान हो जाता था। यह वही प्रक्रिया थी जो 'निर्वाण में प्रवेश' से सम्बन्धित थी।''[136] ऐसा मोक्ष मनुष्य को मृत्यु के बाद अथवा अनेक मृत्युओं के बाद ही प्राप्त हो सकता था। बौद्ध विचारक आत्मा को अमान्य ठहराते थे पर उसके स्कन्धों का अस्तित्व स्वीकार करते थे। सच्चे अनात्मवादी चार्वाक दर्शन के अनुयायी थे जो आत्मा, ईश्वर और पुनर्जन्म सबको अस्वीकार करते थे।

चीन में बौद्ध धर्म वहाँ की मूल दार्शनिक धाराओं से वैसे ही टकराया जैसे वह भारत में न्याय, वैशेषिक आदि से टकराया। ऊपर से वह अनात्मवादी था, अप्रत्यक्ष रूप से वह

आत्मवाद को स्वीकार करता था। यह आत्मवाद मृत्यु के बाद चेतना के अस्तित्व को स्वीकार करता था, प्रकृति की वास्तविक सत्ता को अस्वीकार करता था। इसके विपरीत उपनिषदों का आत्मवाद प्रकृति की वास्तविक सत्ता स्वीकार करता था, मनुष्य और प्रकृति में व्याप्त ब्रह्म को जहाँ वह प्राण कहता था, वहाँ वह भूत और ऊर्जा का अस्तित्व स्वीकार करता था। उपनिषदों से लगभग दो हजार साल बाद, परन्तु आइंस्टाइन से लगभग एक हजार साल पहले, चीनी दार्शनिक, चिन्तन की इसी मंजिल पर पहुँचे थे।

चीन की मूल दार्शनिक धाराओं से बौद्ध धर्म की टक्कर के बारे में नीढैम ने लिखा है : "बौद्ध धर्म और देशज दर्शनों के बीच तनाव का एक प्रमुख कारण यह तथ्य था कि बौद्ध भले ही आत्मा की धारणा से लड़े हों, उन्हें किसी व्यक्तिगत चीज का अस्तित्व स्वीकार करना पड़ा था जो अनेक जन्मों में बनी रहती थी और शुभ या अशुभ कर्मों का भार देती रहती थी। इसलिए वे कनफूशियसपन्थी सन्देहवाद और ताओपन्थी निःस्वार्थवाद से टकराए। ये दोनों चीनी तन्त्र सच ही उच्छेदवाद थे।"[137] (नीढैम ने 'उच्छेदवाद' शब्द का ही प्रयोग किया है।) बौद्ध धर्म से विवाद तीसरी सदी में शुरू हुआ और पाँचवीं सदी में वह पूरे उभार पर था। छठी सदी में बौद्ध धर्म पर आक्रमणों में फूयी विख्यात हुए। "बौद्ध धर्म के विकल्प के रूप में उन्होंने कनफूशियस मत से मिश्रित करते हुए दार्शनिक ताओवाद को प्रस्तुत किया। उसे नवएकीकृत साम्राज्य की विचारधारा होना था।"[138]

बारहवीं सदी में नवकनफूशियसपन्थियों ने बौद्ध धर्म से बराबर संघर्ष किया। उनकी विश्वदृष्टि यह थी : "संसार को व्यक्ति रूप किसी देवता ने न तो बनाया है, न वह उस पर शासन करता है। भूत-ऊर्जा (matter energy) से निर्मित और संगठन के विश्वव्यापी सिद्धान्त द्वारा व्यवस्थित यह संसार पूर्णतः वास्तविक था। उसमें यह गुण था कि वह उच्चतम मानव-मूल्यों (प्रेम, सदाचार, बलिदान आदि को तब व्यक्त करे, जब इतने ऊँचे अन्तर्गठित स्तर के प्राणी अस्तित्व में आ जाएँ कि उन मूल्यों) की अभिव्यक्ति सम्भव हो। यह विश्वदृष्टि सच ही विज्ञान के अनुरूप थी, विश्व को नकारने वाले बौद्ध वैराग्य के अधिभूतवाद से उसका घोर शत्रुभाव होना अनिवार्य था।"[139]

भूत ऊर्जा की धारणा ऋग्वेद में है, उपनिषदों में है। विश्व की भौतिक वास्तविकता की स्वीकृति सांख्य, न्याय और वैशेषिक में है, लोकायत में तो वह है ही। भारतीय दर्शन की ये यथार्थवादी धाराएँ न केवल धार्मिक अन्धविश्वासों से टकराई हैं वरन् उन्होंने हर तरह के भाववाद का विरोध भी किया है। इस तरह उन्होंने समाज विज्ञान और प्रकृति विज्ञान दोनों के लिए मार्ग प्रशस्त किया है। यूरोप में यही कार्य प्राचीन यूनानी दर्शन के आधार पर सम्पन्न हुआ। भारत, चीन, यूनान, प्राचीनकाल में दार्शनिक स्तर पर इनमें घनिष्ठ सम्पर्क था। विश्व संस्कृति के विकास के लिए यह सम्पर्क अत्यन्त महत्त्वपूर्ण था। यह सम्पर्क दर्शन से लेकर संगीत तक फैला हुआ था। विचार चाहे दर्शन के हों चाहे राजनीति के वे पकड़ में आ जाते हैं। एक भाषा से दूसरी भाषा में उनका अनुवाद किया जा सकता है। संगीत का अनुवाद नहीं किया जा सकता। कलाओं में संगीत

सर्वाधिक संवेदनशील है, सर्वाधिक जातीय है। ताजमहल को अगणित देशी-विदेशी जन देखते और सराहते हैं। शाहजहाँ के समय से ध्रुवपद की जो गायकी चली आ रही है, उसे कितने देशी या विदेशी सुनते और सराहते हैं ? इसलिए भारत, यूनान, चीन ने संगीत में एक-दूसरे को प्रभावित किया हो, तो इसे सांस्कृतिक इतिहास की विलक्षण घटना ही मानना चाहिए।

बहुत सी चीजें स्वतन्त्र रूप से पैदा होती हैं, किसी के प्रभाव से नहीं, यह सिद्धान्त प्रतिपादित करते हुए नीढैम संगीत से उदाहरण देते हैं : "संगीत सारणी के गणितीय चक्र के बारे में चीनियों को विश्वास था कि वह उन्हें पश्चिम से मिला है, उधर यूनानियों को उतना ही विश्वास था कि वह उन्हें पूर्व से मिला है।"[140] भारत चीन के पश्चिम में है; यूनान के पूर्व में है। दोनों के विश्वास को सही मानें तो गणितीय चक्र का जन्म स्थान भारत ठहरता है। पर यदि पश्चिम का अर्थ यूरोप (यहाँ यूनान) लिया जाए तो भी यह प्रमाणित किया जा सकता है कि संगीत सारणी के गणितीय चक्र का जन्म भारत में हुआ था।

भारत में सात स्वरों का सप्तक होता है, यूनान और यूरोप में आठ स्वरों का अष्टक होता है। एशिया के जिस भूखंड में यूनानी संगीत का सर्वप्रथम विकास हुआ, वह इओनिआ कहलाता था। लायर (लूरा) नाम के वाद्य यन्त्र की जो तन्त्रियाँ थीं, उनके नाम 'इओनियाई सामरस्य के सात स्वरों की सारणी' (the note scale of the Ionian harmony) को दिए गए।[141] यह बात डोनैल्ड एफ. फर्गुसन ने संगीत चिन्तन के इतिहास पर अपनी पुस्तक में लिखी है। इससे पता चलता है कि एशियाई यूनानियों में पहले सप्तक का ही चलन था। और मजेदार बात यह है कि जो मध्य तन्त्री और मध्य स्वर है, इसके लिए मॅसे शब्द का प्रयोग होता था जो भारतीय मध्य का ही यूनानी रूपान्तर है।

गणितीय चक्र की बात यों है। छठी सदी ई.पू. में पिथागोरस ने काठ पर एक तन्त्री बाँधकर प्रयोग किया। उन्होंने पता लगाया स्वरों का अन्तराल गणित के अंकों—1,2,3,4—द्वारा व्यक्त किया जा सकता है।[142] यह भरत का श्रुति विज्ञान है : षड्ज से आरम्भ करें तो षड्ज में चार, ऋषभ में तीन, गान्धार में दो और मध्यम में चार श्रुतियाँ होंगी। पहले स्वर सप्तक, फिर मध्य स्वर के लिए मॅसे, पुनः स्वरों के अन्तराल के लिए गणितीय अंकों का व्यवहार, इन सबके साथ यूनानियों की यह किंवदन्ती कि पिथागोरस भारतीय विद्वानों से मिले थे और उनका यह विश्वास था कि संगीत का गणितीय चक्र उन्होंने पूर्व से पाया था—इन सारी बातों को मिलाकर देखें तो विश्वास हो जाएगा कि गणितीय चक्र (श्रुति विज्ञान) का जन्म स्थान भारत ही था। यहीं से वह यूनान और चीन पहुँचा।

यदि भारत से संगीत के तत्त्वों का निर्यात हो सकता था तो दर्शन के तत्त्वों का निर्यात और भी आसान था। जहाँ भी चीन, भारत, यूनान के दर्शनों में गहरी समानताएँ हों, मानना चाहिए कि दार्शनिक तत्त्वों का प्रसार एक ही केन्द्र से हुआ और वह केन्द्र भारत है।

(ख) एथेन्स के दार्शनिक

सुकरात

1. समाज व्यवस्था से दर्शनशास्त्र की टक्कर

ईसा मसीह से चार शताब्दियाँ पहले यूनान में सुकरात को अपने विचारों से नौजवानों को गुमराह करने के अपराध में प्राणदंड दिया गया। उन्हें जब यह दंड दिया गया था, तब वह सत्तर पार कर चुके थे। जैसाकि उन्होंने न्यायकर्ताओं की सभा में कहा था, अभियोग लगाने वाले कुछ दिन सब्र करते तो वह वैसे ही विदा हो जाते। पर सुकरात के रूप में उन्हें ऐसा बड़ा खतरा दिखाई दे रहा था कि वे सब्र करने को तैयार न थे। ये कौन लोग थे जो सुकरात की जान लेने पर तुले हुए थे ? सुकरात ऐसा क्या कहते थे जिससे इन लोगों की समझ में नौजवान गुमराह हुए जा रहे थे ? गुमराह हुए भी जा रहे थे तो समाज के लिए ऐसा कौन-सा संकट पैदा हो गया था कि उनकी जान लिए बिना काम न चलता ? यूनान के और यूरोप के सामाजिक-सांस्कृतिक विकास को समझने के लिए इन प्रश्नों पर विचार करना जरूरी है।

एथेन्स यूनान का सबसे सुसंस्कृत और समृद्ध नगर था। सुकरात इसी नगर में रहते थे। न्यायकर्ताओं की जिस सभा में उन पर मुकदमा चलाया गया, उसमें 501 सदस्य थे। अपनी सफाई में सुकरात को जो कुछ कहना था, उसे सुनने के बाद 281 सदस्यों ने प्राणदंड के पक्ष में मत दिया, 220 ने सुकरात को निर्दोष माना। सारी कार्यवाही कुल एक दिन में समाप्त कर दी गई थी। सुकरात का कहना था, उन्हें कुछ अधिक समय मिला होता तो वे अपने निर्दोष होने के बारे में और बहुत से लोगों को आश्वस्त कर देते, बहुमत उनके पक्ष में हो जाता। पर उन्हें अधिक समय नहीं दिया गया। उनका बयान सुनने के बाद उनकी कही हुई बातों पर विचार करने में न्यायकर्ताओं ने कुछ भी समय नहीं लगाया। तुरन्त मतदान करके उन्होंने मुकदमे का फैसला कर दिया।

मुकदमे के दौरान सुकरात का भाषण सुननेवालों में उनके शिष्य प्लेटो भी थे। सुकरात की मृत्यु के बाद उन्होंने उनके भाषण को एक कलाकार और विचारक की हैसियत से प्रस्तुत किया। प्लेटो की रचनाओं में सुकरात बार-बार आते हैं और उनका विचारक रूप बदलता रहता है। प्लेटो अपनी बात कहने के लिए सुकरात को नाटक

के पात्र की तरह इस्तेमाल करते हैं। भाषण प्लेटो की प्रारम्भिक रचनाओं में है, उनका दृष्टिकोण आगे चलकर बदलता है; सम्भावना यही है कि सुकरात ने जो कुछ कहा था, प्लेटो ने बहुत कुछ उसी को लिपिबद्ध किया होगा। सुकरात लोगों से कैसे जिरह करते थे, इसका विवरण अन्य समकालीन लेखक क्सेनोफोन ने भी प्रस्तुत किया है। उससे प्लेटो द्वारा चित्रित सुकरात की अनेक विशेषताएँ पुष्ट होती हैं।

सुकरात के विरुद्ध अभियोग यह था कि वह नौजवानों को भ्रष्ट करते हैं, जिन देवताओं को नगरवासी मानते हैं, उन्हें वह नहीं मानते; उनके बदले वे अन्य देवताओं पर विश्वास करते हैं। सुकरात का कहना था कि अभियोग झूठा है, वह देवताओं पर विश्वास करते हैं; पर उनके विरुद्ध बरसों से प्रचार किया जाता रहा है और लोगों के मन में उनके प्रति दुराग्रह का भाव जड़ जमा चुका है। बहुत दिनों से चले आते प्रचार के मुख्य सूत्र ये थे : सुकरात यह जानने का प्रयत्न करता है कि धरती के नीचे क्या है, स्वर्ग में क्या है, और अपनी तर्कविद्या से वह स्याह को सफेद कर देता है; यह सब वह दूसरों को भी सिखाता है।

नए अभियोग और पुराने प्रचार की सामान्य भूमि यह थी कि सुकरात देवताओं से सम्बन्धित मनुष्यों की परम्परागत धारणाओं को चुनौती दे रहे थे। ये धारणाएँ समाज में उन लोगों के लिए उपयोगी थीं जो अवकाशभोगी थे, जो दूसरों के अन्धविश्वासों से लाभ उठाकर उनका श्रमफल हड़प जाते थे। देवताओं ने संसार रचा है; कहाँ क्या है, सब पुराण कथाओं में बता दिया गया है। तब कोई यह क्यों सोचे कि धरती के नीचे क्या है, आसमान के ऊपर क्या है ? देवताओं ने मनुष्यों के आपसी सम्बन्ध भी निर्धारित कर दिए हैं। आदमी उनके बारे में बहस करेगा तो वह स्याह को सफेद करने के अलावा क्या करेगा ?

सुकरात से पहले यूनान में ऐसे दार्शनिक हो गए थे जो यह जानने का प्रयत्न करते रहे थे कि यदि संसार की रचना किसी आदि तत्त्व से हुई है तो वह तत्त्व जल है, वायु है या अग्नि है। भले ही इन लोगों के लिए जल, वायु और अग्नि भी देवता ही रहे हों पर ये देवता समाज के मान्य देवताओं से भिन्न थे। किस तत्त्व से संसार बना है, यह प्रश्न ही धार्मिक रूढ़िवाद को चुनौती देनेवाला था। अरिस्तोफनेस की व्यंग्य-नाटिका बादल में सुकरात कहते हैं :

हे स्वामी, हे सम्राट्, हे असीम पवन,
जिस पर निर्भर यह धरती तिरती है,
और ज्योतिर्मय आकाश, मेरे ये स्वर सुनो।[1]

अनक्सिमॅनॅस नाम के दार्शनिक मानते थे कि आदि तत्त्व वायु है, साथ ही वह उसे दैवी शक्ति भी कहते थे। अरिस्तोफनेस ने उस दार्शनिक परम्परा से सुकरात को जोड़कर उस पर प्रहार किया।

अनक्सिमॅनॅस तथा उनके बाद के दार्शनिकों ने सीधे-सीधे देवताओं के अस्तित्व से इनकार न किया था पर वे धार्मिक रूढ़िवाद से हटकर प्रकृति के बारे में सोचते थे,

इसलिए प्रचलित विश्वासों के प्रति शंका तो प्रकट करते ही थे। सुकरात से पहले के यूनानी दार्शनिकों पर अपनी पुस्तक में किर्क ने लिखा है कि सम्भवतः अनक्सिमॅनॅस ने कहा था कि देवता सर्वव्यापी वायु से उत्पन्न हुए थे। "ऐसा हो तो रूढ़ धर्म के देवताओं की आलोचना करने में वह क्सेनोफनेस और हेराक्लितुस के अग्रज हो सकते हैं, यद्यपि वास्तव में वह इस हद तक आगे बढ़े कि उनके अस्तित्व को नकारा हो, इसका प्रमाण नहीं है, वैसे ही जैसे हेराक्लितुस ने उन्हें नकारा हो, इसका प्रमाण नहीं है।"[2]

दार्शनिकों की इस परम्परा में अनक्सागोरस भी थे। इन पर देवताओं की अवज्ञा करने का आरोप लगाया गया था। वह अन्य प्राचीन यूनानी दार्शनिकों की तरह लघु एशिया के निवासी थे। उनके समय में पेरिक्लेस के नेतृत्व में एथेन्स ने बड़ी उन्नति की थी। वह एथेन्स आए और पेरिक्लेस से उनकी मैत्री हो गई। प्लूतार्ख का कहना था कि पेरिक्लेस उनकी उपेक्षा करने लगे थे, इसलिए उन्हें गरीबी में दिन बिताने पड़े। हेगल के अनुसार : "इससे अधिक महत्त्वपूर्ण बात यह है कि (आगे चलकर जैसाकि सुकरात और दूसरे अनेक दार्शनिकों के साथ हुआ) अनक्सागोरस पर अभियोग लगाया गया कि लोग जिन्हें देवता मानते हैं, वह उनकी अवमानना करते हैं।" उन्हें नास्तिक कहा गया। पेरिक्लेस की एक महिला मित्र थी अस्पासिया। उस पर भी ऐसा ही अभियोग लगाया गया और 'उसे दंड से बचाने के लिए' पेरिक्लेस को एथेन्स के नागरिकों के सामने 'आँसू भरकर याचना करनी पड़ी कि वे उसे छोड़ दें।' सम्भव है, अनक्सागोरस को मृत्युदंड मिलता। हेगल का मत है : "पेरिक्लेस ने निश्चय ही उन्हें मृत्युदंड से बचाया।"[3] वह एथेन्स छोड़कर अन्यत्र चले गए। इस तरह सुकरात के पहले से धार्मिक रूढ़िवाद और दार्शनिक चिन्तन की टक्कर चली आ रही थी। एथेन्स में लोकतन्त्र है या लोकतन्त्र विरोधी किसी जमींदार का शासन है, इससे उस टक्कर में कोई विशेष अन्तर पड़नेवाला नहीं था। दर्शनशास्त्र के अभ्युदय काल में उसकी टक्कर थी, उन आधारभूत मान्यताओं से जिन पर यूनानी समाज टिका हुआ था।

यूनान में स्पार्ता भूस्वामी वर्ग का गढ़ था, एथेन्स में व्यापारी वर्ग शक्तिशाली था। किन्तु एथेन्स में भूस्वामियों का अभाव न था, कभी-कभी एक ही आदमी जमींदारी सँभालता था और व्यापार भी करता था। एक धन्धा जो बड़े पैमाने पर चालू था, सूदखोरी का था। जमींदारों और महाजनों का हित इस बात में था कि लोग सामाजिक नियमों को दैवी विधान मानकर उनके अनुसार काम करते रहें, क्या न्याय है, क्या अन्याय है, कौन-से नियम न्यायपूर्ण हैं, कौन-से अन्यायपूर्ण, इसके बारे में जाँच-पड़ताल न करें। लेकिन सुकरात ने ठीक यही काम शुरू किया था। जैसे मार्क्सवादी विश्लेषक प्रकृति की जाँच-पड़ताल भौतिकवादी ढंग से करते हैं, मानव समाज की जाँच-पड़ताल भी भौतिकवादी ढंग से करते हैं; दोनों तरह की जाँच-पड़ताल में आन्तरिक सामंजस्य रहता है, वैसे ही दर्शनकारों के प्रकृतिसम्बन्धी चिन्तन से समाज व्यवस्था के लिए कुछ निष्कर्ष निकलते थे, जो भूस्वामी वर्ग के लिए अहितकर थे, वे जानबूझकर उनके द्वारा निकाले गए हों, चाहे न निकाले गए हों। इनमें एक महत्त्वपूर्ण निष्कर्ष यह था कि संसार

देवताओं का बनाया हुआ नहीं है, वह किसी मूल तत्त्व से—जल, वायु, अग्नि अथवा चित् (सत्-चित्-आनन्दवाले चित्) से बना है, परिवर्तित होते-होते बना है। यदि संसार परिवर्तित होते-होते बना है, तब समाज ही अपरिवर्तनशील कैसे हो सकता है ? यदि देवकथाओं के आधार पर प्रकृति की व्याख्या नहीं हो सकती तो सामाजिक नियमों की व्याख्या ही कैसे हो सकती है?

व्यापार की उन्नति से नए चिन्तन के लिए आवश्यक परिस्थितियाँ उत्पन्न हुईं किन्तु व्यापारी वर्ग सुसंगत रूप से क्रान्तिकारी नहीं था। अक्सर वह जमींदारों-महाजनों से समझौता करके चलता था। अनेक प्रगतिशील विचारक जमींदार वर्ग के थे, व्यापारी वर्ग के नहीं। कुल मिलाकर जमींदार वर्ग प्रतिक्रियावादी भूमिका निबाह रहा था, गाँवों के अतिरिक्त वह एथेन्स जैसे नगरों में भी प्रभावशाली था। उसके साथ पुरोहित समुदाय था जिसका काम देवकथाओं की रक्षा करना था। एथेन्स में अनेक पेशों से जुड़े हुए लोग थे, इनमें एक महत्त्वपूर्ण समुदाय कारीगरों का था।

सुकरात ने जब से सामान्य, प्रचलित धारणाओं को जाँचना शुरू किया, तभी से उनका विरोध शुरू हो गया। अपने भाषण में उन्होंने न्यायकर्ताओं से कहा, तुममें बहुत से जब बच्चे थे, तब से मेरे विरोध में प्रचार होता रहा है।[4] यह विरोध पूर्ववर्ती दर्शनकारों के विरोध की ही अगली कड़ी था। अरिस्तोफनेस की नाटिका में उन्हें उसी कोटि का दार्शनिक चित्रित करके उन पर व्यंग्य किया गया था। सुकरात ने कहा : "यदि किसी के पास वैसा ज्ञान हो तो मैं उसकी भर्त्सना नहीं करता।"[5] पर वह उस कोटि के दार्शनिक थे नहीं। पूर्ववर्ती दार्शनिकों से सुकरात की भिन्नता अपनी जगह सही है पर यह भिन्नता सापेक्ष है, निरपेक्ष नहीं। उन दर्शनकारों ने सुकरात के चिन्तन के लिए जमीन तैयार की थी, देवकथाओं पर आँख मूँदकर विश्वास कर लेने के बदले नए सिरे से सत्य के अनुसन्धान का रास्ता दिखाया था।

यूनान में एक प्रकार के शिक्षकों का समुदाय था जो सोफिस्तेस (अंग्रेजी रूप—सौफिस्ट) कहलाते थे। ये लोग फीस लेकर धनी परिवारों के युवकों को शिक्षा देते थे, विशेष रूप से उन्हें तर्क-विद्या सिखाते थे। सुकरात को फीस लेकर शिक्षा देना पसन्द न था; इससे भी अधिक महत्त्वपूर्ण यह कि तर्क-वितर्क कौशल की अपेक्षा वह मनुष्य का सदाचारी और सच्चरित्र होना अधिक आवश्यक मानते थे। प्लेटो की रचनाओं में सुकरात को सौफिस्टों से भिन्न कोटि का विचारक, उनका विरोधी भी दिखाया गया है। पर इन सौफिस्टों ने लोगों की तर्क-बुद्धि जगाई थी, प्रचलित मान्यताओं को परखना सिखाया था। वे एक व्यापक सांस्कृतिक आन्दोलन के सूत्रधार थे। किर्क ने उनके प्रसंग में लिखा है : "ईसापूर्व पाँचवीं सदी के मध्य में एक नया बौद्धिक आन्दोलन शुरू हुआ था। इसमें सबसे प्रमुख भाग लेनेवाले सौफिस्ट थे। लोग नैतिकता और धर्म के बारे में पुरानपन्थी, घिसी-पिटी धारणाओं को ठोंक-बजाकर देखने और जाँचने-परखने लगे थे। स्वतन्त्र चिन्तन और व्यक्तिगत विवेक अनादि परम्परा और आप्त वाक्यों का स्थान लेने लगे थे। अरिस्तोफनेस का मन युग चेतना के प्रति घृणा से भरा था। वह उसे अधार्मिक

और अनैतिक जान पड़ती थी।"[6] प्लेटो ने सुकरात को सौफिस्टों से अलग करने का जो भी प्रयत्न किया हो, वह थे उन्हीं की परम्परा में। प्रचलित धारणाओं को जाँचना-परखना उनका मुख्य काम था। वह किसी सर्वमान्य शास्त्रीयता के आधार पर लोगों से तर्क न करते थे; उनकी तर्क-विद्या का आधार था लोगों का अनुभव। स्वभावतः यह तर्क-विद्या धार्मिक रूढ़िवाद के आड़े आती थी। इस रूढ़िवाद का पक्ष लेकर अरिस्तोफनेस ने सुकरात पर प्रहार किया था।

किर्क का कथन युक्तिसंगत नहीं है कि अरिस्तोफनेस ने 'निस्सन्देह सुकरात को केन्द्रीय पात्र मुख्यतः उनकी सुपरिचित और विचित्र कुरूपता के कारण बनाया था।'[7] अरिस्तोफनेस सुकरात की तर्क-शैली से परिचित था और उसने उसकी नकल की है। महाजन किसान से सूद माँगता है। किसान कहता है : "सूद ? क्या तुम बता सकते हो, सूद क्या होता है ?"[8] प्लेटो की रचना गोर्गिअस में सुकरात पूछते हैं : "हम गोर्गिअस को किस नाम से पुकारें ?" अर्थात्, उनका पेशा क्या है। वह लोगों को वक्तृत्व कला सिखाते हैं। सुकरात का प्रश्न है : "बुनाई का सम्बन्ध कपड़ा बनाने से है; वक्तृत्व कला का सम्बन्ध किससे है ?" ऐसे ही प्रश्नों की नकल नाटिका में है। यूथुफ्रोन में सुकरात पूछते हैं : "तो मुझे बताओ, पवित्र आचरण क्या है, अपवित्र आचरण क्या है ?" रूढ़िवादियों को इस तरह के सवाल पसन्द नहीं थे। यह सम्भव है, किसी चपटी नाक, बड़ी आँखोंवाले आदमी को भद्दे कपड़े पहनाकर रंगमंच पर ले आने से लोग समझ जाते, यहाँ सुकरात की नकल की जा रही है। यह सब मंचन के लिए आवश्यक हो सकता है पर नाटिका में ध्यान केन्द्रित किया गया है सुकरात की तर्क-विद्या पर। मुख्य बात यह है कि अरिस्तोफनेस को परेशानी इस तर्क-विद्या से थी, सुकरात ने उसे ऐसा तीखा अस्त्र बना दिया था जैसा सौफिस्ट भी न बना पाए थे।

बादल नाटिका में किसान का बेटा कहता है : "मैं सभी नए विचारों और तर्कों से अच्छी तरह परिचित हूँ। मैं सुई की नोक पर नाच सकता हूँ। और मैं साबित कर सकता हूँ कि मेरे लिए बाप को सज़ा देना उचित है।"[9] निस्सन्देह अरिस्तोफनेस सुकरात को गलत ढंग से पेश करता है पर वह सौफिस्टों और प्रकृति चिन्तक दर्शनकारों को भी गलत ढंग से पेश करता है। प्रश्न यह है : दर्शनकार, सौफिस्ट और सुकरात, ये तीनों एक ही सांस्कृतिक आन्दोलन के अंग थे या नहीं ? उत्तर है, थे। पुनः—तीनों को जोड़नेवाला कोई आन्तरिक सूत्र था या नहीं ? उत्तर है, था। सूत्र यह था कि ये तीनों ही संसार के बारे में प्रचलित धारणाओं को चुनौती दे रहे थे। अरिस्तोफनेस ने सुकरात को दर्शनकारों और सौफिस्टों का प्रतिनिधि बना दिया। यह कार्य गलत था पर अंशतः सही इसलिए था कि एक सूत्र तीनों को जोड़े हुए था।

सुकरात केवल दर्शनकारों और सौफिस्टों के प्रतिनिधि नहीं हैं, नाटिका में उनकी विशेषताएँ अलग से पहचानी जा सकती हैं। इनमें मुख्य है हर चीज की व्याख्या कराने का आग्रह। सूद क्या है—यह प्रश्न सारी महाजनी व्यवस्था को चुनौती देनेवाला था।

कानून क्या है—यह प्रश्न वर्गभेद वाली सारी समाज व्यवस्था को चुनौती देनेवाला था। नाटिका में किसान पुत्र बाप से कहता है : ''लेकिन कानून आखिर है क्या ? वह जरूर किसी समय बनाया गया होगा, उसे हमारे तुम्हारे जैसे किसी आदमी ने बनाया होगा और उसने तर्क से लोगों को समझा लिया होगा कि वे उसे स्वीकार कर लें। अब मैं नया कानून क्यों न बनाऊँ जिससे बदले में बेटे भी अपने बापों को पीट सकें ?''[10] बाप घर में निरंकुश जमींदार की तरह था। अभिजात वर्ग की सत्ता को चुनौती दी जा रही थी; रूढ़िवादियों को लगता था, परिवार व्यवस्था के आधारभूत अनुशासन को खत्म किया जा रहा है।

किर्क का कहना है कि सौफिस्टों का शुरू किया हुआ बौद्धिक आन्दोलन जब पूरे उभार पर था, तब सुकरात प्रकट हुए। 'सौफिस्टों की तरह वह नैतिक और राजनीतिक प्रश्नों की चर्चा करते थे', फर्क यह था कि 'जहाँ वे (सौफिस्ट) व्याख्या करके सन्तुष्ट हो जाते थे, उनका (सुकरात का) उद्देश्य था (लोगों को) सुधारना।'[11] न्याय-अन्याय, संयम-असंयम के अलावा वह क्सेनोफोन के अनुसार, ऐसे प्रश्नों की चर्चा भी करते थे : ''राज्यसत्ता किसे कहते हैं ? राजनीतिज्ञ कौन होता है ? सरकार क्या होती है ? कौन-सी चीज मनुष्य को शासन करने के योग्य बनाती है ?''[12] सुकरात लोगों को सुधारने पर तुले हुए थे, सम्पत्तिशाली लोग सुधरने को तैयार न थे। सुकरात आम जनता के बीच बाजार हाट में उनकी आलोचना करते थे। अब तक के तर्कशास्त्री न्याय, शासनतन्त्र आदि की व्याख्या करके सन्तुष्ट हो जाते थे, सुकरात लोगों को सुधारना चाहते थे। व्यवस्था को बदले बिना लोगों को सुधारा न जा सकता था। सरकार बदलने से काम चलनेवाला न था। जमींदारी गुट का शासन हो, लोकतन्त्र हो, सुकरात की टक्कर दोनों से थी क्योंकि उनकी आलोचना का लक्ष्य सम्पत्तिशाली वर्गोंवाली समाज व्यवस्था थी।

404 ई.पू. में स्पार्ता की फौजों ने एथेन्स पर अधिकार किया, एथेन्स का लोकतन्त्र भंग कर दिया गया, उसकी जगह तीस आदमियों के गुट का शासन कायम किया गया। शासन के बहुत से विरोधियों की हत्या कर दी गई। शासक गुट ने सुकरात तथा चार अन्य व्यक्तियों को बुलवाया, उन्हें हुक्म दिया कि सलमिस से लॅओन को लिवा लाओ। वे उसकी हत्या करना चाहते थे। चार व्यक्ति डर के मारे गए और लॅओन को लिवा लाए। सुकरात हुक्म की परवाह न करके घर चले गए। क्सेनोफोन का हवाला देते हुए किर्क ने लिखा है : ''इससे पहले वह (सुकरात) क्रितिआस तथा गुट के अन्य सदस्यों को, उनकी राजनीतिक हत्याओं की सार्वजनिक रूप से निन्दा करके, नाराज कर चुके थे। निन्दा ऐसी भाषा में की थी कि उन्हें सुकरात को बुलाकर कहना पड़ा कि नौजवानों से बातें करने की आदत छोड़ दें, वरना उन्हें मार डाला जाएगा।''[13]

तीस के गुट का शासन साल-भर के अन्दर ही समाप्त हो गया, लोकतन्त्र बहाल कर दिया गया। चार साल बाद सुकरात को प्राणदंड दिया गया।

2. सुकरात, कारीगर और रहस्यवाद

सुकरात एक धाय के पुत्र थे। वह अपनी तर्क-विद्या की तुलना धाय के कौशल से करते थे। धाय स्वयं बच्चा नहीं जनती, बच्चा जनने में दूसरों की सहायता करती है। सुकरात कहते थे, ज्ञान के मामले में बाँझ हूँ, देवता मुझे धाय का काम करने को बाध्य करता है, उसने कभी मुझे स्वयं बच्चा जनने नहीं दिया। अर्थात् सुकरात के पास कोई विचारों का खजाना नहीं है, वह तो दूसरों के दिमाग से विचार निकलवाते हैं। सुकरात का कहना था, दवा खिलाकर, मन्त्र पढ़कर धाय गर्भवती के पेट में दर्द पैदा करती है जिससे प्रसव सम्भव होता है। सुकरात के लिए कहा जा सकता था कि वह लोगों को अज्ञान का अहसास कराके इसी तरह उनके मन में दर्द पैदा करते थे। यूनान में धाय युवकों और युवतियों में उपयुक्त जोड़े ढूँढ़कर उनका विवाह सम्बन्ध भी निश्चित कराती थी। सुकरात का कहना था, मैं तो आदमी को परखने के बाद उसे ज्ञानी के पास ले जाकर छोड़ देता हूँ।

सुकरात अपनी बातचीत में सामान्य जीवन से इसी तरह के उदाहरण दिया करते थे। उनके एक प्रशंसक, अल्किबिएदॅस, का कहना था कि सुकरात की बातचीत में लद्दू गधों, लुहारों, मोचियों, चमड़ा कमानेवालों का जिक्र बार-बार आता है। उनके एक आलोचक, कलिक्लॅस, ने क्षुब्ध होकर सुकरात से कहा : "मुझे पक्का विश्वास हो गया है कि तुम मोचियों, कोरियों, बावर्चियों और वैद्यों की चर्चा बन्द कर ही नहीं सकते, मानो हमारे विवाद का सम्बन्ध इनसे भी हो।" सुकरात किस तरह के लोगों में रहे होंगे, इसका अनुमान इन दो उल्लेखों से हो जाता है। वह एथेन्स के उस बड़े समुदाय से जुड़े हुए थे जो हाथ से काम करता था। बहस के दौरान वह ज्ञान की परख कारीगर की निगाह से करते थे। एक आदमी वक्तृत्व कला सिखाता है। इस कला में वह क्या सिखाता है ? यदि वह जूते बनाने के धन्धे में होता और कोई पूछता, तुम कौन हो, तो वह कहता, मैं मोची हूँ। बुनाई का सम्बन्ध कपड़ा बनाने से है, वक्तृत्व कला का सम्बन्ध किससे (अर्थात् क्या बनाने से) है ? गोर्गिअस का कहना है, वक्तृता से हम अदालतों में न्यायाधीशों को, परिषदों में राजनीतिज्ञों को अथवा सभाओं में सामान्य जनों को प्रभावित कर लेते हैं। निष्कर्ष निकला, वक्तृत्व कला लोगों को प्रभावित करने की कला है। लेकिन, सुकरात का तर्क है, जब नगर के लोग वैद्यों या जहाज बनानेवालों 'या अन्य किसी कोटि के कारीगरों' के चयन के लिए सभा करते हैं, तब किसी वक्तृत्व कला विशारद से सलाह नहीं ली जाती। 'और स्पष्ट ही ऐसा इसलिए होता है कि हर नियुक्ति के लिए हमें सबसे कुशल व्यक्ति को चुनना होता है।' और भी; जब दीवालें बनाना होता है या बन्दरगाह अथवा शस्त्र भंडार बनाने होते हैं, 'तब हमारे सलाहकार केवल उस्ताद मिस्त्री होते हैं।' सैनिक मामलों में सेनापतियों से सलाह ली जाती है, भाषणकर्ताओं से नहीं। इसलिए यह पूछना उचित है, 'आपका अपना हुनर (तॅख्नेस्)' कौन-सा है ? गोर्गिअस कहते हैं, एथेन्स नगर के बड़े शस्त्रागार, उसकी रक्षा प्राचीरें,

बन्दरगाह थेमिस्तोक्लेस, अंशतः पेरिक्लेस की सलाह का परिणाम हैं, 'तुम्हारे कारीगरों', की सलाह का नहीं। सुकरात से जो लोग बात करते थे, कारीगरों से अपना तादात्म्य स्थापित कर लेते थे। गोर्गिअस की शब्दावली 'तुम्हारे कारीगरों' में इसी तादात्म्य की झलक है। सुकरात ने इस झलक को उजागर करते हुए कहा, थेमिस्तोक्लेस के बारे में हमें बताया गया है; जहाँ तक पेरिक्लेस का सम्बन्ध है, 'जब वह मध्य प्राचीर के बारे में हमें सलाह दे रहे थे, तब मैंने स्वयं उन्हें सुना था।' सुकरात या तो कारीगरों के साथ खुद काम कर रहे थे या जहाँ काम हो रहा था, वहाँ खड़े सबकुछ देख-सुन रहे थे।

गोर्गिअस अपनी कला के प्रति आश्वस्त होकर कहते हैं, वक्तृत्व कला में जो व्यक्ति कुशल है, वह सभा को प्रभावित करके स्वयं को किसी भी पेशे के लिए नियुक्त करा सकता है; वह किसी भी प्रश्न पर, किसी के भी विरुद्ध, इस ढंग से बोल सकता है कि बहुमत उसके पक्ष में हो जाए। सुकरात के लिए यह सिद्ध करना कठिन नहीं है कि यह बहुमत अज्ञानियों का होगा। इन्हें प्रभावित करने की कला मूल्यवान हो तो किसी चीज का वास्तविक ज्ञान प्राप्त करना आवश्यक न होगा; लोगों को प्रभावित कर लेना काफी होगा कि तुम्हारे पास ऐसा ज्ञान है ! सुकरात के अनुसार वक्तृत्व कला लोगों को खुश करने की कला है। बावर्ची ऐसा खाना पका सकता है जिससे खानेवाला खुश हो जाए पर वह उसके लिए उपयुक्त है या अनुपयुक्त, यह तो वैद्य बता सकता है, बावर्ची नहीं। जैसे कोई पाकशास्त्र को औषधि विज्ञान का जामा पहना दे, वैसे ही लोग वक्तृत्व कला को राजनीति विज्ञान का जामा पहना देते हैं। लेकिन राजनीतिक क्षेत्र में काम करनेवाले सभी नेता राजनीति का मूल तत्त्व समझते नहीं हैं या उसके अनुसार आचरण नहीं करते। प्रश्न यह है : थेमिस्तोक्लेस अथवा पेरिक्लेस अच्छे नागरिक थे या नहीं ? नगरवासी जिस अवस्था में थे, उससे उबारकर उन्होंने उन्हें और अच्छा नागरिक बनाया था या नहीं ? पेरिक्लेस पहले लोकप्रिय थे पर जब उन्होंने नागरिकों को उबारकर उन्हें अच्छा बनाया तो उन्हीं नागरिकों ने उन पर गबन का आरोप लगाया और उन्हें लगभग मौत की सजा सुना दी। किसी पशुपालक को जब गधे, घोड़े, बैल दिए जाएँ, तब वे पालतू हों, पर जब वह उन्हें वापस करे तब वे जंगली हो गए हों, ऐसे आदमी को अच्छा पशुपालक न कहा जाएगा। पेरिक्लेस ने लोगों को जिस अवस्था में पाया था, उससे ज्यादा जंगली हालत में छोड़ा। थेमिस्तोक्लेस को लोगों ने निर्वासित कर दिया था।

सुकरात यदि लोकतन्त्र के शासकों से सन्तुष्ट नहीं थे तो वे निरंकुश शासकों से और भी क्षुब्ध थे। वक्तृत्व कला के पक्ष में एक बात यह कही गई थी कि जिसके पास यह कला होती है, वह निरंकुश शासकों जैसा शक्तिशाली हो जाता है। इस सिलसिले में मख्दूनिया के शासक आर्खिलाऑस का उदाहरण दिया जाता था। उसने वैध उत्तराधिकारी को मारकर राज्य पर अधिकार किया था। गद्दी पर बैठने के बाद उसने एथेन्स के अनेक सम्भ्रान्त नागरिकों को आमन्त्रित किया। और लोग गए, सुकरात ने उसके यहाँ जाने से इनकार कर दिया। सुकरात का कहना था, सदाचारी का जीवन अच्छा है, भले ही उसमें कष्ट सहना पड़े। जिस व्यक्ति में दुर्गुण हों और वह उनसे मुक्त

न हो सके, उसका जीवन सबसे खराब मानना चाहिए।

प्लेटो की रचना गोर्गिअस में कलिक्लेस ने एक तर्क ऐसा दिया जिसे आधुनिक काल में फासिस्टों ने बार-बार दोहराया है। तर्क इस प्रकार है : प्रकृति कहती है, कमजोर पर हावी होना, उसकी कमजोरी से लाभ उठाना, शक्तिशाली के लिए उचित है। ऐसा 'केवल पशु जगत् में नहीं होता, वरन् राज्यों में, सामूहिक रूप से मनुष्यों की नस्लों के बीच भी, जो लाभ और प्रभुत्व कमजोर पर शक्तिशाली को मिलता है, उचित उसी को माना गया है।' पर सुकरात का विचार है कि भला और सदाचारी आदमी ही सुखी होता है, दुष्ट और अन्यायी नहीं। पुराण कथाओं के अनुसार जो दुरात्मा हैं, उन्हें मृत्यु के बाद यन्त्रणा दी जाती है। और इनमें आर्खिलाऑस तथा 'उस जैसे अन्य निरंकुश शासक भी होंगे। इसके सिवा मेरा विचार है कि ऐसे अधिकांश उदाहरण तानाशाहों, राजाओं, सत्ताधारियों और सार्वजनिक प्रशासकों के हैं। कारण यह कि इन्हें छूट मिली होती है, इसलिए वे सबसे बड़े और जघन्य अपराध करते हैं।' अपराधकर्मी प्रशासक और नेतागण, इनकी तीखी आलोचना सुकरात के दार्शनिक चिन्तन का अभिन्न अंग है।

चौथी शताब्दी ई.पू. के यूनान में अभिजात वर्ग अत्यन्त प्रभावशाली था। उसे अपनी जन्मजात श्रेष्ठता पर गर्व था, भूमि का स्वामित्व उसके हाथ में था, पुरोहित समुदाय उसके अधीन था या उसी में अन्तर्भुक्त था और वह धार्मिक रूढ़िवाद का रक्षक था। कवि उसकी प्रशंसा में काव्य रचते थे। सुकरात कहते थे, दार्शनिक जानता है, ऐसी प्रशंसा संकुचित दृष्टिकोण का परिणाम है। ''और लोग जब वंश की प्रशंसा करते हैं, कहते हैं, अमुक कुलीन है क्योंकि उसकी सात पीढ़ियों के धनी पुरखे गिनाए जा सकते हैं, तब वह दार्शनिक सोचता है कि जो लोग ऐसी प्रशंसा करते हैं, उससे वे अपनी नितान्त मन्द और संकुचित दृष्टि का परिचय देते हैं। शिक्षा का अभाव होने से वे अपनी दृष्टि सम्पूर्ण पर नहीं जमा सकते, वे यह गणना नहीं कर सकते कि प्रत्येक मनुष्य के सहस्रों अनगिनत पुरखे और जनक हो चुके हैं जिनमें, कोई भी उदाहरण लें तो, धनी और निर्धन, राजा और दास, बर्बर और यूनानी मिलेंगे।'' यूनानियों में मुख्यतः तीन वर्ण थे : अभिजात और गैर अभिजात तथा दास। सुकरात ने पुरखों में दासों को भी शामिल करके स्वाधीन नागरिकों की श्रेष्ठता के भाव पर प्रहार किया। अभिजात और गैर अभिजात, सभी यूनानी जैसे स्वयं को दासों से अलग रखते थे, वैसे ही वे गैर यूनानी जातियों को बर्बर कहकर उनसे स्वयं को अलग रखते थे। सुकरात ने पुरखों में बर्बरों को शामिल करके यूनानियों के नस्लगत श्रेष्ठता के भाव पर प्रहार किया। अभिजातों में धनी और निर्धन दोनों को शामिल करके उन्होंने कुलीनता के दम्भ पर प्रहार किया।

भारत में अभिजात जन अपने कुल का सम्बन्ध जैसे किसी देवता या पुराण कथाओं के वीर पुरुष से जोड़ते हैं, वैसे ही यूनान के अभिजात जन भी अपने वंश का सम्बन्ध किसी महापुरुष से जोड़ लेते थे। इन महापुरुषों में एक थे हेराक्लेस (अंग्रेजी रूप में अधिक परिचित हर्कुलीज)। इनसे अपने वंश का सम्बन्ध जोड़नेवालों के लिए सुकरात ने कहा : ''लोग जब अपने पच्चीस पुरखों की सूची बनाकर उस पर गर्व करते हैं और

अपने वंशवृक्ष की जड़ टटोलते हुए अम्फित्रुओनॉस के पुत्र हेराक्लेस तक पहुँच जाते हैं, तब उनके विचारों की क्षुद्रता उसे (दार्शनिक को) उपहास योग्य जान पड़ती है। वह उन पर हँसता है क्योंकि वे यह हिसाब लगाकर अपनी मूढ़ बुद्धि को दम्भ से मुक्त नहीं कर पाते कि अम्फित्रुओनॉस का पच्चीसवाँ पुरखा, या कह लो पचासवाँ पुरखा, वह था जिसे संयोग से नियति ने ऐसा बना दिया था।" यदि कोई भी व्यक्ति वंश के कारण श्रेष्ठ नहीं है तो वंश के कारण कोई व्यक्ति भूस्वामी नहीं हो सकता, भूस्वामी होने से वह अपने लिए विशेषाधिकारों का दावा नहीं कर सकता, विशेषाधिकारों के बिना वह दूसरों का श्रम नहीं हड़प सकता। अभिजात भूस्वामियों को सुकरात अपने सबसे बड़े शत्रु जान पड़े हों तो आश्चर्य नहीं।

अरिस्तोफनेस की नाटिका से सुकरात के प्रति इस वर्ग के शत्रुभाव की तीव्रता का अनुमान हो सकता है। किसान सुकरात से तर्क-विद्या सीखने गया था, अन्त में वह समझ गया कि इस विद्या के सहारे उसका पुत्र उसे मारेगा। सुकरात नास्तिक है, उसे अपने अपराध का दंड मिलना चाहिए। किसान कहता है : "मैं भी कैसा पागल था ! सुकरात के बहकाने में आ गया कि देवता नहीं हैं।...इन्हें कचहरी, अदालत में ले जाने की बात सोचना बेकार था। मैं सीधे जाकर दुष्टों की पाठशाला में आग लगा देता हूँ।"[14] वह छत पर चढ़कर आग लगाता है। एक छात्र कहता है : "तुम हमें जिन्दा जला दोगे !" किसान कहता है : "मैं ठीक यही करना चाहता हूँ यदि मेरे औजारों ने दगा न की और यदि पहले ही गिरकर मैंने अपनी गर्दन न तोड़ ली।" सुकरात पूछते हैं : "तुम वहाँ छत पर, क्या कर रहे हो ?" किसान कहता है : "मैं हवा पर चल रहा हूँ और सूर्य का रहस्य भेद रहा हूँ।" उस किसान के अनुसार तत्त्ववादी दार्शनिक नास्तिक थे, सुकरात नास्तिक थे। इन्हें अदालत में ले जाना बेकार है। सीधे इनके घर में आग लगानी चाहिए।[15]

धुएँ में लोगों का दम घुटने लगता है, वे पाठशाला से भागने लगते हैं। किसान कहता है : "किए का फल ही पा रहे हो। जो लोग देवताओं को ठेंगा दिखाते हैं, तर्क करते हैं, चन्द्रमा के दूसरी ओर क्या है, वे इसकी कीमत चुकाएँगे।" इसके बाद सुकरात के लात मारता है। फिर लोगों से कहता है : "टूट पड़ो इन पर, उठाओ पत्थर !" पत्थरों की बौछार सहते हुए सुकरात और उनके साथी भागते हैं। किसान चिल्लाता है : "बदला लो ! देवताओं के अपमान का बदला लो ! इनकी करनी को याद करो ! बदला लो।"[16]

कचहरी, अदालत की जरूरत नहीं, पत्थर मारो और आग लगाओ, देवताओं के अपमान का बदला लो—अनेक युगों में अनेक प्रकार के प्रतिक्रियावादियों की ऐसी हरकतों से पाठक परिचित होंगे। विशेष रूप से नवस्वाधीन और पिछड़े हुए देशों में सम्प्रदायवादी नेता प्रगतिशील विचारकों के विरुद्ध ऐसा उन्माद उभारते हैं। अरिस्तोफनेस के एथेन्स में बहुत से लोग यह मानते थे कि उनकी समाज-व्यवस्था दैवी विधान के अनुरूप है। समाज व्यवस्था को चुनौती देने का अर्थ है, देवताओं की नुक्ताचीनी करना; देवताओं की नुक्ताचीनी करने का अर्थ है, समाज-व्यवस्था को

चुनौती देना। बादल में कुतर्क और सुतर्क बहस करते हैं। कुतर्क कहता है : "तुम समझते हो न्याय है ? कहाँ है वह ?" सुतर्क का उत्तर है : "बेशक, वहाँ है जहाँ देवता हैं।" कुतर्क पूछता है : "ऐसा है तो उसने ज़ेउस (द्यौस, देवेन्द्र) को मार क्यों नहीं डाला जब उसने पिता को जंजीरें पहनाई थीं ?"[17] पुराण कथाओं में ऐसी घटनाओं का वर्णन था। प्रबुद्ध जन इनके प्रति शंका प्रकट करने लगते थे। सुतर्क चेतावनी देता है : "तुम नौजवानों को सिखाते हो कि पढ़ने स्कूल न जाएँ। एक दिन एथेन्स जागेगा और समझेगा, तुम हमारे नौजवानों को क्या बनाते रहे हो।"[18] देवकथाओं पर विश्वास करो, समाज की सनातन रीति को चुनौती न दो क्योंकि, कोरस के नेता के शब्दों में, 'दैवी नियमों को मानना ही होगा।'[19]

एक देवता सुकरात के अन्दर था। जब कोई काम न करना हो, तो वह उन्हें बरज देता था। बरजने के अलावा क्या करना चाहिए, इसके लिए वह प्रेरित भी करता था। थेअइतेतॉस में वह कहते हैं : "देवता मुझे धाय्य का काम करने को बाध्य करता है।" अपने भाषण में उन्होंने कहा : "भविष्यवाणियों में, स्वप्नों में, जिन सरणियों से भी दैवी इच्छा मनुष्य के सामने व्यक्त की गई है, ईश्वर ने मुझे आज्ञा दी है कि मनुष्यों की परीक्षा करूँ।"[20] इसके लिए वह गरीबी में दिन बिताने को, हर तरह से कष्ट सहने को तैयार थे। पर उनके विरोधियों को ऐसे ईश्वर से काम न था जो सुकरात से मनुष्यों के ज्ञान की परीक्षा लेने को कहे। वे उन्हें नास्तिक ही कहते रहे। सुकरात की आस्तिकता उनके विरोधियों की आस्तिकता से मूलतः भिन्न थी। सुकरात उन रहस्यवादियों में थे जिन्होंने शास्त्रोक्त धर्म त्याग दिया था और जो उसके बदले अपने अनुभव पर विश्वास करते थे। वह उन आदि सूफियों में थे जो परमानन्द की अवस्था में अपना लौकिक अस्तित्व भूल जाते थे।

एक जगह कुछ मित्र भोजन-पान के लिए एकत्र हो रहे हैं। सुकरात आनेवाले हैं पर आए नहीं हैं। आदमी बुलाने गया तो उन्होंने मना कर दिया। एक मित्र का कहना है, जब तक न आएँ, बुलाते रहो। पर दूसरा मित्र कहता है : "नहीं, उन्हें अकेले रहने दो। यह उनका स्वभाव है। यदाकदा वह अचानक एक ओर को हो जाते हैं, कहीं भी, किसी भी समय; और बस खड़े रहते हैं। मुझे आशा है, वह थोड़ी देर में यहाँ आ जाएँगे। इसलिए उन्हें छेड़ो मत; जैसे हैं, रहने दो।" एक बार बर्फ गिर रही थी। सुकरात नंगे पाँव खुले में सबेरे से दोपहर तक खड़े रहे। लोगों ने कहा : "सुकरात सोच में हैं, सबेरे से अब तक।" एक बार युद्धभूमि के एक साथी ने देखा, वह सारी रात 'भोर होने तक चुपचाप खड़े रहे। फिर सूर्योदय हुआ। उन्होंने सूर्य से प्रार्थना की और चले गए।' क्या प्रार्थना की, पता नहीं, पर सम्भव है, सूर्य उनके लिए विश्वव्यापी ऊर्जा का मूर्त रूप रहा हो। एक टीकाकार डब्ल्यू.आर.एम. लैम्ब के अनुसार, सुकरात स्वयं को हठीला प्रेमी कहते थे, इस अर्थ में कि वह 'प्रकृति की महान ऊर्जा के पुजारी थे। मनुष्यों के बीच अपनी अनेक प्रकार की गतिविधि में उसे एक सामान्य नाम दिया गया था—एरोस (काम)।' यह वेदान्तियों और सूफियों के सर्वात्मवाद की ओर संकेत हो सकता है।

प्लेटो की रचनाओं में सुकरात ज्यादातर बहस करते दिखाई देते हैं पर जब वह प्रेम और सौन्दर्य की बातें करते हैं तब उनकी शैली बदल जाती है, वह स्वप्नाविष्ट कवि की तरह बोलते हैं। श्रोता उस समय उनकी वाणी सुनकर विह्वल हो जाते हैं। बूढ़ा हो या जवान, स्त्री हो या पुरुष, सबका यही हाल होता है। अल्किबिअदॅस कहते हैं : "जब मैं उन्हें सुनता हूँ, तब मेरी हालत किसी भी मदहोश से बदतर हो जाती है। उनके शब्द सुनकर मेरे आँसू बहने लगते हैं, हृदय उछलने लगता है, और मैं देखता हूँ कि बड़ी संख्या में और बहुत से लोगों को यही अनुभव होता है।" अल्किबिअदॅस ने पेरिक्लेस समेत अनेक कुशल वक्ताओं को सुना था। वे चतुर और प्रभावशाली वक्ता थे पर उन्हें सुनने के बाद मन में ऐसी हलचल न मची थी। लेकिन सुकरात की वाणी सुनकर तो लगता था, 'इस तरह और जीते रहना व्यर्थ है।' भावविह्वलता की यह दशा सुकरात को एशिया के रहस्यवादियों से जोड़ती है। मंसूर से लेकर सरमद तक अनेक देशों में रहस्यवाद धार्मिक कट्टरता से टकराया था। यह टक्कर इस्लाम और ईसाई धर्मों के जन्म से पहले यूनान में शुरू हो गई थी।

रहस्यवादियों की भावविह्वलता के साथ सुकरात में तीक्ष्ण तर्क-बुद्धि थी। भावविह्वलता और तर्क-बुद्धि का ऐसा ही संयोग कबीर में देखा जा सकता है। सुकरात की तर्क-विद्या का आधार जीवन का सामान्य अनुभव था। यह विशेषता उन्हें एशिया और यूरोप के उन दार्शनिकों से जोड़ती है जिन्होंने शास्त्रीय रूढ़ियों की चिन्ता न करके मानव चिन्तन में यथार्थवाद का विकास किया। रहस्यवाद और यथार्थवाद परस्पर विरोधी माने जाते हैं, एक हद तक हैं भी। किन्तु यदि रहस्यवाद भावदशा तक सीमित रहे, लोकोत्तर ज्ञान का दावा न करे तो ऐतिहासिक रूप से, वह धार्मिक रूढ़िवाद का विरोध करता है, अतः उसकी सीमित प्रगतिशील भूमिका स्वीकार करनी होगी। यथार्थपरक तर्क-विद्या जब यथार्थपरक ज्ञान से सम्बद्ध हो जाती है, तब रहस्यवाद की यह सीमित प्रगतिशील भूमिका समाप्त हो जाती है।

सुकरात के रहस्यवाद और उनकी तर्क-विद्या की सामाजिक अन्तर्वस्तु को पहचानना कठिन नहीं है। वह सीधे राज्यसत्ता के सूत्रधारों से टकराए थे। गरीब-अमीर के भेद पर टिकी हुई समाज-व्यवस्था में न्याय के नाम पर अन्याय का चलन उन्हें असह्य था। उसकी आलोचना की कीमत उन्हें प्राण देकर चुकानी पड़ी।

3. दर्शनशास्त्र की राजनीतिक अन्तर्वस्तु

जो आदमी बुद्धिमान कहे जाते हैं, वे वास्तव में बुद्धिमान हैं या नहीं, यह जानने के लिए सुकरात सबसे पहले राजनीतिज्ञ के पास ही गए। उन्होंने उसे समझाने का प्रयत्न किया पर 'ऐसा करके मैंने उसे तथा और बहुत से तमाशबीनों को अपना शत्रु बना लिया।'[21] अपनी बुद्धिमानी के लिए एक अन्य राजनीतिज्ञ और अधिक प्रसिद्ध था। उससे बातचीत की तो वैसा ही नतीजा निकला। सुकरात को शीघ्र पता लगा, बुद्धिमानी का

घमंड करनेवालों से साधारण लोग अच्छे, उनमें ज्ञान प्राप्त करने की क्षमता अधिक है। सुकरात ने अपने भाषण में कहा : "मैंने देखा कि बुद्धिमानी के लिए, जिनकी ख्याति शिखर पर है, प्रायः इन्हीं में उसका अभाव सबसे ज्यादा है। लेकिन जिन्हें जनसाधारण कहकर लोग नीची निगाह से देखते थे, वे सीखने की वजह से अधिक योग्य थे।"[22] यद्यपि एथेन्स के लोकतन्त्र पर सम्पत्तिशाली वर्ग हावी थे, फिर भी सुकरात को विश्वास था कि सामान्यजन ज्ञान अर्जित कर सकते हैं और राजनीतिज्ञों से अधिक बुद्धिमान साबित हो सकते हैं।

राजनीतिज्ञों के बाद सुकरात कवियों के पास गए। पता चला कि ये किसी प्राकृतिक शक्ति से, आन्तरिक प्रेरणा से, भविष्य द्रष्टाओं की तरह, काव्य रचते हैं; उनका काव्य बुद्धिमानी की देन नहीं है। (इसी तरह रहस्यवादी की भावविह्वलता भी ज्ञान नहीं है।) लेकिन कवि अन्य विषयों में भी दखल देते हैं और समझते हैं, सबसे बुद्धिमान वही हैं। फिर सुकरात कारीगरों के पास गए। "मैं खूब जानता था कि कहने-सुनने लायक मेरे पास कोई ज्ञान नहीं है। मुझे विश्वास था कि मैं देखूँगा कि इन्हें बहुत-सी बढ़िया बातें मालूम हैं। और इसमें मैंने गलती नहीं की। जो बातें वे जानते थे, उन्हें मैं न जानता था। इस हद तक वे मुझसे अधिक बुद्धिमान थे। परन्तु एथेन्सवासियो, मुझे लगा कि कुशल कारीगर वही गलती कर रहे हैं जो कवियों ने की थी। उनमें हर आदमी को विश्वास था कि बहुत ही महत्त्वपूर्ण मामलों में वह नितान्त बुद्धिमान है क्योंकि वह अपनी कला में कुशल है। इस गलती के कारण उनमें जो वास्तविक बुद्धिमानी थी, वह भी धुँधलके में रह गई।"[23] सुकरात ने कुशल कारीगरों का जिस तरह उल्लेख किया है, उससे लगता है कि एथेन्स में अकुशल कारीगरों की जमात भी थी। सम्भव है, ज्ञान अर्जित करने के लिए सुकरात इन्हीं को सर्वाधिक योग्य समझते रहे हों। समाज की संरचना के विचार से यह तथ्य महत्त्वपूर्ण है कि एथेन्स में कुशल कारीगरों का एक समुदाय विद्यमान था। सुकरात ने इन्हें अपना हुनर जानने का श्रेय दिया है; राजनीतिज्ञों को राजनीति जानने का श्रेय वह नहीं देते। सुकरात ने कारीगरों में ज्ञान की कमी बताई होगी और इस तरह उनमें भी अपने शत्रु बना लिए होंगे। अपने तीन प्रमुख अभियोक्ताओं के लिए उन्होंने कहा था, पहला तो कवियों की आलोचना से चिढ़ा हुआ था, दूसरा कारीगरों और राजनीतिज्ञों की आलोचना से, और तीसरा वक्तृताएँ देनेवालों की आलोचना से। एथेन्स के कारीगरों में काफी लोग समृद्ध रहे होंगे, तभी वे अन्य धनी लोगों की तरह सुकरात से चिढ़ गए थे। साथ ही धनी जनों के पुत्र खासतौर से सुकरात के पीछे घूमते थे। "उनके पास काफी अवकाश रहता है; आदमियों से जिरह की जाती है तो उसे सुनने में इन्हें सहज आनन्द आता है।"[24]

प्रश्न किन्हीं एक-दो अभियोक्ताओं का नहीं था, सुकरात के विरुद्ध बरसों तक प्रचार अभियान चलाया गया था। लोगों के मन में उनके प्रति सन्देह और द्वेषभाव पैदा किया गया था। "इनके कारण मुझसे पहले अनेक सत्पुरुषों का नाश हुआ और मेरा

विचार है, आगे भी होगा। मैं उनका अन्तिम शिकार हूँ, ऐसी आशंका व्यर्थ है।''[25] शहीदों की यह शृंखला आगे भी इसलिए चलनेवाली थी कि सम्पत्तिशाली और सम्पत्तिहीन वर्गों का अन्तर्विरोध खत्म होने को न आ रहा था। यह अन्तर्विरोध एथेन्स के स्वाधीन नागरिकों में था। दास प्रथा ने उसे प्रभावित किया तो दूर से, केवल आनुषंगिक रूप में।

सुकरात को एथेन्स की युवाशक्ति पर बड़ा विश्वास था। मृत्युदंड की घोषणा के बाद उन्होंने न्यायकर्ताओं से कहा : ''तुमने सोचा है कि यह काम करके तुम अपने जीवन की कैफियत देने के दायित्व से बच जाओगे। लेकिन मैं कहता हूँ कि परिणाम इससे बहुत भिन्न होगा। और आदमी आएँगे जो तुमसे कैफियत तलब करेंगे। इन्हें मैं रोके हुए था, तुमने इन्हें देखा नहीं था। मेरे मुकाबले में तुम्हारे लिए ये अधिक कठोर सिद्ध होंगे क्योंकि वे नौजवान होंगे और तुम उन पर और भी ज्यादा क्रुद्ध होगे। यदि तुम सोचते हो कि अपने दुष्ट जीवन के लिए लताड़े जाने से तुम लोगों को, उनकी जान लेकर, रोक लोगे, तो तुम बहुत बड़ी गलती करते हो।'' एथेन्स की युवाशक्ति पर सुकरात का विश्वास निराधार नहीं था। उनकी मृत्यु के तुरन्त बाद उनके निकटतम शिष्य और मित्र एथेन्स छोड़कर मेगारा चले गए। हेगल कहते हैं : ''एथेन्सवासियों ने सुकरात को अपराधी करार देने के लिए पश्चात्ताप किया, उनके कुछ अभियोक्ताओं को मृत्युदंड तक दिया और कुछ को निर्वासित कर दिया। कारण यह कि एथेन्स के कानून के अनुसार अभियोक्ता द्वारा लगाया हुआ आरोप झूठा साबित हो जाए तो जो सजा अपराधी को मिलती, आमतौर से वही अभियोक्ता को दी जाती थी।''[26] और भी : ''जब सुकरात के विरुद्ध लगाया गया अभियोग वापस ले लिया गया, और उनके अभियोक्ताओं को दंड मिल चुका, तब सुकरात के कुछ अनुयायी लौट आए, और सबकुछ सन्तुलित हो गया।''[27]

हेगल ने सुकरात के नैतिक साहस की प्रशंसा की पर उन्होंने स्पष्ट कर दिया कि उन पर जिन्होंने अभियोग लगाया था, उन्होंने कोई गलत काम न किया था। जिन देवताओं को सारा समाज मानता है, उन्हें अमान्य ठहराकर कोई अपने मन में किसी देवता के प्रतिष्ठित होने की बात कहे तो समाज-व्यवस्था किस आधार पर टिकी रहेगी ? इसी तरह परिवार में पिता का अधिकार सर्वोपरि है। यदि पुत्र उस अधिकार को चुनौती देने लगे तो क्या परिवार के सारे पवित्र बन्धन ही समाप्त न हो जाएँगे ? फिर राज्यसत्ता का सवाल है। व्यक्ति की सत्ता उसके अधीन है। सुकरात अपनी व्यक्तिगत राय को इतना महत्त्वपूर्ण मानकर क्या राज्यसत्ता के आधार पर ही आघात न करने लगे थे ? जो दृष्टिकोण अरिस्तोफनेस का था, दो हजार साल बाद वही दृष्टिकोण हेगल का था। दोनों की समाज-व्यवस्था में भूस्वामी वर्ग के विशेषाधिकारों को चुनौती दी जा रही थी; दोनों विद्वानों की सहानुभूति भूस्वामी वर्ग के प्रति थी, इस वर्ग के विरोधियों को वे धर्म, परिवार और राज्यसत्ता का शत्रु मानते थे। यूरोपियन समाज के गहरे अन्तर्विरोध को समझने के लिए अरिस्तोफनेस और हेगल के सुकरात सम्बन्धी विचारों में जो आन्तरिक

साम्य है, उस पर ध्यान देना शिक्षाप्रद होगा।

सुकरात का देवता उनकी अपनी चेतना में था; क्या न्याय है, क्या अन्याय है, इसका फैसला वह इस देवता की बात सुनकर करते थे। हेगल की टिप्पणी है : "इस तरह उन्होंने उस व्यापक देवता को निरस्त कर दिया था जिससे यूनानी लोग अपने निर्णय प्राप्त करते थे।"[28] अरिस्तोफनेस के लिए समाज-व्यवस्था का आधार परम्परागत देवकथाओंवाला धर्म था। सुकरात से पहले के दार्शनिकों ने इस धर्म को चुनौती देना शुरू किया था। इन दार्शनिकों से न अरिस्तोफनेस को हमदर्दी है, न हेगल को। धार्मिक रूढ़िवाद का पक्ष लेकर दोनों ने यूनानी चिन्तन में निहित मानवतावाद का तिरस्कार किया। सुकरात ने अपने देवता की बात सुनी। हेगल कहते हैं : "इंसाफ की बात यह है कि उनके न्यायकर्ता इसे बर्दाश्त न कर सकते थे, वे उस पर विश्वास करते हों, चाहे न करते हों। यूनानियों के यहाँ इस तरह की अभिव्यक्तियों का एक स्वरूप होता था, एक पद्धति होती थी। कह सकते हैं, वे संस्थागत भविष्यवाणियाँ होती थीं जैसे कि पुथिआ (का मन्दिर), कोई वृक्ष इत्यादि (आत्मगत नहीं)।"[29] सुकरात को अपने अन्तःकरण की आवाज पर बड़ा विश्वास था। "किन्तु निस्सन्देह यह भीतरी निश्चयात्मकता एक नया देवता है। एथेन्सवासी जिसे अब तक देवता मानते आए थे, वैसा वह नहीं था। इस प्रकार सुकरात पर लगाया गया अभियोग बिल्कुल सही था।"[30] अभियोग सही इसलिए था कि हेगल के समय में धार्मिक रूढ़िवाद और दर्शनशास्त्र के बीच संघर्ष जर्मनी में भी जारी था। हेगलकृत दर्शनशास्त्र के इतिहास की विशेषता यह है कि इसमें वह ईसाई धर्म का निरन्तर समर्थन करते हैं और दर्शनशास्त्र की व्याख्या को भरसक उस धर्म के अनुकूल बनाते हैं। सुकरात के रूढ़ि विरोधी संघर्ष को सही ढंग से चित्रित करने का अर्थ होता स्वयं अपने इतिहास लेखन की भर्त्सना करना।

हेगल मानते हैं कि एथेन्स की विधि-व्यवस्था परम्परागत विश्वासों पर आधारित थी, इसलिए उन्हें लगता था कि वह 'देवताओं द्वारा स्वीकृत थी।'[31] किन्तु वित्त के चलन और व्यापार के विकास के साथ पुराने सम्बन्ध बदल रहे थे, इस परिस्थिति में अनिवार्य था कि लोग विधि-व्यवस्था पर फिर से विचार करें, पुराने देवताओं की जगह नए देवता प्रतिष्ठित करें या देवताओं को विधि-व्यवस्था से पूरी तरह अलग कर दें। यूनानी संस्कृति की मानवतावादी धारा को नकारते हुए हेगल ने सभी एथेन्सवासियों को रूढ़िवादी मान लिया। "किन्तु इस जनता की आत्मा, उसका संविधान, उसका समग्र जीवन नैतिक भूमि पर, धर्म पर आधारित था और इस पूर्णतः सुरक्षित आधार के बिना उसका अस्तित्व सम्भव न था। अतः सुकरात ने आन्तरिक चेतना को सत्य का आधार माना तो उन्होंने क्या सत्य और उचित है, इसे लेकर एथेन्स की जनता से संघर्ष छेड़ दिया।"[32] एक तरफ है एथेन्स का सारा नागरिक समाज, दूसरी तरफ हैं अकेले सुकरात; इस नगर समाज की सामूहिक चेतना पर सुकरात अपनी व्यक्तिगत चेतना लाद रहे थे। परिस्थिति का यह विवरण नितान्त भ्रामक है। इतना ही याद कर लेना काफी है कि न्यायकर्ता सभा के 501 सदस्यों में 220 ने सुकरात के पक्ष में मतदान किया था। एथेन्स की कोई अखंड,

अविभाजित चेतना नहीं थी; उसका एक खंड दूसरे खंड से संघर्ष कर रहा था। सुकरात जिस खंड के साथ थे, वह अभी अल्पमत में था किन्तु प्रगतिशील था। द्वन्द्ववाद के आचार्य हेगल की आँखों से यूनानी चेतना का यह द्वन्द्वात्मक विकास ओझल रहा !

किन्तु उन्होंने अरिस्तोफनेस की 'द्वन्द्ववादी' समझ की प्रशंसा की है। नाटिका में किसान सुकराती द्वन्द्ववाद (तर्क पद्धति) को गालियाँ देता हुआ अपने पुराने ढर्रे पर लौट आता है और 'सुकरात के घर को जला देने से' नाटिका समाप्त होती है। "अरिस्तोफनेस के चित्रण में जिसे अतिरंजित कहा जा सकता है, वह यह है कि उसने इस द्वन्द्ववाद को उसके कटु अन्त तक पहुँचा दिया है पर यह नहीं कहा जा सकता कि इस चित्रण से सुकरात के प्रति अन्याय हुआ है। दरअसल हमें अरिस्तोफनेस की गहराई की प्रशंसा करनी चाहिए कि उसने पहचाना कि सुकरात का द्वन्द्ववादी पक्ष निषेधात्मक है और उसने उसे इतने शक्तिशाली ढंग से, यद्यपि अपने ही ढंग से, प्रस्तुत किया। कारण यह कि सुकरात की पद्धति में निर्णय करने की शक्ति सदा व्यक्ति में, अन्तःकरण में, न्यस्त होती है, लेकिन जहाँ यह दुष्ट हो, वहाँ स्त्रेप्सिअदॅस (नाटिका के किसान) की कथा अवश्य दोहराई जाएगी।"[33] व्यक्ति और अन्तःकरण की बात अतिरंजित है। सुकरात तो धाय का काम करते थे, जो दूसरे के मन में है पर जिसे वह जानता नहीं है, उसे बाहर निकलवाते थे। ज्ञानी होने का दम्भ उन्हें नहीं था, जिन्हें ऐसा दम्भ था, उनसे जिरह करने की बीमारी उन्हें जरूर थी। इस बीमारी को वह देवप्रेरित अवश्य मानते थे। अन्तःकरण की भूमिका इतनी ही थी। जहाँ जितना भी सत्य वह उद्‌घाटित करते थे, वहाँ उसका आधार साधारणजनों का सामान्य अनुभव ही होता था, किसी व्यक्ति का विशिष्ट अनुभव नहीं। सुकरात की तर्क पद्धति की यह विशेषता हेगल खूब पहचानते हैं, फिर भी रूढ़िवाद का पक्ष लेते समय उसे उन्होंने भुला दिया है।

सुकरात नौजवानों को सिखाते थे कि वे भले आदमी बनें। उनकी सीख माननेवाले नौजवान उन्हें पिता से ऊँचा आसन देने लगे। सुकरात ने आश्चर्य प्रकट किया कि इसे भी लोग उनका अपराध मानते हैं। हेगल कहते हैं, सुकरात का उत्तर सही है किन्तु वह पूरा उत्तर नहीं है। अभियोग का मुद्‌दा दूसरा है। "उनके न्यायकर्ताओं ने जिसे अन्यायपूर्ण माना था, वह माता-पिता तथा सन्तान के निरपेक्षतः पूर्ण सम्बन्धों में नैतिक रूप से किसी तीसरे की दखलंदाजी थी।...बच्चों में अपने माता-पिता के प्रति एकात्म भाव होना चाहिए...माता-पिता और बच्चों के इस सम्बन्ध में जब तीसरे आदमी को प्रवेश करा दिया जाता है तब प्रवेश पाए इस नए तत्त्व से जो होता है, वह यह कि बच्चों को अपने ही भले के लिए माता-पिता से मन की बात कहने से रोक दिया जाता है, उन्हें यह सोचने दिया जाता है कि उनके माता-पिता बुरे आदमी हैं, वे अपने सम्पर्क और शिक्षण से उनका अहित करते हैं। इसलिए हमें इससे जुगुप्सा होती है। बच्चों की नैतिकता और मानसिकता को लेकर उनके साथ जो सबसे खराब बात हो सकती है, वह यह है कि जिस बन्धन को सदा पवित्र मानना चाहिए, उसमें शिथिलता आ जाए, वह टूट भी जाए और इससे नफरत, मनमुटाव और घृणा पैदा हों। जो भी यह कहता

है, वह नैतिकता के सबसे सच्चे रूप को हानि पहुँचाता है।...सुकरात ने जो मिसाल दी थी, उसे लें तो प्रतीत होता है कि अपनी दखलंदाजी से उन्होंने नौजवान के मन में अपनी स्थिति के प्रति असन्तोष पैदा कर दिया था।...उसकी (अभियोक्ता अनुतॉस के पुत्र की) क्षमता के बारे में सुकरात ने कहा कि वह बेहतर स्थिति के योग्य था, इस तरह नौजवान में उन्होंने असन्तोष का भाव जगा दिया, पिता के प्रति उसकी नापसन्दगी को और मजबूत कर दिया और इस प्रकार उसकी बर्बादी का कारण बने। इसलिए माना जा सकता है कि माता-पिता और सन्तान के सम्बन्ध को नष्ट करने का यह अभियोग निराधार नहीं है वरन् भलीभाँति स्थापित है।''[34] माता-पिता में पारिवारिक सत्ता का अधिष्ठान पिता था, माता नहीं। रोमन परिवार की तरह जर्मन परिवार में पिता निरंकुश शासक था। परिवार में वह कुछ भी करे, राज्यसत्ता या न्यायतन्त्र उसमें कुछ भी दखल न दे सकता था। परिवार का यह रूप बाहर से उस टूटते हुए समाजतन्त्र का प्रतिबिम्ब था जिसमें अभिजात भूस्वामी प्रभु अधिकारहीन प्रजा पर निरंकुश शासन करता था। स्वभावतः हेगल ने सुकरात की कार्यवाही को परिवार के साथ राज्यसत्ता के लिए भी चुनौती माना।

जर्मन समाज में जो परिवर्तन हो रहे थे, वे हेगल को पसन्द नहीं थे। परिवार में बाहरी दखलंदाजी किन्हीं परिस्थितियों में मान्य थी 'पर यह दखलंदाजी सामान्य बनी रहनी चाहिए; उसे इस हद तक न बढ़ना चाहिए कि माता-पिता की आज्ञा के उल्लंघन तक जा पहुँचे। पहला अनैतिक सिद्धान्त यही है। लेकिन क्या ऐसे प्रश्न अदालत के सामने आने चाहिए ? इससे सर्वप्रथम यह सवाल उठता है कि राज्यसत्ता का अधिकार क्या है। और इस बारे में अब काफी ढील दी जाती है।'[35] आशय यह है कि राज्यसत्ता को अपना अनुशासन और कठोर बनाना चाहिए। भाषण और चिन्तन में बहुत अधिक आजादी देने से खतरा पैदा हो सकता है। यह खतरा है विद्रोह का ! हेगल कहते हैं : "निस्सन्देह चिन्तन और भाषण की आजादी की एक सीमा है जिसकी व्याख्या करना कठिन है; उसका आधार मौन सहमति है। लेकिन एक बिन्दु ऐसा है जिसके आगे हमें पता लग जाता है, किस चीज की अनुमति नहीं है जैसे कि विद्रोह के लिए सीधे उकसावे की।''[36] जर्मनी में अभी औद्योगिक क्रान्ति सम्पन्न न हुई थी, वहाँ उद्योगपतियों के विरुद्ध सर्वहारा वर्ग के विद्रोह का कोई खतरा न था। खतरा था अभिजात भूस्वामी वर्ग को अपने विशेषाधिकारों की रक्षा के लिए, उसे भय था कि आजादी की हवा लगने से अधिकारहीन किसान विद्रोह कर देंगे। आजादी की, चिन्तन और भाषण की आजादी की हवा सुकरात के समय चली थी। उसका सही वृत्तान्त जर्मनी के वातावरण को—दो हजार साल बाद !—बिगाड़ सकता था !

राज्यसत्ता है क्या ? उसका जमींदारों, किसानों जैसी भौतिक हस्तियों से कोई सम्बन्ध है ? हेगल का मत है : "वास्तव में राज्यसत्ता का आधार चिन्तन है और उसका अस्तित्व मनुष्य की भावनाओं पर निर्भर है क्योंकि वह आध्यात्मिक राज्य है, भौतिक राज्य नहीं है। अतः उसके पास ऐसे सूक्त और सिद्धान्त होते हैं जिनसे उसका समर्थन

होता है। यदि इन पर आक्रमण हो तो सरकार को दखल देना चाहिए।''[37] राज्यसत्ता के आधारभूत सिद्धान्तों पर आक्रमण न होना चाहिए। आक्रमण होने पर सरकार को दखल देना चाहिए अर्थात् आजादी की हवा फैलानेवालों को दबा देना चाहिए। हेगल मानते हैं कि जर्मन राज्यसत्ता एथेन्स की राज्यसत्ता से भिन्न है। उसका आधार ऐसा व्यापक सत्य है जो अधिक सुदृढ़ है। इस कारण व्यक्तियों को अधिक छूट है 'क्योंकि वे इस व्यापक सत्य के लिए उतने खतरनाक नहीं हो सकते।'[38] उतने न सही, खतरनाक तो हो ही सकते हैं ! आदमी स्वाधीन चिन्तन के नाम पर धर्म के बारे में शंकाएँ करने लगे तो राज्यसत्ता का नाश होगा या नहीं ? अवश्य होगा क्योंकि इस सत्ता का आधार धर्म है, कम-से-कम एथेन्स में तो था ही। ''इसलिए यह सार्वजनिक धर्म, जिसके ऊपर सारी चीजों का निर्माण हुआ था और जिसके बिना राज्यसत्ता टिकी न रह सकती थी, टूक-टूक हो जाए, तो सबसे पहले इसका मतलब होगा एथेन्स की राज्यसत्ता का अन्तर्ध्वंस।''[39] हेगल का तर्क है, एथेन्स के स्थापित और सार्वजनिक जीवन में तादात्म्य था। अतः वह धर्म एथेन्स की विधि-व्यवस्था का अंग था। यहाँ सुकरात एक नया देवता लेकर आ गए, व्यक्ति-चेतना को उन्होंने सिद्धान्त बना डाला जिससे माता-पिता की आज्ञा का उल्लंघन हुआ। यह 'अवश्य ही अपराध था। इसे लेकर एथेन्सवासियों से हमारा विवाद होना चाहिए पर हमें मानना चाहिए कि वे सुसंगत थे।''[40] अर्थात् उनके सोचने और काम करने में संगति थी। हेगल का यह कहना भी है कि एथेन्स में जर्मनी की अपेक्षा माता-पिता और सन्तान का सम्बन्ध अधिक दृढ़ था, वह सम्बन्ध उनके जीवन का नैतिक आधार अधिक था। जर्मनी में आत्मगत स्वाधीनता का बोलबाला है। पारिवारिक धर्माचरण एथेन्स की राज्यसत्ता का मूलभूत सूत्र था। ''इस तरह दो बुनियादी मुद्दों पर (धर्म और परिवार में पिता के शासन पर) सुकरात ने एथेन्स के जीवन पर आघात किया और उसका नाश कर दिया। एथेन्सवासियों ने इसे महसूस किया और वे उसके प्रति सचेत हुए। तब क्या इसमें आश्चर्य होना चाहिए कि उन्होंने सुकरात को दोषी पाया ? हम कह सकते हैं, वैसा होना ही था।''[41]

एथेन्स में जो कर्ज लेते थे, वे यूनानी थे; जो कर्ज देते थे, वे भी यूनानी थे। अरिस्तोफनेस को भय था कि सुकरात की तर्क-विद्या के सहारे कर्जदार महाजन से बहस न करने लगें, कर्ज देना बन्द न कर दें। यूनानी समाज का यह आन्तरिक द्वन्द्व नाटिका में साफ दिखाई देता है। सुकरात की तर्क-विद्या से एथेन्स का सारा यूनानी समाज नहीं, महाजन समुदाय चिन्तित था। उसके साथ जमींदारों और पुरोहितों की जमात थी। इस जमात का शासन बना रहता, ऐसी कोई ऐतिहासिक अनिवार्यता नहीं थी। यूनान के देवताओं में लेन-देन होता न था। कर्ज सम्बन्धी कानून से उनका क्या सम्बन्ध हो सकता था ? देवताओं के बच्चे भी उतने आज्ञाकारी न थे जितने आज्ञाकारी हेगल की कल्पना में एथेन्स के बच्चे हुआ करते थे। नाटिका में किसान का बेटा तो पहले से ही बिगड़ा हुआ है। घोड़ों पर पैसे बर्बाद करता है, बाप उसे रोक नहीं पाता, इसलिए कर्जदार हो गया है। पारिवारिक सदाचार का नाश पहले होता है, बाप-बेटे की भेंट सुकरात से बाद

को होती है। हेगल की कल्पना में सुकरात जितने बड़े अपराधी हैं, उतने बड़े अपराधी वह अरिस्तोफनेस की नाटिका में नहीं हैं।

जर्मनी और यूनान के समाजों में अन्तर था। यूनान की दास प्रथा जर्मनी में नहीं थी। पर इस दास प्रथा के सहारे सुकरात के मुकदमे और उनकी सजा की, उनके विरुद्ध लम्बे प्रचार अभियान की व्याख्या नहीं की जा सकती। वह व्याख्या स्वाधीन नागरिकों के अपने अन्तर्विरोध के आधार पर ही सम्भव है। इस अन्तर्विरोध के लिए दास प्रथा आनुषंगिक है। मुख्य अन्तर्विरोध भूस्वामी वर्ग तथा शेष समाज में था। ऐसा अन्तर्विरोध जर्मनी में भी था। इस तरह यूनानी और जर्मन समाजों में मूलभूत समानता थी। इसी कारण अरिस्तोफनेस और हेगल के सुकरात सम्बन्धी विवेचन में मूलभूत समानता है। व्यापारिक पूँजीवाद के प्रसार से पुराने सामन्ती सम्बन्ध टूट रहे थे, इस प्रक्रिया के साथ उक्त अन्तर्विरोध फूट रहे थे। सुकरात का चिन्तन जहाँ नवजागरण काल के मानवतावाद से मिलता-जुलता है, वहाँ अरिस्तोफनेस और हेगल का चिन्तन धर्म की दुहाई देकर निहित स्वार्थों की रक्षा करनेवाले प्रतिक्रियावाद से मिलता-जुलता है।

मार्क्स और एंगेल्स ने जिस समय कम्युनिस्ट घोषणापत्र लिखा, उस समय जर्मनी के किसान और मजदूर जनवादी क्रान्ति की मंजिल में थे, उन्हें सबसे पहले भूस्वामी वर्ग का प्रभुत्व समाप्त करना था। वह वर्ग मार्क्स से पहले के दार्शनिकों को बर्दाश्त करता रहा था। पर जैसे ही नए दार्शनिकों ने इस वर्ग के प्रभुत्व को खत्म करने का बीड़ा उठाया और इसके लिए जनता को संगठित करना शुरू किया, वैसे ही उसने जर्मनी में उनका रहना दूभर कर दिया, उन्हें जर्मनी के बाहर निर्वासित का जीवन बिताने को मजबूर किया। सुकरात यूनान के भूस्वामी वर्ग के लिए खतरा बन गए थे। उनसे पहले के दर्शनकारों को वह बर्दाश्त करता रहा था, पर यह नया दर्शनकार अपनी तर्क-विद्या साधारणजनों को और धनी परिवारों के नौजवानों को सिखा रहा था। सुकरात के विरुद्ध प्रचार तो बरसों से होता रहा था पर 399 ई.पू. के आसपास, ऐसा लगता है, एथेन्स के शासक वर्ग का राजनीतिक संकट बढ़ गया था। इसका संकेत सुकरात के इन शब्दों से मिलता है : "और आदमी आएँगे जो तुमसे कैफियत तलब करेंगे। इन्हें मैं रोके हुए था, तुमने इन्हें देखा नहीं था।" न्यायकर्ताओं ने सुकरात द्वारा रोके हुए युवकों को भले न देखा हो, वे युवकों में फैले हुए राजनीतिक असन्तोष से खूब परिचित थे। इस असन्तोष को खत्म करने के लिए उन्होंने सुकरात पर नौजवानों को गुमराह करने का आरोप लगाया और उन्हें प्राणदंड दिया। इससे असन्तोष समाप्त नहीं हो गया। सुकरात के अनुयायी समाज-व्यवस्था को तो न बदल सके पर उन्होंने सुकरात के अभियोक्ताओं का शासन जरूर समाप्त कर दिया। इस तरह सुकरात की मृत्यु के बाद उनका राजनीतिक लक्ष्य आंशिक रूप से सिद्ध हुआ।

प्लेटो

यूनानी दार्शनिक प्लेटो की रचना रिपब्लिक (गणतन्त्र) से भारतीय इतिहास के विवेचकों को गहरी दिलचस्पी होनी चाहिए। यह ऐसी पुस्तक है जिसमें आदर्श समाज-व्यवस्था कायम करने के लिए जातिप्रथा को आधार बनाया गया है। अधिकांश मार्क्सवादी विचारक मानते हैं कि जातिप्रथा के कारण भारतीय समाज का विकास अवरुद्ध हो गया था, इसके विपरीत यूनान में दासप्रथा का चलन था और इससे वहाँ का समाज गतिशील था, उसका विकास निरन्तर होता रहा। इस स्थिति का परिणाम यह हुआ कि यूनान में, दर्शन और विज्ञान में, भारी प्रगति हुई; यहाँ भारत में वैसी प्रगति नहीं हुई, थोड़ी-बहुत हुई तो अपवाद के रूप में। तब इस बात की कैफियत देनी होगी कि गतिशील यूनानी समाज की समस्याएँ हल करने के लिए, एक आदर्श समाज की कल्पना के लिए, प्लेटो जैसे विद्वान ने जातिप्रथा जैसी दकियानूस प्रथा का सहारा क्यों लिया।

पूँजी के प्रथम खंड में मार्क्स ने लिखा था कि प्लेटो के गणतन्त्र में श्रम विभाजन की व्यवस्था मिस्र की जातिप्रथा (कास्ट सिस्टम) के आदर्श रूप के सिवा और कुछ नहीं है।[1] इससे यह निष्कर्ष निकाला जा सकता है कि प्लेटो दासप्रथा से असन्तुष्ट थे और उन्होंने अपने आदर्श समाज के लिए उसे त्यागकर जातिप्रथा का सहारा लिया; इस जातिप्रथा से स्वयं यूनानी समाज का कोई सम्बन्ध नहीं था, उस समाज पर प्लेटो ने उसे आरोपित किया था। गणतन्त्र में दासप्रथा का उल्लेख है, संक्षेप में, गौण रूप में; उसके प्रति प्लेटो के असन्तोष की कहीं झलक भी नहीं है। उनकी मुख्य समस्या दासप्रथा को लेकर नहीं है; मुख्य समस्या है जातिप्रथा को लेकर। यूनानी समाज पर यह जातिप्रथा आरोपित नहीं की गई, वह उसमें विद्यमान है, उसके बिना केवल दासप्रथा के सहारे उस समाज की व्याख्या नहीं की जा सकती। प्लेटो की समस्या यह है कि जातिप्रथा टूट रही है, समाज में अव्यवस्था फैलने का भय है, किसान और कारीगर शासक वर्ग (भूस्वामी वर्ग) की बराबरी का दावा कर सकते हैं, उससे सत्ता छीनकर स्वयं शासनतन्त्र चलाने का प्रयत्न कर सकते हैं। शासनतन्त्र चलाना एक तरह की विद्या है, यह विद्या हर आदमी के पास नहीं होती। जैसे हर कारीगर अपने व्यवसाय का कौशल जानता है, वैसे ही शासनतन्त्र चलाने का कौशल है, वह सीखने से आता है, और उसे सीख भी वही सकते हैं जिनमें शासक बनने की क्षमता पहले से विद्यमान हो। हर आदमी का स्वभाव अपने ढंग का होता है। स्वभाव के कारण, अपनी जन्मजात वृत्ति के कारण, कुछ लोग कारीगर का काम ही अच्छी तरह कर सकते हैं, अन्य लोग शासनतन्त्र चलाने का।

समाज में उथल-पुथल की, जातिप्रथा के आधार पर उसे व्यवस्थित रखने की, समस्या केवल प्लेटो के सामने नहीं है, वह उनके शिष्य अरस्तू के सामने भी है। प्लेटो तो कल्पनाशील विचारक हैं, अरस्तू परम यथार्थवादी हैं। यदि उन्हें भी दिखाई दे कि समाज में अव्यवस्था जातिप्रथा के विघटन से पैदा होती है, उसे व्यवस्थित बनाए रखने

के लिए जाति और वर्ण की मर्यादा कायम रखना जरूरी है; तो इससे साबित यह होगा कि जातिप्रथा यूनानी समाज में विद्यमान थी, कल्पनाशील प्लेटो द्वारा वह उस पर आरोपित न की गई थी। वित्त के चलन से, व्यापारी वर्ग के अभ्युदय से, विनिमय के प्रसार से, समाज की पुरानी व्यवस्था टूट रही थी, हर जगह गरीब-अमीर का भेद फैल रहा था। प्लेटो और अरस्तू के प्रयत्नों के बावजूद यह भेद बढ़ता गया। अरस्तू के समकालीन राजनीतिक देमोस्थेनॅस ने इस भेद को गरीबों के पक्ष में हल करने का प्रयत्न किया था, प्लेटो और अरस्तू की तरह उन्होंने वर्ण-जाति के आधार पर समाज के पुनर्गठन की कल्पना न करके एथेन्स के जनतन्त्र को नया लोकवादी रूप देने का प्रयत्न किया था और इसमें उन्हें आंशिक सफलता भी मिली थी। किन्तु इस समय मखदूनिया के हमलावरों ने, सिकन्दर के नेतृत्व में, एथेन्स समेत पूरे यूनान पर कब्जा करके उस लोकवादी जनतन्त्र की हत्या कर दी। सिकन्दर की मृत्यु के बाद भी दो सौ साल तक वे यूनान पर अपना अधिकार जमाए रहे। इस पराधीनता ने यूनानी समाज को पीछे ठेल दिया और उसका सहज विकास रुक गया।

1

प्लेटो के लिए राज्यतन्त्र के पाँच रूप हैं। इनमें बादशाही या अभिजाततन्त्र पहला रूप है। दोनों नाम एक ही अर्थ के सूचक हैं 'क्योंकि शासन एक के हाथ में हो चाहे अनेक के, यदि शासक हमारी धारणा के अनुसार पोषित और प्रशिक्षित हुए हैं, तो राज्य के मूलभूत नियम अस्थिर न होंगे।'[2] जो अभिजात है, वह श्रेष्ठ (अरिस्तोस्) है। अंग्रेजी के नोबलमैन और नोबिलिटी की तरह यूनानी शब्द अरिस्तोस् भी श्रेष्ठता का सूचक है, कुलीनता और भूस्वामित्व का भी। खेती करनेवाले गणसमाजों में जहाँ भी भूमि का केन्द्रीकरण होता है, वहाँ बड़े भूस्वामी अभिजात बन जाते हैं; गणसमाज के बाकी सदस्यों से, कुलीनता के आधार पर, वे स्वयं को अलग करते हैं। राज्यसत्ता का उद्भव भूमि के केन्द्रीकरण से जुड़ा हुआ है। प्लेटो के लिए ऐतिहासिक रूप से अभिजाततन्त्र का जन्म ही सबसे पहले होता है। उनकी यह धारणा सही है। किन्तु वह समझते हैं कि इस तन्त्र में हर आदमी अपने गुण के अनुसार कर्म करता है और समाज में किसी तरह की अशान्ति नहीं होती। यह धारणा सही नहीं है। प्लेटो के लिए राज्यतन्त्र के अन्य रूप इसी मूल रूप की विकृतियाँ हैं। किन्तु अशान्ति न हो तो ये विकृतियाँ उत्पन्न ही क्यों हों ?

प्लेटो का आदर्श गणतन्त्र पहले अस्तित्व में आ चुका है, सारे कष्ट उसकी विकृतियों से पैदा हुए हैं। कष्टों से बचना है तो विकृतियों को दूर करके अभिजाततन्त्र को उसके विशुद्ध रूप में पुनः प्रतिष्ठित करना चाहिए। (यूनान में होमर से पहले तो किसी राज्यतन्त्र का पता है नहीं। मान लीजिए, होमर के समय में आदर्श अभिजाततन्त्र था। तब होमर के काव्य में दुःख की ऐसी गहरी अभिव्यंजना क्यों है ? मान लीजिए,

होमर नहीं, ईस्खुलुस जैसे नाटककारों के समय में आदर्श अभिजाततन्त्र विद्यमान था; इनके नाटकों में भी दुःख की गहरी अभिव्यंजना है। सुख-शान्तिवाले सुव्यवस्थित समाज में इस दुःख का आधार क्या है ?)

प्लेटो पता लगाते हैं : ''कैसे अभिजाततन्त्र (श्रेष्ठ जनों के शासन) से शूरतन्त्र (मान-सम्मान के शासन) का जन्म होता है।''[3] राज्यतन्त्र का आदिम रूप है अभिजाततन्त्र, इसकी पहली विकृति है शूरतन्त्र। प्लेटो के लिए श्रेष्ठ जन वे हैं जो ज्ञानी हैं; अभिजाततन्त्र इन्हीं ज्ञानियों का शासनतन्त्र है। ये ज्ञानी यह जानते हैं कि किस व्यक्ति में कौन-सा गुण है, उसी गुण के अनुसार वे उसे कर्म में नियुक्त करते हैं। जिनमें शूरता का गुण है, वे उस गुण के अनुसार शूर कर्म करते हैं, ज्ञानियों की आज्ञा मानकर चलते हैं। प्लेटो ने इन्हें 'सहायक' भी कहा है। वे ज्ञानियों के सहायक हैं; जब तक उनकी आज्ञा मानकर चलते हैं, तब तक समाज में सुव्यवस्था बनी रहती है। प्लेटो कहते हैं : ''जो वास्तविक शासन-शक्ति है, स्पष्ट है कि उसके विभाजन से ही सारे राजनीतिक परिवर्तनों का जन्म होता है। जो शासन एकताबद्ध है, वह कितना ही छोटा हो, विचलित नहीं किया जा सकता।'' जब तक ज्ञानी और शूर (ब्राह्मण और क्षत्रिय) मिलकर काम करते हैं, ज्ञानी का वर्चस्व प्रधान, शूर का वर्चस्व गौण रहता है, तब तक शासन-शक्ति एकताबद्ध रहती है, तब तक शासनतन्त्र में विचलन सम्भव नहीं होता।

प्लेटो सोचते हैं, 'राज्य में अव्यवस्था तभी उत्पन्न होगी जब सहायकों में आपसी मतभेद होगा, शासकों में आपसी मतभेद होगा अथवा सहायक दल और शासक दल—इन दो दलों के बीच मतभेद होगा। मतभेद पैदा होना प्राकृतिक नियम की तरह है। जिस वस्तु का भी आदि है, उसका अन्त भी है। आदर्श राज्यतन्त्र का संविधान भी नाशवान है। पशुओं और वनस्पतियों की तरह 'आत्मा और देह उपजाऊ और बाँझ तब होती हैं जब इनमें प्रत्येक के चक्र की परिधि पूरी हो जाती है।' पशु, वनस्पति, मनुष्य—समस्त प्राणि जगत् में गति है, प्रगति नहीं है। गति वृत्ताकार है; चक्र ने परिधि पूरी की, आदि से चले थे, अन्त तक पहुँच गए। किसी का जीवन-चक्र छोटा होता है, किसी का बड़ा; आदि-अन्त सबका है। लेकिन मानव की आत्मा और देह के उपजाऊ और बाँझ होने का ज्ञान ''तुम्हारे शासक अपनी सारी बुद्धिमत्ता और शिक्षा से प्राप्त न कर सकेंगे। जिन नियमों से यह प्रक्रिया निर्धारित होती है, उनका पता इन्द्रियबोध और विवेक के कैसे भी मिश्रण से न लगाया जा सकेगा।''[4] मनुष्य को संसार का ज्ञान उसकी इन्द्रियों से होता है। जो देखता-सुनता है, उसकी छानबीन अपने विवेक से करता है। गोचर अनुभव से विवेक का चाहे जैसा संयोग हो, उससे मनुष्य में निहित गुण की पहचान नहीं हो सकती। जो पहले ज्ञानी थे, वे अथवा उनके पुत्र अज्ञानी हो जाएँ तो मानना चाहिए कि वे गोचर अनुभव और विवेक का भरोसा करने लगे। ''जब तुम्हारे संरक्षकों (ज्ञानियों) को जन्म-सम्बन्धी नियमों की पहचान न होगी और वे अनुपयुक्त अवसर पर वर तथा वधू को संयुक्त कर देंगे, तब उनकी सन्तान भली या सौभाग्यशाली न होगी। और यद्यपि उनमें जो श्रेष्ठ हैं, उन्हीं को उनसे पहले के लोग नियुक्त करेंगे,

फिर भी वे अपने पिताओं के आसन ग्रहण करने के अयोग्य होंगे।''

उचित वर-वधू का संयोग करना पुरोहितों का काम है। जब तक इनमें मनुष्य के गुण और स्वभाव पहचानने की शक्ति होती है, तब तक वर-वधू का संयोग उचित रीति से होता है और उनकी सन्तान माता-पिता तथा पुरोहितों की अपेक्षा के अनुरूप होती है। इस शक्ति के अभाव में पुरोहितों के पुत्र अपने पिताओं के कर्म करते जाते हैं पर वे अपने पिताओं के आसन ग्रहण करने के अयोग्य होते हैं। पुराने आदर्श समाज में मनुष्य अपने गुण के अनुसार कर्म में नियुक्त होता था। तब अयोग्य पुत्र अपने पिता का आसन पा कैसे गया ? प्लेटो के विवेचन से इस प्रश्न का उत्तर मिल जाता है—पुरोहित का बेटा ही पुरोहिताई करता है, वह योग्य हो चाहे अयोग्य। मनुष्य का वर्ण उसके जन्म से निर्धारित होता है, गुण से नहीं।

पहले के पुरोहित योग्य थे; उन्होंने अपने पुत्रों में जो श्रेष्ठ थे, उन्हीं को चुना। पर ये श्रेष्ठ पुत्र अयोग्य सिद्ध हुए। ''अगली पीढ़ी में ऐसे शासक नियुक्त होंगे जो तुम्हारी विभिन्न नस्लों (races) की धातु को परखने की संरक्षकवाली शक्ति खो चुके हैं।''

प्राचीन कवि हेसिओद ने कहा था : ''इंसान की नस्लें, सोना, चाँदी, पीतल और लोहा, इन चार धातुओं जैसी होती हैं। नस्ल की पहचान न होने से जब अयोग्य पुरोहित प्रतिकूल गुणोंवाले वर-वधू का संयोग कराते हैं, तब 'चाँदी में लोहा मिल जाता है, और सोने में पीतल मिल जाती है। अतः वैषम्य, असमानता और अनियमितता का जन्म होगा, और सदा, सब कहीं, घृणा और युद्ध के यही कारण रहे हैं।'' भारतीय शब्दावली में वर्ण-संकरता की वृद्धि से समाज में कलह उत्पन्न होती है और व्यवस्था नष्ट हो जाती है।

पुराने कवियों ने बताया है : ''जब कलह उत्पन्न हुई, तब दो नस्लें विरोधी दिशाओं में खींचतान करने लगीं। लोहा और पीतल धन, भूमि, सोना, चाँदी, भवन प्राप्त करने की दिशा में बढ़े। सोना और चाँदीवाली नस्लों को धन की चाह न थी, वास्तविक धन उनका स्वभाव था; उनका झुकाव पुण्यमय जीवन और प्राचीन व्यवस्था की ओर था।'' लोहा और पीतलवाली नस्लें धन कमाने की ओर बढ़ीं अर्थात् वैश्य और शूद्र वर्ण सम्पत्ति बटोरने लगे। सोना और चाँदीवाली नस्लों—ब्राह्मणों और क्षत्रियों—का वास्तविक धन उनका स्वभाव था, उनका झुकाव प्राचीन व्यवस्था की ओर था। इस व्यवस्था के कायम रहते ही वे पुण्यमय जीवन बिता सकती थी। किन्तु द्रव्य ने इस व्यवस्था में गड़बड़ी पैदा कर दी। लोग धन कमाने में लगे। गड़बड़ी से निपटने के लिए सोना और चाँदीवाली नस्लों ने समझौता कर लिया। समझौते का आधार यह था कि युद्ध के अलावा व्यवस्था को बनाए रखने का काम भी चाँदीवाली नस्ल करेगी। पहले चाँदी और सोनेवाली नस्लों के बीच विरोध और तनाव था। ''अन्त में उन्होंने समझौता किया। तय हुआ कि वे अपनी भूमि और भवन व्यक्तिगत स्वामियों में बाँट देंगे। उनके मित्र और परिपालक स्वाधीन नागरिक थे; इस रूप में वे उनकी रक्षा करते रहे थे। अब उन्हें दास बनाना था, प्रजा और सेवक बनाकर उन्हें काबू में रखना था। और युद्ध का काम देखने के

अलावा वे उनकी भी निगरानी करेंगे।''[5] इस तरह शूरतन्त्र का जन्म हुआ। अभिजात तन्त्र में शासन-शक्ति आविभाजित थी, दो वर्णों के हाथ में थी। अविभाजित वह अब भी थी पर अब वह एक ही वर्ण के हाथ में थी। पहले क्षत्रिय ब्राह्मणों की रक्षा करते थे, अब उन्होंने उन्हें अपनी प्रजा बना लिया।

शूरतन्त्र की विशेषता यह थी कि : ''योद्धावर्ग खेती, दस्तकारी और सामान्यतः व्यापार से अलग रहता था।'' उस वर्ग के सदस्य संतुलित भोजन करते थे, व्यायाम और सैनिक प्रशिक्षण की ओर ध्यान देते थे। ये बातें वे पहले भी करते थे पर अब 'सत्ता में दार्शनिकों के प्रवेश से उन्हें भय था।' इन दार्शनिकों अर्थात् ज्ञानियों में विभिन्न तत्त्वों का मिश्रण हो गया था। सत्ता अब उन लोगों के हाथ में थी जो सैनिक दाँव-पेंच को, 'निरन्तर युद्ध करते रहने को' बहुत मूल्यवान समझने लगे। ऐसे आदमियों में धन की चाह होगी, 'उनमें सोने और चाँदी के लिए विकट, गुप्त तृष्णा होगी। सोना और चाँदी वे अँधेरी जगहों में संचित करेंगे : उनके अपने कोष और संग्रह-स्थान होंगे जहाँ वे उन्हें सँजोएँगे और छिपाएँगे। और उनके पास दुर्ग होंगे जो उनके अंडों के लिए घोंसले ही हैं जिनमें वे स्त्रियों पर, या जिन्हें चाहा उन पर, भारी धनराशि खर्च करेंगे।'[6]

यह सब पढ़कर ऐसा लगता है कि प्लेटो ने 'मध्यकालीन' यूरोप के सामन्तवाद का वर्णन किया है। यह 'मध्यकालीनता' यूनान के प्राचीन काल में घटित हो चुकी थी, शूरतन्त्र की रूपरेखा प्लेटो की निराधार कल्पना नहीं है। इस तन्त्र की आलोचना करते हुए प्लेटो ने सत्ताधारियों के लिए लिखा है, उन्हें धन का लोभ है लेकिन खुलकर उसे कमा नहीं सकते। इसलिए वे कंजूस हैं। अपनी इच्छाएँ पूरी करने के लिए वे दूसरे का धन खर्च कर देंगे। कानून उनका पिता है पर बच्चों की तरह उससे वे दूर भागते हैं और छिपकर मौज उड़ाते हैं। लोगों को समझाने-बुझाने की अपेक्षा उन्होंने बल का प्रयोग करना सीखा है। इस तन्त्र में प्रतिद्वन्द्विता और महत्त्वाकांक्षा की प्रधानता रहती है। यह हमारा सुपरिचित सामन्तवाद है।

सामन्ती व्यवस्था सामन्तों की आपसी लड़ाइयों के लिए बदनाम है। इन लड़ाइयों से आर्थिक विकास में भारी रुकावट पैदा होती है। अक्सर कोई बड़ा सामन्त छोटे सामन्तों का दमन करके राज्य में शान्ति और व्यवस्था कायम करता है। यह विकास सामन्ती व्यवस्था के गर्भ में सम्पन्न होता है। प्लेटो ने राज्यतन्त्र के तीसरे रूप का जो विवरण दिया है, वह वास्तव में व्यापारिक पूँजीवाद का विवरण है। इस रूप की विशेषता यह है कि 'शासन का आधार सम्पत्ति का मूल्यांकन है; इसमें सत्ता धनी लोगों के हाथ में होती है और निर्धन उससे वंचित रहते हैं।' प्लेटो ने सामाजिक विकास की मंजिलें ठीक पहचानी हैं किन्तु उस विकास के कारण उन्होंने व्यक्तियों के चरित्र में प्रदर्शित किए हैं। लोगों के निजी कोष में धन के संग्रह से शूरतन्त्र का नाश हो जाता है। धनीजन कानून को अपने पक्ष में ऐसा मोड़ लेते हैं कि धन खर्च करने के नए-नए तरीके इस्तेमाल किए जा सकें। शूरतन्त्र में कानून का उल्लंघन हुआ था, इस धनिकतन्त्र में भी उसका उल्लंघन होता है। ''वे या उनकी पत्नियाँ कानून की क्या परवाह करते हैं ?'' प्लेटो जिस

कानून की बात कह रहे हैं, वह उस आदर्श वर्ण-व्यवस्था का कानून (धर्म) है जिसमें प्रधानता ज्ञानियों (पुरोहितों) की थी। "और जब एक देखता है कि दूसरा धनी हुआ जा रहा है, तब वह उससे होड़ करना चाहता है और इस तरह नागरिकों का विशाल समुदाय धन का प्रेमी बन जाता है।"[7] धन कमाने से पुण्यमय जीवन बिताने का विरोध है। लोग जितना ही धन कमाने में जुटते हैं, उतना ही उस जीवन से दूर होते जाते हैं। अब धनी आदमी का आदर होता है, उसे ऊँचे पद दिए जाते हैं, 'और गरीब आदमी का अनादर होता है।'[8]

धन का एक परिमाण निश्चित कर दिया जाता है। जिसके पास उतना धन हो, वही नागरिक हो सकता है, और इसके लिए कानून बना दिया जाता है। धनीजन बलपूर्वक संविधान में परिवर्तन करते हैं। जहाज का नायक गरीब आदमी न हो पाएगा, भले ही वह योग्य हो, धनी आदमी नायक बन जाएगा, भले ही वह अयोग्य हो। ऐसे में जहाज का क्या होगा ? जो हाल जहाज का होगा, वही धनिक-शासन में नगर का होगा। धनिकतन्त्र का दोष है : "अनिवार्य विभाजन, ऐसा राज्यतन्त्र एक नहीं, दो हैं, एक गरीबों का, दूसरा धनीजनों का। एक ही जगह रहेंगे, और सदा एक-दूसरे के विरुद्ध षड्यन्त्र करते रहेंगे।"[9] प्लेटो की मूल समस्या यह है। समाज धनी और निर्धन दो समुदायों में बँटा हुआ है। दोनों समुदाय स्वाधीन यूनानियों के हैं। एक दासों का हो, दूसरा उनके स्वामियों का, ऐसा नहीं है। यूनान के अनेक राज्यों में गरीब-अमीर का ऐसा ही भेद फैल रहा था। प्लेटो ने किसी विशेष राज्य में ऐसा भेद देखकर धनिकतन्त्र का विवरण न लिखा था। अपने आदर्श राज्य से अन्य नगर राज्यों की भिन्नता दिखाते हुए प्लेटो ने लिखा है : "तुम्हें दूसरे राज्यों की बात बहुवचन में करनी चाहिए। उनमें कोई भी एक नगर नहीं है। जैसाकि खेल में कहते हैं, एक में अनेक नगर हैं। प्रत्येक में कम-से-कम दो भाग होंगे, एक गरीबों का नगर, दूसरा अमीरों का। वे एक-दूसरे से युद्ध करते हैं। इनमें हर एक के भीतर बहुत-से छोटे-छोटे भाग हैं। इन्हें तुमने एक राज्य मान लिया तो सत्य से दूर जा पड़ोगे। लेकिन वे अनेक हैं, यह समझकर उनसे व्यवहार करो; एक का धन या सत्ता या जन दूसरे को दे दो, तो तुम्हारे मित्र सदा अधिक रहेंगे, और शत्रु बहुत न होंगे।"[10] यूनान का औसत नगर-राज्य ऐसा है। प्रत्येक में गरीब-अमीर का भेद है। गरीबों में कुछ कम गरीब हैं, कुछ ज्यादा हैं; कुछ लोग ज्यादा अमीर हैं, कुछ उनसे कम हैं। इन गरीब-अमीर भागोंवाले नगर-राज्यों से भिन्न कल्पित अपवाद है—प्लेटो का आदर्श गणतन्त्र।

धनिक तन्त्रों की कमजोरी यह है कि वे युद्ध नहीं कर सकते। "आम जनता को हथियार दें तो शत्रु से ज्यादा उन्हें उससे भय हो जाता है। युद्धकाल में यदि उसका आह्वान न करें तो वे ठहरे अल्पतन्त्रवादी (ओलीगार्क)। थोड़े-से लोग शासन करते हैं, उसी हिसाब से थोड़े लोग युद्ध करते हैं। इसके साथ ही धन से उन्हें इतना प्रेम है कि वे टैक्स अदा नहीं करना चाहते।" पूँजीवादी जनतन्त्र की इन विशेषताओं से आज के लोग अच्छी तरह परिचित हैं। वित्त का व्यापक चलन होने पर ये विशेषताएँ प्लेटो के

समय में प्रकट होने लगी थीं और सिकन्दरी आक्रमण के समय वे और भी उजागर हो गईं। धनिकतन्त्र में सबसे बड़ा दोष यह है कि : "आदमी के पास जो कुछ है, उसे वह बेच सकता है और दूसरा उसकी सम्पत्ति खरीद सकता है। सम्पत्ति बेच देने के बाद वह आदमी उस नगर का अंश नहीं रह गया लेकिन वहाँ रह सकता है। वह न व्यापारी है, न कारीगर है, न अश्वारोही है, न पदातिक है। उसे मुफलिस, और दरिद्र कहा जाता है।"[11] जैसे मधुमक्खियों में कुछ के डंक होते हैं, कुछ के नहीं होते। जो बुढ़ापे में मुफलिस हो जाते हैं, वे डंकहीन वर्ग के हैं। "डंकवालों में से, जैसाकि उन्हें कहा जाता है, सारा अपराधी वर्ग पैदा होता है।" पूँजीवाद का जितना ही विकास होता है, प्लेटो की यह आलोचना उतना ही सार्थक होती जाती है। ऐसा कौन-सा पूँजीवादी समाज है जिसमें मुफलिसों की जमात न हो, जिसके शासक वर्ग में अपराधकर्मी न हों ? "तो यह स्पष्ट है कि जब तुम राज्य में मुफलिस देखो तो समझ लो, पास-पड़ोस में चोर और गिरहकट और मन्दिर लूटनेवाले और हर तरह के बदमाश छिपे होंगे।' धनिकतन्त्र में 'प्रायः हर व्यक्ति जो शासक नहीं है, मुफलिस है।"[12]

राज्यतन्त्र का चौथा रूप जनतन्त्र है, वह इसी धनिकतन्त्र का प्रसार है। जिस रोग से धनिकतन्त्र का नाश होता है, 'स्वच्छन्दता के कारण वही विशद और सघन होकर जनतन्त्र को दबोच लेता है।' प्रश्न यह है–'वह अव्यवस्था कौन-सी है जो धनिकतन्त्र और जनतन्त्र दोनों में समान रूप से उत्पन्न होती है और दोनों का नाश करती है?' उत्तर है, 'मेरा आशय उन आलसी फिजूलखर्च लोगों के वर्ग से है जिनमें अधिक साहसी तो नेता बन जाते हैं और जो ज्यादा दब्बू हैं, वे अनुयायी बन जाते हैं। ये वही हैं जिनकी तुलना हम मधुमक्खियों से करते हैं, कुछ डंकवाले हैं, कुछ डंकविहीन हैं।' वर्ग-भेद यहाँ भी है, उसके साथ वर्ग-संघर्ष है। "ये दो वर्ग जिस नगर में जन्मते हैं, उसमें अव्यवस्था उत्पन्न करते हैं।"[13] यद्यपि प्लेटो कहते हैं कि जनतन्त्र का आविर्भाव तब होता है जब 'गरीब अपने विरोधियों पर विजय पाते हैं',[14] पर वास्तव में गरीब-अमीर का भेद बना रहता है, 'अव्यवस्था' और बढ़ती है। प्लेटो के लिए जनतन्त्र अव्यवस्था का ही दूसरा नाम है। जनतन्त्र 'शासन का आकर्षक रूप है, उसमें विविधता और अव्यवस्था है, और वह समान और असमान को, समान भाव से एक तरह की समानता प्रदान करता है।'[15] ऊपर से देखने में नागरिक समान होते हैं, उनकी वास्तविक स्थिति में बड़ी असमानता होती है। प्लेटो की आलोचना अंशतः सही है। इस जनतन्त्र में युवक दृढ़तापूर्वक किसी दिशा में नहीं बढ़ते। कभी तो सुरा और संगीत के दीवाने हो जाते हैं, कभी पानी पीकर रहते हैं और 'दुबले होने का प्रत्यन करते हैं।' कभी कसरत के पीछे गड़ जाते हैं, कभी सब कुछ छोड़कर आलसी बन जाते हैं। कभी दार्शनिक तो कभी राजनीतिज्ञ, कभी योद्धा तो कभी व्यवसायी। "उनके जीवन में न तो विधि होती है, न व्यवस्था। इस खींचतान की जिन्दगी को वे सुख, मौज और आजादी कहते हैं और इसी तरह आखिर तक जीते रहते हैं।"[16] यहाँ कुछ बातें आज के मध्यवर्ग की याद दिलाती हैं। प्लेटो के लिए सुव्यवस्थित समाज वह है जिसमें व्यक्ति जवानी से बुढ़ापे तक एक ही पेशे से चिपका

रहे। वित्त के चलन से यह सम्भव हुआ है कि मनुष्य अपने वर्ण और जाति का पेशा त्यागकर दूसरा पेशा अपना लें। यह आजादी प्लेटो को पसन्द नहीं है।

पुरानी व्यवस्था में प्रजा शासकों की आज्ञा मानती थी। अब जो उनकी आज्ञा माने, उसे लोग ऐसा गुलाम कहते हैं 'जो अपनी जंजीरों को गले लगाता है।' जनतन्त्र चाहता है, 'प्रजा शासकों की तरह हो और शासक प्रजा की तरह हों।'[17] इससे पता चलता है कि यूनानी समाज में जनतान्त्रिक चेतना फैल रही थी और यह सब पुरानी व्यवस्था के रक्षकों को पसन्द न था। "क्रमशः यह अराजकता व्यक्ति के परिवार में प्रवेश करेगी और अन्त में वह पशुओं तक पहुँचेगी और उन्हें भी छूत लग जाएगी।" अरिस्तोफनेस ने अपने नाटक बादल में सुकरात के विरुद्ध जो कुछ कहा था, उसे मानो प्लेटो यहाँ दोहराना शुरू करते हैं। "पिता अपने पुत्रों के स्तर तक उतर आने का आदी हो जाता है और उनसे डरने लगता है। पुत्र पिता के स्तर पर होता है। माता-पिता में किसी के प्रति वह आदर या श्रद्धा प्रकट नहीं करता। स्वच्छन्दता के बारे में उसकी ऐसी ही धारणा है। कारीगर नागरिक के बराबर है और नागरिक कारीगर के बराबर। अजनबी उतना ही अच्छा है जितना इन दोनों में कोई।" व्यवस्था कायम रखने के लिए जरूरी है कि नागरिक और कारीगर के बीच फासला रखा जाए और अजनबी नागरिक अधिकारों से वंचित रहें। जनतन्त्र में, पारिवारिक सम्बन्धों की तरह, गुरु-शिष्य के सम्बन्ध भी बदले हैं। गुरु शिष्य से डरता है, उसकी चापलूसी करता है; शिष्य गुरु और अध्यापक से घृणा करता है। "बूढ़े-जवान सब बराबर हैं, जवान बूढ़े के स्तर पर है, वचन और कर्म में उससे होड़ करने को तैयार है।" समाज के निम्न वर्ग जब उच्च वर्गों की बराबरी करते हैं, तब इसका असर गुलामों पर भी पड़ता है। स्वच्छन्दता की पराकाष्ठा का उदाहरण तब सामने आता है जब पैसे देकर जिस गुलाम को खरीदा है, वह नर हो चाहे मादा, उतना ही आजाद होता है जितना उसे खरीदनेवाला। और यहाँ नर-नारी के परस्पर सम्बन्ध में स्वच्छन्दता और समानता की बात कहना मुझे न भूलना चाहिए।"[18] स्वच्छन्दता की जो हवा चली, उसका परिणाम है, गुलाम मालिकों की बराबरी करने लगे, स्त्रियाँ पुरुषों की।

अव्यवस्था फैलाने का काम मुख्य रूप से न तो गुलाम करते हैं, न स्त्रियाँ। यह काम वह वर्ग करता है जो सबसे शक्तिशाली होता है। इस वर्ग में वे लोग हैं, 'जो अपने हाथ से काम करते हैं। ये राजनीतिज्ञ नहीं हैं और खाने-खरचने के लिए उनके पास बहुत कुछ होता भी नहीं है। यह वर्ग जब इकट्ठा होता है, तब वह जनतन्त्र का सबसे बड़ा और सबसे शक्तिशाली वर्ग होता है। वह इकट्ठा कब होता है? जब उसे कुछ मिलने की आशा होती है। "उसके नेता जिस हद तक धनी लोगों की रियासतें छीन सकते हैं और उन्हें लोगों में बाँट सकते हैं, उस हद तक उसे भी हिस्सा मिलता है; साथ ही वे इस बात का ध्यान रखते हैं कि ज्यादा बड़ा हिस्सा खुद उनके लिए सुरक्षित रहे।" यूनानी समाज का मुख्य अन्तर्विरोध यह है—एक ओर रियासतें पुश्तैनी हों चाहे सूदखोरी के बल पर कमाई गई हों, वे सम्पत्ति का मुख्य रूप हैं। सम्पत्ति का दूसरा रूप है व्यापार

से कमाया हुआ धन। किसान और कारीगर लगभग सम्पत्तिहीन हैं। इनकी माँग है कि रियासतें जमींदारों से छीन ली जाएँ और उनमें बाँट दी जाएँ। जनवादी क्रान्ति के ये उभार यूनानी समाज में अनेक बार आए थे और अनेक बार उन्हें कुचलकर तानाशाही कायम की गई थी। राज्यतन्त्र के विकास की रूपरेखा में प्लेटो तानाशाही को जनतन्त्र से जन्म लेते दिखाते हैं। ऐतिहासिक रूप से उनकी यह धारणा सही है। इटली और जर्मनी में, दूसरे महायुद्ध के बाद चिली में, तानाशाही की स्थापना क्रान्तिकारी जन-आन्दोलन को कुचलकर ही हुई थी। किन्तु गणतन्त्र में तानाशाही जनवादी क्रान्ति के कार्य पूरे करती है। पूँजीवादी जनतन्त्र के आगे की मंजिल है यह लोकशाही। इस दृष्टि से भी प्लेटो का ऐतिहासिक विकास-क्रम सही है।

"जिन लोगों की रियासतें छीनी जाती हैं, वे जनता के सामने भाषण से, और भरसक कर्म से, अपना बचाव करने को बाध्य होते हैं।" लोग उन पर दोष लगाते हैं कि वे 'जनता के खिलाफ षड्यन्त्र कर रहे थे' और वे शूरतन्त्र के, अर्थात् सामन्तवाद के, मित्र हैं। लोगों को ठीक जानकारी नहीं होती, गलत सूचनाएँ देकर उन्हें गुमराह किया जाता है। ऐसे लोगों को अपने प्रति अन्याय करते देखकर रियासतों के भूतपूर्व मालिक सचमुच शूरतन्त्रवादी बन जाते हैं। तब मुकदमे चलाए जाते हैं, दोषारोपण होते हैं, अदालतें फैसले सुनाती हैं। "जनता को हमेशा कोई-न-कोई पक्षधर मिल जाता है। उसे वह उनके ऊपर प्रतिष्ठित करती है और उसका पोषण करके उसे महान बनाती है।" यह अधिनायक वास्तव में बलपूर्वक क्रान्तिविरोधियों का दमन करता है, रियासतों के भूतपूर्व मालिकों के षड्यन्त्र को विफल कर देता है। प्लेटो के लिए वह राक्षस है। यूनान की एक पुरानी कथा में देवता के सामने बलि दिए हुए पशु की आँतों में मनुष्य की आँतें मिला दी गईं। जिस आदमी ने वह मांस खाया वह भेड़िया बन गया। "जनता का संरक्षक उसी की तरह होता है। जनसमूह उसके पास है, वह अपने सम्बन्धियों का रक्त बहाने में नहीं हिचकता। झूठे दोषारोपण का प्रिय तरीका अपनाकर वह उन्हें अदालत में ले आता है और उनकी हत्या कर देता है। मनुष्य की जीवनलीला समाप्त कर दी जाती है। अपने अपवित्र होंठों और जीभ से वह साथी नागरिकों का रक्त चखता है। कुछ को मारता है, कुछ को देशनिकाला देता है। इसके साथ ही वह इशारा करता जाता है, कर्ज रद्द कर दिए जाएँगे, जमीन का बँटवारा होगा।"[19] यह बात सही है कि तानाशाह जनता से झूठे वायदे करके, धोखाधड़ी से कभी-कभी उसका समर्थन प्राप्त करके, सत्ता हथियाता है। किन्तु यूनान के इतिहास में ऐसा भी हुआ है कि जनता के पक्षधर ने जमींदारों का शासन खत्म करके उनकी जमीन किसानों में बाँट दी, किसानों ने कर्ज रद्द कर दिए, पुराने कानून तोड़ दिए। प्लेटो का 'तानाशाह' जनता का ऐसा ही पक्षधर है। "यही वह आदमी है जो सम्पत्ति के मालिकों के विरुद्ध पार्टी बनाता है।"[20] यहाँ भेद स्पष्ट हो जाता है। एक तानाशाही जनता को दबाती है, दूसरी उसके शत्रुओं का दमन करके उसकी माँगें पूरा करती है। प्लेटो नाराज इस बात से हैं कि जनता का पक्षधर सम्पत्ति के मालिकों के विरुद्ध पार्टी बनाता है।

2

मनुष्य को जीने के लिए भोजन चाहिए, पहनने को कपड़े चाहिए, रहने को घर चाहिए। आवश्यकताएँ अनेक हैं, उनकी पूर्ति के लिए अनेक मनुष्य चाहिए। सबका लाभ इसमें है कि लोग जो कुछ पैदा करते हैं, आपस में उसका विनिमय कर लें। इस तरह राज्यतन्त्र का (श्रम-विभाजन के आधार पर संगठित समाज का) जन्म होता है। प्लेटो का विवरण ऐतिहासिक दृष्टि से सही है। सामूहिक श्रम और सामूहिक स्वामित्ववाली आदिम साम्यवादी व्यवस्था से इसी तरह के समाज का जन्म होता है। श्रम-विभाजन के आधार पर बना हुआ छोटे पैमाने के उत्पादन और विनिमय का यह समाज सामन्ती समाज है। आदिम साम्यवाद से उद्भव सामन्ती समाज का होता है, दासों के श्रम पर आधारित समाज का नहीं। प्लेटो कल्पना करते हैं, राज्यतन्त्र के इस प्रारम्भिक रूप में 'एक आदमी किसान है, दूसरा थवई है, अन्य कोई बुनकर है', कोई मोची है या शरीर की आवश्यकताएँ पूरी करनेवाला कोई और है। इस समाज में किसानी और कारीगरी के बीच श्रम-विभाजन हो चुका है। जो आदमी खेती करता है, वह आदमी घर बनाने, कपड़ा बुनने, जूता गाँठने आदि के काम नहीं करता। कारीगर किसान से अलग है, कारीगरों में भी श्रम का विशेषीकरण हो चुका है। घर, कपड़ा, जूते बनाने के काम अलग-अलग कारीगर करते हैं। मार्क्स ने सामन्ती उत्पादन-पद्धति की जो विशेषताएँ बताई हैं—छोटे पैमाने का उत्पादन, किसानी से कारीगरी का अलगाव और कारीगरों में श्रम का विशेषीकरण—वे सब यहाँ मौजूद हैं। इस तरह के सामन्तवाद का चलन यूनान में था, भारत में था। जर्मनी और ब्रिटेन में किसानी से कारीगरी का अलगाव हुआ था; वहाँ का सामन्तवाद भारत और यूनान के सामन्तवाद से पिछड़ा हुआ था।

प्लेटो का विवेचन इसलिए भी महत्त्वपूर्ण है कि उसमें जोर मनुष्य की आवश्यकताओं पर है, समाज-निर्माता किसी दैवी-शक्ति पर नहीं। "हम सिद्धान्त रूप में एक राज्यतन्त्र का निर्माण आरम्भ से करें। फिर जो भी वास्तविक निर्माता है, लगता है, वह आवश्यकता है।" यह कोई विश्व में व्याप्त, अदृश्य शक्ति के समान, अमूर्त आवश्यकता नहीं है। "पहली और सबसे बड़ी आवश्यकता भोजन है; वह जीवन और अस्तित्व की शर्त है।"[21] यहाँ तक प्लेटो भौतिकवाद के साथ हैं। पर उसके आगे कहते हैं : "हम सब एक-से नहीं हैं। हममें स्वभावों की विविधता है और ये विभिन्न पेशों के लिए उपयुक्त है।"[22] हर मनुष्य की अपनी एक जन्मजात प्रकृति है; उसी के अनुरूप वह कर्म करता है। मनुष्य की प्रकृति, उसका स्वभाव, उसकी नियति है। कोई राजा है, कोई किसान है, कोई कारीगर है, सबकी अपनी-अपनी नियति है, वह उनके स्वभाव से निर्धारित है। प्रत्येक मनुष्य में जन्मजात, अपरिवर्तनशील स्वभाव की कल्पना भाववाद है। उसका उपयोग भारत में, यूनान में, वर्ण-व्यवस्था को चिरन्तन सिद्ध करने के लिए किया गया है।

एक आदमी एक ही पेशा अपनाएगा तो काम अच्छी तरह करेगा, वह पेशा उसके

स्वभाव के अनुरूप होगा। कई पेशे अपनाएगा तो कोई भी काम अच्छी तरह न कर सकेगा। अपने-अपने पेशे में लोग जो चीजें बनाएँगे, उनके विनिमय के लिए बाजार चाहिए, विनिमय का माध्यम द्रव्य चाहिए। कुछ लोग केवल खरीद-फरोख्त का काम करेंगे। "सुव्यवस्थित राज्यों में आमतौर से यह काम वे लोग करते हैं जो शारीरिक बल में सबसे कमजोर होते हैं, इसलिए और किसी काम के लायक नहीं होते।" प्लेटो की जातिप्रथा में खुदरा माल बेचने-खरीदने का काम बनिये करते हैं, माल लेकर एक शहर से दूसरे शहर जानेवाले व्यापारी इनसे भिन्न होते हैं। युद्ध करना एक कौशल है। इस कौशल में योग्यता प्राप्त करनेवालों की अलग जमात है। सबसे महत्त्वपूर्ण कौशल संरक्षकों (ज्ञानियों) का है। एकान्त ध्यान, सर्वाधिक दक्षता और अभ्यास इन्हीं के पेशे के लिए दरकार है।[23] आखिर व्यक्तियों को उनके गुण-स्वभाव के अनुसार कर्म-विशेष में यही लोग तो नियोजित करते हैं। और इन्हें संरक्षक कर्म में कौन नियोजित करता है? वे ज्ञानी हैं, पवित्र आचरणवाले हैं; वे स्वयं अपना कर्तव्य पहचानते हैं। उन्हें कर्म में कौन नियोजित करेगा? यह बात अलग है कि पिता अपने पुत्रों में सबसे योग्य को ही पुरोहिताई सौंपता है; फिर वे भी सबसे योग्य पुत्र, पिता की तुलना में, अयोग्य सिद्ध होते हैं। संरक्षक कार्य उनके हाथ से निकल जाता है।

यद्यपि प्लेटो की वर्ण-व्यवस्था आदर्श रूप में मनुष्यों के जन्म पर नहीं, उनके गुण-स्वभाव पर निर्भर है, पर गणतन्त्र में अनेक संकेत हैं जिनसे ज्ञात होता है कि व्यवहार में वर्ण-व्यवस्था का आधार जन्म ही था। इस व्यवस्था के आदर्श रूप में यह बन्धन नहीं है कि बेटा बाप का पेशा अपनाए। समाज के लिए हर तरह का काम आवश्यक है लेकिन जो शारीरिक श्रम सबसे ज्यादा करता है, वह सबसे छोटा है। जो शारीरिक श्रम बिल्कुल नहीं करता, केवल मानसिक श्रम करता है, वह श्रेष्ठ है। गणतन्त्र में क्या न्याय है, क्या अन्याय है, इसकी छानबीन बहुत की गई है। उसका सारतत्त्व यह है कि जिस समाज में मनुष्य अपनी प्रकृति के अनुसार कर्म करता है, वह न्याय पर टिका है, जिसमें वह अपनी प्रकृति से हटकर विभिन्न कर्मों में प्रवृत्त होता है, वह अन्याय को जन्म देता है और विघटित हो जाता है। प्लेटो अपने विवेचन से सिद्ध कर देते हैं कि पुरानी व्यवस्था वित्त के चलन से, विनिमय के विकास से, विघटित हो रही है किन्तु इसके लिए दोष देते हैं मनुष्य की आत्मगत प्रवृत्तियों को।

प्लेटो के नगर एथेन्स में कारीगरों को उनके श्रम के लिए पगार दी जाती थी, यह तथ्य यूनान के इतिहास और ऐतिहासिक भौतिकवाद को समझने के लिए अत्यन्त महत्त्वपूर्ण है। "यदि कारीगर को पैसे न दिए जाएँ तो क्या उसे अपने कौशल से कोई लाभ होगा?" यह आदर्श गणतन्त्र की बात नहीं है। व्यवहार में प्लेटो के समाज में जो कुछ हो रहा था, उसकी बात है। वैद्य का कौशल स्वास्थ्य के लिए, थवई का कौशल घर बनाने के लिए है, 'इनके साथ एक अन्य कौशल, पैसा कमाने का कौशल है।'[24] कायदे से होना यह चाहिए था कि जो पैसा कमाए, वह कोई और धन्धा न करे, पर यहाँ हर कारीगर का यह सामान्य धन्धा है। पैसा न कमाए तो उसे अपने कौशल से

क्या लाभ होगा? थवई घर बनाता है, खेती नहीं करता; पैसा न हो तो अन्न काहे का खरीदेगा? एथेन्स में खुदरा माल की खरीद-फरोख्त होती है, थोक माल के व्यापारी एक शहर से दूसरे शहर जाते हैं। उपज की अदला-बदली का जमाना कभी का खत्म हो चुका है। यहाँ विनिमय है, श्रम का विशेषीकरण है, विनिमय के माध्यम, वित्त का व्यापक चलन है। पेशा कोई हो, पैसा कमाना सब जानते हैं।

एथेन्स में विनिमय का इतना विकास हो गया है कि मनुष्य की श्रम-शक्ति भी बेची और खरीदी जाती है। सेवकों का एक वर्ग बुद्धि के लिए उल्लेखनीय नहीं है 'पर उनके पास श्रम के लिए शारीरिक शक्ति खूब होती है। अतः उसे वे बेचते हैं, और मैं भूलता नहीं हूँ तो वे भृत्य कहलाते हैं, क्योंकि उनके श्रम का जो मूल्य दिया जाता है, वह भृति (भाड़ा) कहलाता है।' इनका शरीर नहीं बिकता, श्रम करने की शारीरिक शक्ति बिकती है। ये गुलामों से भिन्न हैं। इनके पास उत्पादन के अपने साधन नहीं हैं। ये किसानों और कारीगरों से भिन्न हैं। ये एथेन्स के श्रमजीवी सर्वहारा हैं। वे उत्पादकों का बहुसंख्यक भाग नहीं हैं किन्तु उनकी उपस्थिति यह सिद्ध करने के लिए काफी है कि सामन्ती गर्भ में पलनेवाले व्यापारिक पूँजीवाद के साथ, सत्रहवीं सदी के ब्रिटेन और फ्रांस की तरह, औद्योगिक पूँजीवाद की पूर्वपरिस्थितियाँ जन्म ले रही हैं।

भाड़े के श्रमिकों से कोई भी काम लिया जा सकता है। इनका स्वभाव परखकर उन्हें विशेष कर्म में नियोजित करने की सम्भावना पर प्लेटो ने विचार नहीं किया। जातिप्रथावाला श्रम-विभाजन पुराना पड़ गया है; उसके अन्तर्गत इन्हें निश्चित काम दिया नहीं जा सकता। वर्ण का स्थान वर्ग ले रहा है, श्रम करने की परिस्थितियाँ बदल रही हैं, उत्पादन और विनिमय का पुनर्गठन नए मानव-सम्बन्धों को जन्म दे रहा है। प्लेटो का प्रयत्न है कि हर सम्भव उपाय से वर्णव्यवस्था कायम रखी जाए, लोग विद्रोह करें तो उनका दमन किया जाए। आदर्श गणतन्त्र में योद्धावर्ग के सदस्य अपने आवासों के लिए ऐसा स्थान चुनेंगे कि बाहर से आक्रमण हो तो नगर की रक्षा कर सकें, और नगर के भीतर कोई सिर उठाए तो 'विद्रोह का दमन करना सुविधाजनक हो।'[25] प्लेटो इसे तानाशाही नहीं कहते पर वास्तविक तानाशाही यही है। कारीगर धनी हो गए तो काम चौपट करेंगे, मुफलिस हो गए तो अपने कौशल के लिए आवश्यक उपकरण, औजार आदि न जुटा पाएँगे। उनको बस इतना पैसा मिलना चाहिए कि मुफलिस हुए बिना जी लगाकर काम करते रहें। कुम्हार पैसेवाला हो गया तो आलसी और बेपरवाह हो जाएगा। मुफलिस हो गया तो आवश्यक सामान न जुटा पाएगा, 'और वह बेटों या शागिर्दों को सही ढंग से काम करना न सिखा पाएगा।'[26] शागिर्दों के साथ कुम्हार के बेटों का जिक्र क्यों है ? इसलिए कि आम चलन यही है कि कुम्हार का बेटा कुम्हार का काम करेगा। ऐसा विधान नहीं है कि पहले उसके गुण-स्वभाव की परख हो जाए, फिर उसे काम में लगाया जाए। शागिर्दों में कुम्हारों के बेटे हो सकते हैं, बढ़इयों और मोचियों के भी। इन सबका वर्ण एक है; पेशा बदलें तो बहुत हानि न होगी। 'मान लो बढ़ई मोची का धन्धा या मोची बढ़ई का धन्धा करने लगता है; और मान लो, वे अपने

औजारों की, सामाजिक स्थिति की अदला-बदली कर लेते हैं या एक ही आदमी दोनों का काम करने लगता है', तो इससे बहुत हानि न होगी। (बढ़ई और मोची के औजार अलग हैं, उनकी सामाजिक स्थिति भी अलग है। सामाजिक स्थिति की अदला-बदली तो यहाँ भी न होनी चाहिए पर यदि हो जाए तो बहुत हानि न होगी क्योंकि सत्ता के अधिष्ठान से दोनों दूर हैं।) ''लेकिन जब मोची या कोई व्यक्ति जिसे प्रकृति ने व्यापारी होने के लिए गढ़ा है, धन से या अपने अनुयायियों की संख्या अथवा शक्ति से उत्साहित होकर योद्धाओं के वर्ग में बलपूर्वक घुस आने का प्रयत्न करता है, अथवा योद्धा विधायकों और संरक्षकों के वर्ग में घुसने का प्रयत्न करता है, इस तरह की आकांक्षा उसे न होनी चाहिए। और जब वे अपने औजारों की, सामाजिक स्थिति की अदला-बदली उनसे करते हैं जो उनसे ऊपर हैं, अथवा जब कोई व्यक्ति व्यापारी, विधायक और योद्धा एक साथ होना चाहता है, तब मेरी समझ में मेरे इस कथन से तुम सहमत होगे कि इस अदला-बदली और एक-दूसरे के कामों के इस गोल-मोल से राज्य तबाह हो जाएगा।''[27] सबसे ऊपर विधायक और संरक्षक हैं। विधि के निर्माता विधायक हैं; ये शास्त्र और स्मृतियाँ रचनेवाले ब्राह्मण हैं। इनके नीचे योद्धा हैं। ये क्षत्रिय हुए। वैश्य वर्ण में व्यापारी और कारीगर हैं। वैश्य वर्ण के लोग अपना पेशा बदल लें, सामाजिक स्थिति बदल लें, तो विशेष हानि नहीं है पर उन्हें ऊपर के वर्णों में घुसने का प्रयत्न न करना चाहिए।

शत्रु से मुकाबला होने पर योद्धा पंक्ति छोड़ दे, हथियार डाल दे अथवा कायरता का और कोई काम करे तो 'उसे किसान या कारीगर के दर्जे पर नीचे कर देना चाहिए।'[28] योद्धा को उसके वर्ण से बाहर किया जा सकता है पर कारीगर अथवा व्यापारी को योद्धा वर्ग में शामिल नहीं किया जा सकता क्योंकि उसे शस्त्र उठाने का अवसर मिलेगा ही नहीं। कुछ पेशे ऊँचे समझे जाते हैं, कुछ नीचे; इसका कारण यह है कि प्लेटो के अनुसार पेशे चित्तवृत्तियों के अनुरूप हैं और ये वृत्तियाँ ऊँची या नीची हैं। मोटे तौर से मनुष्य में तीन वृत्तियाँ होती हैं। एक से वह ज्ञान अर्जित करता है। दूसरी से क्रुद्ध होता है। तीसरी भक्षण-वृत्ति है; आदमी खाना और पीना, इन्द्रियों के सुख भोगना चाहता है। ''इसके अन्तर्गत धन प्रेम भी है क्योंकि साधारणतः ऐसी इच्छाएँ धन की सहायता से ही पूरी की जाती हैं।''[29] इन तीन वृत्तियों के अनुसार, 'मनुष्यों में तीन मूल वर्ग होते हैं—ज्ञानप्रेमी, आनप्रेमी और धनप्रेमी।'[30] ज्ञानप्रेमी को ज्ञान से, आनप्रेमी को मान-सम्मान से और धनप्रेमी को धन से सुख मिलता है। दर्शन (ज्ञान) बहुत-से अयोग्य व्यक्तियों के लिए आकर्षक होता है। खाली जगह देखकर 'अपने पेशे के बाहर छलांग लगाते हुए दर्शन के क्षेत्र में कूद पड़ते हैं।'[31] कारण यह कि दर्शन के साथ एक गरिमा है जो अन्य कलाओं के साथ नहीं है। यह ऐसे लोगों को आकर्षित करती है, 'जिनकी प्रकृति दोषपूर्ण है, जिनकी आत्मा उनकी नीचता के कारण वैसे ही क्षत-विक्षत और विकलांग है जैसे कि उनके पेशे और कौशल से उनके शरीर हैं।'[32] कारीगरों को बहुत कठोर श्रम करना पड़ता होगा, तभी उनके शरीर के क्षत-विक्षत होने का उल्लेख

है। जैसा उनका शरीर है, वैसी ही उनकी आत्मा है। जो स्वभाव से नीच हैं, वे कारीगरों का काम करते हैं। उनके ऊपर उठने का सवाल नहीं है।

"दस्तकारी और नीचे दर्जे के काम को लोग निन्दनीय क्यों समझते हैं ? केवल इसलिए कि उससे उच्च वृत्ति की क्षीणता का पता चलता है। परिणाम यह कि मनुष्य के मन में जो जीव-जन्तु भरे हैं, उन्हें वह काबू में नहीं कर पाता; उनके प्रति अपना आकर्षण व्यक्त करता है और उनकी बलइयाँ लेने के तरीकों के अलावा और कुछ सीख नहीं पाता।" अधिकांश मनुष्य अपनी इच्छाओं और वासनाओं के दास होते हैं। जो भले आदमी हैं, वे इन्हें वश में किए रहते हैं। ये इच्छाएँ और वासनाएँ विवेक-बुद्धि के सो जाने पर निर्लज्ज रूप में प्रकट होती हैं। "आत्मा का शेष भाग—विवेक, मानवीय और शासक-शक्ति—जब सो जाता है, तब हमारे भीतर जो वन्य पशु है, मांस या मदिरा से छककर, वह उद्यत होता है, नींद को हटाकर अपनी वासनाएँ पूरी करने बाहर निकलता है। तुम जानते हो, ऐसे समय जब मनुष्य ने लज्जा और बुद्धि को तिलांजलि दे दी हो, कोई ऐसा कर्म नहीं है जिसे करने को वह तत्पर न हो जाए, क्योंकि अपनी कल्पना में वह अपनी माता से अवैध सम्बन्ध से हिचकता नहीं है, न किसी पुरुष, देवता या पशु के साथ अप्राकृतिक संयोग से, पितृहत्या से अथवा निषिद्ध भोजन से हिचकता है। संक्षेप में यह कि कोई भी कर्म उसके लिए अति जघन्य, अति विवेकपूर्ण नहीं है।"[33] फ्रायड से दो हज़ार साल पहले एक विशेष कोटि के उपचेतन का यह सजीव चित्र प्रस्तुत करनेवाले प्लेटो की प्रशंसा करनी चाहिए। राज्यतन्त्र के रूपों का विवेचन करते हुए जैसे उन्होंने ध्यान से बाहर के सामाजिक जीवन को देखा है, वैसे ही ध्यान से उन्होंने मनुष्य के अन्तर्मन को भी देखा है। अपने स्वप्नों के आधार पर हो या दूसरों के अनुभव के आधार पर हो, वे इस बात से अवश्य परिचित थे कि विवेक जब तक जागता है, तब तक निषिद्ध वासना का पशु छिपा रहता है। उसके सो जाने पर वह क्रियाशील होता है, यथार्थ जीवन में जो इच्छाएँ पूरी नहीं होतीं, उन्हें वह स्वप्न में पूरी करता है।

बीज रूप में जो मनोविज्ञान गणतन्त्र में विद्यमान है, उसे प्लेटो ने यान्त्रिक ढंग से समाज पर लागू किया है। जनता वन्य पशु है, शासक वर्ग विवेक है। शासन शिथिल हो जाए, विवेक सो जाए तो वन्य पशु निकल भागेगा, किसान और कारीगर भारी उत्पात मचाएँगे। प्लेटो वृत्तियों के अनुसार अपने समाज के वर्गों को विभाजित करते हैं। इससे आगे बढ़कर वे राष्ट्रों को भी इसी तरह वर्गों में बाँट देते हैं। भावना की प्रधानता खास तरह के व्यक्तियों में होती है; ऐसे लोगों के राज्यतन्त्र में विवेक की जगह भावना की प्रधानता होती है, 'उदाहरण के लिए थ्राकेवासी, शक, और आमतौर से उत्तरी जातियाँ (नेशन्स)।' जैसे भारत में अनेक आयुधजीवी गण क्षत्रिय माने गए, वैसे ही यहाँ प्लेटो ने शकों आदि को भावनाप्रधान जातियों के वर्ग में रखा। उनमें वीरता और उत्साह है पर ज्ञान का अभाव है। "ज्ञान का प्रेम, हम कह सकते हैं, संसार के हमारे भाग की अपनी विशेषता है।" यद्यपि प्लेटो के धनिकतन्त्र यूनान में ही पनपे थे, किन्तु यहाँ वह अपने देश को धन के मोह से मुक्त मान लेते हैं। धन का प्रेम 'फिनीशिया और मिस्र

के निवासियों की विशेषता माना जा सकता है।'[34] ऐतिहासिक महत्त्व की बात यह है कि फिनीशिया और मिस्र का आर्थिक विकास यूनान से पहले हुआ था, संस्कृति के अनेक आधारभूत तत्त्व यूनान ने इन देशों से प्राप्त किए थे। उनकी तरह यूनान में द्रव्य के चलन के साथ, भौतिक सभ्यता का विकास न होता, तो वहाँ दर्शनशास्त्र का विकास भी न होता।

द्रव्य सारे अनर्थों की जड़ है, यह मानकर प्लेटो शासक वर्ग के लिए व्यक्तिगत सम्पत्ति का निषेध करते हैं। जो सम्पत्ति है, वह सभी शासकों के लिए है; व्यक्तिगत खर्च के लिए उन्हें छात्रवृत्ति जैसा कुछ द्रव्य दिया जाएगा। यही प्लेटो का साम्यवाद है जिसने यूरोप के अनेक परवर्ती लेखकों को प्रभावित किया था। आदिम साम्यवाद के अवशेष यदि मार्क्स के समय में उनके जनपद में विद्यमान थे, तो वे प्लेटो के समय में यूनान के भीतर या बाहर अवश्य विद्यमान रहे होंगे। आदिम साम्यवाद की, अर्थात् गणसमाजों की, जानकारी ने या उनकी स्मृति ने प्लेटो को प्रभावित किया था। आदिम साम्यवाद की, अर्थात् गणसमाजों की, जानकारी ने या उनकी स्मृति ने प्लेटो को प्रभावित किया था। सामूहिक स्वामित्व की वह व्यवस्था उन्होंने अपने गणतन्त्र के शासक वर्ग के लिए निर्धारित की थी। पर उनका यह गणतन्त्र शासक और शासित—इन दो वर्गों में बँटा हुआ है। शासक वर्ग के लिए साम्यवादी व्यवस्था केवल इस कारण आवश्यक है कि वह शासितों को ज्यादा अच्छी तरह काबू में रख सके। ज्यादा-कम सम्पत्ति होने से शासक आपस में लड़ने लगें तो वे शासितों को नियन्त्रित कैसे करेंगे ? राज्यतन्त्र टूट जाएगा। आर्थिक विकास से जो नई समस्याएँ पैदा हुई थीं, उनसे बचने का उपाय है प्लेटो का साम्यवाद। प्लेटो के गणतन्त्र में उत्पादन को बढ़ाने पर नहीं, उसे घटाने पर जोर है। इसमें मनुष्यों का उत्पादन भी शामिल है। "और वे इस बात का ध्यान रखेंगे कि उनका परिवार उनके साधनों की सीमा न लाँघे; गरीबी अथवा युद्ध को ध्यान में रखते हुए।"[35] गरीबी क्यों बढ़ती है ? इसलिए कि आबादी बढ़ती है। गरीबी बढ़ेगी तो लोग युद्ध करेंगे। कितने आधुनिक हैं प्लेटो ! व्यापारिक पूँजीवाद के उस पुरातन युग के विद्वान कहने लगे थे, गरीबी का कारण बढ़ती हुई आबादी है। जो चीजें पैदा की जाती हैं, उनका वितरण गलत ढंग से होता है, इससे गरीबी का कोई सम्बन्ध नहीं है !

सादा जीवन, थोड़ी-सी आवश्यकताएँ, लोग इनसे सन्तुष्ट नहीं होते। उन्हें सोफा, मेज, घर का साज-सामान, स्वादिष्ट पदार्थ, सुगन्धित द्रव्य, वारवनिताएँ—ये सब चाहिए और काफी विविधता के साथ। तब कुशल कारीगर और कलाकार भी आगे आएँगे, सोना, हाथी दाँत और अनेक प्रकार की सामग्री की जरूरत पड़ेगी। राज्य की सीमाओं को विस्तार देना होगा। उसमें विभिन्न पेशों के लोग इकट्ठे होंगे। नैसर्गिक आवश्यकताओं के लिए ये पेशे जरूरी नहीं हैं। एक दल शिकारियों का होगा, कुछ स्वाँग करनेवाले होंगे, गायक, कवि, नर्तक, अभिनेता, स्त्रियों की शृंगार-सामग्री तैयार करनेवाले, नाई, बावर्ची, हलवाई, बहुत-से सेवक, 'और यदि मांस खाना है तो बहुत-से

पशु भी चाहिए होंगे।' ऐसा जीवन बिताने पर वैद्यों की जरूरत भी होगी। मूल निवासियों के लिए जो भूमि काफी थी, वह कम पड़ेगी। खेती और चरी के लिए हम पड़ोसियों की भूमि हथियाना चाहेंगे, वे हमारी भूमि पर दाँत लगाएँगे, तब युद्ध होगा। 'धन के असीमित संचय' का यही परिणाम होगा।[36] जो कारण युद्ध का है, वही कारण राज्यों में निजी और सार्वजनिक सभी दोषों का है।

इन सब दोषों से बचने का उपाय है, पुराने उत्पादन-विनिमय सम्बन्धों में कोई परिवर्तन न होने दो, सम्पत्ति की वृद्धि को रोको, शासकों की वर्गीय एकता को सुदृढ़ करने के लिए उनमें व्यक्तिगत सम्पत्ति का निषेध करो। प्लेटो के साम्यवाद से किसानों, कारीगरों, दासों, शारीरिक शक्ति बेचनेवाले भृत्यों को कोई लाभ होनेवाला नहीं था, यह निश्चित है। जो सामन्ती व्यवस्था से लड़ता है, वह प्लेटो के लिए तानाशाह है। वह तरह-तरह के हथकंडों से काम लेता है। वह अपनी नेतागीरी बनाए रखने के लिए युद्ध जारी रखता है। बाहर के शत्रुओं को जीतकर या सन्धि द्वारा उनसे निपटकर 'वह कोई-न-कोई युद्ध भड़काता रहता है जिससे कि जनता को नेता की जरूरत रहे।' (साम्राज्यवाद के लिए चीन, वियतनाम, क्यूबा, अंगोला, निकारागुआ, अफगानिस्तान में युद्ध भड़काने का काम सोवियत संघ की तानाशाही ने किया है।) तानाशाह जनता पर टैक्स लगाता है जिससे कि वह निर्धन हो जाए और उसके विरुद्ध षड्यन्त्र न करे। (वास्तव में षड्यन्त्र करना चाहते हैं बड़ी सम्पत्ति के मालिक जिन पर टैक्स लगाया जाता है।) उसे यदि शक होता है कि 'लोगों के दिमाग में आजादी के ऐसे विचार हैं जिनसे कि वे उसकी सत्ता से विद्रोह कर सकते हैं' तो वह उन्हें खत्म करने का बहाना ढूँढ़ लेता है। उसकी लोकप्रियता समाप्त हो जाती है। उसके समर्थकों में उसके विरोधी पैदा हो जाते हैं। "वह अपने चारों ओर देखता है, कौन साहसी है, मनस्वी है, बुद्धिमान है, धनवान है।" वह उनका नाश करता है। नागरिक उससे ऊब उठते हैं पर उसमें लगुए-भगुए और भी जोरों से उसका समर्थन करते हैं। और उसे गुलामों का समर्थन भी मिल जाता है। वह 'नागरिकों से उनके दास छीनने, उन्हें आजाद करने और अपने अंगरक्षक दल में भर्ती करने को तैयार हो जाता है।'[37] (जब अमरीकी उपनिवेश ब्रिटेन से अपनी आजादी के लिए लड़े और जब गुलामों के मालिकों से राष्ट्रीय एकता के लिए अमरीकी पूँजीपति लड़े, तब अपवाद रूप में बहुत थोड़े से गुलाम फौज में भर्ती किए गए थे।) जनवादी क्रान्ति के उभार के समय यूनान के दास स्वाधीन जीवन की ओर बढ़े थे।

जो गुलाम है, वह गुलामी करने के लिए ही पैदा हुआ था। उसकी जन्मजात प्रकृति उसे इसी कार्य की ओर ठेलती है। लेकिन तानाशाह ने उन्हें आजाद कर दिया है। 'ये नए नागरिक हैं जिन्हें उसने उत्पन्न किया है। वे उसकी प्रशंसा करते हैं, उसके साथी हैं। भले आदमी उससे घृणा करते हैं और उससे दूर रहते हैं।'[38] भले आदमी वे हैं जो दासों के मालिक हैं। तानाशाह ने दासों को आजाद किया है, स्वभावतः भले आदमी उससे घृणा करते हैं। यूनान में दासप्रथा उतनी सुदृढ़ न थी जितनी इतिहास-ग्रन्थों में

वह अक्सर दिखाई देती है। यूनान के अनेक मानवतावादी लेखक दासप्रथा के विरुद्ध थे। इनमें से एक नाटककार यूरीपिदेस थे। वह स्त्रियों की समानता के हामी भी थे। अरिस्तोफनेस ने सुकरात का विरोध किया था, उसने यूरीपिदेस का भी मजाक उड़ाया था। उसके विचारों की प्रतिध्वनि अब प्लेटो में सुनाई देती है। "तो यह अकारण नहीं है कि ट्रैजेडी बुद्धिमान की चीज कही जाती है और यूरीपिदेस महान ट्रैजेडी लेखक माने जाते हैं।" प्लेटो उनकी एक पंक्ति उद्धृत करते हैं—तानाशाह बुद्धिमानों के साथ रहने से बुद्धिमान होते हैं। फिर कहते हैं : "स्पष्ट ही वह यह कहना चाहते हैं कि जिन्हें तानाशाह अपने साथी बनाते हैं, वे बुद्धिमान होते हैं।"[39] केवल यूरीपिदेस नहीं, अन्य कवियों ने भी तानाशाहों की प्रशंसा की है। इन सबके लिए प्लेटो के आदर्श गणतन्त्र में स्थान नहीं है। "ट्रैजिक कवि बुद्धिमान हैं। वे तानाशाही के प्रशंसक हैं, इस कारण हम उन्हें अपने राज्य में न आने दें। तो इसके लिए वे हमें, हमारी जीवन-पद्धति अपनाने वालों को क्षमा करेंगे।"[40] भूस्वामियों और दासों के मालिकों के लिए यूनान के कवि खतरनाक बन गए थे। एक राज्य में उन्हें प्रवेश न मिले तो इससे क्या ? "वे दूसरे नगरों में पहुँचते रहेंगे और जनसमूह को आकर्षित करेंगे। मधुर, उदात्त और प्रभावशाली स्वरवाले व्यक्तियों को भाड़े पर ले आएँगे और नगरों को तानाशाहियों और तनतन्त्रों की ओर खींचते रहेंगे।"[41] यहाँ प्लेटो ने तानाशाही और जनतन्त्र को एक ही कोटि में रखा है। तानाशाही खराब इसलिए नहीं है कि वह जनतन्त्र का नाश करती है। वह खराब इस कारण है कि वह जनतन्त्र की तरह सम्पत्तिशाली वर्गों के लिए संकट पैदा करती है। प्लेटो की तानाशाही वास्तव में जनतन्त्र की युक्तिसंगत परिणति है, वह ऐसी क्रान्तिकारी सत्ता है, जो कर्जदारों को महाजनों के चंगुल से छुड़ाती है, किसानों में जमींदारों की भूमि बाँटती है, गुलामों को आजाद करती है, स्त्रियों को पुरुषों के बराबर दर्जा देती है। यूनान के कवि एक राज्य में प्रवेश न पाने पर दूसरे राज्यों में जाते हैं, सुरीले गायक उनकी कविताएँ सुनाकर जनसमूह को मुग्ध करते हैं, इससे सिद्ध होता है कि जनवादी चेतना के प्रसार के साथ राष्ट्र को एकताबद्ध करने में यूनान के प्राचीन कवियों का योगदान महत्त्वपूर्ण था।

"इसके सिवा लोग उन्हें इसके लिए पैसे देते हैं, उनका सम्मान करते हैं। और उनका सबसे ज्यादा सम्मान, जैसी कि आशा की जा सकती है, तानाशाह करते हैं। उसके बाद उनका सर्वाधिक सम्मान जनतन्त्र करते हैं। लेकिन हमारे संविधान की पहाड़ी पर वे जितना ही ऊपर चढ़ते हैं, उतनी ही उनकी ख्याति गिरती जाती है, और लगता है, साँस फूलने से वह आगे बढ़ नहीं पाती।"[42] प्लेटो के संविधान की पहाड़ी पर चढ़ते समय उनकी ख्याति गिरती जाती है, तो इससे परेशानी प्लेटो को होनी चाहिए, कवियों को नहीं। यूरोप के सांस्कृतिक इतिहास का यह सुपरिचित, स्वीकृत तथ्य है कि प्लेटो यूनान के महान गद्यकार कवि हैं। उनकी ख्याति यूनान के कवियों और नाटककारों की ख्याति का अंग है। न्यायालय में सुकरात का भाषण, उनके मरणकाल का दृश्य प्लेटो की नाट्यकला के श्रेष्ठ निदर्शन हैं। उनके संवादों के नायक सुकरात सामाजिक रूढ़ियों

से लड़नेवाले क्रान्तिकारी योद्धा हैं। गणतन्त्र में अपनी बातें प्लेटो सुकरात के माध्यम से ही कहते हैं पर सुकरात की भूमिका उलट गई है। यहाँ वह सामाजिक रूढ़ियों के संरक्षक बन गए हैं।

प्लेटो के संविधान की पहाड़ी दो तरह की दासता पर टिकी हुई है। एक है कारीगरों और किसानों की दासता, दूसरी है खरीदे हुए गुलामों की दासता। तानाशाह की आन्तरिक दुष्प्रवृत्तियों का विवेचन करते हुए प्लेटो एक मनोरंजक उदाहरण देते हैं। शहर के धनी आदमियों में हर एक के पास बहुत-से गुलाम होते हैं। वे धनी आदमी निश्चिन्त जीवन बिताते हैं, उन्हें अपने सेवकों की ओर से भय नहीं होता। कारण यह है कि 'हर (धनी) व्यक्ति की रक्षा के लिए सारा नगर संघबद्ध रहता है।'

मान लीजिए पचास या अधिक दासों के स्वामी को उसके परिवार, सम्पत्ति और दासों सहित कोई देवता ले जाकर निर्जन स्थान में छोड़ दें, 'जहाँ स्वाधीन जन उसकी सहायता को न हों तो वह डर से बेहाल न हो जाएगा कि उसके दास, उसकी पत्नी और बच्चों का वध न कर दें ?'[43] इस भयावह स्थिति में वह धनी व्यक्ति बाध्य होकर अपने कुछ दासों की खुशामद करेगा, उनसे बड़े-बड़े वादे करेगा, उन्हें आजाद कर देगा। अब वही देवता उसके पड़ोस में ऐसे लोगों को बसा दे, 'जो किसी व्यक्ति को दूसरे का मालिक न बनने देंगे, और यदि वे अपराधी को पकड़ लें तो उसे अति कठोर दंड देंगे', तो उस धनी व्यक्ति की हालत बदतर हो जाएगी।

ऐसी समस्याओं से बचने का उपाय है भू-स्वामियों के भाईचारे को मजबूत करना। इसके लिए उनमें सम्पत्ति का सामूहिक स्वामित्व आवश्यक है। सम्पत्ति में स्त्रियाँ शामिल हैं।

3

पति की सम्पत्ति है पत्नी। शासकों की और सब सम्पत्ति सामान्य है, तब पत्नियाँ ही उनकी व्यक्तिगत सम्पत्ति कैसे रहेंगी ? प्लेटो ने प्रेम और सौन्दर्य का मोहक वर्णन किया है। जहाँ भी ऐसा वर्णन है, वहाँ प्रेमियों का जोड़ा है, समूह नहीं। उदात्त चित्रण उन्होंने व्यक्तिगत प्रेम का किया है; एक नर समूह, दूसरा नारी समूह, इनके मोह का चित्रण उन्होंने नहीं किया। उनके आदर्श गणतन्त्र में, कम-से-कम शासक वर्ग के लिए, व्यक्तिगत प्रेम की गुंजाइश नहीं है। जिन्हें शासन करना है, उन्हें सही ढंग की शिक्षा मिले तो वे बहुत-से मसले सुलझा लेंगे, 'जैसे कि उदाहरण के लिए विवाह, स्त्रियों पर अधिकार और सन्तान की उत्पत्ति। इन सबके लिए सामान्य सिद्धान्त वही है, जैसी कि कहावत है, मित्रों की सारी चीजें एक-दूसरे की, सबकी होती हैं।'[44] जैसे और सब सम्पत्ति है, वैसे ही स्त्रियाँ हैं। प्लेटो मानते हैं कि शासन चलाने के लिए कोई ऐसा गुण नहीं है जो केवल स्त्रियों या पुरुषों में हो। "जो कार्य पुरुष के हैं, वे सब नैसर्गिक रूप से स्त्रियों को दिए जा सकते हैं लेकिन इन सबमें पुरुष से स्त्री कमजोर होती है।"[45]

इस भेद को ध्यान में रखते हुए जिन स्त्रियों में दर्शन, सैन्यशास्त्र आदि के प्रति रुचि हो, उन्हें ऐसे पुरुषों का सहयोगी बनाना चाहिए जिनमें वैसे ही गुण हों। प्रत्येक वर्ग के पुरुषों को स्त्रियाँ समान गुणोंवाली मिलेंगी पर इन्हें वे स्वयं ढूँढ़ लाएँगे। जो ज्ञानी दूसरों के लिए कर्म निश्चित करते हैं, वही शासकों के लिए स्त्रियाँ भी चुनेंगे। यह चयन इस ढंग से होगा कि : "ये सभी स्त्रियाँ एक वर्ग के सभी पुरुषों की सामान्य पत्नियाँ होंगी, कोई भी निजी रूप से अलग न रहेंगी, इसके सिवा उनके बच्चे सबके सामान्य बच्चे होंगे, न बच्चे को मालूम होगा, उसके माता-पिता कौन हैं, न माता-पिता को मालूम होगा, उनके बच्चे कौन हैं।"[46]

एक गोत्र के सारे युवक पति हैं, अन्य गोत्र की सारी युवतियाँ पत्नियाँ हैं। प्लेटो इस गोत्र-विवाह की पुरानी पद्धति की ओर लौट रहे थे। एक पति और एक पत्नीवाले गृहस्थ जीवन की प्रथा समाज में विकास की महत्त्वपूर्ण मंजिल थी। प्लेटो गोत्र-विवाह की जिस प्रथा को फिर चलाना चाहते थे, वह पुरानी मूल प्रथा से गिरी हुई थी। संरक्षकों की देखरेख में पुरुषों से संयोग, पशुओं की तरह अच्छी नस्ल की सन्तान का प्रजनन, यह कार्य है स्त्रियों का। कुछ पदाधिकारियों का यह काम होगा कि अच्छे माता-पिता की सन्तान को अलग बाड़े में ले जाकर धायों के पास छोड़ आएँगे, लेकिन सन्तान यदि विकलांग हो या अच्छे माता-पिता की न हो, 'तो जैसाकि उचित है, वे उसी किसी अज्ञात रहस्यमय स्थान पर छोड़ आएँगे।'[47] शासकों की नस्ल को शुद्ध रखने के लिए यह सब करना आवश्यक है। उत्तम कोटि के पक्षी हों, अच्छे शिकारी कुत्ते हों या घोड़े हों, उनकी नस्ल को सुधारते रहने के लिए उनके मालिक उपयुक्त नर-मादा का संयोग कराते हैं। इसके लिए बड़ा कौशल दरकार है। "यदि यही सिद्धान्त मानव-जाति पर लागू होता है तो हमारे शासकों में और भी ऊँचे दर्जे का कौशल होना चाहिए ?"[48] स्त्रियों का काम पशुओं की तरह अच्छी नस्ल के बच्चे पैदा करना है। अन्तर यह है कि मादा पशु, कम-से-कम कुछ समय के लिए, अपनी सन्तान को पहचानती है, प्लेटो के गणतन्त्र में नारी मातृत्व सुख से वंचित रहती है।

संरक्षकगण उत्तम कोटि के नर और नारी का संयोग बार-बार होने देंगे, निम्न कोटि के नर-नारी का संयोग यथासम्भव कम होने देंगे। "यदि समूह को श्रेष्ठ स्थिति में रखना है तो उन्हें एक तरह के संयोग से उत्पन्न सन्तति का पालन-पोषण करना चाहिए, दूसरी तरह के संयोग से उत्पन्न सन्तति का नहीं।"[49] नस्ल को सुधारने के साथ आबादी को नियन्त्रित रखने का भी यह एक तरीका है। "कितनी शादियाँ होंगी, इसका फैसला शासकों पर छोड़ देना चाहिए। उनका उद्‌देश्य यह होगा कि संरक्षकों की कुल संख्या उतनी ही बनी रहे। युद्ध, महामारी और ऐसी ही चीजों को ध्यान में रखते हुए प्रयत्न यह होना चाहिए कि राज्य को न तो बहुत बड़ा होने दें, न बहुत छोटा।"[50] कोई भी पुरुष अपनी पुत्री से, पौत्री से, माता से, या नानी से ब्याह न करेगा, कोई भी स्त्री अपने पुत्र से, पिता से, पौत्र से या पितामह से ब्याह न करेगी। लेकिन इसका पता कैसे चलेगा कि कौन किसका पुत्र है, कौन किसका पिता है ? किसी एक शुभ दिन जितने विवाह

हुए हैं, उसके बाद दसवें महीने में जितने बालक पैदा होंगे, वे सब वर के पुत्र होंगे, बालिकाएँ पुत्रियाँ होंगी। दादा-दादी, नाती-पोते आदि का हिसाब रखना काफी कठिन काम है। जिन यौन-सम्बन्धों को समाज निषिद्ध मानता है, उनसे प्लेटो बचना चाहते हैं। किन्तु जिस विवाह-प्रथा की ओर वह लौटना चाहते हैं, वह ऐसे सम्बन्धों के लिए सम्भावनाएँ पैदा करती है।

स्त्री प्रलोभन की वस्तु है। उसका उपयोग पुरस्कार के रूप में हो सकता है। सैनिक अभियान में कोई युवक विशेष वीरता प्रदर्शित करता है, 'यदि वह किसी को चूमना चाहे तो जब तक अभियान जारी है, चूमे जाने से कोई इनकार न करेगा। फौज में कोई प्रेमी हो, तो प्रेम उसे चाहे युवा से हो, चाहे युवती से, इस तरह अपनी वीरता का पुरस्कार पाने को वह और भी उत्सुक रहेगा।'[51] स्त्रियों में बुद्धि का अभाव होता है। 'जैसेकि स्त्रियों और बच्चों की समझ में रंग-बिरंगी चीजें सबसे आकर्षक होती हैं... ।'[52] जो कुछ अविवेकपूर्ण है, वह सब स्त्रियों का हिस्सा है। मर्दानगी सिर्फ मर्दों का बाना है। होमर हुए, यूनान के महान ट्रैजेडी लेखक हुए, लोगों को बहुत प्रभावित करते हैं। नायक अपना शोक प्रकट करता है तो 'हममें जो श्रेष्ठ जन हैं, वे भी सहानुभूति से द्रवित होकर, प्रसन्न होते हैं; जो कवि हमारे भावों को उकसाता है, उसके सौष्ठव की प्रशंसा करते अघाते नहीं हैं।'[53] आत्मा का जो निम्न भाग है, वह भावों का निवास है; जो उच्च भाग है, उसमें विवेक का निवास है। अब देखिए, जीवन में क्या होता है। "जब हम स्वयं किसी शोक से पीड़ित होते हैं, तब तुम देखोगे कि हम इससे विरोधी गुण पर गर्व करते हैं। हम शान्ति और धैर्य से काम लेना पसन्द करेंगे। मर्दानगी इसी में समझी जाती है। बाकी जो हम पाठ सुनकर प्रसन्न हुए थे, वह अब औरतों का काम समझा जाता है।"[54]

यूनान का मानवतावादी साहित्य जिस दिशा में आगे बढ़ा था, प्लेटो उससे उल्टी दिशा में चल रहे थे। यह साहित्य उस समाज-व्यवस्था के लिए चुनौती था जो प्लेटो के समय में ध्वस्त हो रही थी और जिसे बचाने के लिए वह उसका आदर्श रूप गणतन्त्र में प्रस्तुत कर रहे थे। मनुष्य ने बहुत दुःख सहा था, साहित्यकारों ने उसी दुःख को चित्रित किया था। प्लेटो का दर्शन इस दुःख की छानबीन नहीं करता। वह मान लेता है कि दुखी होना कुछ लोगों का स्वभाव है, उनके दुःख से दूसरे सहानुभूति प्रकट करें तो वे भी अविवेकी हैं। किन्तु सुकरात को ज़हर इसलिए दिया गया था कि वह रूढ़ियों से लड़े थे, उनका अस्तित्व शासक वर्ग के लिए संकट बन गया था। उनके विषपान के समय उनके शिष्य रो रहे थे। उस दृश्य का सजीव वर्णन पढ़कर सहृदय पाठक द्रवित हो जाते हैं। अब प्लेटो इसे विवेकहीन, स्त्रैण भाव कहकर छुट्टी पा लेना चाहते हैं। यूनान के नाटकों में नारी का उदात्त चित्रण किया गया है। समाज में उसकी स्थिति दासों और कारीगरों (शूद्रों) जैसी थी, प्लेटो इसे स्वीकार कर लेते हैं।

कहते हैं : "जिनके लिए हम चिन्ता प्रकट करते हैं और जिनके लिए हम कहते हैं कि उन्हें अच्छा आदमी बनना चाहिए, उन्हें हम स्त्री का अनुकरण न करने देंगे, स्त्री चाहे बूढ़ी हो, चाहे जवान हो, जो पति से लड़ रही हो या अपने सुख के मद में देवताओं

के विरुद्ध प्रयत्नशील हो और बड़े बोल बोलती हो, अथवा जो कष्ट में हो, दुखी हो या रो रही हो; जो बीमार हो, प्रेम में हो या बच्चा जन रही हो—निश्चय ही उसका अनुकरण न करने देंगे (and certainly not one who is in sickness, love or labour)।''[55] स्त्री के लिए प्रेम करना भी बीमारी है। जो शासक बननेवाले हैं, उन्हें ऐसा अशोभन कार्य करनेवाली स्त्री का अनुकरण न करना चाहिए। विडम्बना यह है कि प्लेटो की श्रेष्ठ कृति सिम्पोज़ियम में सुकरात को प्रेम-तत्त्व एक स्त्री, दिओतिमा, ने ही समझाया है। किन्तु यहाँ वह दासों की कोटि में है। भावी शासक न स्त्री का अनुकरण करें, न दासों का। ''और उन्हें दासों का काम करनेवालों, मर्द या औरत गुलामों का भी अनुकरण न करना चाहिए।''[56] स्त्री हर तरह के अवगुणों की खान है। युद्ध में मारे गए यूनानी सैनिकों की देह से हथियार आदि छीनना नीचता है और स्त्रियों का काम है। ''क्या शव को लूटने में अनुदारता और लोभ एक हद तक नीचता और स्त्रैणता नहीं है?''[57] गणतन्त्र में गुणवती स्त्रियाँ शासक और सैनिक कार्यों की शिक्षा पा सकती हैं, व्यायाम और खेल के मैदान में उन्हें नंगे पुरुषों के साथ नंगी रहना पड़ेगा। लगता है, स्त्रियाँ पुरुषों के समान हैं लेकिन शासक हो जाने पर भी पुरुष की अपेक्षा स्त्री कमज़ोर रहेगी। इसलिए गुणवती स्त्री का वास्तविक कार्य योग्य शासकों के लिए अधिक-से-अधिक बच्चे पैदा करना है।

कुछ कामों में स्त्रियाँ बहुत कुशल मानी जाती हैं। इनमें से एक काम कपड़ा बुनने का है। यह काम कुछ मर्द भी बहुत अच्छी तरह कर सकते हैं।[58] किन्तु कपड़ा बुनना जहाँ स्त्रियों का सामान्य कर्म है, वहाँ पुरुषों में वह बुनकरों का विशेष कर्म है। इसी कारण कारीगरों के साथ स्त्रियों का उल्लेख प्लेटो के लिए बहुत स्वाभाविक है। करघे पर कपड़ा बुनने का काम वे घर के भीतर करेंगी। यूनान की अधिकांश स्त्रियाँ घरों में बन्द रहने को बाध्य हों तो आश्चर्य नहीं। प्लेटो का भयग्रस्त तानाशाह—''स्त्री की तरह अपने घर में छिपा हुआ रहता है।''[59] इस एक उपमा से स्त्रियों की वास्तविक स्थिति का पता चल जाता है। स्त्रियों को पुरुषों से कमजोर मानकर प्लेटो ने इस स्थिति को कायम रखने में सहायता की थी।

छोटे पैमाने का उत्पादन, किसानी से कारीगरी का अलगाव, कारीगरी के अन्तर्गत शिल्पों का अलगाव, पीढ़ी दर पीढ़ी कुटुम्ब में एक ही पेशे का चलन, भूमि का केन्द्रीकरण, अवकाशभोगी वर्ग की श्रेष्ठता, समाज में ऊँच-नीच का भेदभाव, वर्ण और जाति-बिरादरी की स्थिरता—सामन्ती समाज की इन सारी विशेषताओं के साथ अभिन्न रूप से जुड़ी हुई है नारी की घरेलू दासता। प्लेटो का गणतन्त्र इस सामन्ती व्यवस्था का विकल्प प्रस्तुत नहीं करता। इस व्यवस्था को छिन्न-भिन्न करनेवाले तत्त्वों को हटाकर वह उसे और टिकाऊ बना देने का प्रयत्न करता है। प्लेटो के ग्रन्थ का महत्त्व यह है कि वह यूनान की सामन्ती व्यवस्था का ऐसा चित्र प्रस्तुत करता है जिससे भारतीय समाज के विकास को समझने में सहायता मिलती है, वह उन शक्तियों पर ध्यान केन्द्रित करता है जिनसे यह व्यवस्था टूट रही थी। इसके सिवा यह ग्रन्थ इस तथ्य

को उजागर करता है कि ध्वस्त हुए समाज की रूढ़ियों की रक्षा के लिए दर्शन के क्षेत्र से भौतिकवाद को निकालकर उसकी जगह भाववाद को प्रतिष्ठित करना आवश्यक हो जाता है और यह भाववाद धर्म से जुड़े हुए विश्वासों, पुराण-कथाओं आदि में घुल-मिल जाता है। यूनान में पुराने आर्थिक सम्बन्धों का मुख्य आधार था भूस्वामी वर्ग। वह सामाजिक रूढ़ियों का मुख्य संरक्षक था, जनपदीय अलगाववाद का मुख्य पोषक था। इन रूढ़ियों के साथ देवी-देवताओं से सम्बन्धित विश्वास और भाववाद यूनान के राष्ट्रीय गठन और विकास में बाधक हो रहे थे।

भूस्वामी वर्ग का सबसे शक्तिशाली केन्द्र था स्पार्ता। यहाँ के राज्यतन्त्र में कठोर अनुशासन पर बहुत जोर था। गणतन्त्र के अनुवादक जोवेट ने अपनी भूमिका में लिखा है, प्लेटो ने शूरतन्त्र के नागरिकों की जो विशेषताएँ बताई हैं, वे स्पार्ता के नागरिक हैं। प्लेटो, क्सेनोफोन जैसे प्रसिद्ध लेखकों के सिवा एथेन्स के बहुत से साधारण आदमी भी स्पार्ता के प्रशंसक थे। "वहाँ उन्हें ऐसा सिद्धान्त दिखाई देता था जो उनके अपने जनतन्त्र में नहीं था। स्पार्तावासियों का ॲउकोस्मिआ उन्हें आकर्षित करता था अर्थात् उनके कानूनों की अच्छाई नहीं वरन् वफादारी और सबकुछ व्यवस्थित रखने की जो भावना फैली हुई थी, वह उन्हें आकर्षित करती थी।"[60] काव्य और संगीत को वहाँ सख्त नियन्त्रण में रखा जाता था। प्लेटो कहते हैं : "संगीत और व्यायाम को उनके मूल रूप में बनाए रहना चाहिए, और कोई भी परिवर्तन न करना चाहिए, संगीत में किसी भी परिवर्तन से दूर रहना चाहिए क्योंकि उससे सारे राज्यतन्त्र के लिए खतरा पैदा हो सकता है।"[61] आदर्श गणतन्त्र के लिए अपरिवर्तनवाद का यह नमूना प्लेटो को स्पार्ता से प्राप्त हुआ था। यूनान के अनेक नगर-राज्यों में जनतन्त्र को खत्म करने में स्पार्ता ने भूस्वामी वर्ग की सहायता की थी। आगे चलकर इसी स्पार्ता से एथेन्स का लम्बा युद्ध चला था। वह बहुत कुछ सामन्तवाद और व्यापारिक पूँजीवाद की शक्तियों के बीच का युद्ध था। उस युद्ध से पहले यह तनाव यूनान में फैल रहा था। जोवेट ने बताया है, एथेन्स में स्पार्ता समर्थकों का एक दल था। ये स्पार्तावासियों की पोशाक, तौर-तरीकों आदि की नकल करते थे।[62] व्यापारिक पूँजीवाद का विरोध करते हुए प्लेटो ने अंशतः स्पार्ता के सामन्तवाद को अपना आदर्श बनाया।

एंगेल्स ने एथेन्स के शस्त्रधारी वर्ग के बारे में लिखा था : "एथेन्स में हर स्वाधीन नागरिक के लिए फौजी सेवा अनिवार्य थी। केवल कुछ सार्वजनिक पदों के अधिकारियों को और पुराने दिनों में, चतुर्थ या निर्धनतम वर्ग के स्वाधीन नागरिकों को इससे छूट मिलती थी। यह दासप्रथा पर आधारित सैन्य व्यवस्था थी।"[63] पुराने दिनों में, प्लेटो या उनसे पहले के युग में चतुर्थ या निर्धनतम वर्ग के स्वाधीन नागरिक सैनिक सेवा से मुक्त थे। इनमें वे सब कारीगर रहे होंगे जिनके धनी हो जाने से समाज में अव्यवस्था फैलने का भय शासक वर्ग को सता रहा था। चतुर्थ श्रेणी के नागरिकों और प्रथम श्रेणी के अधिकारियों से अलग शस्त्रधारियों का वर्ग गठित हो रहा था। प्लेटो ने इस स्थिति को उचित ठहराने के लिए निसर्ग का सहारा लिया है। कुछ लोग निसर्गतः सैनिक सेवा

के लिए उपयुक्त होते हैं, दूसरे लोग दर्शन और ज्ञान के लिए। किन्तु सुकरात ने सैनिक सेवा के दौरान वीरता और धैर्य के लिए नाम कमाया था। दार्शनिक तो वह थे ही। गणतन्त्र में सैनिक और दार्शनिक कार्यों के बीच स्पष्ट विभाजक रेखा नहीं है।

गणित के प्रसंग में प्लेटो कहते हैं, यह ऐसी विद्या है 'जिसे युद्ध करनेवाले को सीखना चाहिए,' वरना वह सैनिकों की संख्या के अनुसार उन्हें व्यवस्थित न कर सकेगा। इसके सिवा 'दार्शनिक को' भी यह विद्या आनी चाहिए क्योंकि इसके बिना वह परिवर्तनशील संसार में परम सत्ता को पहचान न सकेगा, तर्क न कर सकेगा। विद्या एक है, उसका उपयोग दो श्रेणियों के लोग दो तरह से करते हैं। इसके आगे वह कहते हैं : "किन्तु हमारा संरक्षक, योद्धा और दार्शनिक, दोनों है।" ग्रन्थ में यह बात प्रश्न रूप में सुकरात द्वारा कही गई है। श्रोता उत्तर देता है, 'निश्चय ही।' यहाँ योद्धा और दार्शनिक दो अलग वर्गों में विभाजित नहीं हैं। आगे उन लोगों की बातें कही गई हैं 'जो हमारे राज्य के प्रमुख व्यक्ति बनेंगे।' इन प्रमुख व्यक्तियों में योद्धा और दार्शनिक दोनों होंगे। वे गणित सीखेंगे 'पर व्यापारियों या पंसारियों की तरह नहीं' क्योंकि इनका काम बेचना और खरीदना है। इनके विपरीत वे गणित विद्या 'अपने सैनिक उपयोग के लिए और स्वयं आत्मा के लिए' सीखेंगे।[64]

'हमारा संरक्षक योद्धा और दार्शनिक दोनों है'—इस उक्ति से निसर्ग का सिद्धान्त खंडित हो जाता है। यह सिद्धान्त व्यवहार में इस तरह खंडित होता है—आजकल लोग तरुण अवस्था में ही दर्शन पढ़ना शुरू कर देते हैं 'जब उन्होंने पैसा कमाना और घर का काम-काज सँभालना शुरू नहीं किया।' इस समय वे उसके सबसे कठिन अंग, तर्कशास्त्र का अध्ययन करते हैं। आगे चलकर जीवन में कभी दर्शन पर किसी का व्याख्यान सुन लेते हैं और इसकी बड़ी चर्चा करते हैं 'क्योंकि वे दर्शन को अपना मुख्य धन्धा नहीं समझते।' दर्शन जिनका मुख्य धन्धा नहीं है, वे भी उसे पढ़ते हैं। इस तरह निसर्ग का सिद्धान्त व्यवहार में खंडित हुआ। लेकिन प्लेटो अध्ययन की जो आदर्श व्यवस्था निर्धारित करते हैं, उससे भी वह खंडित होता है। उचित यह है कि युवक जो विषय 'तथा दर्शन पढ़ें, वे उनकी सुकुमार वय के अनुरूप होने चाहिए।' जिस समय वे बाढ़ पर हों, उन्हें शरीर पर विशेष ध्यान देना चाहिए जिससे कि 'वे दर्शन की सेवा में उसका उपयोग कर सकें।' आगे वे आत्मा के व्यायाम (बौद्धिक विकास) पर अधिक ध्यान देंगे। 'लेकिन जब हमारे नागरिकों का बल क्षीण हो जाएगा और वे नागरिक तथा सैनिक सेवाओं से मुक्त होंगे', तब उन्हें दर्शन के अलावा और कोई काम न उठाना चाहिए; जब-तब मन बहलाव के लिए कुछ कर लें, वह बात अलग है।[65]

जो आदमी नागरिक और सैनिक सेवा करता है वही दर्शनशास्त्र का अध्ययन भी करता है। पहले शरीर के व्यायाम पर जोर है, फिर आत्मा के व्यायाम पर। शरीर का व्यायाम कितने समय तक किया जाए, इस प्रश्न पर विचार करते हुए प्लेटो ने आगे कहा कि पाँच साल तक ऐसा व्यायाम करना चाहिए। इसके बाद 'सैनिक या अन्य किसी पद पर काम करने को उन्हें बाध्य करना चाहिए जिसके लिए युवा योग्य माने जाते हैं,

जिससे कि जीवन के अनुभव में वे दूसरों से पीछे न रहें।' जीवन का अनुभव एक प्रकार के निसर्ग से नहीं बँधा, उसमें विविधता है। विविधता का कारण दर्शनिक और योद्धा के कार्यों का घालमेल है। नागरिक और सैनिक सेवा के लिए प्लेटो ने पन्द्रह वर्ष का समय निर्धारित किया है। जब लोग पचास वर्ष के हो जाएँ, तब 'उन्हें आत्मा की आँख उस विश्वव्यापी प्रकाश की ओर उठानी चाहिए जिससे समस्त पदार्थ उद्भासित हैं और परम शिवत्व (the absolute good) के दर्शन करने चाहिए।'[66] आदर्श गणतन्त्र में जो यह सिद्ध कर चुके हैं कि 'वे श्रेष्ठ दार्शनिक और श्रेष्ठ योद्धा दोनों हैं, वे उनके (प्रजागण के) राजा होंगे।'[67] इस तरह प्लेटो के विवेचन में बार-बार योद्धा और दार्शनिक एक ही वर्ग में सिमटते दिखाई देते हैं। शासक वर्ग मूलतः एक था, वह व्यापारियों, पंसारियों, कारीगरों से अलग था, और उसमें ब्राह्मण, क्षत्रिय जैसा वर्णभेद नहीं था। किन्तु प्लेटो ने ऐसा भेद किया है। राज्यतन्त्र के रूपों में पहला रूप वह है जिसमें ज्ञानी और योद्धा दो अलग वर्ग हैं और योद्धा (क्षत्रिय), ज्ञानी (ब्राह्मण) द्वारा नियन्त्रित रहता है। प्लेटो की इस कल्पना का आधार क्या है, उसका कारण क्या है ?

भारत के बारे में यह जनश्रुति दूर-दूर तक फैली हुई थी कि यहाँ ज्ञानियों और दार्शनिकों का अलग वर्ग है, राजा के मन्त्री इसी वर्ग के होते हैं, इसी वर्ग के लोग राजनीति समेत ज्ञान की समस्त शाखाओं के लिए सर्वमान्य ग्रन्थ रचते हैं, राजा इनका सम्मान करते हैं और उनके निर्देशों के अनुसार राज्यतन्त्र का संचालन करते हैं, इस कारण वहाँ के समाज में शान्ति और स्थायित्व है। गणतन्त्र में योद्धा और दार्शनिक के भेद का आधार ऐसी जनश्रुति हो सकती है। सिकन्दर के साथ आनेवाले जिन यूनानियों ने भारत का वृत्तान्त लिखा था, उन्होंने ब्राह्मणों का उल्लेख अनेक बार दार्शनिक के रूप में किया है। जहाँ तक शूरतन्त्र का सम्बन्ध है, प्लेटो ने स्पष्ट लिखा है कि यह 'क्रीट और स्पार्ता के ढंग का है' और 'आमतौर से इसकी प्रशंसा की जाती है।'[68] किन्तु प्लेटो इससे सन्तुष्ट न थे, क्योंकि इसमें दार्शनिकों की गुंजाइश न थी। जनतन्त्र और धनिकतन्त्र में गरीब-अमीर के भेद से समाज-व्यवस्था टूट रही थी। उससे बचने के लिए वह स्पार्ता के शूरतन्त्र का सहारा लेते हैं और उसे आदर्श रूप देने के लिए दार्शनिक की भूमिका पर जोर देते हैं।

प्लेटो के गणतन्त्र में प्रजागण अधिकारहीन हैं। जो उन पर शासन करेंगे, वे राजा होंगे। आदर्श गणतन्त्र में राजा और दार्शनिक की वृत्तियाँ एक ही व्यक्ति में घुल-मिल जाएँगी। उनकी प्रसिद्ध उक्ति है : "जब तक दार्शनिक अपने नगरों में राजा नहीं होते अथवा इस संसार के राजाओं और राजकुमारों में दर्शन की भावना और शक्ति नहीं होती, और राजनीतिक महत्ता तथा बुद्धिमत्ता एक ही व्यक्ति में मिलती नहीं हैं, और सामान्य प्रकृति के जो लोग इनमें किसी एक का ही, अन्य को त्यागकर, अनुसरण करते हैं, उन्हें एक तरफ खड़े हो जाने को बाध्य नहीं किया जाता, तब तक नगरों (अर्थात् नगर-राज्यों) को अपने दोषों से मुक्ति न मिलेगी और न, जैसाकि मेरा विश्वास है, मानव-जाति को मुक्ति मिलेगी; और तभी हमारे इस आदर्श राज्य का जन्म लेना और

अस्तित्व में आना सम्भव होगा।''[69] ब्राह्मण क्षत्रिय जैसा भेद अस्थायी कल्पना है। वास्तविकता यह है कि राज्य-शक्ति भूस्वामी वर्ग के हाथ में है, ज्ञान और संस्कृति का नियामक भी वही है। इस तथ्य की पुष्टि अरस्तू की राजनीति से भी होती है। मूल समस्या ज्ञानी और भूस्वामी के द्वन्द्व की नहीं है। मूल समस्या भूस्वामी और शेष जनसमाज के द्वन्द्व की है। इस समाज में सभी लोग किसी-न-किसी पेशे से बँधे हुए हैं। जातिप्रथा इस जनसमाज की विशेषता है। जोवेट कहते हैं कि लोगों की सामाजिक स्थिति को बदलना प्लेटो की असामान्य अवधारणा है 'क्योंकि वह इतनी गैरयूनानी है और संसार के उनके युग में जो कुछ भी था, उससे इतनी ज्यादा भिन्न है।'[70] यूनान की प्रचलित रीति यह है कि व्यक्ति की सामाजिक स्थिति बदलती नहीं है। प्लेटो ने शासक बनने की शिक्षा पानेवाले के अयोग्य साबित होने पर उसे नीचा दर्जा देने की बात कही है। ऐसा उनके युग में कहीं होता नहीं था, इसलिए वह अवधारणा असामान्य है। जोवेट प्लेटो के लिए आगे कहते हैं : ''उन्होंने यह संकेत भी किया है कि जातिप्रथा (the system of caste) जो प्राचीन संसार के बड़े भाग में मौजूद थी और जो आधुनिक यूरोपियन संसार में सर्वथा समाप्त नहीं हो गई, कभी-कभी गुण के पक्ष में, एक तरफ कर देनी चाहिए।''[71] प्लेटो के गणतन्त्र में जातिप्रथा का आधार यूनान का यह सामाजिक यथार्थ है।

जोवेट के अनुसार प्लेटो का गणतन्त्र पिथागोरसपन्थियों का संघ भी था[72] और 'ऐसा संघ शायद उन्हीं राज्यों में सम्भव था जिन्हें दोरियन (स्पार्ता की) संस्थाओं ने तैयार किया था।'[73] गणतन्त्र में प्लेटो ने होमर की आलोचना करते हुए स्पार्ता के राज्य का उल्लेख किया है, उसके बाद कुछ आगे चलकर उन्होंने पिथागोरस की चर्चा की है। इससे जोवेट के कथन की पुष्टि होती है। प्लेटो का प्रश्न है, क्या होमर की सहायता से कभी राज्य बेहतर ढंग से शासित हुआ है ? 'लकेदैमोन (स्पार्ता) की सुव्यवस्था लुकुर्गोस की देन है',[74] और यदि होमर ने कोई सार्वजनिक सेवा नहीं की तो निजी तौर पर क्या वह गुरु और शिक्षक थे ? ''क्या उनके जीवनकाल में उनके ऐसे मित्र थे जो उनकी संगति पसन्द करते थे और जिन्होंने भावी पीढ़ियों के लिए जीवन का कोई होमरपन्थ छोड़ा हो जैसाकि पिथागोरस ने छोड़ा था जिसके लिए लोग उन्हें विशेष रूप से प्यार करते थे और जिनके अनुयायी आज भी दूसरों से अलग दिखाई देते हैं, उस जीवन-पद्धति के कारण जिसे वे पिथागोरसपन्थ कहते हैं ?''[75] प्लेटो को यह प्रश्न सुकरात के बारे में भी करना चाहिए था।

पिथागोरस के अनुयायी शाकाहारी, अहिंसावादी थे। स्पार्ता के शासकों से उनकी एक भिन्नता तो यही है। उनका जोर व्यक्ति के अनुशासित जीवन पर था। जोवेट ने उनके सन्दर्भ में 'कैथलिक मठवादी संघों', 'मध्यकालीन संस्थाओं' का उल्लेख उचित किया है। ऐसी संस्थाएँ त्याग, तपस्या और शुद्ध आचार-व्यवहार पर बहुत जोर देती हैं। वे मुख्यतः कारीगरों, अंशतः व्यापारियों, का दृष्टिकोण प्रतिबिम्बित करती हैं। ये लोग सामन्तों के वैभव और विलासमय जीवन से, पुरोहितों के व्ययसाध्य कर्मकांड से,

असन्तुष्ट होते हैं। अक्सर वे ऐसे विवेकवाद का प्रचार करते हैं जो मनुष्य को भरा-पूरा जीवन बिताने से रोकता है। धर्म, अर्थ, काम, मोक्ष की चौकड़ी से वे अर्थ और काम को निकाल देते हैं। द्रव्य का स्पर्श भी न करना शुद्ध आचार की पराकाष्ठा बन जाता है। मनुष्य के भावों का दमन करके, उनका अविश्वास करके, यह विवेकवाद साहित्य और कला के विकास को रोकता है। वह केवल उपयोगी कलाओं का महत्त्व स्वीकार करता है, हर चीज को उपयोगिता के तराजू पर तौलता है, संसार के हर प्रपंच को छोटे मालिक कारीगर की निगाह से देखता है। प्लेटो की चिन्तन-पद्धति पर इस निगाह का असर भी है।

प्रत्येक शिल्प अन्य शिल्पों से अलग है। उससे जो भलाई होती है, वह उसी में निहित है। ''नौकाचालक का स्वास्थ्य समुद्र यात्रा से सुधर सकता है। पर इस कारण नौकाचालक के कौशल और वैद्य के कौशल में हम घपला नहीं करते...प्रत्येक शिल्प का शिवत्व (the good) उसी में विशेष रूप से सीमित है।'[76] सभी शिल्पों से आदमी पैसा कमाता है। पैसा कमाने का अलग शिल्प है, अन्य सभी शिल्पों से अलग हर वस्तु का अपना अलग कार्य है, उसका उपयोग ही उसका प्रयोजन है। ''और एक घोड़े का, अथवा किसी चीज का प्रयोजन या उपयोग (the end or use) वह होगा जो अन्य किसी वस्तु से सम्पन्न न होगा, अथवा उतनी अच्छी तरह सम्पन्न न होगा।''[77] आदमी आँख से देखता है, कान से सुनता है, देखना और सुनना इन इन्द्रियों के प्रयोजन हैं। अच्छी तरह देखने-सुनने में उनकी श्रेष्ठता है। इसी तरह आत्मा का प्रयोजन, उसका कार्य, निगरानी करना, हुक्म देना, शासन करना है। इसी में उसकी श्रेष्ठता है।[78]

स्त्रियाँ नंगी होकर व्यायाम करें तो लोग उन पर हँसेंगे। यह उनका अज्ञान है। क्योंकि सबसे अच्छी उक्ति यह है : ''जो उपयोगी है वह श्रेष्ठ है, जो हानिकारक है वह हीन है।''[79] होमर की उपयोगिता क्या है ? कवि उस चित्रकार की तरह है जो 'मोची का प्रतिरूप बना देगा, यद्यपि वह मोची के काम के बारे में कुछ नहीं जानता। उसी की तरह के दूसरे लोग, जो उससे ज्यादा कुछ नहीं जानते और केवल रंग और आकृतियाँ देखकर फैसला करते हैं, चित्र से सन्तुष्ट हो जाते हैं।'[80] चित्रकला की उपयोगिता नहीं है, उससे जीवन की आवश्यकताएँ पूरी नहीं होतीं। मोची के कौशल की उपयोगिता है, वह जीवन की आवश्यकता पूरी करता है। बढ़ई पलंग बनाता है, पलंग की धारणा (idea) उसके मन में रहती है। कोई भी कारीगर इस धारणा को नहीं बनाता। लेकिन ईश्वर ऐसा कारीगर है जो सभी कारीगरों की सभी कृतियों का निर्माता है। ''यह ऐसा शिल्पी है जो हर तरह का घरेलू साज-सामान ही नहीं बना लेता वरन् धरती से जो कुछ भी उपजता है, स्वयं उस समेत सभी प्राणी, इन सबको बना लेता है। इसके सिवा वह धरती, आकाश और देवता बना सकता है, जो चीजें स्वर्ग में हैं या धरती के नीचे पाताल में हैं, उन सबको बना सकता है।''[81] एक कारीगर एक ही तरह का काम अच्छी तरह कर सकता है, यह सिद्धान्त यहाँ खंडित हो जाता है। धरती-आकाश बनाने के अलावा उसने अपना निर्माण भी कर लिया है। मनुष्यों के उपयोग में जितनी चीजें आती हैं,

उनकी मूल धारणाएँ उसी शिल्पी ने बनाई हैं। मनुष्य तो उपयोगी चीजें अपनी आवश्यकताएँ पूरी करने को बनाते हैं, ईश्वर उनकी मूल धारणाएँ क्यों बनाता है ? ''इच्छा से या आवश्यकता से ईश्वर ने प्रकृति में एक पलंग, केवल एक पलंग बनाया। ईश्वर के द्वारा ऐसे दो पलंग न तो पहले कभी बनाए गए हैं, न बनाए जाएँगे।''[82] सभी पलंगों से अलग पलंग की एक मूल धारणा है; किसी भी श्रेणी की वस्तुओं की एक ही मूल धारणा होती है। वस्तुओं से उनकी मूल धारणा को अलग मानना भाववाद है। इन मूल धारणाओं का निर्माता ईश्वर है, यह विश्वास धर्म है। सभी वस्तुएँ एक-दूसरे से पूर्णतः भिन्न हैं, पलंग तख्त नहीं हो सकता, तख्त पलंग नहीं हो सकता, यह तर्कशास्त्र का एकान्तवाद है। तीनों का गहरा सम्बन्ध छोटे मालिक कारीगरों के दृष्टिकोण से है।

आत्मा न अपने दोष से नष्ट हो सकती है, न दूसरे के दोष से। इसलिए उसे अमर होना चाहिए। यदि यह निष्कर्ष सही है तो 'आत्माओं की संख्या सदा एक-सी रहेगी क्योंकि यदि किसी का नाश न होगा तो उनकी संख्या में कमी न होगी।'[83] आत्मा की अमरता के साथ पूर्वजन्म है, भावी जन्म है। पिथागोरस पुनर्जन्म में विश्वास करते थे। प्लेटो कल्पना करते हैं, मनुष्य को मरने के बाद पाप-पुण्य का फल मिलेगा। जो व्यक्ति न्याय के मार्ग पर चलते हैं, वे अन्त में विजयी होते हैं। 'उन्हें सुकीर्ति मिलती है और मनुष्य जो पुरस्कार दे सकते हैं, वे उन्हें मिलते हैं।' जो अन्यायी हैं, वे जवानी में भले बच जाएँ, अन्त में वे पकड़ में आ जाते हैं। उन्हें पीटा जाता है, यातना दी जाती है 'और उनकी आँखें जला दी जाती हैं।' लेकिन 'मृत्यु के बाद न्यायी और अन्यायी दोनों को जो फल मिलेगा', उसे देखते यह सब कुछ नहीं है। एर नाम का वीर युद्ध में मारा गया। दस दिन बाद जब समरभूमि से शव उठाए गए तब वे सड़ रहे थे; केवल एर का शव जैसे का तैसा था। बारहवें दिन 'जब वह चिता पर लेटे थे, वह जी उठे। परलोक में उन्होंने जो कुछ देखा था, वह लोगों को बताया।' जब उनकी आत्मा ने शरीर छोड़ा तो वह एक बड़ी संगति में यात्रा पर चली। वे एक स्थान पर पहुँचे जहाँ धरती में दो विवर थे। इनके ऊपर दो विवर आकाश में थे। धरती-आकाश के बीच न्यायाधीश बैठे थे। सदाचारियों को अपना फैसला सुनाने के बाद उनसे उन्होंने दाहिनी ओर से आकाश में चढ़ने को कहा। इसी तरह दुराचारियों को फैसला सुनाने के बाद उन्होंने उनसे बाईं ओर के मार्ग से नीचे उतरने को कहा। एर का काम था, जो कुछ देखे-सुने उसे संसार के लोगों को बता दे। तब उसने देखा : ''कुछ आत्माएँ धरती से ऊपर आ रही थीं, यात्रा से धूल धूसरित और थकी हुई; कुछ आकाश से नीचे उतर रही थीं, साफ-सुथरी और प्रकाशमान।''[84] यहाँ हम दान्ते के परलोक में पहुँच जाते हैं।

प्लेटो से पहले के अधिकांश यूनानी दार्शनिक प्रकृतिवादी थे। वे कल्पना करते थे, मनुष्य समेत सारी प्रकृति जल, वायु अथवा अग्नि जैसे किसी आदितत्त्व से बनी है। प्लेटो ने इस परम्परा से अलग हटकर भाववादी दर्शन को प्रतिष्ठित किया। यह भाववाद, दर्शन की भूमि छोड़ता हुआ, ईश्वर, स्वर्ग, नरक, पुनर्जन्म की धारणाएँ लिये हुए धर्म

की रूढ़ियों का समर्थक बन गया। यह सारा बौद्धिक कार्यकलाप जनता के आक्रोश से जमींदारों के वर्ग-हितों की रक्षा के लिए था। प्लेटो की अनेक स्थापनाएँ दोहराते हुए यही कार्य अरस्तू ने सम्पन्न किया। प्लेटो और अरस्तू दोनों ही छोटे राज्यों के पक्ष में थे।

प्लेटो का कहना था : "राज्य को इतना बढ़ने की अनुमति मैं दे सकता हूँ जितना एकता से सामंजस्य रखता हो।"[85] यूनानियों में कुछ सामान्य बातें हैं जो उन्हें बर्बरों से अलग करती हैं; यह बात प्लेटो जानते थे। यूनानियों के लिए उचित है कि वे युद्ध में हारनेवाले दूसरे यूनानियों को दास न बनाएँ। उन्हें इस खतरे का ध्यान रखना चाहिए कि 'सारी नस्ल एक दिन बर्बरों के जुए के नीचे आ सकती है।'[86] पर इसीलिए सारी नस्ल अर्थात् सारी यूनानी जाति का बड़े राज्य में एकताबद्ध होना आवश्यक था। युद्ध में जो यूनानी मारे जाएँ, उनके अस्त्र-शस्त्र मन्दिर में देवता को भेंट न करने चाहिए : "यदि हम दूसरे यूनानियों के साथ सद्भावना बनाए रखना चाहते हैं। और वास्तव में हमारे इस भय का कारण है कि युद्ध में रक्त-सम्बन्धियों (kinsmen) से छीनी हुई चीजें भेंट करना पाप है जब तक स्वयं देवता ने इसकी आज्ञा न दी हो।"[87] यूनान में आदिम साम्यवादी काल से चले आते रक्त-सम्बन्ध अभी बचे हुए थे। उन्हीं सम्बन्धों की समझ के अनुसार प्लेटो ने सभी यूनानियों को रक्त-सम्बन्धी माना है। जहाँ तक युद्ध में दूसरे यूनानियों की भूमि को उजाड़ने, उनके घरों को जलाने का प्रश्न है, 'मेरी समझ में दोनों को निषिद्ध कर देना चाहिए। मैं उनकी साल-भर की उपज ले लूँगा, इससे अधिक कुछ नहीं।' कारण यह है : " 'नागरिक कलह' और 'युद्ध'—इन दो संज्ञाओं में भेद है। मेरी समझ में इन दो तरह के झगड़ों में भी भेद है। जो आन्तरिक है, घरेलू है, एक से उसका बोध होता है; जो बाहरी है, विदेशी है, दूसरी से उसका बोध होता है। आन्तरिक शत्रु से वैर को कलह की संज्ञा देते हैं; विदेशी शत्रु से वैर को युद्ध की संज्ञा देते हैं।"[88] यूनानी राज्य आपस में लड़ें तो यह उनकी आन्तरिक कलह है। आन्तरिक—किसको देखते आन्तरिक ? विदेशी शत्रु से लड़ें तो यह बाहरी कलह अथवा युद्ध है। बाहरी—किसको देखते बाहरी ? स्पष्ट ही यूनान नाम के राष्ट्र को देखते कलह का भीतरी या बाहरी स्वरूप निश्चित होता है। आगे कहते हैं : "सारी यूनानी नस्ल रक्त और मैत्री के बन्धनों से संयुक्त है, बर्बरों के लिए वह गैर और अजनबी है।" अतः बर्बर और यूनानी लड़ें तो वह युद्ध है, वे 'प्रकृति से शत्रु' हैं। यूनानी यदि कभी यूनानियों से लड़ें तो वह कलह है, वे 'प्रकृति से मित्र हैं।'[89]

प्लेटो के इन वाक्यों से यूनानी जनपदों में जातीय चेतना के प्रसार का बोध होता है। इन समस्त जनपदों को एक ही राज्य में संगठित करके उनके सामान्य विकास को सुगम बनाया जा सकता था। किन्तु प्लेटो छोटे राज्य के पक्ष में हैं, राज्य जितना छोटे वास्तव में थे, उससे भी छोटा राज्य उनका आदर्श गणतन्त्र है। उनका राजनीतिक चिन्तन आर्थिक विकास के साथ आगे नहीं बढ़ता, वह उसे रोककर समाज को पीछे की ओर ठेलने का प्रयत्न करता है।

और भी : "सोचो कि लोग जिसे कलह मान चुके हैं, वह शुरू होती है और नगर विभाजित हो जाता है। यदि दोनों दल एक-दूसरे की भूमि उजाड़ने लगें और एक-दूसरे के घर जलाने लगें, तो यह लड़ाई कितनी दुष्टतापूर्ण जान पड़ेगी ! वहाँ किसी भी पक्ष में सच्चे देशभक्त नहीं हो सकते क्योंकि कोई भी देश से प्रेम करनेवाला अपनी माता और धाय के टुकड़े-टुकड़े कर डालने को तत्पर न होगा।" प्लेटो का आदर्श नगर राज्य-यूनानी होगा। क्या उसके नागरिक भले और सभ्य न होंगे ? "क्या वे हेलास के प्रेमी न होंगे, और हेलास को अपनी ही भूमि न समझेंगे, और अपने शत्रुओं की तरह सामान्य देवस्थानों में भागीदार न होंगे ?"[90]

प्लेटो यूनान नाम की राष्ट्रीय इकाई के अस्तित्व से परिचित तो हैं ही, वह उससे प्रेम भी करते हैं। यह देशभक्त लेखक हैं, किन्तु उनके देश में गरीब-अमीर का भेद फैल रहा है। परम्परागत मूल्य टूट रहे हैं। दास स्वाधीन हो जाते हैं, स्त्रियाँ पुरुषों की बराबरी करती हैं, कारीगर और किसान ऐसे अधिनायकों का समर्थन करते हैं जो अभिजातों का शासन ख़त्म कर देते हैं। इस अव्यवस्था से बचने के लिए वह राष्ट्र को एकताबद्ध करने के बदले उसे विघटित रखते हैं। एक आदर्श गणतन्त्र बन जाए तो दूसरे नगर उसका अनुसरण करेंगे। देशप्रेम उन्हें सामाजिक क्रान्ति की ओर नहीं ठेलता; वह इस क्रान्ति से बचने के लिए वर्ण-व्यवस्था और जनपदों की स्वतन्त्र सत्ता को बनाए रखना चाहते हैं।

अरस्तू

1

राजनीति में अरस्तू ने जातिप्रथा के उद्भव और प्रसार की चर्चा की है। इससे पता चलता है कि भूमध्य सागर के द्वीपों और तटवर्ती प्रदेशों में अत्यन्त प्राचीनकाल से यह प्रथा दूर-दूर तक फैली हुई थी। अप्रत्यक्ष रूप से प्लेटो की आलोचना करते हुए उन्होंने लिखा था : "और राज्य का जातियों (casts) में विभाजित होना और सैनिक वर्ग का हलवाहों से भिन्न होना आज के राजनीतिक विचारकों की खोज अथवा कुछ ही दिन पहले की खोज नहीं जान पड़ता।"[1] वह प्रथा अभी मिस्र में बनी हुई थी, (सभ्यता के प्राचीन केन्द्र, भूमध्य सागर के द्वीप) क्रीट (क्रेते) में भी थी। कहा जाता था, मिस्र में राजा सेसोस्त्रिस ने और क्रेते में राजा गिनोस ने यह प्रथा क़ायम की थी। इटली में इनोत्रिआ प्रदेश के राजा इतलुस ने लोगों को पशुचारण से हटाकर कृषि में लगाया। उन्हीं से उस देश का नाम इटली पड़ा। अरस्तू के अनुसार, नागरिकों में सहभोज की प्रथा का चलन इटली से शुरू हुआ, 'उधर नागरिक समुदाय का वंशगत जाति (hereditary caste) के आधार पर विभाजन मिस्र से आया क्योंकि सेसोस्त्रिस का

शासनकाल मिनोस के शासनकाल से बहुत पहले का है।'[2] प्लेटो की तरह अरस्तू मानते हैं, जातिप्रथा का उद्‌भव मानव-समाज की भौतिक आवश्यकताओं की पूर्ति के लिए होता है। जो चीजें आवश्यक हैं, 'उन्हें सम्भवतः मनुष्य को आवश्यकता ही सिखा देती है।'[3] यहाँ इस धारणा का खंडन हो जाता है कि किसी राजा ने अपने मन में जातिप्रथा की कल्पना करके उसे समाज में चालू कर दिया होगा। मानव-समाज की आवश्यकताएँ बहुत पुरानी हैं, उन्हें पूरा करने के तरीके बहुत पुराने हैं। इसलिए यह मान लेना चाहिए कि 'अन्य सभी राजनीतिक तरकीबें, युगों के बीतते-बीतते, बार-बार अथवा अनन्त बार खोज ली गई हैं।'[4]

गैरयूनानी जातियाँ बर्बर हैं, यह धारणा यूनान में व्यापक रूप से प्रचलित थी। मानव सभ्यता के विकास में मिस्र का योगदान बहुत बड़ा है, यह बात अनेक विद्वान जानते थे। उनका अनुसरण करते हुए अरस्तू ने स्वीकार किया है, राजनीतिक संस्थाओं की प्राचीनता का बोध मिस्र के इतिहास से हो जाता है। "मिस्रियों के लिए विख्यात है कि वे प्राचीनतम जातियों (nations) में हैं। उनके यहाँ सदा कानूनी और राजनीतिक व्यवस्था रही है।" इसलिए जब ऐसी बातों की छानबीन की जाए जो अब तक छोड़ दी गई थीं, तब पहले की खोज के परिणामों का उपयोग करना चाहिए।[5] जो बातें छोड़ दी गई थीं, उन्हीं में जातिप्रथा है। उसी की छानबीन के लिए वह मिस्र के इतिहास का सहारा लेने को कहते हैं। इससे जातिप्रथा की प्राचीनता और उसके व्यापक चलन का अनुमान हो जाएगा।

अरस्तू ने कहा था, राज्य का जातियों में विभाजित होना और सैनिक वर्ग का हलवाहों से भिन्न होना आज के राजनीतिक विचारकों की खोज नहीं है। यहाँ समाज दो तरह से बँटा हुआ है। एक तो वह जातियों में बँटा हुआ है, दूसरे सैनिक वर्ग और हलवाहों अर्थात् दो वर्णों में बँटा हुआ है। जिनके पास जमीन है, वे शस्त्र धारण करते हैं, बाकी सब हलवाहे हैं। अरस्तू के लिए मिस्र और यूनान के समाजों में मुख्य रूप से दो वर्ण हैं, सैनिक और हलवाहे। उनका मत है : "भूमि पर स्वामित्व उनका होना चाहिए जिनके पास हथियार हैं और जो संवैधानिक अधिकारों में भागीदार हैं।"[6] 'जमीन' उनकी है, 'संविधान' उनका है, 'न्याय' की रक्षा के लिए हथियार उनके पास हैं। मुख्य बात यह है कि 'जो वर्ग राज्यसत्ता के लिए युद्ध में लड़ता है, वह सबसे शक्तिशाली होता है। जिनके पास हथियार हैं, उन्हीं को शासन में प्रवेश मिलता है।'[7] यूनान के राज्यों में यह सामान्य स्थिति थी, अरस्तू ने अपने आदर्श राज्य में उसकी कल्पना कर ली थी। उन्होंने बताया है कि इन शस्त्रधारी भूस्वामियों से 'हलवाहों की जाति (cast) भिन्न क्यों होनी चाहिए।'[8] शासन करने के लिए अवकाश चाहिए। हलवाहे अलग समुदाय के रूप में खेती का काम न करेंगे तो भूस्वामियों को अवकाश कैसे मिलेगा ? राज्यसत्ता का गठन मानव-जीवन को सुखी बनाने के लिए है, सुखी जीवन सदाचरण से ही सम्भव है, सदाचरण के लिए अवकाश दरकार है। भूस्वामियों और हलवाहों को दो वर्ण कहो, चाहे दो जातियाँ कहो, मुख्य बात यह है कि सम्पत्ति का प्रधान रूप भूमि

है, वही उत्पादन का प्रमुख साधन है, इस साधन पर अधिकार उत्पादकों का नहीं है, उत्पादकों के श्रमफल को हड़प जानेवाले अवकाशभोगी भूस्वामियों का है। यूनानी समाज भूस्वामियों और हलवाहों के दो प्रमुख वर्गों में विभाजित है। इन दो वर्गों का विरोध उस समाज का मुख्य अन्तर्विरोध है।

शस्त्रधारण के बल पर भूस्वामी हलवाहों पर तो शासन करते ही हैं, वे धर्माचार्यों, पुरोहितों आदि को अपने अधीन रखते हैं अथवा अपने से अलग वर्ग-रूप में संगठित नहीं होने देते। ये लोग हलवाहों और कारीगरों से ऊँचे हैं पर भूस्वामी वर्ग को शास्त्र का ज्ञान कराने की क्षमता इनमें नहीं है। "जब पुरुषों के किसी समुदाय में बल-प्रयोग की क्षमता होती है और वह (अपने ऊपर) नियन्त्रण का विरोध कर सकता है, तब यह असम्भव है कि वह सदा शासित होना स्वीकार करे। इस दृष्टि से दोनों ही कार्य एक ही जनसमुदाय के लिए निश्चित कर देने चाहिए। कारण यह है कि जिनके पास शस्त्र-बल है, उन्हीं में यह तय करने की शक्ति है कि संविधान रहे या जाए।"[9] जिसके पास शस्त्र है, शास्त्र उसी की इच्छा का अनुसरण करता है। शास्त्रकार को शस्त्रधारी से भिन्न व्यक्ति न होना चाहिए, यदि हो तो उसे शस्त्रधारी के अधीन होना चाहिए। आगे उन्होंने लिखा है : "पुजारियों की नियुक्ति न तो हलवाहों में से होनी चाहिए, न कारीगरों में से, क्योंकि उचित है कि यह देवपूजा का काम नागरिक करें। नागरिक समुदाय के दो भाग हैं—एक सैनिक वर्ग दूसरा परामर्शदाता वर्ग। उचित यह है कि आयु के कारण जो लोग इन कार्यों से छुट्टी पा जाएँ, वे अपने अवकाश का जीवन देवपूजा का दायित्व निबाहने में लगाएँ।"[10] प्लेटो के गणतन्त्र में भी ऐसे परामर्शदाताओं और ज्ञानियों का समुदाय है और वह भी भूस्वामी वर्ग का अंग है। भारत और यूनान की स्थिति में अन्तर स्पष्ट है। यहाँ ब्राह्मण और क्षत्रिय दो अलग वर्ण हैं, यूनान में प्रधानता एक ही वर्ण की है, और वह क्षत्रिय वर्ण है। इससे यह न समझना चाहिए कि यूनानी राज्य धर्मनिरपेक्ष थे। अरस्तू का मत है कि : "धर्म से सम्बन्धित जो भी व्यय होगा, उससे सरोकार पूरी राज्यसत्ता को होगा।"[11] जिनका नियन्त्रण राज्यसत्ता पर था, उन्हीं का नियन्त्रण धर्म पर था। इनकी सामाजिक स्थिति के अनुसार अन्य जनसमुदायों की सामाजिक स्थिति निर्धारित होती थी। अन्य सामन्ती समाजों की तरह यूनानी समाज में भी ऊँच-नीच का भेद था और यह भेद वंशगत हो गया था, पीढ़ी दर पीढ़ी कायम रहता था।

सबसे ऊपर हैं देवता, इनके आसपास हैं महाकाव्यों, पौराणिक उपाख्यानों के वीर पुरुष। इनमें और साधारण मनुष्यों में जितना फासला है, उतना ही फासला शासक वर्ग और प्रजा में है। अरस्तू इस समस्या पर विचार करते हैं कि शासक और प्रजा, इन्हें बदलना चाहिए या सदा एक ही समुदाय को शासक या प्रजा बने रहना चाहिए। कहते हैं : "जो व्यक्ति शासक हैं और प्रजा हैं, उनको सदा ऐसे ही बने रहना उचित होगा। पर ऐसी स्थिति कायम करना आसान नहीं है...इसलिए अनेक कारणों से सभी का शासन करने और शासित होने में भाग लेना जरूरी है।"[12] यहाँ सभी बारी-बारी से

शासन करेंगे और शासित होंगे, इससे यह न समझना चाहिए कि हलवाहे और कारीगर जब-तब शासन में भागीदार होंगे। अरस्तू ने इन्हें भागीदारी से वंचित कर दिया है। प्लेटो की तरह वह भूस्वामियों को युवावस्था में प्रजा बना देते हैं, वे उम्र में अपने से बड़े भूस्वामियों की आज्ञा मानते हैं। जब स्वयं बड़े हो जाते हैं, तब वे भी छोटों पर शासन करने लगते हैं। मुख्य बात यह है कि शासकों और प्रजा के बीच उतना फासला होना चाहिए, जितना देवताओं और साधारण मनुष्यों के बीच है।

यूनान में फलेअस नाम के सुधारक का कहना था कि नागरिकों की रियासतें बराबर होनी चाहिए। अरस्तू का तर्क था कि रियासतें बराबर करने के बदले उन लोगों को प्रशिक्षित करना चाहिए, 'जो नैसर्गिक रूप से सम्मान्य हैं' जिससे कि वे अधिक सम्पत्ति न बटोरें, और ऐसी तरकीब से काम लेना चाहिए कि 'निम्न जन ऐसा न कर सकें।' तरकीब यह है कि 'उन्हें निम्न तो बनाए रखा जाए पर उनके साथ अन्याय न किया जाए।'[13] यहाँ एक सम्मान्य जनों का वर्ग है, ये नैसर्गिक रूप से सम्मान्य हैं, इनके पास रियासतें हैं। ये और अधिक सम्पत्ति बटोर सकते हैं। पर इन्हें ऐसा न करना चाहिए क्योंकि इससे साधारण लोगों में असन्तोष बढ़ेगा। जो लोग निम्न वर्ग के हैं, उन्हें भी सम्पत्ति न बटोरने देना चाहिए क्योंकि इससे निम्न और उच्च का भेद मिटने लगेगा। राजनीतिज्ञों को चाहिए कि उन्हें निम्न तो बनाए रखें पर उनके साथ अन्याय न करें। जो नैसर्गिक रूप से निम्न है, उसे निम्न बनाए रखने में कोई अन्याय नहीं है। जहाँ रियासतों के मालिक होंगे, वहाँ हलवाहे जरूर होंगे। निम्न जनों में सबसे अधिक संख्या इनकी होगी। इनके बाद कारीगर और व्यापारी हैं। ''नागरिकों को कारीगर या व्यापारी का जीवन न बिताना चाहिए। (क्योंकि ऐसा जीवन निम्न कोटि का है और सदाचरण के विरुद्ध है)।''[14] ऊँच-नीच का यह भेद अरस्तू ने किसी आदर्श राज्य के लिए अपने मन से न गढ़ा था, वह यूनान में पहले से विद्यमान था और वह उसी सामाजिक यथार्थ का विवेचन कर रहे थे। अब यदि हलवाहों और कारीगरों को शूद्र कहा जाए, व्यापारियों को वैश्य, और भूस्वामियों को क्षत्रिय, तो यूनान में ये तीन वर्ण स्पष्ट दिखाई देते हैं। पुरोहितों और परामर्शदाताओं का वर्ग क्षत्रिय वर्ण के अन्तर्गत है, उसी का एक अंग है या उसके अधीन है।

धनिक तन्त्र या गुटतन्त्र (ओलीगार्की) की विशेषता बताते हुए अरस्तू ने लिखा है कि इसमें पदाधिकारी 'जन्म, सम्पदा और शिक्षा' के अनुसार नियुक्त होते हैं, इसके विपरीत जनतन्त्र में 'निम्न जन्म, गरीबी और फूहड़पन'[15] का ध्यान रखा जाता है। पहले तो निम्न जनों को नागरिक अधिकार मिलने ही न चाहिए। यदि किसी कारण मिल जाएँ तो यह याद रखना चाहिए कि 'जन्म से जो ऊँचे हैं, वे उनकी अपेक्षा अधिक नागरिक हैं जो जन्म से नीचे हैं।'[16] प्लेटो और अरस्तू दोनों के चिन्तन में वंश का बड़ा महत्त्व है। अच्छी नस्ल के जानवर ही अच्छे जानवर पैदा करते हैं। ''यह सम्भव है कि अच्छे माता-पिता के बच्चे अच्छे होंगे क्योंकि अच्छे जन्म का अर्थ है नस्ल की अच्छाई (Good birth means goodness of breed)।''[17] गुण और परिमाण, ये दो चीजें हर राज्य में

होती हैं। 'मेरे लिए गुण का अर्थ है स्वतन्त्रता, सम्पदा, शिक्षा, अच्छा जन्म', परिमाण का अर्थ है भीड़ की संख्या। 'नीचे जन्म के लोग अभिजातों से या गरीब अमीरों से, संख्या से अधिक हो सकते हैं।'[18] इस तरह के विवेचन में अरस्तू यह मानकर चलते हैं कि उनके पाठक या श्रोता ऊँच-नीच के भेद से परिचित हैं। कुछ लोग जन्म से ऊँचे होते हैं, और कुछ लोग जन्म से नीच होते हैं। इन्हीं की भूमिका के अनुसार राज्यतन्त्र के वर्ग निर्धारित होते हैं। अपने आदर्श नगर-राज्य में अरस्तू ने दो प्रांगणों का विधान किया था। एक प्रांगण उस तरह का होगा जिसका 'आम चलन थेसली में था।' इसे वे मुक्त प्रांगण कहते हैं। "इसे वणिज-व्यापार के सभी सामान से मुक्त रखा जाएगा और इसमें कोई कारीगर, किसान या ऐसा ही कोई अन्य व्यक्ति प्रवेश न पाएगा जब तक प्रशासक ही उसे न बुला भेजे।"[19] यह 'ऊपरवाला प्रांगण' प्रशासकों के लिए होगा, वहाँ वे अवकाश का समय बिताएँगे।[20] इससे अलग किसी सुविधाजनक स्थान में दूसरा प्रांगण होगा जहाँ देहात और बन्दरगाह से सारी सामग्री एकत्र की जाएगी। "राज्यों के निवासियों में पुरोहित और प्रशासक शामिल हैं, इसलिए पवित्र स्थानों के पास ही पुरोहितों के भोजनालय हों तो ठीक रहेगा।"[21] ऊँच-नीच के भेद के अनुसार आवासों की व्यवस्था की गई थी। हलवाहे और कारीगर देवस्थानों में पुजारी न हो सकते थे और ऊपरवाले प्रांगण में उनका प्रवेश वर्जित था। अरस्तू के दिमाग में ऐसे प्रांगण बनाने का विचार थेसली की रीति देखकर आया था, यह उनके विवेचन से स्पष्ट है।

भूस्वामियों, पुरोहितों, व्यापारियों और हलवाहों के अतिरिक्त समाज में कारीगर हैं, इनके पेशे निर्धारित हैं और सामान्य नियम यह है कि आदमी अपना पेशा कभी छोड़ता नहीं है। समाज के लिए जो लोग कानून बनाते हैं, वे 'एक ही आदमी को बाँसुरी बजाने और जूते बनाने का काम नहीं सौंपते।'[22] जो जन्म से नीचे हैं, वे अपना पेशा बदल लें तो विशेष हानि न होगी, मुख्य बात यह है कि जो शासक हैं, वे शासक ही रहेंगे। "जो मोची हैं, वे सदा मोची रहें, जो बढ़ई हैं, वे सदा बढ़ई रहें, इसके बदले मोची और बढ़ई अपने पेशे बदलते रहें तो सभी मोची बढ़ई भी हो जाएँगे। लेकिन राजनीतिक समुदाय के लिए कार्य (पेशे) का स्थायित्व बेहतर है। इससे स्पष्ट है कि सम्भव हो तो जो एक बार शासक बनें, उनका निरन्तर शासन करते जाना बेहतर है।"[23] जो अवकाशभोगी हैं, वे जन्म से ऊँचे हैं, वे पीढ़ी-दर-पीढ़ी शासक बने रहेंगे। जो इनके लिए खाने-पीने का सामान जुटाते हैं या उनकी सेवा करते हैं, वे सब जन्म से नीच हैं। और पीढ़ी-दर-पीढ़ो अपने वंशगत पेशे से बँधे रहेंगे। यह हुई यूनान की वर्ण-व्यवस्था, वहाँ की जाति-व्यवस्था।

समाज में भूस्वामी वर्ग की स्थिति के अनुसार राज्यतन्त्र के रूप निर्धारित होते हैं। आरम्भ में राजा शासक होता था। अरस्तू के विचार से सभी जातियों के लोग मानते हैं कि देवताओं पर उनका राजा शासन करता था। जैसा मनुष्यों का जीवन था, वैसा ही उन्होंने देवताओं का जीवन कल्पित कर लिया था।[24] कहीं राजा निर्वाचित होते हैं, कहीं उनका पद वंशगत होता है। किसी समाज के लोगों में ऐसी नैसर्गिक क्षमता हो

कि वे राजनीतिक नेतृत्व के लिए उत्कृष्ट योग्यतावाले परिवार को जन्म दे सकें तो वहाँ बादशाही (अथवा एक व्यक्ति की शासनसत्ता) नैसर्गिक होगी। अभिजात समुदाय सहज ही ऐसे लोगों को जन्म देता है जो अपने सदाचार के कारण स्वाधीन जनों के नेता बनने के योग्य होते हैं। ऐसे लोगों में जब कोई व्यक्ति या परिवार सदाचार में औरों से आगे बढ़ जाता है, तब 'उस परिवार का राजपरिवार होना अथवा उस व्यक्ति का राजा होना और सभी मामलों में प्रभुतासम्पन्न होना न्यायपूर्ण है।'[25] सदाचार के लिए अवकाश चाहिए और अवकाश केवल भूस्वामियों के पास है, इसलिए उन्हीं में किसी का परिवार राजपरिवार बनेगा और उसका मुखिया राजा होगा। आरम्भ में धार्मिक कर्मकांड का संचालक राजा ही होता था। स्पार्ता के राजा इस तरह के कर्मकांड के संचालक रहे हैं।[26]

बादशाही में दोष उत्पन्न होते हैं तो वह तानाशाही बन जाती है। जिस समाज में सभी लोग अच्छे हैं, उसमें बहुसंख्यक भाग का शासन उचित है।[27] यह बहुसंख्यक भाग भूस्वामी वर्ग का ही होगा। अरस्तू के अनुसार पहले लोग छोटे नगरों में रहते थे। उनमें बहुत से सदाचार में एक-दूसरे के समान होते थे। उन्होंने बादशाही की जगह गणतन्त्र कायम किया।[28] यह गणतन्त्र अभिजात तन्त्र का ही दूसरा नाम है। बादशाही के बाद यूनानियों ने जो संविधान बनाया, वह सैनिकों का था, और सैनिकों में घुड़सवारों का था। युद्ध में घुड़सवारों का दल सबसे शक्तिशाली और व्यवस्थित होता है। "व्यवस्थित रचना के बिना भारी अस्त्र-शस्त्रवाली पैदल सेना बेकार हो जाती है।"[29] इस तरह भूस्वामी वर्ग का जो भाग सैनिक दृष्टि से सर्वाधिक शक्तिशाली था, वह अभिजात तन्त्र का संचालन करता था। इस तन्त्र में सम्मान्य जन मान-सम्मान का बहुत ध्यान रखते हैं। इस तरह यह अभिजात तन्त्र प्लेटो के शूरतन्त्र से मिलता-जुलता है।

मनुष्य मान-सम्मान के बदले धन के पीछे दौड़ने लगे। तब धनिक-तन्त्र का जन्म हुआ। 'जब मनुष्य नीचतावश समाज से पैसा बनाने लगे', तब धन का सम्मान होने लगा और धनिक-तन्त्र कायम हुआ। जहाँ पदाधिकारी गुण या सदाचार के कारण नियुक्त होते हैं, वह अभिजात तन्त्र है, जहाँ वे सम्पदा के कारण नियुक्त होते हैं, वह धनिक-तन्त्र है।[30] अरस्तू के लिए अभिजात तन्त्र का विनाश सामाजिक ह्रास का चिह्न है। वह स्वीकार करते हैं कि राजा का शासन अभिजातों के शासन से मिलता-जुलता है। बादशाही का जन्म 'जनता के विरुद्ध सम्मान्य जनों की सहायता के लिए' होता है।[31] सम्मान्य जनों से आम जनता का अन्तर्विरोध बादशाही में रहता है, अभिजात तन्त्र में रहता है और धनिक-तन्त्र में मिट नहीं जाता।

2

अरस्तू अपने गुरु प्लेटो की बहुत-सी बातों से असहमत हैं। आमतौर से इस असहमति का सम्बन्ध भूस्वामियों के अधिकारों से है। भूस्वामियों का वर्ग एकताबद्ध रहे, इसके लिए प्लेटो ने यह उपाय सोचा था कि सम्पत्ति पर उनका स्वामित्व सामूहिक हो। अरस्तू

इसके खिलाफ हैं। उनका विचार है कि : "जो सम्पत्ति स्वामियों की अधिकतम संख्या के लिए सामान्य होती है, वह न्यूनतम ध्यान आकर्षित करती है।"[32] साम्यवाद के विरुद्ध यह तर्क पूँजीवाद के समर्थक आज भी दोहराते हैं। जिस सम्पत्ति पर सबका अधिकार होगा, उसके रख-रखाव की ओर कोई भी ध्यान न देगा। अरस्तू कहते हैं, सम्पत्ति अपनी हो तो इससे मनुष्य को सुख मिलता है। "मनुष्य में अपने प्रति ममत्व का भाव विश्वव्यापी है और अवश्य ही वह निष्प्रयोजन नहीं है, वह उसका नैसर्गिक भाव (a natural instinct) है।"[33] जो नैसर्गिक है, उसके विरुद्ध आचरण अप्राकृतिक है। किन्तु अरस्तू जानते हैं, बर्बर जनों में सामान्य सम्पत्ति का चलन है।[34] इससे सिद्ध होता है कि अरस्तू के लिए जो भाव नैसर्गिक है, वह यूनान की अपेक्षा पिछड़े हुए समाजों के लिए नैसर्गिक नहीं है, वह सामाजिक विकास की देन है। स्वयं यूनान में स्पार्ता राज्य, बर्बर जनों की तरह, सामूहिक स्वामित्व का चलन बनाए हुए है। अरस्तू के अनुसार : "स्पार्ता में लोग एक-दूसरे के गुलामों को इस तरह इस्तेमाल कर लेते हैं मानो वे उनके अपने ही हों। वे एक-दूसरे के घोड़ों और कुत्तों को भी इसी तरह इस्तेमाल करते हैं। यात्रा के लिए सामान की जरूरत हुई तो वे खेतों की उपज भी, सारे देश में, इसी तरह इस्तेमाल करते हैं।"[35] व्यक्तिगत स्वामित्व का भाव उतना नैसर्गिक नहीं है, जितना अरस्तू उसे दिखाना चाहते हैं।

अरस्तू कहते हैं, लोग स्वार्थपरता की निन्दा उचित ही करते हैं। मित्रों की सहायता करने से बड़ा सुख मिलता है। यह सुख निजी सम्पदा पर निर्भर है। सम्पत्ति पर जहाँ मिला-जुला अधिकार होता है या उसका उपयोग मिला-जुला होता है, वहाँ झगड़े ज्यादा होते हैं, जहाँ रियासतें अलग-अलग होती हैं वहाँ झगड़े कम होते हैं।[36] मूल समस्या इन रियासतों की मिल्कियत को बचाए रखने की है। मालिक स्वयं खेती नहीं करते, दूसरों से कराते हैं। मिल्कियत के लिए खतरा इन दूसरों से है। प्लेटो ने संरक्षक वर्ग की स्त्रियों और उनके बच्चों को सामान्य सम्पत्ति बना दिया था। किसानों में इस तरह की सामान्य सम्पत्ति का चलन हो जाए तो उनमें झगड़े होंगे, इससे मालिकों को लाभ होगा। अरस्तू कहते हैं : "संरक्षकों की तुलना में किसानों के अन्दर यह पत्नियों-पुत्रों की सामुदायिकता अधिक उपयोगी होगी। कारण यह है कि उनकी स्त्रियाँ और बच्चे सामुदायिक होंगे, तो उनमें आपस की दोस्ती कम होगी। प्रजा वर्गों में दोस्ती का न होना अच्छी बात है, इस दृष्टि से कि तब वे अधिकारियों के प्रति ज़्यादा आज्ञाकारी होंगे और क्रान्ति न करेंगे।"[37] क्रान्ति से बचने के लिए अरस्तू स्त्रियों, बच्चों की सामुदायिकता मानने को तैयार हैं। इसका चलन किसानों में हो तो वे आपस में झगड़ते रहेंगे, उन्हें मालिकों से लड़ने का समय न मिलेगा। अरस्तू के अनुसार प्लेटो ने 'किसानों को रियासतों का मालिक बना दिया था, उनके लिए वे लगान देते।'[38] इसका नतीजा यह हो सकता है कि वे बँधुआ किसानों और गुलामों से ज़्यादा सरकश हो जाएँ।[39]

शासनतन्त्र अच्छा हो, इसके लिए जरूरी है कि शासकों के पास फुर्सत का समय काफी हो। पर किसान उन्हें चैन न लेने देते थे। थेसली में बँधुआ किसानों ने मालिकों

के खिलाफ बार-बार विद्रोह किया। ऐसा ही स्पार्ता के अर्ध-दासों (हेलोत जनों) ने किया; 'वहाँ वे शत्रु की तरह बराबर इस ताक में रहते हैं कि स्पार्तावासी कब तबाही में फँसें।' जब किसी दूसरे राज्य से युद्ध होता है, तब हलवाहों को बगावत का मौका मिलता है और शत्रु उनकी सहायता भी करता है। पड़ोसियों से थेसली का युद्ध हुआ। बँधुआ किसानों के विद्रोह की शुरुआत उस समय हुई। उनकी निगरानी का काम मुश्किल होता है, आजादी मिले तो 'वे बदतमीज हो जाते हैं और मालिकों की बराबरी का दावा करते हैं। उन्हें कठिन जीवन बिताने को बाध्य किया जाए, तो वे उनसे नफरत करते हैं और उनके विरुद्ध षड्यन्त्र करते हैं।''[40] क्रीटद्वीप में बँधुआ किसान थे। युद्ध होने पर शत्रुओं ने उनसे सहयोग न किया, क्योंकि वह उनके हित में न था; बँधुआ किसान उनके यहाँ भी थे। इसके विपरीत थेसली के पड़ोसी शत्रुओं के यहाँ बँधुआ किसान न थे, इसलिए युद्ध होने पर उन्होंने वैसा सहयोग कायम किया।

अभिजात तन्त्र टूट रहा था। अरस्तू मानते हैं कि जन्म और गुण की श्रेष्ठता बहुत कम लोगों में दिखाई देती है और कर्म से श्रेष्ठ सौ आदमी भी कहीं नहीं हैं। लेकिन धनी आदमी बहुत जगह हैं।[41] सूदखोरी और व्यापार से धन कमानेवाले अभिजात वर्ग के लोग थे, गैर-अभिजात भी थे। अभिजात तन्त्र और धनिक तन्त्र में अल्पसंख्यक गुट शासन करता है। इसलिए अरस्तू का यह कथन उचित है कि 'अभिजात तन्त्र भी एक तरह का धनिक-तन्त्र (ओलीगार्की) है क्योंकि दोनों में शासन करनेवाले लोग थोड़े होते हैं।'[42] अभिजात वर्ग भीतर से यों टूटता है कि 'अच्छे कुल में जन्म लेनेवाले कुछ लोग बहुत निर्धन होते हैं, अन्य बहुत धनी हो जाते हैं।' युद्ध की परिस्थितियों में गरीबों की मुसीबत बढ़ जाती है। अभिजात तन्त्र के गढ़ स्पार्ता में 'युद्ध के कारण कुछ आदमियों ने मुसीबत में होने के कारण यह दावा पेश किया कि देश की भूमि का बँटवारा फिर से होना चाहिए।'[43] बँटवारा तो न हुआ पर स्पार्ता में भूमि के केन्द्रीकरण में प्रगति हुई। बड़े भूस्वामियों की रियासतें पहले से और बड़ी हो गईं। अभिजात शासन और धनिक शासन में समानता दिखाते हुए अरस्तू ने लिखा : ''सभी अभिजात तन्त्रीय संविधानों का झुकाव धनिक-तन्त्र की ओर होता है। अतः साम्मान्य जन सम्पदा बटोरने लगते हैं (उदाहरण के लिए स्पार्ता में, रियासतें थोड़े-से लोगों के हाथ में आती जा रही हैं)।''[44]

अभिजात तन्त्र के टूटने से धनिक-तन्त्र का जन्म होता है। जिनका दर्जा नीचा था, वे पैसा पैदा करने लगे। आनबान की जगह धन का सम्मान होने लगा। इस तरह धनिक तन्त्र का जन्म हुआ। पर इसके साथ आम जनता भी शक्तिशाली हुई। ''उसने धनिकों पर हल्ला बोल दिया और जनतन्त्र अस्तित्व में आया।''[45] जनतन्त्र में समानता होती है, धनिक-तन्त्र में असमानता होती है। समानता और असमानता के समर्थक अपने-अपने पक्ष को उचित ठहराते हैं। अपनी धारणा के अनुसार उन्हें संविधान में हिस्सा नहीं मिलता, तब 'वर्ग-युद्ध शुरू हो जाता है।'[46] वर्ग-युद्ध की धारणा कम-से-कम उतनी पुरानी है जितनी अरस्तू की राजनीति। ''हर जगह असमानता दलगत संघर्ष का कारण है। वहाँ जो वर्ग असमान हैं, उन्हें अपने अनुपात से सत्ता में हिस्सा नहीं मिलता।

कारण यह है कि आमतौर से दलगत संघर्ष की प्रेरणा असमानता होती है।''[47]

जनतन्त्र में बहुत-से लोकप्रिय वक्ता पैदा हो जाते हैं। धनीजनों के प्रति ये असम्मानजनक व्यवहार करते हैं। ''वे सम्पत्ति के मालिकों को एकजुट होने पर बाध्य करते हैं। ऐसा वे अंशतः उनमें कुछ पर दुर्भावना से मुकदमा चलाकर करते हैं...और अंशतः वर्ग रूप में उनके विरुद्ध आम जनता को उकसाकर करते हैं।'' कोस नामक राज्य में सम्मान्य जन एकजुट हुए और उन्होंने जनतन्त्र को समाप्त कर दिया। होर्द, हेरोक्लोआ, मेगारा, कूमे—अनेक राज्यों में उच्च वर्ग ने आम जनता से संघर्ष किया। कभी-कभी लोकप्रिय वक्ता सम्मान्य जनों के प्रति अन्याय इसलिए करते हैं कि साधारण लोग उनसे खुश रहें, सम्मान्य जनों पर 'सार्वजनिक सेवाएँ थोपकर उनकी रियासतों या उनके राजस्व का बँटवारा करा देते हैं, और कभी-कभी उन्हें इतना बदनाम करते हैं कि उन्हें अमीरों की सम्पत्ति जब्त करने को मिल जाए।'[48] प्लेटो की तरह अरस्तू के लिए भी जनतन्त्र की परिणति तानाशाही में हो सकती है। इतिहास का हवाला देते हुए कहते हैं कि पुराने समय में यदि ऐसा व्यक्ति लोकनेता हो गया जो सेनापति भी है तो वह जनतन्त्र का संविधान बदलकर उसे तानाशाही बना देता था। ''पुराने दिनों के तानाशाहों में प्रायः सर्वाधिक संख्या उनकी है जो जनता के नेता बनकर उभरे थे।''[49] उस समय ऐसा इसलिए होता था कि जनता के नेता सेनापतियों में से निकलते थे और वक्तृत्व-कला का विकास न हुआ था। अब इस कला का विकास हो गया है, योग्य वक्ता जनता के नेता होते हैं, उन्हें फौजी मामलों का अनुभव नहीं होता। पहले लोकनेता जनता का विश्वास प्राप्त कर लेते थे, 'अमीरों के प्रति शत्रुभाव' इस विश्वास को जमाए रखता था।[50] थुरिइ में सम्मान्य जनों ने सारी भूमि खरीद ली, खूब सम्पदा बटोरी लेकिन 'जनता को युद्ध में प्रशिक्षण मिला था, उसने रक्षक दल पर काबू पा लिया। लेकिन जिनके पास बहुत भूमि थी, वह उन्हें छोड़नी पड़ी।'[51]

सवाल पुराने जमाने का ही नहीं, अरस्तू के जमाने का है। धनिक-तन्त्रों में 'शासकों के बेटे ऐयाश हो जाते हैं। जो फटेहाल हैं, उनके बेटे कसरत और मेहनत से प्रशिक्षित होते हैं। उनमें सुधार करने की इच्छा अधिक होती है और उन्हें करा डालने में वे अधिक समर्थ भी होते हैं।'[52] जनतन्त्र की एक विशेषता यह है कि लोग समझने लगते हैं, सार्वभौम सत्ता जनता की है, कानून उसके नीचे हैं।[53] गरीब जनता अमीरों की सम्पत्ति का बँटवारा कर सकती है। कहा जा सकता है कि यह फैसला सार्वभौम सत्ता का है, इसलिए न्यायपूर्ण है। ''तब अन्याय की पराकाष्ठा किसे कहेंगे ? फिर सब लोगों को ध्यान में रखें तो मान लीजिए कि अल्पसंख्यकों की सम्पत्ति बहुसंख्यकों ने आपस में बाँट ली, तो यह स्पष्ट है कि वे राज्यसत्ता का नाश कर रहे हैं। किन्तु निश्चय ही सदाचरण उस व्यक्ति का नाश नहीं करता जिसके पास ऐसा आचरण है। न्याय राज्यसत्ता का विनाशक नहीं है। इससे स्पष्ट हो जाता है कि यह सिद्धान्त (अमीरों की सम्पत्ति के बँटवारे का सिद्धान्त) भी न्यायपूर्ण नहीं है।''[54] न्याय, सदाचरण का अर्थ है, अमीरों की, विशेष रूप से भूस्वामियों की सम्पत्ति की रक्षा। व्यक्तिगत सम्पत्ति पर

आघात राज्यसत्ता पर आघात है। धनी वर्ग का न्याय उस राज्यसत्ता की रक्षा करता है, निर्धन वर्ग का न्याय उस राज्यसत्ता का नाश करता है। अरस्तू जिसे तानाशाही कहते हैं, वह जनता की प्रभुसत्ता है। उन्होंने इस प्रसंग में बल-प्रयोग की चर्चा करते हुए लिखा है : "इससे यह नतीजा भी निकलेगा कि तानाशाह ने जो काम किए हैं, वे सब न्यायपूर्ण हैं क्योंकि यह बल-प्रयोग अधिक शक्ति पर निर्भर है और ऐसा ही वह दबाव है जो जनसमूह अमीरों पर डालता है।"[55] पर इसके लिए शासक वर्ग ही जनता को बाध्य करता है। भूस्वामियों के राज्यतन्त्र में होता यह है कि 'जो वर्ग राज्यसत्ता के लिए युद्ध में लड़ता है, वह सबसे शक्तिशाली होता है। जिनके पास हथियार हैं, उन्हीं को शासन में प्रवेश मिलता है।'[56] अब स्थिति यह है कि 'हर जगह गरीब बहुत हैं, अमीर थोड़े हैं।'[57] ये गरीब हथियारबन्द अमीरों की राज्यसत्ता को चुनौती दे रहे थे। न्याय क्या है, अन्याय क्या है, वर्ग-संघर्ष की इन परिस्थितियों में विद्वान इस प्रश्न पर विचार कर रहे थे।

3

अरस्तू का प्रश्न था : "यदि गरीब अपनी अधिक संख्या से लाभ उठाकर अमीरों की सम्पत्ति बाँट लें तो क्या वह अन्याय नहीं है ?"[58] एक ओर वह शासक वर्ग को प्रजा से अलग एक वर्ग के रूप में प्रतिष्ठित देखना चाहते हैं, दूसरी ओर उन्हें भय है कि प्रजा को कुछ अधिकार न मिले तो वह विद्रोह कर देगी और यह विद्रोह सारे यूनान में फैल सकता है। समानता का अर्थ है, सभी लोगों की सामाजिक स्थिति एक-सी है। लेकिन न्याय का उल्लंघन करके जो संविधान बनाया जाएगा, वह टिकाऊ न होगा। "कारण यह कि सारे देश में सभी लोग प्रजा वर्ग के साथ गोलबन्द होकर चाहते हैं कि क्रान्ति हो (For all the people throughout the country are ranged on the side of the subject class in wishing for a revolution), और यह कल्पनातीत है कि जो लोग सरकार में हैं, वे संख्या में इतने हों कि इन सभी पर काबू पा लें। लेकिन दूसरी ओर शासक प्रजा से श्रेष्ठ होने चाहिए, यह निर्विवाद है।"[59] अरस्तू इस समस्या का समाधान इस तरह करते हैं कि स्वाधीन नागरिक जवानी में प्रजा की भूमिका निबाहेंगे, उसके बाद वे शासक बनेंगे। युवावस्था और प्रौढ़ता का भेद प्रकृति ने ही कर दिया है, इसलिए उचित है, युवा शासित हों, प्रौढ़ उन पर शासन करें। इस तरह 'शासक और शासित एक हैं, और एक अर्थ में अलग हैं।'[60] इससे यह न समझना चाहिए कि प्रजातन्त्र में युवा खेती-किसानी करेंगे या कारीगरों और व्यापारियों का काम करेंगे। इस तरह के काम उनके लिए वर्जित हैं। आदर्श व्यवस्था यह है कि खेती गुलामों से करानी चाहिए पर वे एक ही कबीले के न होने चाहिए, न आनबानवाले होने चाहिए। 'इससे वे अपने काम में लगे रहेंगे, साथ ही विद्रोह से बचे रहेंगे।'[61] अरस्तू को विद्रोह का भय पग-पग पर सताता है। वह गुलाम भी बाँटकर ऐसे रखना चाहते हैं कि उनसे विद्रोह

की आशंका न रहे। पर गुलामों से खेती कराना सम्भव न था। इसलिए नम्बर दो का आदर्श समाधान यह है कि वे गैर-यूनानी बँधुआ किसान हों और इनका स्वभाव भी वैसा हो (उन गुलामों जैसा हो जिनसे विद्रोह की आशंका नहीं है)। "इन मजदूरों में जो निजी तौर पर काम में लगाए गए हों, वे रियासतों के मालिकों के निजी अधिकार में होने चाहिए, जो सामान्य भूमि पर काम करें, उन्हें सामान्य सम्पत्ति होना चाहिए।"[62] अरस्तू के बँधुआ किसानों की स्थिति गुलामों से बहुत भिन्न नहीं है।

जहाँ तक कारीगरों और व्यापारियों का सम्बन्ध है, 'नागरिकों को कारीगर या व्यापारी का जीवन न बिताना चाहिए (क्योंकि ऐसा जीवन निम्न कोटि का है और सदाचरण के विरुद्ध है); और न जिन्हें श्रेष्ठ राज्य का नागरिक बनना है, उन्हें हलवाहों का काम करना चाहिए (क्योंकि सदाचरण के विकास तथा राजनीति में सक्रिय भाग लेने के लिए अवकाश जरूरी होता है।)'[63] नागरिक समुदाय से कारीगर, किसान और व्यापारी निकल गए, रह गया भूस्वामी वर्ग। यही वर्ग शस्त्र धारण करता है। ज्ञानियों का दल उसे नियन्त्रित करे, इसकी सम्भावना नहीं है। जो शस्त्रधारी है, वही सदाचारी है। वही सम्पत्तिशाली भी है। सम्पत्ति के बिना उसे अवकाश न मिलेगा, अवकाश के बिना सदाचरण न होगा। "राज्य सत्ता में कारीगर वर्ग का हिस्सा न होगा, न अन्य किसी वर्ग का होगा जो सदाचारी न हो।"[64] जितने लोग भी उत्पादन और विनिमय में लगे हैं, वे सब असद् आचरण के दायरे में आ जाते हैं।

राज्यसत्ता का उद्देश्य है सदाचार, सदाचार से सुखी जीवन की प्राप्ति। जो निसर्गतः सदाचार के योग्य हैं, राज्यसत्ता के मुख्य भागीदार वही हैं। अधिकारहीन जनों के लिए क्या उचित है क्या अनुचित, इसका फैसला करने की बुद्धि इन्हीं में है।

द्रव्य और व्यापार के विकास के बारे में अरस्तू ने जो बातें कही हैं, वे उन्हें आधुनिक अर्थशास्त्र से जोड़ती हैं, साथ ही वे उनके प्रतिक्रियावादी सामन्ती दृष्टिकोण का परिचय भी देती हैं। अनेक कुटुम्बों के समुदाय आपस में चीजों की अदला-बदली करते हैं। इस तरह का विनिमय अप्राकृतिक नहीं है। वह सम्पदा कमाने की विद्या नहीं बना। जो नैसर्गिक आत्मनिर्भरता है, वह उसकी पूर्ति करता है। समय बीतने पर इसी से व्यवसाय विद्या का जन्म हुआ। आयात-निर्यात का धन्धा होने लगा। प्राकृतिक आवश्यकताओं की चीजों को ढोकर ले जाना हमेशा आसान नहीं होता। लोगों ने तय किया कि लोहा, चाँदी या ऐसी कोई धातु बदले में स्वीकार कर लेंगे, जिसे देना-लेना आसान हो। पहले इसे आकार और वजन के हिसाब से निर्धारित किया गया, फिर उस पर मुद्रा अंकित की जाने लगी जिससे कि उसे तौलना न पड़े। उस पर अंकित मुद्रा धनराशि की प्रतीक होती थी। चीजों के आवश्यक विनिमय के फलस्वरूप जब द्रव्य का आविष्कार हो गया, तब सम्पदा अर्जित करने के अन्य रूप—व्यापार—का अभ्युदय हुआ। पहले यह सादे ढंग का था, लेकिन जब अनुभव से विनिमय के अन्य स्रोतों और तरीकों का पता चला जिनसे खूब मुनाफा हो सकता था, तब वह और ऊँचे स्तर पर गठित हुआ। इसी से यह धारणा बनी कि सम्पदा अर्जित करने की विद्या का विशेष

सम्बन्ध द्रव्य से है। किस स्रोत से द्रव्य बड़े परिमाण में सुलभ होगा, इसे पहचानने की कला को लोग समझने लगे। अक्सर लोग मान लेते हैं कि द्रव्य का एक विशेष परिमाण सम्पदा है। अन्य अवसरों पर लोग समझते हैं, द्रव्य एक रूढ़ि है, निसर्गतः वह कुछ नहीं है। मिदास की कथा में उनके पास सोना है पर भोजन नहीं है। इसलिए समृद्धि की दूसरी परिभाषा खोजना उचित है। "नैसर्गिक सम्पदा-अर्जन का सम्बन्ध कुटुम्ब के प्रबन्ध से है।"[65] उसका दूसरा रूप है व्यापार। "द्रव्य व्यापार का आदितत्त्व है और वह उसकी सीमा है।"[66] सम्पदा-अर्जन की यह कला, ओषधि विज्ञान की तरह, सीमाहीन है। सम्पदा-अर्जन की कुटुम्ब-शाखा सीमित है; द्रव्य बटोरना कुटुम्ब के प्रबन्ध का कार्य नहीं है। लोग प्रयत्न करते हैं कि द्रव्य की अपरिमित वृद्धि हो। उनका ध्यान जीवन पर तो लगा होता है पर शुभ जीवन पर नहीं। सैन्य कौशल हो, ओषधि विज्ञान हो, ये लोग इनका उपयोग सम्पदा-अर्जन के व्यवसाय के रूप में करते हैं। सम्पदा-अर्जन की एक शाखा आवश्यक है, एक अनावश्यक। "विनिमय से सम्बन्धित शाखा उचित ही निन्दनीय मानी जाती है। (क्योंकि वह प्रकृति के अनुरूप नहीं है वरन् उसमें लोग चीजों का लेन-देन करते हैं।)"[67] इसी कारण लोग सूदखोर से घृणा करते हैं जो एकदम उचित है; इसमें लाभ द्रव्य से ही उत्पन्न होता है, जिसके लिए द्रव्य का आविष्कार हुआ था, उससे नहीं। द्रव्य विनिमय के लिए है किन्तु सूद से द्रव्य की मात्रा ही बढ़ती है। द्रव्य से जो द्रव्य पैदा हो, वह सूद है। व्यवसाय का यह रूप प्रकृति के एकदम विरुद्ध है।

अरस्तू आगे कहते हैं, कुटुम्ब के प्रबन्ध में यह जानना चाहिए कि घोड़ों, भेड़ों आदि की कौन-सी नस्लें सर्वाधिक लाभकारी हैं और वे कहाँ मिलती हैं। ऐसे ही खेती, बागवानी, मधुमक्खी पालन आदि का ज्ञान होना चाहिए। वे सब सम्पदा-अर्जन के प्राथमिक अंश हैं। जिस अंश का सम्बन्ध विनिमय से है, उसकी सबसे बड़ी शाखा व्यापार है। इसके तीन विभाग हैं। जहाजों का स्वामित्व, परिवहन और विपणन (बाजार में खरीद-फरोख्त का काम)। इनमें कुछ अधिक निरापद हैं, कुछ में लाभ अधिक होता है। दूसरी शाखा है द्रव्य का लेन-देन। तीसरी है भाड़े पर श्रम करना। इसका एक विभाग है दस्तकारी, दूसरा विभाग अकुशल मजदूरों का है जो केवल शारीरिक कार्यों के लिए उपयोगी हैं। मध्यवर्ती शाखाओं में लकड़ी काटना, अनेक प्रकार की खानों से सम्बन्धित कार्य हैं। अनेक प्रकार की धातुएँ हैं, अनेक प्रकार का खनन-कार्य है। सबसे वैज्ञानिक उद्योग वे हैं जिनमें अकस्मात् का अंश सबसे कम हो; सबसे यान्त्रिक उद्योग वे हैं जिनमें कर्मियों की शारीरिक दुर्दशा सबसे ज्यादा होती है। सबसे दासत्व-सूचक वे हैं जिनमें शरीर से सबसे ज्यादा काम लिए जाते हैं, सबसे निन्दनीय वे हैं जहाँ उनके साथ सदाचरण कम-से-कम दरकार होता है। इन सबका अध्ययन भद्रजनोचित नहीं है। खेती, बागवानी आदि पर पुस्तकें हैं। "कुछ व्यक्तियों को व्यवसाय में जिन उपायों से सफलता मिली, उनके बिखरे हुए वृत्तान्तों को संकलित करना चाहिए।"[68] दार्शनिक चाहें तो धन कमा सकते हैं पर वे ऐसा करना नहीं चाहते। (यूनान के प्रथम दार्शनिक) थलेस की

निर्धनता पर किसी ने व्यंग्य किया। खगोलशास्त्र से उन्होंने जान लिया, इस बार ओलिव की फसल अच्छी होगी। उन्होंने सारे कोल्हू कम भाड़े पर पहले से ही ले लिए, और कोई प्रतिद्वन्द्वी था नहीं। जब फसल तैयार हुई तब अचानक कोल्हुओं की माँग बढ़ी। अपनी मनचाही शर्तों पर कोल्हू उठाने से उन्होंने काफी पैसा कमा लिया। दार्शनिक ने अपनी बुद्धिमानी का परिचय दे दिया। "दरअसल अवसर मिलने पर इजारा (monopoly—मॉनॉपोलिअन) प्राप्त करना व्यवसाय का सार्वजनिक सिद्धान्त है।"[69]

इजारेदारी का रुझान बहुत पुराना है। अंग्रेजों की ईस्ट इंडिया कम्पनी ने व्यापार में ऐसा ही इजारा कायम किया था। महाजनी पूँजीवाद के युग में इजारेदारी का चरम विकास होता है। उसके दाँवपेंच काफी पुराने हैं। अरस्तू बताते हैं, सिसिली द्वीप के एक आदमी के यहाँ कुछ धन जमा किया गया। उसने लोहे की भट्ठियों से सारा लोहा खरीद लिया। जब 'व्यापारिक केन्द्रों' से सौदागर आए, तब वह एकमात्र विक्रेता था। उसने भाव बहुत ज्यादा नहीं चढ़ाया, फिर भी उसने पचास मुद्राओं की पूँजी पर सौ मुद्राओं का मुनाफा कमाया। इस तरह धन-संग्रह कभी-कभी राज्य भी करते थे। धन की कमी होने पर उसे जुटाने के लिए वे 'बाजार में बिक सकनेवाले माल पर इजारा चालू कर देते हैं।' राज्यों के नेता इन तरकीबों की जानकारी को अपने लिए उपयोगी पाते हैं। बहुत-से राज्यों को वित्तीय सहायता की, और राजस्व-प्राप्ति के ऐसे तरीकों की आवश्यकता होती है। 'इसलिए कुछ राजनेता अपनी सारी राजनीतिक कार्यवाही एकमात्र वित्त को समर्पित कर देते हैं।' प्लेटो और अरस्तू का यूनान औद्योगिक क्रान्ति की पूर्ववेला के इंग्लैंड से बहुत मिलता-जुलता है। दासप्रथा का चलन केवल यूनान में न था, इंग्लैंड ने दासों के व्यापार में इजारा कायम कर लिया था। अमरीका में दास बड़े पैमाने के उत्पादन में लगे थे, गन्ने और कपास की खेती से इंग्लैंड का अर्थतन्त्र सीधे जुड़ा हुआ था। भाड़े पर श्रम-शक्ति बेचनेवालों का एक वर्ग यूनान में भी निर्मित हो रहा था। हलवाहों की इफरात के कारण जहाजरानी के लिए मल्लाहों की कमी न पड़ सकती थी। राज्यसत्ता पर अभी बहुत कुछ भूस्वामी वर्ग हावी था, उसके विरुद्ध अनेक राज्यों में संघर्ष चल रहे थे, इंग्लैंड में सत्रहवीं सदी में गृहयुद्ध हुआ। अंग्रेज अपने साम्राज्य विस्तार में लगे थे; अरस्तू का विचार था कि यूनान एकताबद्ध हो तो वह सारे संसार पर राज्य कर सकता है। भारत जैसे पराधीन देशों से अलग कनाडा और ऑस्ट्रेलिया अंग्रेजों के उपनिवेश थे। भूमध्यसागर के तटवर्ती प्रदेशों में इसी तरह यूनानियों के उपनिवेश फैले हुए थे। यूनान और उसके उपनिवेशों से मिलकर एक बहुत बड़ा बाजार निर्मित हो गया था, व्यापार के विकास से यह बाजार निरन्तर सुसम्बद्ध होता जा रहा था। इंग्लैंड में प्राकृतिक अर्थतन्त्रवाला श्रेणीसमाज (गिल्ड सिस्टम) कायम था, समाज में ऊँच-नीच का वंशगत भेदभाव बना हुआ था। इस पुरानी व्यवस्था के भीतर नए आर्थिक सम्बन्धों का प्रसार करता हुआ व्यापारिक पूँजीवाद पुष्ट हो रहा था। यूनान के अनेक राज्यों में क्रान्तिकारी आन्दोलन चले और वहाँ ऐसी जनसत्ता कायम हुई जिसने बड़ी रियासतों की जमीन किसानों में बाँट दी। इंग्लैंड में ऐसा कुछ नहीं हुआ पर

अठारहवीं सदी के अन्तिम चरण में इससे मिलती-जुलती घटनाएँ फ्रांस में हुईं।

वित्त के चलन और विनिमय के विकास से इंग्लैंड में जो आर्थिक सम्बन्ध कायम हुए, वे औद्योगिक क्रान्ति के बाद भी कायम रहे। फर्क यह था कि पहले उद्योग व्यापार के अधीन था, अब व्यापार उद्योग के अधीन हो गया। किन्तु नई स्थिति में वित्त और विनिमय के अध्ययन के लिए पुराना व्यापार सम्बन्धी अनुभव बेकार नहीं हो गया। यही कारण है कि औद्योगिक क्रान्ति के बाद न केवल पूँजीवादी विवेचक वरन् मार्क्स अरस्तू का हवाला सकारात्मक ढंग से देते हैं। विनिमय के लिए मुद्रा से अंकित धातुओं का चलन कैसे हुआ, इसके बारे में अरस्तू ने जो कुछ लिखा था, उसे अपना आधार बनाकर ही विद्वान अर्थशास्त्र का विकास कर सकते थे। वे विद्वान मध्यकालीन यूरोप के किसी विचारक को अपना आधार क्यों नहीं बनाते ? न केवल अर्थशास्त्र, विज्ञान की अनेक शाखाओं में प्रारम्भिक चिन्तन की भूमि उन्हें यूनान में क्यों मिलती है, मध्यकालीन यूरोप में क्यों नहीं मिलती ? दासप्रथावाले यूनानी समाज से बँधुआ किसानोंवाला सामन्ती यूरोप यदि अधिक प्रगतिशील था तो अरस्तू के बाद उसमें विज्ञान की शाखाओं का विकास अधिक होना चाहिए था। पर हुआ उससे उलटा। विकास की बात दरकिनार, अरस्तू के बाद यूनान का ज्ञान-विज्ञान मध्यकालीनता के सागर में डूब गया। सतह पर वह दिखाई दिया लगभग दो हजार साल बाद, यूरोप के पुनर्जागरण काल में।

4

अरस्तू की अनेक धारणाएँ वर्तमान समाजों के विश्लेषण में मिलेंगी। इनमें एक महत्त्वपूर्ण धारणा मध्यवर्ग से सम्बन्धित है। यूनान में इतना आर्थिक विकास हो गया था कि उत्पादकों और सम्पत्तिशाली वर्गों के बीच एक मध्यवर्ग साफ दिखाई देने लगा था। अरस्तू कहते हैं कि सभी राज्यों में तीन तरह के लोग हैं : बहुत धनी, बहुत निर्धन और 'तीसरे वे जो इन दोनों के बीच हैं।' ये विवेक की बात सुनने को सबसे ज्यादा तैयार रहते हैं। अमीरों के लड़के स्कूल में अधिकारियों का कहना नहीं मानते। (दूसरे लोग बहुत विनम्र होते हैं। जहाँ केवल दास और मालिक हैं, वहाँ राजनीतिक भागीदारी नहीं हो सकती। राज्य का आदर्श यह होना चाहिए कि जहाँ तक हो सके, लोग समान हों और एक-दूसरे से मिलते-जुलते हों। 'ऐसे एक-दूसरे से मिलते-जुलते लोग सबसे ज्यादा मध्यवर्ग में होते हैं।' गरीब चाहते हैं कि अमीरों का माल उन्हें मिल जाए, नागरिकों का यह वर्ग ऐसा नहीं चाहता। न ये किसी के विरुद्ध षड्यन्त्र करते हैं, न कोई इनके विरुद्ध षड्यन्त्र करता है। उन राज्यों का शासन सबसे अच्छा होगा जिनमें मध्यवर्ग की संख्या बड़ी होगी, 'अच्छा हो कि वह अन्य दो वर्गों से अधिक शक्तिशाली हो या कम-से-कम उनमें एक से तो वह अधिक शक्तिशाली हो ही।' वह अपने वजन से समाज के सन्तुलन को प्रभावित करता है, दो परस्पर विरोधी, चरमपन्थी समुदायों पर रोक लगाता है। बड़े राज्यों में मध्यवर्ग की संख्या अधिक है। छोटे राज्यों में हर आदमी या

तो जरूरतमन्द है या अमीर है। धनिकतन्त्रों की अपेक्षा जनतन्त्र मध्यवर्ग के नागरिकों के कारण अधिक सुरक्षित और दीर्घजीवी होते हैं। उनमें इस वर्ग के नागरिक सम्मान में अधिक भागीदार होते हैं। जहाँ गरीब बहुसंख्यक होते हैं, वहाँ वे मुसीबत में फँसते हैं और तबाह हो जाते हैं। 'और इस तथ्य को महत्त्वपूर्ण मानना चाहिए कि जो श्रेष्ठ विधि-निर्माता हुए हैं, वे मध्यवर्ग के नागरिकों में हुए हैं।' जो दो वर्ग मध्य स्थिति से हटकर हैं, वे 'रियासतों के मालिक हैं या जनता हैं, समय-समय पर इनमें किसी का भी पलड़ा भारी हो जाता है।'[70]

प्लेटो ने शूरतन्त्र और धनिकतन्त्र में भेद किया था। राज्यतन्त्रों की विषयवस्तु को ध्यान में रखकर उन्होंने वह भेद किया था। वह भेद उपयोगी था क्योंकि उससे सामन्ती राज्यतन्त्र और व्यापार-प्रधान धनिकतन्त्र के भेद का पता चलता था। अरस्तू ने राज्यतन्त्रों के रूप को ध्यान में रखकर शूरतन्त्र और धनिकतन्त्र दोनों को अल्पसंख्यक तन्त्र–ओलीगार्की–कहा था। रियासतों के मालिकों या जनता (अर्थात् उत्पादकों) दोनों में किसी का पलड़ा भारी हुआ तो सरकार गुटतन्त्र या जनतन्त्र की लाइन पर चलती है। राज्य में दल बन जाते हैं और 'जनता तथा अमीरों के बीच संघर्ष होता है।'[71] जो दल भी जीतता है, वह समानता के आधार पर सरकार कायम नहीं करता, वरन् उसमें बड़ा भाग अपने पास रखता है। अरस्तू कहते हैं : ''यूनान का नेतृत्व दो राज्यों के हाथ में रहा है। खुद उनके यहाँ जैसी सरकार थी, जनतन्त्र या गुटतन्त्र, वैसी ही उन्होंने नगरों में कायम की। उन्होंने नगरों के हितों का ध्यान नहीं रखा, किया वह जिसमें उनका लाभ था। इन कारणों से संविधान का माध्यमिक रूप या तो कहीं अस्तित्व में आया नहीं या बहुत कम और थोड़ी जगहों में आया।''[72] यूनान में जिन दो राज्यों का नेतृत्व था, वे स्पार्ता और एथेन्स थे। एथेन्स जनतन्त्र का पक्ष लेता था, स्पार्ता गुटतन्त्र का। यहाँ गुटतन्त्र सामन्ती तन्त्र है। अभिजात तन्त्र के उल्लेख से अरस्तू उसका अलग अस्तित्व स्वीकार करते हैं। रूप के विचार से अभिजात तन्त्र और धनिकतन्त्र दोनों गुटतन्त्र थे। इन दोनों से अलग मध्य स्थिति का तन्त्र कायम नहीं होता। कारण यह है कि मध्यवर्ग न तो किसानों और कारीगरों की तरह उत्पादकों का वर्ग है, न वह भूस्वामियों और बड़े व्यापारियों की तरह उत्पादन के साधनों का मालिक है। वह कभी इधर झुकता है, कभी उधर, पर राज्यतन्त्र की बागडोर सँभालना उसके भाग्य में नहीं लिखा।

जनतन्त्र में किस तरह के लोग ज्यादा हैं, इससे उसका स्वरूप निर्धारित होता है। यदि उसमें खेती से सम्बन्धित वर्ग बड़ा हो, वह एक तरह का जनतन्त्र हुआ; जिसमें 'सामान्य मजदूर और पगार कमानेवाले' अधिक हों, वह दूसरी तरह का है। जनतन्त्र या गुटतन्त्र के लिए जो भी विधान बनाए, उसे मध्यवर्ग को ध्यान में रखना चाहिए। यदि मध्यवर्ग बहुसंख्यक हो तो संविधान सबसे अच्छा होगा। 'हर जगह मध्यस्थता करनेवाले पर ही लोग सर्वाधिक विश्वास करते हैं और मध्यस्थता वह करता है जो मध्य में होता है।'[73] गुटतन्त्र को देखते जनतन्त्र अच्छा है, उसमें आन्तरिक संघर्ष कम होता है। गुटतन्त्र में एक तो गुट के लोग आपस में लड़ते हैं, दूसरे गुट और जनता के बीच लड़ाई रहती है।

जनतन्त्र में लड़ाई जनता और गुट के बीच होती है, 'जनता के विभिन्न स्तरों के बीच दलगत संघर्ष उल्लेखनीय परिभाषा में नहीं होता।'[74] मध्यवर्ग की सरकार 'थोड़े-से लोगों' की अपेक्षा जनता के ज्यादा नजदीक होती है। अरस्तू कहते हैं, अच्छा हो कि जनतन्त्र और अभिजात तन्त्र को मिला दिया जाए। पदाधिकार सम्मान्य जनों को दिए जाएँ और पदों से धन कमाना असम्भव होना चाहिए। पद-ग्रहण से कुछ भी आमदनी न होगी, इसलिए गरीबों को उससे दिलचस्पी न होगी। उन्हें अपने काम के लिए फुर्सत रहेगी, इससे वे पैसा कमाकर मजे में रहने लगेंगे। धनी तो धनी हैं ही, उन्हें सार्वजनिक कोष से धन लेकर अपने संसाधनों को बढ़ाने की जरूरत न होगी। सार्वजनिक सम्पत्ति में गोलमाल न हो, 'इसलिए धनराशि का स्थानान्तरण सभी नागरिकों की उपस्थिति में होना चाहिए।'[75] किन्तु मुख्य बात यह है कि भूस्वामियों की रियासतें सुरक्षित रहनी चाहिए। जनतन्त्र में प्रभुसत्ता जनता की होती है; इसका अर्थ है, जनतन्त्र में हर आदमी जो भी करना चाहे, कर सकता है।[76] अरस्तू के लिए अराजकता का दूसरा नाम है जनतन्त्र।

समाज में व्यवस्था तब कायम रहती है जब लोग अपनी नैसर्गिक प्रवृत्ति के अनुसार कार्य करते हैं। राज्यतन्त्र में कुछ शासक होंगे, कुछ शासित होंगे। आत्मा शरीर पर शासन करती है, वैसे ही शासक प्रजा पर शासन करते हैं। मनुष्य का विवेक उसकी वासनाओं पर शासन करता है। आत्मा का बौद्धिक अंश उसके भावात्मक अंश पर शासन करता है।[77] वासना निसर्गतः अपरिमित होती है। ''और अधिकांश मनुष्य वासना की पूर्ति के लिए जीते हैं।''[78] इससे सहज ही परिणाम यह निकलेगा कि अधिकांश मनुष्य शासित होने के लिए ही पैदा होते हैं। प्लेटो की तरह अरस्तू मनुष्य की ऐन्द्रिय इच्छाओं और भावों को खतरनाक मानते हैं। ''वासना वन्य-पशु की तरह है। अच्छे-से-अच्छे व्यक्ति का शासन भावप्रवणता से विकृत हो जाता है।''[79] राजतन्त्र में शासक और शासित दोनों होते हैं पर दोनों का दर्जा एक-सा नहीं होता। आत्मा और शरीर दोनों प्राणी के अंग हैं पर आत्मा उसका अंग अधिक है। इसी तरह राज्यतन्त्र में जो लोग आवश्यक उपयोग की चीजें जुटाते हैं, वे शरीर की तरह हैं, जो लोग चिन्तन करते हैं, न्याय करते हैं, सैनिक कार्य करते हैं, वे आत्मा की तरह हैं, वे राज्यतन्त्र का अंग अधिक हैं।[80] बाहरी सामान शरीर के लिए होता है, दूसरी तरह का सामान आत्मा के लिए होता है। आदर्श सुखी मनुष्य वह है जिसके पास दोनों हों। सवाल अनुपात का है। बाहरी सामान किन्हीं सीमाओं के भीतर उपयोगी होता है, आत्मा का सामान अपरिमित हो सकता है। हर मनुष्य को उतना ही सुख मिलता है जितना वह सदाचार और बुद्धिमानी का काम करता है। ''इसके प्रमाणस्वरूप हमारे सामने ईश्वर का उदाहरण है। वह सुखी और आनन्दित है, बाहरी सामान के कारण नहीं वरन् स्वयं के कारण, अपनी प्रकृति में विशेष गुण के कारण।'[81] अरस्तू आत्मा को शरीर से, विवेक को वासना और भावों से निरपेक्ष रूप में अलग करते हैं। इस भाववाद से वह धर्म का, ईश्वर-सम्बन्धी विश्वास का सामंजस्य स्थापित करते हैं।

सदाचरण और बुद्धिमानी के कार्यों के लिए अवकाश जरूरी है। अवकाशभोगी

व्यक्ति भी सक्रिय जीवन बिताता है। इसका यह अर्थ नहीं है कि वह दूसरे मनुष्यों के सम्पर्क में ही सक्रिय हो सकता है। कर्म से जो वस्तुएँ प्राप्त होती हैं, उन्हें लक्ष्य करके ही सक्रिय चिन्तन नहीं होता, 'श्रेष्ठ चिन्तन वह है जिसका परिणाम उसी में निहित हो और जो स्वयं अपने लिए किया गया हो।'[82] इस तरह अरस्तू विशुद्ध चिन्तन की भावभूमि पर पहुँच जाते हैं। ईश्वर और संसार की 'अपनी निजी कार्यवाही के अलावा कोई बाहरी कार्यवाही नहीं होती।'[83] शासक वर्ग के सदस्य जनसाधारण से उतना ही ऊँचे हैं जितना देवता और आख्यानों के वीर हैं।[84] अब जैसे ईश्वर सब देवताओं से बड़ा है, वैसे ही शासकों में कोई असाधारण शासक हो सकता है। सदाचरण में सर्वश्रेष्ठ व्यक्ति को प्राणदंड देना, निर्वासित करना गलत है। "उससे यह कहना भी गलत है कि वह अपनी बारी में प्रजा बनकर रहे। जो सम्पूर्ण है, उसका अंश उससे बड़ा हो जाए, यह प्रकृति का नियम नहीं है। लेकिन जो मनुष्य ऐसे असाधारण रूप से श्रेष्ठ है, वह सारे समाज से बड़ा हो जाता है। इसलिए समाज के लिए एक ही काम रह जाता है कि वह ऐसे व्यक्ति की आज्ञा माने और उस व्यक्ति का यह काम होता है कि अपनी बारी पर नहीं वरन् निरपेक्ष रूप से प्रभुत्वसम्पन्न हो।"[85] अरस्तू का परम श्रेष्ठ व्यक्ति प्लेटो के दार्शनिक राजा का ही नया संस्करण है। प्लेटो के लिए समाज की समस्याएँ तब सुलझेंगी जब उस पर ऐसा राजा शासन करेगा जो परम ज्ञानी हो। अरस्तू का असाधारण व्यक्ति समस्त प्रभुतासम्पन्न होगा, समाज का काम उसकी आज्ञा मानना होगा। अरस्तू ने स्कूलाक्स के वृत्तान्त से जाना था, भारत में सम्राट और प्रजा में भारी अन्तर था। उसी वृत्तान्त के अनुरूप उन्होंने अपने परम श्रेष्ठ शासक को सारे समाज के ऊपर प्रतिष्ठित किया था, समाज का काम केवल उसकी आज्ञा मानना था।

पर अरस्तू ने यह भी लिखा था : "यह अत्यन्त आश्चर्य की बात है कि राजनेता का काम यह माना जाए कि वह साम्राज्य को बनाए रहने, पड़ोसी जनों पर, वे चाहें अथवा न चाहें, प्रभुत्व कायम करने की तरकीबें निकाले। जो कार्य अवैध हो, वह राजनेता या विधि-निर्माता के योग्य कैसे हो सकता है ?...फिर भी अधिकांश लोग ऐसा सोचते जान पड़ते हैं कि निरंकुश शासन राजनीतिज्ञता है। अपने प्रति जिस व्यवहार को वे अन्यायपूर्ण और हानिकारक घोषित करते हैं, उसी को दूसरों के प्रति करते उन्हें शर्म नहीं आती।"[86] लेकिन कुछ लोग निसर्गतः निरंकुश ढंग से ही शासित होने के लिए हैं, अतः ऐसों पर निरंकुश शासन कायम करना गलत नहीं है।[87] एशिया के लोग जो स्वभाव से दासवृत्तिवाले होते हैं, उन पर शासन करना तो उचित होगा ही। पर सिकन्दर ने यूनानियों पर अपना निरंकुश शासन कायम किया था। उस शासनकाल में ही अरस्तू एथेन्स में अपना विद्यापीठ चला सके थे। उस समय एक बार भी उन्होंने सिकन्दर की निरंकुशता की आलोचना नहीं की।

अरस्तू ने शिक्षा पर बहुत जोर दिया है, प्लेटो पर शिक्षा की ओर समुचित ध्यान न देने का आरोप भी लगाया है। प्लेटो और अरस्तू दोनों की शिक्षा-व्यवस्था अभिजात वर्ग के लिए है; किसान, कारीगर, मजदूर, व्यापारी, दास—ये सब शिक्षा-व्यवस्था से बाहर

हैं। नागरिकों की शिक्षा का ध्यान बचपन से रखना चाहिए। "एक कानून ऐसा बनना चाहिए कि किसी भी विकृत अंगोंवाले बच्चे का पालन-पोषण न किया जाएगा।" अर्थात् शिशु-हत्या को वैध करार देना चाहिए। केवल पुष्ट शरीरवाले बच्चों को जीवित रहने का अधिकार मिलना चाहिए। अरस्तू ने स्पार्ता के संविधान की आलोचना की है, पर कमजोर शिशुओं के प्रति स्पार्तावासियों के व्यवहार से वह प्रभावित हैं। बालकों को यथासम्भव दासों से कम मिलने-जुलने देना चाहिए। उन्हें अश्लील बातें न सुननी देना चाहिए, अश्लील क्रियाओंवाले चित्र और शिल्प न देखने चाहिए। इसका अपवाद वे मन्दिर हैं 'जिनमें एक ऐसी श्रेणी के देवता हैं जिनके लिए अश्लीलता भी वैध मानी गई है।'[88] युवजनों को इतना संगीत सीखना चाहिए कि अवकाश में वे अपने आनन्द प्राप्त कर सकें। पर उन्हें स्वयं गायक-वादक न बनना चाहिए। विशेष रूप से उन्हें बाँसुरी न बजानी चाहिए क्योंकि 'इसका प्रभाव नैतिक नहीं, उत्तेजक होता है।'[89] इसी तरह कुछ विशेष राग या थाट हैं जिन्हें सुनना उचित है, अन्य जिन्हें सुनना अनुचित है। ईरानी आक्रमणों को विफल करने के बाद यूनानी लोग मस्ती में बाँसुरी बजाने लगे। "एथेन्स में इसका ऐसा चलन हुआ कि स्वाधीन जनों में लगभग अधिकांश बाँसुरीवादन में लग गए।"[90] पर ऐसे बाजे बजाना अनुचित है। नाटिकाएँ आदि लड़कपन में देखना-सुनना ठीक नहीं है। बड़े होने पर जब शिक्षा के कारण वे इनके प्रभाव से मुक्त रह सकें, तब की बात अलग है।[91] अब रह गए करुण-रस प्रधान महाकाव्य और नाटक। प्लेटो और अरस्तू दोनों के लिए ये ऐसे भाव जगाते हैं जो वीरोचित नहीं हैं। फर्क इतना ही है कि प्लेटो इन्हें प्रतिबन्धित करते हैं, अरस्तू भय और दया जैसे विकारों के रेचन के लिए इनका उपयोग स्वीकार करते हैं। कुछ लोग धार्मिक संगीत सुनकर उत्तेजित हो उठते हैं, उनकी दशा ऐसी हो जाती है मानो उन्होंने ओषधि खाई हो और रेचन हुआ हो। "यही अनुभव उनका होगा जो दयालु और भीरु हैं।"[92] यहाँ संकेत ट्रैजेडी में भय और करुणा के भावों की ओर है। इनके और इन जैसे भावों के रेचन से चित्त शान्त और प्रसन्न होता है। कहना चाहिए, विवेक पर जो घटाएँ छा गई थीं, वे वर्षों के बाद छँट जाती हैं। प्लेटो की तरह अरस्तू का सारा चिन्तन सहज मानवीय संवेदनों और भावों के प्रति अविश्वास से ग्रस्त है। इसलिए कुल मिलाकर उनकी नैतिकता साहित्य और संगीत के संवेदनात्मक भावजनित आनन्द को अस्वीकार करती है। अरस्तू का रेचन-सिद्धान्त साहित्यकारों को भारतीय रस-सिद्धान्त से ठीक उलटी दिशा में ले चलता है।

आदर्श नगर-राज्य में व्यवस्था ऐसी होनी चाहिए कि आदमी अपना पेशा बदले नहीं। काम अच्छी तरह तभी होगा जब एक आदमी जीवन-भर एक ही काम करता रहेगा। "विधि-निर्माता एक ही आदमी को बाँसुरी बजाने और जूते बनाने का काम नहीं सौंपते।"[93] जातिप्रथा का मूल सिद्धान्त यह है कि आदमी अपना पेशा मृत्यु तक छोड़ेगा नहीं। "जो मोची हैं वे सदा मोची रहें, जो बढ़ई हैं, वे सदा बढ़ई रहें, इसके बदले यदि मोची और बढ़ई अपने पेशे बदलते रहें तो सभी मोची बढ़ई भी हो जाएँगे। लेकिन राजनीतिक समुदाय के लिए कार्य (पेशे) का स्थायित्व बेहतर है, इससे स्पष्ट है कि

सम्भव हो तो जो एक बार शासक बनें, उनका निरन्तर शासन करते जाना बेहतर है।''[94] एक वर्ण शासकों का है, दूसरा वर्ण शासितों का है। इस दूसरे वर्ण में एक बिरादरी बढ़इयों की है, दूसरी मोचियों की। कौन किस काम में नियुक्त होगा, यह तय करना विशेषज्ञों का काम है। समाज में कुछ जन्म से ऊँचे हैं, कुछ जन्म से नीचे हैं। सम्भावना यह है कि अच्छे माता-पिता की सन्तान अच्छी होगी, जो अच्छे खानदान में जन्म लेगा, वह अच्छी नस्ल का होगा।[95] मतलब यह कि शासक पीढ़ी-दर-पीढ़ी शासक बने रहेंगे, सेवक पीढ़ी-दर-पीढ़ी सेवक रहेंगे।

अरस्तू ने जातिप्रथा के विस्तार के बारे में जो कुछ कहा है, उससे भूमध्यसागर के तटवर्ती प्रदेशों और द्वीपों में दूर-दूर तक इसके प्रसार का अनुमान हो जाता है। प्लेटो ने इस प्रथा के बारे में कोई मौलिक चिन्तन न किया था, यह संकेत करते हुए अरस्तू ने लिखा था : ''और राज्य का जातियों (casts) में विभाजित होना और सैनिक वर्ग का हलवाहों से भिन्न होना आज के राजनीतिक विचारकों की खोज अथवा निकट अतीत की खोज नहीं जान पड़ता। मिस्र में यह व्यवस्था अब भी बनी हुई है और वह क्रीट में भी है।''[96] कहा जाता है, मिस्र में इसका विधान सेसोस्त्रिस ने किया था, क्रीट में मिनोस ने। इटली में इनोत्रिआ प्रदेश के राजा इतलुस थे। उन्हीं से देश का नाम इटली पड़ा। उन्होंने इनोत्रिआ के लोगों को पशुचारण से हटाकर कृषि में लगाया। ''वंशगत जाति (hereditary caste) के आधार पर नागरिक समुदाय का विभाजन मिस्र से आया क्योंकि सेसोस्त्रिस का शासनकाल मिनोस के शासनकाल से बहुत पहले का है।''[97] अरस्तू का निष्कर्ष यह है कि युग के युग बीत गए, ऐसी सामाजिक प्रणालियाँ अनेक बार अथवा अनन्त बार खोजी गई हैं जो आवश्यक हैं, 'उन्हें मनुष्य को सम्भवतः आवश्यकता ही सिखा देती है।'[98] यहाँ अरस्तू का आशय उसी भौतिक आवश्यकता से है जिसे प्लेटो ने श्रम-विभाजन का आधार माना था। सदाचरण या श्रेष्ठ जीवन बिताने के विचार से लोग समाज (या राज्य) का निर्माण करते हैं, अरस्तू की यह भाववादी धारणा यहाँ खंडित हो जाती है।

प्लेटो का ही अनुसरण करते हुए अरस्तू कहते हैं कि आवश्यकताओं की पूर्ति हो जाने के बाद यह स्वाभाविक है कि परिष्कार और विलास की वस्तुओं का विकास हो। यही हाल राजनीतिक संस्थाओं का है। अरस्तू के अनुसार इन सबकी प्राचीनता का बोध मिस्र के इतिहास से हो जाता है। मिस्र के लिए माना जाता है, वह प्राचीनतम राष्ट्रों में है। वहाँ सदा विधितन्त्र और राजनीतिक व्यवस्था रही है। जब ऐसी बातों की छानबीन की जाए, जो अब तक छोड़ दी गई हैं, तब पहले की खोज के परिणामों का उपयोग करना चाहिए।[99] पहले बताया जा चुका है कि 'भूमि पर स्वामित्व उनका होना चाहिए जिनके पास हथियार हैं और जो संविधान के अधिकारों में भागीदार हैं और हलवाहों की जाति (caste) इनसे भिन्न क्यों होनी चाहिए; अब भूमि के आबंटन पर विचार करना चाहिए।[100] मिस्र का हवाला देने में अरस्तू का पहला उद्देश्य यह है कि वह जातिप्रथा की प्राचीनता और विस्तार के उल्लेख से यह जताना चाहते हैं कि यूनान

के लिए वह कोई अद्भुत प्रथा नहीं है। दूसरा उद्देश्य यह सिद्ध करना है कि इस प्रथा को बनाए रखने से समाज उन्नति कर सकेगा। यूनान में एक ओर व्यापार के विकास से वंशगत पेशोंवाली व्यवस्था टूट रही थी, दूसरी ओर इस व्यवस्था से पहले के सामूहिक स्वामित्व तथा रक्त-सम्बन्धोंवाले सामाजिक गठन भी बने हुए थे। आदिम साम्यवाद के अवशेष, श्रम-विभाजन पर आधारित जातिप्रथा और व्यापारिक विकास से जातिप्रथा का विघटन, ये तीनों प्रपंच अरस्तू के यूनान में एक साथ दिखाई देते हैं।

5

यूनान में एक कहावत थी : दोस्तों का माल पंचायती होता है। (उस पर किसी एक दोस्त की मिल्कियत नहीं होती, वह उनकी सामान्य सम्पत्ति होता है)। इसे आधार मानकर प्लेटो ने शासकों में सामान्य सम्पत्ति के चलन का विधान किया था। इसके विपरीत अरस्तू, 'हम भूमि पर सामूहिक स्वामित्व कायम करने की बात नहीं कहते जैसे कि कुछ और लोग कह चुके हैं वरन् उसमें सहभागिता की बात कहते हैं जो उसके उपयोग द्वारा दोस्ताना ढंग से घटित होगी, और हमारा मत है कि किसी भी नागरिक को जीविका के साधनों की कमी न होगी।' (उपज तो सबकी रियासतों में अलग-अलग होगी पर वितरण में ध्यान रखा जाएगा कि किसी को भी तंगी का सामना न करना पड़े।) यहाँ अनुवादक ने पंचायती मालवाली कहावत के लिए लिखा है, इससे लगता है कि निजी भूस्वामित्व के साथ जमीन को जोतने और उपज को भोगने में 'किसी तरह का परम्परागत साम्यवाद भी था।''[101] नागरिकों के लिए सहभोज का विधान प्लेटो और अरस्तू दोनों ने किया है, उनके विवरण से स्पष्ट है कि कई जगह इस प्रथा का चलन था। इसका स्रोत भी वही परम्परागत साम्यवाद था। अरस्तू को जनतन्त्र से शिकायत थी कि उसमें लोग स्वयं को विधितन्त्र से ऊपर मान लेते हैं और सम्पत्ति के बँटवारे की माँग करते हैं। ''इसे रोकने या उसे सीमित करने का उपाय यह है कि प्रशासकों का चुनाव सामूहिक रूप से लोग न करें वरन् बिरादरियाँ (tribes, फुलास) करें।''[102] ये बिरादरियाँ रक्त-सम्बन्ध पर आधारित थीं, इनके आधार पर लोग मतदान करेंगे तो उनमें सामूहिक चेतना का विकास न होगा, विधितन्त्र सुरक्षित रहेगा। जैसे भारत में अनेक प्रकार के प्रतिक्रियावादी आज जाति-बिरादरी का उपयोग जनवादी चेतना के विघटन के लिए करते हैं, वैसे ही दो हजार साल पहले यूनान के प्रतिक्रियावादी बिरादरियों के अलगाव का उपयोग सामन्ती सम्पत्ति की रक्षा के लिए करते हैं।

सार्वजनिक सम्पत्ति को चुपके से राजनेता हथियाएँ नहीं, इसके लिए धनराशि का स्थानान्तरण सबकी उपस्थिति में होना चाहिए—यह सुझाव देते हुए अरस्तू ने कहा है कि धन की सूचियों की प्रतियाँ हर बिरादरी के पास जमा कर देनी चाहिए। अनुवादक ने टिप्पणी में 'बिरादरी' की व्याख्या की है : ''नागरिकों के गुट, आमतौर से हर कबीले से तीन, जिसे (कबीले को) नातेदारी पर आधारित माना जाता था।''[103] गण (यहाँ

सम्भवतः गोत्र) के सभी सदस्य एक-दूसरे के सम्बन्धी होते थे। इनके प्रतिनिधियों से बिरादरियों के वे घटक बने थे जिनके पास धनराशि की सूचियाँ जमा होनी थीं। सार्वजनिक सम्पत्ति गण-सम्पत्ति का नया रूप थी। गोत्रों या बिरादरियों में संगठित जन परम्परागत ढंग से उस पर अपना अधिकार मानते थे। बिरादरी के अलावा अरस्तू ने धन की सूची हर 'कम्पनी' और हर कबीले के पास जमा करने का सुझाव दिया है। 'कम्पनी' के लिए अनुवादक ने लिखा है, पहले यह सैनिक, फिर नागरिक वर्गीकरण था। एंगेल्स ने बताया है कि होमर के समय में सेना की टुकड़ियाँ बिरादरियों के हिसाब से गठित होती थीं। सम्भवतः यही बाद में असैनिक टुकड़ियाँ बनीं। कबीले के सदस्य तो परस्पर रक्त-सम्बन्धी होते ही थे। गण, गोत्र और कुल, इनसे मिलते-जुलते सामाजिक गठन अरस्तू के यूनान में बने हुए थे।

राज्य को आत्मनिर्भर होना चाहिए। उसमें बहुत कम लोग होंगे तो वह आत्मनिर्भर न होगा। बहुत होंगे तो वह मात्र आवश्यकताएँ पूरी करने में आत्मनिर्भर होगा, उस तरह होगा जिस तरह एथ्नोस होता है। एथ्नोस के लिए अनुवाद में 'नेशन' का व्यवहार किया गया है। उसकी व्याख्या में अनुवादक ने कहा है, सामान्य अर्थ में यह अनेक ग्रामों से बना हुआ जन समुदाय है; ये नातेदारी और व्यापार द्वारा ढीले-ढाले ढंग से परस्पर सम्बद्ध होते हैं। आत्म-रक्षा के लिए उनमें एका होता है पर राजनीतिक जीवन के लिए नहीं होता। यह 'परस्पर सम्बद्ध नगरों का एथ्नोस नहीं है।'[104] इस एथ्नोस की स्थिति ऐसे जनपद की है जिसके निवासी अलग-थलग गाँवों में बिखरे होने पर भी अपना पुराना गण-समाजवाला आपसी सम्बन्ध पहचानते हैं। यह जनपद नगर-केन्द्रित नहीं है, इसलिए उसमें सामान्य राजनीतिक जीवन का विकास नहीं हुआ। विनिमय अत्यन्त सीमित होगा, प्रत्येक ग्राम स्वायत्त और आत्मनिर्भर होगा। अरस्तू कहते हैं, यहाँ सवैधानिक शासन सम्भव नहीं है 'क्योंकि युद्ध में उस विराट भीड़ की कमान कौन करेगा ? उसका पुरोहित (herald) कौन होगा जब तक कि उसके फेफड़े स्तेन्तोर के-से न हों ?'[105] गण के सभी सदस्य शस्त्रधारी होते थे, शस्त्रधारियों का अलग वर्ग निर्मित न हुआ था। उसी परम्परा के अनुसार जनपद के सारे लोग जब युद्ध-भूमि में एकत्र हो जाएँगे, तब कौन दहाड़कर उन्हें आदेश देगा या शत्रुदल से बातें करेगा ? स्तेन्तोर ट्रॉय के युद्ध में यूनानी पक्ष का उद्घोषक था। निष्कर्ष यह कि जातिप्रथा के बावजूद आदिम साम्यवाद के अवशेष अभी बने हुए थे। फलतः विनिमय का विकास भी सीमित परिमाण में हुआ था।

फलअस की आलोचना करते हुए अरस्तू ने लिखा है कि उन्होंने नागरिक समुदाय को छोटा रखा है क्योंकि 'सभी कारीगर दास होंगे जिन पर सार्वजनिक स्वामित्व होगा।'[106] सामूहिक स्वामित्व अनेक रूपों में प्रचलित था, इसीलिए फलअस ने ऐसा विधान किया था। अरस्तू इससे असहमत होते हुए कहते हैं : "यदि सार्वजनिक दास रखना उचित है तो जो मजदूर सार्वजनिक कार्यों में लगाए जाते हैं, उन्हें यह दर्जा देना उचित है (जैसे कि एपिदमुनुस के यहाँ है और जैसे कि एक बार एथेन्स में दिओफन्तुस ने करने का प्रयत्न किया था)।"[107] यूनान के दासों के सामूहिक स्वामित्व का चलन

था, वैसे ही चलन का प्रयत्न एथेन्स में हुआ था। अरस्तू के अर्थशास्त्र का मूल घटक है कुटुम्ब। इस कुटुम्ब की अलग सम्पत्ति होनी चाहिए। वह सामूहिक सम्पत्ति के विरुद्ध हैं, दासों पर सामूहिक स्वामित्व उन्हें अपवादरूप में ही स्वीकार है। स्पार्ता में सबके अलग-अलग दास हैं पर एक मालिक दूसरे मालिक के दासों से भी काम ले सकता है। दोस्तों का सारा माल पंचायती है और नहीं भी है। सामूहिक स्वामित्ववाले सम्पत्ति के ये सारे रूप रक्त-सम्बन्धों से जुड़े हुए हैं। वर्ण-व्यवस्था और जातिप्रथावाला समाज आदिम साम्यवादी व्यवस्था के भीतर परिपक्व होता है, वर्ण और जाति-बिरादरी में वह रक्त-सम्बन्ध बनाए रहता है।

सामाजिक विकास-क्रम में वर्ण-व्यवस्था और जातिप्रथा का चलन अनिवार्य है, दासप्रथा का चलन अनिवार्य नहीं है। जहाँ भूमि का केन्द्रीकरण होता है, वहाँ सामान्य किसानों से अलग भूस्वामियों का अभिजात वर्ण बनता है। दूसरों से अधिक सम्पत्ति रखने को उचित ठहराने के लिए वह स्वयं को अभिजात कहता है, अपना सम्बन्ध देवताओं, पौराणिक आख्यानों के वीरों से जोड़ता है। धार्मिक कृत्यों की देखभाल करनेवाला समुदाय इसी वर्ण का अंग हो सकता है, उससे अलग भी हो सकता है। जहाँ खेती से कारीगरी का अलगाव होगा, उत्पादन से सम्बन्धित नई शाखाओं का विकास होगा, वहाँ पेशों के हिसाब से बिरादरियाँ बनेंगी। छोटे पैमाने के उत्पादन में दक्ष होने के लिए बाप का पेशा बेटा अपनाएगा। इस तरह पेशे वंशगत होंगे, कारीगरों से भिन्न अन्य प्रकार की सेवाएँ करनेवाले लोग भी बिरादरियों के रूप में गठित होंगे। वित्त का व्यापक चलन हो, विनिमय का यथेष्ट विकास हो तो महाजनों और व्यापारियों का अलग वर्ण गठित होगा, वरना भूस्वामी वर्ण के सदस्य ही महाजनी और व्यापार का धन्धा करेंगे। यह सारा प्रपंच भूमि के केन्द्रीकरण, श्रम-विभाजन और श्रम के विशेषीकरण, वित्त के चलन और विनिमय के विकास का परिणाम है।

सामाजिक विकास-क्रम में उत्पादन और विनिमय की किसी भी आवश्यकता से दासप्रथा को नहीं जोड़ा जा सकता। इसलिए उसका चलन अनिवार्य नहीं है।

भूमि के केन्द्रीकरण से, सूदखोरी से या धार्मिक कृत्यों पर इजारेदारी से जब समाज में सम्पत्तिगत भेद पैदा होगा, तब एक अवकाशभोगी वर्ग का निर्माण होगा। अवकाशभोगी वर्ग का अस्तित्व सेवक वर्ग के बिना असम्भव है। सेवकों में घरेलू सेवक होंगे, अनेक कुटुम्बों की सेवा करनेवाले पंचायती सेवक होंगे, हलवाहे, कारीगर, अनेक प्रकार के श्रमिक होंगे। भूस्वामियों और धर्माचार्यों से यह वर्ग नीचा माना जाएगा। यह भारतीय समाज का शूद्र वर्ण है। द्विज और शूद्र का भेद, उच्च अवकाशभोगी वर्ग और निम्न सेवक-श्रमिक वर्ग का यह भेद यूनान में था, मध्यकालीन यूरोप में था। छोटे पैमाने के उत्पादन और विनिमयवाले समाज में जहाँ भी सम्पत्ति का केन्द्रीकरण होगा, वहाँ द्विज और शूद्र जैसा भेद अवश्य होगा। इस हद तक सामाजिक विकास-क्रम में वर्ण-व्यवस्था का अभ्युदय अनिवार्य है। किन्तु सेवा, कारीगरी, अनेक प्रकार के श्रम दास ही करें यह अनिवार्य नहीं है। प्लेटो ने श्रम-विभाजन के आधार पर जिस प्रारम्भिक राज्यतन्त्र की

कल्पना की है, उसमें दास नहीं हैं। अरस्तू ने प्राचीन कवि हेसिओद का हवाला दिया है। घर, पत्नी, खेत जोतने को एक बैल–यह पुराना कुटुम्ब है। इस पर अरस्तू की टिप्पणी है : गरीब आदमी के यहाँ सेवक की जगह बैल काम आता है।[108] यहाँ दास नहीं हैं, सेवक हैं और सेवक का काम पशु से भी लिया जा सकता है। प्लेटो और अरस्तू दोनों ने मनुष्य की नैसर्गिक प्रवृत्ति पर बहुत जोर दिया है; किन्तु प्लेटो ने इस प्रवृत्ति को मूलतः श्रम-विभाजन से जोड़ा है, अरस्तू ने उसे दास और उसके मालिक के सम्बन्ध से जोड़ा है। उनके सामने धनी किसानों और बड़े भूस्वामियों का कुटुम्ब था। ''कुटुम्ब का पूर्ण विकसित रूप वह है जिसमें दास और स्वाधीन जन होते हैं।''[109] किन्तु अरस्तू के ही अनुसार यूनान में बहुत जगह खेती का काम दास नहीं, बँधुआ किसान करते थे। अरस्तू के 'निसर्ग' से इनके अस्तित्व की व्याख्या नहीं होती।

इससे भी अधिक महत्त्वपूर्ण बात यह है कि एथेन्स समेत अनेक नगरों में कारीगरों का एक बड़ा समुदाय था। इसकी स्थिति दासों की स्थिति से भिन्न थी। इसके अस्तित्व की व्याख्या भी स्वामी और दासवाले नैसर्गिक भेद से नहीं होती, प्लेटो के श्रम-विभाजनवाले सूत्र से होती है। अरस्तू खूब अच्छी तरह जानते हैं, विनिमय का विकास क्यों होता है, वित्त का चलन कैसे होता है। वह व्यापारी का धन्धा पसन्द नहीं करते पर अपने निसर्ग के आधार पर उसकी व्याख्या नहीं करते। जैसाकि प्लेटो कह गए थे, बनियों, व्यापारियों का वर्ग भौतिक आवश्यकताओं की पूर्ति के लिए विनिमय के विकास से उत्पन्न होता है। अरस्तू ने अपने गुरु की यह बात दोहराई है। यूनान में दासप्रथा दो तरह की थी। एक दादापन्थी समाज की दासप्रथा जहाँ दास कुटुम्ब का अंग होता है, वह कुटुम्ब के अन्य सदस्यों के साथ श्रम करता है, जहाँ उत्पादन का लक्ष्य कुटुम्ब या गाँव की आवश्यकताएँ पूरी करना होता है। दूसरी होती है बिकाऊ माल तैयार करनेवाले समाज की दासप्रथा। यहाँ मालिक दास से कुटुम्ब की आवश्यकताएँ पूरी कराने के लिए ही श्रम नहीं कराता, वह उसके श्रम से अतिरिक्त मूल्य भी अर्जित करता है। दास जितना ही अधिक श्रम करेगा, उतना ही माल बेचकर मालिक अधिक मुनाफा कमाएगा। दो तरह के दासों में यह भेद मार्क्स ने किया था, प्लेटो और अरस्तू के यहाँ यह भेद नहीं है।

दादापन्थी समाज में वित्त का चलन नहीं हुआ, या बहुत सीमित हुआ है। दास बेचे और खरीदे नहीं जाते, अक्सर युद्ध में बन्दी बनाए हुए लोग दासों का काम करने को बाध्य किए जाते हैं। पहले तो सामाजिक विकास के लिए युद्ध अनिवार्य नहीं है, दूसरे युद्ध होने पर बन्दियों को दास बनाना अनिवार्य नहीं है। उत्पादन और विनिमय का विकास कबीलों के आपसी सहयोग से अधिक हुआ है, युद्ध से कम। मॉर्गन की पुस्तक के आधार पर एंगेल्स ने अमरीकी रेड इंडियन समाजों का जो विश्लेषण किया था, उसमें दास अनुपस्थित हैं। दादापन्थी समाज में सेवक कुटुम्ब का अंग बनकर काम कर सकते हैं, उनका दास होना अनिवार्य नहीं है। वित्त का चलन और विनिमय का विकास होने पर बिकाऊ माल तैयार करनेवाले कारीगरों का दास होना और भी अनिवार्य

नहीं है। पैसा देकर कुशल कारीगरों से अच्छा माल तैयार कराया जा सकता है। दास अधिकतर अकुशल श्रम के ही योग्य होते हैं। लघु एशिया का यूनानी नगर मिलेतोस व्यापार का बहुत बड़ा केन्द्र था। यूनानी दर्शन का प्रारम्भिक विकास वहीं हुआ। यूनानी इतिहास के विशेषज्ञ (यथा टॉमसन, फैरिंगटन) मानते हैं, वहाँ दासप्रथा का चलन न था। मिलेतोस के अलावा एथेन्स में पगार लेकर काम करनेवाले कारीगरों का वर्ग था। इसके धन कमाने से प्लेटो और अरस्तू दोनों चिन्तित थे। अरस्तू के अनुसार : "कारीगरों का आम समुदाय भी धनी है (even the general mass of craftsmen are rich)।"[110] ये कारीगर कुटुम्ब और गाँव की आवश्यकताएँ पूरी करनेवाले दादापन्थी समाज के कारीगर न थे। वे विकसित विनिमयवाले समाज से पारिश्रमिक लेकर काम करनेवाले श्रमिक थे। उनका अस्तित्व यह सिद्ध करता है कि सामाजिक विकास-क्रम में दासों से बिकाऊ माल तैयार कराना अनिवार्य नहीं था।

आधुनिक सभ्यता के विकास के लिए अमरीका में काले दासों की गुलामी को अनिवार्य बताते हुए मार्क्स ने 1846 में लिखा था : "प्रत्यक्ष दासप्रथा आज हमारे उद्योग की धुरी वैसी ही है जैसे मशीनें, उधार आदि हैं। दासप्रथा नहीं तो कपास नहीं; कपास नहीं तो आधुनिक उद्योग नहीं। दासप्रथा ने ही उपनिवेशों को मूल्यवान बनाया है; उपनिवेशों ने विश्व-व्यापार का निर्माण किया है; बड़े पैमाने के मशीनी-उद्योग की जरूरी शर्त है विश्व-व्यापार। अतः नीग्रो-व्यवसाय शुरू होने के पहले उपनिवेश पुरानी दुनिया को बहुत थोड़े उत्पाद भेजते थे और उन्होंने धरती की आकृति में कोई साफ दिखनेवाला परिवर्तन न किया था। इसलिए दासप्रथा अत्यन्त महत्त्व की आर्थिक कोटि है। दासप्रथा के बिना सबसे प्रगतिशील देश अमरीका दादापन्थी देश में बदल जाएगा। यदि संसार के मानचित्र से अमरीका को मिटा दिया जाए तो परिणाम होगा अराजकता, व्यापार का और आधुनिक सभ्यता का सम्पूर्ण ह्रास। लेकिन दासप्रथा को गायब हो जाने देने का अर्थ है संसार के मानचित्र से उत्तरी अमरीका को मिटा देना। दासप्रथा एक आर्थिक कोटि है, इसलिए संसार के आरम्भ से वह प्रत्येक जाति में रही है।"[111] एक है प्रत्यक्ष दासप्रथा जिसमें श्रमशक्ति पर ही नहीं, श्रमिक के शरीर पर भी मालिक का अधिकार होता है। दूसरी है अप्रत्यक्ष दासप्रथा जिसमें मालिक श्रमिक की श्रमशक्ति ही खरीदता है। जिस समय अमरीका में दासों से काम लिया जा रहा था, उस समय संसार में अन्यत्र स्वाधीन मजदूरों से भी काम लिया जाता था। इसलिए अमरीका और विश्व-बाजार के विकास के लिए दासप्रथा को अनिवार्य नहीं माना जा सकता।

1850 में मार्क्स और एंगेल्स ने लिखा था : "अमरीका कपास उत्पादन पर आधारित है। जैसे ही उद्योग (यूरोप का उद्योग) उस बिन्दु तक विकसित हो जाएगा कि कपास पर अमरीकी इजारा उसके लिए असह्य हो उठेगा, वैसे ही दूसरे देशों में सफलतापूर्वक विशाल परिमाण में कपास पैदा की जाएगी, और यह काम अब प्रायः सर्वत्र स्वाधीन मजदूरों से ही कराया जा सकता है।"[112] अन्य देशों को देखते अमरीका में दासों के श्रम द्वारा कपास उगाने की पद्धति अपवादरूप थी और अस्थायी थी। श्रम

की उच्चतर पद्धति अन्य देशों में विद्यमान थी और उसके प्रसार से अमरीका में दासप्रथा का खात्मा निश्चित था। दासों से श्रम करानेवाला अमरीका, उसके समानान्तर स्वाधीन मजदूरों से श्रम करानेवाले अन्य देश। इसी तरह प्राचीनकाल में दासों से श्रम करानेवाला यूनान, उसके समानान्तर पारिश्रमिक देकर कारीगरों से काम करानेवाला भारत। दासप्रथा न यूनान में अनिवार्य थी, न अमरीका में।

दासप्रथा स्वयं अमरीका के आर्थिक विकास में बाधक थी। दासों से काम लेनेवाले उनके मालिक उद्योगपति नहीं थे, बड़े-बड़े जमींदार थे और वे कच्चा माल ब्रिटेन के उद्योगपतियों को सप्लाई करते थे। गृहयुद्ध छिड़ने पर इनकी क्रान्ति-विरोधी भूमिका स्पष्ट हो गई। 1864 में मार्क्स ने यूरोप के मजदूर वर्ग की ओर से लिंकन को पुनः राष्ट्रपति चुने जाने पर बधाई देते हुए एक पत्र लिखा था। इसमें दिलचस्प बात यह है कि गृहयुद्ध के समय तो दासप्रथा प्रतिक्रियावादी है ही, उसके पहले भी वह प्रतिक्रियावादी दिखाई देती है। मार्क्स ने लिखा : "दासों के तीन लाख मालिकों ने विश्व-इतिहास में पहली बार सशस्त्र विद्रोह की पताका पर 'गुलामी' शब्द लिखने की जुर्रत की है। अभी एक शताब्दी नहीं बीत पाई, उसी स्थल से एक महान जनवादी प्रजातन्त्र की धारणा पहली बार अंकुरित हुई थी। वहीं से मनुष्य के अधिकारों की पहली घोषणा प्रसारित की गई थी और अठारहवीं सदी की यूरोपियन क्रान्ति को पहली प्रेरणा दी गई थी। "उसी स्थल पर 'पुराने संविधान की रचना के समय जो धारणाएँ विद्यमान थीं', उन्हें निहायत व्यवस्थित ढंग से खारिज करने में क्रान्ति-विरोधी गर्व का अनुभव कर रहा है, और उसकी मान्यता है कि 'दासप्रथा भला करनेवाली संस्था' है, दरअसल 'श्रम से पूँजी के सम्बन्ध' की महान समस्या का एकमात्र समाधान है, और उसने हृदयहीन भाव से घोषित किया है कि इंसान के रूप में सम्पत्ति 'नई इमारत की नींव का पत्थर' है।"[113] पुराने संविधान में मनुष्य के अधिकारों की घोषणा थी। दासप्रथा ने नहीं, स्वाधीनता समानता के विचारों ने फ्रांस की राज्यक्रान्ति को प्रेरित किया था। गुलामों के मालिकों के रूप में, क्रान्ति-विरोध ने, अमेरिकी जनता की प्रगतिशील परम्परा को ठुकराया था। यह कहना कि दासप्रथा पूँजीवादी इमारत की नींव का पत्थर है, हृदयहीनता का परिचय देना है। दासप्रथा के विरुद्ध संघर्ष करनेवाले अमरीकियों के प्रति यूरोप के मजदूरों की सहानुभूति स्वाभाविक थी।

लिंकन को लिखे हुए मार्क्स के इस पत्र से यह भी ज्ञापित होता है कि दासप्रथा स्वयं अमरीकी समाज के विकास में बाधक बनी थी। उन्होंने लिखा था : संयुक्त राज्य अमरीका के उत्तरी क्षेत्र की वास्तविक राजनीतिक शक्ति श्रमिक जन हैं। उन्होंने 'अपने ही प्रजातन्त्र को दासप्रथा से अपवित्र हो जाने दिया था।'[114] उचित था कि वे दासप्रथा का विरोध करते। ऐसा न करके उन्होंने उसे बर्दाश्त किया और अपनी मुक्ति के मार्ग में काँटे बिछाए। जिस समय नीग्रो (काले आदमी) का मालिक उसकी सहमति के बिना उसका मालिक बन गया था और उसे बेचता था, उस समय श्वेत मजदूर डींग हाँकते थे कि वे स्वयं को बेच सकते हैं और अपना मालिक खुद चुन सकते हैं, उस समय 'वे

श्रम की वास्तविक स्वाधीनता प्राप्त नहीं कर पाए, न अपने यूरोपियन भाइयों के मुक्ति-संघर्ष में उनकी मदद कर पाए। लेकिन गृहयुद्ध के लाल सागर ने प्रगति को रोकनेवाले इस अवरोध को बहाकर फेंक दिया है।'[115] अमरीका की वास्तविक राजनीतिक शक्ति वहाँ का श्रमिक वर्ग था। इस वर्ग की प्रगति की राह में दासप्रथा बाधक थी। गृहयुद्ध से ही उसे हटाया जा सका, यद्यपि हटाए जाने पर भी उसके अवशेष बने रहे।

मार्क्स और एंगेल्स ने अमरीकी दासप्रथा पर जो कुछ लिखा है, वह अत्यन्त शिक्षाप्रद है। पूँजीवाद श्रम की उत्पादकता बढ़ाने के बदले उसे घटाता भी है। अमरीकी दासप्रथा का सबसे बड़ा पोषक था ब्रिटिश पूँजीवाद। वह श्वेत मजदूरों की उत्पादकता बढ़ा रहा था किन्तु काले मजदूरों को दास बनाए रखकर वह उनकी उत्पादकता को घटा रहा था। साथ ही हजारों मजदूरों को बेकार रखकर वह उनकी उत्पादकता को नष्ट कर रहा था। यूनान में स्वाधीन कारीगर थे, अमरीका में स्वाधीन मजदूर थे। दोनों जगह दासप्रथा प्रतिक्रियावादी थी। अरस्तू का दृष्टिकोण अमरीकी जमींदारों के दृष्टिकोण से मिलता-जुलता था। ये जमींदार मानते थे, काला आदमी गोरे की तुलना में बुद्धिहीन, विवेकहीन होता है; इसलिए काले आदमियों को दास बनाना न्यायपूर्ण है। इसी तरह अरस्तू मानते थे, कुछ आदमी निसर्गतः मालिक होते हैं, कुछ दास होते हैं। दासों से काम लेना, खासतौर से एशियाइयों को गुलाम बनाना, उन पर निरकुंश ढंग से शासन करना एकदम न्यायसंगत है। किन्तु दासप्रथा अमरीकी समाज के विकास में बाधक थी। पूँजी के प्रथम खंड में मार्क्स ने लिखा था : "संयुक्त राज्य अमरीका में अब तक प्रजातन्त्र के एक अंग को दासप्रथा विकृत किए थी, तब तक मजदूरों के हर आजाद आन्दोलन को लकवा मार जाता था।"[116] और 1864 में एंगेल्स ने लिखा था : "संयुक्त राज्य अमरीका के राजनीतिक और सामाजिक विकास में एक सबसे बड़ी बाधा है दासप्रथा। जैसे ही यह ध्वस्त होगी, देश में ऐसा उभार आएगा कि उससे अमरीका के लिए विश्व-इतिहास में एक नितान्त भिन्न स्थान सुनिश्चित हो जाएगा, और युद्धकाल में (गृहयुद्ध के दौरान) जो जल-स्थल सेनाएँ निर्मित हुई हैं, उन्हें शीघ्र काम मिल जाएगा।"[117] इससे प्राचीन यूनानी इतिहास के विश्लेषण के लिए उचित निष्कर्ष निकाल लेना चाहिए। किन्तु अमरीका में गृहयुद्ध के पहले तक स्वाधीन मजदूरों की जो भूमिका थी, उससे कहीं अधिक महत्त्वपूर्ण भूमिका सिकन्दरी हमलों से पहले यूनान में स्वाधीन कारीगरों की थी। अनेक राज्यों में किसानों के साथ मिलकर उन्होंने भूस्वामियों की राज्यसत्ता को छिन्न-भिन्न कर दिया था और दासों को आजाद कर दिया था। यूनानी संस्कृति के श्रेष्ठ प्रतिनिधि अरस्तू नहीं हैं, वे 'तानाशाह' हैं जिन्हें अरस्तू ने कोसा है पर जिन्हें किसानों और कारीगरों के अलावा दासों और स्त्रियों का समर्थन प्राप्त था। उनके रचे मानवाधिकारों के घोषणापत्र सुलभ नहीं हैं पर उन्होंने स्वामी और दास के भेद को नैसर्गिक भेद न माना था, मनुष्य को सम्पत्ति के रूप में स्वीकार न किया था, स्त्री को पुरुष से हीन न माना था, नागरिक अधिकार देने में देसी-परदेसी का भेद मंजूर न किया था। संयुक्त राज्य अमरीका का जन आन्दोलन कहीं भी, इस स्तर तक नहीं पहुँचा।

6

अरस्तू अनेक अर्थों में आधुनिक हैं। यूरोप में अठारहवीं सदी में जो भौगोलिक नियतिवाद प्रचलित था और अपने इतिहास-चिन्तन में जिसका प्रतिपादन हेगल ने किया था, उसके आदि-संस्थापक अरस्तू थे। यूरोप और एशिया की भौगोलिक ऐतिहासिक स्थिति में भेद करते हुए और यूनान की मध्य स्थिति का महत्त्व उद्घाटित करते हुए उन्होंने लिखा था : "ठंडे स्थानों में रहनेवाली जातियाँ तथा यूरोप की जातियाँ साहस से भरपूर होती हैं पर किसी कारण बुद्धि और कौशल में हीन होती हैं। इसलिए वे अपेक्षाकृत स्वाधीन बनी रहती हैं पर उनमें राजनीतिक संगठन और पड़ोसियों पर शासन करने की क्षमता का अभाव होता है। दूसरी ओर एशिया के लोग स्वभाव से बुद्धिमान और कुशल होते हैं पर उनमें साहस का अभाव होता है, इसलिए वे निरन्तर पराधीनता और दासता में बने रहते हैं।" इस तरह एशिया की नियति थी कि वह पराजित होकर पराधीन दासों का जीवन बिताए। पर अभी इस नियति की बागडोर शीतप्रधान यूरोप की जातियों के हाथ में न थी। साहसी पर बुद्धिहीन और अकुशल, बुद्धिमान और कुशल पर साहसविहीन—यूरोप और एशिया में दो तरह के स्वभाववाली जातियाँ हैं। "लेकिन यूनानी नस्ल (The Greek race—हॅल्लेनोन् गॅनॉस्) दोनों तरह के चरित्रों में भागीदार है, वैसे ही जैसे भौगोलिक दृष्टि से वह मध्य स्थान में बसी हुई है, क्योंकि वह साहसी और बुद्धिमान दोनों है। इसलिए वह स्वाधीन बनी हुई है और उसकी राजनीतिक संस्थाएँ बहुत अच्छी हैं। और यदि वह संवैधानिक एकता सम्पन्न कर ले तो समस्त मानव-जाति पर शासन करने की क्षमता उसमें है।"[118]

अरस्तू के अनुवर्तियों ने यूरोप और एशिया का भेद स्वीकार किया पर यूनान की श्रेष्ठता उन्होंने शीतप्रधान यूरोप में स्थानान्तरित कर दी। एशिया की नियति का विवेचन करते समय वे यूनान की नियति के बारे में चुप रहे। अरस्तू से पहले ईरान की फौजें बहुत से यूनानी नगरों को ध्वस्त कर चुकी थीं, एथेन्स के देवस्थानों में आग लगा चुकी थीं; अरस्तू के समय में मखदूनिया की फौजों ने अनेक यूनानी नगरों का विध्वंस किया। अरस्तू के बाद रोमन, जर्मन सेनाओं ने यूनान पर अधिकार किया। ये तो यूरोप की सेनाएँ थीं, आगे चलकर एशियाई तुर्क शताब्दियों तक यूनान पर अधिकार किए रहे। एशिया की नियति के प्रसंग में विद्वान यूनान की नियति का उल्लेख नहीं करते।

एशिया के लोग स्वभाव से दास होते हैं, वहाँ का राज्यतन्त्र सहज ही निरंकुश सम्राटतन्त्र बन जाता है। इसके विपरीत यूनान की राजनीतिक संस्थाएँ बहुत अच्छी हैं, यह भेद अरस्तू ने किया था। अठारहवीं-उन्नीसवीं सदियों में उनके अनुवर्तियों ने यूनान की राजनीतिक संस्थाओं की श्रेष्ठता को उत्तर-पश्चिमी यूरोप में स्थानान्तरित कर दिया; ऊपर निरंकुश राज्यसत्ता, नीचे दासप्रजा, इस स्थिति को एशिया की विशेषता बताकर उन्होंने उसे इतिहास-विज्ञान का आधार बना दिया।

राज्यतन्त्रों के विवेचन में अरस्तू जो बातें बादशाही के बारे में कहते हैं, वे शिक्षाप्रद

हैं। राज्यतन्त्र शासक और शासित की भागीदारी है। दैनिक जीवन की पूर्ति के लिए यह भागीदारी परिवार में चरितार्थ होती है। "परिवार का शासनतन्त्र है बादशाही (क्योंकि प्रत्येक परिवार केवल एक शासक द्वारा शासित होता है)।"[119] यूनान के नगरों में पहले राजाओं का शासन था; अरस्तू मानते हैं, विदेशी जातियों में अब भी ऐसा ही है।[120] इसके सिवा सभी जातियाँ मानती हैं कि उनके देवताओं पर राजा शासन करता है। मनुष्य देवताओं की कल्पना मानव-रूप में करते हैं, इसलिए वे सोचते हैं कि उनका जीवन भी मनुष्यों जैसा रहा होगा। (अनुवादक के अनुसार यह स्थापना मूलतः क्सेनोफोन की थी।) इससे नतीजा यह निकला कि बादशाही नैसर्गिक शासनतन्त्र है, उसका सहज रूप परिवार में देखा जाता है। किन्तु अरस्तू यह भी जानते हैं कि आदिम परिवार-तन्त्र में वस्तुओं पर सबका सामान्य अधिकार होता है और वे सब उनमें भागीदार होते हैं।[121] जहाँ परिवार की सम्पत्ति में सब भागीदार होंगे, वहाँ शासक और शासित न होंगे क्योंकि सम्पत्ति किसी एक व्यक्ति की न होगी। अरस्तू जिस परिवार के शासन को बादशाही कहते हैं, वह व्यक्तिगत सम्पत्तिवाला परिवार है। उसमें पशु और खेती के औजार तो मुखिया की सम्पत्ति हैं ही, दास भी इन्हीं की तरह उसकी सम्पत्ति हैं। अरस्तू के लिए परिवार में दास और मालिक का यह सम्बन्ध नैसर्गिक है। कुछ लोग नैसर्गिक रूप से शासक होते हैं, अन्य प्रजा। सुरक्षा के विचार से एक ही तन्त्र में वे मिलकर काम करते हैं। अरस्तू अपने राजनीतिक शास्त्र (पॉलितिकोन्) की शुरुआत अर्थशास्त्र से करते हैं। अर्थशास्त्र (ऑइकॉ-नॉमिकेस्) के तीन विभाग हैं : (1) दास से मालिक का सम्बन्ध; (2) सन्तान से पिता का सम्बन्ध; और (3) पत्नी से पति का सम्बन्ध। यूनानी शब्द औइकॉ भारतीय विश का प्रतिरूप है। (वेश्म, प्रतिवेशी आदि इसी विश से सम्बद्ध हैं।) परिवार (ऑइकॉ) की प्रबन्ध-व्यवस्था (नॉमिकेस्) का नाम है ऑइकॉनॉमिकेस्। अंग्रेजी रूप है इकॉनोमिक्स। परिवार से बाहर सामाजिक सम्बन्धों की छानबीन करनेवाला अर्थशास्त्र जैसा शब्द न ग्रीक भाषा में है, न अंग्रेजी में।

अरस्तू के अर्थशास्त्र और राजनीतिशास्त्र का आधारभूत घटक है परिवार। इसके दो मूल तत्त्व हैं, मालिक और दास। एक है राजा, दूसरा है प्रजा। राजा और प्रजा का सम्बन्ध मालिक और दास जैसा है। यूनानी परिवार के इस सम्बन्ध को अरस्तू एशिया पर आरोपित कर देते हैं। स्त्री की स्थिति दासों से कुछ भिन्न है पर है वह प्रजा ही। बादशाहत तो पुरुष की ही होती है। नर और नारी में 'नर निसर्गतः श्रेष्ठ होता है और नारी हीन होती है; नर है राजा, नारी है प्रजा।'[122] नर-नारी का यह 'नैसर्गिक सम्बन्ध' यूनान में टूट रहा था। अरस्तू जहाँ बँधुआ किसानों के विद्रोह की चर्चा करते हैं, वहाँ स्वभावतः उन्हें स्त्रियों का स्वच्छन्द आचरण याद आता है। "संविधान के प्रयोजन और राज्य की सुख-शान्ति, दोनों ही के लिए स्त्रियों की स्वाधीनता हानिकारक है।"[123] स्त्रियाँ विलासिनी हो जाती हैं। सम्पत्ति का सम्मान होने लगता है, खासतौर से यदि पुरुष स्त्रियों के प्रभाव में हों, जैसाकि 'अधिकांश सैनिक और युद्धप्रिय नस्लों में होता है।'[124] और स्पार्ता में, उसके साम्राज्य के दिनों में 'बहुत-सी चीजों पर स्त्रियों का नियन्त्रण

था।'[125] नर-नारी का राजा-प्रजावाला सम्बन्ध उतना नैसर्गिक नहीं था जितना अरस्तू उसे दिखाना चाहते थे।

एशिया और यूरोप की जातियों के चरित्र में भेद करते हुए अरस्तू ने लिखा : "यूनानियों की अपेक्षा बर्बर और यूरोपवासियों की अपेक्षा एशिया के लोग स्वभाव से दासवृत्ति के होते हैं; इसलिए वे विरोध भाव के बिना निरंकुश हुकूमत बर्दाश्त करते हैं।"[126] अब देखिए, अरस्तू के अनुसार यूनान में बादशाहत का जन्म कैसे हुआ। उसका जन्म 'जनता के विरुद्ध सम्मान्य जनों की सहायता के लिए' हुआ।[127] ये सम्मान्य जन अभिजात वर्ग के भूस्वामी हैं। अभिजात गैर यूनानी जातियों में भी होते हैं। किन्तु बर्बरों के अभिजात उन्हीं के देश में अभिजात माने जाते हैं, 'हमारे अभिजात स्वयं को सर्वत्र अभिजात मानते हैं।'[128] इन्हीं अभिजातों में कोई व्यक्ति राजा बन जाता है। जो लोग सदाचरण में श्रेष्ठ हों, या वैसे आचरण में जो परिवार श्रेष्ठ हो, उन्हीं में से किसी को राजा बनाया जाता है। बादशाही अभिजात तन्त्र से मिलती-जुलती है क्योंकि दोनों का लक्ष्य जनता के विरुद्ध भूस्वामियों की सहायता करना है। "राजा संरक्षक बनना चाहता है, वह रियासतों के मालिकों को अन्याय से और जनता को अपमानित होने से बचाना चाहता है।"[129] जनता अपमानित होती है भूस्वामियों के व्यवहार से। किन्तु जनता अपमान से बचने के लिए राजाओं की शरण में न जाकर तानाशाहों का सहारा लेती है। तानाशाहों का लक्ष्य होता है पैसा; राजाओं का लक्ष्य होता है सम्मान। अरस्तू के अनुसार तानाशाही उसे पाना चाहती है जो सुखद है; बादशाही उसे पाना चाहती है जो श्रेष्ठ है। यह तानाशाही 'सम्पदा को अपना लक्ष्य बनाने में' धनिकतन्त्र की नकल करती है। 'सम्मान्य जनों के खिलाफ युद्ध छेड़ने में, खुले या गुप्त रूप से उनका नाश करने में, अपने विरुद्ध षड्यन्त्र करने के नाम पर और अपने शासन में रुकावटें डालने के नाम पर उन्हें निर्वासित करने में' वह जनतन्त्र की नकल करती है।[130] तानाशाही, धनिकतन्त्र और जनतन्त्र, ये तीनों खानदानी जमींदारों की जान को आ जाते हैं। इनमें सबसे खतरनाक है तानाशाही क्योंकि वह रियासतों की जमीन किसानों में बाँट देती है। कभी-कभी राजा भी अपमानजनक व्यवहार करने लगते हैं। ऐसा व्यवहार मखदूनिया के राजा आर्खेलाउस की हत्या का कारण बना।[131] राजा से घृणा होने पर सेनापति अर्तपनेस ने ईरान के सम्राट को मार डाला।[132] निरकुंश शासक राजनीति से प्रजा को दूर रखने के लिए उन्हें बड़े निर्माण-कार्यों में लगा देते हैं। मिस्र में उन्होंने उससे पिरामिड बनवाए, एथेन्स और समोस के तानाशाहों ने उसे विशाल मन्दिर बनाने में लगाया। "इन सभी कार्यों का परिणाम एक ही होता है : प्रजागण का निरन्तर काम में लगे रहना और उनका गरीब बने रहना।"[133] यहाँ अरस्तू के विवेचन में एशिया और यूरोप की विभाजक रेखा समाप्त हो जाती है। जैसी घटनाएँ एशिया में होती हैं, वैसी ही यूनान में (यद्यपि यूनान के तानाशाहों की भूमिका अन्य प्रकार की थी)।

निरंकुश शासक अपनी सत्ता की रक्षा के लिए जो हथकंडे अपनाते हैं, वे अक्सर आज के पूँजीवादी राज्यों की याद दिलाते हैं। वे 'अध्ययनमंडल बनाने और वाद-विवाद

के लिए अन्य सम्मेलन करने पर रोक लगाते हैं।'[134] बुद्धिजीवियों से पुराने शासक डरते थे, इसलिए उनके अध्ययनमंडलों, सभाओं, सम्मेलनों पर रोक लगाते थे। उनका प्रयत्न होता था कि लोग अशिक्षित रहें, एक-दूसरे से मिलें-जुलें नहीं, 'क्योंकि मेल-जोल से पारस्परिक आत्मविश्वास बढ़ता है।'[135] सिराक्यूज (सुराकॉउसइ) में हिएरो नाम का शासक सभाओं में स्त्री-गुप्तचरों को भेजता था। (यह स्थान यूनानी सभ्यता का एक केन्द्र था।) अरस्तू ने यूनान के क्रान्तिकारी नेताओं पर जो आरोप लगाए हैं, वे बीसवीं सदी के कम्युनिस्ट-विरोधियों की याद दिलाते हैं। ''तानाशाह युद्ध भड़कानेवाला होता है। वह जान-बूझकर लोगों को उसमें उलझाए रहता है और इस बात का ध्यान रखता है कि उन्हें एक नेता की जरूरत बनी रहे।''[136] जैसे जनतन्त्र का तर्कसंगत विकास समाजवाद है, वैसे ही अरस्तू के लिए जनतन्त्र की परिणति तानाशाही में होती है। ''जनतन्त्र के अन्तिम रूप से सम्बन्धित जो चीजें घटित होती हैं, वे सब तानाशाही के लिए अनुकूल होती हैं। परिवार में स्त्रियों का प्रभुत्व हो जाता है जिससे कि वे बाहर पुरुषों के बारे में खबरें फैला सकें। उसी कारण दासों में अनुशासन नहीं रह जाता। स्त्रियाँ और दास तानाशाहों के विरुद्ध षड्यन्त्र नहीं करते और यदि वे तानाशाही के चलते फलते-फूलते हैं, तो उसके प्रति उनमें सद्भावना होगी ही और जनतन्त्र के प्रति भी होगी क्योंकि जनसाधारण भी यह चाहते हैं कि वे एकमात्र शासक हों (अर्थात् भूस्वामी वर्ग शासन में भागीदार न हो)।''[137] यूनान में जनवादी क्रान्ति का प्रसार हो रहा था। स्त्रियों और दासों को स्वाधीनता में साँस लेने का अवसर मिल रहा था। कमी यह थी कि नगर-राज्य अलग-अलग राजनीतिक घटक बने हुए थे। जनवादी क्रान्ति की सफलता यूनान की राष्ट्रीय एकता पर निर्भर थी।

अरस्तू का आदर्श नगर-राज्य छोटा राज्य है। आबादी ज्यादा हो तो अच्छी कानूनी सरकार काम नहीं कर सकती। कानून का मतलब है व्यवस्था, अच्छे कानून का मतलब है अच्छी व्यवस्था। 'किन्तु लोगों की संख्या बहुत ज्यादा हो तो वे व्यवस्था में भागीदार नहीं बन सकते।'[138] पदाधिकारी योग्यता के अनुसार नियुक्त हों, 'इसके लिए आवश्यक है कि नागरिक एक-दूसरे के व्यक्तिगत चरित्र से परिचित हों।'[139] शासक वर्ग ऐसा होना चाहिए जिसके सदस्य एक-दूसरे को जानते हों। दास, कारीगर, स्त्रियाँ, व्यापारी, किसान, ये सब शासक वर्ग से बाहर हैं। इन सबको नियन्त्रित रखने के लिए छोटा सुगठित नागरिक समुदाय चाहिए। अरस्तू को भय है कि राज्य में जो विदेशी आकर बस गए हों, आबादी बड़ी होने पर वे नागरिकता के अधिकार हथिया लेंगे।[140] राज्य को आत्मनिर्भर होना चाहिए। 'इसलिए यह स्पष्ट है कि राज्य के लिए सबसे अच्छा परिसीमन सिद्धान्त यह है कि आत्मनिर्भरता को ध्यान में रखते हुए जनसंख्या का विस्तार इतना हो कि वह एक बार में दृष्टिगत हो सके।'[141] राज्य की भूमि ऐसी होनी चाहिए कि उसमें हर तरह की चीज पैदा हो क्योंकि 'आत्मनिर्भरता का अर्थ है हर चीज का सुलभ होना और किसी चीज का अभाव न होना।'[142] जैसे कारीगर कोई चीज बनाता है तो उसे चारों ओर से देख सकता है, वैसे ही अरस्तू अपने नगर-राज्य को

सीमित आकारवाली कलाकृति का रूप देते हैं। राज्य का क्षेत्र ऐसा होना चाहिए कि 'वह एक बार में भलीभाँति दृष्टिगत हो सके।'[143] प्लेटो के शिष्य ने गुरु से यह कारीगरवाला दृष्टिकोण विरासत में पाया है।

आत्मनिर्भर छोटे राज्यों के बीच विनिमय सीमित होगा। अरस्तू के आदर्श नगर-राज्य में तो विनिमय होना ही न चाहिए किन्तु वह जानते हैं, वैसा राज्य कहीं कोई था नहीं, इसलिए उस समय के राज्यों की वास्तविक स्थिति को ध्यान में रखते हुए वह उनके बीच सीमित परिमाण में विनिमय की अनुमति देते हैं। जो वस्तुएँ अपने यहाँ न हों, उनका आयात करना, जो अतिरिक्त उपज हो, उसका निर्यात करना अनिवार्य है क्योंकि 'राज्य को अपने ही हित में व्यापार में लगना चाहिए पर विदेशों के हित में नहीं।'[144] यहाँ अरस्तू के लिए दूसरे राज्यों के यूनानी विदेशी हैं। एक नगर-राज्य के हित में जितना व्यापार हो, उतना ही करना चाहिए। परस्पर लाभ के लिए अनेक नगर-राज्य एक ही बाजार के अंग बन जाएँ, यह अरस्तू के लिए कल्पनातीत है। रियासत का प्रबन्ध करने में सम्मान है, उसके मुकाबले व्यापार करना हीनतासूचक है। यदि व्यापार के बढ़ने से यूनान के नगर-राज्य एक ही बाजार के अंग हो जाएँगे, तो अर्थतन्त्र में व्यापार की प्रधानता होगी, रियासत के प्रबन्ध का काम गौण होगा। भूस्वामी वर्ग का अस्तित्व, उसके दृष्टिकोण का समर्थन, अरस्तू को बाध्य करता है कि वे विनिमय के प्रसार का विरोध करें। कहते हैं : ''जो लोग अपना बाजार दुनिया के लिए खुला छोड़ देते हैं, वे राजस्व के लिए ऐसा करते हैं। लेकिन जिस राज्य को इस तरह मुनाफा कमाने में लाभ नहीं लेना, उसके लिए बड़ा व्यापारिक बन्दरगाह आवश्यक नहीं है।''[145] यहाँ जिस दुनिया के लिए बाजार खोलने की बात कही गई है, वह यूनान के नगर-राज्यों, उनके उपनिवेशों की दुनिया है। इसके एक ओर मिस्र है, दूसरी ओर ईरान और बैबिलोन हैं। मुख्य समस्या यूनान के भीतर व्यापारिक सम्बन्धों के प्रसार की थी। व्यापार का प्रमुख केन्द्र था एथेन्स, भूस्वामियों का गढ़ था स्पार्ता। इनमें दीर्घकाल तक युद्ध हुआ। इस युद्ध के बारे में अरस्तू ने एक महत्त्वपूर्ण बात कही है : ''एथेन्सवासी हर जगह अल्पसंख्यक तन्त्र का दमन करते थे (यहाँ ओलीगार्की धनिकतन्त्र नहीं है, भूस्वामी वर्ग का अल्पसंख्यक तन्त्र है), स्पार्तावासी जनतन्त्र का दमन करते थे।''[146] इस तरह दो राज्यों और उनके सहयोगियों का यह युद्ध पूरे देश को देखते विशाल गृहयुद्ध बन गया था। इसकी तुलना सत्रहवीं सदी में इंग्लैंड के गृहयुद्ध से की जा सकती है। इस युद्ध की समाप्ति के बाद व्यापार में और प्रगति हुई। इसका आभास अरस्तू के उल्लेखों से भी हो जाता है।

एथेन्सवासियों की भावना समान रूप से जनतान्त्रिक नहीं है; नगर की अपेक्षा पिरिअस (पॅइरइआ) के लोग अधिक जनतान्त्रिक हैं।[147] यह क्षेत्र व्यापार और जहाजरानी का केन्द्र था। व्यापारियों के एकत्र होने से आबादी बढ़ती है पर उससे सुशासन में बाधा पड़ती है।[148] अनेक नगर-राज्य बन्दरगाहों को कुछ फासलों पर रखते हैं, किस तरह लोग आपस में मिलें-जुलें, इसके बारे में नियम बनाते हैं। मल्लाहों की

भीड़ से सम्बन्धित आबादी बढ़ जाती है।[149] इन्हें नगर-राज्यों में शामिल न करना चाहिए, न उन्हें नागरिक बनाना चाहिए। नौसैनिक स्वाधीन नागरिक होते हैं, मल्लाहों आदि को वे काबू में रखेंगे। "और जब तक गाँववालों और खेत जोतनेवालों का समुदाय बना हुआ है, तब तक मल्लाहों की कमी न पड़ेगी।"[150] हलवाहों की तरह मल्लाह नागरिकता से खारिज हैं पर मुख्य व्यापार-केन्द्रों में उनकी भीड़ें तो इकट्ठा हो ही रही थीं। यदि राज्य का निर्माण सदाचार के लिए न हो वरन् पैसा कमाने के लिए हो, तो धनिकतन्त्र के समर्थक जनतन्त्र के विरोध में यह कहेंगे : यदि किसी व्यवसाय में भागीदारों ने सौ मीना पूँजी लगाई हो तो एक मीना लगानेवाला यह दावा नहीं कर सकता कि मूल पूँजी या मुनाफे में उसे शेष पूँजी लगानेवाले के बराबर हिस्सा मिले।[151] (अनुवादक के अनुसार सौ मीना लगभग चौबीस हजार पाउंड के हुए।) अनेक भागीदार इस तरह पूँजी मिलाकर व्यवसाय करते थे। अरस्तू ने राजनीति में अनेक बार राज्यसत्ता को वर्गों की भागीदारी कहा है। भागीदारी की यह धारणा उन्हें सम्भवतः व्यवसाय क्षेत्र से मिली थी। कम पूँजी लगानेवाला ज्यादा पूँजी लगानेवाले के बराबर मुनाफा पाने का अधिकारी नहीं हो सकता। पर वह पूँजी लगाता है, अपने विशेषाधिकार के बल पर वह मुनाफा नहीं माँगता। इसके विपरीत जमींदार अपने विशेषाधिकार के कारण जमीन का मालिक है। व्यापारिक होड़ में अकुशल पूँजीपति पीछे रह जाता है। इस तरह की होड़ का सामना जमींदार को नहीं करना होता, बाजार में अपनी उपज लेकर वह दूसरे जमींदार के मुकाबले नहीं खड़ा होता। उत्पादन सीमित है, नगर-राज्य बहुत कुछ आत्मनिर्भर है। जमींदार राज्यसत्ता को अपनी सम्पत्ति समझते हैं, उसमें किसानों और कारीगरों की तो बात ही क्या, व्यापारियों को भी वे उसमें भागीदार नहीं बनाना चाहते।

वित्त के चलन से यह सामन्ती व्यवस्था टूट रही थी। अनेक नगर-राज्यों के आपसी सम्पर्क से एक विशाल बाजार का निर्माण हो रहा था। इसके निर्माण में, यूनानी जाति के गठन में, सबसे बड़ी बाधा जमींदार वर्ग था। नगर-राज्य छोटा हो, प्रत्येक नगर-राज्य स्वतन्त्र हो, यह दृष्टिकोण वास्तव में जमींदार वर्ग का था। वह लोगों को अपने वंशगत पेशों से बाँधकर रखने पर जोर देता था। जनता का नए वर्गों के रूप में संगठित होना उसे पसन्द न था, वह हर कीमत पर अपने विशेषाधिकारों की रक्षा करना चाहता था, जहाँ भी जनता अपने अधिकारों के लिए लड़ती थी, वह उसका दमन करता था। एक ओर जनता में भारी असन्तोष, दूसरी ओर नगर-राज्यों का आपसी तनाव, इस परिस्थिति में सिकन्दर को यूनान पर विजय पाने में सुविधा हुई। कुल मिलाकर जमींदार वर्ग ने सिकन्दर का समर्थन किया। अरस्तू सिकन्दर के गुरु थे, वह जमींदार वर्ग के साथ थे, जनता के विद्रोह का दमन करने में वह क्रान्ति-विरोधियों के साथ थे। यूनान की तबाही के लिए सिकन्दर के साथ वह भी जिम्मेदार हैं। बड़े जमींदारों से समस्त यूनानी जनता का अन्तर्विरोध—यह सत्य अरस्तू के लेखन से उद्‌घाटित होता है। और डेढ़ हजार साल तक ऐसा ही अन्तर्विरोध यूरोपियन समाज की विशेषता बना रहता है।

सन्दर्भ-सूची

(क) एशियाई धरती पर यूनानी दर्शन का जन्म

1. किर्क और रैवेन : द प्रिसोक्रैटिक फिलौसोफ़र्स, 15
2. उप., 19
3. उप., 77
4. मैकडनल और कीथ : वैदिक इन्डेक्स खंड 2, 209
5. ग्रिफिथ, आर.टी.एच. : द हिस्ट्री ऑफ द ऋग्वेद, खंड 1.146
6. मैकडनल : वैदिक मिथौलोजी, 85
7. किर्क और रैवेन : द प्रिसोक्रैटिक फिलौसोफ़र्स, 13
8. उप., 94
9. उप., 96
10. उप., 89
11. उप., 87
12. उप., 146
13. उप., 147
14. उप., 146
15. उप., 199
16. उप.
17. उप.
18. उप., 191
19. उप., 192
20. उप., 186
21. उप., 197
22. उप., 196-97
23. उप., 186
24. उप., 191-92
25. उप., 205
26. उप., 206
27. उप., 207
28. उप., 209
29. उप., 207

30. उप., 108
31. उप.
32. उप., 114
33. उप., 109
34. उप.
35. उप., 172
36. उप., 171
37. उप., 168
38. उप., 172
39. उप., 173
40. उप., 176
41. उप.
42. उप., 177
43. उप., 172
44. उप., 173
45. उप.
46. उप., 177
47. फारिंगटन, बी. : ग्रीक साइंस, 33-34
48. उप., 37
49. उप., 42
50. किर्क और रैवेन : द प्रिसोक्रैटिक फिलौसोफ़र्स, 223
51. उप., 222
52. उप., 224
53. उप.
54. उप., 224
55. उप., 228
56. उप., 251
57. उप., 252
58. उप., 257
59. उप., 225
60. उप., 226
61. उप., 274
62. उप., 275
63. उप., 281
64. उप., 327
65. उप., 329
66. उप., 330
67. उप.
68. उप., 333
69. उप., 334

70. उप., 332
71. उप., 330
72. उप., 415
73. उप., 417
74. उप., 405
75. उप., 407
76. उप., 408
77. मार्क्स-एंगेल्स : कलेक्टेड वर्क्स, खंड 1,41
78. उप.,
79. किर्क और रैवेन : द प्रिसोक्रैटिक फिलौसोफ़र्स, 422
80. मार्क्स-एंगेल्स : कलेक्टेड वर्क्स, खंड 1.46
81. उप., 42-43
82. उप., 73
83. कीथ, ए.बी. : इंडियन लॉजिक एंड ऐटमिज़्म, 17
84. दासगुप्त, सुरेन्द्रनाथ : ए हिस्ट्री ऑफ़ इंडियन फिलौसोफ़ी, खंड 1, 252
85. उप., 253
86. फॉस्टर, आर.जे. : फिजिकल जिऔलोजी, 24
87. किर्क और रैवेन : द प्रिसोक्रैटिक फिलौसोफ़र्स, 426
88. उप., 412
89. उप.
90. लेविन, एच.एल. : कंटेम्परारी फिज़िकल जिऔलोजी, 22
91. धर्मेन्द्रनाथ शास्त्री : क्रिटीक ऑफ इंडियन रियलिज़्म, 158-59
92. दासगुप्त : ए हिस्ट्री ऑफ इंडियन फिलौसोफी, खंड 1, 65
93. धर्मेन्द्रनाथ शास्त्री : क्रिटीक ऑफ इंडियन रियलिज्म, फोरवर्ड
94. रीप डी. : द नैचुरलिस्टिक ट्रैडीशन इन इंडियन थॉट, 41
95. मणिमेहलै, 235
96. उप., 236
97. कासिरे, ई. : द फिलौसोफी ऑफ़ एनलाइटॅनमेंट, 69
98. नीढैम, जे. : साइंस एंड सिविलाइज़ेशन इन चाइना, खंड 1, 154
99. उप., 155
100. सुमन गुप्त और हिलूत्रुद रुस्ताउ : फिलौसोफी साइंस एंड सोशल प्रोग्रेस, 276
101. उप., 285
102. नीढैम : साइंस एंड सिविलाइज़ेशन खंड 2, 35-36
103. उप., 37
104. उप., 11
105. उप., 39
106. उप., 65
107. उप., 38
108. उप., 42
109. उप., 50

110. उप., 243
111. उप., 399-401
112. उप., 67
113. उप., 51
114. उप., 39
115. उप., 39
116. उप.
117. उप., 39-40
118. उप., 47
119. उप., 139
120. उप., 140
121. उप., 143-44
122. उप., 145
123. उप., 146
124. उप., 145
125. उप., 24
126. उप., 144
127. उप., 5
128. उप., 33
129. उप.
130. उप., 408
131. उप., 406
132. उप., 396
133. उप., 397
134. उप., 397-99
135. उप., 401
136. उप.
137. उप., 410
138. उप.
139. उप., 412
140. उप., खंड 1, 213
141. फर्गुसन, डी.एफ. : ए हिस्ट्री ऑफ म्यूज़िकल थॉट, 22
142. उप., 29

(ख) एथेन्स के दार्शनिक

सुकरात

1. अरिस्तोफनेस : द क्लाउड्स, 123
2. किर्क और रैवेन : द प्रिसोक्रैटिक फिलौसोफर्स, 150
3. हेगल्स लेक्चर्स ऑन द हिस्ट्री ऑव फिलौसोफी, खंड 1, 326-28

4. प्लेटो : ऐपौलौजी, 37
5. उप., 39
6. उप., 16-17
7. उप., 17
8. अरिस्तोफनेस : द क्लाउड्स, 165
9. उप., 167
10. उप., 170
11. प्लेटो : ऐपौलौजी, 39-40
12. उप., 40
13. उप., 23-24
14. अरिस्तोफनेसः द क्लाउड्स, 172
15. उप., 173
16. उप., 174
17. उप., 149-50
18. उप., 150
19. उप., 172
20. प्लेटो : ऐपौलौजी, 64
21. उप., 42
22. उप., 43
23. उप., 44
24. उप., 46
25. उप., 55
26. हेगल्स लेक्चर्स, खंड 1, 445
27. उप., 448-49
28. उप., 431
29. उप., 434
30. उप., 435
31. उप., 423
32. उप., 426
33. उप., 430
34. उप., 438
35. उप.
36. उप., 439
37. उप.
38. उप.
39. उप.
40. उप., 440
41. उप.

प्लेटो

1. मार्क्स : कैपिटल, खंड 1, पृ. 346
2. द डायलॉग्स ऑव प्लेटो, खंड 2 (रिपब्लिक), अनुवादक बी. जोवेट, 301
3. उप., 410
4. उप., 411
5. उप., 412
6. उप., 413
7. उप., 416
8. उप., 417
9. उप., 418
10. उप., 272-73
11. उप., 418
12. उप., 419
13. उप., 433
14. उप., 424
15. उप., 426
16. उप., 430
17. उप., 431
18. उप., 432
19. उप., 434
20. उप., 436
21. उप., 211
22. उप., 212
23. उप., 217
24. उप., 186
25. उप., 266
26. उप., 271
27. उप., 287
28. उप., 326
29. उप., 452
30. उप., 453
31. उप., 355
32. उप., 356
33. उप., 441
34. उप., 289
35. उप., 215
36. उप., 216
37. उप., 438
38. उप.

39. उप., 439
40. उप.
41. उप.
42. उप.
43. उप., 450
44. उप., 274
45. उप., 310
46. उप., 392
47. उप., 316
48. उप., 314
49. उप., 315
50. उप., 316
51. उप., 326
52. उप., 425
53. उप.
54. उप., 481
55. उप., 328
56. उप.
57. उप.
58. उप., 309
59. उप., 451
60. उप., 149-50
61. उप., 274
62. उप., 150
63. मार्क्स-एंगेल्स : कलेक्टेड वर्क्स, खंड 38, 89
64. द डायलॉग्स ऑव प्लेटो, खंड 2, 388-89
65. उप., 358-59
66. उप., 406
67. उप., 408
68. उप., 409
69. उप., 332
70. उप., 43
71. उप., 44
72. उप., 30
73. उप., 151
74. उप., 473
75. उप., 474
76. उप., 185-86
77. उप., 195
78. उप., 196

79. उप., 312
80. उप., 475
81. उप., 467
82. उप.
83. उप., 438
84. उप., 492
85. उप., 273
86. उप., 327
87. उप., 328
88. उप.
89. उप., 329
90. उप.

अरस्तू

1. अरिस्टोटल : पॉलिटिक्स, 579
2. उप., 581
3. उप.
4. उप.
5. उप.
6. उप.
7. उप., 207
8. उप., 581
9. उप., 577
10. उप., 579
11. उप., 583
12. उप., 603
13. उप., 119
14. उप., 475
15. उप., 493
16. उप., 237
17. उप.
18. उप., 337
19. उप., 593
20. उप., 595
21. उप., 593
22. उप., 163
23. उप., 73
24. उप., 9
25. उप., 271

26. उप., 247
27. उप., 259
28. उप.
29. उप., 343
30. उप., 161
31. उप., 439
32. उप., 77
33. उप., 98
34. उप., 93
35. उप., 89
36. उप., 91
37. उप., 81
38. उप., 95
39. उप.
40. उप., 134-35
41. उप., 77
42. उप. 411
43. उप., 411
44. उप., 417
45. उप., 259
46. उप., 373
47. उप., 375
48. उप., 399
49. उप.
50. उप., 401
51. उप., 417
52. उप., 437
53. उप., 401
54. उप., 220-21
55. उप., 221
56. उप., 207
57. उप., 211
58. उप., 221
59. उप., 603
60. उप., 605
61. उप., 585
62. उप.
63. उप.
64. उप.
65. उप.

66. उप.
67. उप., 51
68. उप., 55
69. उप., 57
70. उप., 333
71. उप.
72. उप., 335
73. उप., 339
74. उप., 377
75. उप., 429
76. उप., 427
77. उप., 21
78. उप., 119
79. उप., 265
80. उप., 297
81. उप., 537
82. उप., 551
83. उप., 553
84. उप., 603
85. उप., 273
86. उप., 545
87. उप.
88. उप., 631
89. उप., 665
90. उप., 667
91. उप., 631
92. उप., 671
93. उप., 163
94. उप., 73
95. उप., 237
96. उप., 579
97. उप., 581
98. उप.
99. उप.
100. उप., 583
101. उप.
102. उप., 40
103. उप., 429
104. उप., 557
105. उप.

106. उप., 119
107. उप.
108. उप., 7
109. उप., 13
110. उप., 195
111. मार्क्स-एंगेल्स : ऑन द यूनाइटेड स्टेट्स, 59
112. उप., 55
113. उप., 168
114. उप.
115. उप., 169
116. उप., 213
117. उप., 204
118. अरिस्टोटल : पॉलिटिक्स, 567
119. उप., 29
120. उप., 8
121. उप., 41
122. उप., 21
123. उप., 133
124. उप., 135
125. उप.
126. उप., 247
127. उप., 439
128. उप., 27
129. उप., 441
130. उप., 443
131. उप., 445
132. उप., 449
133. उप., 461
134. उप., 459
135. उप.
136. उप., 463
137. उप.
138. उप., 555
139. उप., 559
140. उप.
141. उप.
142. उप.
143. उप., 561
144. उप., 563
145. उप.

146. उप., 419
147. उप., 389
148. उप., 556
149. उप., 563
150. उप., 565
151. उप., 213

दूसरा अध्याय

यूरोप का पुनर्जागरण काल : हेगल और मार्क्स

(क) दार्शनिक विरासत का मूल्यांकन

(ख) यथार्थवाद और शून्यवाद

(ग) हेगल

(क) दार्शनिक विरासत का मूल्यांकन

मार्क्स के बौद्धिक विकास का गहरा सम्बन्ध उस संस्कृति से है जो मशीनी उद्योग-धन्धोंवाली आर्थिक क्रान्ति से पहले की है। इसका एक भाग वह है जिसका सम्बन्ध प्राचीन यूनान और रोम से है, दूसरा भाग वह है जो यूरोप के पुनर्जागरण से आरम्भ होता है और अठारहवीं सदी तक जारी रहता है। इन दोनों के बीच में एक हजार साल से ऊपर का अन्तराल है जो मध्यकाल कहलाता है। औद्योगिक क्रान्ति से पहले की संस्कृति ने मार्क्स को कैसे प्रभावित किया, इसकी जानकारी से इस बात का ज्ञान होगा कि समाजवादी विचारधारा के विकास में इस पुरानी संस्कृति की भूमिका किस प्रकार की है; इसके साथ ही आर्थिक परिस्थितियों से संस्कृति का सम्बन्ध किस तरह का होता है, इसे जानने के लिए सामग्री मिलेगी। सबसे पहले उस लम्बे अन्तराल पर ध्यान देना है जो रोमन साम्राज्य के विघटन और यूरोप के पुनर्जागरण के बीच हजार साल तक बना रहा। यह मध्यकाल सामन्ती व्यवस्था का युग है। इसे अनेक विद्वान दासप्रथावाले समाज की तुलना में आगे बढ़ी हुई व्यवस्था मानते हैं। किन्तु जिसे पुनर्जागरण कहते हैं, वह इसी मध्यकाल का विरोध करता हुआ आगे बढ़ता है और प्राचीन यूनान और रोम की संस्कृति से अपना नाता जोड़ता है। होना यह चाहिए था कि पुनर्जागरण युग मध्यकाल की संस्कृति से नाता जोड़ता और यूनान और रोमवाली संस्कृति का विरोध करता। क्या इससे हम यह नतीजा निकालें कि आर्थिक परिस्थितियाँ मध्यकाल में अधिक विकसित थीं किन्तु संस्कृति इनके अनुरूप अपना विकास न कर सकी अथवा यह कि यूनान और रोम की आर्थिक परिस्थितियाँ पिछड़ी हुई थीं किन्तु जो संस्कृति निर्मित हुई, वह प्रगतिशील थी ? इटली, इंग्लैंड, फ्रांस में जब पुनर्जागरण का प्रकाश फैला, तब एक सामान्य धारणा यह बनी कि जो प्रकाश मध्यकाल में लुप्त हो गया था, वह फिर मिल गया है। साहित्य, दर्शन, ललित कलाएँ, समाज विज्ञान, कोई ऐसा क्षेत्र नहीं है जिसे प्राचीन यूनान और रोम ने प्रभावित न किया हो।

यदि हम यह समझ लें कि यूनानी और रोमन समाज में पहले छोटे पैमाने की खेती और दस्तकारी का विकास हुआ, सामन्ती व्यवस्था कायम हुई, फिर व्यापार के विकास के साथ बड़े पैमाने पर माल तैयार करने के लिए गुलामों से काम लिया जाने लगा तो आर्थिक परिस्थितियों से संस्कृति का सम्बन्ध बहुत स्वाभाविक लगेगा और यह प्रतीत

होगा कि मध्यकाल के बाद यूनान और रोम से सीखने के बदले यूरोप के बुद्धिजीवी और कुछ कर ही न सकते थे। यूरोप के मध्यकाल में छोटे पैमाने पर खेती और दस्तकारीवाली वह सामन्ती व्यवस्था थी जो रोम और यूनान में दासप्रथा के चलन से पहले कायम हो चुकी थी। रोम और यूनान की संस्कृति व्यापारिक पूँजी के युग की संस्कृति थी। यूरोप में पुनर्जागरण युग व्यापारिक पूँजीवाद का युग है। इस युग में यूरोप के प्रमुख राष्ट्रों ने बड़े पैमाने पर गुलामों का व्यापार किया, उनके उपनिवेशों में गुलामों से बड़े पैमाने पर खेती कराई गई जिसका उद्देश्य बाजार के लिए बिकाऊ माल तैयार करना था। यूनान और रोम तथा पुनर्जागरण युग के यूरोप की आर्थिक परिस्थितियों में काफी समानता थी। इस नए पूँजीवादी युग की संस्कृति पुराने पूँजीवादी युग की संस्कृति से प्रभावित हो, इससे अधिक स्वाभाविक प्रक्रिया और क्या हो सकती थी ?

पुनर्जागरण युग नए मानवतावाद का युग है। दासों के मालिकों की संस्कृति मानवतावाद को कैसे प्रभावित कर सकती है ? नए मानवतावाद के युग में भी दासों का व्यापार होता था, यह हम क्यों भूल जाते हैं ? यही नहीं, विशाल भू-खंडों में यूरोप के लुटेरों ने बड़े पैमाने पर जनसंहार किया, दूसरों की भूमि छीनकर उसके स्वामी बन गए। पुनर्जागरण युग में न जाने कितनी पुरानी बस्तियाँ उजाड़ी गईं। जैसे लोग जंगल साफ करके खेती करते थे, वैसे ही जमींदारों और व्यापारियों ने पुरानी जातियों का सफाया करके उनकी भूमि पर अपने उपनिवेश बनाए। किन्तु इस युग की मानवतावादी संस्कृति इस जन-संहारक व्यापारी वर्ग की संस्कृति नहीं है। व्यापारिक पूँजीवाद के विकास के साथ-साथ सामन्ती बन्धन ढीले हुए और बुद्धिजीवी को अपनी चेतना विकसित करने का मौका मिला, नई आर्थिक परिस्थितियों के कारण मानव-चेतना को विकसित होने का अवसर मिला। यह विकसित चेतना इन परिस्थितियों का यान्त्रिक प्रतिबिम्ब नहीं है और वह व्यापारी वर्ग के हितों का प्रतिनिधित्व नहीं करती। प्राचीन यूनान की संस्कृति भी मानवतावादी थी, वह रूढ़ियों और सामन्ती संस्कारों का विरोध करनेवाली थी और कुल मिलाकर दासों के मालिकों के हितों का प्रतिनिधित्व करनेवाली नहीं थी। रोम की संस्कृति वैसी मौलिक नहीं थी जैसी यूनान की संस्कृति थी, विशेष रूप से उत्तरकालीन रोमन संस्कृति रूढ़िबद्ध हो रही थी। यही कारण है कि यूरोप के विद्रोही कवियों और विचारकों को जितना यूनान ने प्रभावित किया, उतना रोम ने नहीं। और सामन्ती यूरोप की संस्कृति में सबकुछ अन्धकारयुगीन नहीं है। मध्यकालीन लोकगीतों ने पुनर्जागरण के कवियों को ही नहीं, औद्योगिक क्रान्ति के दौरवाले कवियों को भी प्रभावित किया। इसके साथ यह भी सही है कि रूमानी कवियों ने मध्यकाल के ऐसे मोहक चित्र बनाए जिनका यथार्थ जीवन से कोई सम्बन्ध न था।

मार्क्स के चिन्तन का जितना सम्बन्ध हेगल से है, उतना ही हेगल के पूर्ववर्ती प्राचीन कवियों और विचारकों से है। यह सम्बन्ध उस समय कायम हुआ जिस समय मार्क्स के क्रान्तिकारी व्यक्तित्व का निर्माण हो रहा था। यूनान और रोम ने पुनर्जागरणकाल को प्रभावित किया, इस पुनर्जागरण युग की चिन्तनधारा का विकास

अठारहवीं सदी तक इंग्लैंड, फ्रांस और जर्मनी में हुआ। अठारहवीं सदी की नवीन चेतना से स्वयं हेगल जुड़े हुए थे। जर्मनी के सबसे बड़े कवि गेटे नवजागरण के कवि थे, यूनानी संस्कृति से प्रभावित होनेवाले वह श्रेष्ठ रूढ़ि-विरोधी कवि थे। एक छोर पर यूनानी कवि नाटककार ईस्खुलुस और दूसरे छोर पर जर्मन कवि (नाटककार भी) गेटे, ये दोनों मार्क्स के प्रिय कवि थे। इन दोनों के बीच में इंग्लैंड के शेक्सपीयर थे जिनके नाटक मार्क्स परिवार में अत्यन्त लोकप्रिय थे। मार्क्स और एंगेल्स प्रारम्भिक दौर में कवि थे, यह बात स्मरणीय है। उनका साहित्य-प्रेम कभी नष्ट नहीं हुआ और उनके गद्य-लेखन से स्पष्ट है कि उन्हें कलात्मक सौन्दर्य का ध्यान बराबर रहता था। कम्युनिस्ट घोषणा-पत्र में जो ओज दिखाई देता है, वह दो कवियों के गद्य की विशेषता है। कविता ने मार्क्स के अर्थशास्त्र को प्रभावित नहीं किया किन्तु उनके व्यक्तित्व के निर्माण में उसकी बहुत बड़ी भूमिका है, इसमें सन्देह नहीं। इसी के साथ एक छोर पर यूनानी दार्शनिक एपिकुरुस और दूसरे छोर पर जर्मन विचारक हेगल और इनके बीच में पुनर्जागरणकाल तथा अठारहवीं सदी की नवचेतना का प्रकाश है। मार्क्स इन सबसे अभिन्न रूप में जुड़े हुए हैं। यहाँ कुछ बातें केवल उदाहरणस्वरूप कही जाएँगी।

एपिकुरुस और मार्क्स

मार्क्स ने 1838 में डॉक्टर की उपाधि के लिए यूनानी दर्शन पर अपना शोध-प्रबन्ध लिखा था। इसमें उन्होंने प्रकृति-सम्बन्धी दर्शन के बारे में एपिकुरुस और देमोक्रितुस के विचारों का भेद दिखाया, 1841 में इसकी भूमिका लिखी। इस भूमिका में मार्क्स ने मध्यकाल को अनुभूत-अविवेक का दौर (period of realised unreason) बताया है। इस मध्यकालीन अविवेक से मानव-चेतना को मुक्त करना जरूरी था। इस कार्य में यूनानी दर्शनशास्त्र सहायक था। लैटिन लेखक किकेरो (अथवा सिसेरो) और यूनानी लेखक प्लूतार्ख (अथवा प्लूटार्क) ने एपिकुरुस के बारे में जो कुछ कहा था, उसी को लोग दोहराते आए थे। इनके बाद फ्रांस के विचारक गसेन्दी ने एपिकुरुस के बारे में लिखा। मध्यकाल के विचारकों और ईसाई पादरियों ने एपिकुरुस को खूब बदनाम किया था। गसेन्दी ने यह बदनामी दूर की किन्तु वह स्वयं धार्मिक संस्कारों से मुक्त नहीं थे। इन संस्कारों के कारण उन्होंने चर्च के रूढ़िवाद और एपिकुरुस के सिद्धान्तों में सामंजस्य स्थापित करने का प्रयत्न किया। मार्क्स ने लिखा कि उनका यह प्रयत्न निष्फल हुआ।

मार्क्स ने अपने शोध-प्रबन्ध में जो कुछ लिखा, वह उनकी एक बड़ी योजना का अंग था। एपिकुरुस के बाद वह स्टोइक (वीतरागी) और स्केप्टिक (सन्देहवादी) दार्शनिक धाराओं के बारे में भी लिखना चाहते थे और यूनान के समूचे दार्शनिक चिन्तन से इनका सम्बन्ध दिखाना चाहते थे। मार्क्स से पहले हेगल ने यूनानी दर्शन पर लिखा था। हेगल यूनानी दर्शन के इतिहास के लिए और यूनानी चेतना के लिए इन धाराओं का महत्त्व नहीं पहचान पाए। मार्क्स के लिए यूनानी दर्शन के सही इतिहास की कुंजी

इन धाराओं में थी। यूनानी दर्शन के प्रति मार्क्स ने जहाँ जिस दृष्टिकोण का परिचय दिया है, उससे स्पष्ट है कि वह समकालीन विचारधारा के विकास के लिए यूनानी दर्शन ही नहीं, यूनानी चिन्तन, यूनानी मानस का ज्ञान आवश्यक मानते थे। उन्होंने हेगल की सीमा बताते हुए अपने मित्र कोपन का जिक्र किया। प्रुशिया के राजा फ्रेडरिक नवचेतना के अग्रदूत थे। इन पर कोपन ने निबन्ध लिखा था। इस निबन्ध के बारे में मार्क्स ने बताया कि यूनानी जीवन से उक्त धाराओं के सम्बन्ध की और गहरी जानकारी हेगल की अपेक्षा उस निबन्ध से हो सकती थी। कोपन के जिक्र से एक बात और समझ में आ जाती है कि नवचेतना के वाहक फ्रेडरिक भी यूनानी संस्कृति से प्रभावित थे। जर्मनी में सामन्ती अवशेष अभी मजबूत थे, उनके साथ धार्मिक रूढ़िवाद और संकीर्णता का व्यापक प्रभाव था। मार्क्स ने प्लूतार्ख की आलोचना यह दिखाने के लिए की कि धार्मिक रूढ़िवाद से स्वाधीन चिन्तन में कितनी बाधा पड़ती है। परिशिष्ट में उन्होंने प्लूतार्ख के सन्दर्भ में 'धार्मिक सामन्तवाद' शब्दों का प्रयोग किया है। इससे भी स्पष्ट है कि वह धार्मिक रूढ़ियों से मुक्ति पाने के लिए यूनानी दार्शनिकों का अध्ययन जरूरी समझते थे। भूमिका में उन्होंने लिखा, दर्शन के विश्वजयी और पूर्णतः मुक्त हृदय में जब तक रक्त की एक बूँद भी रहेगी, वह एपिकुरुस की घोषणा दोहराते हुए अपने शत्रुओं को उत्तर देने में कभी नहीं थकेगा : पापी वह नहीं है जो जनसाधारण द्वारा पूजित देवताओं को अस्वीकार करता है, पापी वह है जो इन देवताओं के बारे में उन बातों की पुष्टि करता है, जिन पर जनसाधारण को विश्वास है।

मार्क्स ने धार्मिक रूढ़ियों के विरुद्ध जो संघर्ष चलाया, वह सामन्त-विरोधी सामाजिक संघर्ष का ही एक अंग था। इस संघर्ष में उन्हें एपिकुरुस से प्रेरणा मिली और एपिकुरुस के दर्शन को उन्होंने अपना अस्त्र बनाया। इस यूनानी दार्शनिक का मूल्यांकन करते हुए मार्क्स ने दर्शनशास्त्र के पुराने विवेचकों की सीमाओं का ही उल्लंघन नहीं किया, उन्होंने हेगल के विवेचन की सीमाओं को भी स्पष्ट रूप में बता दिया। एपिकुरुस का यह नया मूल्यांकन सामन्त-विरोधी संघर्ष से जुड़ा हुआ था और वह सर्वहारा वर्ग की भौतिकवादी विचारधारा के विकास के लिए अत्यन्त महत्त्वपूर्ण था। शोध-प्रबन्ध की भूमिका के एक मसौदे में उन्होंने लिखा था : "वह समय केवल अब आया है जब एपिकुरुस के अनुयायियों की, वीतरागियों और सन्देहवादियों की धाराएँ समझी जा सकती हैं। ये आत्मचेतना के दार्शनिक हैं। प्रस्तुत पंक्तियों से इतना तो पता ही चलेगा कि इस समस्या को हल करने के लिए अभी तक कितना कम काम हुआ है।" (मार्क्स और एंगेल्स, कलेक्टेड वर्क्स, खंड 1, पृष्ठ 106)। मार्क्स ने अपने युग को वह उचित समय माना जिसमें यूनानी दर्शन का सही ज्ञान सम्भव था। इसका अर्थ यह है कि मध्यकाल में धार्मिक रूढ़ियों के कारण यूनानी चिन्तन पर अज्ञान का पर्दा पड़ा हुआ था, उसके बाद भी किसी-न-किसी प्रकार के धार्मिक संस्कारों के कारण (यथा गसेन्दी) अथवा भाववादी दृष्टिकोण के कारण (यथा हेगल) अब तक के विवेचक यूनानी दर्शन का सही मूल्यांकन प्रस्तुत न कर सके थे। शोध-प्रबन्ध के परिशिष्ट में हेगल पर मार्क्स

की एक टिप्पणी दिलचस्प है। ईश्वर की सत्ता सिद्ध करने के लिए जो प्रमाण दिए जाते हैं, उनकी चर्चा करते हुए मार्क्स ने लिखा, हेगल ने इन धर्मशास्त्र के प्रमाणों को उलट-पलट दिया, 'अर्थात् उन्होंने उन्हें इसलिए अस्वीकार किया कि उन्हें विवेकसंगत ठहराएँ।' (उप., पृ. 103)। अनेक भाववादियों के समान हेगल धर्मशास्त्रों की अनेक बातें अस्वीकार करने पर भी किसी-न-किसी रूप में परोक्ष सत्ता के प्रति अपनी आस्था प्रकट करते थे। इसलिए मार्क्स ने लिखा कि धर्मशास्त्रियों के तर्क उलट-पलट देने के बाद भी हेगल उन्हें विवेकसंगत मान लेते थे। जहाँ तक द्वन्द्ववादी तर्क-पद्धति का सवाल है, मार्क्स ने हेगल से बहुत कुछ ग्रहण किया किन्तु जहाँ तक भौतिकवादी दर्शन का सवाल है, वह हेगल की अपेक्षा एपिकुरुस के निकट ज्यादा है। यह कहना असंगत न होगा कि हेगल के भाववाद के प्रति मार्क्स की विद्रोह भावना का एक स्रोत एपिकुरुस का दर्शन था। हेगल और ईश्वर-सम्बन्धी प्रमाणों के सिलसिले में मार्क्स ने पूछा, ये भी कैसे मुवक्किल हैं, जिनका वकील उन्हें मारकर ही अदालत के दंड से उन्हें बचा सकता है ? मार्क्स ने लिखा कि ईश्वर की सत्ता के बारे में जो भी प्रमाण दिए जाते हैं, वे सब नागनाथ को साँपनाथ कहनेवाले खोखले दावे हैं। मार्क्स ने जिसे आत्मचेतना कहा है, वह बहुत कुछ फ्रांस के क्रान्तिकारियों, इंग्लैंड के कवियों का 'शुद्ध विवेक' है। इस शुद्ध विवेक की भौतिकवादी व्याख्या मार्क्स और एंगेल्स ने बाद में की किन्तु वे भौतिकवाद की ओर जिस प्रयाण बिन्दु से आगे बढ़े थे, वह पुराने सामन्त-विरोधियों का विशुद्ध विवेक था।

मार्क्स के जीवनी-लेखक मेरिंग ने अठारहवीं सदी की पूँजीवादी नवचेतना (एनलाइटनमेंट) से पुराने आत्मचेतनावाले दर्शन का सम्बन्ध सही जोड़ा है। उन्होंने लिखा है कि उस समय के दर्शन में प्रचलित खास शब्दावली एक ओर हटा दें तो यह जानना सुगम होगा कि आत्मचेतना के यूनानी दर्शन में वह कौन-सी चीज थी जिसने बावर, कोपन और मार्क्स को अपनी ओर आकर्षित किया था। दरअसल वे यहाँ पूँजीवादी नवचेतना आन्दोलन के बिखरे हुए सूत्र समेट रहे थे। मेरिंग के विचार से पहले देमोक्रितुस और हेराक्लितुस, बाद में प्लेटो (प्लातोस) और अरस्तू यूनान के सबसे बड़े दार्शनिक थे, फिर भी वह मानते हैं कि एपिकुरुस आदि आत्मचेतनावादियों ने मानव-बुद्धि के सामने नए और विस्तृत क्षितिज उद्घाटित किए। उन्होंने यूनानी चिन्तन की राष्ट्रीय सीमाओं और दासप्रथावाली व्यवस्था की सामाजिक सीमाओं को तोड़ा। सीमाएँ तोड़ने का यह कार्य मेरिंग के अनुसार प्लेटो या अरस्तू के दिमाग में सपने में भी न आया था। यद्यपि हेगल ने आत्मचेतना के दार्शनिकों पर हलके-फुलके ढंग से ही कुछ बातें कही थीं, फिर भी उन्होंने स्पष्ट रूप से व्यक्ति की आन्तरिक स्वाधीनता के विशद महत्त्व की ओर संकेत किया था। रोमन साम्राज्य ने क्रूरतापूर्वक व्यक्तित्व की जिस गरिमा और सुन्दरता को ध्वस्त कर दिया था, उसके परम विनाश के समय इन दार्शनिकों ने व्यक्ति की आन्तरिक स्वाधीनता की घोषणा की थी। सन्देहवादियों ने रूढ़ियों के प्रति सन्देह व्यक्त किया था, एपिकुरुस ने धर्म के प्रति घृणा प्रकट की थी

और वीतरागियों ने प्रजातान्त्रिक भाव (रोमन साम्राज्य के प्रति विरोधी भाव) प्रकट किए थे। अठारहवीं सदी के पूँजीवादी नवचेतना आन्दोलन ने यूनान के नवचेतना-दर्शन को पुनर्जीवित किया (मेरिंग, कार्ल मार्क्स, पृष्ठ 24)।

मेरिंग ने आगे मार्क्स के मित्र कोपन का हवाला दिया। कोपन प्रुशिया के राजा फ्रेडरिक को नवचेतना आन्दोलन का प्रमुख नायक मानते थे। फ्रेडरिक यूनानी दर्शन से किस तरह प्रभावित हुए, इसके बारे में कोपन ने लिखा था, एपिकुरुसपन्थ, वीतरागवाद और सन्देहवाद प्राचीन समाज की काया का स्नायुतन्त्र, उसकी आन्तरिक व्यवस्था हैं। इनकी प्रत्यक्ष और सहज एकता से ही उस काया की सुन्दरता और नैतिकता निर्धारित हुई थी। जब वह काया न रही, तब वह नैतिकता और सुन्दरता भी न रही, वे तीनों दार्शनिक धाराएँ न रहीं। महान फ्रेडरिक ने तीनों को अपनाया और आश्चर्यजनक शक्ति से उनका प्रयोग किया। विश्व के प्रति उनके दृष्टिकोण के निर्माण में, उनके चरित्र में और उनके समस्त जीवन में ये धाराएँ मुख्य उपकरण बनीं (उप., पृ. 25)।

एपिकुरुस के दर्शन के प्रति मेरिंग ने लिखा कि एक ओर किकेरो से लेकर प्लूतार्ख तक और लाइबूनित्स से लेकर कांट तक लोगों ने एपिकुरुस के अणु-सिद्धान्त (अणुओं की तिर्यक् गति) का मजाक उड़ाया, दूसरी ओर एक अन्य प्रवृत्ति थी जो एपिकुरुस के दर्शन को प्राचीन संसार का सर्वाधिक विकसित भौतिकवादी दर्शन मानती थी। इसका एक कारण लुक्रेतिउस (अथवा लुक्रेशियस) की लैटिन कविता थी जिसमें एपिकुरुस के सिद्धान्तों को पद्यबद्ध किया गया था। उल्लेखनीय है कि इस लैटिन कवि ने इंग्लैंड के प्रसिद्ध कवि शेली को भी प्रभावित किया था। मेरिंग ने लिखा है कि मार्क्स के लिए एपिकुरुस यूनान के सबसे बड़े ज्ञान-प्रसारक थे। मार्क्स पुराने दर्शन का अध्ययन किस तरह करते थे, इसके बारे में मेरिंग ने लिखा है, अपनी प्रथम कृति में ही मार्क्स ने दिखाया कि वह रचनात्मक विचारक हैं। उनकी आलोचना करते हुए विरोध में इतना ही कहा जा सकता है कि उन्होंने एपिकुरुस के मूल सिद्धान्त को विकसित किया और उससे एपिकुरुस से भी अधिक स्पष्ट परिणाम निकाले (उप., पृ. 30)।

जिस समय एंगेल्स प्रकृति-विज्ञान का विश्लेषण करके द्वन्द्ववाद की पुष्टि कर रहे थे, उस समय उनका ध्यान यूनानी संस्कृति और पुनर्जागरणकाल की ओर भी था। मार्क्स और एंगेल्स चाहे अर्थशास्त्र पर लिखें, चाहे प्रकृति-विज्ञान पर, यूनान की प्राचीन संस्कृति और उससे प्रेरित यूरोप के पुनर्जागरणकाल की संस्कृति उनके बौद्धिक परिवेश में बराबर बनी रहती है। इन दोनों विद्वानों के सबसे परिपक्व चिन्तन के निष्कर्ष उक्त विषय के सन्दर्भ में सम्भवतः एंगेल्स की पुस्तक *प्रकृति का द्वन्द्ववाद* में हैं। इसमें उन्होंने लिखा था, प्राचीनकाल में विद्वानों ने प्रकृति-विज्ञान और दर्शन से सम्बन्धित अपने सहज बोध से कुछ शानदार स्थापनाएँ प्रस्तुत की थीं। इनके सिवा अरबों ने जब-तब कुछ आविष्कार किए थे जो नियमित और व्यवस्थित कार्य के परिणाम नहीं थे, फिर भी अतिशय महत्त्वपूर्ण थे। इनसे भिन्न आधुनिक काल में प्रकृति को लेकर व्यवस्थित, चौमुखी और वैज्ञानिक अनुसन्धान हुआ। फ्रांस के लोग इस आधुनिक काल की

शुरुआत पुनर्जागरण काल से मानते हैं, यद्यपि इस युग के लिए प्रयुक्त अन्य शब्दों की तरह यह शब्द भी पूरी तरह उपयुक्त नहीं है। यह युग पन्द्रहवीं सदी के उत्तरार्द्ध में शुरू हुआ। बादशाही ने शहरी व्यवसायियों की सहायता से सामन्ती अभिजात वर्ग की शक्ति का ध्वंस किया और उन बड़ी बादशाहतों को कायम किया जिनका मूल आधार जातीयता थी। इनके अन्तर्गत यूरोप की आधुनिक जातियाँ और आधुनिक पूँजीवादी समाज का विकास हुआ। शहरी व्यवसायी और सामन्त अभी आपस में लड़ रहे थे, तभी जर्मनी में किसान-युद्ध हुआ। उसने विद्रोही किसानों को मंच पर ला खड़ा किया। यह कोई नई बात नहीं थी। किन्तु इनके पीछे आधुनिक सर्वहारा वर्ग की शुरुआत भी खड़ी थी जिसके हाथ में लाल झंडा था और जिसके होंठों पर धन-दौलत के सामान्य स्वामित्व की माँग थी। बाइ ज़ैंटियम के पतन के बाद कुछ पांडुलिपियाँ बचा ली गईं। (जहाँ आधुनिक तुर्की है, वहाँ यूनानी राज्य था। तुर्कों ने उसका विध्वंस किया, उस समय यूनानी भाषा की कुछ पांडुलिपियाँ बचा ली गईं।) इनसे और रोम के ध्वंसावशेषों से जो प्राचीन मूर्तियाँ खोज निकाली गईं, उन्हें पश्चिमी यूरोप ने अचम्भे से देखा कि उसके सामने एक नई दुनिया खड़ी है; यह दुनिया प्राचीन यूनान की है।

एंगेल्स के इस कथन में एक बात विचारणीय यह है कि पश्चिमी यूरोप के सांस्कृतिक विकास के लिए अमरीका का पता लगाना अधिक महत्त्वपूर्ण था या प्राचीन यूनान का। अमरीका से उन तमाम लोगों का गहरा सम्बन्ध था जो लूट और व्यापार से जल्दी-जल्दी धन-दौलत बटोरने में लगे थे; प्राचीन यूनान से उन तमाम बुद्धिजीवियों को लगाव था जो सामन्ती अन्धकार युग से निकलकर पुरानी दुनिया से नया प्रकाश पाकर समाज का ढाँचा बदलना चाहते थे। दूसरी बात विचारणीय यह है कि पुनर्जागरण काल केवल पुरानी संस्कृति के अनुकरण का युग नहीं है; वह उससे प्रेरित होकर नई जातीय संस्कृति रचने का युग है। जिस व्यवस्था में यूरोप की आधुनिक जातियों का विकास हुआ, वह मशीनोंवाले पूँजीवादी उत्पादन की व्यवस्था नहीं थी। तीसरी बात यह है कि सामन्ती व्यवस्था के विघटन काल में किसान विद्रोह कर रहे थे और सर्वहारा वर्ग के पूर्वज, औद्योगिक क्रान्ति से पहले, सम्पत्ति के वितरण के बारे में साम्यवादी माँगें लिये पूँजीवाद के अभ्युदय के साथ मंच पर सामने आ रहे थे। सांस्कृतिक विकास के लिए यह तथ्य भी महत्त्वपूर्ण है। आखिर बात यह है कि प्राचीन संस्कृति पर यूनानियों और रोमनों का ही इजारा न था, उसमें अरबों की देन भी थी। अरबों ने व्यवस्थित ढंग से काम न किया था किन्तु एंगेल्स के अनुसार उनकी वैज्ञानिक देन अतिशय महत्त्वपूर्ण थी। अरब लोग एशिया के रहनेवाले थे। एंगेल्स एशिया के बारे में नए सिरे से सोच रहे थे, यहाँ उसका संकेत है।

पश्चिमी यूरोप ने अचम्भे से यूनानी संस्कृति का सौन्दर्य देखा। यह सौन्दर्य ईसा के जन्म से पहले का था, यूरोप में ईसाई धर्म के प्रसार से पहले का था। यदि यूनानी देवकथाओं की तुलना में ईसाई धर्म अधिक प्रगतिशील था तो यह चमत्कार ही था कि इस धर्म में दीक्षित बुद्धिजीवी बहुदेवोपासकों की संस्कृति देखकर ठगे से रहे गए। एंगेल्स

ने लिखा, उन प्रकाशमान रूपों के सामने मध्यकाल के प्रेत अन्तर्धान हो गए। यहाँ एंगेल्स ने जिसे मध्यकाल कहा है, वह पश्चिमी यूरोप का सामन्तकाल है। सामन्तकालीन समाज यूनानी समाज से पिछड़ा हुआ था, इसीलिए उस समाज का प्रकाश देखकर मध्यकालीन प्रेत भाग खड़े हुए। इन प्रेतों का गहरा सम्बन्ध धार्मिक रूढ़िवाद से था। यूनान की संस्कृति का असर सबसे पहले इटली पर पड़ा। एंगेल्स ने आगे लिखा, इटली में कला की ऐसी उन्नति हुई जैसी उन्नति की कल्पना सपने में भी लोगों ने न की थी; ऐसा लगा कि क्लासिकल प्राचीनता का प्रतिबिम्ब दिखाई दे रहा है, और फिर वैसी उन्नति कभी नहीं हुई। पाठक यहाँ नोट करें कि एंगेल्स पुनर्जागरण काल के इटली को कला के शिखर पर देख रहे हैं और मानते हैं कि वैसी उन्नति औद्योगिक क्रान्ति हो जाने के बाद भी फिर दिखाई नहीं दी।

यूरोप के साहित्य के बारे में एंगेल्स ने लिखा, इटली, फ्रांस और जर्मनी में नया साहित्य रचा गया, यह प्रथम आधुनिक साहित्य था इसके कुछ ही समय बाद अंग्रेजी और स्पेनिश साहित्य के क्लासिकल युग सामने आए। पुरानी दुनिया की सीमाएँ टूट गईं, पूरी दुनिया का ठीक-ठीक पता अब लगा। आगे चलकर विश्व-व्यापार और दस्तकारी की जगह कारखानेदारी के चलन की नींव डाली गई और यहीं से बड़े पैमाने के आधुनिक उद्योग-धन्धों की शुरुआत हुई। मनुष्यों की चेतना पर चर्च ने जो तानाशाही कायम कर रखी थी, वह छिन्न-भिन्न हो गई। जर्मैनिक लोगों ने प्रोटेस्टेंट मत अंगीकार किया; लैटिन जातियों में अधिक प्रसन्न भावना और स्वाधीन चिन्तन का प्रसार हुआ। इसे उन्होंने अरबों से पाया था और यूनान के जिस नए दर्शन का अभी पता चला था, उससे उन्होंने इसे पुष्ट किया। पाठक यहाँ फिर नोट करें कि यूरोप के पुनर्जागरण में केवल यूनान का नहीं, एशिया का योगदान भी है। वैसे तो प्राचीन यूनान का जितना सम्बन्ध एशिया से था, उतना यूरोप से नहीं था। प्राचीन यूनान को यूरोप का भाग मान लें, तो भी यह कहना होगा कि फ्रांस, इटली और स्पेन ने अरबों से वह दृष्टिकोण पाया जो सुदूर उत्तर के जर्मनों और अंग्रेजों को न मिला। यह प्रसन्न रहने का अर्थात् जीवन की स्वीकृति का दर्शन था। धार्मिक कट्टरता के बावजूद बहुत से पुराने अरब विचारक, यूरोप के अनेक ईसाई विद्वानों से भिन्न, अपने चिन्तन में रूढ़ियों और अन्धविश्वासों से मुक्त थे। अरबों के उन्नतिकाल में उनका गहरा सम्बन्ध भारत के ज्ञान-विज्ञान से था। उनका एक महान सांस्कृतिक केन्द्र बगदाद था और यहाँ ज्योतिष और गणित की अनेक भारतीय पुस्तकों का अनुवाद हुआ था। प्राचीन भारत के अलावा प्राचीन यूनान की संस्कृति से भी जर्मनों या अंग्रेजों से पहले अरब परिचित हुए थे। यूरोप में मानव-चेतना पर जमी हुई सदियों पुरानी चर्च की तानाशाही जब टूटी, तब उसे तोड़ने में यूनानियों और अरबों के साथ अप्रत्यक्ष रूप से भारतवासियों का हाथ भी था।

इस सारी प्रकिया का सम्बन्ध यूरोप के नए भौतिकवाद से था। एंगेल्स ने उसी सन्दर्भ में लिखा था कि स्वाधीन चिन्तन की भावना क्रमशः मजबूत होती गई और उसने अठारहवीं सदी के भौतिकवाद का मार्ग प्रशस्त किया। पुनर्जागरण काल में जो विराट

सांस्कृतिक परिवर्तन हुए, उनका मूल्यांकन एंगेल्स ने इस प्रकार किया : मानव-जाति ने जो भी क्रान्तियाँ अब तक देखी थीं, उनमें यह सबसे महान और प्रगतिशील क्रान्ति थी। यह ऐसा युग था जिसमें महापुरुषों की जरूरत थी और उस युग ने महापुरुष पैदा किए। मेधा, भावना और चरित्र के विचार से, व्यापकता और विद्वत्ता के विचार से, वे महापुरुष थे। जिन लोगों ने पूँजीपति वर्ग के आधुनिक शासन की नींव डाली, वे पूँजीवादी सीमाओं से बँधे हुए बिल्कुल न थे। इसके विपरीत युग की साहसिकता ने उन्हें भी बहुत कुछ प्रेरित किया। उस समय शायद ही कोई महत्त्वपूर्ण पुरुष रहा हो जिसने काफी यात्रा न की हो, जो चार-पाँच भाषाएँ न बोलता हो, जो कई क्षेत्रों में विशेष योग्यता न रखता हो। लेओनार्दो दा विंची महान चित्रकार था, वह गणित और यान्त्रिकी का विशेषज्ञ भी था, इंजीनियर था। महत्त्वपूर्ण नई जानकारी के लिए भौतिकी की परस्पर अत्यन्त भिन्न शाखाएँ उसके प्रति आभारी हैं। अल्ब्रेष्ट ड्यूरर चित्रकार था, शिल्पी और स्थापत्यकार था, इसके सिवा उसने किलेबन्दी की एक नई व्यवस्था ईजाद की थी जो बाद में जर्मन-विज्ञान ने विकसित की। मैकियावेली राजनीतिज्ञ, इतिहासक़ार, कवि और इसके साथ ही आधुनिक काल का पहला सैन्यविद्या-विशेषज्ञ लेखक था। लूथर ने चर्च का कूड़ा-कर्कट ही साफ नहीं किया, उसने आधुनिक जर्मन गद्य की सृष्टि की और वह विजय-गीत रचा जिसमें विजय के प्रति पूर्ण आस्था है। उस समय के महापुरुष अभी श्रम-विभाजन के दास न बने थे। इस श्रम-विभाजन के संकीर्ण प्रभाव एकांगिता पैदा करनेवाले हैं और वे अक्सर उनके अनुवर्तियों में दिखाई देते हैं।

यहाँ ठहरकर इस अन्तिम वाक्य पर अच्छी तरह ध्यान देना चाहिए। जिन महापुरुषों की चर्चा की गई है, उनकी विशेषता यह है कि वे पूँजीवादी समाज के श्रम-विभाजन की दासता से मुक्त हैं। इसका अर्थ यह हुआ कि पूँजीवादी समाज अभी प्रारम्भिक अवस्था में है, वर्ग-भेद और वर्ग-संघर्ष में तेजी नहीं आई। समाज संक्रमण की दशा में है। पुरानी मानसिकता चर्च की तानाशाही टूटने से बदल रही है। सामन्ती व्यवस्था पूरी तरह समाप्त नहीं हुई, आधुनिक पूँजीवाद मशीनी उत्पादन के अपने शिकंजे में समाज को कस नहीं पाया, उस समय ये महापुरुष अपनी प्रतिभा का चमत्कार दिखा सके। एंगेल्स ने इन महापुरुषों को पूँजीवादी व्यवस्था की नींव डालनेवाला कहा है। उन्होंने जिन लोगों के नाम लिए हैं, उनमें पूँजीपति कोई नहीं था, अर्थशास्त्री कोई नहीं था। उन्होंने संसार को महान कलाकृतियाँ दीं। पूँजीपति इन कृतियों को बेचकर मुनाफा जरूर कमा सकते थे किन्तु इन कलाकारों के जीवनकाल में अभी वे बिकाऊ माल न बनी थीं। ये लोग पूँजीवादी समाज की नींव डालनेवाले इस अर्थ में कहे जा सकते हैं कि उनकी विद्या से पूँजीपतियों ने लाभ उठाया जैसे आइंस्टाइन की प्रतिभा से साम्राज्यवादियों ने अणु बम बनाकर लाभ उठाया। जब आधुनिक पूँजीवादी समाज कायम हुआ, तब वह जीवन में एकांगिता पैदा करने लगा। पुराने समाज में शूद्र का धर्म था सेवा करना, द्विज का धर्म था सेवा कराना। नए समाज में शिक्षा और संस्कृति के सारे साधन पूँजीपतियों और मध्यवर्ग के हाथ में सिमट आए, मजदूरों का विशाल

वर्ग इन साधनों से वंचित रहा। निष्कर्ष यह निकला कि जैसे-जैसे पूँजीवाद का विकास हुआ, वैसे-वैसे यह स्पष्ट होता गया कि प्रगतिशील बुद्धिजीवी मानवतावादी संस्कृति का विकास पूँजीवादी व्यवस्था का विरोध करके ही कर सकते हैं।

पूँजीवादी व्यवस्था के अभ्युदय काल में चर्च की तानाशाही टूटी किन्तु पूरी तरह नहीं। रोमन कैथलिक और प्रोटेस्टेंट, दोनों ही रूढ़ि-मुक्त वैज्ञानिक चिन्तन के विरोधी थे। ये आपस में अवसर मिलते ही एक-दूसरे को जीवित आग में जलाते थे, वैज्ञानिकों को सताने में प्रोटेस्टेंट रोमन कैथलिकों से भी बढ़कर थे। एंगेल्स ने लिखा, सामान्य क्रान्ति के दौरान जिस प्रकृति-विज्ञान का विकास हुआ, वह भी पूरी तरह क्रान्तिकारी था। उसे अपने अस्तित्व के लिए संघर्ष करना पड़ा। जिन महान इटालियन विद्वानों से आधुनिक दर्शन आरम्भ होता है, उनके साथ प्रकृति-विज्ञान ने वे शहीद प्रस्तुत किए जो धार्मिक कट्टरता की बलिवेदी पर काम आए। प्रकृति का स्वच्छन्द अनुसन्धान करनेवालों को सताने में प्रोटेस्टेंट लोग कैथलिकों से आगे थे। सर्वेतुस नाम का विद्वान खून की रवानी का पता लगाने ही वाला था कि कैल्विन (प्रोटेस्टेंट धर्म-गुरु) ने उसे जलाने की आज्ञा दी; दरअसल उसे जीवित रखते हुए दो घंटे तक आग में भूना गया। एंगेल्स कहते हैं, कैथलिकों की संस्था इन्क्वीजीशन ने जिओर्दानो ब्रूनो को जीवित जलाया ही था (यानी जीवित जलाना तो आम बात थी, खास बात थी, जीवित रखते हुए दो घंटे तक किसी को आग में भूनना। यह दूसरा कारनामा प्रोटेस्टेंटों का था जो मूर्त मनुष्य को इस प्रकार अमूर्त बना रहे थे !) प्राचीन यूनान की संस्कृति के प्रकाश ने इस धार्मिक कट्टरता के अन्धकार युग से यूरोप को बाहर निकाला।

मार्क्स ने अर्थशास्त्र की आलोचना में यूनानी काव्य और कला के आकर्षण का सम्बन्ध मानवता के भोले बचपन से जोड़ा। एंगेल्स ने प्रकृति का द्वन्द्ववाद में बताया कि प्राचीनकाल में विद्वानों ने प्रकृति-विज्ञान और दर्शन से सम्बन्धित कुछ शानदार स्थापनाएँ प्रस्तुत कीं। ये उनके सहजबोध का परिणाम थीं। मानवता के बचपनवाली स्थापना से यह सहजबोधवाली स्थापना भिन्न है; उसका सम्बन्ध पुराण-कथाओंवाली काव्य-कला के आकर्षण से नहीं है, उसका सम्बन्ध प्रकृति-विज्ञान से है। पुराण-कथाएँ प्रकृति पर देवत्व का रहस्यमय पर्दा डाल देती हैं, प्रकृति-विज्ञान यह पर्दा उठाता है, सहजबोध से प्रेरित होकर वह देवत्व से प्रकृति को अलग करता है, फिर प्रकृति के आन्तरिक रहस्य उद्घाटित करता है। एंगेल्स ने समकालीन प्रकृति-विज्ञान की इस कमजोरी का उल्लेख किया कि वह प्रकृति को समग्रता में न ग्रहण कर पाता था, उसके विभिन्न प्रपंचों के अन्तर्सम्बन्ध न पहचान पाता था। इसका कारण 17वीं-18वीं सदियों के विचारकों का एकान्तवाद (मेटाफिजिक्स) था। इंग्लैंड में बेकन और लॉक, जर्मनी में वुल्फ इसके प्रतिनिधि थे। प्रकृति-विज्ञान के विशेषज्ञ द्वन्द्ववाद का अध्ययन करके इस एकान्तवाद के चौखटे से बाहर निकल सकते थे। एंगेल्स ने बताया कि यह द्वन्द्ववाद दो ऐतिहासिक रूपों में विद्यमान है, एक यूनानी, दूसरा जर्मन। यूनानियों ने प्रकृति के विभिन्न प्रपंचों का विश्लेषण न किया था, यह उनकी सीमा थी किन्तु वे प्रकृति को

उसकी समग्रता में ग्रहण करते थे। "यह पहला कारण है कि हम दर्शनशास्त्र में, जैसे कि अन्य बहुत से क्षेत्रों में, बार-बार इस छोटे से मानव-समुदाय की ओर लौटने को बाध्य होते हैं। उसकी विश्वजनीन प्रतिभा और कार्यवाही ने मानवीय विकास में उसका जो स्थान सुनिश्चित कर दिया है, उसे पाने का दावा कोई अन्य जन-समुदाय कभी न कर सकेगा। दूसरा कारण यह है कि यूनानी दर्शन के बहुविध रूपों के भीतर—बीज रूप में, अंकुर रूप में—विश्व को देखने-परखने की प्रायः सभी बादवाली पद्धतियाँ विद्यमान हैं। सैद्धान्तिक प्रकृति-विज्ञान भी यदि अपने आज के सामान्य सिद्धान्तों के उद्‌भव और विकास का इतिहास जानना चाहे तो यह यूनानियों की ओर लौटने को बाध्य होगा।' (मार्क्स एंगेल्स लेनिन, ऑन डायलेक्टिकल मैटीरिअलिज़्म, पृ. 118-19)

मानवीय विकास में यूनानियों को जो स्थान प्राप्त है, वह एंगेल्स के अनुसार किसी अन्य जाति को सुलभ न होगा। यूनानी दर्शन के भीतर 19वीं सदी तक का समस्त मानव विज्ञान बीज रूप में विद्यमान है। पुनर्जागरण काल के साहित्यकार, कलाकार, विचारक यूनानी संस्कृति की नई जानकारी से चकित थे; एंगेल्स समकालीन प्रकृतिविज्ञानियों से कहते हैं, तुम भी यूनानियों से सीखो, प्रकृति को समग्रता में ग्रहण करो, उसके प्रपंचों के अन्तर्सम्बन्धों को पहचानो। द्वन्द्ववाद जिन दो ऐतिहासिक रूपों में विद्यमान है, उनमें पहला है यूनानी, दूसरा है जर्मन, चौथी सदी ई.पू. के बाद अठारहवीं सदी के अन्त और उन्नीसवीं सदी के आरम्भ का जर्मन दर्शन ! बीच में दो हजार साल से ऊपर तक यूरोप के मानवीय विकास को क्या हो गया था ? रोमन सभ्यता मौलिकता, विविधता और व्यापकता में यूनानी संस्कृति का मुकाबला न कर सकती थी। दासप्रथा का चलन तो रोमन और यूनानी दोनों समाजों में था। फिर रोमन साम्राज्य के विध्वंस के बाद यूरोप का मध्यकाल शुरू हुआ। यूरोप आगे बढ़ने के बदले पीछे हटा। मध्यकालीनता से उबरने में काफी समय लगा और वैज्ञानिक प्रगति के बावजूद यूरोप 19वीं सदी तक यूनान की दार्शनिक विरासत को आत्मसात् न कर पाया था। उसे आत्मसात् करनेवालों में सर्वोपरि स्थान है मार्क्स और एंगेल्स का।

यूनानी दर्शन पर एंगेल्स की टिप्पणी से समझ में आता है, एपिकुरुस ने मार्क्स को क्यों प्रभावित किया था। मार्क्स एपिकुरुस की ओर इसलिए आकर्षित न हुए थे कि वह प्रकृति के बारे में सुन्दर पुराण-कथाएँ सुना रहे थे; इसके विपरीत पुराण-कथाओं की कल्पना एक तरफ हटाते हुए एपिकुरुस ने प्रकृति के रहस्यों का पता लगाया था, प्रकृति-विज्ञान की लम्बी राह पर साहस से कदम उठाया था, इसलिए मार्क्स उनकी ओर आकर्षित हुए थे। इसी तरह ईस्ख़ुलुस ने मनुष्य की वीरता, साहस और उसका संघर्ष अपने नाटकों में चित्रित किया था। शेली और मार्क्स, उन्नीसवीं सदी के ये दो मनीषी, ईस्खुलुस के प्रति बड़ी गहराई से आकर्षित थे। इसका कारण यह था कि ईस्खुलुस ने पुराण-कथाओं का उपयोग उन कथाओं के निर्माताओं की तरह न किया था, उन्होंने उनका उपयोग उस योद्धा की तरह किया था जो अपने देश की स्वाधीनता के लिए ईरान से लड़ा था। स्वाधीनता के लिए लड़नेवाला यह योद्धा यूनान में सामाजिक अन्याय

का विरोध करनेवाला प्रथम महान नाटककार था। उसने जितना समकालीन यूनानियों को प्रभावित किया, उससे ज्यादा शेली और मार्क्स जैसे क्रान्तिकारियों को किया।

मार्क्स की मृत्यु का विवरण देते हुए एंगेल्स ने जॉर्गे को लिखा : कल दोपहर को ढाई बजे मैंने पहुँचकर देखा कि घर में रोना-पीटना मचा हुआ है। बूढ़ी लेङ्खेन ने उनकी ऐसी देखभाल की थी जैसे माँ बच्चे की नहीं करती। वह उनके पास ऊपर गई और फिर नीचे आई। बोली, वह तन्द्रा में हैं, आप ऊपर जा सकते हैं। जब हम कमरे में पहुँचे तब वह सो रहे थे, सदा के लिए सो रहे थे। उनकी साँस और नाड़ी बन्द हो चुकी थी। उन दो क्षणों में शान्तिपूर्वक और बिना कष्ट के वह विदा हो चुके थे।

ऐसी दारुण स्थिति में एंगेल्स को याद आया, मार्क्स किस तरह एपिकुरुस के शब्द दोहराया करते थे। उसी पत्र में एंगेल्स ने लिखा : एपिकुरुस के शब्द दोहराते हुए वह कहा करते थे : मौत उसके लिए मुसीबत नहीं है जो मरता है, वह मुसीबत है उसके लिए जो बच रहता है। (15 मार्च, 1883 का पत्र; करेस्पांडेंस, पृ. 414-15)। मार्क्स की पत्नी की मृत्यु दिसम्बर, 1881 में हुई। तब से मार्च, 1883 में अपनी मृत्यु तक मार्क्स ने एपिकुरुस का वह वाक्य कई बार दोहराया होगा। और अब मार्क्स की मृत्यु के बाद एंगेल्स उसे दोहरा रहे थे अपने मन को धीरज बँधाने के लिए। उसी पत्र में उन्होंने लिखा : इसके बदले कि हम उस महान प्रतिभा को क्षीण होकर घिसटते देखते और डॉक्टरों की विद्या का यश फैलता और दुनियादार बुद्धिमान उन्हें मुँह चिढ़ाते, इसके बदले जो कुछ हुआ, वह हजार बार अच्छा है; यह हजार बार अच्छा है कि हम दो दिन में उन्हें उसी समाधिस्थल पर ले जाएँगे जहाँ उनकी पत्नी सदा के लिए विश्राम कर रही हैं। (उप., पृ. 415)।

एपिकुरुस के दर्शन को इस तरह मार्क्स और एंगेल्स ने अपने जीवन में आत्मसात् किया था।

(ख) यथार्थवाद और शून्यवाद

ऋग्वेद और उपनिषदों के सृष्टि-सम्बन्धी चिन्तन में प्रधानता इस विचार की है कि प्रकृति स्वतः विकसित हुई है पर जहाँ-तहाँ यह धारणा भी मिलती है कि विश्व, मन अथवा इच्छा से उत्पन्न हुआ है। ऋग्वेद के सृष्टि सूक्त में पहले कहा कि आरम्भ में न सत् था, न असत् था, केवल अन्धकार से ढँका हुआ जल था। फिर कहा : पहले काम उत्पन्न हुआ, फिर मनसोरेनः जो मन का बीज है, वह उत्पन्न हुआ (10.129.4)। यद्यपि काम और मन निरपेक्षतः सृष्टि से पहले नहीं हैं, विकास की एक अवस्था में पैदा होते हैं, किन्तु इस विकास में मन और इच्छा की भूमिका है, इच्छा किसी व्यक्ति में केन्द्रित न होकर प्रकृति में व्याप्त है, मानो इस इच्छा से प्रेरित होकर प्रकृति विकसित होती है। इन्द्र, अग्नि आदि देवों के पास मन है, इच्छा है, वे बहुत से काम इच्छा-शक्ति से कर लेते हैं। यह विशुद्ध भाववाद न होकर सर्वात्मवाद है जहाँ चेतना का मूलाधार इच्छा क्रियाशील है। इसकी प्रतिध्वनि ऐतरेय में है। आरम्भ में आत्मा थी, स ईक्षत लोकान्नु सृजा इति—उसने देखा (मन में विचार किया) कि लोकों का सृजन करूँ (1.1.1)। इसी धारणा के अनुरूप, इस उपनिषद् में आगे कहा गया है : सारे देवता, पाँचों महाभूत, समस्त जीव, स्थावर और जंगम पदार्थ, सारा संसार प्रज्ञानेत्र है और प्रज्ञानं ब्रह्म—ब्रह्म प्रज्ञान है (3.3)। यहाँ भी सर्वात्मवाद खंडित नहीं होता क्योंकि संसार और पदार्थ प्रज्ञामय है, ब्रह्म चेतन है और वह प्रकृति में है। पाँच तत्त्वों, स्थावर जंगम पदार्थों के अस्तित्व को अस्वीकार नहीं किया गया।

इस प्रसंग में रानडे ने लिखा है : "यहाँ हमारे लिए बीज रूप में विज्ञानवादियों के दर्शनशास्त्र और ज्ञानशास्त्र प्रतिपादित कर दिए गए हैं। स्मरणीय है कि उद्धरण में 'प्रज्ञान' का प्रयोग हुआ ही है और इससे विज्ञानवादियों के 'विज्ञान' की ओर संक्रमण आसान है।"[1] विज्ञानवादी संसार का वस्तुगत अस्तित्व अस्वीकार करते थे। उनके चिन्तन और ऐतरेय की स्थापना में मौलिक अन्तर है। विज्ञानवाद बौद्ध-विचारकों की एक प्रमुख दार्शनिक धारा था। रानडे ने उपनिषदों के एक अन्य प्रसंग में भी बौद्धों को याद किया है। छान्दोग्य में एक जगह कहा गया है : आरम्भ में असत् ही था (6.2.1)। इस पर रानडे की टिप्पणी है : "यहाँ उस सिद्धान्त की ओर संकेत है जो आगे चलकर बौद्ध साहित्य में सत्ता की अस्वीकृति और शून्य की स्वीकृति में पूर्णतः विकसित

हुआ। उक्त अंश पर अपने भाष्य में शंकराचार्य कहते हैं कि यहाँ बौद्धों के सिद्धान्त की ओर संकेत हो सकता है। वे (बौद्ध) कहते थे कि किसी भी पदार्थ की सृष्टि के पहले केवल 'सद्भाव' का अस्तित्व था। शंकराचार्य ने बौद्धों के सिद्धान्त की ओर उचित संकेत किया है।[2] यदि यह मान लें कि असत् का अर्थ अव्यक्त प्रकृति नहीं शून्य है, तो भी असत् से सृष्टि हुई, शून्य सृष्टि से पहले की अवस्था है, बाद को तो सृष्टि वास्तविक हुई। शून्यवादी सृष्टि का अस्तित्व कहाँ स्वीकार करते हैं ?

गौतम बुद्ध ने प्रतीत्य समुत्पाद का सिद्धान्त प्रचारित किया। इसके आधार पर नागार्जुन ने शून्यवाद की व्याख्या की। नागार्जुन और उनके भाष्यकार चन्द्रकीर्ति की धारणाओं का विवेचन करते हुए सुरेन्द्रनाथ दासगुप्त ने लिखा है : "जब प्रतीत्य समुत्पाद की यों व्याख्या की जाती है कि 'यह है तो वह है', जब वास्तविक आशय यह होता है कि पदार्थों को एक-दूसरे के बाद आनेवाली प्रतीतियाँ मात्र कहा जा सकता है क्योंकि उनमें कोई तत्त्व अथवा (उनका कोई) वास्तविक स्वभाव नहीं होता। ठीक यही अर्थ शून्यवाद का भी है। प्रतीत्य समुत्पाद अथवा शून्यवाद का सही अर्थ यह है कि जितने प्रपंच प्रतीत होते हैं, उनमें कुछ भी सत्य नहीं है, कोई तत्त्व नहीं है। प्रपंचों में कोई तत्त्व नहीं होता, इसलिए न तो वे उत्पादित होते हैं, न नष्ट होते हैं; वास्तव में वे न तो आते हैं, न जाते हैं। वे माया अथवा भ्रम की प्रतीतिमात्र हैं। शून्य का अर्थ विशुद्ध निषेध नहीं है क्योंकि वह किसी प्रकार की स्थिति से सापेक्ष होता है। उसका सीधा अर्थ है निःस्वभावत्वम्—जितनी भी प्रतीतियाँ हैं, उनका कोई अपना अन्तर्निहित स्वभाव नहीं होता।"[3] इस प्रकार शून्य से संसार उत्पन्न हुआ है, यह समझना गलत है। बौद्ध मत से संसार की प्रतीति भ्रम है, शून्य है। नागार्जुन संसार को शून्य से उत्पन्न नहीं करते, वे संसार को ही शून्य बना देते हैं।

उपनिषदों में कहीं शून्यवाद प्रतिपादित किया गया है, यह समझना भ्रम है। शंकराचार्य ने एक, अद्वितीय सत् के सिद्धान्त का समर्थन किया है, सत् के अभाव को बौद्ध-कल्पना मानकर उसका खंडन किया है। स्वयं शंकराचार्य के लिए सत् का अर्थ संसार नहीं है। जो निरंजन, निरवय विज्ञान (चैतन्य, ब्रह्म) है, वह सत् है। जहाँ तक संसार का प्रश्न है, उसके प्रति नागार्जुन और शंकराचार्य के दृष्टिकोणों में विशेष अन्तर नहीं है। ऐतरेय के प्रज्ञान और बौद्धों के विज्ञान में काफी अन्तर है। प्रज्ञान सत्य है, वास्तविक है; विज्ञान केवल भ्रमों की सृष्टि करता है। संसार बहुत बड़ा भ्रम है और इस भ्रम का सृजन मनुष्य की चेतना करती है।

विज्ञानवाद का दूसरा नाम योगाचार है। सुरेन्द्रनाथ दासगुप्त इसकी व्याख्या करते हुए कहते हैं : "जिसे बाह्य कहा जाए ऐसा कुछ नहीं है, वह सब स्वचित्त की काल्पनिक रचना है। अनादिकाल से वह काल्पनिक प्रतीतियाँ गढ़ने का अभ्यस्त रहा है। चित्त की गति से, ज्ञाता और ज्ञेय के रूप में, ये रचनाएँ सामने आती हैं। स्वयं चित्त की अपने में कोई प्रतीति नहीं होती। इस प्रकार उसका न उद्भव है, न अस्तित्व है, न अवसान है।"[4] भौतिकवाद का सबसे सुसंगत विरोध विज्ञानवाद में है। यह भाववाद का सर्वाधिक

विकसित रूप है, ऐसा विकसित रूप न तो प्लेटो के यहाँ है, न हेगल के यहाँ। इस भाववाद का पुनर्जन्म हुआ—अठारहवीं सदी के इंग्लैंड में बर्कले के यहाँ। यदुनाथ सिन्हा के अनुसार बर्कले का भाववाद उतना विकसित नहीं है जितना विज्ञानवादियों का है। उन्होंने लिखा है : "मैं यह कहने का साहस करता हूँ कि बर्कले का भाववाद उस पूर्णता और तीक्ष्ण दार्शनिक विवेक का दावा नहीं कर सकता जो उससे कम-से-कम एक हजार साल पहले के बौद्ध भाववाद में है।"[5] लेनिन के समय में अनेक विचारक भौतिकवाद के विरोध में बर्कले की मान्यताओं को दोहरा रहे थे।

बर्कले ने लिखा था : "मनुष्य को जिन पदार्थों का ज्ञान होता है, वे या तो विचार हैं जो दरअसल इन्द्रियों पर अंकित होते हैं; अथवा वे चित्त के व्यापारों और भावों पर ध्यान देने से वैसे प्रतीत होते हैं; अथवा अन्त में वे ऐसे विचार हैं जो स्मृति और कल्पना की सहायता से निर्मित होते हैं।"[6] बर्कले विज्ञानवाद से परिचित रहे हों, चाहे न रहे हों, वह उसकी मूल स्थापनाएँ दोहरा रहे थे, यह निश्चित है। बर्कले के अनुसार जिसका भी अस्तित्व है, उसकी हमें प्रतीति होती है। घर, पहाड़, नदियाँ, सभी इन्द्रिय-ग्राह्य पदार्थ अस्तित्व में हैं क्योंकि वे बुद्धि को प्रतीत होते हैं। हमें इन्द्रियों से जिन वस्तुओं की प्रतीति होती है, उनके अलावा उक्त पदार्थ क्या हैं ? "और हमें अपने विचारों या संवेदनों के सिवा और काहे की प्रतीति होती है ? और क्या स्पष्ट ही यह धारणा अग्राह्य नहीं है कि प्रतीति के बिना उनमें किसी का, या उनके समवाय का, अस्तित्व हो ?" भौतिकवादी विचारक मनुष्य की चेतना से स्वतन्त्र पदार्थों का अस्तित्व स्वीकार करते हैं। बर्कले इनका विरोध करते हुए चेतना और पदार्थ, ज्ञाता और ज्ञेय, का भेद मिटा देते हैं। कहते हैं : "वास्तव में पदार्थ और संवेदन एक ही चीज हैं और उन्हें एक-दूसरे से जुदा नहीं किया जा सकता है।"[7]

विज्ञानवाद यद्यपि शून्यवाद से बहुत मिलता-जुलता है, पर बर्कले ने शून्यवादी होने का आरोप लगाया है भौतिकवादियों पर ! भूत का अस्तित्व नहीं है, इसलिए जो उसका अस्तित्व माने वह शून्यवादी ! कहते हैं : "यदि वैसा ही अच्छा लगे तो 'भूत' (matter) शब्द का व्यवहार उसी अर्थ में करो जिसमें दूसरे लोग 'शून्य' (nothing) का व्यवहार करते हैं।"[8] भारत में शून्यवाद शब्द का प्रयोग अधिक तर्कसंगत है क्योंकि वह उन लोगों का दर्शन है जो संसार का वस्तुगत अस्तित्व अस्वीकार करते हैं। बर्कले के भाववाद में एक असंगति और है, वह पदार्थों को चित्त की प्रतीतिमात्र मानते हुए एक परम चित्त अथवा ईश्वर की सत्ता स्वीकार करते हैं। उनका तर्क है कि मनुष्यों के चित्त में उठनेवाले कुछ विचार अशक्त और अस्थिर होते हैं, अन्य विचार किन्हीं नियमों के अनुसार अंकित होते हैं, अधिक सशक्त और व्यवस्थित होते हैं, 'उनसे ऐसे चित्त के प्रभावों का ज्ञान होता है जो मानव आत्माओं से अधिक बुद्धिमान और शक्तिशाली होता है।'[9] जो चित्त मानव आत्माओं से अधिक बुद्धिमान और शक्तिशाली है, वह ईश्वर का चित्त है अथवा स्वयं ईश्वर है। इस तरह अपने भाववादी दर्शन के प्रतिपादन में बर्कले ईश्वर को ले आते हैं। भारतीय योगाचार में ईश्वर नहीं है, इस तरह बर्कले के भाववाद

से यह अधिक सुसंगत और पूर्ण है।

बेकन और लॉक ने इंग्लैंड में भौतिकवाद को नए सिरे से प्रतिष्ठित किया। एक बार फिर उन्होंने मनुष्य के ऐन्द्रिय अनुभव पर जोर दिया और उसे चिन्तन का आधार माना। परन्तु जैसे बर्कले के भाववाद में ईश्वर ने दखल दिया था, वैसे ही उसने बेकन और लॉक के भौतिकवाद में दखल दिया था। भारत की अपेक्षा इंग्लैंड के दर्शन पर धर्म और चर्च का प्रभाव अधिक था। बेकन ने ज्ञान के प्रसार के लिए जो रूपरेखा बनाई थी, उसके आरम्भ में उन्होंने लिखा था : "जैसे बड़ी-से-बड़ी चीजों की शुरुआत उनका कारण होती है, वैसे ही मेरे लिए इतना काफी है कि भावी सन्तान के लिए और अमर सत्ता (ईश्वर) के सम्मान के लिए मैंने बीज बो दिए हैं। मैं विनयपूर्वक उसके पुत्र (ईसा मसीह), हमारे मुक्तिदाता, के माध्यम से प्रार्थना करता हूँ कि अनुकूल होकर वह इन्हें तथा ऐसी ही, धर्म से अनुप्राणित मानव-बुद्धि की भेंट स्वीकार करे जो उसकी शान में प्रस्तुत की गई है।"[10]

इसी तरह लॉक ने सादे विचारों के लिए कहा था, वे वस्तुओं की उपज होते हैं; ये वस्तुएँ नैसर्गिक ढंग से चित्त को प्रभावित करती हैं और उन प्रत्यक्ष बोधों को उत्पन्न करती हैं 'जिनके लिए वे हमारे निर्माता (ईश्वर) की बुद्धिमत्ता और इच्छा से निर्धारित और अनुकूलित हैं।'[11] दर्शन में ईश्वर की यह दखलन्दाजी न्यूटन में भी थी। शेली ने उचित ही लिखा था : सृष्टिकर्ता सम्बन्धी कल्पना 'समानरूपेण न्यूटन के यान्त्रिक दर्शन में एक फालतू पूर्वकल्पना और बेकन के तथ्यमूलक तर्कशास्त्र में व्यर्थ की बढ़ोतरी-सी है।'[12] बेकन और लॉक के प्रभाव से फ्रांस में भौतिकवाद का विकास हुआ। वह ईश्वरवाद और चर्च के प्रभाव से मुक्त हुआ पर यान्त्रिकता से अपना पिंड न छुड़ा सका। उससे आगे बढ़ा हुआ दर्शन था मार्क्स और एंगेल्स का द्वन्द्वात्मक भौतिकवाद।

द्वन्द्ववाद का विकास हेगल ने किया। भारत से इस द्वन्द्ववाद के सम्बन्ध पर श्चेर्बात्स्की ने लिखा है : "हेगल ने अपने 'तर्क-विज्ञान' में स्पष्ट शब्दों में भारतीयों का उल्लेख किया है और अपने अन्तर्विरोधवाले तर्कशास्त्र के समर्थन में तथाकथित 'शून्य' के बौद्ध सिद्धान्त को उद्धृत किया है। बेशक उनका ज्ञान बहुत अप्रत्यक्ष और न्यून था, फिर भी उन्होंने सही अनुमान किया था कि यह शून्य निषेधमात्र नहीं है। वह विशुद्ध परम यथार्थ का सकारात्मक सिद्धान्त है, उस यथार्थ का जहाँ अस्ति और नास्ति एक हो जाते हैं।"[13] द्वन्द्ववाद आरम्भ होता है लौक्य बृहस्पति से जिन्होंने कहा था : देवों से पहले के युग में असत् से सत् उत्पन्न हुआ (10.72.2)। बात केवल उत्पन्न होने की नहीं है : द्वन्द्ववाद में सत् और असत् का, जीवन और मृत्यु का सह-अस्तित्व सम्भव है। यस्य छाया अमृतं यस्य मृत्युः—अमृत और मृत्यु दोनों उस परम यथार्थ में हैं (10. 121.2)। इसी तरह तैत्तिरीय उपनिषद् में ब्रह्म सत् है और त्यत् (उससे भिन्न, असत्) भी है, विज्ञानं चा विज्ञानं च, सत्यं चानृतं च—ब्रह्म चेतन और अचेतन, सत्य और असत्य दोनों है (2.6)।

यह द्वन्द्ववाद बौद्धों के यहाँ नहीं है। श्चेर्बात्स्की कहते हैं : "बौद्धों के अनुसार

किसी वस्तु में दो परस्पर विरोधी गुण कभी नहीं हो सकते। यदि ऐसा प्रतीत हो कि उसमें वे हैं तो वास्तव में वह वही चीज न होगी वरन् ठंडी चीज और गरम चीज, दो एकदम भिन्न वस्तुएँ होंगी।"[14] इसी तरह अरस्तू के यहाँ द्वन्द्ववाद नहीं है। अरस्तू के अनुसार : "किसी वस्तु में भिन्न-भिन्न समय पर और भिन्न पक्षों से कोई गुण हो सकता है और नहीं हो सकता, अथवा किसी वस्तु में दो विरोधी गुण भिन्न समयों पर हो सकते हैं। एक क्षण में कोई चीज ठंडी हो सकती है, अन्य क्षण में गरम हो सकती है।"[15] यह एकान्तवाद है, द्वन्द्ववाद नहीं है। इसके विपरीत श्चेर्बात्स्की के अनुसार : "वैशेषिक दर्शन के सूत्रों में एक विरोध सिद्धान्त है (विरुद्ध धर्म सिद्धान्त) यह वास्तविक तथ्यों का वास्तविक सम्बन्ध है, ये तथ्य विरोध सम्बन्ध से परस्पर सम्बद्ध हैं।"[16] यह है द्वन्द्ववाद।

वैशेषिक दर्शन के अनुसार, 'गति एक वास्तविकता है' परन्तु बौद्धों के अनुसार क्षणों की अनवरत शृंखला से 'गति का भ्रम उत्पन्न होता है।'[17] सारा मार्क्सवाद भूत की गति पर टिका हुआ है पर जहाँ भूत का अस्तित्व नहीं है, वहाँ गति का अस्तित्व क्या होगा ? सांख्य दर्शन भूत का अस्तित्व मानता था, गति का अस्तित्व मानता था और इससे 'वह सभी परिवर्तनों, सभी विकास और अनुभवजन्य संसार की समग्र विविधता की व्याख्या करता था।'[18] मार्क्स और एंगेल्स के चिन्तन का पूर्वानुमान कहीं है तो सांख्य के इस गति सिद्धान्त में। इससे आगे बढ़कर वैशेषिक दर्शन ने परमाणु सिद्धान्त प्रतिपादित किया। 'वैशेषिक मानते थे कि परमाणु अविभाज्य और नितान्त कठोर हैं। बौद्ध इसका तीव्र प्रतिवाद करते हैं।'[19] सभी बौद्ध परमाणुवाद के विरोधी नहीं थे। इस प्रसंग में श्चेर्बात्स्की का यह विवरण दिलचस्प है : "भूत (रूप-रूपस्कन्ध) को अभिधर्म में चार तरह के परमाणुओं से कल्पित किया गया है–ठोस (पृथिवी), द्रव, (अप्), ऊष्ण (तेजस्) और उड़नशील (वायु)। उन्हें ऊर्जाओं का संघात बिन्दु (focuses of energies) माना गया है जो प्रतिरोध, सम्बद्धता, उष्णता और गति उत्पन्न करते हैं।"[20] परमाणु ऊर्जाओं के संघात बिन्दु हैं, यह धारणा आधुनिक भौतिकी के अनुरूप है। चार तत्त्वों की धारणा चार्वाक मत के अनुरूप है।

भौतिकवाद का सम्बन्ध राजनीति से था, स्वभावतः भौतिकवाद के विरोध का सम्बन्ध भी राजनीति से था। श्चेर्बात्स्की कहते हैं : "यह तथ्य लक्ष्य करने योग्य है कि भारतवर्ष में भौतिकवाद का पोषण और अध्ययन, विशेष रूप से राजनीतिक चिन्तन की शाखाओं में, किया गया था। बुद्ध के जीवनकाल में, हिन्दुस्तान के गाँवों में, जो छह सफल और लोकप्रिय प्रचारक घूम रहे थे, उनमें कम-से-कम दो भौतिकवादी थे, आत्मा और ईश्वर को नकारने में बौद्ध धर्म भौतिकवादियों की लीक पर चला (fell in line with materialists)। कर्म और निर्वाण को स्वीकारने में वह उनसे जुदा हुआ।"[21] अनात्मवाद और निरीश्वरवाद गौतम बुद्ध की देन नहीं थे, भौतिकवाद में वे पहले से विद्यमान थे। असली भाववाद शुरू हुआ कर्म और निर्वाण से। यह भाववाद राजनीति से विमुख नहीं था। जो अनात्मवादी थे, वे आत्मा के बिना भी जन्म-जन्मान्तर तक कर्म

का बन्धन मानते थे; जो आत्मवादी थे, वे भी यह बन्धन स्वीकार करते थे। जो निरीश्वरवादी थे, वे निर्वाण में सांसारिक दुखों से मुक्ति की कल्पना करते थे; जो ईश्वरवादी थे, वे मोक्ष की बात करते थे या निर्वाण शब्द का ही व्यवहार करते थे। दोनों तरह के भाववाद की सामान्य राजनीति थी जनता को संसार विमुख करना ! किसी समय यदि भौतिकवाद शासक वर्ग के हित में था तो वर्ग-भेद बढ़ने पर भाववाद उनके हित में हुआ। विभिन्न धार्मिक सम्प्रदायों ने भाववाद से सामंजस्य स्थापित करके अपने मतों का प्रचार किया।

एनसाइक्लोपीडिया ब्रिटानिका में भौतिकवाद (मैटीरियलिज़्म) पर जो लेख है, उसमें कई बातें दिचलस्प हैं। प्रारम्भिक यूनानी दर्शन के बारे में कहा गया है : यद्यपि थलेस तथा सुकरात से पहले के अन्य दार्शनिक किसी हद तक यह दावा कर सकते हैं कि उन्हें भौतिकवादी माना जाए, किन्तु पाश्चात्य दर्शन में भौतिकवादी परम्परा लॅउकिप्पुस और दॅमॉक्रितुस से आरम्भ होती है। ये यूनानी दार्शनिक पाँचवीं सदी ई.पू. में पैदा हुए थे। इनमें लॅउकिप्पुस की जानकारी दॅमॉक्रितुस पर उनके प्रभाव से ही होती है। दॅमॉक्रितुस के विचार से विश्व परमाणुओं से बना है। ये परमाणु भूत के अविभाज्य खंड हैं। वे शून्य आकाश (empty space) में हैं, 'जिससे ऐसा लगता है कि वह उन्हें अपने में एक सत्ता मानते थे (which he seems to have thought of as an entity in its own right)।' (अर्थात् सुकरात से पहले के कुछ दार्शनिकों की तरह वह आकाश को परम शून्य नहीं, एक तत्त्व मानते थे)। परमाणु इतने छोटे हो सकते थे कि इन्द्रियों की पकड़ में न आएँ। अपने आकारों के अनुसार आघात द्वारा अथवा एक-दूसरे से नत्थी होकर वे परस्पर क्रियाशील होते थे। परमाणुवाद की बड़ी खूबसूरती यह थी कि अपरिवर्तनीय परमाणुओं की स्थितियों के आधार पर पदार्थों के परिवर्तन की व्याख्या की जा सकती थी। दॅमॉक्रितुस का विचार था कि आत्मा चिकने गोल परमाणुओं से बनी है। किसी पदार्थ की प्रतीति तब होती है जब उसके परमाणु आत्मा के परमाणुओं में गति उत्पन्न करते हैं।

सबसे प्रभावशाली यूनानी भौतिकवादी एपिकुरुस थे। उनका देहान्त 270 ई.पू. में हुआ था। पहली सदी के रोमन दार्शनिक लुक्रेतिउस ने उनके दर्शन की व्याख्या करते हुए काव्य लिखा था, उससे उनके विचारों की जानकारी होती है। एपिकुरुस के लिए परमाणुओं की गति सीधी ऊपर से नीचे को थी, आकाश में उनके मार्ग प्रायः समानान्तर थे पर इनमें आकस्मिक विचलन (chance swerves) भी होता था (यह चिन्तन भारतीय यदृच्छावाद से मिलता-जुलता है)। दिलचस्प बात यह है कि इस सिद्धान्त का उपयोग इच्छा स्वातन्त्र्य की व्याख्या के लिए किया गया था।[22] 'अतः एपिकुरुस का भौतिकवाद अनियतिवादी था और दॅमॉक्रितुस के भौतिकवाद से भिन्न था।' भारत की तरह नियतिवाद और यदृच्छावाद भौतिकवाद की ये दो धाराएँ यूनान में भी प्रचलित थीं।

अठारहवीं सदी में ज्ञान के प्रसार के लिए एक आन्दोलन चला जिसे एनलाइटॅनमेंट कहते हैं। ऐलन डब्ल्यू. वुड के अनुसार, यह बौद्धिक आन्दोलन पूँजीपति वर्ग के उत्थान

और विज्ञान के प्रभाव से सम्बद्ध था। जिस पूँजीपति वर्ग के उत्थान की बात कही गई है, वह वास्तव में व्यापारिक पूँजीपतियों का वर्ग था। उद्योगपतियों ने उनका स्थान अभी न लिया था, एनलाइटॅनमेंट के दौर का विज्ञान औद्योगिक क्रान्ति से पहले का आन्दोलन था। उसके चार प्रमुख संरक्षक थे : प्रुशिया (जर्मनी) के फ्रेडरिक महान, रूस की कैथरीन महान, ऑस्ट्रिया के योसॅफ द्वितीय और पोप बोनीफेस चतुर्दशीय।[23] पहले तीन तो राजा या रानी थे और चौथे धर्म गुरु थे। मानना चाहिए, ये सब लोग समाज के आर्थिक विकास के प्रति सहानुभूति रखते थे और स्वाधीन चिन्तन के समर्थक थे। इनसे मिलती-जुलती भूमिका भारत में अकबर की थी और वह एक शताब्दी पहले घटित हुई थी। कट्टरपन्थी मुसलमान इसी भूमिका के कारण अकबर से नाराज थे।

अरबी शब्द फलसफा ग्रीक फिलॉसोफिआ का प्रतिरूप था। ईरान में कुछ विद्वानों ने इस्लाम को विवेकसम्मत सिद्ध करना चाहा था। माइकेल ई. मरमुरा के अनुसार, पुराने समय के और आज के बहुत से मुसलमानों के लिए फलसफा 'सिद्धान्त रूप में सन्देहास्पद (doctrinally suspect)'[24] रहता है, इसलिए सोलहवीं सदी में अकबर की उदार दृष्टि और भी प्रशंसनीय है।

नवीं-दसवीं सदियों में बगदाद विद्या के प्रसार का केन्द्र बना। यूनानी दर्शन और विज्ञान के अनेक ग्रन्थ यहाँ अरबी में अनूदित हुए। प्लेटो, अरस्तू और प्लोतिनुस के विचारों से फलसफा प्रभावित हुआ।[25] दसवीं सदी में अल फाराबी नाम के विद्वान तर्कशास्त्र और व्याकरण के विशेषज्ञ थे और बगदाद उनके शिक्षा-प्रसार का केन्द्र था। अपने अन्तिम दिन उन्होंने दमिश्क में बिताए। वह मानते थे कि समस्त संसार विवेकसम्मत और सामंजस्यपूर्ण है। ग्यारहवीं सदी में ईरान के इब्न सीना ने दर्शन-विज्ञान पर बहुत-सा साहित्य अरबी में तथा कुछ फारसी में तैयार किया। वह भी मानते थे कि संसार विवेकसम्मत था और उससे ईश्वर की सत्ता प्रमाणित होती थी। फलसफा का प्रचार-प्रसार ईरान में हुआ, भाषा अरबी होने पर भी उसे विश्व-संस्कृति को ईरान की देन मानना चाहिए। विवेक और तर्कशास्त्र का सहारा लेने पर भी यह फलसफा धार्मिक विश्वास की सीमाएँ न लाँघ पाया था। इस पर भी धार्मिक विश्वास के पोषक दार्शनिकों ने विवेकवादियों का विरोध किया। ग्यारहवीं सदी के अन्तिम दशक में अल ग़ज़ाली बगदाद में इस्लाम की विधि-व्यवस्था की शिक्षा दे रहे थे। उन्होंने बीस दार्शनिक सिद्धान्तों की तीखी आलोचना की थी। उन्होंने इनमें सत्रह को धर्म-विरोधियों के दिमाग की सूझ और तीन को अविश्वास की उपज बताया था। धर्म-कथाओं के जिन चमत्कारों को फलसफा ने असम्भव कहा था, उन्हें वे सम्भव मानते थे। अल ग़ज़ाली के लेखन का एक फल यह हुआ कि 'जो मुसलमान अधिक परम्परावादी थे, वे यूनानी विचार-पद्धतियों से परिचित हुए।'[26]

फलसफा विवेकपूर्ण चिन्तन था, कलाम धार्मिक व्यक्तियों का कथन था। इनके बीच टक्कर थी। अशरी नाम के धर्मशास्त्री ने कलाम को जो रूप दिया, उसमें परमाणुवाद का सिद्धान्त समाहित था। उसे उन्होंने ईश्वर की सत्ता से जोड़ा। उनका

विचार था कि परमाणु समूहों में कार्य-कारण सम्बन्धवाला घात-प्रतिघात नहीं होता। कार्य-कारण का सम्बन्ध ईश्वर स्थापित करता है।[27] यूनान के प्राचीन विचारक तथा इंग्लैंड और फ्रांस के नवजागरणकालीन दार्शनिक परमाणुवाद से प्रभावित हुए थे। उन्होंने परमाणुवाद का सम्बन्ध भौतिकवाद से जोड़ा था। ईरान में फलसफा को मानने वाले फलासिफह कहलाते थे, फ्रांस में ज्ञान-प्रसार के आन्दोलन में आगे बढ़कर जिन्होंने भाग लिया, वे फिलोसोफ कहलाए। फलासिफह और फिलोसोफ दोनों शब्दों का सम्बन्ध यूनान से था; केवल शब्दों का नहीं, पुरोहितवाद की आलोचना करने में ईरान और फ्रांस दोनों देशों के विचारक यूनान से जुड़े हुए थे।

अठारहवीं सदी में दिदॅरो ने सत्रह खंडों में बृहत् ज्ञानकोश (Encyclopedia) सम्पादित और प्रकाशित किया। सात खंड छपने के बाद राजाज्ञा से ग्रन्थ का प्रकाशन रुकवा दिया गया। कारण यह बताया गया कि उससे 'धर्म और नैतिक आचरण को अपूरणीय क्षति' पहुँची है।[28] पोप क्लेमेन्त त्रयोदशीय ने धमकी दी कि जो उसे पढ़ेंगे या जिनके पास उसकी प्रतियाँ होंगी उन्हें चर्च की सदस्यता से बाहर कर दिया जाएगा। ज्ञानकोश में रूसो, वोल्तेयर आदि फ्रांस के प्रमुख विद्वानों के लेख प्रकाशित हुए थे। सभी में भौतिकवाद का प्रतिपादन न किया गया था पर स्वाधीन चिन्तन और विवेक पर जोर दिया गया था। वुड का कहना है कि ज्ञानकोश के लेखकों में यह विश्वास था कि ''समाज में नैतिक, धार्मिक और राजनीतिक प्रगति इन मामलों पर 'बहस का स्तर ऊँचा करने' के सीधे-सादे उपाय से हो सकती है। सम्भवतः ठीक इसी बात से (फ्रांस के राजा) लुई पंचदशीय और पोप क्लेमेन्त त्रयोदशीय के मन में भय उत्पन्न हुआ था, न कि अनैतिक और धर्म-विरोधी प्रचार से।' ''

अंग्रेज दार्शनिक लॉक का कहना था कि मनुष्य के विचार अनुभव से उत्पन्न होते हैं। उनके चिन्तन को आधार बनाकर फ्रांसीसी दार्शनिक कोंदिल्येक ने यह सिद्धान्त प्रतिपादित किया कि सभी मानव-ज्ञान का आधार ऐन्द्रिय अनुभव होता है। ला मेत्री का चिन्तन चार्वाक की याद दिलाता है। उन्होंने 'आत्मा के बारे में खुले भौतिकवादी सिद्धान्त का प्रतिपादन किया' और भोगवादी नैतिकता का समर्थन किया।[29] दोल्बाख ने ईसाई धर्म की तीव्र आलोचना की। फ्रांस के इन दार्शनिकों ने शेली और मार्क्स को प्रभावित किया। जर्मनी में कांट का कहना था कि आस्था को जगह मिले, इसके लिए वह ज्ञान को सीमाबद्ध करते हैं पर वह चर्च के कर्मकांड को अन्धविश्वास मानकर उसमें सिद्धान्ततः भाग न लेते थे। 'पुरोहितवाद का समझौताविहीन विरोध और लोक-प्रचलित धर्म ('क्षुद्र-जनों के अन्धविश्वास') पर गहरा सन्देह फ्रांसीसी एनलाइटॅनमेंट की विशेष दृष्टियाँ हैं।'[30]

ब्रिटेन, फ्रांस और जर्मनी, इन तीनों देशों में अठारहवीं सदी तक सामन्तवाद के अवशेष बने हुए थे। इन्हीं के अनुरूप संस्कृति में पुरोहितवादी विचारधारा प्रबल हुई थी। इसी से विवेकवादी दर्शन की टक्कर हुई थी।

(ग) हेगल

हेगल ने इतिहास दर्शन नाम से एक पुस्तक लिखी थी जिसमें विश्व-इतिहास का विहंगावलोकन करने के अलावा उन्होंने भारत पर काफी विस्तार से लिखा था। एशिया और भारत से सम्बन्धित उनकी कुछ स्थापनाएँ मार्क्स और एंगेल्स की रचनाओं में दोहराई गई हैं। मार्क्सवाद के विकास को समझने के लिए हेगल के इतिहास-सम्बन्धी विवेचन की जानकारी आवश्यक है। मार्क्स का इतिहास विवेचन यदि ऐतिहासिक भौतिकवाद है तो हेगल का इतिहास विवेचन ऐतिहासिक भाववाद है; मार्क्स का विवेचन यदि अनेकान्तवादी (अथवा द्वन्द्ववादी) है तो हेगल का विवेचन एकान्तवादी (अथवा मेटाफिजिकल) है। कुछ स्थापनाओं में समानता के बावजूद दोनों के विवेचन में जमीन-आसमान का अन्तर है।

1. नस्लपन्थी, साम्प्रदायिक दुराग्रह और भौगोलिक नियतिवाद

इतिहास दर्शन (The Philosophy of History) की भूमिका में हेगल ने तीन तरह के इतिहास लेखन की चर्चा की है। मौलिक, तथ्यपरक इतिहास, घटनाओं का विवरण प्रस्तुत करता है। चिन्तन-प्रधान इतिहास, तथ्यों और घटनाओं की व्याख्या करता है। दार्शनिक इतिहास, यह सिद्ध करता है कि मानव इतिहास निरपेक्ष विवेक का प्रतिफलन है। हेगल अपना सम्बन्ध इस तीसरी तरह के इतिहास से जोड़ते हैं । उनके लिए विवेक (रीजन) निरपेक्ष और अनन्त ज्ञान है, असीम शक्ति है। मानव इतिहास द्वारा ईश्वर स्वयं को व्यक्त करता है; वह गुप्त रहस्य न बना रहे, इसलिए इतिहास द्वारा मनुष्य को यह समझने का अवसर देता है कि वह क्या है। वस्तु (मैटर) और चेतना (स्पिरिट) दो एकदम भिन्न प्रपंच हैं। वस्तु का सारतत्त्व गुरुत्वाकर्षण है, चेतना का सारतत्त्व स्वतन्त्रता है। दर्शनशास्त्र मनुष्य को स्वतन्त्रता की ओर ले जाता है। विश्व-इतिहास स्वतन्त्रता की पहचान में प्रगति के अलावा और कुछ नहीं है। चेतना जब जागृत होती है, तब वह केवल प्राकृतिक प्रभावों से घिरी होती है। प्रकृति वह प्रथम बिन्दु है जिससे अलग हटकर मनुष्य स्वयं के भीतर मुक्ति पा सकता है। जो अति शीत और अति उष्ण कटिबन्ध हैं, उनमें मनुष्य अपनी गति को स्वतन्त्र नहीं बना सकता। बहुत ज्यादा गर्म

और बहुत ज्यादा ठंडे प्रदेशों में तात्कालिक आवश्यकताओं का दबाव बना रहता है, आदमी को मजबूर होकर प्रकृति की ओर ध्यान देना पड़ता है। यह धारणा अरस्तू की है जिसे हेगल ने दोहराया है पर आगे कहते हैं कि पृथ्वी का उत्तरी भाग विश्व-इतिहास का सही रंगमंच है। यहाँ धरती महाद्वीपों के रूप में दिखाई देती है, यहाँ ऐसे पशु और वनस्पतियाँ हैं जिनमें सामान्य विशेषताएँ हैं। इसके विपरीत पृथ्वी के दक्षिणी भाग में भूमि छोटे-छोटे खंडों में बँट गई है; पशुओं और पौधों की अपनी अलग-अलग विशेषताएँ हैं।

पृथ्वी के उत्तरी और दक्षिणी भागों के भेद की तरह हेगल के लिए पुरानी और नई दुनिया में भेद है। दक्षिणी अमरीका और एशिया के बीच जो द्वीप-समूह हैं, वे भौतिक अपरिपक्वता जाहिर करते हैं। अधिकांश द्वीपों की संरचना ऐसी है कि वे अगाध सागर में उठी हुई चट्टानों जैसे हैं जिन पर हलके-फुलके ढंग से मिट्टी जमा हो गई है। न्यू हालैंड में अंग्रेज बस गए हैं, उससे आगे बड़ी-बड़ी नदियाँ हैं। इनका विकास इतना नहीं हुआ कि उन्होंने अपने लिए गहरे मार्ग बना लिए हों; वे दलदल में पहुँचकर खो जाती हैं। अमरीका की मूल संस्कृति, विशेष रूप से मेक्सिको और पेरू की संस्कृति, एकदम जातीय थी (अर्थात् उसमें व्यापकता का पूर्ण अभाव था)। जैसे ही चेतना (स्पिरिट) उसके निकट पहुँची, उसका अवसान अनिवार्य हो गया। हेगल का भाववाद यान्त्रिक भौतिकवाद का दोस्त है। भौगोलिक परिस्थितियाँ मानव-चरित्र की निर्माता हैं, यह हुआ भौगोलिक नियतिवाद। हेगल इसकी नींव पर अपने ऐतिहासिक नियतिवाद की इमारत खड़ी करते हैं। अमेरिकी आदिवासियों की नियति थी कि वे यूरोप के गोरों से पराजित हों। उनमें साहस की कमी थी, उनमें इतनी विनम्रता थी कि वे घुटने टेकने को तैयार रहते थे। गोरा, अधगोरा उनके लिए मालिक की तरह था। "इन लोगों में हर तरह की हीनता है; वह उनके शरीर के आकार में भी है। यह हीनता बहुत स्पष्ट है। केवल पतगोनिया में जो एकदम दक्खिनी नस्लें हैं, वे ज्यादा दमदार हैं लेकिन वे भी बर्बर और वन्य जीवन की अपनी प्राकृतिक अवस्था में हैं।" (पृ. 81) ईसाई पादरियों ने उन्हें यूरोप की संस्कृति और रहन-सहन की शिक्षा देनी चाही। आदिवासी स्वभाव से आलसी थे। डर के मारे पादरियों की आज्ञा मानने लगे। पादरियों ने इनके भीतर नई आवश्यकताएँ पैदा कीं जिनके बिना मनुष्य कर्मठ हो नहीं सकता। हेगल नस्ल का सिद्धान्त लागू कर रहे हैं। सबसे नीचे हैं अमेरिकी आदिवासी, उनके ऊपर हैं अफ्रीकी हब्शी और इन सबके ऊपर हैं यूरोप के गोरे। अमेरिकी आदिवासी अपनी नस्ल के कारण काम करते ही न थे, इसलिए गोरे लोग अमरीका में हब्शियों को ले गए। लिखा है : "अमरीकियों का शारीरिक गठन वह मुख्य कारण था जिससे अमरीका में नीग्रो लोगों को ले जाना पड़ा। नई दुनिया में जो काम करना ही था, उसके लिए नीग्रो लोगों से श्रम कराया गया। कारण यह है कि इंडियनों (अर्थात् आदिवासियों) की तुलना में नीग्रो लोग यूरोप की संस्कृति जल्दी ग्रहण करते हैं। एक अंग्रेज यात्री ने इस बात के उदाहरण दिए हैं कि नीग्रो लोग योग्य पादरी, डॉक्टर आदि बन सके हैं।" (पृ. 82)

प्रकृति और जलवायु के सारे प्रभाव आदिवासियों को ही कमजोर बनाते हैं। यूरोप के गोरे वहाँ जाकर रहते हैं तो वे अपने यूरोपियन चरित्र की विशेषताएँ सुरक्षित किए रहते हैं। जो लोग यूरोप छोड़कर अमरीका पहुँचे, वे हेगल के अनुसार अपनी बुराइयाँ पीछे छोड़ आए और जो अच्छाइयाँ थीं, केवल उन्हें अपने साथ ले गए। हर समय काम करने का हुनर और स्वाधीन चेतना उन्होंने यूरोप से अमरीका पहुँचा दी। अमरीका में यूरोप के लोगों ने समृद्ध समाज गठित किया और उसमें स्वाधीनता की रक्षा की। किन्तु गोरे दो तरह के थे। एक तरह के गोरे स्पेन और पुर्तगाल के थे। इन्होंने फौज के बल पर प्रदेश जीते और फौजी तानाशाही के ढंग से अपना शासन चलाया। दूसरी तरह के गोरे इंग्लैंड के थे। इन्होंने उपनिवेश बनाए, व्यक्ति की स्वाधीनता के आधार पर राज्यसत्ता का गठन किया, सम्पत्ति की रक्षा के लिए कानून बनाए। हेगल ने सैनिक-विजय और उपनिवेश कायम करने में इस तरह भेद किया है मानो उपनिवेशों के लिए जमीन खाली पड़ी थी और अंग्रेज वहाँ जाकर शान्तिपूर्वक बस गए थे। जिन प्रदेशों को स्पेन के लोगों ने जीता था, उन्हें फिर अंग्रेजों ने स्पेन से जीता या खरीदा; अंग्रेजों ने स्वयं भी नए इलाके जीते, वहाँ से आदिवासियों को खदेड़कर बाहर किया। स्पेन और इंग्लैंड के उपनिवेशवादियों में कोई मौलिक भेद नहीं था, फौजी शक्ति के बिना कोई भी वहाँ टिका न रह सकता था। धर्म के मामले में दोनों में साम्प्रदायिक भेद अवश्य था। हेगल ने नस्लवाद से अपना धर्म-सम्बन्धी साम्प्रदायिक दृष्टिकोण मिला दिया है।

उन्होंने लिखा है कि इंग्लैंड के लोग स्वयं छोटे-छोटे सम्प्रदायों में बँटे हुए थे। इनमें बहुत से धार्मिक स्वतन्त्रता पाने के लिए अमरीका पहुँचे थे। कुल मिलाकर ये सब लोग एक बड़े प्रोटेस्टेंट सम्प्रदाय के अन्तर्गत थे। "प्रोटेस्टेंट धर्म से व्यक्तियों में परस्पर विश्वास के सिद्धान्त का जन्म हुआ; दूसरे लोग ईमानदार हैं और उनका भरोसा करना चाहिए, इस सिद्धान्त का जन्म हुआ। कारण यह है कि प्रोटेस्टेंट चर्च में समग्र जीवन को, उसकी सभी सामान्य क्रियाओं को धार्मिक क्रियाओं के अन्तर्गत गिना जाता है। इसके विपरीत कैथलिक लोगों में इस तरह के विश्वास का कोई आधार हो ही नहीं सकता क्योंकि वहाँ सांसारिक मामलों में जोर-जबर्दस्ती और स्वेच्छित अधीनता ही कर्म-सिद्धान्त हैं। जिन रूपों को संविधान कहा जाता है, वे वहाँ मजबूरी की चीजें हैं और वे (पारस्परिक) अविश्वास से रक्षा नहीं कर सकते।" (पृ. 84) हेगल ने पहले तो मनुष्य-जाति को श्वेत और अश्वेत में बाँटा। फिर श्वेत जनों में उन्होंने कैथलिक ईसाई और प्रोटेस्टेंट ईसाई का भेद किया। कैथलिक ईसाइयों को सामूहिक रूप से उन्होंने बेईमान बताया और इसी तरह सामूहिक रूप से उन्होंने प्रोटेस्टेंट ईसाइयों को ईमानदार माना। जो ईमानदार हैं, वे स्वाधीनता प्रेमी हैं; जो बेईमान हैं, वे जल्दी ही पराधीनता स्वीकार कर लेते हैं। अमेरिकी आदिवासी गोरों की अधीनता स्वीकार करते हैं; गोरे कैथलिक अपने ही भीतर के अत्याचारियों का शासन स्वीकार करते हैं। आदिवासियों और गोरे कैथलिकों, दोनों में ही पराधीनतावृत्ति विद्यमान है; आदिवासियों में उसकी मात्रा कुछ अधिक है, कैथलिकों में जरा कम है। निष्कर्ष यह निकलेगा कि प्रोटेस्टेंट गोरे

अमेरिकी आदिवासियों पर ही नहीं, गोरे कैथलिकों पर भी शासन करने के योग्य हैं। दक्षिणी अमरीका में अधिकांश गोरे कैथलिक थे, इसलिए हेगल ने यह भविष्यवाणी की कि आगे चलकर इनसे उत्तरी अमरीका की टक्कर होगी। यह विशुद्ध साम्प्रदायिक टक्कर है; उसमें प्रोटेस्टेंट ईसाइयों की विजय और कैथलिक ईसाइयों की पराजय अनिवार्य है। किन्तु भेद प्रोटेस्टेंटों में भी है। अमरीका में बसे हुए अंग्रेज तेजी से विकास कर रहे हैं पर जर्मन प्रोटेस्टेंटों से पीछे हैं। कारण यह है कि अंग्रेज व्यवसाय में बेईमानी करते हैं और इसके लिए कानूनी संरक्षण प्राप्त कर लेते हैं। उनमें धर्म-सम्बन्धी अराजकता भी है। वे अपने पादरी चुनते हैं और जब चाहते हैं, तब उनके पद से उन्हें हटा देते हैं। ''यूरोप के राज्यों में (यथा जर्मनी में) जो धार्मिक एकता कायम रखी गई है, उसका यहाँ अभाव है।'' (पृ. 85)

निष्कर्ष यह कि भौगोलिक कारणों से यूरोप शेष भूखंडों से श्रेष्ठ है, नस्ल के कारण यूरोप के गोरे अमरीकी आदिवासियों और अफ्रीकी हब्शियों से श्रेष्ठ हैं और साम्प्रदायिक कारणों से प्रोटेस्टेंट ईसाई कैथलिक ईसाइयों से श्रेष्ठ हैं तथा जर्मन प्रोटेस्टेंट अंग्रेज प्रोटेस्टेंटों से श्रेष्ठ हैं !

अब एशिया की भौगोलिक स्थिति पर विचार कीजिए और यूरोप की भौगोलिक स्थिति से उसकी भिन्नता पहचानिए। इस महाद्वीप के तीन भाग हैं। पहले में पठार और शुष्क इलाके हैं। इस भाग में मंगोल और अरब रहते हैं। मंगोल शान्त जीवन बिताते थे पर यदाकदा किसी आन्तरिक प्रेरणा के वशीभूत होकर विध्वंसक अभियान चला देते थे। इनकी तुलना में अरब अधिक सभ्य थे। दूसरा इलाका नदियोंवाला है जहाँ पुरानी सभ्यताओं का विकास हुआ। चीन, भारत, बाबुल और मिस्र इस भूखंड में हैं। तीसरा खंड वह है जिसके पास लम्बे-लम्बे समुद्र-तट हैं। इसमें यूरोप मुख्य है। यूरोप के लोग समुद्र के किनारे रहते थे और इस समुद्री परिवेश ने उनके चरित्र का निर्माण किया। हेगल ने समुद्र के बारे में जो कुछ लिखा है, वह उनके भौगोलिक नियतिवाद की अच्छी मिसाल है।

उन्होंने लिखा है : ''समुद्र को देखकर हमारे मन में असीम, अनन्त, अपरिमित का विचार पैदा होता है। उस अनन्त के भीतर स्वयं अपने अनन्त का बोध करके मनुष्य को उस साहस और प्रेरणा की प्राप्ति होती है जिससे वह सीमाओं के पार आगे बढ़े। समुद्र मनुष्य को विजय के लिए आमन्त्रित करता है, वह लूटपाट के लिए किन्तु उसके साथ ईमानदारी से मुनाफा कमाने और व्यापार करने के लिए भी, आमन्त्रित करता है। स्थल, घाटियोंवाले विशुद्ध मैदानी इलाके, आदमी को धरती से जोड़ देते हैं—वह पराधीनता की असंख्य कोटियों में फँस जाता है किन्तु समुद्र विचार और कर्म के इन सीमित दायरों से उसे बाहर ले जाता है।'' (पृ. 90) यूरोप की अधिकांश आबादी समुद्र-तट से दूर थी। इंग्लैंड के लोग भी समुद्र का निमन्त्रण स्वीकार करनेवाले प्रथम वीर नहीं थे, वे स्पेन, पुर्तगाल और हालैंड का अनुसरण करनेवालों में थे। जहाँ तक जर्मनी का सम्बन्ध है, वह इन सबसे पिछड़ गया था। हेगल ने समुद्र-तटवाली सभ्यता और मैदानी सभ्यता में इस

तरह भेद किया है कि पराधीनता की असंख्य कोटियाँ एशिया के लिए स्वाभाविक जान पड़ें और यूरोप स्वाधीनता का गढ़ प्रतीत हो। चीन, भारत, अरब आदि देशों ने व्यापार में जहाजरानी और समुद्री जलमार्गों का पता लगाने में जो प्रगति की थी, वह उनकी आँखों से ओझल रहती है। वैसे जितने लम्बे समुद्र-तट दक्षिण पूर्वी एशिया और अफ्रीका के पास हैं, उतने उत्तरी और दक्खिनी यूरोप को मिलाकर वहाँ नहीं हैं। इसलिए समुद्र-तट के होने-न होने से इतिहास की कोई समस्या सुलझती नहीं है।

हेगल ने अफ्रीका को तीन हिस्सों में बाँटा है। एक हिस्सा वह है जो सहारा नाम के रेगिस्तान के दक्खिन में है। दूसरा हिस्सा इसके ऊपर है जिसे उन्होंने यूरोपियन अफ्रीका कहा है। तीसरा हिस्सा नील नदी की घाटीवाला है जो एशिया से जुड़ा हुआ है। इस तरह अफ्रीका से वे दो हिस्से तो निकल गए जो यूरोप और एशिया से जुड़े हुए हैं। जो हिस्सा बचा, वह असली अफ्रीका है। हेगल के अनुसार, यह मानवता के बचपन का देश है : ''आत्मचेतन इतिहास के दिवस के उस पार है; इस पर रात्रि के अन्धकार का पर्दा पड़ा हुआ है। उसकी अलगाव की विशेषता का कारण उसका उष्ण कटिबन्ध में होना ही नहीं है बल्कि मूल रूप से उसकी भौगोलिक स्थिति है।'' (पृ. 91) अफ्रीकी मानवता का विकास किस तरह भौगोलिक कारणों से हुआ, यह बताने के बाद हेगल धर्म, नीति, कानून आदि के बारे में नीग्रो जनों की धारणाओं का विवेचन करते हैं। विश्वजनीनता जैसी व्यापक चीज उनके जीवन में नहीं है। उनके यहाँ ईश्वर, कानून जैसी धारणाओं का विकास नहीं हुआ। अपने से उच्चतर किसी सत्ता का बोध उन्हें नहीं है। जो वन्य प्राकृतिक जन हैं, वे नीग्रो हैं। उनके सन्दर्भ में ''श्रद्धा और नैतिकता के सारे विचार हमें एक तरफ कर देने चाहिए, जिसे हम भावना कहते हैं उसे दूर रखना चाहिए। तभी हम उन्हें सही रूप में समझ सकते हैं। इस तरह के चरित्र में कोई ऐसी चीज है ही नहीं जिसका सामंजस्य मानवता से हो।'' (पृ. 93) जिन लोगों ने अफ्रीकियों के बारे में विवरण पेश किए थे, वे एक तरफ तो उन्हें गुलाम बनाकर बेचते थे, दूसरी तरफ उनमें ईसाई धर्म का प्रचार करते थे। हेगल ने नीग्रो जनों को मानवता से ही खारिज कर दिया था। अपने विवेचन की पुष्टि के लिए उन्होंने ईसाई मिशनरियों का हवाला दिया था।

हेगल के इतिहास-सम्बन्धी विवेचन में धार्मिक आग्रह हर जगह दिखाई देता है। यह व्यापक रूप में 'धार्मिक' आग्रह न होकर साम्प्रदायिक आग्रह है जो और भी संकीर्ण है और वस्तुगत स्थिति को समझने में बाधक होता है। हेगल कहते हैं कि धर्म की शुरुआत तब होती है जब आदमी समझता है कि उससे भी और ऊँची कोई सत्ता है। नीग्रो लोगों में जादू-टोना चलता है। वे मृतजनों की पूजा करते हैं, उनमें ईश्वर-सम्बन्धी धारणा का अभाव है, इसलिए उनमें मनुष्य के व्यक्तित्व के प्रति सम्मान का अभाव है। ''जहाँ तक न्याय और नैतिकता का सम्बन्ध है, नीग्रो लोग मानवता की पूर्ण उपेक्षा करते हैं और उनकी नस्ल की यही बुनियादी विशेषता है। यद्यपि वे मानते हैं कि प्रेत प्रकट होते हैं किन्तु उन्हें आत्मा की अमरता का ज्ञान नहीं है। मानवता का अवमूल्यन इस हद तक होता है कि उस पर विश्वास नहीं होता। अत्याचार उनके लिए कोई बुरी बात

नहीं है और नरमांस-भक्षण का उनके यहाँ खूब चलन है और वे उसे उचित समझते हैं। हम लोगों में जो सहज बोध है, वह हमें उससे (नरमांस-भक्षण) से दूर रखता है—यदि हम मनुष्यों में सहज बोध की बात कर सकें। किन्तु नीग्रो लोगों के साथ ऐसा नहीं है। अफ्रीकी नस्ल के लोग जिन सामान्य सिद्धान्तों को मानते हैं उनसे नरमांस-भक्षण का पूर्ण सामंजस्य है। भोगवादी नीग्रो के लिए नरमांस मात्र गोचर वस्तु है, केवल मांस है। राजा की मृत्यु पर सैकड़ों लोगों को मारा और खाया जाता है। कैदियों का वध किया जाता है और उनका मांस बाजार में बेचा जाता है। वे रीति के अनुसार विजेता शत्रु का वध करने पर उसका हृदय खाते हैं। जब जादू के कृत्य होते हैं, तब अक्सर ऐसा होता है कि उधर से जो पहला आदमी निकला, उसे जादूगर मार डालता है और उपस्थित लोगों में उसके शरीर के टुकड़े बाँट दिए जाते हैं।'' (पृ. 95)

यह सारा विवरण इसलिए है कि नीग्रो लोगों को दास बनाने की प्रथा न्यायपूर्ण जान पड़े। दासप्रथा हेगल के दिमाग में है। उक्त वाक्यों के तुरन्त बाद वह लिखते हैं : ''यूरोप के लोग उन्हें गुलाम बनाते हैं और अमरीका में बेचते हैं। यह काम चाहे बुरा हो लेकिन अपने देश में नीग्रो जनों की नियति इससे भी बदतर है क्योंकि वहाँ ऐसी ही पूर्ण गुलामी का चलन है। गुलामी का बुनियादी सिद्धान्त यह है कि मनुष्य ने अपनी स्वाधीनता की चेतना प्राप्त नहीं की; इसलिए वह मात्र वस्तु बन जाता है जिसका कोई मूल्य नहीं होता। नीग्रो लोगों में नैतिक भावना बहुत कमजोर होती है। सही बात यह है कि वह उनमें होती ही नहीं। माता-पिता अपने बच्चों को बेच देते हैं और इसी तरह बच्चे माता-पिता को बेच देते हैं। जिसे जब जैसा अवसर मिल जाए। दासता के व्यापक प्रभाव के कारण नैतिक भावना के बल पर एक-दूसरे के प्रति हम लोग जिन सम्बन्धों को उचित मानते हैं, वे यहाँ लुप्त हो जाते हैं। नीग्रोजनों के दिमाग में यह बात आती नहीं है कि दूसरों से वे उस बात की अपेक्षा करें जिसकी हम यूरोप के लोग अपेक्षा कर सकते हैं। नीग्रोजनों में बहुपत्नी प्रथा का चलन है। अक्सर इसका उद्‌देश्य यह होता है कि जो बच्चे हों, उनमें हर एक को दास के रूप में बेच दिया जाए। कभी-कभी इस बारे में बड़ी भोली शिकायतें सुनने को मिलती हैं। मिसाल के लिए लन्दन में एक नीग्रो ने कहा कि वह बिल्कुल गरीब हो गया है क्योंकि वह अपने सभी सम्बन्धियों को बेच चुका है। नीग्रो लोग मानवता की जो उपेक्षा दिखलाते हैं, उसमें मृत्यु के प्रति घृणा का भाव उतना नहीं है जितना जीवन के प्रति उपेक्षा का भाव है। उनके दृष्टिकोण की यही विशेषता है। जीवन के प्रति इसी उपेक्षा-भाव के कारण नीग्रो लोग बाहरी साहस प्रदर्शित करते हैं जिसके साथ उनकी बाहरी शारीरिक शक्ति भी होती है। यूरोप के लोगों से लड़ते हुए हजारों की संख्या में वे स्वयं को गोलियों का निशाना बन जाने देते हैं। जीवन तभी मूल्यवान होता है जब उसका कोई ऐसा उद्‌देश्य हो जो मूल्यवान हो।'' (पृ. 96)

व्यापारिक पूँजीवाद का सामन्ती खोल और दासप्रथा—विश्वव्यापी लूटमार के इस दौर के एक प्रतिनिधि विचारक हैं हेगल। किन्तु वह जर्मन जाति का इतिहास भूल गए हैं। जिन बातों के लिए वे नीग्रोजनों को मानवता की परिधि से बाहर रखते हैं, उन्हीं

के लिए जर्मनों को भी उस परिधि से बाहर रखा जा सकता है। 'जर्मनों के प्राचीन इतिहास में योगदान' निबन्ध में एंगेल्स ने लिखा था, जर्मनों का मुख्य धन पशुधन था। सम्भवतः निर्यात की मुख्य वस्तु पशु थे। ''पशुओं के अलावा दास ही ऐसी चीज थे जिसे रोम के साथ अपने व्यापारिक कारोबार में भुगतानस्वरूप जर्मन यथेष्ट परिमाण में बाहर भेज सकते थे।'' रोमन लोगों के विजय अभियान समाप्त हो गए थे। दास बनाने के लिए उन्हें अब युद्धबन्दी मिलते न थे। इसलिए वे उन्हें बर्बर जर्मनों से खरीदते थे, 'तकितुस (अथवा टैसिटस) के अनुसार जर्मन अब गुलाम बेचने लगे थे (गेर्मानिआ, 24)। जर्मन लोग एक-दूसरे से बराबर युद्ध करते रहते थे। फ्रिसिया के लोगों के पास टैक्स देने को जब पैसे न होते थे, तब वे अपनी स्त्रियाँ और बच्चे रोमनों के हवाले कर देते थे कि वे उन्हें गुलाम बना लें।' (Marx Engels, Precapitalist Socio Economic Formations, पृ. 336-37)। यह उस समय की बात है जब जर्मन लोग अलग-अलग कबीलों में बँटे हुए थे और रोमन साम्राज्य वैभव के शिखर पर था। ये कबीले आपस में लड़ते थे, अपने ही साथी कबीले के जर्मनों को पकड़कर रोमनों के हाथ बेच देते थे, टैक्स देने को पैसे न रहें तो अपनी सन्तान और स्त्रियों को गुलाम बनने के लिए रोमनों को सौंप देते थे। नीग्रोजनों की नैतिकता इससे निम्न स्तर की न थी। जहाँ तक नरमांस-भक्षण का प्रश्न है, यह प्रथा किसी समय जर्मनी में भी प्रचलित थी। एंगेल्स ने जर्मन लेखक नॉट्कॅर का हवाला देते हुए बताया है कि व्हॅलॅटबी नाम के जर्मन कबीले के लोग यह तर्क देते थे कि कीड़ों की अपेक्षा अपने माता-पिता के शव खाने का अधिकार उन्हें अधिक है। (Marx Engels, Ireland and the Irish Question, पृ. 291)

नीग्रो लोग वीरता से लड़े; पराधीन होने के बदले वे मैदान में गोली खाकर मर जाना ज्यादा अच्छा समझते थे। अमरीकी आदिवासी भी इसी तरह लड़े थे और भारत के पूर्वी सीमान्त प्रदेशों में जंगलों और पहाड़ों में रहनेवाली जातियाँ भी अंग्रेजों से इसी तरह लड़ी थीं। यूरोप के लुटेरों ने बारूद के बल पर उन्हें परास्त किया, उनके साहस को मानव-जीवन की उपेक्षा बताया। हेगल ने उसे दार्शनिक रूप दिया। जहाँ भी यूरोप के जमींदारों और व्यापारियों ने दूसरों का नाश किया या उन्हें गुलाम बनाया, हेगल वहाँ एक ही तर्क देते हैं, उनमें स्वाधीन आत्मचेतना का भाव पैदा नहीं हुआ, वे प्रकृति से ही बँधे हुए हैं, अपने से ऊपर की सत्ता का ज्ञान उन्हें नहीं है, इसलिए उनमें वास्तविक धर्म, नैतिकता, राजनीतिक संस्थाओं आदि का अभाव है। हेगल ने इतिहास पर अपनी कोई विशेष आत्मगत भावना आरोपित की हो, ऐसी बात नहीं है। उनकी भावना वही है जो वस्तुगत रूप से यूरोप के व्यापारियों और जमींदारों की थी। इस वर्ग-दृष्टि को उन्होंने आत्मचेतना का आवरण पहनाया, उसके नीचे साम्राज्यवादी वर्ग बहुत स्पष्ट दिखाई देते हैं।

हेगल के इतिहास दर्शन में राजनीतिक संविधान जैसी चीज नीग्रो लोगों के यहाँ नहीं है क्योंकि 'इस नस्ल की पूरी खासियत यह है कि ऐसी कोई व्यवस्था उनके यहाँ सम्भव नहीं है।' (पृ. 96) वहाँ कोई सार्वजनीन नियम नहीं है, परिवार-सम्बन्धी नैतिकता नहीं है, केवल मनुष्य की निरंकुश इच्छा काम करती है। उस इच्छा पर किसी तरह का

नियन्त्रण नहीं है। बाहरी ताकत ही नीग्रो लोगों को नियन्त्रित रख सकती है। उनका शासक निरंकुश होता है। कुछ स्थानों में सभी कुमारियों पर राजा का अधिकार होता है। जिसे पत्नी की जरूरत हो, वह राजा के पास जाकर उसे मोल लेता है। प्रजा भी हिंसक होती है। अतः वह शासक को एक दायरे के भीतर रखती है। लोग असन्तुष्ट हुए तो राजा को हटा देते हैं और मार देते हैं। कभी राजा स्वयं रंगमहल में जाता है और स्त्रियों से अपना गला घोंट देने को कहता है। कहा जाता है, किसी जमाने में वहाँ स्त्रियों का राज था। एक स्त्री ने अपने ही लड़के को पीस डाला और अपने शरीर पर उसका रक्त लगा लिया। उसने सभी पुरुषों को मार दिया या भगा दिया। युद्ध में पुरुष बन्दी बनाए जाएँ तो वह उन्हें अपना पति बना लेती थी। यदि लड़का पैदा हो तो उसे छावनी के बाहर मार डाला जाता था। हेगल ने इस तरह की और बहुत सी बातें कही हैं और उनका आधार अधिकतर अंग्रेजों के लिखे वृत्तान्त हैं। परिणाम यह है कि नीग्रो लोग मानवता से बाहर हैं और अफ्रीका का इतिहास मनुष्यता के इतिहास से बाहर है।

नीग्रो लोगों के बारे में हेगल ने निरंकुश इच्छा की बात कही। यही बात उन्होंने एशिया की घुमन्तू जातियों, मंगोलों आदि के बारे में कही। अच्छे-भले बैठे हैं, मन में तरंग उठी, विनाशकारी अभियानों पर चल पड़े। अरब देश में रेगिस्तान है, वहाँ कट्टरता का होना स्वाभाविक है। जहाँ मैदानों में सभ्यता का विकास हुआ है, वहाँ लोग अपने घरौंदों में बन्द हैं। समुद्र ने उनकी सभ्यता को प्रभावित नहीं किया। यहाँ के लोग अपना इतिहास नहीं लिखते, बाहर से आकर लोग उन्हें देखते और उनका इतिहास लिखते हैं। एशिया का वह भाग जो यूरोप के निकट है, वह यूरोप को बहुत कुछ देता रहा है परन्तु उसने जो कुछ दिया, उसका विकास यूरोप ने किया। सिकन्दर ने पूर्वी देशों को जीता। वह चाहता था कि इन देशों को ऊँचा उठाया जाए जिससे कि वे यूनानी जीवन में भाग ले सकें। उसका काम बहुत ही गौरवपूर्ण था किन्तु आदर्शमात्र बनकर रह गया। यूरोप के केन्द्रीय भाग में तीन मुख्य देश हैं—फ्रांस, जर्मनी और इंग्लैंड। जहाँ तक उत्तर पूर्वी राज्यों का सम्बन्ध है, पोलैंड, रूस और अन्य स्लाव देश ऐतिहासिक राज्यों की शृंखला में बहुत देर से जुड़ते हैं, वे एशिया से सम्बन्ध का निर्माण करते हैं और उसे बनाए रखते हैं। (पृ. 102) एशिया तो गया-बीता है ही, पूर्वी यूरोप भी एशियाई सम्बन्ध के कारण वास्तविक इतिहास से खारिज हो गया। बचे फ्रांस, जर्मनी और इंग्लैंड, विश्व मानवता के, आत्मचेतन इतिहास के यही तीन केन्द्र हैं।

पूर्वी देशों के इतिहास के प्रसंग में हेगल कहते हैं कि सूर्योदय पूर्व में होता है। इतिहास पूर्व से पश्चिम को चलता है। इतिहास के अन्त में है यूरोप, उसकी शुरुआत होती है एशिया से। सूर्य एशिया में उगता है, पश्चिम में डूबता है, किन्तु वहाँ और भी गरिमामय प्रकाशवाले आत्मचेतना के सूर्य का उदय होता है। पूर्व के देश केवल 'एक' को जानते थे और अब भी जानते हैं। वह एक ही स्वतन्त्र है, बाकी सब पराधीन हैं। पूर्वी संसार निरंकुशता का संसार है। यूनानी और रोमन संसार में कुछ लोग स्वाधीन थे, कुछ लोग नहीं थे। इसीलिए इस संसार में लोकतन्त्र और अभिजात तन्त्र दोनों थे।

इन दोनों से अलग जर्मन संसार है। उसमें सभी स्वाधीन हैं और राज्यसत्ता का रूप है—पादशाही। (पृ. 104) हेगल का जर्मन राष्ट्रवाद उन्हें बाध्य करता है कि यूरोप के केन्द्रीय भाग से वह इंग्लैंड और फ्रांस को बाहर रखें। यूरोप के इतिहास में जो महत्त्व जर्मनी का है, वह इन देशों का नहीं है। यद्यपि जर्मनी में पादशाही है और जमींदार वर्ग सत्ता पर हावी है, फिर भी हेगल के अनुसार जर्मनी में सभी लोग स्वतन्त्र हैं।

हेगल कहते हैं, पूर्व के देशों में जो चेतना है, वह चिन्तनविहीन है। वहाँ श्रद्धा है, विश्वास है, आज्ञापालन है। वहाँ के राजनीतिक जीवन में जो बुद्धिसंगत स्वाधीनता चरितार्थ होती है, वह आत्मचेतन नहीं बन पाती। यहाँ मानव इतिहास का बचपन देखने को मिलता है। पूर्व के साम्राज्यों में व्यक्ति आकस्मिक घटनामात्र है। केन्द्र में प्रभु की सत्ता है, सभी व्यक्ति उसके चारों ओर घूमते हैं। जो नियम पहले से कायम हो चुके हैं, प्रभु उनका पालन कराता है। यूरोप के लोगों में जो वस्तु आत्मचेतन स्वाधीनता की देन है, वह यहाँ राज्यसत्ता से उत्पन्न होती है। राज्य में सर्वोपरि मालिक की शक्ति के बाहर स्वाधीन कुछ नहीं है। उस शक्ति के दायरे के बाहर निरुद्देश्य इच्छा-शक्ति का संचरण होता है। परिणाम यह कि वन्य जनसमूह हमला करते हैं, चारों तरफ तबाही फैलाते हैं, उन देशों में बस जाते हैं, लेकिन वहाँ कोई परिवर्तन नहीं होता, आनेवाले भी उसी पुराने जीवन में गर्क हो जाते हैं, यहाँ के साम्राज्य केवल देशगत हैं, उनमें कालगत प्रगति नहीं होती। उनका इतिहास वास्तविक इतिहास से बाहर की चीज है। चीन में इतिहास की पुनरावृत्ति होती है, प्रगति नहीं होती। मध्य एशिया में बहुत हलचल दिखाई देती है। यह मानवता का लड़कपन है। यूनानी संसार में मानवता की किशोर अवस्था दिखाई देती है। विचार-तत्त्व मूर्त्त भौतिक रूप से जुड़ा रहता है। सही नैतिकता का यहाँ जन्म नहीं होता। रोमन राज्य का इतिहास वयस्क मानवता का इतिहास है। जर्मन संसार मानव इतिहास की वृद्ध अवस्था है और यह वृद्ध अवस्था कमजोरी नहीं है, परिपक्वता है। चेतना पूर्ण रूप से विकसित होकर स्वयं से जुड़ जाती है। (इस मेल का सीधा सम्बन्ध ईसाई धर्म से है।) राज्यसत्ता और चर्च में विरोध उत्पन्न होता है। आगे चलकर दोनों में समन्वय होता है। राज्यसत्ता चर्च के आगे हेठी नहीं करती और चर्च विशेषाधिकार का दावा नहीं करता। जो कुछ आध्यात्मिक है, वह राज्यसत्ता के लिए गैर नहीं है। "स्वतन्त्रता ने वह साधन ढूँढ़ लिया है जिससे उसका आदर्श, उसका सच्चा अस्तित्व चरितार्थ हो। यही वह अन्तिम परिणाम है जिसे इतिहास की प्रक्रिया द्वारा सम्पन्न होना है।" (पृ. 109-10) हेगल का आशय यह है कि बहुत चक्कर लगाकर मानवता जिस मंजिल तक पहुँचेगी, उस तक जर्मनी की अर्द्ध सामन्ती अर्द्ध पूँजीवादी राज्यसत्ता पहले ही पहुँच चुकी है।

2. आत्मचेतन इतिहास और भारत

एशिया के दो बड़े देश भारत और चीन हैं। कुछ बातों में समानता है, कुछ में भिन्नता

है। हेगल कहते हैं, चीन में सम्राट की निरंकुश प्रभुसत्ता है। उसके शासन में चीन ने एक प्रकार की अचल एकता प्राप्त की। चीनी साम्राज्य को हेगल ने सबसे पुराना साम्राज्य कहा है। उनके विचार से चीन का सम्राट कुलपति के समान है और सारी प्रजा उसके बच्चों की तरह है। हर चीज की देखभाल ऊपर से होती है। चीन में स्वतन्त्र वर्ग या स्तर नहीं हैं जिन्हें अपने हितों की रक्षा करनी हो। इस दृष्टि से वह भारत को चीन से भिन्न मानते हैं। चीनियों ने इतिहास लिखने की परम्परा डाली। चीन में विज्ञान के प्रति शासन ने उदार रुख अपनाया था। किन्तु हेगल के अनुसार वहाँ इतिहास और विज्ञान दोनों में आत्मगत चेतना का अभाव है, इस कारण विज्ञान प्रगति नहीं कर सका। हेगल ने यह नहीं बताया कि इतिहास और विज्ञान में चीनियों ने कहाँ गलती की है; उन्होंने सारे विवेचन को ही विज्ञान से बाहर इसलिए कर दिया है कि विवेचकों में आत्मचेतना का अभाव था।

हेगल ने अंग्रेजों का लिखा भारत-सम्बन्धी विवरण पढ़ा था और जो कुछ पढ़ा था, उसके आधार पर इस देश के बारे में काफी विस्तार से लिखा। अंग्रेजों ने भारत के ज्ञान-विज्ञान की प्रशंसा में भी बहुत-सी बातें कही थीं और जर्मन कवि गेटे ने कालिदास के अभिज्ञान शाकुन्तलम् की प्रशंसा की थी। हेगल के समकालीन अनेक जर्मन कवि और विद्वान संस्कृत साहित्य और व्याकरण से प्रभावित हुए थे। ये सब लोग उस मानववादी चिन्तनधारा में शामिल थे जो पूँजीवादी विकास होने पर, सामन्ती व्यवस्था के टूटने के साथ-साथ, जर्मनी तथा यूरोप के अन्य देशों में प्रवाहित हुई थी। किन्तु हेगल प्राचीन अथवा समकालीन भारत में प्रशंसा के योग्य कुछ भी नहीं पाते। भारतवासियों के बारे में लिखते समय उन्होंने जिस तरह की घृणा का परिचय दिया है, उस तरह की घृणा केवल अफ्रीकी हब्शियों के विवरण में उन्होंने दिखाई है।

हेगल कहते हैं कि चीन के समान भारत प्राचीन और आधुनिक दोनों है। चीनी राज्य से भिन्नता इस बात में है कि भारत कल्पना और संवेदनशीलता का देश है, चीन में गद्यात्मक विवेक है। चीन में प्रजा बचपन की अवस्था में है। नैतिक निर्णय स्वयं करने के बदले लोग सम्राट की ओर देखते हैं कि वह नैतिक नियम बनाएगा। मानव-चेतना का हित इस बात में है कि बाह्य परिस्थितियाँ आन्तरिक परिस्थितियाँ बन जाएँ, प्राकृतिक और आध्यात्मिक संसार विवेक के आत्मगत पक्ष द्वारा पहचाने जाएँ। हेगल की धारणा है कि भारतवासी स्वप्नलोक में रहते हैं, संसार को फैंटेसी के माध्यम से ही ग्रहण करते हैं। स्वयं हेगल ने भारत को फैंटेसी के माध्यम से देखा है और इस फैंटेसी के दो पक्ष हैं। एक पक्ष में यहाँ चीजें सुन्दर, सुकोमल किन्तु लगभग निर्जीव दिखाई देती हैं, दूसरे पक्ष में चीजें सजीव हैं किन्तु बहुत ही निर्दयी हैं और दूसरों के प्रति निष्करुण होने के साथ-साथ स्वयं भी आत्महत्या की ओर बढ़ती हैं।

पहले पक्ष की मिसाल यह है : "भारत की स्त्रियों में एक विशेष प्रकार का सौन्दर्य है। इनके चेहरे पर पारदर्शी त्वचा है, उस पर हल्का गुलाबीपन है। यह सहज स्वास्थ्य की लालिमा नहीं है, यह ऐसी लालिमा है जिसका संस्कार किया गया है मानो भीतर

से आत्मा ने उसमें प्राण फूँक दिए हों। नेत्रों की ज्योति, मुँह की रेखाएँ सुकुमार, शिथिल और समर्पणकारी प्रतीत होती हैं। यह लगभग अपार्थिव सौन्दर्य स्त्रियों में उन दिनों देखा जाता है जब वे प्रसव के बाद की अवस्था में होती हैं। गर्भावस्था के भार और प्रसव की वेदना से मुक्ति के भाव के साथ उस आत्मा का उल्लास जुड़ जाता है जो प्रिय सन्तान के वरदान का स्वागत करती है। सौन्दर्य का ऐसा ही स्वरूप स्त्रियों में तब दिखाई देता है जब जादू के प्रभाव से उन्हें स्वप्नावस्था में कर दिया जाता है; उस समय वे एक अपार्थिव सौन्दर्य के संसार से जुड़ जाती हैं। शोरेल नाम के एक महान कलाकार ने मृत्युशय्या पर पड़ी हुई मरियम के ऐसे ही रूप को चित्रित किया है। मरियम की आत्मा स्वर्ग की ओर उठ चली है लेकिन मानो एक बार और विदाई के चुम्बन के लिए मरणशील मुख को फिर उद्‌भासित करती है। ऐसा सौन्दर्य अपने मधुरतम रूप में भारतीय संसार में दिखाई देता है। यह ऐसी शिथिलता का सौन्दर्य है कि जो कुछ भी जड़, कठोर और अन्तर्विरोधमय है, वह अन्तर्धान हो जाता है और हमें केवल भाव-प्रवण अवस्था में आत्मा दिखाई देती है। किन्तु इस आत्मा में स्वतन्त्र, आत्मनिर्भर चेतना की मृत्यु का आभास भी मिलता है।'' (पृ. 140)

हेगल इस बात पर बहुत जोर देते हैं कि मनुष्य को विवेकशील होना चाहिए, आत्मचेतन होकर, अर्थात् विवेकशील होकर ही मनुष्य इतिहास का निर्माण करता है, किन्तु हेगल स्वयं कितने विवेकशील थे, यह ऊपर के विवरण से समझ में आ जाएगा। उन्होंने भारत को, आत्मचेतन विवेक के अभाव में, वास्तविक इतिहास से बाहर रखा है, किन्तु वे स्वयं अपनी आत्मगत, भावनाओं के अनुरूप भारत पर एक विशेष रूप आरोपित करते हैं, यह प्रत्यक्ष है। उन्होंने एक कलाकार का उल्लेख करके बता दिया है कि यह सौन्दर्य-भावना कब, कहाँ पैदा हुई थी। अपने तमाम दार्शनिक ऊहापोह के बावजूद हेगेल यूरोप के उस कला आन्दोलन से प्रभावित थे जो कहीं धर्म से जुड़ा था। इसीलिए मृत्युशय्या पर पड़ी हुई मरियम का चित्र उन्हें याद आया है। मृत्यु और सौन्दर्य के समन्वय की इस भावना को भारतव्यापी मानकर हेगल ने लिखा है कि हिन्दू-स्वभाव की मूल विशेषता है—चेतना का स्वप्नाविष्ट स्वरूप। स्वप्न में आदमी बाहरी वस्तुओं से अलग अपने अस्तित्व के प्रति सचेत नहीं रह जाता। जागता है तब वह अपना अस्तित्व पहचानता है; तब बाहरी दुनिया स्थिर और वस्तुगत दिखाई देती है। यह दायरा समझ का है। इसके विपरीत स्वप्नावस्था में अलगाव का यह बोध स्थगित हो जाता है। भारतीय दृष्टि सर्वात्मवादी दृष्टि है किन्तु वह विचार-जन्य नहीं, कल्पनाजन्य है। चेतना गोचर संसार से मुक्त नहीं होती, उसे अपने अधीन नहीं करती। गोचर वस्तु ही विस्तारित होकर अनन्त हो जाती है। जो आध्यात्मिक है, वह उलझा हुआ, विचित्र और हास्यास्पद बन जाता है। (पृ. 140-41)

हेगल मानते हैं कि विश्व-इतिहास से भारत का सम्बन्ध रहा है। उन्हें इस धारणा का पता है कि यूरोप में ग्रीक, लैटिन, जर्मन आदि जिन भाषाओं का विकास हुआ, उनकी आधारभूमि संस्कृत है। जो लोग पश्चिमी संसार में आकर बस गए, उनके प्रसार

का केन्द्र भारत था। उनके अनुसार यह सम्बन्ध केवल भौतिक है। भारत में कुछ तत्त्वों का विकास भले हुआ हो और इनमें कुछ तत्त्व पश्चिम में भी पहुँचे हों, किन्तु पश्चिम में जो कुछ हमारा ध्यान आकर्षित करता है, वह हेगल के अनुसार ऐसा नहीं है जिसका उद्भव भारत में हुआ हो। वह सब कुछ ऐसा है जिसका निर्माण पश्चिम के लोगों ने स्वयं किया और संस्कृति के भारतीय तत्त्वों को भुला देने का भरसक प्रयत्न भी किया। भारतीय संस्कृति का प्रसार इतिहास से पहले की घटना है। वास्तविक इतिहास केवल उस युग का होगा जो चेतना के विकास के लिए महत्त्वपूर्ण है। कुल मिलाकर भारतीय संस्कृति का प्रसार मूक, क्रियाहीन प्रसार है अर्थात् उसमें कोई राजनीतिक कर्म दिखाई नहीं देता। भारत के लोगों ने विदेश में कहीं विजय प्राप्त नहीं की वरन् हर अवसर पर स्वयं विजित हुए हैं। इस मौन रूप में उत्तरी भारत आप्रवास का केन्द्र रहा है। अत्यन्त प्राचीनकाल से सभी जातियों की भावना और आकांक्षा यह रही है कि इस चमत्कारी देश के खजानों तक पहुँचें। इन खजानों में धरती की सबसे कीमती चीजें हैं। यहाँ प्रकृति के खजाने हैं, हीरे, मोती, इत्र, हाथी, शेर वगैरह, और ज्ञान के भंडार भी हैं। ये खजाने किस तरह पश्चिम में पहुँचे, यह बात हमेशा विश्व-इतिहास के महत्त्व की रही है जिससे जातियों का भाग्य जुड़ा रहा है। वे आकांक्षाएँ पूरी हुई हैं। पूर्व की कोई भी ऐसी बड़ी जाति नहीं है, न कोई आधुनिक पश्चिमी यूरोपियन जाति है, जिसने भारत के खजाने का छोटा-बड़ा भाग्य प्राप्त न किया हो। पुरानी दुनिया में धरती के मार्ग से सिकन्दर महान ने सबसे पहले भारत में प्रवेश किया लेकिन उसने भी उसे छुआ-भर था। आधुनिक संसार के यूरोपियन दूसरी ओर से चक्कर लगाकर चमत्कारों के इस देश से सीधा सम्बन्ध कायम कर सके हैं। अंग्रेज इसकी धरती के मालिक हैं। एशियाई साम्राज्यों की यह अनिवार्य नियति है कि वे यूरोपियन लोगों के अधीन हों। और चीन को किसी-न-किसी दिन इस नियति के सामने झुकना पड़ेगा। (पृ. 142-43)

इस प्रकार हेगल फैंटेसी की दुनिया से यथार्थ संसार की ओर संक्रमण करते हैं। उन्होंने जिस स्वप्निल सौन्दर्य के समर्पणकारी स्वरूप की चर्चा की थी, वह स्त्रियों तक सीमित न रहकर समस्त भारतीय मानवता की विशेषता बन जाता है। पूर्व और पश्चिम की जातियों को भारत आकर्षित करता है और उसकी नियति है—विदेशी आक्रमणकारियों के सामने प्रणत होना। इस प्रक्रिया की शुरुआत सिकन्दर से हुई और वह महान इसलिए है कि उसने यह प्रक्रिया शुरू की थी। किन्तु वह केवल भारत को छूकर लौट गया। क्यों लौट गया, हेगल ने नहीं बताया। फिर यूरोप के लोग आए और उन्होंने भारत के खजानों पर हाथ साफ किया। हेगल जिस राज्यसत्ता को आदर्श मानते हैं, वह विवेक और नैतिकता का मूर्त रूप है। भारत के खजाने लूटना सबसे बड़ा नैतिक कार्य है। लूट को नैतिक कार्य सिद्ध करने के लिए हेगल फैंटेसी का दूसरा पक्ष उपस्थित करते हैं।

भारत में सभीजन बँधुआ मजदूरों की तरह हैं। यह एक तरह की आध्यात्मिक बँधुआ प्रथा है। समाज जातियों और वर्णों में बँटा हुआ है, लेकिन यह विभाजन मनुष्य

ने सचेत रूप में नहीं किया। सब कुछ नैसर्गिक है। समाज में कहीं भी स्वतन्त्रता नहीं है। यहाँ हर चीज बँटी हुई है, इस कारण इस देश का अपना कोई नाम नहीं है। हर जाति के अपने गुण हैं किन्तु व्यापक मानवीय गुण जैसी कोई चीज वहाँ नहीं है। भारतीय चिन्तकों का ब्रह्म, जीवन की उपेक्षा करना सिखाता है। अंग्रेजों ने बड़ा प्रयत्न किया कि पता लगाएँ कि यह ब्रह्म क्या है। ब्रह्म वास्तव में अस्तित्वहीनता का नाम है, इसीलिए ब्रह्म का कोई मन्दिर नहीं है। चेतना और प्रकृति में भेद न करने से एक ओर अतिशय भोगवाद है, दूसरी ओर तपस्या है जिसकी परिणति आत्महत्या में होती है। यहाँ किसी भी तरह की नैतिकता नहीं है क्योंकि ईश्वर की व्यक्ति-रूप में कल्पना नहीं है। "हम लोगों के लिए धर्म उस सत्ता का ज्ञान है जो हमारी सत्ता ही है और इसलिए हमारे ज्ञान और इच्छा-शक्ति का सारतत्त्व है। इस ज्ञान और इच्छा-शक्ति का कार्य यह है कि उस मूल तत्त्व को प्रतिबिम्बित करें। किन्तु इसके लिए उस परम सत्ता को स्वयं एक व्यक्तित्व होना चाहिए जो अपने दिव्य लक्ष्य पूरे करने की ओर बढ़े, ऐसे लक्ष्य जो मानवीय कर्म का सारतत्त्व हो सकते हों।" (पृ. 157-58)

सारा दार्शनिक ऊहापोह इसलिए है कि भारत में जो खजाने भरे थे, उन्हें खाली करके धन यूरोप ले जाया जाए। ज्ञानकोश से अधिक सोने, चाँदी के भौतिक खजाने महत्त्वपूर्ण थे। ज्ञानकोश लूटने के लिए भारत पर अधिकार करना जरूरी न था; किन्तु सोना-चाँदी लूटने के लिए यह सिद्ध करना जरूरी था कि भारत की नियति है कि वह पराजित हो, खासतौर से यूरोप के लोगों द्वारा विजित और शासित हो। फैंटेसी का एक पक्ष यह है कि भारत में सुकुमार सौन्दर्य है जो आकर्षक और समर्पणकारी है और इस तरह के रूप में भारत की आत्मा के दर्शन होते हैं। दूसरा पक्ष यह है कि भारत अर्द्धचेतन, अर्द्धसभ्य, अन्धविश्वासी और क्रूर रूढ़ियों का देश है; जब तक पश्चिम के ज्ञानी उस पर अधिकार न करेंगे, तब तक उसे अन्धकार से निकलने का अवसर न मिलेगा। फैंटेसी के दोनों पक्ष एक-दूसरे से जुड़े हुए हैं। हेगल कहते हैं कि हिन्दुओं की नैतिक अवस्था निहायत गिरी हुई है, इस बारे में सभी अंग्रेज एकमत हैं। उनकी विनम्रता, सुकुमारता, सुन्दर और भावुक कल्पना के वृत्तान्त पढ़कर उनकी नैतिकता के बारे में हमारी धारणा भ्रम में पड़ सकती है। हमें इस बात पर विचार करना चाहिए कि एकदम भ्रष्ट जातियों में भी चरित्र के ऐसे पक्ष दिखाई देते हैं जो सुकुमार और भव्य होते हैं। चीनी काव्य में प्रेम के बहुत ही सुकुमार सम्बन्ध चित्रित किए जाते हैं। विनम्रता, लज्जा, औचित्य और गम्भीर भावों का चित्रण होता है और इनकी तुलना यूरोप के श्रेष्ठ साहित्य से की जा सकती है। यही विशेषताएँ बहुत-से हिन्दू काव्य में भी मिलती है। किन्तु नैतिकता, आत्मा की स्वाधीनता, व्यक्तिगत अधिकार की चेतना, न्याय, ये सब अलग बातें हैं। आध्यात्मिक और शारीरिक अस्तित्व के विनाश में कुछ भी मूर्त या वास्तविक नहीं है। जो अमूर्त विश्वजनीनता है, उसमें विलीन होने का कुछ भी सम्बन्ध वास्तविकता से नहीं है। "हिन्दू के चरित्र की बुनियादी विशेषता है चालाकी और धोखेबाजी; ठगना, चुराना, लूटना, हत्या करना, उसके लिए आए-दिन की बातें हैं।

विजेता और स्वामी के सामने वह घुटने टेकता है और नाक रगड़ता है; जिसे हरा देता है और जो उसके अधीन है, उसके प्रति उसकी बर्बरता की सीमा नहीं होती। हिन्दू-मानव की विशेषता यह है कि वह जानवर नहीं मारता, जानवरों के समृद्ध अस्पताल कायम करता और चलाता है, खासतौर से बूढ़ी गायों और बन्दरों के लिए, लेकिन बूढ़े आदमियों या बीमारों के लिए एक भी संस्था नहीं है। हिन्दू चींटियों पर पैर न रखेगा लेकिन कोई गरीब घुमन्तू भूख से प्राण दे दे तो उसे इसकी बिल्कुल चिन्ता नहीं होती। ब्राह्मण खासतौर से भ्रष्ट होते हैं। अंग्रेजी रिपोर्टों के अनुसार वे खाने और सोने के अलावा कुछ नहीं करते। जहाँ उनके व्यवहार पर उनके वर्ण के नियम लागू नहीं होते, वहाँ वे पूरी तरह मनमानी करते हैं। जब वे सार्वजनिक जीवन में भाग लेते हैं, तब वे धूर्त्त और विलासी के रूप में प्रकट होते हैं। जिनसे उन्हें भय होता है, उनके सामने काफी नम्र बने रहते हैं पर इसका बदला वे अपने आश्रितों से लेते हैं। एक अंग्रेज अधिकारी का कहना है कि इनमें उसे एक भी ईमानदार आदमी नहीं मिला। माता-पिता के प्रति सन्तान में आदर का भाव नहीं होता; पुत्र अपनी माताओं के साथ दुर्व्यवहार करते हैं।'' (पृ. 158-59)

हेगल का विचार है कि जो लोग ब्राह्मण नहीं हैं, वे योगी बनकर ब्राह्मणत्व प्राप्त करने की कोशिश करते हैं। जीवन और जीवित मनुष्यता की उपेक्षा इनकी साधना की मुख्य विशेषता है : ''ब्राह्मणेतर आबादी का बहुत बड़ा हिस्सा पुनर्जीवन के लिए प्रयत्न करता है। इन्हें योगी कहा जाता है। एक अंग्रेज दलाईलामा से मिलने तिब्बत गया था। वहाँ उसे ऐसा ही एक योगी मिला था। उसके बारे में उसने लिखा है कि वह ब्राह्मणत्व प्राप्त करने की दूसरी मंजिल में पहुँच गया था। बारह साल तक लेटे या बैठे बिना वह पैरों पर खड़ा रहा था और इस तरह उसने पहली मंजिल पार की थी। पहले उसने अपने को एक पेड़ से रस्से से कसकर बाँधा। वह तब तक बँधा रहा जब तक खड़े-खड़े सोने का आदी न हो गया। दूसरी मंजिल में उसे बारह साल तक सिर के ऊपर हाथ बाँधे रहना था। उसके नाखून खूब बढ़ गए थे। तीसरी मंजिल हमेशा एक ही तरह की नहीं होती। आमतौर से योगी पाँच अग्नियों के बीच में बैठता है। चार दिशाओं के लिए चार अग्नियाँ और सूर्य। फिर उसे आग के ऊपर पौने चार घंटे तक आगे-पीछे झूमना होता है। अंग्रेजों ने इस तरह की क्रिया देखी थी। उनका कहना है कि शरीर के हर भाग से आध घंटे में खून बहने लगा। उसे उतार लिया गया और वह शीघ्र ही मर गया। यदि इस परीक्षा से बच जाए तो फिर साधक को जीवित गाड़ दिया जाता है यानी उसे सीधा खड़ा करके मिट्टी से तोप देते हैं। पौने चार घंटे के बाद उसे गड्ढे से निकालते हैं। यदि वह अभी भी जीवित रहा तो लोग समझते हैं कि आखिर उसे ब्राह्मण की दिव्य शक्ति प्राप्त हो गई।'' (पृ. 149)

निष्कर्ष यह निकला कि हिन्दू चाहे जितने सुकुमार दिखाई देते हों, वे परमावस्था अर्थात् विनाश के लिए अपना बलिदान करने में नहीं हिचकते। इसी का दूसरा उदाहरण यह है कि पति की मृत्यु के बाद स्त्रियाँ आग में जल मरती हैं। कोई स्त्री यह रीति

न माने तो वह समाज से अलग कर दी जाएगी और अकेलेपन में मरेगी। एक अंग्रेज ने लिखा है, एक लड़की का बच्चा न रहा; इसलिए उसने स्वयं को भस्म कर दिया। पति उदासीन था क्योंकि घर में और पत्नियाँ मौजूद थीं। कभी-कभी बीस-बीस स्त्रियाँ गंगा में जान देकर डूबती देखी गई हैं। उड़ीसा में जगन्नाथ के मन्दिर के सामने लाखों हिन्दू एकत्र होते हैं। वहाँ रथ खींचा जाता है और बहुत-से आदमी पहियों के नीचे गिरकर स्वयं को कुचल जाने देते हैं। "सारा समुद्र-तट उन व्यक्तियों की लाशों से पटा पड़ा है, जिन्होंने इस तरह आत्मघात किया है। भारत में बालहत्या भी बहुत सामान्य है। माताएँ अपने बच्चों को गंगा में फेंक देती हैं या सूरज की धूप में मरने को छोड़ देती हैं। मानव-जीवन को आदर से देखने के लिए जो नैतिकता जरूरी है, वह हिन्दुओं में नहीं है।" (पृ. 150) ये सारी विशेषताएँ भारत की और हिन्दुओं की बताई गई हैं किन्तु एक बात ऐसी है जिसके प्रसंग में हेगल को यूरोप याद आया है। बिना किसी काम-धन्धे के नंगे भारतीय फकीर कैथलिक चर्च के साधुओं की तरह चारों तरफ घूमा करते हैं। कैथलिक अन्धकार में डूबे हैं। वैसे ही हिन्दू डूबे हैं। हिन्दुओं में ब्राह्मणों की दशा सबसे खराब है। इनके लिए सूर्यास्त और सूर्योदय देखना वर्जित है। पत्नी भोजन कर रही हो, छींकती हो, जम्हाई लेती हो या चुपचाप बैठी हो, तब उसे देखना वर्जित है। दिन में मुँह उत्तर की तरफ रखना चाहिए, रात में दक्षिण की तरफ। केवल छाया में वे किसी भी दिशा में मुँह घुमा सकते हैं। अंग्रेजों ने न्याय के लिए जूरी की व्यवस्था की लेकिन हिन्दुओं ने कहा, वे ब्राह्मणों को मृत्युदंड देने के विरुद्ध हैं। ब्राह्मण को कर्ज दिया जाए तो ब्याज की दर कम होनी चाहिए। ब्राह्मण को निर्दोष साबित करने के लिए अदालत में झूठी गवाही देना वाजिब माना जाता है। ब्राह्मण दूसरे वर्णों से मनचाही स्त्रियाँ ले लेते हैं। "बड़े धार्मिक उत्सवों में वे जनता के बीच पहुँचते हैं और जो स्त्रियाँ उन्हें अच्छी लगती हैं, उन्हें अपने लिए चुन लेते हैं लेकिन जब मन चाहा, तब छोड़ भी देते हैं।" (पृ. 153) ब्राह्मण में ऐसी शक्ति मानी गई है कि राजा उसके या उसकी सम्पत्ति से हाथ लगाए तो आकाश से वज्र गिरेगा और राजा का नाश हो जाएगा। (पृ. 152)

हेगल ने लिखा है, सम्पत्ति के मामले में ब्राह्मण बड़े फायदे में रहते हैं। उन्हें टैक्स नहीं देना पड़ता। दूसरों की जमीन से राजा को आधी आय मिलती है। आय का दूसरा भाग श्रमिकों की जीविका और खेती के खर्च के लिए होता है। भारत में भूस्वामित्व की समस्या बहुत महत्त्वपूर्ण है, हेगल यह जानते हैं। इसलिए कहते हैं, भारत में खेती की जमीन किसान की है या तथाकथित जमींदार की, यह प्रश्न अत्यन्त महत्त्वपूर्ण है। स्वयं अंग्रेजों को इस बारे में सही स्थिति जानने में बड़ी कठिनाई हुई। गाँव की आय के दो हिस्से किए जाते हैं। एक राजा को मिलता है, दूसरा किसानों को। लेकिन अपने-अपने अनुपात से इसके अंश दूसरों को भी मिलते हैं। थानेदार, मुंशी, सिंचाई निरीक्षक, धार्मिक कर्मकांड की देखभाल करनेवाला ब्राह्मण, ज्योतिषी (वह भी ब्राह्मण होता है और शुभ तथा अशुभ दिन बनाता है), लुहार, बढ़ई, कुम्हार, धोबी, वैद्य, नाई,

नर्तकी, गायक, कवि, इन सबको भी उससे अपने-अपने अंश प्राप्त होते हैं। "यह व्यवस्था अचल और अपरिवर्तनशील है और किसी की इच्छा के अधीन नहीं है। सामान्य हिन्दू के लिए सभी राजनीतिक क्रान्तियाँ उपेक्षा की चीज हैं क्योंकि उसका भाग्य बदलता नहीं है।" (पृ. 154; शब्दों पर जोर हेगल का है।) भारत की अपरिवर्तनशीलता का आधार यहाँ बता दिया गया है। यह आधार वह सनातन ग्राम-व्यवस्था है जिसे कोई बदल नहीं सका। इस अपरिवर्तनशीलता का खूब प्रचार किया गया। भारत में अंग्रेजी राज कायम करने के लिए एक नैतिक कारण की जरूरत थी। वह यहाँ के भ्रष्ट जीवन में मिला। एक आर्थिक कारण भी जरूरी था। वह सनातन ग्राम-व्यवस्था में मिला। ग्राम-व्यवस्था की समानता से भारत को कौन मुक्त कर सकता है ? केवल यूरोप के लोग जैसे अंग्रेज ! पर यहाँ एक अन्तर्विरोध सामने आता है। यदि ये ग्राम-समाज अपरिवर्तनशील थे तो ब्राह्मणों के पास सम्पत्ति कैसे केन्द्रित होती जाती थी ? सारे ब्राह्मण गाँव में न रहते थे, शहरों में भी रहते थे। सम्पत्ति केवल ब्राह्मणों के पास नहीं थी, राजाओं के पास भी थी और ये राजा अधिकतर क्षत्रिय होते थे। ब्राह्मण और क्षत्रिय आमतौर से स्वयं हल न चलाते थे, न खेती का कोई और काम करते थे। किसान बड़ी मात्रा में अतिरिक्त उपज इन्हें न दें, तो ये जीवित न रह सकते थे, सम्पत्ति का केन्द्रीकरण तो दूर की बात थी। किन्तु सम्पत्ति का केन्द्रीकरण तो हुआ था। राज्यसत्ता इसी सम्पत्ति की रक्षा करने के लिए दरकार थी।

यद्यपि हेगल ने गण-समाजों को अपने इतिहास-चिन्तन की पिरिधि से बाहर रखा है और आरम्भ में ही कह चुके हैं कि इतिहास का विवेचन वहाँ से शुरू करते हैं जहाँ राज्यसत्ता का जन्म हो चुका है किन्तु भारत में वह राज्यसत्ता का अभाव मानते हैं। चीन और भारत में भेद करते हुए कहते हैं : "यदि चीन के लिए कहा जाए कि वह राज्यसत्ता के अलावा कुछ नहीं है, तो हिन्दुओं के राजनीतिक जीवन में केवल जन हैं, राज्यसत्ता नहीं है।" (पृ. 161) फिर कहते हैं : "चीन में नैतिक निरंकुशता है, भारत में राजनीतिक जीवन के अवशेष को जो भी नाम दिया जाए वह सिद्धान्तहीन निरंकुशता है। नैतिकता और धर्म का कोई नियम उस पर लागू नहीं होता; कारण यह कि नैतिकता और धर्म (जहाँ तक धर्म का सम्बन्ध मानव-कर्म से है) के लिए अनिवार्य शर्त इच्छा-शक्ति की स्वाधीनता है और वही उसका आधार है। अतः भारत में ऐसी निरंकुशता का पूर्ण साम्राज्य है जो अत्यन्त स्वेच्छाचारी, दुष्ट और पतित है। चीन, ईरान, तुर्की—दरअसल आमतौर से एशियामात्र निरंकुशता का मंच है। वहाँ बुरे अर्थ में (टिरैनी) अत्याचारी शासन है।" (उप.) हेगल का आशय यह है कि निरंकुश शासक भले भी हो सकते हैं किन्तु भारत में निरंकुशता अत्याचार मात्र रह गई है।

अपरिवर्तनशील ग्राम-समाजों के देश में विज्ञान और साहित्य की उन्नति क्या हो सकती थी ? हेगल ने लॉर्ड मैकाले के चिन्तन का पूर्वाभास देते हुए भारतीय विज्ञान और साहित्य के बारे में लिखा है : "इसकी बड़ी शोहरत थी लेकिन उसकी जानकारी होने पर उसका मूल्य काफी कम हो गया है। इनके व्याकरण में ऊँचे दर्जे की नियमबद्धता

है किन्तु इनके विज्ञान और कला में तत्त्व की बात खोजना बेकार है। अंग्रेजों ने जब भारत पर अधिकार किया तब प्रारम्भिक उत्साह में उन्होंने हिन्दू संस्कृति को खूब बढ़ा-चढ़ाकर दिखाया। हिन्दू काव्य और दर्शन को यूनानी काव्य और दर्शन से भी ऊँचा दिखाया। हिन्दुओं ने ज्यामिति, बीजगणित, खगोलशास्त्र में प्रसिद्धि पाई थी। उन्होंने दर्शन में बड़ी प्रगति की थी। व्याकरणशास्त्र को ऐसा पुष्ट किया था कि संस्कृत से अधिक पूर्ण किसी दूसरी भाषा को नहीं माना जा सकता। किन्तु उन्होंने इतिहास की बिल्कुल उपेक्षा की। इतिहास के लिए विवेक चाहिए; किसी वस्तु को स्वतन्त्र वस्तुगत प्रकाश में देखने की, अन्य वस्तुओं से उसकी बुद्धिसंगत सम्बद्धता को समझने की क्षमता चाहिए।'' (पृ. 162) हेगल को आधे मन से स्वीकार करना पड़ा है कि गणित, दर्शन, व्याकरण आदि में भारत ने खूब उन्नति की थी और इस सम्बन्ध में भारत की ख्याति को चुटकी बजाकर उड़ाया नहीं जा सकता। यदि यह मान लें कि भारत के लोग किसी भी चीज को वस्तुगत रूप में नहीं देख सकते तो यह कैसे हुआ कि वे शब्द-विज्ञान और खगोल-विज्ञान में इतनी उन्नति कर सके। आकाश के ग्रह भी वस्तु हैं, कान से सुने हुए शब्द भी वस्तु हैं। शब्दों या ग्रहों के आपसी सम्बन्ध को समझे बिना व्याकरण या खगोलशास्त्र की रचना नहीं हो सकती।

हेगल को मालूम है कि भारत में सामाजिक जीवन की विविधता है। वह कहते हैं, यहाँ कुछ राज्यों में तो शक्ति और सामर्थ्य के दर्शन होते हैं, अन्य राज्यों में नजाकत और सुकुमारता है। इस विविधता के बावजूद हेगल सभी भारतवासियों को आत्मसमर्पणकारी और शून्यवादी बना देते हैं। वह समाज में विभिन्न वर्गों की स्थिति का विवेचन नहीं करते; वर्ण, धर्म के आधार पर भारतवासियों के चरित्र का विश्लेषण करते हैं और इन धर्मों में केवल हिन्दू धर्म पर ध्यान केन्द्रित करते हैं। जब मंगोलों के जीवन का विवेचन करना होता है, तब वह बौद्ध धर्म पर ध्यान केन्द्रित करते हैं; ईरानी समाज का विवेचन करना होता है, तब जरथुस्त्र के धर्म का विश्लेषण करते हैं; इसी तरह यूनान के प्रसंग में उनके गैर-ईसाई धर्म की चर्चा करते हैं। फ्रांस और जर्मनी के इतिहास का विश्लेषण करते हुए जर्मनी में प्रोटेस्टेंट मत और फ्रांस में कैथलिक मत की भिन्नता पर जोर देते हैं। इस्लाम की चर्चा अरबों के सन्दर्भ में है। भारतीय इतिहास में वे मुसलमानों की भूमिका की समीक्षा नहीं करते। वह जानते हैं कि मुगलकालीन भारत समृद्धि के लिए विख्यात था; इसके प्रति पाठक को सावधान करते हैं। कहते हैं, यह एकता और समृद्धि ऊपरी है, नीचे सबकुछ कटा और बँटा हुआ है। भारत में जाति-बिरादरी की अराजकता, नैतिक स्वेच्छाचारिता, मानसिक गुलामी के अलावा उन्हें और कुछ नहीं दिखाई देता।

3. निकटपूर्व, सुदूरपूर्व और यूरोप

हेगल का नस्लवाद ऐसा विचित्र है कि वह सभी तरह के चीनियों और सभी तरह के हिन्दुओं को एक ही नस्ल का मानते हैं और यह नस्ल मंगोल है। एशिया का एक हिस्सा

वह है जो यूरोप के नजदीक है जिसे बाद को लोगों ने निकटपूर्व कहना शुरू किया। दूसरा हिस्सा वह है जो दूर है जिसे लोग सुदूरपूर्व कहते हैं। हेगल ने इनमें मौलिक भेद किया। चीनी और हिन्दू एशियाई हैं, मंगोल नस्ल के हैं और इसीलिए उनका चरित्र यूरोप के लोगों के चरित्र से बिल्कुल भिन्न है। जो यूरोप के पासवाला एशिया है, वहाँ के लोग कोहकाफ की पहाड़ी नस्ल के हैं और यही यूरोपवालों की नस्ल है। इस निकट एशिया के लोग पश्चिम के लोगों के सम्बन्धी हैं; सुदूर एशिया के लोग इनसे अलग-थलग हैं। हेगल कहते हैं, यूरोप का जो आदमी भारत से ईरान जाता है, वह वहाँ बहुत बड़ी भिन्नता देखता है। ईरान में उसे बहुत कुछ अपनापन महसूस होता है, वहाँ यूरोपियन भावनाओं, मानवीय गुणों के दर्शन होते हैं। जैसे ही वह सिन्धु नदी को पार करता है, उसे गन्दी विशेषताएँ समाज के हर रूप में दिखाई देती हैं।

ईरान के लोग ऐतिहासिक जन हैं। बाकी एशिया में ठहराव है; ईरान गतिशील है। ईरानी साम्राज्य में पहाड़, मैदान और समुद्र, मानव-चरित्र के निर्माण ये तीनों तत्त्व मौजूद हैं। ईरान में चीन की तरह केवल 'एक' का शासन नहीं है, भारत की तरह अनेकतावाली अराजकता नहीं है। ईरानी साम्राज्य में अलग-अलग राज्यों की अपनी अस्मिता है। पुराने ईरानी साम्राज्य की चर्चा करते हुए हेगल को पुराने जर्मन साम्राज्य की याद आती है। ईरानी साम्राज्य की कुछ जातियों में, श्रम-विभाजन की तरह, सांस्कृतिक विभाजन हो गया था। जेन्दावेस्ता को माननेवाले जन आध्यात्मिक थे। असुर (असीरिया) और बाबुल (बैबिलोन) के लोग बाहरी सम्पदा और व्यापार से उलझे हुए थे। मीद (मध्यदेशीय) जन पहाड़ों पर रहते थे, इसलिए साहसी थे। जेन्त मतवादी परमसत्ता के साथ शैतान का अस्तित्व भी मानते थे, हेगल इस द्वैतवाद को आवश्यक समझते हैं। शैतान न होगा तो ईश्वर को अपनी गरिमा प्रकट करने का अवसर कैसे मिलेगा ? ईरान में जाति-बिरादरी नहीं हैं, केवल वर्ग है : पुरोहित, योद्धा, किसान और कारीगर। हेगल कहते हैं, ईरान के सिलसिले में व्यापार का उल्लेख नहीं है; इससे लगता है कि लोग अभी अलगाव की हालत में थे। (पृ. 177) इस वाक्य से पता चलता है कि हेगल विनिमय का महत्त्व जानते थे। किन्तु भारत ने व्यापार में जो प्रगति की थी और बड़े पैमाने के विनिमय से भारतीय इतिहास के लिए जो नतीजे निकलते थे, उनकी तरफ उन्होंने ध्यान नहीं दिया। जिन वर्गों का उल्लेख उन्होंने किया है, वे भारत के वर्णों के समान हैं, इसकी चर्चा भी उन्होंने नहीं की।

ईरानी साम्राज्य की एक विशेषता यह है कि उसका सम्पर्क यूनान से था। बहुत से यूनानी उपनिवेश इस साम्राज्य में थे। यूनानियों से भिन्न सामी परिवार की भाषाएँ बोलनेवाले अनेक देश इस राज्य में थे और इन लोगों की संस्कृति का सीधा प्रभाव यूनानी संस्कृति पर पड़ा। हेगल के बाद, ब्रिटिश साम्राज्य के विस्तार के प्रसार के साथ-साथ, यूरोप के लोग यूनान को एशिया से अलग करने लगे, अफ्रीका को उससे और भी ज्यादा दूर रखने लगे, और स्वयं को यूनान से जोड़ने लगे। किन्तु हेगल के समय में अभी विद्वान यूनान और एशिया का सम्बन्ध देख सकते थे। इसीलिए हेगल

के लिए दूर और निकट के एशिया में भेद करना जरूरी हुआ था।

फिनीशिया नामक देश के लोगों ने यूनान से नजदीकी सम्बन्ध कायम किया। उनके बारे में हेगल ने लिखा है : ''फिनीशिया के लोगों ने सबसे पहले अटलांटिक सागर का पता लगाया और वहाँ जहाजरानी की। साइप्रस (किब्रुस) और क्रीट के द्वीपों में उनकी बस्तियाँ थीं। स्पेन के दक्खिनी पच्छिमी भागों में वे खानों से चाँदी निकालते थे। खगोस द्वीप में उनकी सोने की खानें थीं। अफ्रीका में उन्होंने उतिका और कार्थेज के उपनिवेश बसाए। कुछ लोगों के अनुसार उन्होंने अफ्रीका का भी चक्कर लगाया था। ब्रिटेन, बाल्टिक प्रदेश और प्रशिया से वे व्यापार करते थे।'' (पृ. 191)

यहूदियों के लिए हेगल ने कहा है : ''यहाँ पूर्व पश्चिम से जुदा हो गया है। यहाँ आत्मा सर्वोपरि है। पूर्व के लोग प्रकृति से बँधे हुए हैं और ऊपर उठ नहीं पाते।'' यह एक मजेदार बात है कि जैसे बीसवीं सदी में कुछ भारतवासियों ने यूरोप को भौतिकवादी और स्वयं को अध्यात्मवादी कहना शुरू किया, ठीक वैसे ही हेगल सारे पूर्व को और भारत को विशेष रूप से भौतिकवादी कह चुके थे और यहूदी उनके लिए परम अध्यात्मवादी थे। इस तरह के दृष्टिकोण के पीछे स्पष्ट ही साम्प्रदायिक आग्रह रहता है। यूनानी संस्कृति के बारे में हेगल ने बहुत-सी अच्छी बातें कहीं किन्तु प्राचीन यूनान के लोग ईसाई नहीं थे और न वे यहूदी मत ही मानते थे; इसलिए विकास की मंजिलों में वे यहूदियों से नीचे ठहरते हैं। हेगल के लिए मूल द्वन्द्व आत्मा और प्रकृति का है। जो मानव-समुदाय इस प्रकृति से अपने को अलग मानता है, वह उतना ही प्रगतिशील है। मिस्र के लोग पशु-पूजक थे, किन्तु मनुष्य सभी प्राणियों में श्रेष्ठ है, इसलिए वे सभ्यता में बहुत आगे बढ़े हुए नहीं माने जा सकते। हेगल ने जैसी बातें भारतवासियों के लिए कही हैं, वैसी बातें मिस्र के लोगों के बारे में भी कही हैं। लिखा है : ''कोई आदमी जानबूझकर पशु का वध करे, तो उसे मृत्युदंड दिया जाता था, अनजाने में भी मार दे तो उसे दंड मिलता था। सिकन्दरिया में एक रोमन ने एक बिल्ली मार दी। इस पर विरोध हो गया और मिस्रियों ने उसे मार डाला। वे दुर्भिक्ष में मनुष्यों को मरने देंगे किन्तु पवित्र पशुओं का वध नहीं होने देंगे।'' (पृ. 212)

यह उल्लेखनीय है कि जाति-बिरादरी की प्रथा प्राचीन मिस्र में भी थी। ''हिन्दुओं की तरह मिस्र के लोग भी जातियों में विभाजित हैं। बच्चे हमेशा अपने माता-पिता का पेशा अपनाते हैं। इस कारण भी यहाँ कला-कौशल में यान्त्रिक और तकनीकी प्रगति इतनी अधिक हुई। साथ ही वंशगत पेशे के अनुसरण से मिस्रियों के चरित्र के लिए वैसे हानिकारक परिणाम नहीं निकले जैसे भारत में निकले।'' (पृ. 204) यहाँ हेगल ने माना है कि वंशानुगत पेशे का अनुसरण करने से, सामाजिक विकास की एक मंजिल में, यान्त्रिक और तकनीकी प्रगति होती है। किन्तु उन्होंने यह नहीं बताया कि हानिकर परिणाम भारत में क्यों निकले और मिस्र उनसे क्यों बच गया।

यूनान पराजित क्यों हुआ? हेगल ने यह तो नहीं कहा कि पराजित होना उसकी नियति थी किन्तु यह माना कि भौगोलिक कारणों से यूनान छोटे-छोटे राज्यों में बँटा

रहा। बाहरी कारणों से बँटे होने से यूनानी लोगों ने आत्मगत भावना पर ज्यादा जोर दिया और इस कारण ज्यादा भ्रष्टाचार फैला। यूनान में धनी-निर्धन का भेद था, यह बात हेगल जानते थे। "पुराने धनी परिवारों और निर्धन परिवारों में काफी पहले विरोध पैदा हो गया था।" (पृ. 218) वहाँ सम्पत्ति की असमानता थी, दासप्रथा का चलन था, यह सब जानते हुए हेगल नैतिकता को ही सामाजिक विकास और ह्रास का नियामक कारण मानते हैं। "यूनानी नैतिकता ने यूनान को सामान्य राज्यसत्ता के निर्माण के अयोग्य बना दिया था।" (पृ. 265) यद्यपि सिकन्दर स्वयं यूनानी नहीं था और उसने यूनान से युद्ध किया था, उस पर विजय प्राप्त की थी, फिर भी हेगल ने उसे यूनान का प्रतिनिधि बना दिया। उसकी ऐतिहासिक भूमिका यह मानी कि उसने एशिया के विरुद्ध यूनान का नेतृत्व किया। एशिया ने इतने दिनों तक यूनान पर जो अत्याचार किया था, उसका बदला लेना था। पूर्व और पश्चिम में जो पुराना संघर्ष चला आ रहा था, उसे अब निपटाना था। (पृ. 272) यहाँ हेगल ने निकट और सुदूर पूर्व का भेद भुला दिया है। सारा एशिया एक है। सिकन्दर ने ईरान पर आक्रमण किया, यह पूर्व पर पश्चिम का जवाबी हमला था।

हेगल भारत के लिए जातिप्रथा को अनैतिक, यूनान के लिए दासप्रथा को आवश्यक मानते हैं। यूनानी जनतन्त्र को उन्होंने सौन्दर्यवादी जनतन्त्र कहा है। वहाँ जनसभा में राज्य-व्यवस्था से सम्बन्धित व्याख्यान देना और सुनना हर नागरिक का कर्त्तव्य था। ऐसे कामों के लिए जरूरी था कि सभी नागरिक दस्तकारीवाले काम-काज से मुक्त रखे जाएँ। (पृ. 254-55) सभ्यता के विकास के लिए किसी समय अवकाशभोगी वर्ग आवश्यक होता है। उसे अवकाश तभी मिलेगा जब दूसरा वर्ग सारे काम करता रहेगा। यह स्थिति यूनान के लिए सही है, भारत के लिए नहीं!

हेगल ने कुछ बातें रोम के बारे में कही हैं जो दिलचस्प हैं। रोमन लोगों के सम्पत्तिगत अधिकार में समानता थी। यह व्यक्तिगत अधिकार निर्जीव था और उसने रोमन लोगों के राजनीतिक जीवन का विनाश किया। "जब भौतिक शरीर विघटित होता है, तब उसके हर अंश का अपना जीवन हो जाता है और यह केवल कीड़ों का क्षुद्र जीवन होता है। इसी तरह रोमन शरीर अणुओं में विघटित हुआ अर्थात् निजत्ववाले व्यक्तियों में बँट गया।" (पृ. 317) जैसे हेगल ने भारत में अतिशय अराजकता देखी थी, वैसे ही रोम में देखी। उनका जर्मनी क्यों अनेक राज्यों में बँटा हुआ था, यह उन्होंने नहीं बताया। हेगल के अनुसार, रोम में ऐसी स्थिति पैदा हो गई कि वहाँ के लोग 'भाग्य के आगे आत्मसमर्पण करने लगे और कोशिश करने लगे कि जीवन के प्रति पूर्ण रूप से उदासीन हो जाएँ। यह उदासीनता वे या तो स्वाधीन चिन्तन में खोजते थे या सीधे भोग-विलास में। इस प्रकार मनुष्य या तो जीवन से संघर्ष करने लगा या भोग-विलास में फँस गया।' (उप.)

हेगल ने रोम के विभिन्न दार्शनिक मतों को जीवन का शत्रु मान लिया है। वे सब गैर-ईसाई दर्शन हैं। "इन्होंने आत्मा में ऐसी पूर्ण उपेक्षा भर दी कि वास्तविक संसार

जो कुछ भी पेश करे, उसकी ओर आदमी **ध्यान न दें**।'' (पृ. 318) रोमन संसार ने भारत की तरह वास्तविक जीवन से नाता तोड़ लिया, किन्तु इसी क्रम में उसने नए आध्यात्मिक संसार का द्वार भी खोल दिया। रोम का पतन प्रसवकाल के समान था। जो नई चीज पैदा हुई, वह ईसाई धर्म था। यहीं भारत पीछे रह गया। हेगल ने शून्यवाद के समर्थन में जो बातें कही हैं, वे बहुत रोचक हैं। ''वैराग्य से, पारम्परिक जीवन के त्याग से मनुष्य अस्तित्व के सम्पूर्ण आधार की ओर पहुँचता है। जिस अन्तर्विरोध से रोमन संसार पीड़ित था, वह ऐसा सांस्कृतिक अनुशासन था जो व्यक्ति को अपनी शून्यता प्रदर्शित करने के लिए बाध्य करता था। वह एक प्रशिक्षण था, यह तो हम बाद के लोग ही समझ सकते थे। उस समय जो मनुष्य बलात् प्रशिक्षित हो रहे थे, वे उसे नियति का खेल समझते थे और उसके सामने वेदना की जड़ता के कारण घुटने टेकते थे। वहाँ अभी वह ऊँची अवस्था नहीं थी जहाँ आत्मा को वेदना की अनुभूति हो, उसमें चाह जागे, आदमी समझे उसे जबरन घसीटा नहीं जा रहा बल्कि वह स्वयं अपने भीतर पैठ रहा है। आदमी के अन्दर यह चेतना पैदा होनी चाहिए कि वह अपने में क्षुद्र और दुखी है। जैसाकि पहले कह चुके हैं, जो बाहर का दुख है, उसे भीतर के दुख में डूब जाना चाहिए। मनुष्य को यह अनुभव करना चाहिए कि वह स्वयं की अस्वीकृति है। उसे समझना चाहिए कि उसकी वेदना उसकी प्रकृति से उत्पन्न हुई है। उसे जानना चाहिए कि वह स्वयं में विभाजित और सामंजस्यहीन है। मन की इस दशा को, इस आत्म-प्रताड़ना को, अपनी व्यक्तिगत शून्यता से पैदा होनेवाले इस दर्द को, अलगाव में पड़े हुए अपने अस्तित्व की क्षुद्रता को और आत्मा की इस अवस्था से उबरने की आकांक्षा को हमें कहीं और खोजना होगा, उस संसार में नहीं जो सही अर्थ में रोमन संसार है। यही वह वस्तु है जिसने यहूदीजन को विश्व-इतिहासवाली महत्ता और गरिमा प्रदान की। मन की इसी अवस्था से वह ऊँची दशा पैदा हुई जिसमें आत्मा पूर्ण रूप से आत्मचेतन बनी। जो असामंजस्य और वेदना का अस्तित्व है, उस अजनबी जीवन से उबरकर वह स्वयं अपने तत्त्व में उद्‌भाषित होती है।'' (पृ. 320-21)

हिन्दी साहित्य के बहुत-से भोले-भाले पाठक जिसे आधुनिकता समझते हैं, वह वास्तव में मध्यकालीनता है, सामन्तवादी यूरोप की धर्म-भावना का प्रसार है। वह मनुष्य को बाहर की दुनिया से मुँह फेर लेने का मन्त्र देती है; बाहर की दुनिया में जो दुख मिलता है, उसे आत्मा की वेदना में डुबो देने को कहती है। इस प्रकार अपनी शून्यता के अनुभव से मनुष्य स्वयं को निखारेगा, आँसुओं से अपने सारे कल्मष धो डालेगा, प्रभु की शरण में जाकर पूर्ण मनुष्य बनेगा। इस बीच बाहर का संसार ज्यों का त्यों बना रहेगा, वर्ग-शोषण और सम्पत्तिशाली वर्गों का अत्याचार कायम रहेगा, आत्म-प्रक्षालन के लिए जितनी भी पीड़ा दरकार हो, उसकी आपूर्ति में कमी न होगी। हेगल एक ओर जमींदारों की निरंकुश राज्यसत्ता के सामने जर्मन नागरिकों को आत्मसमर्पण का उपदेश देते हैं, दूसरी ओर वेदना के अन्तर्जगत में प्रभु के सामने आत्मसमर्पण करके पूर्ण आत्मचेतन बनने (आत्मसाक्षात्कार का फल पाने) की सलाह देते हैं। दोनों तरह के

आत्मसमर्पण में, बहिर्जगत और अन्तर्जगत के आत्मसमर्पण में, द्वन्द्वात्मक सम्बन्ध है। कोई आश्चर्य नहीं कि हेगल जर्मन राज्यसत्ता को प्रोटेस्टेंट मत की श्रेष्ठ अभिव्यक्ति मानते थे। बाह्य जगत का मालिक है जर्मन सम्राट, अन्तर्जगत का मालिक है ईश्वर; दोनों के सामने आत्मसमर्पण जरूरी है। मनुष्य की स्वतन्त्रता इसी तरह चरितार्थ होती है। किन्तु हेगल आत्मसमर्पणकारी भावना के लिए आलोचना करते हैं भारत की!

बीसवीं सदी में सम्राट को बाह्य जगत का मालिक बनाना ज़रूरी नहीं है। उसकी जगह पूँजीवादी राज्यसत्ता है। अन्तर्जगत में इसी तरह ईश्वर को प्रभु मानना जरूरी नहीं है। उसकी जगह है मनुष्य का परम स्वतन्त्र, निरपेक्ष व्यक्तित्व। मुख्य बात है बाहर के दुख को भीतर के दुख में डुबो देना, अपनी शून्यता का अनुभव करके आत्म-प्रक्षालन में लीन होना और बाहर की दुनिया के वर्ग-सम्बन्धों को छोड़े बिना उन्हें यथावत् बने रहने देना। यह दृष्टिकोण कलात्मक सौन्दर्य का विरोधी है, यह हेगल ने साबित कर दिया था। यूरोप के पुनर्जागरण काल में इटली के लोगों ने ललित कलाओं में अभूतपूर्व उन्नति की। इटली के महान चित्रकारों की कलाकृतियाँ मानव-संस्कृति की श्रेष्ठ उपलब्धियाँ मानी जाती हैं किन्तु हेगल का विचार है कि लोग भी प्रकृति से बँधे हुए थे। इसलिए वे आत्मचेतनपूर्ण स्वतन्त्रता के दर्शन न कर सके। मजे की बात है कि पराजित होना, भारत के समान इटली की नियति भी थी। "दरअसल सम्पूर्ण विघटन और अलगाव प्राचीन काल से आधुनिक काल तक इटली के निवासियों के राष्ट्रीय चरित्र की मूल विशेषता रहा है।" (पृ. 431) इस मूल विशेषता का मूल कारण यह था कि अधिकांश इटली निवासी प्रोटेस्टेंट नहीं थे, रोमन कैथलिक थे। रूसियों का दर्जा इनसे भी नीचे था। वे प्रोटेस्टेंट नहीं थे, इसके अलावा पूरे यूरोपियन नहीं थे, अर्ध एशियाई थे! रूस, बुल्गारिया, पोलैंड आदि पूर्वी देशों के लोग 'एक हद तक पाश्चात्य विवेक के दायरे के भीतर खींच लिए गए हैं। किन्तु ये सभी जन-समुदाय हमारे विवेचन से बाहर रहेंगे क्योंकि अभी तक संसार में विवेक के जितने दौर सामने आए हैं, उनमें वे कभी स्वतन्त्र तत्त्व के रूप में प्रकट नहीं हुए।' (पृ. 350) हेगल का 'विवेक' संकीर्ण मतवाद है और जर्मन पूँजीपतियों-जमींदारों की आकांक्षा व्यक्त करता है, इस कारण वह उसके दायरे से एशिया के साथ पूर्वी यूरोप के लोगों को भी निकाल बाहर करते हैं।

किन्तु एशिया के योगदान के बिना यूरोप में पुनर्जागरण अथवा नवजागरण सम्भव न था। "ज्ञान और विज्ञान, विशेष रूप से दर्शनशास्त्र का ज्ञान, पश्चिम में अरबों के माध्यम से आया। पूर्व ने जर्मन लोगों में श्रेष्ठ काव्य और स्वच्छन्द कल्पना को जागृत किया।"(पृ. 360) इस जागृति से पहले लोग असुरक्षित थे। "वे शक्तिशाली का आश्रय ढूँढ़ते थे और जो शक्तिशाली था, वह उत्पीड़क बन गया। इस प्रकार एक व्यापक परनिर्भरता की अवस्था पैदा हुई और फिर इस संरक्षणवाले सम्बन्ध को सामन्ती व्यवस्था में बाँध दिया गया।" (पृ. 366) फ्रांसीसी राज्यक्रान्ति से मानव-चिन्तन में बहुत बड़ी प्रगति हुई किन्तु हेगल के अनुसार कैथलिक मत के खिलाफ संघर्ष न करने से फ्रांस यथेष्ट उन्नति न कर सका। इंग्लैंड में प्रोटेस्टेंट मत था और वहाँ लोगों ने बहुत उन्नति

की। किन्तु इनके राज्यतन्त्र की एक विशेषता यह है, 'लोग पार्लियामेंट के लिए घूस के आधार पर चुने जाते हैं। अपना वोट बेचना और पार्लियामेंट में सीट खरीदना ये लोग आजादी समझते हैं।'' (पृ. 555) जमींदारों का जनतन्त्र ऐसा ही होता है। हेगल ने उसकी कमजोरी की ओर ठीक संकेत किया है। किन्तु जर्मनी में भी राज्यसत्ता पर जमींदार हावी थे। वहाँ राजकर्मचारियों के ऊपर जो अन्तिम निर्णय होता है, वह बादशाह का होता है। हेगल के लिए व्यक्ति की स्वाधीनता जर्मन पादशाही में चरितार्थ होती है और यही इतिहास की अन्तिम परिणति है।

4. भाववादी धुन्ध और इतिहास दर्शन

हेगल का भाववाद उनके इतिहास दर्शन को निरन्तर प्रभावित करता है। भाववादी धुन्ध के कारण वह वस्तुओं का सही सम्बन्ध पहचान नहीं पाते। इस सम्बन्ध में मार्क्स और एंगेल्स ने अपनी पुस्तक पवित्र परिवार (1895) में लिखा था : ''मनुष्य और प्रकृति के बीच जो वास्तविक सम्बन्ध है, उसकी जगह हेगल एक निरपेक्ष चिन्तक और वस्तु का सम्बन्ध स्थापित करते हैं। यह वस्तु हो जाती है समग्र प्रकृति और चिन्तक हो जाती है समग्र मानवता, निरपेक्ष चेतना (absolute spirit)।'' (सम्पूर्ण ग्रन्थावली, खंड 4, पृ. 167)। मनुष्य के आत्मचेतन बनने, मानव-चेतना के प्रकृति से मुक्ति पाने का इतिहास ही हेगल के लिए वास्तविक इतिहास है। यह सारा इतिहास दर्शन मनुष्य और प्रकृति को दो भिन्न निरपेक्ष इकाइयाँ मानकर रचा गया है। मनुष्य प्रकृति का अभिन्न अंग है, उसके अंग-रूप में वह निरन्तर विकास करता है और क्रमशः प्रकृति का ज्ञान प्राप्त करते हुए उससे अपने सम्बन्धों में परिवर्तन करता जाता है। इसके विपरीत 'हेगल के प्रकृति दर्शन के समान उनके इतिहास-दर्शन में बेटा माँ को जन्म देता है, चेतना प्रकृति को, ईसाई धर्म गैर-ईसाई धर्मों (Paganism) को, कार्य कारण को जन्म देता है।'' (उप.) प्रकृति और मनुष्य का वास्तविक सम्बन्ध, मानव-चेतना के विकास की वास्तविक प्रक्रिया यह है : ''श्रम सर्वप्रथम ऐसी प्रकिया है जिसमें मनुष्य और प्रकृति दोनों भाग लेते हैं। प्रकृति और स्वयं के बीच जो प्रतिक्रियाएँ होती हैं, उन्हें मनुष्य स्वेच्छा से आरम्भ करता है, नियमित और नियन्त्रित करता है। वह प्रकृति की ही शक्तियों में एक है और इस रूप में वह प्रकृति के मुकाबले खड़ा होता है। अपनी आवश्यकताओं के अनुरूप प्रकृति के उत्पादों पर अधिकार करने के लिए वह अपनी भुजाओं और पैरों, सिर और हाथों को संचालित करता है। इस प्रकार बाह्य जगत पर क्रियाशील होकर वह इसके साथ ही अपनी प्रकृति भी बदलता है। वह अपनी सुषुप्त शक्तियों का विकास करता है और उन्हें अपने आदेश के अनुसार काम करने को बाध्य करता है।'' (पूँजी, खंड 1, पृ. 173)

हेगल का इतिहास भौतिक जगत के यथार्थ मानव-सम्बन्धों का इतिहास नहीं है। हेगल ने राज्यसत्ता को अपने परम तत्त्व का मूर्त रूप बनाया और जमींदारों को उस परम

तत्त्व की सन्तान बताया। हेगल के विधि-दर्शन की आलोचना करते हुए मार्क्स ने 1844 में लिखा था : "हेगल ने पैदायशी अभिजातों, वंशगत भूसम्पत्ति आदि-आदि को–'राज सिंहासन और समाज, दोनों के स्तम्भ को'–निरपेक्ष विचार से उत्पन्न करने की करामात दिखाई है।" (सम्पूर्ण ग्रन्थावली, खंड 3, पृ. 75)। जहाँ तक नागरिकों की बराबरी का सवाल है, मार्क्स ने उसी आलोचना में लिखा था : "जैसे ईसाई परलोक में बराबर हैं किन्तु इस लोक में उनमें बड़े-छोटे का भेद है, वैसे ही जाति के अलग-अलग सदस्य अपनी राजनीतिक दुनिया के स्वर्ग में समान हैं किन्तु समाज के वास्तविक अस्तित्व में असमान हैं।" (उप., पृ. 79) जहाँ तक जर्मनी में इतिहास की विश्वात्मा के आविर्भाव का प्रश्न था, जर्मनी के केन्द्र में था प्रुशिया का प्रदेश। 1848 के एक लेख में मार्क्स ने लिखा था : "प्रुशिया का पुराना अहंकार हमेशा विश्व-इतिहास के केन्द्र में प्रुशिया को देखता है। हकीकत यह है कि विश्व इतिहास 'विवेकमय राज्यसत्ता' (स्टेट ऑफ रीजन) को अपने पीछे कीचड़ में घसीटता रहा है। इस पुराने प्रुशिया के अहंकार को इस बात की अनदेखी करनी ही थी कि जब तक प्रुशिया ने फ्रांसीसियों की ठोकरें नहीं खाईं, तब तक वह शान्तिपूर्वक 1807-14 की अविकसित बुनियादी पर स्थिर बना रहा और जरा भी हिला-डुला नहीं।" (उप., खंड 8, पृ. 274)। मार्क्स ने यहाँ बताया है कि प्रुशिया (अथवा जर्मनी) विश्व-इतिहास का केन्द्र नहीं था। उसे विश्व-इतिहास का केन्द्र बनाने की भावना राष्ट्रवादी अहंकार की उपज है। वास्तविकता यह थी कि जब तक फ्रांसीसियों ने जर्मनों को पराजित न किया तब तक उसका विवेक जागृत न हुआ।

हेगल ने एशियाइयों की आमतौर से, और भारतवासियों की खासतौर से, इस बात के लिए आलोचना की है कि उन्होंने इतिहास नहीं लिखा। इतिहास लेखन में जर्मन भी बहुत आगे नहीं थे। जर्मन विचारधारा में मार्क्स और एंगेल्स ने लिखा था : मानव-जीवन की पहली शर्त यह है कि इतिहास रचने के लिए वे जीवित रहें। जीवित रहने के लिए आदमी को सबसे पहले खाने-पीने, रहने, पहनने आदि के लिए चीजों की जरूरत होती है। इस प्रकार ऐतिहासिक कार्य उन साधनों का उत्पादन है जिनसे ये जरूरतें पूरी हों; स्वयं भौतिक जीवन का उत्पादन जरूरी होता है। और दरअसल यह एक ऐतिहासिक कार्य है, सभी इतिहास की बुनियादी शर्त है। हजारों साल पहले, और उसी तरह आज भी, इस शर्त को प्रतिदिन और प्रतिघड़ी केवल इसलिए पूरा करना होगा कि मानव-जीवन कायम रहे। इसलिए इतिहास की धारणा में इस बुनियादी तथ्य को उसकी सम्पूर्ण महत्ता और अर्थवत्ता के साथ स्वीकार करना होगा। "यह तथ्य सुविदित है कि जर्मनों ने यह काम कभी नहीं किया और इस कारण उनके पास कभी भी इतिहास का पार्थिव आधार नहीं रहा और फलतः कोई इतिहासकार नहीं रहा। फ्रांसीसियों और अंग्रेजों ने तथाकथित इतिहास से इस तथ्य के सम्बन्ध को अतिशय एकांगी रूप में भले ग्रहण किया हो–खासतौर से इसलिए कि वे राजनीतिक विचारधारा के ऊहापोह में पड़े रहते थे–फिर भी उन्होंने नागरिक समाज का इतिहास, उद्योग और व्यापार का इतिहास सबसे पहले लिखकर इतिहास लेखन को भौतिकवादी आधार देने का प्रथम प्रयत्न किया था।"

(उप., खंड 5, पृ. 42) सही भौतिकवादी ढंग से इतिहास लेखन की शुरुआत मार्क्स और एंगेल्स ने की किन्तु जैसे समाज-विज्ञान में उन्होंने जर्मन लेखकों से नहीं अंग्रेज और फ्रांसीसी लेखकों से कई बातें ग्रहण की थीं, वैसे ही उन्होंने इस बात पर ध्यान दिया था कि वैज्ञानिक इतिहास लेखन की शुरुआत इंग्लैंड और फ्रांस में हुई थी। हेगल की 'इतिहास-दर्शन' पुस्तक सम्प्रदायवाद और भाववाद को सामाजिक इतिहास से इस तरह मिला देती है कि न तो दर्शन की सही तस्वीर दिखाई देती है और न सामाजिक इतिहास की।

दर्शन-सम्बन्धी अपनी नोटबुकों में लेनिन ने इतिहास दर्शन के बारे में लिखा था कि समस्या के प्रस्तुतीकरण के विचार से उसकी भूमिका में कई बातें सुन्दर हैं। पूरी पुस्तक के बारे में लिखा था : "आमतौर से इतिहास दर्शन से बहुत ही कम प्राप्ति होती है। यह बात समझ में आती है क्योंकि यही वह क्षेत्र है, वह विज्ञान है, जिसमें मार्क्स और एंगेल्स ने सबसे बड़ा कदम उठाया था। सर्वाधिक यहीं हेगल पुराने पड़ गए हैं, व्यर्थ हो गए हैं।" (ग्रन्थावली, खंड 38, पृ. 314) हेगल ने जहाँ ईसाई धर्म के गुण गाए हैं, वहाँ के लिए लेनिन ने लिखा था : "ईसाइयत की महत्ता के बारे में (बाइबिल से उद्धरण दे-देकर !!) नीरस, भाववादी पादरियोंवाली बकवास। घिन छूटती है, बदबू आती है !" (उप., पृ. 312)

मतवादी दुराग्रह के साथ इतिहास की व्याख्या करने का कारण यह था कि हेगल अपने भौतिक जीवन में जर्मनी के शासक-वर्ग से मजबूत भौतिक सम्बन्ध कायम किए हुए थे। मार्क्स की पुस्तक ग्रुंडरिस (रूपरेखा) (पेलीकन, मार्क्स लायब्रेरी संस्करण) की भूमिका में मार्टिन निकोलौस ने हेगल के बारे में लिखा है : वह अपने समय के बहुत बड़े विद्वान और विचारक थे। जर्मन-नाटककार ब्रेख्ट के एक नाटक का पात्र हेगल के बारे में कहता है, सुकरात की तरह दार्शनिकों में वह भी हास्य रस के सिद्ध लेखक हो सकते थे। लेकिन उनका दुर्भाग्य यह था कि वह 'प्रुशिया में सरकारी नौकर थे और इस तरह उन्होंने राज्यसत्ता के हाथ अपने को बेच दिया था।' निकोलौस के अनुसार मनुष्य इन्द्रियों से जो कुछ बोध करता है, उसकी वास्तविकता हेगल अस्वीकार करते थे। वह मानते थे कि उन्हें वस्तु का बोध जरूर होता है, किन्तु जो बोध होता है, उससे तर्क द्वारा ही मनुष्य सत्य को पहचानता है। इससे हेगल ने परिणाम यह निकाला कि मनुष्य अपने मन में तर्क की जिन धारणाओं को जन्म देता है, वही सत्य हैं। उनके चिन्तन की तर्कसंगत परिणति यह हुई कि वह पोप की तरह सम्राट को आशीर्वाद देने वाले पुरोहित बन गए। "केवल प्रुशिया की फौजी नौकरशाही में, जमींदारी स्वेच्छाचारिता में, निरपेक्ष चेतना ने स्वयं को पूरी तरह व्यक्त किया था; केवल दर्शनशास्त्र के सामने नहीं, इन्द्रियों के सामने भी व्यक्त किया था। उनकी भक्ति-भावना के बारे में कोई सन्देह न रहे, इसके लिए हेगल ने अपने धर्मग्रन्थों में सैकड़ों वाक्य जोड़ दिए थे जिनमें निहायत घटिया किस्म की चिकनाई थी। इसी के अनुरूप उनका व्यवहार था। उनकी अन्त्येष्टि-क्रिया राज्यसत्ता ने सम्मानपूर्वक की।" (पृ. 27)

हेगल ने द्वन्द्वात्मक तर्क-पद्धति का विकास किया। इसके सभी तत्त्व जर्मनी के न थे। मार्टिन निकोलौस ने लिखा है : "संसार की अनेक सभ्यताओं से द्वन्द्ववाद के पूर्व इतिहास को हेगल ने व्यवस्थित रूप में समेटा, उसकी समीक्षा की; एशिया, मध्यपूर्व, इनके साथ यूनान और शेष यूरोप की सभ्यताओं से इसके इतिहास को समेटा। यह उनका बहुत बड़ा काम है।" (पृ. 28) हेगल ने जिस एशिया की इतनी निन्दा की थी, उससे भी द्वन्द्ववाद के इतिहास के लिए कुछ तत्त्व उन्होंने प्राप्त किए थे।

5. डायलेक्टिक्स, द्वन्दवाद, अनेकान्तवाद

अंग्रेजी में दर्शन और तर्कशास्त्र का एक प्रचलित शब्द है डायलेक्टिक्स। इसके लिए हम द्वन्द्ववाद या द्वन्दवाद शब्द का प्रयोग करते हैं। द्वन्द्व शब्द में व की आवृत्ति से बचने के लिए बहुत पहले उसे द्वन्द का रूप दे दिया गया था। द्वन्द्वात्मक कहने में अटपटा लगता है, उसे द्वन्दात्मक लिखने और बोलने में हिचकिचाना न चाहिए। बहुत से बहुत द्वन्द को आप द्वन्द्व का तद्भव रूप मान सकते हैं, संस्कृत में ऐसे सैकड़ों 'तद्भव' हैं जैसे प्रश्न के प्रश्न का क्रिया रूप प्रच्छ्। डायलेक्टिक्स का डाय ग्रीक दि का अंग्रेजी रूपान्तर है, मोनियर बिलियम्स के अनुसार, दि संस्कृत द्वि का ग्रीक प्रतिरूप है। किसी प्रपंच को दो भागों में बाँटना और उनके परस्पर विरोध और एकता को पहचानना डायलेक्टिक्स का महत्त्वपूर्ण लक्षण है। डायलेक्टिक्स की अपेक्षा द्वन्द्ववाद शब्द अधिक सार्थक है, कारण यह कि दो का भाव तो दोनों शब्दों में है किन्तु दो के परस्पर विरोध का भाव द्वन्द्व में है, डायलेक्टिक्स में नहीं। द्वन्द्व (अथवा द्वन्द) का एक अर्थ है जोड़ा; यह तो दो का भाव हुआ। दूसरा अर्थ है संघर्ष, टक्कर; यह परस्पर विरोध का भाव हुआ। तीसरा अर्थ है विरोधी तत्त्वों का जोड़ा। दूसरे और तीसरे अर्थ एक-दूसरे के पूरक हैं। द्वन्द्व ऐसे दो विरोधी तत्त्वों का जोड़ा है जो एक-दूसरे से संघर्ष की स्थिति में हैं। डायलेक्टिक्स में लेक्टिक्स का सम्बन्ध ग्रीक लॅगो से है जिसका अर्थ है बताना, बोलना। इस क्रिया का सम्बन्ध दो तत्त्वों के विरोध और संघर्ष से नहीं है। दूसरे की बात काटने के लिए तर्कशास्त्री उसमें अन्तर्विरोध दिखाते थे, इसलिए यह अर्थ उसमें जुड़ गया। ग्रीक लोगोस (शब्द, वचन) लोगिकोस (शब्द-सम्बन्धी, विवेक-सम्बन्धी) लेगो के जोड़ीदार हैं और अंग्रेजी लॉजिक (तर्कशास्त्र) के जनक हैं। द्वन्द्ववाद को हम किस रूप में समझते हैं, उसकी किस विशेषता को सबसे महत्त्वपूर्ण मानते हैं, इस पर निर्भर है कि हम इतिहास का विश्लेषण किस ढंग से करते हैं, समाज के भीतर जो वर्ग, स्तर या गुट हैं, उनके आपसी सम्बन्धों की छानबीन किस ढंग से करते हैं। प्लेटो से लेकर हेगल तक तर्कशास्त्र में जोर किसी एक प्रपंच के भीतर उसके दो भागों पर रहा है। इन दो भागों का आपसी सम्बन्ध किस प्रकार का है, इस बारे में समझ बदलती रही है किन्तु मुख्य बात किसी प्रपंच का दो भागों में बाँटा जाना है; इस धारणा में कोई परिवर्तन नहीं हुआ। लेनिन ने 1915 में 'द्वन्द्ववाद का प्रश्न' नाम का लेख लिखा था।

इसके आरम्भ में उन्होंने बताया था, किसी एक समूचे प्रपंच को विभाजित करना और उसके विरोधी भागों को पहचानना द्वन्द्ववाद का सारतत्त्व है। लेनिन के अनुसार यदि यह द्वन्द्ववाद की एकमात्र मुख्य विशेषता नहीं है तो उसकी मुख्य विशेषताओं में एक जरूर है। यह धारणा अरस्तू के यहाँ मौजूद थी। इसलिए लेनिन कहते हैं, अपनी पुस्तक मेटाफिजिक्स (अधिभूतवाद) अथवा एकान्तवाद में अरस्तू निरन्तर इससे जूझते हैं और हेराक्लितुस की धारणाओं का खंडन करते हैं। यह धारणा हेगल के यहाँ भी थी। इसलिए लेनिन कहते हैं : ''ठीक इसी ढंग से हेगल ने भी इस बात को पेश किया है।'' (ग्रन्थावली, खंड 38, पृ. 359)

इन दो भागों की एक विशेषता यह है कि वे एक-दूसरे से अलगाव की स्थिति में, फिर भी एक-दूसरे से जुड़े होते हैं। लेनिन ने उसी लेख में बताया है कि इनका अलगाव निरपेक्ष होता है, इनका जुड़ा होना सापेक्ष होता है। किसी प्रपंच के दो भाग निरपेक्ष रूप में एक-दूसरे के विरोधी होंगे, तब उनकी टक्कर से एक का नाश अनिवार्य होगा। जब एक का नाश होगा, तब अगली प्रगति ऐसे स्तर पर होगी जो पहले स्तर का एकदम विरोधी होगा। इस तरह सामाजिक प्रगति में निरन्तरता का क्रम टूटेगा, समाज छलाँग मारकर पुराने स्तर से नए स्तर पर पहुँचेगा। इस प्रकार द्वन्द्ववाद के बारे में तीन बातें ध्यान देने योग्य हैं। पहली यह कि हर प्रपंच विभाजित है और उसके दो भाग परस्पर विरोधी हैं। दूसरी यह कि किसी प्रपंच के दो भागों का अलगाव निरपेक्ष है, उनका जुड़ा होना सापेक्ष है। तीसरा यह कि विकास उस नए स्तर पर होता है जो पुराने स्तर का नितान्त विरोधी है, निरन्तरता का क्रम टूटता है और प्रगति छलाँग मारकर होती है।

द्वन्द्ववाद का यह ढाँचा हेगल के यहाँ विद्यमान है। मार्क्स और एंगेल्स ने इसका उपयोग भौतिकवादी ढंग से इतिहास की व्याख्या के लिए किया। कम्युनिस्ट घोषणापत्र के आरम्भ में ही उन्होंने लिखा : ''अब तक के विद्यमान समाज का इतिहास वर्ग-संघर्षों का इतिहास है।'' इस धारणा के अनुसार जिन समाजों में वर्गों का जन्म नहीं हुआ, वे इतिहास से बाहर कर दिए जाते हैं। 1847-48 में मार्क्स और एंगेल्स को यह मालूम था कि ऐसे बहुत-से समाज हैं जिनमें वर्ग नहीं हैं। उनके विचार से एशियाई समाज इसी तरह के समाज थे। इसलिए उन्होंने घोषणापत्र में लिखा था कि पूर्व की किसान जातियों को पश्चिम की पूँजीवादी जातियों ने अपने अधीन कर लिया है। इस अधीनता का यह अर्थ भी हुआ कि एशिया की जातियों में वर्ग संघर्ष नहीं था, इसलिए वे इतिहास से बाहर थीं; अब वे इतिहास में दाखिल कर ली गई हैं। वर्गहीन समाजों का इतिहास बहुत महत्त्वपूर्ण है और वर्गयुक्त समाजों के इतिहास को समझने के लिए उनका ज्ञान बहुत जरूरी है, यह धारणा दिन पर दिन मार्क्स और एंगेल्स के मन में दृढ़ होती गई। इसलिए 1888 में एंगेल्स ने कम्युनिस्ट घोषणापत्र के अंग्रेजी संस्करण में टिप्पणी लिखी कि समाज का इतिहास वर्ग-संघर्षों का इतिहास है, इससे आशय यह है कि लिखित इतिहास वर्ग-संघर्षों का इतिहास है। उन्होंने यह सूचना भी दी कि 1847 में, अर्थात् घोषणापत्र लिखने के समय, समाज के प्रागितिहास (प्रिहिस्ट्री) की, लिखित इतिहास से पहले जो

सामाजिक संगठन था, उसकी जानकारी नहीं के बराबर थी। उसके बाद रूस में सामान्य भू-सम्पत्ति का पता चला, फिर जर्मनी में ऐसा ही सम्पत्ति के चलन का ज्ञान हुआ : "फिर क्रमशः पता चला कि भारत से आयरलैंड तक ग्राम-समाज हर जगह समाज का आदिम रूप हैं या कभी थे।" एंगेल्स ने बताया कि मॉर्गन ने अमरीकी आदिवासी समाजों का अध्ययन करके गण और गोत्र के सही सम्बन्ध की व्याख्या की। इन आदिम समाजों के विघटन के बाद समाज अलग-अलग वर्गों में और अन्ततः विरोधी वर्गों में बँट जाता है। एंगेल्स ने अपनी पुस्तक 'परिवार, व्यक्तिगत सम्पत्ति' और राज्यसत्ता का उद्भव का हवाला दिया जिसमें उन्होंने इस विघटन की प्रक्रिया की रूपरेखा प्रस्तुत की थी।

एंगेल्स की इस टिप्पणी से पहला निष्कर्ष यह निकला कि प्राचीन वर्गहीन समाजों का लिखित इतिहास नहीं है, तो इसका यह अर्थ नहीं है कि उनका इतिहास नहीं है। दूसरा निष्कर्ष यह कि 1848 में कम्युनिस्ट घोषणापत्र के प्रकाशन से लेकर 1888 में उसके अंग्रेजी संस्करण तक इन प्राचीन समाजों के इतिहास के अध्ययन में बराबर प्रगति हुई थी। तीसरा निष्कर्ष यह कि द्वन्द्ववाद में किसी प्रपंच के दो परस्पर विरोधी भागों की टक्कर को मुख्य बात मानें तो इन गण-समाजों के विकास की व्याख्या करने में बड़ी कठिनाई होगी। एंगेल्स ने यह भी स्पष्ट कर दिया है कि सामूहिक भूसम्पत्तिवाले समाज केवल एशिया की विशेषता नहीं हैं, वे सर्वत्र पाए जाते हैं और जहाँ अब नहीं हैं, वहाँ पहले थे। गण-समाजों में वर्गों का अभाव था, फिर भी प्रगति हुई। इस प्रगति के विवेचन की समस्या कुछ-कुछ वैसी है जैसी वर्गहीन साम्यवादी समाज की प्रगति के विवेचन की समस्या। कुछ विद्वान कहते हैं, समाज में वर्ग न होंगे अन्तर्विरोध न होगा, तब प्रगति कैसे होगी। जहाँ तक सामन्ती व्यवस्था का सम्बन्ध है, उसमें वर्ग होते हैं, फिर भी समाज दो स्पष्ट वर्गों में विभाजित नहीं होता। इसलिए कम्युनिस्ट घोषणापत्र में कहा गया है कि इतिहास के पूर्व युगों में, अर्थात् पूँजीवादी से पहले के युगों में, समाज के भीतर पेचीदी व्यवस्था थी। इस व्यवस्था में अनेक स्तर (ऑर्डर्स) थे। समाज में ऊँच-नीच के हिसाब से बहुत से स्तर थे। जमीन के मालिक के अलावा उसके मातहत छोटे सामन्त बँधुआ मजदूर थे, मामूली कारीगर और कारीगर-संघों के मुखिया आदि थे। इन सभी विभागों के अन्दर छोटे-बड़े का भेद था। घोषणापत्र में सामन्ती व्यवस्था के अन्दर वर्गों की जो स्थिति बताई गई है, उसमें स्पष्ट है कि समाज बहुत से भागों में बँटा हुआ है। मोटे तौर से कुछ लोगों के पास बहुत ज्यादा सम्पत्ति है, कुछ के पास कम है और कुछ सम्पत्तिहीन हैं। यदि द्वन्द्ववाद का मतलब केवल यह लिया जाए कि समाज परस्पर दो विरोधी वर्गों में बँटा हुआ था, तो सामन्ती व्यवस्था में वैसे दो वर्ग साफ-साफ दिखाई न देंगे। द्वन्द्व सिद्धान्त व्यर्थ सिद्ध होगा।

पूँजीवाद में वर्गों के विरोध का रूप सरल हो जाता है। मार्क्स और एंगेल्स घोषणापत्र में कहते हैं : "किन्तु हमारे युग की, पूँजीपति वर्ग के युग की यह स्पष्ट विशेषता है कि उसने वर्ग-विरोधों को सरल बना दिया है। पूरा समाज अधिकाधिक दो बड़े परस्पर विरोधी शिविरों में विभक्त होता जाता है, एक-दूसरे के मुकाबले में खड़े हुए

पूँजीपतियों और सर्वहारा के दो बड़े वर्गों में विभक्त होता जाता है।" पूँजीवादी युग में, लगता है, द्वन्द्ववाद का सिद्धान्त इतिहास पर साफ-सुथरे ढंग से लागू होने लगेगा। जिन समाजों में वर्ग-भेद और वर्ग-संघर्ष स्पष्ट नहीं था, वे पिछड़े हुए थे। पूँजीवाद ने इस पिछड़ेपन को दूर किया और वर्गों को एक-दूसरे के आमने-सामने खड़ा कर दिया। अब दो ही मुख्य वर्ग हैं, पूँजीपति और सर्वहारा।

द्वन्द्ववाद को इसी रूप में लागू करते हुए मार्क्स ने पूँजी के प्रथम खंड में लिखा था कि एक पूँजीपति अनेक पूँजीपतियों का नाश करता है। इस तरह पूँजी का केन्द्रीकरण होता है। संसार के सभी लोग विश्व बाजार के जाल में फँस जाते हैं। इस तरह पूँजीवादी व्यवस्था का अन्तर्राष्ट्रीय स्वरूप निश्चित होता है। एक तरफ बड़े-बड़े पूँजीपतियों की संख्या कम होती जाती है, दूसरी तरफ गरीब और मुफलिस आदमियों की संख्या बराबर बढ़ती जाती है। इसके साथ ही मजदूर वर्ग का विद्रोह तीव्र होता जाता है। यह वर्ग बराबर बढ़ता है; पूँजीवादी उत्पादन का तन्त्र ही उसे एकताबद्ध, संगठित और अनुशासित करता है। पूँजी का एकाधिकारी स्वामित्व उत्पादन की पद्धति के लिए बेड़ी बन जाता है। श्रम का समाजीकरण और उत्पादन के साधनों का केन्द्रीकरण ऐसे बिन्दु तक पहुँचते हैं जहाँ पूँजीवादी खोल के भीतर उनका अस्तित्व असम्भव हो जाता है। वह खोल टूट जाता है। पूँजीवादी व्यक्तिगत सम्पत्ति की अन्तिम घड़ी आ पहुँचती है। जो दूसरों की सम्पत्ति का अपहरण करते थे, अब उनकी सम्पत्ति का अपहरण होता है।

यहाँ मार्क्स ने सामाजिक विकास पर द्वन्द्ववाद का वह रूप लागू किया है जिसमें द्वन्द्व का अर्थ है दो का निरपेक्ष विरोध, निरन्तरता के क्रम का टूटना और छलाँग मारकर नए स्तर पर विकास। विश्व पैमाने पर पूँजी का ऐसा केन्द्रीकरण हुआ है कि एक ओर मुट्ठी-भर एकाधिकारी पूँजीपति रह गए हैं, दूसरी ओर करोड़ों सम्पत्तिहीन मजदूर हैं। एक ओर थोड़े से लोगों के हाथों में उत्पादन के साधन केन्द्रित हो जाते हैं, दूसरी ओर इन साधनों से काम करनेवाले करोड़ों मजदूर हैं। श्रम का समाजीकरण स्वामित्व के इजारे से टकराता है। सामाजिक श्रम में लगे हुए करोड़ों आदमी पूँजीपति वर्ग को हटाकर उत्पादन के साधनों का स्वामित्व अपने हाथों में ले लेते हैं। यह सारी प्रक्रिया द्वन्द्ववाद को चरितार्थ करने का श्रेष्ठ प्रमाण जान पड़ती है। किन्तु इतिहास में अब तक ऐसा हुआ नहीं। प्रश्न है, क्यों नहीं हुआ ?

पूँजीवादी समाज के निर्माण और विकास के जो नियम मार्क्स ने निर्धारित किए थे, वे सब सही थे। पूँजीवादी व्यवस्था का विश्लेषण मानव-ज्ञान को मार्क्स की युगान्तरकारी देन है। किन्तु पूँजीवादी व्यवस्था इस ढंग से कायम नहीं हुई कि निरन्तरता का क्रम पूरी तरह टूट गया हो; सामन्ती व्यवस्था के प्रपंच में सामन्तों और पूँजीपतियों की टक्कर इस ढंग से नहीं हुई कि सामन्तवाद का पूर्ण विनाश हो गया हो और समाज छलाँग मारकर नितान्त नए स्तर पर पहुँच गया हो। सामन्ती व्यवस्था के भीतर जितना विरोध सामन्तों और पूँजीपतियों के बीच था, उससे ज्यादा विरोध किसानों-कारीगरों और

पूँजीपतियों के बीच था। सामन्त और पूँजीपति दोनों ही सम्पत्तिशाली वर्ग थे। उनका आपसी विरोध निरपेक्ष नहीं था, सापेक्ष था, सम्पत्तिहीन अथवा कम सम्पत्तिवाले वर्गों से विरोध बढ़ने पर सामन्तों और पूँजीपतियों के दो विरोधी वर्ग आपस में मिल जाते थे। घोषणापत्र लिखते समय मार्क्स और एंगेल्स इंग्लैंड में जमींदारों के अस्तित्व से परिचित थे। किन्तु उन्होंने घोषणापत्र में लिखा था कि पूँजीपति वर्ग को जहाँ भी मौका मिला है, उसने सामन्ती सम्बन्धों को समाप्त कर दिया है। किन्तु इंग्लैंड में राज्यसत्ता पर जमींदारों का अधिकार था और वे सुधार-कानूनों के जरिए पूँजीपतियों को थोड़ी-थोड़ी रियायतें-भर देते रहे। पहले मार्क्स और एंगेल्स का विचार था कि इंग्लैंड के जमींदार भी पूँजीपति हो गए हैं। क्रमशः उन्होंने यह धारणा बदली और इस बात पर जोर दिया कि इंग्लैंड में पूँजीवादी विकास के मार्ग में वे बहुत बड़ी रुकावट हैं। फौज, चर्च और राज्यसत्ता पर उनका अधिकार है, जमीन पर उनका इजारा है। जितना ही वे पूँजीवादी विकास रोकते हैं, उतना ही सर्वहारा क्रान्ति दूर होती जाती है। जमींदारों की शक्ति का स्रोत आयरलैंड जैसे पराधीन देश थे। इसलिए मार्क्स ने इस बात पर बहुत जोर दिया कि जब तक आयरलैंड स्वाधीन न होगा, तब तक ब्रिटिश मजदूर भी पूँजीवादी दासता से मुक्त न होंगे। इस तरह पराधीन देशों का स्वाधीनता-संग्राम सर्वहारा क्रान्ति के लिए महत्त्वपूर्ण बन गया। पराधीन देशों की लूट से इंग्लैंड के पूँजीपतियों ने एक और काम किया। उन्होंने उसका एक हिस्सा मजदूरों में बाँटना शुरू किया और इस प्रकार उनमें भ्रष्टाचार फैलाकर उन्हें क्रान्तिविमुख किया। मानी बात है कि जब तक लूट का स्रोत बन्द न किया जाएगा, तब तक इंग्लैंड के मजदूर क्रान्ति की ओर कदम न उठाएँगे।

इस तरह इंग्लैंड के सामाजिक विकास के बारे में मार्क्स और एंगेल्स की दो भिन्न स्थापनाएँ हमारे सामने आती हैं। इंग्लैंड के जमींदार पूँजीपति बन गए हैं; वे पूँजीपति नहीं हैं, वे पूँजीवाद के विकास में बहुत बड़ी रुकावट हैं। आयरलैंड जैसे पराधीन देश विश्व पूँजीवाद की लपेट में आकर अपना पुराना सामाजिक ढाँचा तोड़ेंगे और उन्हें आगे बढ़ने का अवसर मिलेगा; इंग्लैंड के जमींदार और पूँजीपति आयरलैंड को तबाह कर रहे हैं और उसकी प्रगति का रास्ता बन्द कर रहे हैं; ऐसे देशों को सबसे पहले राष्ट्रीय स्वाधीनता की जरूरत है। मजदूर वर्ग को पूँजीवादी उत्पादन की प्रक्रिया क्रान्तिकारी बनाती है, यह प्रक्रिया उसे अनुशासित और संगठित करती है और विद्रोह करने को बाध्य करती है, मजदूर वर्ग हर परिस्थिति में क्रान्तिकारी नहीं होता, साम्राज्य की लूट में हिस्सा पाकर वह पूँजीपतियों का पिछलगुआ बन जाता है। किसान अपनी जमीन से चिपके रहना चाहते हैं, इसलिए उनका दृष्टिकोण प्रतिक्रियावादी होता है, वे क्रान्ति में सहायक नहीं होते, सर्वहारा क्रान्ति अकेले सर्वहारा वर्ग अपने बल-बूते पर सम्पन्न कर सकता है; पूँजीवाद किसानों का निरन्तर उत्पीड़न करता है, उनकी स्थिति सर्वहारा वर्ग जैसी होती जाती है, किसानों के सहयोग के बिना सर्वहारा क्रान्ति सफल नहीं हो सकती; जहाँ सामन्त-विरोधी क्रान्ति के काम बाकी हैं, वहाँ तो उनका सहयोग अपेक्षित होगा ही।

इस प्रकार जमींदार वर्ग, पराधीन जातियों, मजदूर वर्ग और किसानों की भूमिका के बारे में दो भिन्न प्रकार की स्थापनाएँ मार्क्स और एंगेल्स की रचनाओं में मिलेंगी। त्रोत्स्कीवाद की विशेषता यह है कि वह पहली प्रकार की स्थापनाओं को ही मार्क्सवाद का सारतत्त्व मानता है, दूसरी प्रकार की स्थापनाओं की अनदेखी करता है या उन्हें गलत मानता है। उसके लिए मार्क्सवाद में कोई विकास नहीं हुआ, इधर-उधर कुछ स्थापनाओं का परिष्कार हो गया है, बस इतना ही। उसके लिए इंग्लैंड में सामन्तवाद का नाश हो चुका था, राज्यसत्ता पर जमींदारों का अधिकार नहीं था, भूमि पर जमींदारों का इजारा नहीं था, जो बड़े-बड़े जमींदार थे, वे पूँजीपति बन गए थे। त्रोत्स्कीवाद यह नहीं बताता कि यह सब हो जाने पर इंग्लैंड में सर्वहारा क्रान्ति क्यों न हुई। वह पराधीन जातियों में साम्राज्यवाद की क्रान्तिकारी भूमिका पर जोर देता है; साम्राज्यवाद उनकी प्रगति में बहुत बड़ी बाधा है, आगे बढ़ने के बदले वे देश पीछे जा रहे हैं, यह बात वह नहीं मानता। एशिया और विशेष रूप से भारत में साम्राज्यवाद की भूमिका को प्रगतिशील बताने के लिए वह इतिहास लेखन में ऐसी हाथ की सफाई दिखाता है कि लगता है, ये देश गुलाम न बनते तो प्रगति ही न कर पाते। मजदूर वर्ग को वह हर स्थिति में क्रान्तिकारी मानता है। साम्राज्यवादी लूट में हिस्सा मिलने से मजदूर वर्ग भ्रष्ट होता है, इस तथ्य की अनदेखी करता है। विश्व पैमाने पर पूँजीवाद के द्रुत विकास की कल्पना करके वह उद्योग-प्रधान देशों में ही नहीं, पिछड़े हुए पराधीन देशों में भी सर्वहारा क्रान्ति की कल्पना करता है। उद्योग-प्रधान देशों में भी किसानों की भूमिका को नगण्य मानता है। सर्वहारा अन्तर्राष्ट्रीयता का अर्थ उसके लिए यह है कि सभी देशों में विशुद्ध सर्वहारा क्रान्ति ही होगी। ऐसी क्रान्ति जिसमें सामन्त-विरोधी कार्य प्रधान हों, उसके लिए कल्पनातीत है क्योंकि ये कार्य तो पूँजीवाद पहले ही कर चुका है। इस तरह क्रोत्स्कीवाद एक तरह का भाववाद बन जाता है जो अपनी इच्छा के आधार पर संसार का ऐसा मानचित्र बनाता है जिसका यथार्थ जगत से कोई सम्बन्ध नहीं होता। जैसे क्रोत्स्कीवादी विचारक समकालीन संसार की यथार्थ स्थिति पहचानने में असमर्थ हैं, वैसे ही पुराने इतिहास का विवेचन करते समय वे पहले के समाजों की यथार्थ स्थिति भी पहचानने में असमर्थ हुए हैं।

समाज में अनेक द्वन्द्व होते हैं। कम्युनिस्ट घोषणापत्र के प्रकाशन के समय जर्मन समाज के भीतर एक द्वन्द्व जमींदरों और पूँजीपतियों के बीच था, दूसरा जमींदारों और किसानों के बीच था, तीसरा पूँजीपतियों और मजदूरों के बीच था। ये सारे द्वन्द्व एक-दूसरे से जुड़े हुए थे, एक-दूसरे को प्रभावित करते थे। इसी तरह इंग्लैंड में एक द्वन्द्व पूँजीपतियों और मजदूरों के बीच था, दूसरा पूँजीपतियों और जमींदारों के बीच था, तीसरा जमींदारों-पूँजीपतियों और पराधीन देशों के बीच था। ये सारे द्वन्द्व एक-दूसरे को प्रभावित करते थे। मार्क्स ने इन सारे द्वन्द्वों पर ध्यान दिया, उनकी बदलती हुई स्थिति को पहचाना और इस तरह अपनी रणनीति में परिवर्तन किया। त्रोत्स्कीवादियों की विशेषता यह है कि वे एक ही द्वन्द्व पर ध्यान केन्द्रित रखते हैं, अन्य द्वन्द्वों से उसका

सम्बन्ध नहीं पहचानते, उसकी बदलती हुई स्थिति नहीं देखते। साम्राज्य की लूट में हिस्सा पाकर काफी ब्रिटिश मजदूर जब पूँजीपतियों के अनुयायी बन गए, तब इस सहयोग को न पहचान कर वे उनके क्रान्तिकारीपन पर ही जोर देते रहे। हर प्रपंच के भीतर दो ही अंश नहीं होते, उसके दो ही पक्ष नहीं होते, अनेक अंश, अनेक पक्ष हो सकते हैं, और परस्पर विरोधी होने के अलावा वे एक-दूसरे के पूरक भी हो सकते हैं। जैसे साम्राज्यवाद का प्रपंच। इसका एक पक्ष है साम्राज्यवादी देश के पूँजीपतियों से वहाँ के मजदूरों का संघर्ष। दूसरा पक्ष है साम्राज्यवादी देश से पराधीन देशों का संघर्ष। ये दोनों संघर्ष परस्पर विरोधी नहीं हैं, एक-दूसरे के पूरक हैं। साम्राज्यवादी देश के पूँजीपति पराधीन देशों को लूटते हैं। लूट में हिस्सा पाकर वहाँ के मजदूर पूँजीपतियों का विरोध त्याग देते हैं, पूरक पक्ष बन जाते हैं। द्वन्द्ववाद शब्द में द्वन्द्व पर, दो के अस्तित्व पर, उनके परस्पर विरोध पर ही एकान्त जोर दिया जाए तो भ्रम पैदा हो सकता है।

अंग्रेजों में डायलेक्टिक्स का विरोधी अर्थ देनेवाला शब्द है मेटाफिजिक्स। उसकी विशेषता यह है कि वह किसी प्रपंच के एक पक्ष पर जोर देता है। यह उस शब्द से प्रकट नहीं होता। मेटाफिजिक्स मूलतः अटकलपन्थी दर्शनशास्त्र के लिए प्रयुक्त होता था, इसलिए भी वह तर्कशास्त्र में एकांगी विवेचन का अर्थ नहीं व्यक्त करता। यदि उसकी जगह एकान्तवाद शब्द का प्रयोग किया जाए तो अर्थ तुरन्त स्पष्ट हो जाएगा। इसी तरह एकान्तवाद का विलोम अनेकान्तवाद होगा और उसका प्रयोग हम डायलेक्टिक्स की जगह भी कर सकते हैं। डायलेक्टिक्स में जो दो के अर्थ पर जोर है वह अनेकान्तवाद में नहीं है। अनेकान्तवाद भारत की पुरानी तर्क-पद्धति है। वह विरोधी पक्षों का अस्तित्व, उनकी एकता स्वीकार करती है। द्वन्द्ववाद शब्द को छोड़ देना उचित न होगा किन्तु द्वन्द्ववाद के साथ अनेकान्तवाद का व्यवहार करने में लाभ है। मेटाफिजिक्स और डायलेक्टिक्स का भेद एक और दो का भेद नहीं है, वह एक और अनेक का है, एकांगी और सर्वांगीण का है। डायलेक्टिक्स की व्याख्या करते हुए किसी प्रपंच की सर्वांगीणता पर ध्यान देना बहुत जरूरी है। द्वन्द्ववाद पर अपने जिस लेख में लेनिन ने विरोधी भागों की पहचान को द्वन्द्ववाद का सारतत्त्व बताया है, उसी में उन्होंने आगे कहा है : "द्वन्द्ववाद जीवन्त, बहुपक्षीय ज्ञान (मैनीसाइडेड नॉलेज) है। (इन पक्षों की संख्या में अनन्त वृद्धि होती रहती है।) यथार्थ के निकट पहुँचने और हर तरफ से पहुँचने की अनन्त-उपसरणियाँ हैं। (प्रत्येक उपसरणि से एक पूरी दार्शनिक व्यवस्था सम्पूर्ण बनकर विकसित होती है। 'मेटाफिजिकल' मैटीरियलिज्म ('एकान्तवादी' भौतिकवाद) की तुलना में यहाँ विषयवस्तु अतिशय समृद्ध है। इस 'एकान्तवादी' भौतिकवाद का मूल दुर्भाग्य यह है कि वह द्वन्द्ववाद को चिन्तन-सिद्धान्त पर, ज्ञान की प्रक्रिया और उसके विकास पर लागू नहीं कर पाता।" (उप., पृ. 362)

हिन्दी में द्वन्द्ववाद पर बहुत कम चर्चा हुई है। द्वन्द्वात्मक भौतिकवाद का उलटा एक और भौतिकवाद है जो मेटाफिजिकल है। इन दो भौतिकवादों में तर्क-पद्धतिवाला कौन-सा भेद है, इस पर विचार नहीं के बराबर किया गया है। इसलिए हिन्दी में

मेटाफिजिकल के लिए भी कोई प्रचलित पर्याय नहीं है। लेनिन की टिप्पणी में मेटाफिजिकल की जगह एकान्तवादी कहने से उस शब्द का अर्थ आसानी से समझ में आ जाता है। जो बहुपक्षीय ज्ञान है, वह अनेकान्तवादी है, उसकी विषयवस्तु समृद्ध है। जो भौतिकवाद एकान्तवादी है, वह ज्ञान के विकास को समझ नहीं पाता। बात केवल शब्द-विशेष की नहीं है, विषय-वस्तु की है। द्वन्द्ववाद केवल तर्क-पद्धति नहीं है, वह स्वयं एक दर्शन है। अनेकान्तवाद भी एक दर्शन है, वह स्याद्वाद का पर्याय है। अनेकान्तवादी तर्क-पद्धति का व्यवहार भारत में सन्देहवादियों ने किया, यूनान में डायलेक्टिक्स का व्यवहार वहाँ के सन्देहवादियों ने किया, भौतिकवादियों ने भी डायलेक्टिक्स का व्यवहार किया। दोनों में अन्तर है। मार्क्स और हेगल के द्वन्द्ववाद में अन्तर है। तर्क-पद्धति को पूरी तरह दर्शन से अलग नहीं किया जा सकता। हेगल के द्वन्द्ववाद को पूरी तरह उनके भाववाद से अलग नहीं किया जा सकता। लेनिन कहते हैं कि द्वन्द्ववाद बहुपक्षीय ज्ञान है, वह ज्ञान की ऐसी प्रक्रिया है जो नित नए पक्ष उद्‌घाटित करती रहती है। यहाँ जोर द्वन्द्व पर नहीं है, बहुपक्षीयता पर है, सर्वांगीणता पर है। यहाँ पक्ष अनन्त हैं, भावभेद रसभेद अपारा की याद दिलानेवाले हैं। तुलसीदास के काव्य सिद्धान्त और रीतिवादियों के काव्य सिद्धान्त में वही अन्तर है जो बहुपक्षीय ज्ञानवाले भौतिकवाद और एकपक्षीय भौतिकवाद में है। यह एकपक्षीय, एकांगी, एकान्तवादी भौतिकवाद चिन्तन-प्रक्रिया को, ज्ञान की विकास-प्रक्रिया को, समझ नहीं पाता, और इसलिए नहीं समझ पाता कि यह प्रक्रिया बहुपक्षीय है उसके अनेक पहलू हैं, केवल एक पहलू पर ध्यान केन्द्रित करना काफी नहीं होता।

6. भाववाद, भौतिकवाद, एकान्तवाद

भाववाद और भौतिकवाद दो विरोधी विचारधाराएँ हैं। इनके विरोध पर ध्यान केन्द्रित करना सही है किन्तु ध्यान केन्द्रित करने की यह प्रक्रिया एकान्तवादी हो सकती है। लेनिन ने उसी लेख में भाववाद की चर्चा करते हुए लिखा है : "सीधे-सादे भोंड़े, एकान्तवादी भौतिकवाद के दृष्टिकोण से दार्शनिक भाववाद महज बकवास है। किन्तु द्वन्द्वात्मक भौतिकवाद के दृष्टिकोण से दार्शनिक भाववाद ज्ञान के एक पक्ष को उसकी एक विशेषता, एक अंग को एकांगी ढंग से, अतिशयता से विकसित करके, (बढ़ा-चढ़ाकर, अतिरंजित करके) निरपेक्ष तत्त्व बना देता है; उसे प्रकृति से, भूत से जुदा कर देता है, उसे दिव्य रूप दे देता है। भाववाद पादरियों का अन्ध रूढ़िवाद है। सच है। किन्तु ('ज्यादा सही और इसके अलावा' यह कहना होगा कि) दार्शनिक भाववाद पादरियोंवाले अन्ध रूढ़िवाद की ओर जानेवाला ऐसा मार्ग है जो मनुष्य के अनन्त रूप में पेचीदा (द्वन्द्वात्मक) ज्ञान की एक उपसरणि से गुजरता है।" (उप., पृ. 363)

लेनिन की यह टिप्पणी भौतिकवाद और भाववाद, दोनों के उस एकान्तवादी रूप पर (दोनों के निरपेक्ष विरोध पर) चोट करती है जो ज्ञान की पेचीदा विकास-प्रक्रिया

को पहचानने में असमर्थ है। एकान्तवादी भौतिकवाद दार्शनिक भाववाद को बकवास के अलावा और कुछ नहीं मानता। यह प्रवृत्ति यूरोप में ही नहीं रही; पिछले तीस साल में कुछ मार्क्सवादियों ने भारतीय भौतिकवाद की चर्चा की है और इस चर्चा में उन्होंने भारतीय भाववाद को विशुद्ध बकवास मानकर एक तरफ उठाकर फेंक दिया है। इस एकान्तवादी दृष्टिकोण के विपरीत द्वन्द्वात्मक भौतिकवाद यह मानेगा कि भाववाद एकांगी है, वह ज्ञान के एक पक्ष को अतिरंजित करके निरपेक्ष रूप में प्रस्तुत करता है। भाववाद मनुष्य को मजहबी रूढ़िवाद की ओर ले जाता है किन्तु जिस रास्ते से वह गुजरता है, वह द्वन्द्वात्मक ज्ञान की एक पगडंडी है, वह ज्ञान से नितान्त असम्बद्ध नहीं है। हेगल ने इसी तरह विचार को निरपेक्ष सत्ता बना दिया था। हेगल के चिन्तन की सबसे बड़ी कमजोरी यह थी कि उन्होंने विचार को प्रकृति से, भूत से, जुदा कर दिया था। इसका यह अर्थ नहीं कि हेगल के भाववादी दर्शन का उपयोग ज्ञान की प्रक्रिया को विकसित करने के लिए नहीं हो सकता।

हेगल अनेकान्तवादी दृष्टिकोण से, किसी प्रपंच की बहुपक्षीयता से परिचित थे। लेनिन ने लिखा था : "किसी भी वस्तु की अनेक व्याख्याएँ हो सकती हैं क्योंकि उसके अनेक पक्ष होते हैं।" फिर हेगल के तर्कविज्ञान पुस्तक से यह अंश उद्धृत किया था : "व्याख्या के लिए जो वस्तु सामने है, वह जितना ही समृद्ध होगी, अर्थात् हमारे ध्यान देने के लिए उसके पक्षों की संख्या जितना ही अधिक होगी, उतना ही विविधतापूर्ण उसकी व्याख्याएँ होंगी।" (उप., पृ. 235) स्वयं हेगल के भौतिकवाद-सम्बन्धी विवेचन में यह बहुपक्षीयता न हो, वह अलग बात है। भाववाद और भौतिकवाद के विरोध को एकान्तवादी दृष्टि से नहीं, अनेकान्तवादी दृष्टि से देखना उचित है।

द्वन्द्ववादवाले लेख के अन्त में लेनिन कहते हैं : "मानव-ज्ञान सीधी रेखा नहीं है अथवा वह सीधी रेखा में नहीं चलता, वह वक्र रेखा है। वृत्तों की ऊर्ध्वगामी अनन्त शृंखला-सी बनती जाती है। इस वक्र रेखा का कोई अंश, कोई भाग, कोई टुकड़ा (एकांगी ढंग से) एक स्वतन्त्र, पूर्ण, सीधी रेखा में रूपान्तरित किया जा सकता है। (उस समय आदमी यदि पेड़ गिनता रहे और उसे जंगल न दिखाई दे तो) यह रेखा उसे दलदल में, पादरियोंवाले अन्ध-रूढ़िवाद में ले जाती है (और वहाँ उसे शासक-वर्गों के वर्गहितों का सहारा मिल जाता है।) सीधी रेखावाला पन्थ और एकांगीपन, जड़ता और जड़ीभूत होने की प्रक्रिया, आत्मगतपन्थ और आत्मगत नेत्रहीनता—ज्ञान के विकास से सम्बन्धित यही भाववाद की जड़े हैं। और पादरियोंवाले अन्ध रूढ़िवाद (दार्शनिक भाववाद) की भी ज्ञान के विकास से सम्बन्धित जड़ें होती हैं, वह बेजमीन नहीं है। वह निस्सन्देह बाँझ पुष्प है किन्तु ऐसा बाँझ पुष्प है जो जीवन्त, उर्वर, वास्तविक, समर्थ, सर्वशक्तिमान, वस्तुगत, निरपेक्ष मानव-ज्ञान के जीवन-वृक्ष पर उगता है।" (उप.)

यहाँ लेनिन ने फिर एकांगिता और सर्वांगीणता में भेद किया है। उन्होंने भाववाद को बाँझ पुष्प बताया है लेकिन यह फूल धरती से एकदम जुदा नहीं है। जो वस्तुगत मानव-ज्ञान है, उसी के वृक्ष पर यह बाँझ पुष्प खिलता है। हेगल ने दर्शनशास्त्र का जो

इतिहास लिखा, वह उन लोगों के दर्शन का इतिहास था जिन्होंने शताब्दियों तक ज्ञान अर्जित किया था। हेगल ने जो इतिहास का दर्शन लिखा, उसके लिए उन्होंने बहुत से उन इतिहासकारों के लिए वृत्तान्त पढ़े जिन्होंने मानव-समाजों के वास्तविक जीवन के बारे में जानकारी प्राप्त करने की कोशिश की थी। हेगल के भाववाद के पीछे भौतिकवादी ज्ञान की परम्परा है जिससे हेगल ने नाता जोड़ा और उससे बचने का प्रयत्न भी किया।

मार्क्स की पुस्तक अर्थशास्त्र की आलोचना में योगदान पर 1859 में एंगेल्स ने एक लेख लिखा था। उसमें उन्होंने हेगल के इतिहास-ज्ञान के बारे में कहा था : "अन्य सभी दार्शनिकों से हेगल की चिन्तन-पद्धति इस बारे में भिन्न है कि उसके पीछे एक अपूर्व इतिहासबोध काम करता है। उन्होंने जो रूप अपनाया, वह चाहे जितना अमूर्त और भाववादी हो, उनके विचारों का विकास हमेशा विश्व-इतिहास के विकास के समानान्तर चलता है, और दरअसल विश्व-इतिहास को विचारों का प्रमाणमात्र माना गया है। यद्यपि इस प्रक्रिया ने वास्तविक सम्बन्ध को उलट दिया था, और उसे सिर के बल खड़ा किया था, फिर भी जो वास्तविक विषयवस्तु थी, वह हमेशा ही उनके दर्शन में समेट ली जाती थी, खासतौर से इसलिए कि हेगल—अपने शिष्यों के विपरीत—अज्ञान का भरोसा न करते थे वरन् वह सभी युगों के अत्यन्त विद्वान विचारकों में से थे। वह पहले व्यक्ति थे जिन्होंने दिखाया था कि इतिहास में विकास है, उसमें तारतम्य निहित है। उनके इतिहास दर्शन में कुछ चीजें आज हमें चाहे जितनी विचित्र लगें, उनकी मूल धारणा की भव्यता आज भी सराहनीय है, फिर चाहे उनके पूर्ववर्तियों से तुलना की जाए, चाहे उनके अनुवर्तियों से जिन्होंने इतिहास पर सामान्य टिप्पणियाँ करने का साहस जुटाया है।" (सम्पूर्ण ग्रन्थावली, खंड 16, पृ. 474) एंगेल्स ने हेगल के भाववाद से उनके इतिहासदर्शन को वैसे ही अलग किया है जैसे उनके द्वन्द्ववाद को। हेगल ने इतिहास की बहुत सी पुस्तकें पढ़ी थीं और उनमें दिए गए तथ्यों पर विचार किया था। मार्क्स और एंगेल्स उनकी विद्वत्ता स्वीकार करते थे। हेगल के वैचारिक वृत्त में तीन रेखाएँ थीं। पहली रेखा दार्शनिक थी। मार्क्स और एंगेल्स ने सबसे पहले यह रेखा पार की। दूसरी रेखा तर्क-शास्त्र की थी। मार्क्स और एंगेल्स ने हेगल के द्वन्द्ववाद को भाववाद से ही मुक्त नहीं किया, उसे एकान्तवाद से भी मुक्त किया। अपने समग्र द्वन्द्ववाद के बावजूद हेगल विचार और भूत को निरपेक्ष भाव से पृथक मानते रहे और यह रास्ता पादरियोंवाले अन्ध-रूढ़िवाद का था। हेगल से भिन्न वास्तविक अनेकान्तवादी तर्क-पद्धति का विकास मार्क्स और एंगेल्स ने किया। इस तरह हेगल के वैचारिक वृत्त की दूसरी रेखा उन्होंने पार की। तीसरी रेखा इतिहास की थी। आरम्भ से ही उनके और हेगल के दृष्टिकोण में मौलिक अन्तर था। इस मौलिक भेद का कारण यह था कि हेगल जर्मन शासक-वर्ग के संकीर्ण हितों में बँधे हुए थे; उतनी ही मजबूती से मार्क्स और एंगेल्स सर्वहारा वर्ग के विशद हितों से बँधे हुए थे। मौलिक भेद होना ही था। मार्क्स और एंगेल्स सामाजिक विकास की अनेक समस्याएँ पहली बार सुलझा रहे थे। भिन्न कारणों से वे अनेक स्थापनाएँ ऐसी प्रस्तुत करते हैं जैसी हेगल के यहाँ भी विद्यमान हैं। भारत क्यों पराजित

हुआ ? यहाँ अंग्रेजी राज क्यों कायम हुआ ? अंग्रेज देशी सेना के सहारे ही भारत पर राज किए हुए थे; भारतवासी इस सेना से मिलकर अंग्रेजी राज का जुआँ क्यों नहीं उतार फेंकते ? भारत में कोई पुराना सामाजिक ढाँचा होना चाहिए जो उन्हें संघर्ष करने से, विकास-मार्ग पर आगे बढ़ने से रोकता है। मार्क्स और हेगल दोनों ही इन प्रश्नों के उत्तर न्यूनाधिक भौतिक परिस्थितियों में खोजते हैं और ये उत्तर कई जगह एक-से या मिलते-जुलते दिखाई देते हैं। हेगल ने स्वाधीन ग्राम-समाजों को एशियाई निरकुंशता का आधार बताया था। मार्क्स और एंगेल्स ने यह स्थापना दोहराई। निरंकुश राज्यसत्ता के लिए कैफियत यह दी कि सिंचाई आदि की व्यवस्था राज्यसत्ता ही कर सकती थी। हेगल ने इतिहास के निर्माण में भौगोलिक परिस्थितियों पर बहुत जोर दिया था। मार्क्स और एंगेल्स ने इसे अंशतः स्वीकार किया। 6 जून, 1853 के पत्र में एंगेल्स ने मार्क्स को लिखा था : "यह कैसे हुआ कि पूर्वी देशों के लोग भूसम्पत्ति तक उसके सामन्ती रूप में भी, नहीं पहुँचे ? मेरा विचार है कि इसका मुख्य कारण जलवायु है। धरती का स्वरूप जैसा हो, उसके साथ जलवायु को मिलाकर देखना चाहिए, खासतौर से उन बड़े रेगिस्तानों पर ध्यान देना चाहिए जो सहारा से लेकर अरब, ईरान 'भारत और तातार प्रदेश होते हुए सबसे ऊँचे एशियाई पठारों तक पहुँचते हैं। यहाँ कृत्रिम सिंचाई-व्यवस्था खेती की पहली शर्त है और इसकी व्यवस्था करना ग्राम-समुदायों का काम है, प्रान्तों का है या केन्द्रीय सरकार का है।' मार्क्स और एंगेल्स ने हेगल की यह स्थापना स्वीकार की कि भारत में जाति-बिरादरीवाला विभाजन अतिशयता की सीमा छूता है और इसीलिए चारों तरफ बिखराव है। हेगल की तरह मार्क्स ने भी लिखा कि भारतवासी गाय और बन्दर पूजते हैं; यह पशु-पूजा उन्हें मनुष्यता के स्तर से गिराती है। उन्होंने माना कि ऊपर से विनम्र होते हुए भी भारतवासी धार्मिक कृत्यों में क्रूरता का परिचय देते हैं और हत्या को भी धार्मिक कृत्य मानते हैं। हेगल की तरह मार्क्स ने माना कि भारतवासियों की नियति है कि वे पराजित हों।

ये सारी बातें मार्क्स के चिन्तन के उस दौर से जुड़ी हुई हैं जिसमें उन्होंने कम्युनिस्ट घोषणापत्र लिखा था। इस दौर में वह विश्व पैमाने पर पूँजीवाद के प्रसार को आवश्यक मानते थे, उसके प्रसार को पिछड़े हुए देशों के प्रसार के लिए अनिवार्य समझते थे। इसके बाद अपने चिन्तन के दूसरे दौर में उन्होंने ब्रिटिश मजदूरों में फैले हुए भ्रष्टाचार पर जोर दिया, उसके स्रोत का पता लगाया, आयरलैंड की स्वाधीनता को ब्रिटिश मजदूरों की मुक्ति के लिए आवश्यक माना। ये दो अलग-अलग दौर हैं और इन दौरों में ब्रिटिश पूँजीपतियों, ब्रिटिश मजदूरों और पराधीन देशों की भूमिका के बारे में मार्क्स और एंगेल्स के विचार बदले हैं, यह बात हमेशा ध्यान में रखनी चाहिए। त्रोत्स्कीवादी इन दोनों दौरों में भेद नहीं करते, वे पहले दौर की स्थापनाओं को खूब रंग चुनकर, मार्क्सवाद का सारतत्त्व कहकर, पेश करते हैं। यह उनके एकान्तवादी दृष्टिकोण का परिचायक है जो मार्क्स और एंगेल्स के चिन्तन की आन्तरिक गतिशीलता को पहचानने में असमर्थ है। किन्तु उस पहले दौर में भी मार्क्स और हेगल की स्थापनाओं में समानता सतही है,

असमानता मौलिक और गम्भीर है। मार्क्स भारत के उद्धार, उसके पुनर्जीवन के लिए आतुर हैं, वे पराजय की नियति को शाश्वत बनाने के पक्ष में नहीं हैं। इसीलिए उस दौर में भी उन्होंने लिखा था कि ब्रिटिश ड्रिल सार्जेंट ने जिस देशी सेना को संगठित और प्रशिक्षित किया है, वह भारत के उद्धार की पहली शर्त है। इसी तरह आयरलैंड पर अंग्रेजी शासन को अनिवार्य सिद्ध करने के लिए भूगोल के सहारे जो तर्क दिए जाते थे, उनका खंडन करते हुए एंगेल्स ने लिखा था, नॉर्मन शासन में ब्रिटेन को एकताबद्ध राज्यसत्ता प्राप्त हुई और तब से (11वीं सदी से) ब्रिटेन ने आयरलैंड को आत्मसात् करना (assimilate, आयरिश जातीयता का नाश, अंग्रेज जातीयता का प्रसार) आरम्भ किया। "आत्मसात् करने की यह प्रक्रिया सफल हो जाती तो वह इतिहास का एक तथ्य बन जाती। इतिहास उस पर अपना फैसला सुनाता लेकिन वह प्रक्रिया मेटी न जा सकती थी। किन्तु यदि 700 साल के युद्ध के बाद आत्मसात् करने की यह प्रक्रिया सफल नहीं हुई; यदि इसके बदले हमलावरों की हर नई लहर को आइरिश लोगों ने ही आत्मसात् कर लिया; यदि आज भी आइरिश लोग अंग्रेज नहीं बने, अथवा जैसाकि कहते हैं, पश्चिमी ब्रिटेन नहीं बने, वैसे ही जैसेकि 100 साल के उत्पीड़न के बाद पोलैंड के लोग पश्चिमी रूसी नहीं बने; यदि युद्ध अभी तक समाप्त नहीं हुआ और इसकी कोई सम्भावना नहीं है कि उत्पीड़ित जाति के पूर्ण संहार के बिना वह किसी और तरह समाप्त किया जा सकता है—तो दुनिया-भर के भौगोलिक बहाने यह सिद्ध करने को पर्याप्त नहीं हैं कि इंग्लैंड का ऐतिहासिक कर्त्तव्य (mission) है, आयरलैंड को जीतना।" (Marx Engels, Ireland and the Irish Question, p. 264) भौगोलिक बहाने बदलते रहते थे। "आज इंग्लैंड को निश्चित रूप से और शीघ्र ही अनाज मिलना चाहिए—तो गेहूँ उगाने के लिए आयरलैंड एकदम उपयुक्त है। कल इंग्लैंड को मांस चाहिए—तो आयरलैंड केवल गोचर भूमि के लिए उपयुक्त है।" (उप., पृ. 283) वस्तुगत विवेचन का दिखावा करते हुए अंग्रेज प्रोफेसर पूँजीवाद की अपनी हिमायत पर पर्दा डालते थे। गोल्डविन स्मिथ के अनुसार : "भौगोलिक दृष्टिकोण से भी आयरलैंड की नियति है कि वह इंग्लैंड द्वारा विजित हों।" (उप., पृ. 356) आइरिश प्रतिरोधक के गीत जनकवियों ने गाए। अंग्रेजों ने इनका नाश किया। एंगेल्स कहते हैं : "उनके नाम लुप्त हो गए। उनके काव्य के कुछ अंश ही बचे हैं। उनका संगीत वह सबसे खूबसूरत विरासत है। जो वे अपनी पराधीन किन्तु अपराजेय जनता के लिए छोड़ गए हैं।" (उप., पृ. 383) पराधीन किन्तु अपराजेय—आयरलैंड, भारत !

1857 में जब देशी सेना ने विद्रोह किया, तब मार्क्स ने उसे राष्ट्रीय विद्रोह कहा और जो भारतवासी अंग्रेजों की सहायता कर रहे थे, उन्हें अंग्रेजों का कुत्ता कहा। सबसे बड़ी बात यह कि अंग्रेजों के शोषण और अत्याचार की जो तस्वीर मार्क्स और एंगेल्स ने खींचा है, वह हेगल के इतिहास दर्शन से गायब है। यह तस्वीर 1853 के लेखों में है, 1857-58 के लेखों में है और 1880 के आसपास भारतीय इतिहास पर लिखी हुई उनकी टिप्पणियों, उनके पत्रों में है। भारत और इंग्लैंड के सम्बन्धों के बारे में मार्क्स

ने 1853 में यह भी लिखा था : "भारत दुनिया के लिए सूती माल के उत्पादन का विशाल कारखाना अतिप्राचीन काल से बना हुआ था, उसे अब इंग्लैंड के सूती माल से तोप दिया गया है।" (ऑन कॉलोनियलिज़्म, पृ. 52)। हेगल ने विश्व बाजार में भारत की औद्योगिक प्रधानता के बारे में एक शब्द भी नहीं लिखा।

फैंटेसी में यथार्थ की झलक होती ही है। कैसा भी सपना हो, वह यथार्थ को ही विकृत या अतिविकृत रूप में प्रस्तुत करता है। हेगल ने भारत के बारे में जो फैंटेसी रची है, उसमें भी यथार्थ की झलक है। किन्तु यह झलक अतिविकृत है। हेगल की कला इस बात में है कि कुछ चीजों को अतिरंजित रूप में पेश करते हैं जैसेकि जाति-बिरादरी और ऊँच-नीच के भेदभाव को। दूसरी तरफ वह कुछ बातों के बारे में चुप्पी साध लेते हैं और सत्य को छिपाते हैं। यदि शताब्दियों से सभ्य संसार के लिए भारत सूती माल जुटानेवाला विशाल कारखाना बना हुआ था, तो इस बात से हेगल अपरिचित न हो सकते थे। किन्तु इस महत्त्वपूर्ण ऐतिहासिक तथ्य के बारे में वह चुप रहते हैं। भारतीय संस्कृति के प्रसंग में जहाँ वह अन्धविश्वासों और रूढ़ियों पर इतना जोर देते हैं, वहाँ दार्शनिक उपलब्धियों के बारे में या तो मौन रहते हैं या अपने साम्प्रदायिक दुराग्रह के कारण उनका मूल्य आँकने में असमर्थ सिद्ध होते हैं। इतिहास-लेखन में हेगल का कौशल यूरोपियन दर्शन के इतिहास में देखने को अच्छी तरह मिल जाता है। उनकी पुस्तक दर्शनशास्त्र का इतिहास पर लेनिन की कुछ टिप्पणियाँ बहुत ही महत्त्वपूर्ण हैं। दार्शनिक विवेचना में हेगल की सीमाएँ समझने में तो उनसे सहायता मिलती ही है, सामाजिक इतिहास के विवेचन को और विवेचक हेगल के व्यक्तिगत को समझने में भी उनसे बहुत सहायता मिलती है।

7. दर्शनशास्त्र का इतिहास और भाववादी दाँव-पेंच

हेगल की सबसे बड़ी देन उनका द्वन्द्ववाद है किन्तु दर्शन के क्षेत्र में ही वह इस द्वन्द्ववाद को सुसंगत रूप से लागू नहीं कर पाए, दर्शन से बाहर सामाजिक क्षेत्र की तो बात ही अलग है। लेनिन ने लिखा : "द्वन्द्ववाद के समर्थक हेगल भूत से गति की ओर, भूत से चेतना की ओर द्वन्द्वात्मक संक्रमण, खासतौर से दूसरावाला संक्रमण, समझ नहीं पाए। मार्क्स ने रहस्यवादी की यह भूल (अथवा कमजोरी ?) सुधारी।" (ग्रन्थावली, खंड 38, पृ. 283)। किसी एक बिन्दु तक पहुँचकर हेगल का द्वन्द्ववाद उनका साथ छोड़ देता है। यह बिन्दु वह था जहाँ से आगे भौतिकवाद की जमीन पर कदम रखना था। भूत से गति की ओर, और भूत से चेतना की ओर, जो संक्रमण होता है, वह द्वन्द्वात्मक ही होता है। द्वन्द्ववाद का, निरन्तरता के भंग होने और छलांग मारकर नए स्तर पर पहुँचने का, इससे अच्छा दूसरा उदाहरण और क्या होगा ? किन्तु हेगल द्वन्द्ववाद की इस परिणति से बचते हैं। यह उनके ज्ञान की सीमा नहीं है, यह उनके व्यक्तित्व की वह सीमा है जो उन्हें वर्ग-स्वार्थ से ऊपर उठने नहीं देती। भौतिकवाद का काफी विकास

प्राचीन काल में ही हो चुका था। जहाँ भी यह विकास दर्शनशास्त्र के इतिहासकार हेगल के सामने आता है, वहाँ वह भाववाद के प्रति पक्षपात से काम लेते हैं। प्लेटो के भाववाद की आलोचना करते हुए अरस्तू ने भौतिकवादी रुझान का परिचय दिया था। हेगल ने इस आलोचना के महत्त्व को कम करके दिखाया; अरस्तू के भाववाद पर जोर तो दिया ही, उनके भाववाद को अपने समय के भाववाद का रूप देकर प्रस्तुत किया। अरस्तू के विचारों के इस प्रस्तुतीकरण के बारे में लेनिन ने लिखा : "किसी भाववादी को कैसे गलत भाववादी ढंग से पेश करना चाहिए, इसका यह श्रेष्ठ उदाहरण है ! अरस्तू को तोड़-मरोड़कर 18वीं-19वीं सदी का भाववादी बना दिया !" (उप., पृ. 290) इस टिप्पणी से पता चलेगा कि किसी की विचारधारा को अपने पक्ष-समर्थन के लिए अतिरंजित करके पेश करने में हेगल को संकोच नहीं था। समकालीन भाववादी का चोला उन्होंने अरस्तू को पहना दिया। ठीक इसी तरह भारत का इतिहास लिखते समय उन्होंने स्वयं साम्राज्यवादी इतिहासकारों का चोला धारण किया था।

भाववाद के प्रति हेगल के पक्षपात के बारे में लेनिन ने लिखा है : "हेगल ने प्लेटो के 'प्रकृति-दर्शन', विचारों से सम्बन्धित उनके अतिशय मूर्खतापूर्ण रहस्यवाद, जैसेकि 'गोचर वस्तुओं का सारतत्त्व त्रिकोण होते हैं', और इसी तरह की बे-सिर-पैर की रहस्यवादी बातों पर बहुत विस्तार से लिखा है। यह उनकी परम विशेषता है ! रहस्यवादी-भाववादी-अध्यात्मवादी हेगल (आज के सभी सरकारी, पादरीपन्थी-भाववादी दर्शन की तरह) दर्शनशास्त्र के इतिहास में रहस्यवाद, भाववाद के गुन गाते अघाते नहीं हैं किन्तु भौतिकवाद की अनदेखी करते हैं और उसकी हेठी करते हैं। तुलनीय हैं हेगल देमोक्रितुस पर—शून्य !! प्लेटो पर रहस्यवादी गोबर का खूब बड़ा ढेर।" (उप., पृ. 281-82) देमोक्रितुस भौतिकवादी थे। हेगल उन्हें बगली देकर निकल जाते हैं। प्लेटो भाववादी थे। हेगल उन पर पन्ने-के-पन्ने रँगते चले जाते हैं। दर्शनशास्त्र का इतिहास लिखने में वह ऐसी करामात दिखाते चलते हैं।

अरस्तू ने प्लेटो के भाववाद की जो आलोचना की, उसे सही रूप में पेश करने से स्वयं हेगल के भाववाद का खंडन होता। यहाँ लेनिन ने हेगल पर कायरता का दोष लगाते हुए कहा है : "भाववादी हेगल (प्लेटो के विचारों की अपनी आलोचना में) कायरतापूर्ण ढंग से हिचकिचाए कि अरस्तू के द्वारा भाववाद की नींव कहीं खोखली न कर दी जाए।" (उप., पृ. 283) अरस्तू ने भौतिकवादी लेउकिप्पुस की आलोचना इस बात के लिए की थी कि उनके अनुसार गति का अस्तित्व सदा से था। इस पर लेनिन ने लिखा था : "इस प्रकार दयनीय ढंग से भौतिकवादी लेउकिप्पुस और भाववादी प्लेटो के विरुद्ध अरस्तू ईश्वर को ला खड़ा करते हैं। अरस्तू ने यहाँ मीठा-मीठा गप्प कड़वा-कड़वा थू की नीति अपनाई है। किन्तु हेगल ने यह कमजोरी, रहस्यवाद की हिमायत करने के लिए, छिपाई है।" (उप.) जैसे दर्शन के इतिहास में हेगल अपने मतलब की चीजें चुन लेते हैं और जिस चीज से उनके पक्ष का खंडन होता है, उसे छिपाते हैं, वैसे ही सामाजिक इतिहास में मतलब की चीजें बढ़ा-चढ़ाकर पेश करते हैं,

जिन तथ्यों से उनकी धारणाओं का खंडन होता हो, उन्हें छिपाते हैं। लेनिन को दर्शनशास्त्र के इतिहास का यह दाँव-पेंचवाला विवेचन बहुत बुरा लगा था। उन्होंने लिखा था : ''हेगल ने अरस्तू की 'सच्ची कल्पनाशील धारणाओं' की ('आत्मा' के बारे में, और बहुत-सी चीजों के बारे में, उनकी धारणाओं की) जो तारीफें की हैं, भाववाद (रहस्यवाद) को लेकर जो साफ मनगढ़न्त की है, वह सब पढ़कर घिन छूटती है। भाववाद और भौतिकवाद के बीच में जहाँ-जहाँ अरस्तू झकोले खाते हैं, वहाँ के सब नुक्ते छिपा दिए गए हैं !!'' (उप., पृ. 286) अपनी नोटबुक में हेगल की पुस्तक से अरस्तू सम्बन्धी अंश उद्धृत करते हुए लेनिन इस तरह की टिप्पणियाँ करते हैं : ''भौतिकवाद से बच निकले, ''भौतिकवाद से कायर बनकर बच निकले, हेगल भाववाद की कमजोरियाँ छिपा रहे हैं,'' ''हा-हा ! डर गए हैं !!'' (उप., पृ. 288-89)। ''हेगल जब अरस्तू पर लिखते हैं, तब लेनिन को हँसी आती है लेकिन जब वह एपिकुरुस के भौतिकवाद पर लिखते हैं, तब लेनिन को क्रोध भी आता है। एपिकुरुस के विचार प्रस्तुत करने से तुरन्त पहले हेगल ने 'भौतिकवाद के प्रति शत्रु-भाव अपनाया।' (उप., पृ. 291) हेगल ने लिखा था कि मनुष्य गोचर सत्ता को सत्य माने तो विचार की आवश्यकता नहीं रहती; चिन्तन के अभाव में जनसाधारण के दृष्टिकोण का बोलबाला हो जाता है। हेगल गोचर संसार को असत्य सिद्ध करने का प्रयत्न नहीं करते, वे उसे असत्य मान लेते हैं मानो यह स्वयंसिद्ध सत्य है कि गोचर-सत्ता सत्य न होगी। जो गोचर संसार को सत्य माने, वह साधारणजन है, उसकी समझ मामूली समझ है। इस पर लेनिन की टिप्पणियाँ हैं : ''यह भौतिकवाद पर कीचड़ उछालना है !! बोध और धारणा के स्रोत के बारे में जो सिद्धान्त है, उससे 'विचार की आवश्यकता को' बिल्कुल भी 'नकारा नहीं जाता' !! 'साधारण समझ' से असहमति भाववादियों का घटिया दाँव है।'' (उप., पृ. 291)

एपिकुरुस ने, लेनिन के अनुसार, हेगल से दो हजार साल पहले प्रकाश और उसकी गति के बारे में जो धारणा प्रस्तुत की थी, हेगल ने उसके बारे में चुप्पी साधी। ''मुख्य बात यह कि वस्तुएँ मनुष्य की चेतना से बाहर और उससे स्वतन्त्र विद्यमान होती हैं। हेगल ने इस बात को पूरी तरह छिपाया।'' (उप., पृ. 23) एपिकुरुस ने जिस तरह गोचर अनुभव को ज्ञान का आधार बनाया, उस पर हेगल की टिप्पणी उद्धृत करते हुए लेनिन ने लिखा : ''कोई भाववादी किस तरह भौतिकवाद को विकृत करता है और उस पर कीचड़ उछालता है, उसका यह आदर्श नमूना है।'' (उप.)

एपिकुरुस ने आत्मा के बारे में यह विचार प्रकट किया था कि वह अणुओं की एक व्यवस्था है। हेगल ने लिखा : ''यह तो (अंग्रेज दार्शनिक) लॉक ने भी कहा था; ये खोखले शब्द हैं।'' लेनिन ने हेगल के 'भी' के आगे तीन आश्चर्य-चिह्न लगाए। हाशिये में लिखा : ''यह 'भी' अद्भुत है !!!!'' अपने 'अद्भुत' के बाद चार आश्चर्य-चिह्न लगाए ! लॉक भौतिकवादी विचारक थे। भौतिकवादी जो कहेगा, हेगल के अनुसार वह गलत होगा ही। इसीलिए उन्होंने लॉक का हवाला देना काफी समझा। यदि वही बात एपिकुरुस ने कही है तो वह गलत होगी ही। लेनिन ने आगे लिखा :

"नहीं, वे खोखले शब्द नहीं हैं, प्रतिभा की उड़ान हैं और विज्ञान के लिए मार्ग-चिह्न हैं, पादरियों के रूढ़िवाद के लिए नहीं।" (उप., पृ. 294) एपिकुरुस ने अणुओं की गति को वक्र बताया था। हेगल को यह अवधारणा निहायत मनमानी जान पड़ी। लेनिन ने पूछा : "और भाववादियों का ईश्वर ???" (उप.) एपिकुरुस विचार, व्यापक धारणा आदि को अस्वीकार करते हैं, हेगल के इस तरह के दावों के बारे में लेनिन ने लिखा : "बकवास ! झूठ ! कीचड़ उछाल !!" (उप.) हेगल को इस बात से कष्ट था कि एपिकुरुस इस संसार का कोई परम बुद्धिमान स्रष्टा नहीं मानते। लेनिन ने लिखा : "इन्हें खुदा पर रहम आ रहा है ! भाववादी बदमाश कहीं का !!" (उप., पृ. 395) (अंग्रेजी में 'The idealistic scoundrel !!') यह काफी सख्त गाली है और लेनिन जब बहुत नाराज होते थे, तभी इस तरह की शब्दावली का प्रयोग करते थे। बेशक उन्होंने यह सब प्रकाशन के लिए न लिखा था, ठीक वैसे ही जैसे मार्क्स ने भारतीय इतिहास पर अपनी टिप्पणियाँ प्रकाशन के लिए न लिखी थीं। उन टिप्पणियों में मार्क्स अंग्रेजों को ऐसी गालियाँ सुनाते हैं जैसी आमतौर से राजनीतिक बहस में वर्जित होती हैं। उनसे अंग्रेजी राज के प्रति जैसे मार्क्स के आक्रोश का पता चलता है, वैसे ही दर्शनशास्त्र की कापियों में लेनिन के कटु शब्दों से हेगल के प्रति उनके क्षोभ का ज्ञान होता है। हेगल ने एपिकुरुस के बारे में जो कुछ लिखा था, वह लेनिन को गोलियों जैसा लगता था, "हेगल ने एपिकुरुस को केवल गालियाँ दी हैं।" (उप.)

एपिकुरुस ने प्रकृति के बारे में जो बातें कही थीं, उनसे आधुनिक प्रकृति-विज्ञान का सीधा सम्बन्ध था। लेनिन ने लिखा कि प्रकृति-सम्बन्धी एपिकुरुस की धारणाओं को कमजोर बताने के तुरन्त बाद हेगल ने 'आधुनिक प्रकृति-विज्ञान के विरोध में विवाद किया है।' (उप.) उन्होंने एपिकुरुस का खंडन करते हुए समकालीन प्रकृति-विज्ञान का भी खंडन किया। हेगल के अनुसार, एपिकुरुस के यहाँ भूत का सारतत्त्व, उसका सिद्धान्त हमारे सामान्य प्रकृति-विज्ञान के सिद्धान्त के अलावा और कुछ नहीं है। इस तरह जहाँ भी मानव-ज्ञान भाववाद की सीमाएँ लाँघने को होता था, हेगल उसका विरोध करते थे। उन्होंने अपने समय के प्रकृति-विज्ञान का विरोध किया और दो हजार साल पहले एपिकुरुस की प्रकृति-सम्बन्धी स्थापनाओं का विरोध किया। लेनिन के शब्दों में : "आधुनिक प्रकृति-विज्ञान बनाम एपिकुरुस—हेगल के खिलाफ।" (उप.) आशय यह कि एपिकुरुस से लेकर 19वीं सदी के प्रकृति-विज्ञान तक भौतिकवादी चिन्तन की जो धारा चली, हेगल उसके विरोध में खड़े हुए। यह असम्भव है कि प्रकृति-विज्ञान के ऐसे विरोधी होकर हेगल समाज-विज्ञान के बहुत बड़े समर्थक होते। इसलिए भारत के बारे में उन्होंने जो स्थापनाएँ प्रस्तुत की हैं, उन्हें बहुत सोच-समझकर ग्रहण करना चाहिए। आमतौर से वे स्थापनाएँ एकांगी हैं, भारतीय इतिहास के वस्तुगत विवेचन से उनका कोई सम्बन्ध नहीं है।

हेगल के द्वन्द्ववाद जैसे दर्शनशास्त्र के विवेचन में एकांगी सिद्ध होता है, वैसे ही वह सामाजिक इतिहास के विवेचन में एकांगी है। हेगल दर्शनशास्त्र के इतिहास में

पग-पग पर भाववाद का पक्षपात करते हैं। इस तरह के विवेचन में वह भाववाद के साथ अपने द्वन्द्ववाद की सीमाएँ भी स्पष्ट कर देते हैं। उनका दार्शनिक दृष्टिकोण ही एकांगी नहीं है, उनकी तर्क-पद्धति भी एकांगी है। वह कई जगह ऐसी बातें कहते हैं जो भौतिकवाद के नजदीक हैं पर वह भाववाद की सीमा-रेखा कभी पार नहीं करते। उनकी तर्क-पद्धति की मूल विशेषता है अनचाहे तथ्यों को छिपाना, अपने पक्ष का समर्थन करने के लिए मनचाहे ढंग से तथ्यों को अतिरंजित करना, कालक्रम का ध्यान न रखकर पुराने भाववाद को आधुनिक भाववाद बना देना, पुराने भौतिकवाद को समकालीन प्रकृति-विज्ञान से मिला देना। हेगल के द्वन्द्ववाद को तर्क-पद्धति की इन सीमाओं से बाहर मार्क्स और एंगेल्स ने निकाला। उनके दार्शनिक दृष्टिकोण, तर्क-पद्धति और सामाजिक विवेचन में आन्तरिक संगति है जो निरन्तर पुष्ट होती गई है। उन्होंने हेगल के चिन्तन की सीमाएँ पार कीं और भौतिकवाद का निरन्तर विकास किया। इस विकास को अनेकान्तवादी दृष्टि से समझना चाहिए।

8. द्वन्द्ववाद और त्रैत सिद्धान्त

हेगल के द्वन्द्ववाद का एक पक्ष उसका त्रैत सिद्धान्त है। लेनिन ग्रन्थावली के सम्पादकों ने इसका परिचय देते हुए बताया है : "यह तीन मंजिलोंवाले विकास का सूत्र है। सबसे पहले यूनान के नव्य प्लेटोवादियों ने यह सूत्र रचा था। जर्मनी में हेगल इसका उपयोग फिश्टे और शेलिंग नाम के भाववादी विचारकों ने किया था। हेगल ने इस सूत्र को पल्लवित किया, उनकी धारणा थी कि विकास की हर प्रक्रिया तीन मंजिलों से गुजरती है—स्थापना, प्रतिस्थापना, और संस्थापना (थीसिस, ऐंटीथीसिस और सिन्थेसिस)। दूसरी मंजिल पहली का निषेध होती है; पहली मंजिल दूसरी में पहुँचकर विपरीत रूप ग्रहण करती है। तीसरी मंजिल दूसरी का निषेध होती है अर्थात् निषेध का निषेध होती है। प्रारम्भ में जो रूप था, उसकी ओर लौटना होता है किन्तु यह रूप अब नई विषयवस्तु से समृद्ध होता है और उसका स्तर पहले से ऊँचा होता है। हेगल का त्रैत ऐसा साँचा है जिसमें यथार्थ को कृत्रिम ढंग से फिट किया गया था। त्रैत सिद्धान्त की स्वेच्छाचारी रचना ने प्रकृति और समाज के वास्तविक विकास को विकृत रूप में प्रस्तुत किया।" (ग्रन्थावली, खंड 1, पृ. 523)

त्रैत सिद्धान्त का उपयोग मार्क्स ने भी किया था। रूस में लोकवादियों ने मार्क्सवाद का विरोध करने के लिए, इस सिद्धान्त की आलोचना की, उसे मार्क्स के चिन्तन की सीमा बताया। 'जनता के दोस्त' कौन हैं (1894) पुस्तिका में लेनिन ने मिखाइलोव्स्की नाम के लोकवादी की आलोचना का जवाब इस तरह दिया : "इनके हिसाब से भौतिकवादी विचारकों ने हेगल के त्रैत को अपने समाजशास्त्र का आधार बनाया है। हेगल के द्वन्द्ववाद का दोष मार्क्सवाद पर मढ़ना मार्क्स के पूँजीवादी आलोचकों की घिसी-पिटी चाल है। मार्क्सवाद के खिलाफ कोई बुनियादी तर्क न पेश कर पाने पर इन

सज्जनों ने मार्क्स की अभिव्यंजना पद्धति पर हल्ला बोला और समझे कि इस तरह वे उसके सारतत्त्व का खंडन कर देंगे। ऐसे दाँव-पेंच अपनाने में श्रीयुत मिखाइलोव्स्की को जरा भी तकल्लुफ नहीं है।'' (उप., पृ. 163) मार्क्स ने शुरुआत हेगल के द्वन्द्ववाद से की थी। इसीलिए लेनिन ने मार्क्सवाद के उद्भव और सारतत्त्व में भेद किया। इसके अलावा किसी बात को प्रस्तुत करने में मार्क्स ने त्रैत का सहारा लिया तो यह अभिव्यंजना की पद्धतिमात्र हुई, विवेचन का सारतत्त्व नहीं।

एंगेल्स ने ऐंटीडयूरिंग में मार्क्स की विवेचना-पद्धति के जिस पक्ष पर जोर दिया था, उसका सारांश देकर लेनिन ने लिखा : ''सभी को स्पष्ट दिखाई देगा कि एंगेल्स के तर्क का मुख्य जोर इस बात पर है कि भौतिकवादियों को इतिहास की वास्तविक प्रक्रिया ठीक-ठीक और सही ढंग से प्रस्तुत करनी चाहिए। द्वन्द्ववाद के लिए आग्रह, त्रैत को सही साबित करने के लिए उदाहरणों का चयन, हेगलवाद के अवशेष के अलावा और कुछ नहीं है; जिस हेगलवाद से निकलकर वैज्ञानिक भौतिकवाद विकसित हुआ, उसकी अभिव्यंजना पद्धति के अवशेष के अलावा वह और कुछ नहीं है। दरअसल एक बार जब यह साफ-साफ कह दिया गया, कि त्रैत द्वारा कोई चीज साबित करना, बेसिर-पैर की बात है, और किसी ने ऐसा करने की कोशिश भी नहीं की, तब 'द्वन्द्वात्मक' प्रक्रियाओं के उदाहरणों का क्या महत्त्व रह गया ? क्या यह स्पष्ट नहीं है कि इससे केवल सिद्धान्त के उद्भव का पता चलता है, और किसी बात का नहीं ?'' (उप., पृ. 164)

स्वयं मिखाइलोव्स्की ने स्वीकार किया था कि मार्क्स ने द्वन्द्ववाद के साँचे में इतनी तथ्यपूर्ण सामग्री भर दी थी कि उस साँचे को हटा लिया जाए तो उस सामग्री का कुछ भी न बिगड़ेगा, वैसे ही जैसे पतीली का ढक्कन हटा लें तो पतीली के भीतर की सामग्री का कुछ न बिगड़ेगा। इसलिए, लेनिन के अनुसार, एकान्तवादी पद्धति के मुकाबले में, मार्क्स और एंगेल्स ने जिसे द्वन्द्वात्मक पद्धति कहा था, वह समाजशास्त्र की वैज्ञानिक पद्धति के अलावा और कुछ नहीं है। (उप., पृ. 165) लेनिन ने बताया कि बहुत जगह द्वन्द्ववाद की व्याख्या करते हुए मार्क्स और एंगेल्स ने त्रैत का नाम भी नहीं लिया। मार्क्स ने पूँजी (खंड 1) के दूसरे जर्मन संस्करण की प्रस्तावना में भी लिखा था कि उन्होंने जहाँ-तहाँ हेगल की 'विशेष व्यंजना-पद्धतियों की नकल की थी' ('coquetted with the modes of expressein peculiar to him') लेनिन ने इस वाक्यांश का हवाला दिया था और इस तरह त्रैत को व्यंजना-पद्धति की एक विशेषतामात्र मानने की पुष्टि की थी।

जर्मनी में जिस दार्शनिक क्रान्ति की परिणति हेगल का चिन्तन थी, उसकी शुरुआत कांट ने की थी। कुछ बातों में यह शुरुआत उस क्रान्ति की परिणति से महान है। हेगल के लिए विकास केवल चेतना में होता था; प्रकृति विकास-प्रक्रिया से बाहर थी। इसके विपरीत कांट ने प्रकृति के बारे में महत्त्वपूर्ण स्थापनाएँ प्रस्तुत की थीं। न्यूटन मानते थे कि आदिम दैवी प्रेरणा से सौरमंडल गतिशील हुआ, फिर उसकी गतिशीलता स्थायी

और शाश्वत बन गई। कांट ने सौरमंडल को ऐतिहासिक प्रक्रिया का परिणाम बताया। 1755 में उन्होंने दैवी-प्रेरणा की धारणा निरस्त की, सौरमंडल के विकास के लिए नेबुला की कल्पना की। एंगेल्स ने लिखा था कि 'यहाँ हेगल कांट के बहुत पीछे रह गए थे।' (ऑन डायलेक्टिकल मैटीरियलिज्म, पृ. 60) प्रकृति-सम्बन्धी विकास के बारे में हेगल यदि कांट के पीछे थे तो वह सामाजिक विकास के बारे में—विशेष रूप से यूरोप और एशिया के सम्बन्धों के बारे में—और भी पीछे थे। यूरोपियन जातियों के साम्राज्य-विस्तार और युद्धों की नीति से कांट चिन्तित थे। मानवता के विकास के लिए वह इस नीति को घातक मानते थे। यह स्थायी शान्ति की आवश्यकता पर जोर देनेवाले आदि लेखकों में हैं। 1795 में उन्होंने 'स्थायी शान्ति' पर निबन्ध लिखा था। इसमें उन्होंने जो सिद्धान्त प्रतिपादित किए, वे आज सर्वमान्य हैं, भले ही राष्ट्र उनके अनुसार आचरण न करते हों। यदि किसी शान्ति-सन्धि में भावी युद्ध की तैयारी के लिए गुप्त सामग्री होगी, तो वह वास्तविक शान्ति-सन्धि न मानी जाएगी। छोटा हो या बड़ा, कोई भी स्वाधीन राज्य खरीदा न जाएगा, विरासत, दान या विनिमय में प्राप्त न किया जाएगा। विदेशी मामलों के लिए कोई भी राज्य कर्ज न लेगा। कोई भी राज्य किसी अन्य राज्य के शासन और विधान में बलपूर्वक हस्तक्षेप न करेगा। युद्धकाल में कोई भी राज्य-विरोधी राज्य में हत्यारों, विष देनेवालों, विश्वासघातकों से काम न लेगा। (Immanuel Kant's Moral and Political Writings, Newyork, p. 431-34)

इन सामान्य सिद्धान्तों के अलावा उन्होंने विभिन्न महाद्वीपों में यूरोप की व्यापारी जातियों की भूमिका के बारे में लिखा : राष्ट्रों में आपसी शान्तिपूर्ण सम्बन्धों की आवश्यकता से "यदि हम अपने महाद्वीप की सभ्य, विशेष रूप से व्यापारी, जातियों के शत्रुतापूर्ण व्यवहार की तुलना करें तो विदेशी जनों और देशों के प्रति—जहाँ वे पहुँचते हैं—उनके अन्याय का पलड़ा बहुत भारी साबित होगा। किसी जगह पहुँचने का सीधा मतलब उनके लिए उसे जीतना होता है। अमरीका (उत्तरी दक्षिणी अमरीका), हब्शियों के देश, गरम मसाले के देश, दक्षिण अफ्रीका का अन्तरीप आदि देश ऐसे थे जिनका धनीधोरी कोई नहीं था क्योंकि वहाँ के निवासी किसी गिनती में न थे। ईस्ट इंडिया (हिन्दुस्तान) में मात्र व्यापारी अड्डे कायम करने के बहाने वे भाड़े के विदेशी सैनिक ले गए। भाड़े के इन सैनिकों ने भारत के विभिन्न राज्यों के बीच युद्ध-प्रसार के लिए उकसावा पैदा करके वहाँ के निवासियों का दमन किया। वहाँ वे मनुष्य-जाति को गिरानेवाली अकाल, देशद्रोह, विश्वासघात जैसी तमाम बुराइयाँ ले आए।" (उप., पृष्ठ 447)

कांट उन दृढ़ मानवतावादियों में हैं जो साम्राज्य-विस्तार के प्रारम्भिक दौर में ही उसका विरोध करने लगे थे। वह शेली, बाइरन, जैसे क्रान्तिकारी कवियों, भारतीय स्वाधीनता के समर्थक अर्नेस्ट जोन्स जैसे श्रमिक नेताओं के अग्रदूत हैं। हेगल इन सबकी पंक्ति से बाहर हैं।

हेगल के द्वन्द्ववाद की सीमाएँ पार करके मार्क्स और एंगेल्स ने इतिहास विज्ञान

का विकास किया। उनके इतिहास-सम्बन्धी विवेचन में जहाँ-तहाँ हेगल की मान्यताएँ मिलती हैं तो उन्हें उनके विवेचन का सारतत्त्व न मानना चाहिए। लेनिन ने रूसी मार्क्सवादियों के कर्त्तव्य बताते हुए लिखा था : "रूस की वर्तमान स्थिति और इतिहास की मार्क्सवादी धारणा उन्हें और अधिक ब्यौरे के साथ प्रस्तुत करनी चाहिए। रूस में वर्ग-संघर्ष और वर्ग-शोषण के रूप विशेष रूप से पेचीदा और प्रच्छन्न हैं। उन्हें इन सभी रूपों की और ज्यादा ठोस जाँच-पड़ताल करनी चाहिए।" (ग्रन्थावली, खंड 1, पृ. 320) भारत में जो शोषण सबसे ज्यादा प्रच्छन्न है, वह साम्राज्यवादी है। इसकी ठोस जाँच-पड़ताल करना बहुत जरूरी है। भारतीय इतिहास के विवेचन का सीधा सम्बन्ध इस पेचीदा और प्रच्छन्न साम्राज्यवादी शोषण से है। हमारे लिए इतिहास की मार्क्सवादी धारणा और अधिक ब्यौरे के साथ प्रस्तुत करने का अर्थ है—भारत में साम्राज्यवाद की पुरानी भूमिका को और तथ्यपूर्ण ढंग से प्रस्तुत करना, इस भूमिका की पृष्ठभूमि में भारत की वर्तमान स्थिति को पहचानना, इस वर्तमान स्थिति में सामन्ती और पूँजीवादी हितों की भूमिका पहचानना। भारत की वर्तमान स्थिति को बदलने के लिए यह कार्य पूरा करना जरूरी है।

हेगलीय दर्शन का वर्ग-आधार

चर्च राज्यसत्ता का समर्थक था, बड़े-बड़े जमींदार इस राज्यसत्ता का वर्ग-आधार थे, राजा उनका नेता था और वह शासन कार्य निरंकुश ढंग से चलाता था। हेगल का विचार था कि राज्य करने की योग्यता सबसे ज्यादा इसी जमींदारों के वर्ग में है। विधि दर्शन (फिलौसॉफी ऑफ लॉ) में इस वर्ग के बारे में उन्होंने लिखा था : "यह वर्ण (Estate) राजनीति में स्थान और महत्त्व पाने के विशेष योग्य है। कारण यह कि इसकी सम्पदा राज्यसत्ता की सम्पदा तथा व्यवसाय की अनिश्चितता, मुनाफे की तलाश तथा दौलत की कैसी भी घट-बढ़, दोनों से समान रूप में मुक्त है, वह कार्यकारिणी की कृपा और भीड़ की कृपा, दोनों से मुक्त है। वह खुद अपनी सनक से भी इस कारण सुरक्षित है कि इस वर्ण के जिन सदस्यों को यह भूमिका निबाहनी है, उन्हें और दूसरे नागरिकों को यह अधिकार सुलभ नहीं है कि वे स्वच्छन्द भाव से अपनी समूची सम्पत्ति का वारा-न्यारा कर सकें या कि वे जानते हों कि बच्चों के लिए बराबर प्यार के अनुसार वह उन्हें मिल जाएगी। इस दौलत पर ज्येष्ठ सन्तान के अधिकार का बोझ है, इसलिए वह परकीय न बन सकनेवाली विरासत है।...इस (भूस्वामी) वर्ण को ज्येष्ठाधिकार की प्रथा से और अधिक सुरक्षा, और अधिक स्थायित्व प्रदान किया जा सकता है। वैसे यह प्रथा केवल राजनीतिक दृष्टि से वांछनीय है क्योंकि ज्येष्ठ पुत्र आजादी से जिए, इस राजनीतिक उद्देश्य के लिए कुछ त्याग करना होता है,..इस उद्देश्य के लिए कार्यवाही

मूलतः इस वर्ण को सौंपी गई है। चुनाव से अधिकार मिले, न मिले; अतः उसके बिना इस वर्ण को उस कार्यवाही के लिए जन्म से अधिकार प्राप्त हैं और तदर्थ उसका आह्वान किया जाता है। इस प्रकार दो ध्रुवों की आत्मगत इच्छा अथवा अनिश्चयता के बीच इसका स्थान आवश्यक है, स्थायी है। जैसे वह अपने भीतर शाही अधिकार-तत्त्व का प्रतिरूप धारण किए रहता है, वैसे ही वह दूसरे ध्रुव की आवश्यकताओं और उसके अधिकारों में भागीदार होता है जो अन्य बातों में समान हैं और वह सिंहासन तथा समाज दोनों का स्तम्भ हो जाता है।''[1] हेगल से इस प्रकार के उद्धरण देने के बाद मार्क्स ने टिप्पणी की थी : ''हेगल ने यह कमाल किया है कि जन्मजात प्रभुओं, वंशगत भूसम्पत्ति आदि-आदि–इस सिंहासन तथा समाज दोनों के स्तम्भ–को पूर्ण विचार से उत्पन्न दिखा दिया है।''[2]

हेगल का ब्रह्म सचमुच माया में फँसा हुआ था। उसने जमींदारों के वर्ग को जन्म देकर उसे राजा की शक्ति का स्तम्भ बना दिया था। हेगल के भाववादी दर्शन का एक परम भौतिक लक्ष्य था–जनवादी क्रान्ति को रोकना, किसानों पर जमींदारों के प्रभुत्व को बनाए रखना। ग्रैबर के नाम दिसम्बर, 1839-फरवरी, 1840 वाले पत्र में एंगेल्स ने पुर्तगाल से लेकर रूस तक के शासकों के नाम गिनाए थे और लिखा था : ''1816-30 का समय शाही अपराधों से जैसा भरा था, वैसा दूसरा और समय नहीं हुआ। लगभग हर राजा जो उस समय राज कर रहा था, मृत्युदंड के योग्य था।''[3] नैपोलियन की पराजय के बाद, फ्रांसीसी राज्य-क्रान्ति की चिनगारी को सदा के लिए बुझा देने के उद्देश्य से, सारे यूरोप के प्रतिक्रियावादियों ने अपनी सत्ता को सुदृढ़ किया था। इसी समय शेली ने हेलास नाटक लिखा था और उसकी भूमिका में यूरोप के राजाओं को उसी ढंग से याद किया था जिस ढंग से कुछ साल बाद एंगेल्स ने उन्हें याद किया। उनके उस पत्र से यह साबित होता है कि जिस समय वह भौतिकवादी नहीं थे, और हेगल के सर्वात्मवाद का समर्थन कर रहे थे, उस समय भी समकालीन राजनीति में वह हेगल से ठीक उलटी दिशा में चल रहे थे।

1842 में उन्होंने प्रुशिया के धर्मप्रिय राजा के बारे में लिखा था : ''पूरी जाति को लें तो वह अभी राजनीतिक विकास के बहुत निचले स्तर पर है, ईसाई राजा के तन्त्र की असलियत नहीं देख पाती। फिर भी अभिजात वर्ग के विशेषाधिकारों के प्रति, हर स्तर के पादरियों के दावों के प्रति घृणा इतनी गहरी है कि फ्रेडरिक विलियम यदि एकदम खुलकर काम करे तो असफलता ही उसके हाथ लगेगी।''[4] हेगल जिस अभिजात को जन्म से ही शासन करने के योग्य मानते थे, उसके प्रति गहरी घृणा फैली हुई थी। राजा इसी वर्ग का प्रतिनिधि था पर चतुराई से काम करता था जिससे लोगों को उसके वास्तविक उद्देश्य का पता न चले। वह प्रशासन को धर्मशास्त्रीय रूप दे रहा था। उसने नियम बनाए कि : ''ज्यादा लोग चर्च जाया करें, खासतौर से राजकर्मचारी चर्च जाएँ, इतवार के धार्मिक आचार का पालन ज्यादा सख्ती से हो, तलाक के कानूनों को सुनियोजित ढंग से और कड़ा बनाया जाए, विद्यालयों के धर्मशास्त्र-विभागों का

शुद्धिकरण हो (अर्थात् उदार विचारों के धर्मशास्त्री निकाले जाएँ) धर्मशास्त्र की परीक्षाओं में दृढ़विश्वास को तरजीह दी जाए, भले ही उसके साथ की जानकारी कमजोर हो, सरकारी जगहों पर प्रधानतः विश्वासियों (अर्थात् ईसाई धर्म में दृढ़ आस्था रखनेवालों) की नियुक्ति हो। इस सारी कार्रवाई का एक पक्ष यह था कि 'राजा अपने व्यक्तित्व में लोक और परलोक दोनों की शक्ति मिलाए हुए है और लौकिक ईश्वर के रूप में वह धार्मिक राज्यसत्ता की परिणति है।'[5]

जर्मनी में यह औद्योगिक पूँजीवाद का युग था। पूँजीपति वर्ग न तो राजा की निरंकुशता को खत्म कर पा रहा था, न चर्च और धर्मशास्त्रीयता के बढ़ते हुए प्रभाव को रोक पा रहा था। पश्चिमी लेखक एशिया के राजाओं की निरंकुशता पर बहुत जोर देते हैं। पर जिस देश में मार्क्स और एंगेल्स का जन्म हुआ था, उस देश के राजा की निरंकुशता पर भी ध्यान देना चाहिए। मार्क्स ने 1844 में लिखा था : "उसने (राजा ने) घोषित किया है कि उसका हृदय और उसके मन की गतिविधि प्रुशिया के राज्य का, उसकी राज्यसत्ता का, भावी बुनियादी कानून होगा। दरअसल प्रुशिया में राजा ही राज्यतन्त्र (द सिस्टम) है। वही एकमात्र राजनीतिक व्यक्ति है। एक-न-एक प्रकार से उसका व्यक्तित्व ही तन्त्र को निर्धारित करता है।"[6] हेगल के विधि दर्शन की आलोचना करते हुए मार्क्स ने लिखा था : "यह घोषित करके कि जनता उसकी निजी सम्पत्ति है, राजा यही कहता है कि सम्पत्ति का स्वामी राजा है।"[7] जिसे यूरोप का मध्यकाल कहते हैं, उसी के दौरान ऐसी बातें सुनने को मिलती थीं। वास्तव में जर्मनी अभी पूरी तरह मध्यकाल से बाहर निकला न था। इसलिए 1844 में मार्क्स जर्मनी के मध्यकाल से मुक्त होने की बात कह रहे थे। विधि दर्शन की उसी आलोचना में उन्होंने लिखा था : "जर्मनी में मध्यकाल से मुक्ति तभी सम्भव है जब मध्यकाल पर जो आंशिक जीतें हासिल हुई हैं, उनसे भी मुक्ति प्राप्त हो।"[8] ये आंशिक जीतें पूँजीपति वर्ग ने प्राप्त की थीं पर यह वर्ग निकम्मा साबित हो रहा था। वह जनवादी क्रान्ति को पूरा न कर पा रहा था, इसलिए मार्क्स मजदूर वर्ग की ओर देख रहे थे। जर्मनी के उद्धार के लिए वह पूँजीवादी क्रान्ति के बदले क्रान्तिकारी जनवाद का भरोसा कर रहे थे।

जर्मनी में जहाँ-तहाँ मजदूरों के विद्रोह शुरू हो गए थे। साइलीशिया के बुनकरों ने विद्रोह किया, राज्यसत्ता ने सैनिकों द्वारा उनका दमन किया। इस समय राजा और पूँजीपति वर्ग की स्थिति के बारे में मार्क्स ने लिखा : "विद्रोह सीधे राजा के प्रति नहीं वरन् पूँजीपति वर्ग के प्रति था। एक अभिजात और निरंकुश सम्राट (ऐब्सोल्यूट मोनार्क) के रूप में राजा को पूँजीपति वर्ग से प्रेम नहीं हो सकता। यदि इस वर्ग और सर्वहारा के बीच कठिन और तनावपूर्ण सम्बन्ध के कारण पूँजीपति वर्ग की जी-हुजूरी और नपुंसकता बढ़ जाए तो इससे राजा को चिन्ता और भी कम होगी।"[9] पूँजीपति वर्ग राजा का ताबेदार बना हुआ था, अपनी कमजोरी के कारण वह सामन्ती अवशेषों को खत्म करने में असमर्थ था। इसीलिए सर्वहारा नेतृत्व में जनवादी क्रान्ति सम्पन्न करना आवश्यक हो गया था। इस समय हेगल जनवादी क्रान्ति के नहीं राजा और उसकी

राज्यसभा के साथ थे।

हेगल ने समाज के दो भाग किए : एक गतिशील, दूसरा स्थिर। स्थिर भाग में भूस्वामी थे, गतिशील भाग में शेष जनता थी। ये भूस्वामी जन्मजात विधायक थे; वे किसी के प्रतिनिधि बनें, यह आवश्यक न था। चुनाव और प्रतिनिधित्व की बातें और लोगों के लिए थीं। इन और लोगों की संख्या बहुत बड़ी थी, पर हेगल ने कहा, यह विशेषता सतही है। हेगल लौकिक को अलौकिक कैसे बनाते थे, उसका मनोरंजक उदाहरण इसी प्रसंग में है। समाज में जैसे अभिजात वर्ग स्थिर है, वैसे ही ब्रह्मांड में आकाश (स्पेस) स्थिर है; समाज में जैसे शेष जनता गतिशील है, वैसे ही ब्रह्मांड में समय गतिशील है।[10] जो अन्तर्विरोध समाज में है, वही प्रकृति में है।

समाज का गतिशील भाग बहुसंख्यक है। पर उसकी यह विशेषता सतही है। साधारण लोग बहुत बड़ी संख्या में हैं, इसी कारण वे शासन में भाग लेने योग्य नहीं हो जाते। उनका धन्धा ऐसा होता है कि वह राजनीतिक कार्यवाही के अयोग्य हो जाते हैं।[11] अनेक देशों में एक अभिजातों की सभा होती थी, दूसरी जन-प्रतिनिधि सभा। दूसरी में मताधिकार बहुत सीमित था, फिर भी वह वंशगत अभिजातों की सभा से भिन्न थी। इंग्लैंड में अभिजातों की सभा हाउस ऑफ लॉर्ड्स थी, शेष के लिए हाउस ऑफ कॉमंस नाम की प्रतिनिधि सभा थी। विधि दर्शन की आलोचना करते हुए मार्क्स ने लिखा था : "इस प्रकार यह स्वतः स्पष्ट है कि ऊपरवाली सभा में नागरिक-समाज का वर्णगत भाग (The estate part) ही स्थान पाता है, केवल 'प्रभुसत्तासम्पन्न भूसम्पत्ति' को, वंशगत भूसम्पत्तिशाली अभिजात वर्ग को, वहाँ स्थान मिलता है। कारण यह कि वह औरों में कोई एक वर्ण नहीं है। कहना चाहिए कि एक वास्तविक, सामाजिक अर्थात् राजनीतिक सिद्धान्त के रूप में नागरिक-समाज का वर्ण सिद्धान्त अब केवल उसमें चलता आ रहा है।"[12] अभिजात वर्ग ही मध्यकाल का वर्ण रह गया था।

वर्ण भी वर्ग होता है। दोनों में अन्तर यह है कि वर्ण वंशगत होता है, वर्ग वंशगत नहीं होता। वर्णों का अस्तित्व मध्यकाल की विशेषता है। जन्मजात अभिजातों को शासन के सर्वाधिक योग्य मानकर हेगल मध्यकालीनता का समर्थन कर रहे थे। इस प्रसंग में मार्क्स ने कहा था : "Hegel has sunk back to the medieval standpoint" (हेगल ने पीछे हटकर मध्यकालीन दृष्टिकोण अपना लिया है)[13] जर्मनी उस समय अनेक छोटे-बड़े राज्यों में बँटा हुआ था। एंगेल्स ने इनके शासकों के लिए लिखा था : "इन एक हजार राजाओं में प्रत्येक निरंकुश सम्राट है—भोंडे, अशिक्षित, गुंडे।"[14] इनमें सबसे प्रभावशाली था प्रुशिया का राजा। वह मध्यकालीनता से समझौता किए बैठा था और वह हेगल के दर्शन को संरक्षण प्रदान कर रहा था। जनता को भरमाने के लिए उसने धर्म का सहारा लिया था और हेगल के दर्शन के धर्म के लिए काफी गुंजाइश थी। शेलिंग के मत का खंडन करते हुए एंगेल्स ने शेलिंग की यह उक्ति स्वीकार की थी; 'यह दर्शन ईसाई होना चाहता है यद्यपि इसके लिए कोई भी बाध्यता नहीं है।' यह दर्शन अर्थात् हेगल का दर्शन।[15]

1844 में मार्क्स और एंगेल्स ने पवित्र परिवार में भौतिकवादी दार्शनिक फायरबाख की चर्चा करते हुए लिखा था : "फायरबाख ने अटकलपन्थी (स्पेकुलेटिव) धर्मशास्त्र का विरोध किया। उससे आगे बढ़कर उन्हें अटकलपन्थी दर्शन का विरोध इसी कारण करना पड़ा कि उन्होंने देख लिया था कि अटकलपन्थ धर्मशास्त्र का आखिरी सहारा था।"[16] यहाँ जिस अटकलपन्थी दर्शन की बात कही गई है, वह हेगल का दर्शन है। यह दर्शन धर्मशास्त्र का सहारा बना हुआ था, इसलिए जो लोग धर्मशास्त्र का विरोध कर रहे थे, उन्होंने उस दर्शन का भी विरोध किया। बहुत दिन बाद, 1888 में, लुडविग फायरबाख पर अपनी पुस्तक में, एंगेल्स ने हेगलीय दर्शन के लिए लिखा कि : "उसे ऊँचा उठाकर मानो प्रुशिया की राज्यसत्ता के शाही दर्शन का दर्जा ही दे दिया गया था !"[17] और भी : "अधिकार दर्शन (फिलौसॉफी ऑफ राइट) के अन्त में पता चलता है कि पूर्ण विचार उस बादशाही में चरितार्थ होगा जो सामाजिक वर्णों (सोशल एस्टेट्स) पर आधारित थी, जिसे देने का वादा फ्रेडरिक विलियम तृतीय ने अपनी प्रजा से बार-बार किन्तु व्यर्थ ही किया था।"[18]

जो दर्शन-तन्त्र जमींदारों और उनके नेता राजा के लिए इतना लाभदायी था, उसका उपयोग क्रान्तिकारी सामाजिक परिवर्तन के लिए तभी किया जा सकता था जब उसका पुनर्निर्माण किया जाए। एंगेल्स यह बात जानते थे। 1842 में उन्होंने कहा था : "हेगल का दर्शन सभा-मंचों पर, साहित्य में, नौजवानों में जिन्दा है। वह जानता है कि उस पर जितने भी प्रहार किए जाते हैं, वे उसका कुछ बिगाड़ नहीं सकते और वह आन्तरिक विकास के अपने ही मार्ग पर शान्तिपूर्वक बढ़ता जाता है।"[19] हेगल के दर्शन का विकास हो रहा था और यह विकास जर्मन के तरुण बुद्धिजीवी कर रहे थे। लुडविग फायरबाख में एंगेल्स ने विस्तार से बताया कि इन बुद्धिजीवियों ने हेगल के दर्शन का उपयोग किस तरह किया और उन्होंने स्पष्ट लिखा : "जो विचार ऊपर विकसित किए गए हैं, वे इतनी स्पष्टता से हेगल के यहाँ व्यक्त नहीं हुए। वे उनकी पद्धति का आवश्यक परिणाम हैं पर यह परिणाम उन्होंने स्वयं कभी इतनी स्पष्टता से नहीं निकाला।"[20] इसलिए यह कहना उचित होगा कि मार्क्स और एंगेल्स ने हेगल के वामपन्थी अनुयायियों के रूप में उनके दर्शन का पुनर्निर्माण किया और धार्मिक रूढ़ियों से लड़ने में सर्वात्मवाद का उपयोग किया।

कोई भी नवजागरण धार्मिक रूढ़ियों से संघर्ष किए बिना अपना कार्य सम्पन्न नहीं कर सकता। यह संघर्ष पहले सर्वात्मवाद के आधार पर चलाया जाता है। सर्वात्मवाद अपने विकृत रूप में धार्मिक रूढ़ियों से समझौता कर लेता है, अपने प्रकृत रूप में वह भौतिकवाद के निकट होता है। लुडविग फायरबाख में एंगेल्स की एक महत्त्वपूर्ण स्थापना यह है कि विज्ञान और उद्योग की प्रगति से भाववादी दार्शनिक तन्त्र प्रभावित हुए और भौतिकवादियों की तरह : "उन्होंने भी भौतिकवादी विषयवस्तु से स्वयं को अधिकाधिक भर लिया और सर्वात्मवादी ढंग से उन्होंने मन और भूत के अन्तर्विरोध को सामंजस्यपूर्ण बनाने का प्रयत्न किया।"[21] ऊपरी खोल भाववादी हो, अन्तर्वस्तु भौतिकवादी हो, यह

सम्भव है। भौतिकवाद और भाववाद एक-दूसरे के पूर्ण विरोधी माने जाते हैं। परन्तु एक स्थिति ऐसी भी होती है जब इन दोनों में सामंजस्य स्थापित किया जाता है। भारत के सामाजिक-सांस्कृतिक इतिहास को समझने में यह बात याद रखनी चाहिए।

आगे हेगल के बारे में एंगेल्स ने लिखा है : "इस प्रकार, अन्ततः हेगलीय तन्त्र भौतिकवाद ही है जिसे भाववादी ढंग से पद्धति और विषयवस्तु में उलट दिया गया है।"[22] वेदान्त का प्रकृति रूप वह सर्वात्मवाद है जो उपनिषदों में मिलता है। वहाँ प्रकृति सत्य है, वह ब्रह्म का ह्रासग्रस्त रूप नहीं है। हेगल की अपेक्षा यह सर्वात्मवाद भौतिकवाद के कहीं अधिक निकट है। उल्लेखनीय है कि मार्क्स और एंगेल्स ने सर्वात्मवाद सीधे हेगल से प्राप्त न किया था। 1840 में एंगेल्स ने ग्रैबर को लिखा था : "स्ट्रॉस के माध्यम से अब मैं हेगलीयवाद के सीधे रास्ते पर चल पड़ा हूँ।"[23] यहाँ हेगलीयवाद का अर्थ है सर्वात्मवाद ('आधुनिक सर्वात्मवाद अर्थात् हेगल...')।[24] स्ट्रॉस हेगल के दर्शन को नया रूप दे रहे थे। 1843 में एंगेल्स ने लिखा था : "हेगल का देहान्त 1831 में हुआ और इतना पहले, 1835 में ही, स्ट्रॉस की पुस्तक ईसा की जीवनी प्रकाशित हुई। यह पहली कृति थी जिसमें पुराणपन्थी हेगलीयवाद की सीमाओं से आगे कुछ प्रगति दिखाई देती है।"[25] हेगल को लोग जिस तरह समझते आए थे, उससे आगे बढ़कर स्ट्रॉस ने उनके दर्शन की नई व्याख्या प्रस्तुत की थी।

जर्मनी में इस समय सर्वात्मवाद की हवा चल रही थी। 1844 में एंगेल्स ने ब्रिटिश लेखक कार्लाइल की पुस्तक अतीत और वर्तमान (Past and Present) की समीक्षा करते हुए लिखा था : "उनका सारा दृष्टिकोण मूलतः सर्वात्मवादी है, तथा अधिक विशिष्ट रूप में वह जर्मन सर्वात्मवाद की झलक दिखाता हुआ दृष्टिकोण है,...कार्लाइल ने अपना सर्वात्मवाद जर्मन साहित्य से प्राप्त किया है...कार्लाइल जर्मन साहित्य से परिचित हैं परन्तु उसके आवश्यक अनुवर्तन (Corollary) जर्मन दर्शन से परिचित नहीं हैं। इस कारण उनके सभी विचार सीधे-सादे, सहज बोधजन्य, शेलिंग के-से, न कि हेगल के-से हैं—अर्थात् पुराने शेलिंग के-से, न कि इलहाम के दर्शनवाले शेलिंग के-से। वास्तव में शेलिंग से कार्लाइल की बड़ी समानता है। इसी तरह स्ट्रॉस का दृष्टिकोण सर्वात्मवादी है। कार्लाइल अपनी 'वीर पूजा' अथवा 'प्रतिभाशालियों के पन्थ' को लेकर स्ट्रॉस के साथ सामान्य भूमि पर हैं।"[26]

कार्लाइल ने अपना सर्वात्मवाद जर्मन साहित्य से पाया। जर्मन दर्शन में जो सर्वात्मवाद मिलता है, वह इसका अनुवर्तन है। सर्वात्मवादी धारा पहले साहित्य में आई, फिर दर्शन में। दर्शन में भी शेलिंग और स्ट्रॉस का सर्वात्मवाद कार्लाइल की याद दिलाता है, वह हेगल के रास्ते से हटकर है। इस प्रकार जर्मनी के सांस्कृतिक जागरण में सर्वात्मवाद की व्यापक भूमिका थी। इसको आधार बनाकर हेगल के वामपन्थी अनुयायियों ने धार्मिक रूढ़िवाद के विरुद्ध संघर्ष किया था। शेली ने भी ऐसा संघर्ष किया था पर वह खुल्लमखुल्ला राजनीतिक संघर्ष में भी शासक-वर्ग के विरुद्ध आ खड़े हुए थे। जर्मन बुद्धिजीवी राजनीतिक संघर्ष से बच रहे थे। एंगेल्स ने लिखा था : "किन्तु

उन दिनों राजनीति बहुत ही काँटों भरा मैदान थी। इस कारण मुख्य लड़ाई धर्म के विरुद्ध छेड़ी गई। यह लड़ाई, खासतौर से 1840 के बाद, परोक्ष रूप में राजनीतिक भी थी। 1835 में प्रकाशित स्ट्रॉस लिखित ईसा की जीवनी से पहली प्रेरणा मिली थी।''[27]

जर्मन बुद्धिजीवी बहुत सँभल-सँभलकर आगे बढ़ रहे थे। आर्थिक विकास में इंग्लैंड से, राजनीतिक चेतना में फ्रांस से, जर्मनी बहुत पिछड़ा हुआ था। मार्क्स और एंगेल्स को अपने देश का यह पिछड़ापन खलता था, वे जातीय जागरण की गति को और तेज करना चाहते थे। उनका प्रारम्भिक विकास इस जागरण की गतिविधि से जुड़ा हुआ है। जर्मन साहित्य में सर्वात्मवाद का विकास हुआ। स्ट्रॉस और शेलिंग उसे दर्शन में लाए। यह सर्वात्मवाद चर्च-विरोधी था। इसके विपरीत हेगल का दर्शन चर्च और अभिजात वर्ग का समर्थक था।

सन्दर्भ सूची

(ख) यथार्थवाद और शून्यवाद

1. रानडे : ए कंस्ट्रक्टिव सर्वे ऑफ उपनिषदिक फिलौसोफी, 133
2. उप. 132
3. दासगुप्त : ए हिस्ट्री ऑफ इंडियन फिलौसोफी, खंड 1, 140-41
4. उप., 146
5. सिन्हा, जदुनाथ : इंडियन रियलिज़्म, भूमिका
6. लेनिन : कलेक्टेड वर्क्स, खंड 14, 24
7. उप., 25
8. उप., 27
9. उप., 31
10. बेकन : द अॅडवॉन्समेंट ऑफ लर्निंग, 304
11. योल्टन, जे.डब्ल्यू. : द लॉक रीडर, 45
12. क्लार्क, डी.एल. : शेलीज प्रोज, 134
13. श्चेर्बात्स्की; बुधिस्ट लॉजिक, खंड 1, 425
14. उप., 411
15. उप.
16. उप., 413
17. उप., 99
18. उप., 191
19. उप.
20. उप., खंड 2, 177
21. उप., खंड 1, 15-16

22. एनसाइक्लोपीडिया ब्रिटानिका, खंड 11, 612
23. उप., 110
24. उप., 267
25. उप., 268
26. उप., 273
27. उप., 272
28. उप., 111
29. उप.,
30. उप., 112

(ग) हेगल

1. मार्क्स-एंगेल्स : कलेक्टेड वर्क्स, खंड 3, पृ. 74-75
2. उप., 75
3. उप., खंड 2, 493
4. उप., 366
5. उप., 362
6. उप., खंड 3, 139
7. उप., 187
8. उप.
9. उप., 190
10. उप., 111
11. उप., 42
12. उप., 113
13. उप., 114
14. मार्क्स-एंगेल्स : ऑन आर्ट एंड लिटरेचर, 344
15. मार्क्स-एंगेल्स : कलेक्टेड वर्क्स, खंड 2, 217
16. उप., खंड 4, 127
17. एंगेल्स : लुडविंग फायरबाख, 11
18. उप., 16
19. मार्क्स-एंगेल्स : कलेक्टेड वर्क्स, खंड 2, 192
20. एंगेल्स : लुडविंग फायरबाख, 15
21. उप., 35
22. उप.
23. मार्क्स-एंगेल्स : कलेक्टेड वर्क्स, खंड 2, 489
24. उप.
25. उप., खंड 3, 404
26. उप., 461
27. एंगेल्स : लुडविग फायरबाख, 19

तीसरा अध्याय

मार्क्स का दार्शनिक चिन्तन और समकालीन समाज के अन्तर्विरोध

(क) मार्क्स के दार्शनिक चिन्तन का विकास

(ख) धर्म और नैतिकता की समस्या

(ग) विचारधारा और आर्थिक बुनियाद

(घ) समकालीन समाज के अन्तर्विरोध

(क) मार्क्स के दार्शनिक चिन्तन का विकास

फ्रोलोव-सम्पादित दर्शनशास्त्र के कोश में सर्वात्मवाद (Pantheism) के लिए कहा गया है : "एक दार्शनिक शिक्षा, जिसके अनुसार ईश्वर एक निर्वैयक्तिक सिद्धान्त है जो प्रकृति से बाहर नहीं है वरन् उससे एकात्म (identical) है। सर्वात्मवाद ने आधिभौतिक तत्त्व को अस्वीकार करते हुए प्रकृति में ईश्वर का विलयन कर दिया। 1705 में (ब्रिटिश भौतिकवादी दार्शनिक) टोलैंड ने इस शब्द का व्यवहार किया था। पहले का सर्वात्मवाद बहुत बार प्रकृति-सम्बन्धी ऐसी धारणाओं को अपने में शामिल कर लेता था जो मूलतः भौतिकवादी थीं, यथा ब्रूनो (इटालियन दार्शनिक) और विशेष रूप से स्पिनोजा (डच दार्शनिक)। अब वह ऐसे धार्मिक और भाववादी सिद्धान्त में बदल दिया गया है जिसके अनुसार संसार ईश्वर में है, यह धर्म से विज्ञान का तालमेल बिठाने का प्रयास है।"

पहले का सर्वात्मवाद मूलतः भौतिकवादी धारणाओं को अपने में शामिल कर लेता था—इस स्थापना से यह स्पष्ट होता है कि शेली में क्यों एक ओर विशुद्ध भौतिकवादी धारणाएँ हैं और वह क्यों इतनी आसानी से सर्वात्मवाद की दुनिया में पहुँच जाते हैं। ब्रूनो के बारे में अन्यत्र उसी ग्रन्थ में कहा गया है कि वह चर्च के विरोधी थे, 'भौतिकवादी विश्व दृष्टिकोण के उत्साही समर्थक थे जिसे वह सर्वात्मवाद के रूप में कल्पित करते थे।' यह बात काफी हद तक शेली के बारे में भी सही है। सर्वात्मवाद दो तरह का है; एक भौतिकवाद के निकट है, दूसरा भाववाद के निकट है। ऐतिहासिक विवेचन के लिए यह भेद महत्त्वपूर्ण है। एक में ईश्वर प्रकृति में विलीन होता है; दूसरे में प्रकृति ईश्वर में विलीन होती है।

1837 में मार्क्स ने अपने पिता को लिखा था : "भाववाद से मैं विचार को यथार्थ में खोजने के बिन्दु तक पहुँचा था। प्रसंगतः कह दूँ, इसकी तुलना मैंने कांट और फिश्टे के भाववाद से की थी और उसका पोषण किया था। पहले यदि देवता धरती के ऊपर रहते आए थे तो वे अब उसके केन्द्र बन गए।"[1] मार्क्स भाववाद से आगे बढ़ रहे थे। वे विचार को अर्थात् परम सत्ता को यथार्थ में, प्रकृति में, खोज रहे थे। अपने भाववाद की तुलना उन्होंने कांट और फिश्टे के भाववाद से की थी। भाववाद में देवता धरती से ऊपर रहते आए थे, अब वे धरती के केन्द्र में थे। विचार को यथार्थ में खोजना है, देवताओं को धरती में देखना है, अर्थात् परम सत्ता प्रकृति से ऊपर नहीं है, वह प्रकृति

में है, वहीं उसे खोजना और देखना है। मार्क्स जिस सर्वात्मवाद को छोड़ रहे थे, वह दूसरी तरह का था; उसमें प्रकृति का विलीनीकरण ईश्वर में होता था। वह जिस सर्वात्मवाद की ओर बढ़े थे, वह पहली तरह का था; उसमें ईश्वर का विलीनीकरण प्रकृति में होता था। इस सर्वात्मवाद से भौतिकवाद की ओर संक्रमण मार्क्स के लिए आसान था।

हेगल भी सर्वात्मवादी थे पर उनका सर्वात्मवाद दूसरी तरह का था। 1843 में मार्क्स ने उनके 'दार्शनिक-धार्मिक सर्वात्मवाद' का उल्लेख किया था।[2] यह सर्वात्मवाद दार्शनिक था, साथ ही धार्मिक था। अर्थात् उसका झुकाव प्रतिक्रियावाद की ओर था। मार्क्स राज्यसत्ता के बारे में हेगल के विचारों का विश्लेषण कर रहे थे। उनका कहना था, हेगल राज्यसत्ता के तत्त्वों को उद्देश्य बना लेते हैं, राज्यसत्ता के अस्तित्व के पुराने रूपों को विधेय बनाते हैं, ऐतिहासिक यथार्थ में बात इससे उलटी होती है। हेगल के सर्वात्मवाद की विशेषता यह है कि 'उसके द्वारा अविवेक के तमाम रूप विवेक के रूप बन जाते हैं।'[3] धर्म में वह विवेक को निर्धारक उपादान बना देते हैं; राज्यसत्ता के मामले में राज्यसत्ता के विचार को निर्धारक तत्त्व बनाते हैं। ''यह अधिभूतवाद (मेटाफिजिक्स) प्रतिक्रियावाद की अधिभूतवादी व्यंजना है, नई विश्व-दृष्टि के नाम पर पुरानी दुनिया की व्यंजना है।''[4] हेगल के सर्वात्मवाद का प्रक्रियावादी स्वरूप यहाँ स्पष्ट हो जाता है। धर्मशास्त्रियों और चर्च से लड़ने के बदले वह उनका सहायक हो जाता है।

मार्क्स और एंगेल्स ने अपनी प्रथम संयुक्त रचना 'पवित्र परिवार' में हेगल के सर्वात्मवाद के तीन तत्त्व बताए हैं : (1) सत्रहवीं सदी के डच दार्शनिक स्पिनोजा का पदार्थ (सब्सटैंस) अर्थात् अधिभूतवादी भेस में प्रकृति जो मनुष्य से अलगाई हुई है; (2) हेगल के समकालीन दार्शनिक फिश्टे की आत्मचेतना अर्थात् अधिभूतवादी भेस में आत्मा जो प्रकृति से अलगाई हुई है; (3) हेगल में दोनों की अनिवार्य विरोधमय एकतापूर्ण आत्मा (ऐब्सोल्यूट स्पिरिट) अर्थात् अधिभूतवादी भेस में दोनों की एकता—वास्तविक मनुष्य और वास्तविक मानव-जाति।[5] हेगल ने पदार्थ की धारणा स्पिनोजा से पाई, आत्मचेतना की धारणा फिश्टे से पाई; जहाँ दोनों एक हों, उस पूर्ण आत्मा की धारणा उन्होंने कहाँ पाई ? यह धारणा उन्हें केवल उपनिषदों में मिल सकती थी। वहाँ मानव-चेतना और प्रकृति परस्पर भिन्न होते हुए भी ब्रह्म में एक हैं। हेगल उपनिषदों से अथवा उनकी मूल धारणाओं से परिचित थे, यह निश्चित है। तर्क-विज्ञान पुस्तक में उन्होंने ब्रह्म शब्द का व्यवहार किया है। योगियों का मजाक उड़ाते हुए उन्होंने लिखा है : ''भारतवासी बाहर से निश्चिंत हो जाता है। संवेदन, खामखयाली (फैंसी), कल्पना, इच्छा आदि के प्रति भी उदासीन हो जाता है। बरसों तक नासिका के अग्रभाग पर ध्यान लगाए रहता है, अपने ओम् ओम् ओम् का जप करता रहता है अथवा कुछ भी नहीं जपता। इन सब अवधारणाओं के लिए उसके पास एक शब्द है—ब्रह्म।''[6]

हेगल के पूर्ण विचार और भारतीय ब्रह्म में जो समानता है, वह बुनियादी है, जो भेद है, वह गौण है। उनका विचार अनन्तकाल से विद्यमान है, दृश्यमान संसार उसी

से अनुप्राणित है। इसके बारे में लुडविग फायरबाख में एंगेल्स ने लिखा है : "पूर्ण विचार अनन्तकाल से विद्यमान है–कहाँ, यह अज्ञात है। इतना ही नहीं, वह समूचे वर्तमान जगत की वास्तविक जीवन्त आत्मा भी है।"[7] हेगल की प्रकृति इसी ब्रह्म में है। फिर ब्रह्म उसे अलगाता है। जो पहले ब्रह्म ही था, वह परकीय हो जाता है। एंगेल्स कहते हैं, वह पूर्ण विचार विकसित होता है, अनेक मंजिलें पार करता है; ये मंजिलें हेगल के तर्क-विज्ञान में गिना दी गई हैं। "फिर प्रकृति में रूपान्तरित होकर वह स्वयं से 'परकीय बनता है (Alienates itself)'। वहाँ अपने प्रति सचेत न होकर, प्रकृति की अनिवार्यता के वेश में वह नया विकास सम्पन्न करता है, और अन्त में वह पुनः मनुष्य में आत्मचेतन होता है। यह आत्मचेतना फिर स्वयं को इतिहास में विस्तारित करती है; शुरुआत अनगढ़ रूप से होती है और अन्त होता है हेगल के दर्शन में, जब पूर्ण विचार पुनः पूरी तरह स्वयं को प्राप्त करता है।"[8] पहले ब्रह्म ने प्रकृति को अलगाया, यह हुआ परकीयकरण। फिर इतिहास की अनेक मंजिलें पार करता हुआ वह स्वयं को प्राप्त हुआ, यह हुआ स्वकीयकरण। प्रकृति में जो कुछ घटित होता है, वह उसी के अपने नियमों के अनुसार घटित होता है–सांख्य-दर्शन की इस धारणा को यूरोप के दर्शन में आवश्यकता अथवा अनिवार्यता (Necessity) का नाम दिया है। ब्रह्म जब प्रकृति की अनिवार्यता के वेश में होता है, तब वह अपने प्रति अचेत रहता है। ब्रह्म मानो माया में फँस जाए, फिर जब उससे मुक्त हो, तब अपने प्रति सचेत हो–कुछ इस तरह की प्रक्रिया हेगल के चिन्तन में घटित होती है। वह स्वयं पूर्ण ज्ञानी हैं, इसलिए ब्रह्म के अपने प्रति सचेत होने की प्रक्रिया उनके दर्शन में सम्पन्न होती है।

उपनिषदों से हेगल के चिन्तन में भेद यह है कि उपनिषदों में जहाँ सत्य प्रकृति में प्रत्यक्ष होता है, वहाँ हेगल में प्रकृति पूर्ण विचार की ह्रासग्रस्त अवस्था है। भौतिकवाद और हेगल के भाववाद में प्रकृति को लेकर मौलिक भेद है। एंगेल्स कहते हैं : "भौतिकवाद के लिए प्रकृति एकमात्र यथार्थ है किन्तु हेगल की चिन्तन व्यवस्था में वह पूर्ण विचार का 'परकीयकरण' मात्र है यानी एक तरह से वह विचार का अधःपतन है।"[9] उपनिषदों का ब्रह्म प्रकृति में है, मनुष्य में है। प्रकृति ब्रह्म का ह्रासग्रस्त रूप नहीं है। इसके विपरीत, हेगलपन्थ में, एंगेल्स के अनुसार प्रकृति का सारा परिवर्तन, सारा विकास '(पूर्ण) विचार की अपनी गति की प्रतिच्छविमात्र है। यह गति अनन्तकाल से चली आ रही है, किसी को पता नहीं कहाँ पर अवश्यमेव किसी चिन्तनशील मानव-मस्तिष्क से स्वतन्त्र।"[10] ईश्वर प्रकृति में विलीन नहीं हुआ, प्रकृति ईश्वर में विलीन हुई। हेगल का पूर्ण विचार अलौकिक है क्योंकि वह अनन्तकाल से है और उसका क्रियाकलाप मानव-मस्तिष्क से स्वतन्त्र है। हेगल का सर्वात्मवाद दूसरी तरह का है, वह धार्मिक रूढ़ियों के समर्थन की ओर झुका हुआ है।

प्रसिद्ध है कि हेगल के अनुयायियों में दो दल हो गए–एक दक्षिणपन्थियों का, दूसरा वामपन्थियों का। इनमें दक्षिणपन्थी दूसरी तरह के सर्वात्मवाद के समर्थक थे, वामपन्थी पहली तरह के सर्वात्मवाद के। मार्क्स और एंगेल्स इन वामपन्थी अनुयायियों

में थे। हेगल भाववादी विचारक थे, यह बात सभी लोग जानते हैं। वह सर्वात्मवादी थे, यह बात कम लोग जानते हैं। उनके वामपन्थी अनुयायियों ने उनके सर्वात्मवाद को ही नया रूप दिया था। मार्क्स और एंगेल्स के विकास में इस सर्वात्मवाद की सकारात्मक भूमिका थी। यह सर्वात्मवाद उपनिषदों के अद्वैतवाद से मिलता-जुलता था—ये बातें आँखों से ओझल रहती हैं। जर्मनी के बुद्धिजीवी उस समय समाज के सामन्ती अवशेषों और धार्मिक रूढ़ियों के विरुद्ध नवजागरण के उद्देश्य से जर्मन जाति के एकीकरण के लिए लड़ रहे थे। उनके इस संघर्ष में भारतीय उपनिषदों से मिलती-जुलती विचारधारा ने महत्त्वपूर्ण भूमिका निबाही। मार्क्स और एंगेल्स के सामने हेगल के अलावा भी सर्वात्मवाद के अन्य स्रोत रहे हों, यह सम्भव है।

दिसम्बर 1839-फरवरी 1840 में एंगेल्स ने फ्रीडरिख ग्रैबर को एक लम्बा पत्र लिखा था जो उनके विकास के विवेचन के लिए बहुत महत्त्वपूर्ण है। इसमें उन्होंने कहा था कि वह कुछ और लोगों की तरह पक्के हेगलपन्थी तो न बनेंगे पर हेगल की चिन्तन-व्यवस्था से महत्त्वपूर्ण बातें आत्मसात् करेंगे। "हेगल के ईश्वर-सम्बन्धी विचार को अभी भी मैंने अपना लिया है और इस तरह 'आधुनिक सर्वात्मवादियों' की पाँति में शामिल हो रहा हूँ।"[11] फिर सर्वात्मवाद के स्रोतों का उल्लेख करते हुए एंगेल्स ने लिखा : "आधुनिक सर्वात्मवाद, अर्थात् हेगल—इस तथ्य के अलावा कि वह पहले ही चीनियों और पारसियों में विद्यमान था—लिबर्टिन सम्प्रदाय में पूर्णतः व्यंजित हुआ। इस सम्प्रदाय पर कैल्विन ने आक्रमण किया था।"[12] सर्वात्मवाद, अर्थात् उपनिषदों का वेदान्त, जहाँ भी पहुँचा, धार्मिक रूढ़ियों से टक्कर लेने में उसने महत्त्वपूर्ण भूमिका निबाही। चीन में वह बौद्ध धर्म के साथ या उससे थोड़ा आगे-पीछे पहुँचा होगा। ईरान में सूफी मत का विकास वेदान्त से घनिष्ठ रूप में सम्बद्ध रहा ही है। यूरोप में जब धार्मिक सुधार आन्दोलन चला तब सर्वात्मवादी उसके कट्टरपन्थी नेता कैल्विन से लड़े।

मार्क्स और एंगेल्स की सम्पूर्ण रचनावली के सम्पादकों ने लिबर्टिनों के बारे में लिखा है : "ये सोलहवीं सदी के मध्य में फ्रांस और स्विट्ज़रलैंड के एक सर्वात्मवादी सम्प्रदाय के सदस्य थे। ये जनवादी प्रकृति के थे और कैल्विन तथा उसके अनुयायियों से लड़े थे किन्तु हार गए थे।"[13] सोलहवीं सदी के आरम्भिक दशकों में जर्मनी के मुएन्त्सर ने चर्च और सामन्तों के विरुद्ध विद्रोही किसानों का नेतृत्व किया था। इस युद्ध पर एंगेल्स ने जर्मनी में किसान-युद्ध पुस्तक लिखी थी। इसमें उन्होंने मुएन्त्सर के बारे में कहा था : "जैसे मुएन्त्सर का धार्मिक दर्शन निरीश्वरवाद के निकट था वैसे ही उनका राजनीतिक कार्यक्रम साम्यवाद के निकट था।"[14] जो धार्मिक दर्शन निरीश्वरवाद के निकट है, वह सर्वात्मवाद का ही कोई रूप हो सकता है। फ्रोलोव सम्पादित दर्शनशास्त्र के कोश में मुएन्त्सर के बारे में कहा गया है कि इन्होंने 'जोरों से केवल कैथलिक चर्च का नहीं वरन् समग्र ईसाइयत और सामन्तवाद का विरोध किया था।' उनका दर्शन किसानों में प्रचलित शास्त्र-विरोधी विचारों और रहस्यवाद से प्रभावित था और 'वह सर्वात्मवादी था।' जर्मनी में कुछ लोग अवश्य थे जो ईरान की सूफी शायरी से परिचित

थे। ये लोग पूछ रहे थे : " 'आधुनिक सर्वात्मवाद' के पास लिखित कविता क्यों नहीं है जबकि प्राचीन ईरानियों आदि के यहाँ थी।"[15] ग्रैबर के नाम उपर्युक्त पत्र में इन लोगों का हवाला देते हुए एंगेल्स ने लिखा था, वे लोग थोड़ा इन्तजार करें, "जब तक मैं तथा कुछ दूसरे आदमी इस सर्वात्मवाद की तह तक नहीं पहुँच पाते। लिरिक कविता तो आ ही जाएगी।" एंगेल्स गम्भीरता से सर्वात्मवाद का अध्ययन कर रहे थे। ईरान के सूफी दर्शन से कविता का सम्बन्ध वे जानते थे। उसी पत्र में उन्होंने हेगल के इस सिद्धान्त का उल्लेख किया है कि 'तत्त्वतः मानवता और देवत्व एक ही हैं।'[16] अर्थात् आत्मा और ब्रह्म एक हैं।

सर्वात्मवाद का एक स्रोत हेगल थे पर एंगेल्स के सामने अन्य स्रोत भी थे। हेगल के दर्शन के साथ कविता उसी तरह क्यों न जुड़ी हुई थी जिस तरह वह सूफी मत से ईरान में जुड़ी थी, इसका प्रधान कारण यह हो सकता है कि कवि जब प्रकृति को सत्य मानता है, और उससे तादात्म्य स्थापित करता है, तब उसका मन उल्लास से भर जाता है, और कविता स्वतःस्फूर्त ढंग से फूट पड़ती है। इसके विपरीत जब वह प्रकृति को परम सत्ता की विकृति मानता है, तब उससे तादात्म्य का प्रश्न नहीं होता, वह तर्क द्वारा सामान्य अनुभव को मिथ्या सिद्ध करता है और उल्लास का भाव गायब हो जाता है। हेगल की दुरूह दार्शनिक शब्दावली और उनका तर्क-विस्तार ऐसे थे कि कविता उनसे पनाह माँगती थी। 1839 में एंगेल्स ने जर्मन कवि कार्ल ग्रयुन की एक पुस्तक को बहुत अच्छी बताते हुए लिखा था : "लेकिन सुना है, वह सत्ताईस के तो अभी भी हो चुके हैं और इस उम्र में तो उन्हें और अच्छा लिखना चाहिए था। जहाँ-तहाँ वह बहुत आकर्षक विचार प्रकट करते हैं लेकिन अक्सर भयानक हेगलपन्थी शब्दावली (dreadful Hegelian Phrases) इस्तेमाल करते हैं।"[17]

यहाँ यह तथ्य स्मरणीय है कि हेगल अपने जीवनकाल में जिस दिशा में चले थे, एंगेल्स उनकी मृत्यु के बाद उससे ठीक उलटी दिशा में चले थे। एंगेल्स ने उनके दर्शन में जो कुछ ढूँढ़ निकाला, वह हेगल के जीवनकाल में गुप्त बना हुआ था। 'क्योंकि हेगल स्वयं ऐसे ठोस और पुरानपन्थी आदमी थे। उन्होंने ठीक उन्हीं प्रवृत्तियों के विरुद्ध तर्क किया था, जिन्हें राज्य-शक्ति ने ठुकराया था—विवेकवाद और विश्ववादी उदारपन्थ के विरुद्ध !...अधिकारियों ने उन्हें संरक्षण प्रदान किया था; उन्होंने उनकी शिक्षा को ऊपर उठाकर उसे लगभग प्रुशिया की राज्यसत्ता के दर्शन का दर्जा दे दिया था...जब हेगल की मृत्यु के बाद जीवन की नई हवा ने उनके सिद्धान्त में नए प्राण फूँके (when after Hegel's death the fresh air of life breathed upon his doctrine), तब 'प्रुशिया की राज्यसत्ता के दर्शन' से ऐसे अंकुर फूटे कि किसी दल ने उनकी सपने में भी कल्पना न की थी।"[18] वास्तव में हेगल के वामपन्थी अनुयायी अपने गुरु की मृत्यु के बाद उनके दर्शन का कायाकल्प कर रहे थे। वे दूसरी तरह के सर्वात्मवाद को पहली तरह का सर्वात्मवाद बना रहे थे; जो दर्शन ईसाइयत के समर्थन में काम आया था, वे उसका उपयोग अब उसके उच्छेद के लिए कर रहे थे। निःसन्देह यह सारी प्रक्रिया हेगल से

भिन्न सर्वात्मवाद के अन्य स्रोतों से भी प्रभावित थी। जहाँ तक एंगेल्स का सम्बन्ध है, इनमें एक स्रोत शेली अवश्य थे।

जैसे शेली के लिए यूनान में एक नया युग आ रहा था और वह सारी दुनिया के लिए नया युग था। (हेलास नाटक के अन्त में कोरस), वैसे ही एंगेल्स के लिए : 'नया सबेरा आ चुका है, विश्व-महत्त्व का नया सबेरा, उस प्रभात की तरह जब प्रकाशमान, स्वतन्त्र, यूनानी चेतना पूरब के धुँधलके में फूटी थी।'[19] जैसे शेली के लिए पर्वतों पर यज्ञ की वेदियाँ जल उठी थीं (द ट्रायम्फ ऑफ लाइफ कविता के आरम्भ में), वैसे ही एंगेल्स के लिए : 'सूर्य उदय हुआ है, सभी पर्वत-शृंगों पर यज्ञ की वेदियाँ मुस्कुराकर उसका अभिनन्दन करती हैं।'[20] प्रकृति से मनुष्य का सम्बन्ध बदल गया है। "प्रकृति हमारे सामने खुली हुई है और हमें पुकार कर कहती है : मुझसे भागो नहीं, मैं पतित नहीं हूँ, मैं सत्य से नीचे नहीं गिरी हूँ। आओ और देखो, यह तुम्हारा ही सर्वाधिक सत्य और सर्वाधिक आन्तरिक सारतत्त्व है जो मुझे भरपूर जीवन और यौवन-सौन्दर्य देता है।"[21] हेगल के दर्शन में प्रकृति का अधःपतन होता है, एंगेल्स के नए सर्वात्मवाद में वह पतित नहीं है। हेगल के दर्शन की एक बुनियादी धारणा को वह बदल रहे हैं। मनुष्य और प्रकृति का सर्वोच्च सत्य एक ही है, इस तादात्म्य से उल्लास की भावना उत्पन्न होती है। एंगेल्स कहते हैं : "पृथ्वी पर स्वर्ग उतर आया है। उसके रत्न राह के पत्थरों की तरह बिखरे पड़े हैं, जो भी चाहे उन्हें उठा ले।"[22]

इस सर्वात्मवाद ने उन्हें जिन बन्धनों से मुक्त किया है, वे धार्मिक अन्धविश्वासों के हैं। कहते हैं : "और मनुष्य, जो प्रकृति का सबसे प्यारा बेटा है, जवानी की लम्बी लड़ाइयों के बाद आजाद मनुष्य की तरह, लम्बे अलगाव के बाद, अपनी माँ के पास लौटा है। युद्ध में जो शत्रु मारे गए हैं, उनके प्रेतों से वह उसकी रक्षा करता है। वह अपने से ही जुदा हो गया था, उस जुदाई पर भी उसने काबू पा लिया है; जो स्वयं उसके अन्दर विभाजन था, उस पर उसने काबू पा लिया है।"[23] युद्ध में जो शत्रु मारे गए, वे कट्टरपन्थी, चर्च के प्रतिनिधि थे। धार्मिक अन्धविश्वास मनुष्य को अपनी गरिमा पहचानने से रोके हुए थे। सर्वात्मवाद ने इन अन्धविश्वासों को ध्वस्त किया और मनुष्य को उसकी गरिमा का बोध कराया; इस प्रकार उसने मानवता की प्रतिष्ठा की। नए मनुष्य का भव्य रूप यह है : "मल्लयुद्ध और प्रयास के कल्पनातीत सुदीर्घ युग के बाद उसके लिए आत्मचेतना का प्रकाशमान दिन निकल आया है। स्वतन्त्र और बलशाली वहाँ वह खड़ा हुआ है, अपने प्रति आत्मविश्वास से पूर्ण और गर्व से भरा हुआ, क्योंकि उसने युद्धों में जो परम युद्ध है, उसे जीत लिया है और स्वतन्त्रता का मुकुट अपने शीश पर धारण कर लिया है।"[24]

वेदान्ती जिसे ब्रह्म कहते हैं, उसे हेगल का अनुसरण करते हुए एंगेल्स विचार (idea) कहते हैं। मनुष्य ने स्वयं को जीत लिया है, वह अपने चेतन-स्वरूप को पहचान गया है। एक ओर है आत्मचेतना (आत्मा), दूसरी ओर है विचार (ब्रह्म)। दोनों के तादात्म्य-बोध से मृत्यु का भय दूर हो जाता है जो अपने भीतर से अन्धकार को दूर

कर चुका है, उसे बाकी संसार से अँधेरा दूर करना है। एंगेल्स कहते हैं : "और विचार की ऐसी शक्ति है कि जिसने उसे पहचान लिया है, वह उसकी भव्यता का बखान किए बिना अथवा उसकी सर्वजयी शक्ति का उद्घोष किए बिना रह नहीं सकता; उसके आदेश पर सुमन-सा और प्रसन्नतापूर्वक और सबकुछ त्याग देता है; उसकी विजय हो और अकेले उसी की विजय हो, इसके लिए वह अपने तन और मन का, जीवन और सम्पत्ति का बलिदान करता है। जिसने उसे एक बार देख लिया है, जिसके सामने अपनी पूर्ण आभा के साथ वह उसके छोटे से कमरे की विराट शान्ति में एक बार प्रकट हो चुका है, वह उसे छोड़ नहीं सकता। वह जहाँ भी जाए, उसका अनुसरण उसे, मृत्युपर्यन्त भी, करना ही होगा।"[25] यह भाषा, यह मूर्तिविधान, यह सारा भावबोध कवियों और रहस्यवादियों का है, विवेकवादियों और तर्कशास्त्रियों का नहीं। एंगेल्स ने जब कहा था, एक बार सर्वात्मवाद की तह तक पहुँच जाएँ, लिरिक कविता तो आएगी ही, तब उनके मानस में कहीं गहरे यह गद्य-काव्य सुगबुगा रहा था।

एंगेल्स का चिन्तन यहाँ योगियों और वेदान्तियों के चिन्तन से मिलता-जुलता है। विचार के साक्षात्कार के लिए मनुष्य को पहले स्वयं को जीतना होता है। तभी छोटे से कमरे की विराट शान्ति में उसे विचार के दर्शन होते हैं। यह हुआ योग। जब आत्मचेतना का सूर्योदय होता है, तब मनुष्य को ज्ञान होता है कि उसकी अपनी चेतना और अनन्त, अक्षय विचार में कोई अन्तर नहीं है। यह हुआ वेदान्त। एक युद्ध अपने भीतर लड़ना होता है ज्ञान की प्राप्ति के लिए, दूसरा युद्ध बाहर संसार में लड़ना होता है, ज्ञान के प्रसार के लिए। स्वामी विवेकानन्द ने इस युद्ध की कल्पना (निराला के अनुवाद में) इस प्रकार की थी :

भेरी झरर-झरर, दमामे, घोर नकारों की है चोप,
कड़ कड़ कड़ सन् सन् बन्दूकें, अरे‍रर अरे‍रर अरे‍रर तोप।
धूम-धूम है भीम रणस्थल, शत शत ज्वालामुखियाँ घोर
आग उगलतीं, दहक दहक दह कँपा रहीं भूनभ के छोर...
आगे आगे फहराती है ध्वजा वीरता की पहचान,
झरती धारा-रुधिर दंड में अड़े पड़े पर वीर जवान;
साथ साथ पैदल दल चलता, रणमद मतवाले सब वीर,
छुटी पताका, गिरा वीर जब, लेता पकड़ अपर रणधीर,
पटे खेत अगणित लाशों से कटे हजारों वीर जवान,
डटे लाश पर पैर जमाए, हटे न वीर छोड़ मैदान

('नाचे उस पर श्यामा')

एंगेल्स की युद्ध-कल्पना इस प्रकार है : "आओ हम लड़ें, हमारा रक्त बहे, शत्रु के दारुण नेत्र को अविचल भाव से देखें और अन्त तक जमे रहें। देखते हो हमारी पताकाएँ पर्वतों की चोटियों पर लहरा रही हैं ? देखते हो, हमारे साथियों की तलवारें चमक रही हैं, उनके शिरस्त्राणों पर पंख फरफरा रहे हैं। वे आ रहे हैं, सभी घाटियों

से, सभी ऊँचाइयों से, वे गीतों और तुरही की धुन के साथ हमारी ओर बढ़े चले आ रहे हैं। महान निर्णय का दिन, जातियों के युद्ध का दिन निकट आ रहा है, और विजय हमारी होगी !''[26]

जातियों के युद्ध का दिन अर्थात् अन्तर्जातीय क्रान्ति का दिन ! वह दिन निकट आ रहा है। इस क्रान्ति की धारणा से भौतिकवाद का मेल बाद में होगा, अभी उसका मेल सर्वात्मवाद से है। हेगल के अनुयायी उस सर्वात्मवाद का विकास कर रहे हैं। एंगेल्स ने ये सारी बातें ईसाइयत के समर्थक शेलिंग का खंडन करते हुए कही थीं। शेलिंग पहले हेगलपन्थी थे, फिर ईसाइयत के समर्थक हो गए थे।

इतिहास की अनिवार्यता और भौतिकवाद

ऐतिहासिक अनिवार्यता का सिद्धान्त एक तरह का नियतिवाद है। इसकी शुरुआत यूनान में हुई, फिर इसने अठारहवीं सदी के यूरोपियन भौतिकवाद में प्रवेश किया। हेगलीय दर्शन में उसका बड़ा महत्त्व है। वहाँ से मार्क्स और एंगेल्स ने उसे ग्रहण किया। कम्युनिस्ट घोषणापत्र में जो ब्रिटिश पूँजीवाद का अतिमूल्यन है, उससे इस सिद्धान्त की व्याख्या का गहरा सम्बन्ध है। ब्रिटिश पूँजीवाद की विश्व-विजय अनिवार्य है क्योंकि विश्व-बाजार में पुराने आर्थिक साँचों का मिटना वैसे ही अनिवार्य है जैसे धरती के गर्भस्थ परिवर्तन कभी अनिवार्य थे। अर्थशास्त्र के नियम वैसे ही अटल हैं जैसे प्रकृति-विज्ञान के नियम अटल हैं। एक बार पुराने साँचों के टूटने से भारी बरबादी होती, उसके बाद नए साँचे या तो बरबाद देशों में उभरेंगे या विकसित देशों के मजदूर सत्ताधारी बनेंगे और दुनिया का स्वरूप बदल देंगे। 1853 के एक भारत-सम्बन्धी लेख में मार्क्स ने लिखा था : ''भारत एक विशाल देश है, वैसा ही विशाल जैसे यूरोप। उसकी भूमि 15 करोड़ एकड़ है। ऐसे देश पर अंग्रेजी उद्योग के विध्वंसक प्रभावों पर विचार किया जाए तो वे बहुत स्पष्ट और चकरा देनेवाले हैं। लेकिन हमें यह न भूलना चाहिए कि इस समय सारा उत्पादन-तन्त्र जैसे निर्मित है, उसके वे अंगीभूत परिणाम-मात्र हैं। उस उत्पादन का आधार पूँजी का सर्वोच्च शासन है। स्वतन्त्र शक्ति के रूप में पूँजी के अस्तित्व के लिए पूँजी का केन्द्रीकरण परमावश्यक है। संसार के बाजारों पर उस केन्द्रीकरण का विनाशक प्रभाव अत्यन्त विराट आयाम धारण करके अर्थशास्त्र के अन्तर्निहित उन अंगीभूत नियमों को उद्घाटित मात्र करता है जो प्रत्येक सभ्य नगर में क्रियाशील हैं। इतिहास के पूँजीवादी दौर को नई दुनिया के भौतिक आधार का निर्माण करना है; एक ओर मानव-जाति की परस्पर निर्भरता पर आधारित विश्वव्यापी सम्पर्क और उस सम्पर्क के साधन निर्मित करने हैं, दूसरी ओर मनुष्य की उत्पादक-शक्तियों का विकास करना है तथा भौतिक उत्पादन को, प्राकृतिक निमित्तों पर वैज्ञानिक प्रभुत्व में, रूपान्तरित करना है। पूँजीवादी उद्योग और व्यापार नई दुनिया की इन भौतिक परिस्थितियों का निर्माण वैसे ही करते हैं जैसे भूगर्भीय परिवर्तनों ने धरती की सतह का

निर्माण किया है। जब एक महान सामाजिक क्रान्ति पूँजीवादी युग के परिणामों के उपयोग में दक्ष हो जाएगी, विश्व-बाजार और उत्पादन की आधुनिक शक्तियों के उपयोग में दक्ष हो जाएगी और सबसे आगे बढ़े हुए जनों के सम्मिलित नियन्त्रण में उन्हें ले आएगी, तभी मानव-प्रगति उस बीभत्स म्लेच्छ (pagan) मूर्ति जैसी न रहेगी जो अमृतपान करती है तो निहत लोगों के कपालों से ही।"[27]

नई दुनिया का निर्माण जब होगा तब होगा, अभी तो बरबादी होगी ही। ब्रिटिश पूँजीवाद जिन देशों पर आक्रमण करेगा, उनका बच पाना असम्भव है। विश्व-बाजार का निर्माण ऐसे हो रहा है कि सारे देश परस्पर निर्भर हो रहे हैं। वह परस्पर निर्भरता समानता के आधार पर कायम नहीं हो रही; इस निर्भरता में दो-तीन देश मालिक हैं, बाकी देश उनके गुलाम हैं। परस्पर निर्भरता का यह सिद्धान्त साम्राज्यवाद और उससे पीड़ित जनता के बुनियादी अन्तर्विरोध को नजरन्दाज करता है। विश्व-बाजार में ब्रिटेन के प्रभुत्व से परस्पर निर्भरता का नहीं परस्पर संघर्ष का जन्म हुआ। सबसे पहले तो जर्मनी और अमरीका जैसे पूँजीवादी देश ब्रिटेन के प्रतिद्वन्द्वी के रूप में प्रकट हुए। जैसाकि एंगेल्स ने लक्ष्य किया है, इन्होंने विश्व-बाजार पर ब्रिटेन के एकाधिकार को नष्ट कर दिया।[28] पूँजी का केन्द्रीकरण हुआ पर वह एक ही केन्द्र में सिमटकर नहीं रह गई, उसके अनेक केन्द्र कायम हुए। इसके सिवा भारत जैसे देशों से अन्तर्विरोध बढ़ा। भारत अपनी स्वाधीनता के लिए लड़ सकता है, यह बात तो मार्क्स के मन में 1853 में भी थी। जब उन्होंने कहा था कि ब्रिटिश सार्जेंट द्वारा संगठित और प्रशिक्षित देशी सेना भारत के 'आत्मोद्धार (self-emancipation)' की पहली शर्त है[29] तब वह भारत-ब्रिटेन की परस्पर निर्भरता की ओर नहीं, उनके परस्पर संघर्ष की ओर संकेत कर रहे थे। और उनका यह संकेत बहुत जल्दी—1857 में स्पष्ट यथार्थ बनकर सामने आ गया।

विश्व पैमाने पर यह परस्पर निर्भरता का सिद्धान्त पूँजीवाद के अतिमूल्यन से जुड़ा हुआ है। समाजवादी देशों में विसर्जनवादी धारा निरन्तर इसका सहारा लेती रही है। पहले सन् 1950 के लगभग यूगोस्लाविया के टिटो ने इसका प्रचार किया। फिर चालीस साल बाद सोवियत संघ के गर्बाचोव ने उसका पुनरुद्धार किया। मार्क्स ने विश्व-बाजार पर ब्रिटिश उद्योग के प्रभाव की बात कही है किन्तु इस प्रभाव के दृष्टिगोचर होने से पहले अंग्रेज भारत के अनेक प्रदेशों पर अपना राजनीतिक प्रभुत्व कायम कर चुके थे। सामन्तों से कहीं सहयोग करके, कहीं उन्हें धोखा देकर (सहयोग के साथ धोखा अनिवार्य था), यहीं के लोगों की फौज के बल पर, लम्बे सैनिक अभियानों द्वारा, उन्होंने भारत को विश्व-बाजार का अंग बनाया था। और आयरलैंड में वे तब से घुसे हुए थे जब इंग्लैंड में पूँजीवाद का जन्म भी न हुआ था। अंग्रेजों के जन-संहारक अभियानों से अर्थशास्त्र के नियमों को कुछ भी लेना-देना न था।

पूँजीवाद के अतिमूल्यन के साथ मजदूर-वर्ग का अतिमूल्यन जुड़ा हुआ था। पहले तो आबादी में उसके अनुपात को बढ़ाकर देखना, फिर उसकी वर्ग-चेतना के विकास

को बढ़ा-चढ़ाकर आँकना, पुनः समाजवादी क्रान्ति की सम्भावना के बल पर उसके द्वारा समस्त संसार के नवनिर्माण की कल्पना करना—यह सब इतिहास की ऐसी अनिवार्यता थी जिसका यथार्थ जगत से कोई सम्बन्ध न था। ऊपर के उद्धरण में जो सबसे आगे बढ़े हुए जन उत्पादन की आधुनिक शक्तियों को अपने नियन्त्रण में ले आएँगे, वे ब्रिटेन और पश्चिमी यूरोप के मजदूर हैं। ये अन्य सभी देशों का उद्धार करेंगे या उनके उद्धार में सहायक होंगे। परन्तु 1853 में भी मार्क्स ने भारत के आत्मोद्धार की बात कही थी, उनके सामने यह सम्भावना अवश्य थी कि समाजवादी क्रान्ति की राह न देखकर भारत के लोग अपने बलबूते पर स्वतन्त्र हो सकते हैं। वास्तव में भारत जैसे देशों ने जितना ही साम्राज्यवाद से संघर्ष करके अपना उपकार किया, उतना ही उन्होंने विकसित देशों के मजदूरों का भला किया। पराधीन देशों की लूट में मजदूरों को भागीदार बनाकर पूँजीपति उनमें भ्रष्टाचार फैला रहे थे, इसलिए पराधीन देशों की जनता का संघर्ष ही इस भ्रष्टाचार से उन्हें मुक्त कर सकता था। सन् सत्तर के दशक में जब मार्क्स ने पता लगाया कि ब्रिटिश मजदूरों में 1848 से ही भ्रष्टाचार फैलता रहा था, तब उन्होंने ऐतिहासिक भौतिकवाद के विकास में बड़ा कदम उठाया। मजदूरों के क्रान्तिकारी होने की अनिवार्यता समाप्त हो गई। इसके साथ छोटे किसानों का महत्त्व बढ़ा, पराधीन और पिछड़े हुए देशों की जनता के संघर्ष का महत्त्व बढ़ा। ब्रिटेन और पश्चिमी देशों में क्रान्ति की सम्भावना जितनी ही कम हुई, उतनी पराधीन और पिछड़े हुए देशों में क्रान्ति की सम्भावना बढ़ी।

1848 में पश्चिमी यूरोप के मजदूरों की पराजय अनिवार्य नहीं थी। वे पराजित हुए इसलिए कि वे समाज का अल्पसंख्यक अंश थे, उनमें वर्ग-चेतना का भरपूर विकास न हुआ था और वे किसानों को छोड़कर अकेले क्रान्ति करने चले थे। इसके सिवा वे पराधीन देशों की जनता से कटे हुए थे, उसके संघर्ष का महत्त्व न पहचानते थे। 1856 में जब मार्क्स ने अनुभव किया कि जर्मनी में मजदूर-वर्ग की सफलता किसान युद्ध के दूसरे संस्करण पर निर्भर है, तब उन्होंने ऐतिहासिक भौतिकवाद के विकास में बड़ा कदम उठाया। मार्क्स ने 1856 और 1860 के बाद ऐतिहासिक भौतिकवाद का जो विकास किया, उसी के आधार पर लेनिन ने 1917 की सफल रूसी क्रान्ति का आयोजन किया। उन्होंने मजदूर क्रान्ति को किसान क्रान्ति से मिलाया और इन दोनों क्रान्तियों से गैर-रूसी जातियों के स्वाधीनता आन्दोलन को जोड़ दिया। रूसी क्रान्ति की विजय मार्क्सवाद की विजय थी।

ऐतिहासिक भौतिकवाद के विकास में जो भूलें हुईं, वे अनिवार्य नहीं थीं। कम्युनिस्ट घोषणापत्र की सर्वहारा रणनीति और कार्यनीति का विकल्प शेली और बायरन, उनके उत्तराधिकारी चार्टिस्ट नेताओं, की रचनाओं में मौजूद था। जनवादी क्रान्ति की बहुत स्पष्ट रूपरेखा एंगेल्स के पास अक्तूबर 1847 में विद्यमान थी। इस रूपरेखा को छोड़कर वे समाजवादी क्रान्ति की ओर बढ़े, यथार्थ अनुभव ने उन्हें बार-बार उसी रूपरेखा की ओर लौटने को बाध्य किया। आगे बढ़ने और पीछे हटने की यह क्रिया अनिवार्य नहीं थी।

पूँजीवाद के अतिमूल्यन का एक परिणाम यह था कि मनुष्यों के जघन्यतम सम्बन्धों को मार्क्स और एंगेल्स संसार की प्रगति के लिए आवश्यक मान लेते थे। इनमें सर्वोपरि मालिकों और गुलामों के सम्बन्ध थे। यूरोप के सौदागरों ने अफ्रीका से काले आदमियों को पकड़कर अमरीका में उन्हें बेचने का भारी व्यापार चलाया था। अमरीका में दासप्रथा को विश्व-प्रगति के लिए आवश्यक बताते हुए मार्क्स ने 1846 में कहा था : "सीधी गुलामी हमारे उद्योग की वैसे ही धुरी है जैसे मशीनें, उधार इत्यादि। गुलामी नहीं तो कपास नहीं; कपास नहीं तो आधुनिक उद्योग नहीं। गुलामी ने उपनिवेशों को मूल्यवान बनाया है। उपनिवेशों ने विश्व-व्यापार का निर्माण किया है। बड़े पैमाने के मशीनी उद्योग की जरूरी शर्त है विश्व-व्यापार, गुलामी के बिना सबसे प्रगतिशील देश उत्तरी अमरीका दादापन्थी देश में बदल जाएगा।"[30] परन्तु 1864 में एंगेल्स ने इससे उलटी स्थापना प्रस्तुत की। उन्होंने कहा कि दासप्रथा 'संयुक्त राज्य अमरीका के राजनीतिक और सामाजिक विकास में सबसे बड़ी बाधा है।'[31] विश्व-प्रगति के लिए दासप्रथा की अनिवार्यता की स्थापना खंडित हो गई।

क्रीमिया की लड़ाई के समय मार्क्स और एंगेल्स सोचते थे, यूनानियों को रूसी भड़काते हैं; वे पश्चिमी यूरोप से सम्बन्ध जोड़ें तो फायदे में रहेंगे। कुछ यूनानी द्वीपों पर अंग्रेजों ने अधिकार कर लिया था। मार्क्स ने जल्दी ही देख लिया कि इनकी हालत तो भारत और आयरलैंड जैसी है। 1858 में उन्होंने लिखा : "ब्रिटिश प्रशासन के पहले तेईस वर्षों में टैक्स तिगुने बढ़ाए गए और खर्च पाँच गुना बढ़ाया गया, इस प्रकार अपनी ही उपज पर निर्यात शुल्क, विभिन्न द्वीपों के बीच माल ले जाने पर चुंगी, टैक्सों में बढ़ती और खर्च में बर्बादी वे आर्थिक वरदान हैं जिन्हें जॉन बुल ने आयोनियन जनों को प्रदान किया है। प्रिंटिंग हाउस स्क्वायर के भविष्यवक्ता (लन्दन टाइम्स) के अनुसार वह (जॉन बुल, इंग्लैंड) उपनिवेश हथियाता है उन्हें सार्वजनिक स्वतन्त्रता के सिद्धान्तों की शिक्षा देने के लिए। पर यदि हम तथ्यों के सहारे चलें, तो भारत और आयरलैंड की तरह, आयोनियन द्वीप यही सिद्ध करेंगे कि घर में आजाद रहने के लिए जॉन बुल का बाहर दूसरों को गुलाम बनाना जरूरी है।"[32] दूसरे शब्दों में इंग्लैंड के लोग जो मौज उड़ाते थे, वह दूसरों को गुलाम बनाकर उड़ाते थे। मार्क्स ने इटली के सन्दर्भ में आयरलैंड को याद किया था, भारत के सन्दर्भ में याद किया था और यहाँ आयोनियन द्वीपों के सन्दर्भ में याद किया। आयरलैंड, इटली और आयोनियन द्वीप यूरोप में हैं या उसके सीमान्त पर हैं। इनकी स्थिति भारत जैसी थी। यूरोप का विकास अलग ढंग से हो रहा है, एशिया का अलग ढंग से—यह सिद्धान्त खंडित हो गया।

हेगल ने अपने इतिहास-दर्शन में लिखा था : "पूर्व के देशों की चेतना चिन्तनविहीन है। पूर्व के साम्राज्यों में व्यक्तिं आकस्मिक घटनामात्र है। केन्द्र में प्रभु की सत्ता है, सभी व्यक्ति उसके चारों ओर घूमते हैं। यहाँ मानव-इतिहास का बचपन देखने को मिलता है। चीन में प्रजा बचपन की अवस्था में है। नैतिक-निर्णय करने के बदले लोग सम्राट की ओर देखते हैं कि वह नैतिक नियम बनाएगा। भारत में सभी जन बँधुआ मजदूरों

की तरह हैं। यह एक तरह की आध्यात्मिक बँधुआ-प्रथा है। समाज जातियों और वर्णों में बँटा हुआ है, लेकिन यह विभाजन मनुष्य ने सचेत रूप में नहीं किया। सबकुछ नैसर्गिक है। समाज में कहीं भी स्वतन्त्रता नहीं है।''[33]

मार्क्स और एंगेल्स के एशिया तथा भारत-सम्बन्धी चिन्तन पर हेगल की छाया स्पष्ट है। हेगल की अपेक्षा बायरन, शेली और चार्टिस्ट नेता अर्नेस्ट जोंस एशिया और भारत को कहीं ज्यादा अच्छी तरह समझते थे और इसलिए वहाँ अंग्रेजी प्रभुत्व का विरोध करते थे। हेगल के चिन्तन में अफ्रीका के काले आदमी मनुष्यता की परिधि के बाहर थे। जो वन्य प्राकृतिक जन हैं, वे नीग्रो हैं। उनके सन्दर्भ में श्रद्धा और नैतिकता के सारे विचार हमें एक तरफ कर देने चाहिए। जिसे हम भावना कहते हैं, उसे दूर रखना चाहिए। 'इस तरह के चरित्र में कोई ऐसी चीज है ही नहीं जिसका सामंजस्य मानवता से हो।'[34]

अठारहवीं सदी के अन्त में फ्रांसीसी राज्य-क्रान्ति से प्रेरित होकर कई प्रदेशों में काले दासों ने विद्रोह किया। वेस्टइंडीज के द्वीपों में दासों के विद्रोह का अभिनन्दन करते हुए शेली ने लिखा था : ''दासप्रथा, सभ्य मनुष्य पर सबसे गहरा दाग फीका पड़ता जा रहा है। स्वतन्त्र नीग्रो जनों की दो जातियाँ अभी भी स्थापित हो चुकी हैं'', एक में बादशाही, दूसरी में प्रजातन्त्र; ''दोनों प्राणवन्त, फिर भी उन लोगों के लिए भयावह दृश्य हैं, जिन्होंने दासत्व के अधःपतन और स्वामित्व के संकट को अपने चारों ओर उत्तराधिकार में जुटा रखा है।''[35] इस पर डेविड लीक्लार्क की टिप्पणी है : ''शेली यहाँ उस आश्चर्यजनक लड़ाई का हवाला दे रहे हैं, जिसे नीग्रो लोगों ने तूसैं लूवेर्त्यूर (1743-1803) के नेतृत्व में चलाया था। देखें उन पर वड्र्सवर्थ की सॉनेट।''[36] यह थी जनवादी चेतना जो दासों के विद्रोह का स्वागत कर रही थी और एक थे हेगल जो काले दासों को मनुष्य की कोटि में रखने को तैयार न थे।

ऐतिहासिक भौतिकवाद जनवादी चेतना का विकास था, उसका उलट नहीं। हेगल का दर्शन, उनका द्वन्द्ववाद दरकिनार, जनवादी चेतना का उलट था। शेली के चिन्तन से ऐतिहासिक भौतिकवाद का बुनियादी लगाव है, हेगल के चिन्तन से उसका बुनियादी अलगाव है। शेली ने 1811 में शुरुआत निरीश्वरवाद की आवश्यकता से की थी। हेगल जन्म-भर चर्च और ईसाई धर्म के समर्थक रहे। दर्शनशास्त्र के इतिहास के आरम्भ में ही उन्होंने कहा था, दर्शन का इतिहास उन महान विचारकों की शृंखला है जिन्होंने ''अपने विवेक की शक्ति से वस्तुओं के अस्तित्व में, प्रकृति के और आत्मा के अस्तित्व में, ईश्वर के अस्तित्व में प्रवेश किया है।''[37] ईसाई धर्म में शाश्वत सत्य निहित है; अतः दर्शनशास्त्र का इतिहास तो है, ईसाई धर्म का इतिहास नहीं है। ''सत्य ईसाई धर्म की विषयवस्तु है। वह इस रूप में अपरिवर्तनशील रही है। उसका इतिहास अत्यल्प है या न होने के बराबर है।''[38]

शेली की पुस्तिका जला दी गई थी और उन्हें विश्वविद्यालय से निकाल दिया गया था। हेगल के दर्शन को राजकीय सम्मान मिला और वह विश्वविद्यालय में प्रोफेसर का

पद सुशोभित करते रहे। लेकिन फायरबाख को उनके दार्शनिक विचारों के कारण प्रोफेसर के पद से हटा दिया गया और मार्क्स को उस पद से वंचित रखा गया था। हेगल के विपरीत फायरबाख और मार्क्स शेली की परम्परा में थे। शेली और मार्क्स यूनानी काव्य और दर्शन में डूबे हुए थे, हेगल को काव्य से विशेष सरोकार न था, दर्शन में वह प्रकृति-प्रेमी यूनानियों से विपरीत दिशा में चले। शेली, हेगल और मार्क्स—तीनों इतिहास में अनिवार्यता (necessity) का सिद्धान्त मानते थे। शेली ने इस सिद्धान्त की व्याख्या इस प्रकार की थी। उन्होंने क्वीन मैब की एक टिप्पणी में लिखा था : "जो व्यक्ति अनिवार्यता सिद्धान्त का समर्थन करता है, वह मानता है कि जिस घटनाक्रम से नैतिक और भौतिक विश्व निर्मित है, उसमें कार्यों और कारणों की एक विशाल और अटूट शृंखला दिखाई देती है। इनमें जिसका जो स्थान है, उसके अतिरिक्त उसका दूसरा स्थान न हो सकता था, और उस स्थान में उसकी जो भूमिका है, वह अन्यत्र न हो सकती थी।...भूत (मैटर) को अनिवार्यता प्रभावित करती है, यह स्वीकारने में तो कोई आनाकानी नहीं करता लेकिन मन पर उसके प्रभुत्व के बारे में बहुतों को शंका है।...परिस्थितियों और पात्रों से इच्छा की क्रियाओं का नियमित संयोग रहता है। जैसे कार्य के लिए कारण है, वैसे ही स्वेच्छित कर्म के लिए प्रेरणा है। एक-सी परिस्थितियाँ एक-से ही अपरिवर्तित परिणाम उत्पन्न करती हैं। यदि किसी अवसर पर किसी व्यक्ति के चरित्र और प्रेरणाओं (motives) का पता हो, तो नैतिक दर्शनशास्त्री उसके कार्यों की भविष्यवाणी उतने ही निश्चय से कर देगा जितने निश्चय से प्राकृतिक दर्शनशास्त्री (अर्थात् वैज्ञानिक) किन्हीं विशेष रासायनिक पदार्थों के मिश्रण के परिणाम पहले से बता देगा।"[39]

शेली प्रकृति के नियमों को मनुष्य के अन्तर्जगत पर भी लागू करते हैं। शेली के उपर्युक्त विचारों से तुलनीय हैं 1843 में व्यक्त की हुई मार्क्स की धारणाएँ : "यदि हम आरम्भ से यह वस्तुगत दृष्टिकोण अपनाएँ तो हमें एक तरफ केवल अच्छाई, दूसरी तरफ केवल बुराई न दिखाई देगी, वरन् पहली नजर में जहाँ व्यक्ति काम करते दिखाई दिए थे, वहाँ हम परिस्थितियों का प्रभाव देखेंगे। एक बार यह प्रमाणित हो जाए कि कोई प्रपंच परिस्थितियों द्वारा अनिवार्य बना दिया जाता है, तो उन बाह्य परिस्थितियों का सही पता लगाना कठिन न होगा जिनके अन्तर्गत वह वास्तव में पैदा कर ही लिया जाएगा और उनका, जिनके अन्तर्गत वह पैदा न किया जा सकेगा, यद्यपि उसकी जरूरत पहले ही मौजूद थी। यह बात लगभग उसी निश्चय से सिद्ध की जा सकती है जिससे रयासनशास्त्री उन बाह्य परिस्थितियों को निर्धारित करता है जिनके अन्तर्गत सम्बन्धित पदार्थों का यौगिक तैयार होगा ही।"[40]

शेली से मार्क्स तक भौतिकवादी दर्शन का मार्ग सीधा था। बीच में व्यवधान थे हेगल। शेली से एंगेल्स तक क्रान्तिकारी जनवाद का मार्ग भी सीधा था। शेली ने 1819 में अपने देशवासियों के नाम एक गीत (song to the men of England) में कहा था :

जो बीज तुम बोते हो, उसकी फसल दूसरा काटता है;
जो सम्पदा तुम पैदा करते हो, उसे दूसरा धर लेता है;
जो वस्त्र तुम बुनते हो, उन्हें दूसरा पहनता है;
जो अस्त्र तुम गढ़ते हो, उन्हें दूसरा धारण करता है।

बीज बोओ—लेकिन किसी अत्याचारी को फसल मत काटने दो;
सम्पदा प्राप्त करो—झूठे दावेदार को उसे न धरने दो;
वस्त्र बुनो—निठल्लों को उन्हें मत पहनने दो;
अस्त्र गढ़ो—उन्हें अपनी रक्षा के लिए धारण करो।

यहाँ बुनकरों के साथ किसान भी हैं। मजदूर-किसान जो सम्पदा उत्पन्न करते हैं, उस पर अत्याचारियों का अधिकार होता है। आगे उस पर उसे पैदा करनेवालों का ही अधिकार होना चाहिए। बुनकरों और किसानों के साथ वे कारीगर भी हैं जो हथियार बनाते हैं। इन्हें अपनी रक्षा के लिए वे स्वयं धारण करेंगे। यहाँ समाजवादी क्रान्ति की बात नहीं है, व्यक्तिगत सम्पत्ति को खत्म करने की बात नहीं है। सामाजिक सम्बन्ध पूरी तरह बदलने हैं। उत्पादक अपने उत्पादों के मालिक होंगे। यह जनवादी क्रान्ति है पर वह पूँजीपतियों को सत्ता सौंपनेवाली नहीं है। एंगेल्स ने अक्तूबर, 1847 में ऐसी ही क्रान्ति की रूपरेखा बनाई थी।

मार्क्स और एंगेल्स ने कम्युनिस्ट घोषणापत्र से पहले क्रान्तिकारी जनवाद के दौर में जो कुछ लिखा, वह बहुत महत्त्वपूर्ण है। 1848 की सर्वहारा क्रान्ति की विफलता के बाद वे इस जनवाद की अनेक स्थापनाओं की ओर लौटकर आते हैं। इन स्थापनाओं का सारतत्त्व है किसानों-मजदूरों की एकता और विश्व-जनता का साम्राज्य-विरोधी संघर्ष। जिन स्थापनाओं की ओर मार्क्स और एंगेल्स लौटते हैं, वे शेली में पहले से मौजूद हैं। इससे शेली के अपने जमाने के लिए ही नहीं आज के लिए भी शेली का महत्त्व प्रतिपादित होता है। आज सवाल सर्वहारा क्रान्ति का नहीं है, सर्वहारा डिक्टेटरशिप का और भी नहीं है। सवाल विश्व पैमाने पर साम्राज्य-विरोधी क्रान्ति का है, मजदूरों और किसानों की राज्यसत्ता का है।

पूँजीवाद के अतिमूल्यन के साथ सर्वहारा-वर्ग का अतिमूल्यन जुड़ा हुआ है। इसका एक परिणाम यह हुआ है कि मार्क्स और एंगेल्स का जो चिन्तन घोषणापत्र से पहले का है, उसका अवमूल्यन हुआ है। जब 'मार्क्सवादियों' में ही मार्क्स और एंगेल्स के उस चिन्तन का अवमूल्यन होगा तो उससे मिलते-जुलते शेली जैसों के चिन्तन का सही मूल्यांकन होगा, इसकी आशा ही कैसे की जा सकती है। उल्लेखनीय है, क्रान्तिकारी जनवाद के दौर में मार्क्स और एंगेल्स का सर्वात्मवाद भौतिकवादी मान्यताओं से सीधे नहीं टकराता। उनसे टकराता है हेगल का सर्वात्मवाद जिसमें प्रकृति पूर्ण विचार की विकृति है। उपनिषदों की मूल धारा प्रकृति को ब्रह्म की विकृति नहीं मानती; प्रकृति को ब्रह्ममय यथार्थ मानती है। वेदान्त के इस सही रूप का उपयोग आज भी दार्शनिक

अन्धविश्वासों से लड़ने में हो सकता है।

पर वेदान्त भारत का एकमात्र दर्शन नहीं है। एपिकुरुस और देमोक्रितुस से लेकर इंग्लैंड और फ्रांस तक की भौतिकवादी विचारधारा के पूर्व रूप भारत में मौजूद थे। मार्क्स ने अपने शोध-प्रबन्ध में लिखा था कि "देमोक्रितुस मिस्र के पुरोहितों, ईरानी खाल्दिओं और भारतीय विद्वानों (indian gymnosophists) से सीखना चाहते हैं लेकिन एपिकुरुस गर्व करते हैं कि उनका कोई गुरु नहीं है, वह स्वयं शिक्षित हैं।'[41] यूनान से यूरोप ने सीखा; यूनान के विद्वान भारत से सीखना चाहते थे। यह निश्चित है कि देमोक्रितुस और एपिकुरुस से पहले भारत में परमाणुवाद की प्रतिष्ठा हो चुकी थी। भारतीय परमाणुवाद, फिर यूनानी परमाणुवाद, उसके बाद ब्रिटेन और फ्रांस का भौतिकवाद, आगे मार्क्स-एंगेल्स का द्वन्द्वात्मक भौतिकवाद–यह क्रम पहचानना आवश्यक है। परमाणुवाद भारत के प्राचीन भौतिकवादी दर्शन का एक अंगमात्र है।

एंगेल्स भौतिकवाद के विकास के लिए समकालीन विज्ञान की ओर देख रहे थे, साथ ही यूरोप और एशिया के प्राचीन दर्शन की ओर भी। उनका विचार था कि विज्ञान के विकास ने प्रकृति के प्रपंचों के अन्तःसम्बन्ध उद्घाटित करके अनुभवजन्य विज्ञान को सैद्धान्तिक विज्ञान बना दिया है, उसे प्रकृति के भौतिकवादी ज्ञानतन्त्र का रूप दे दिया है।[42] मार्क्स और एंगेल्स के बाद प्रकृति-विज्ञान का विकास बन्द नहीं हो गया। इस दृष्टि से भौतिकवाद का निरन्तर विकास सम्भव है। यह विकास की एक दिशा हुई।

विकास की दूसरी दिशा का सम्बन्ध है प्राचीन दर्शन से। प्रकृति का द्वन्द्ववाद में पशुओं और मनुष्यों की समझ में समानता दिखाने के बाद एंगेल्स ने लिखा है : "दूसरी ओर द्वन्द्ववादी-चिन्तन में धारणाओं के स्वरूप की छानबीन निहित है, इसलिए वह केवल मनुष्य के लिए सम्भव है, और उसके लिए भी, केवल विकास की अपेक्षाकृत ऊँची अवस्था में (बौद्ध और यूनानी)। और उसका पूरा विकास और भी आगे आधुनिक दर्शन में सम्पन्न होता है। और फिर भी उसके वे विराट परिणाम हमें यूनानियों में ही (!) मिल जाते हैं जो बहुत हद तक (आगे की) खोजबीन का पूर्वानुमान कर लेते हैं।"[43] यूनानियों के साथ बौद्ध भी हैं (बौद्धों का उल्लेख पहले है, यूनानियों का बाद को !) एशिया इतिहास से बाहर, यूरोप उसका केन्द्र–यह धारणा खंडित हो गई है। द्वन्द्वात्मक चिन्तन मनुष्य के लिए तभी सम्भव है जब वह विकास की अपेक्षाकृत ऊँची अवस्था में हो। एंगेल्स ने भारत के बौद्धों को लक्ष्य करके ही वह वाक्य लिखा होगा। उस स्थिति में भारत-सम्बन्धी अपरिवर्तित ग्राम-समाजोंवाली धारणा खंडित होगी। यदि उनके मन में चीन के बौद्ध रहे हों तो प्रजा निरंकुश राजा की दास है और उसी से सारे नैतिक विचार प्राप्त करती है, यह हेगल की धारणा तो खंडित होगी ही। द्वन्द्वात्मक-चिन्तन के विराट परिणाम यूनान में मिलते हैं तो भारत में भी मिल सकते हैं। यदि यूनानी चिन्तन के परिणाम आधुनिक खोजबीन का पूर्वानुमान करते हैं तो भारतीय चिन्तन के परिणाम भी उसका पूर्वानुमान कर सकते हैं। बौद्ध दर्शन भारतीय चिन्तन का अंग है। उस चिन्तन की समग्रता पर ध्यान देने से परिणामों की विशदता बढ़ेगी।

एंगेल्स ने द्वन्द्वात्मक भौतिकवाद की विशेषताएँ बताते हुए लुडविग फायरबाख में लिखा है : "उसके लिए (द्वन्द्वात्मक दर्शन के लिए) कुछ भी अन्तिम, पूर्ण, पवित्र नहीं है। वह हर चीज में, और हर चीज का, अस्थायी स्वरूप उद्घाटित करता है। अस्तित्व में आना और तिरोहित होना, निम्न से उच्च की ओर अनन्त आरोहण—इस अविच्छिन्न प्रक्रिया के अलावा उसके सामने कुछ भी टिकाऊ नहीं रहता।"[44] निरन्तर परिवर्तन का अर्थ निरन्तर ऊपर चढ़ते जाना है, इसे छोड़कर शेष बातें भारतवासियों को परिचित लगेंगी। भारतीय दर्शन के इतिहास पर अपने ग्रन्थ में सुरेन्द्रनाथ दासगुप्त ने बौद्ध मत का परिचय देते हुए लिखा है : "बौद्ध मत ने कभी भी किसी चीज को स्थायी नहीं माना। इस मत का विकास हुआ तो उन्होंने इस मुद्दे पर बहुत जोर दिया। एक क्षण में वस्तुएँ दृश्यमान होती हैं, दूसरे ही क्षण उनका नाश हो जाता है। जो कुछ भी अस्तित्व में है, वह क्षणिक है।...जैसेकि दीपशिखा प्रतिक्षण बदलती रहती है, किन्तु हमें प्रतीत यह होता है कि सारे समय हम उसी दीपशिखा को देख रहे हैं, वैसे ही हमारे शरीर, हमारे विचार, भाव इत्यादि, हमारे चारों ओर के समस्त बाह्य पदार्थ प्रतिक्षण नष्ट हो रहे हैं और हर अगले क्षण में नए उत्पन्न हो रहे हैं। लेकिन जब तक अगले क्षणों की चीजें पिछले क्षणों की चीजों से मिलती-जुलती हैं, तब तक हमें लगता है कि ये वही चीजें हैं और कहीं कुछ भी नष्ट नहीं हुआ है।"[45]

संसार की चिरन्तन परिवर्तनशीलता का सिद्धान्त हेगल से बहुत पहले भारत में विद्यमान था। इस सिद्धान्त से हेगल के 'पूर्ण विचार' का सामंजस्य असम्भव है, वह अलग बात है। हेगल बौद्ध मत की कुछ बातों से परिचित थे, यह निश्चित है। तर्क-विज्ञान के पहले अध्याय में विचार की महत्ता के प्रसंग में उन्होंने पर्मेनिदेस का उल्लेख किया है, फिर लिखा है : "यह सुविदित है कि पूरब के तन्त्रों (सिस्टेम्स) में, और बुनियादी तौर से बौद्ध मत में, असत् अथवा शून्य पूर्ण सिद्धान्त है।"[46] यहाँ यूनानी पर्मेनिदेस (आगे हेराक्लितुस) के साथ बौद्ध मत का उल्लेख हुआ है। यह सम्भव है, इसे देखकर एंगेल्स ने प्रकृति का द्वन्द्ववाद में बौद्धों और यूनानियों के द्वन्द्ववाद की बात कही हो।

दर्शन-विज्ञान का विकास और क्रान्तिकारी जनवाद

कवि ही कल्पनाशील नहीं होते, दार्शनिक जैसे कांट, वैज्ञानिक जैसे डारविन भी कल्पनाशील हो सकते हैं। और भी : उनकी कल्पनाशीलता शेली की कल्पनाशीलता से मिलती-जुलती हो सकती है।

शेली क्वीन मैब की टिप्पणियों में हिसाब लगा रहे थे कि प्रकाश एक वर्ष में 54 से अधिक खरब मील चलता है। धरती से सूर्य जितनी दूर है, उससे यह फासला 57 लाख गुना से ज्यादा है। सूर्य से पृथ्वी तक प्रकाश के आने में कुल 8 मिनट 7 सेकेंड लगते हैं। सूर्य से पृथ्वी की दूरी कुल साढ़े नौ लाख मील है। अब कल्पना कीजिए, वे

स्थिर नक्षत्र कितनी दूर होंगे जब उनमें निकटतम से पृथ्वी तक प्रकाश के आने में बरसों लग जाएँगे। संसार की अनिश्चित विराटता, "जो भी सही ढंग से उसके रहस्य और भव्यता का अनुभव करेगा, वह धार्मिक तन्त्रों की झूठी बातों से फुसलाए जाने के जोखिम से बचा रहेगा अथवा विश्व सिद्धान्त को देवता बनाने के खतरे से बचा रहेगा।"[47]

हेलास नाटक में एक गीत यों शुरू होता है :

Worlds on worlds are rolling over
From creation to decay,
Like the bubbles on a river
Sparkling, bursting, borne away.

राशि-राशि लोक आलोड़ित हैं
सृजन से लेकर ह्रास तक
नदी के ऊपर बुद्बुदों की तरह
उद्भासित, प्रस्फुटित, अन्तर्धान होते हुए।

सृष्टि और प्रलय का शाश्वत क्रम, समस्त पदार्थों का आविर्भाव और अवसान की अविनश्वर प्रक्रिया।

संसार की अनिश्चित विराटता में जर्मन दार्शनिक कांट का भी मन रमता था। प्रकृति का द्वन्द्ववाद में एंगेल्स ने उनके बारे में जो कुछ कहा है, वह दर्शन और विज्ञान के विकास को समझने में हमारी सहायता करता है। अठारहवीं सदी के वैज्ञानिकों ने प्रकृति के बारे में बहुत-सी जानकारी इकट्ठा की थी, इस तरह वे यूनानियों से आगे थे। परन्तु यूनानियों के लिए संसार सदा से ऐसा न था, वह अव्यक्त दशा से बाहर आया था, उसका विकास हुआ था। इस प्रकार सैद्धान्तिक दृष्टि में यूनानी इन वैज्ञानिकों से आगे थे। प्रकृति-विज्ञानियों के लिए भूत गतिशील हुआ जब उसे बाहर से किसी शक्ति द्वारा प्रेरित किया गया। परन्तु प्रकृति-विज्ञानियों से भिन्न दार्शनिकों ने, सर्वात्मवादी स्पिनोजा से लेकर फ्रांस के भौतिकवादियों तक, संसार की व्याख्या संसार के आधार पर ही की। प्रकृति में कोई परिवर्तन हुआ है, विकास हुआ है, वैज्ञानिक यह न मानते थे। उनकी समझ में आज भी प्रकृति में हर चीज वैसी ही है जैसी आरम्भ में थी और अनन्तकाल तक वह वैसी ही बनी रहेगी। प्रकृति के प्रति इस जड़ दृष्टिकोण में दरार डाली कांट ने। 1755 में प्रकृति के इतिहास और सौरमंडल के बारे में उनका ग्रन्थ प्रकाशित हुआ। एंगेल्स ने इसे 'युगान्तरकारी कृति' कहा है। "प्रथम प्रेरणा का प्रश्न (भूत को सबसे पहले गतिशीलता किसने प्रदान की, यह प्रश्न) निरस्त हो गया। पृथिवी और समस्त सौरमंडल अब ऐसी चीज प्रतीत हुए जो समय के दौरान अस्तित्व में आए थे।...कांट ने जिस बात का पता लगाया था, वह आगे की समस्त प्रगति के लिए प्रमाण-बिन्दु थी। यदि पृथिवी ऐसी चीज थी जो अस्तित्व में आई थी, तो उसकी

वर्तमान भूगर्भीय, भौगोलिक और जलवायु-सम्बन्धी अवस्था, और उसी तरह उसके पशु और वनस्पतियाँ, ऐसी चीज होनी चाहिए जो अस्तित्व में आई थीं। उसका इतिहास होना चाहिए, न केवल आकाश (स्पेस) में सह-अस्तित्व का, वरन् कालगत अनुक्रम का भी।"[48] (जैसे इतिहास में घटनाएँ समय के भीतर, एक के बाद दूसरी, घटित होती हैं, वैसे ही सूर्य, चन्द्र, पृथिवी आदि का अपना कालगत अनुक्रम है।)

कांट के समय में प्रकृति के प्रति जर्मनी में नई दृष्टि का विकास हो रहा था। वह दर्शन के अतिरिक्त विज्ञान में भी प्रतिफलित हुई। यह बात युग के स्वरूप के अनुकूल थी कि जब कांट ने सौरमंडल की अनन्तकालीनता पर आक्रमण किया, लगभग उसके साथ ही कास्पर फ्रीड्रिश वुल्फ ने 1759 में प्रजातियों की अचलता पर पहला आक्रमण किया और उनके अवतरण सिद्धान्त की घोषणा की।[49] प्रकृति का द्वन्द्ववाद के सम्पादकों के अनुसार, वुल्फ प्रकृति-विज्ञानी थे, उन्होंने जर्मनी और रूस में काम किया था और विकास सिद्धान्त के जन्मदाताओं में थे।[50]

जो दार्शनिक सौरमंडल के उद्‌भव और विकास का सिद्धान्त प्रतिपादित कर रहे थे, वे कल्पनाशील थे और शेली की तरह संसार की अनिश्चित विराटता को अपने चिन्तन में समेट लेना चाहते थे। कांट शेली की रचनाओं से परिचित न हो सकते थे क्योंकि 1804 में उनके निधन के समय शेली बारह साल के थे। परन्तु एंगेल्स ने उनकी रचनाएँ पढ़ी थीं। प्रकृति का द्वन्द्ववाद जैसी पुस्तक में संसार के विकास की चर्चा करते हुए उनकी शेली जैसी कल्पनाशीलता फिर उभर आती है। "हमारे संसार-द्वीप में अनगिनत सूर्य और सौर-तन्त्र हैं। यह संसार-द्वीप आकाशगंगा (मिल्की वे) की सबसे बाहरी नक्षत्र-मंडलियों से आवेष्टित है। वाष्प के घुमड़ते, दमकते समूहों के संकुचित और ठंडे होने से उन (सूर्यों और सौर-तन्त्रों) का विकास हुआ है। इनकी गति के नियम तब उद्‌घाटित होंगे जब शायद कुछ शताब्दियों के पर्यवेक्षण के बाद हम नक्षत्रों की सही गति के मर्म तक पैठ सकेंगे।"[51]

एंगेल्स यहाँ सहस्राब्दियों के अतीत को देखते हैं, शताब्दियों आगे तक विज्ञान के विकास की कल्पना करते हैं। अतीत और भविष्य के इस समस्त कालखंड में प्रकृति निरन्तर परिवर्तनशील रही है और रहेगी। यह तो हुई कांट, शेली और एंगेल्स की स्थिति। इस प्रसंग में हेगल की स्थिति क्या है ?

ऐंटी-डुयरिंग में एंगेल्स ने लिखा था : "अठारहवीं सदी के फ्रांसीसियों के यहाँ और हेगल के यहाँ भी प्रकृति की समग्रता को लें तो उसके बारे में धारणा यह थी कि वह संकीर्ण चक्रों में घूमती है, और (सदा) अपरिवर्तनशील रहती है; उसके आकाशीय पिंड अनन्तकालीन हैं जैसीकि न्यूटन की शिक्षा थी, और जीवन्त प्रजातियाँ (organic species) अपरिवर्तनशील हैं जैसीकि लिनीअस की शिक्षा थी।"[52] इस तरह हेगल अठारहवीं सदी के भौतिकवादियों से आगे न बढ़े थे। पर अठारहवीं सदी के सभी दार्शनिक एक-से न थे। कांट का प्राकृतिक इतिहास पर ग्रन्थ अठारहवीं सदी में ही छपा था और उसी समय वुल्फ ने विकासवाद-सम्बन्धी स्थापनाएँ प्रस्तुत की थीं। हेगल के और भी

पूर्ववर्ती विचारक थे; वे आगे बढ़ रहे थे, हेगल उनकी तुलना में पीछे रहे थे।

लुडविग फायरबख में एंगेल्स ने और विस्तार से लिखा : "सौरमंडल के उद्‌भव के बारे में कांट का सिद्धान्त कुछ दिन पहले ही प्रस्तुत किया गया था और लोग उसे अभी कुतूहल की वस्तु ही समझते थे। धरती के विकास का इतिहास, भूगर्भशास्त्र, सभी पूर्णतः अज्ञात था। आज के प्राणवन्त प्राकृतिक जीव, सरल से संश्लिष्ट की ओर, दीर्घ विकासक्रम का परिणाम हैं, यह धारणा उस समय वैज्ञानिक रूप में प्रस्तुत की ही न जा सकती थी। इसलिए प्रकृति के प्रति अनैतिहासिक दृष्टिकोण अनिवार्य था। इस मुद्दे पर अठारहवीं सदी के दार्शनिक हमारी दृष्टि से कम ही दोषी होने चाहिए क्योंकि वही बात हेगल के यहाँ भी है। उनके अनुसार, प्रकृति विचार का 'परकीयत्व' मात्र है, उसमें कालगत विकास की क्षमता नहीं है। वह केवल आकाश (स्पेस) में अपनी बहुरूपता का प्रसार कर सकती है। इसलिए वह एकबारगी, और एक-दूसरे के साथ-साथ, स्वयं में अन्तर्भुक्त, विकास की सभी अवस्थाएँ प्रदर्शित करती है। समस्त विकास की बुनियादी शर्त है उसका देशगत, कालगत होना। वह देशगत तो हो, कालगत न हो, यह बेतुकापन हेगल प्रकृति पर आरोपित करते हैं, और यह उस समय, जब भूगर्भशास्त्र, भ्रूणशास्त्र, पशुओं और वनस्पतियों के कायाशास्त्र और जीव-सम्बन्धी रसायनशास्त्र का निर्माण हो रहा था, और इन नए विज्ञानों के आधार पर बाद के विकास-सिद्धान्त की भव्य पूर्वकल्पनाएँ सर्वत्र प्रकट हो रही थीं (यथा गेटे और लामार्क)। लेकिन तन्त्र (हेगलीय दर्शन-तन्त्र) की यही माँग थी; इसलिए पद्धति (हेगलीय तर्क-पद्धति) को, तन्त्र की खातिर, अपने प्रति झूठा होना पड़ा।"[53]

हेगल ने अपने सोच का बेतुकापन प्रकृति पर आरोपित किया था। यह उनका स्वभाव था। यही बेतुकापन उन्होंने एशिया और अफ्रीका के इतिहास पर आरोपित किया था। वह अपने पूर्वग्रहों पर इतनी दृढ़ता से जमे थे कि अपने चारों ओर नए विकसित होते विज्ञानों के प्रति उन्होंने आँखें मूँद ली थीं। लामार्क लगभग पच्चीस और गेटे लगभग बीस साल उनसे बड़े थे। वे विकास-सिद्धान्त की पूर्वकल्पनाएँ कर रहे थे और हेगल अपनी वैचारिक जड़ता से चिपके हुए थे। कांट हेगल से छियालीस साल पहले जन्मे थे, इसलिए प्रकृति की विकासमानता-सम्बन्धी पूर्वकल्पना के लिए उनकी और भी अधिक प्रशंसा करनी चाहिए। उनकी पुस्तक के लम्बे नाम का प्रारम्भिक अंश महत्त्वपूर्ण है : अल्गेमाइने नाटूर गेशिख्टे उन्ट थेओरी डेस हिमेल्स (जेनरल नैचुरल हिस्ट्री एंड थियरी ऑफ द हेवेन्स)। प्रकृति का इतिहास है, यह पुस्तक का नाम ही घोषित कर रहा था। (नाटूर गेशिख्टे—प्रकृति-इतिहास, हिमेल्स का शब्दशः अर्थ होगा, अनेक आकाश। कांट आकाशों का नहीं, आकाशों में स्थित पदार्थों का सिद्धान्त रच रहे थे।)

वैज्ञानिक रूप में सब कुछ प्रस्तुत कर दिया जाए, तब दार्शनिक उसे अपनाए, तो इसमें उसकी अपनी विशेषता क्या हुई ? हर भौतिक-विज्ञानी, कवि और दार्शनिक की तरह, पहले पूर्वकल्पना से ही काम लेता है। फिर प्रमाण-सामग्री जुटाकर उसे वैज्ञानिक सत्य के रूप में प्रतिष्ठित करता है। कांट ने इसी तरह सौरमंडल के उद्‌भव की कल्पना

की थी। आरम्भ में एक ज्वलन्त चक्रगति नीहारिका (नेबुला) थी। उसी से सूर्य, नक्षत्र आदि उत्पन्न हुए। फ्रांसीसी वैज्ञानिक लाप्तास ने 1796 में, कांट से इकतालीस साल बाद, सौरमंडल के उद्‌भव के बारे में ऐसी ही धारणा प्रस्तुत की। 1864 में ब्रिटिश खगोलशास्त्री विलियम हगिंस ने दूरदर्शक यन्त्रों की सहायता से सिद्ध किया कि महाकाश में उत्तप्त गैस-समूह है और नीहारिका-सम्बन्धी पूर्वकल्पना से मिलता-जुलता है।[54] कांट की पूर्वकल्पना के लिए समय उपयुक्त था, यह इसी से प्रमाणित होता है कि तभी वुल्फ विकास-सिद्धान्त की पूर्वकल्पना कर रहे थे।

प्रकृति गतिशील और परिवर्तनशील है, इस सामान्य धारणा के अतिरिक्त कांट और शेली में और कई चीजें मिलती हैं। 1792-93 में कांट ने एक पुस्तक लिखी—धर्म केवल विवेक की परिधि में। राजा फ्रेडरिक विलियम द्वितीय को कांट के धर्म-सम्बन्धी विचार अच्छे न लगे। कांट ने दबाव के आगे झुककर यह तो नहीं कहा, मैंने गलती की है, पर उन्होंने वादा किया, सार्वजनिक रूप से धर्म के बारे में कुछ न कहूँगा। राजा की मृत्यु के बाद वह अपने पुराने ढर्रे पर आ गए। मानसिक वृत्तियों का संघर्ष (1798) में उन्होंने कहा, बाइबिल-सम्बन्धी आस्थाएँ—ये धर्मशास्त्र हैं। आलोचनात्मक विवेक है दर्शन।[55] धार्मिक अन्धविश्वासों के मुकाबले में विवेक का समर्थन—कांट और शेली की यह सामान्य भूमि है।

कांट बड़े सहृदय व्यक्ति थे। वह हर तरह के सामाजिक अन्याय का विरोध करते थे। वह कहते थे, अपने ही देश में दासता बनी हुई है; उसके बारे में सोचता हूँ तो खाया-पिया पानी हो जाता है। वह अभिजातों के बच्चों को पढ़ाते थे। उन्हें सिखाते थे, मनुष्य को स्वतन्त्र रहना चाहिए, आत्मसम्मान का ध्यान रखना चाहिए। जर्मनी में बँधुआ प्रथा का चलन था। इस प्रथा को मिटाने के लिए जिन लोगों ने आन्दोलन किया, उनमें कई कांट के शिष्य थे।[56] यूरोप के व्यापारी और जमींदार अमरीका में नरसंहार करें, अफ्रीकियों को पकड़कर दासों का व्यापार करें, भारत पर अपना प्रभुत्व कायम करें—यह सब उन्हें बहुत नापसन्द था। वह विश्व-शान्ति के आदि आन्दोलनकारियों में हैं। वह दूसरे देशों को जीतने के सामरिक अभियानों के विरोधी थे। उनका सिद्धान्त था : "कोई भी राज्य किसी अन्य राज्य के शासन और विधान में बलपूर्वक हस्तक्षेप न करेगा।"[57]

मानवतावाद का आधुनिक रूप है ऐतिहासिक भौतिकवाद। उसका विकास मानवीय सहृदयता को कुचलकर नहीं हो सकता, विश्वव्यापी दारुण अत्याचारों को इतिहास की अनिवार्यता के नाम पर स्वीकारने से नहीं हो सकता। कांट ने लिखा था : "अमरीका, हब्शियों के देश, गरम मसाले के देश, दक्षिण अफ्रीकी अन्तरीप आदि देश ऐसे थे जिनका धनीधोरी कोई न था क्योंकि वहाँ के निवासी किसी गिनती में न थे। ईस्ट इंडिया (हिन्दुस्तान) में मात्र व्यापारी-अड्डे कायम करने के बहाने वे भाड़े के विदेशी सैनिक ले गए। भाड़े के इन सैनिकों ने भारत के विभिन्न राज्यों के बीच युद्ध-प्रसार के लिए उकसावा पैदा करके वहाँ के निवासियों का दमन किया। यहाँ वे मनुष्य-जाति

को गिरानेवाली, अकाल, देशद्रोह, विश्वासघात जैसी तमाम बुराइयाँ ले आए।''[58]

प्रकृति की विकासमानता, धार्मिक अन्धविश्वासों से मुक्ति, बँधुआ किसानों की आजादी, संसार के देशों को गुलाम बनाने का विरोध—यह है क्रान्तिकारी जनवाद का स्वरूप। कुछ दिन बाद शेली कांट की इसी परम्परा में शामिल हो गए।

इसी परम्परा में हैं डारविन। शेली और कांट की कल्पना आकाशचारी है, वे देशगत फासले तय करते हैं। डारविन की कल्पना धरती से अपना लगाव नहीं छोड़ती परन्तु धरती के सहारे ही वह कालगत दूरी खूब तय करती है। वह मूलतः भूगर्भशास्त्री थे। धरती की परिवर्तनशीलता और विकास को देखते-देखते वह जीवों की परिवर्तनशीलता और विकास तक पहुँचे थे। प्रजातियों के उद्भव पर उनकी खोज ने धार्मिक अन्धविश्वासों को ऐसा करारा धक्का दिया जैसाकि उनके पूर्ववर्ती वैज्ञानिक कुल मिलाकर तब तक न दे पाए थे। उन्होंने अपनी दक्षिण अमरीका, आस्ट्रेलिया आदि की यात्रा का जो विस्तृत वृत्तान्त लिखा है, वह उसी समय छापा गया था जिस समय एंगेल्स की पुस्तक इंग्लैंड में मजदूरवर्ग की अवस्था छपी थी। दोनों पुस्तकें मुख्यतः प्रत्यक्ष अनुभव के आधार पर लिखी गई थीं और दोनों में उनके लेखकों के भावी वैचारिक विकास की झलक दिखाई देती है। दोनों में सामाजिक अन्याय के प्रति युवकोचित आक्रोश है। पूँजी के मुकाबले जैसे मजदूरवर्ग की अवस्था, वैसी ही प्रजातियों का उद्भव के मुकाबले डारविन का यह यात्रा-वृत्तान्त सरल और रोचक है।

डारविन ने बीगल जहाज में संसार का चक्कर लगाया था। यह काम उन्होंने कई साल में किया था क्योंकि यात्रा का उद्देश्य अनेक देशों के 'प्राकृतिक इतिहास और भूगर्भशास्त्र' सम्बन्धी खोज करना था। अतः पुस्तक के नाम अनुसन्धान की दैनिकी (Journal of Researches) के साथ इन विज्ञानों का उल्लेख है। डारविन की 'नेचुरल हिस्ट्री' कांट के 'नाटूर गेशिख़्दे' का पर्याय है। अप्रैल, 1832 में डारविन ब्राजील में थे, 1836 में आस्ट्रेलिया में। पुस्तक में प्रस्तावना जून, 1845 में लिखी गई थी। डारविन प्रकृति-प्रेमी और काव्य-प्रेमी थे और शेली उनके प्रिय कवि थे। विशेष यह कि निर्जन, वनस्पतिविहीन दृश्यों में भी उन्हें कविता दिख जाती थी।

दक्षिण अमरीका में एक वृक्षविहीन सपाट मैदान देखते हुए : ''चारों ओर खामोशी और वीराना। फिर भी, जहाँ एक भी चमकती चीज (आकर्षक पदार्थ) आसपास न हो, इस प्रकार के दृश्यों से गुजरते हुए ऐसे आनन्द की तीव्र अनुभूति होती है जिसकी व्याख्या अस्पष्ट है परन्तु जो प्रबल है। मन में प्रश्न उठता है : कितने युगों से यह मैदान यों ही बना हुआ है और कितने युगों तक यों ही बने रहना इसकी नियति है।

> *कोई उत्तर नहीं दे सकता—अभी सब कुछ अनन्तकालीन लगता है,*
> *निर्जनता की एक रहस्यमय भाषा है*
> *जो सिखाती है भयावह सन्देह। शेली :* 'मों ब्लॉंक' पर पंक्तियाँ।[59]

आल्पस पर्वत के एक शिखर की हिमाच्छादित निर्जनता पर लिखी शेली की

पंक्तियाँ दक्षिण अमरीकी उजाड़ मैदान देखकर डारविन को याद आईं। शेली को निर्जनता से सन्देह की सीख मिलती है। प्रकृति के बारे में जो कुछ बाइबिल में लिखा है, उस पर विश्वास न करो। ऐसा ही अविश्वास डारविन के मन में पनप रहा था।

शेली की तरह डारविन जानते हैं, सुरक्षित जीवन-सम्बधी मनुष्य की धारणा भूकम्प आने पर बहुत जल्दी ध्वस्त हो जाती है। 20 फरवरी, 1835 को डारविन ने भूकम्प का भारी झटका महसूस किया। वह जंगल में लेटे हुए आराम कर रहे थे। वह उठकर खड़े हुए पर उन्हें चक्कर आने लगे। उस अनुभव का वैचारिक निष्कर्ष यह था : "बुरा भूकम्प पुराने-से-पुराने भावात्मक सम्बन्धों को तुरन्त नष्ट कर देता है। धरती सुदृढ़ता का प्रतीक ही है, वह हमारे पैरों के नीचे द्रव पदार्थ पर पपड़ी की तरह चली है। समय के एक क्षण से मन में असुरक्षा की ऐसी विचित्र धारणा पैदा हो गई है जो घंटों के चिन्तन से पैदा न होती।"[60] मनुष्य के प्रसंग में प्रकृति का आन्तरिक सामंजस्य ऐसा ही है।

लोगों की मेज-कुर्सियाँ, घरों की छतें कहाँ से कहाँ पहुँच गई थीं। गहरे जल के भीतर धँसी चट्टानें किनारे आ गई थीं। किरीकिरीना द्वीप का आकार छोटा हो गया। भारी लहर उठी। गायें समुद्र में बह आईं। चोर हाय-हाय करते एक हाथ से छाती पीटते थे, दूसरे से माल चुराते जाते थे। डारविन अपने देश के बारे में सोचने लगे : वहाँ पृथ्वी-तल के नीचे जो शक्तियाँ अभी निष्क्रिय हैं, यदि वे सक्रिय हो जाएँ तो सारी परिस्थितियाँ कैसे बदल जाएँगी। "ये शक्तियाँ पहले के भूगर्भीय युगों में निश्चित रूप से सक्रिय रही थीं।"[61] अर्थात् वर्तमान इंग्लैंड पुरातन भूगर्भीय परिवर्तनों का परिणाम है।

ज्वालामुखियों के विस्फोट से और भी व्यापक परिवर्तन हुए थे। ये विस्फोट पृथ्वी पर ही नहीं, समुद्र के भीतर भी हुए थे। लावा जलस्तर पारकर पृथ्वी पर फैला और फिर जमकर पत्थर बन गया। जो वृक्ष उसकी चपेट में आए, वे भी पत्थर हो गए। लावा की पतली पर्तें वृक्षों के चारों ओर यों जमीं कि एक के बाद एक लावा की लहरों के उमड़ने का पता चलता था। एक जगह पत्थर पर वृक्ष की छाल की स्पष्ट छाप बनी हुई थी। "मैंने एक स्थान देखा जहाँ पाँच वृक्षों का समूह एटलांटिक सागर के तट पर कभी-कभी शाखाएँ लहराता था। तब समुद्र ऐंडीस पर्वतमाला की पदभूमि तक आता था (अब वह सात सौ मील पीछे ठेल दिया गया था)। मैंने देखा कि वे (वृक्ष) ज्वालामुखीय मिट्टी से उपजे थे; मिट्टी का स्तर समुद्र-तल से ऊपर उठ आया था। आगे चलकर यह सूखी जमीन अपने सीधे खड़े वृक्षों के साथ समुद्र की गहराइयों में धँसा दी गई थी।"[62] धरती के इन परिवर्तनों को विकास किस आधार पर कहा जाएगा ? अक्सर हम सामाजिक जीवन से उधार ली हुई प्रगति और ह्रास की धारणाएँ प्रकृति पर आरोपित करते हैं।

डारविन ने भूगर्भीय परिवर्तनों का सम्बन्ध जीव-जगत की स्थितियों से जोड़ा। मेक्सिको की धरती ऊपर उठी थी या सम्भवतः वेस्टइंडीज द्वीप-समूह की भूमि धरती में धँसी थी। भूगर्भीय काल-विचार से ये अभी हाल की घटनाएँ थीं। उत्तरी और दक्षिणी अमरीका में जीवों के वर्तमान अलगाव का वे कारण हो सकती हैं। वेस्टइंडीज द्वीपों के

स्तनपायी जीवों में दक्षिण अमरीकी स्तनपायियों की विशेषताएँ हैं।[63] यह द्वीप-समूह पहले दक्षिणी महाद्वीप से जुड़ा हुआ था। इसी तरह उत्तरी अमरीका एशिया से जुड़ा हुआ था और सम्भव है, हाथी, घोड़े, पोली-सींगों के पशु, बेहरिंग जलडमरूमध्य के आसपास की जमीन से होते हुए, साइबीरिया से उत्तरी अमरीका पहुँचे हों, वह जमीन बाद में समुद्र में डूब गई हो।[64]

जीवों की जो प्रजातियाँ नष्ट हो गई थीं, उनके अवशेष यूरोप, एशिया, आस्ट्रेलिया, उत्तरी और दक्षिणी अमरीका में मिले थे। उल्लेखनीय है, 'बड़े और छोटे दोनों तरह के पशु' नष्ट हुए थे।[65] भूगर्भीय परिवर्तन, जलवायु में परिवर्तन, प्रजातियों के विनाश के अनेक कारण हो सकते थे। डारविन को इनसे सन्तोष न था। 'कोई प्रजाति संख्या में बहुल अथवा अल्प होगी, यह जिन कारणों से निर्धारित होता है, वे आमतौर पर हमारी समझ में बिल्कुल नहीं आते।'[66] प्रजातियों का विनाश एक बार नहीं हुआ। 'निश्चय ही संसार के दीर्घ इतिहास में कोई तथ्य इतना स्तम्भित कर देनेवाला नहीं है जितना उसके निवासियों का व्यापक और बार-बार का विनाश।'[67]

डारविन जब यह लिख रहे थे, तब मनुष्य नाम की प्रजाति की एक शाखा दक्षिण अमरीका में उसकी दूसरी शाखा के विनाश में लगी हुई थी। यूरोप की जातियाँ अमरीकी आदिवासियों का नाश कर रही थीं। यह प्रक्रिया बहुत पहले शुरू हुई थी और डारविन के समय तक चालू थी। एक सौ दस आदिवासी पकड़ में आ गए थे। इनमें स्त्रियाँ और बच्चे भी थे। स्पेनिश सैनिकों ने सबको मार डाला। आमतौर पर बीस साल से ज्यादा उम्र की स्त्रियाँ मार डाली जाती थीं। कारण यह बताया गया कि वे बच्चे बहुत जनती हैं। 'इस युग में कौन विश्वास करेगा कि एक ईसाई सभ्य देश में ऐसे नृशंस कार्य किए जाते हैं?'[68] विनाश से बचने के लिए आदिवासी अपने गाँव छोड़कर घुमन्तू जीवन बिताने पर बाध्य हुए थे।

डारविन ने लिखा : ''इंडियन (आदिवासी, रेड इंडियन) जिस भूखंड पर घूमते रहते हैं, वह विशाल है। विशाल होने पर भी, मेरे विचार से अगले पचास वर्षों में रिओ नीग्रो के उत्तर में एक भी वन्य इंडियन न रह जाएगा। ऐसी खूनी लड़ाई बहुत दिनों तक नहीं चल सकती। ईसाई हर इंडियन को मार डालते हैं और वैसा ही बर्ताव इंडियन ईसाइयों के साथ करते हैं। स्पेनिश हमलावरों के सामने इंडियन कैसे हटते गए हैं, इसका ब्यौरा देखकर मन उदास हो जाता है। पूरे कबीले के कबीले खत्म कर दिए गए हैं। जो इंडियन बचे हैं, वे बर्बर हो गए हैं। बड़े गाँवों में रहते हुए शिकार और मछलियाँ पकड़ने के हुनर के बदले, घर-बार के बिना, किसी निश्चित धन्धे के बिना, खुले मैदान में घूमते-फिरते हैं।''[69] ऐसा केवल एक महाद्वीप या देश में न हो रहा था। ''जहाँ भी यूरोपियन ने कदम रखा है, मृत्यु आदिवासी का पीछा करती प्रतीत होती है। अमरीकी महाद्वीपों के विशाल विस्तार को देखें, पोलीनीशिया, उत्तमाशा अन्तरीप और आस्ट्रेलिया को देखें, वही नतीजा सामने आता है।''[70] विश्व-बाजार यों कायम हो रहा था। इस विश्व-बाजार में बिकनेवाला जो एक माल यूरोप के कारखानों में न बनता था, वह

अफ्रीकी आदिवासी था।

रिओ दे यनेइरो के पास ग्रेनाइट पत्थर की ऊँची पहाड़ी थी। काले दासों ने भागकर यहाँ शरण ली। सब पकड़े गए, केवल एक बूढ़ी स्त्री पकड़ में न आई। "गुलामी करने को फिर लौटने के बदले उसने चोटी से गिरकर जान देना अच्छा समझा। किसी रोमन महिला का ऐसा ही काम भव्य स्वाधीनता-प्रेम कहलाता, एक गरीब नीग्रो स्त्री में वह महज बहशियाना जिद थी।"[71] नीग्रो दास-दासियों के सताए जाने के अनेक दृश्य डारविन ने देखे-सुने थे—सुने थे, सताये जानेवालों की कातर पुकार के कारण। "आज भी कहीं दूर पर किसी की चीख सुनाई देती है तो मेरी पुरानी दर्दभरी याद ताजा हो जाती है। पेराम्बुको के पास एक घर की बगल से मैं गुजर रहा था। मैंने बेहद कातर कराहें सुनीं। मैं यह सोचे बिना न रह सका कि किसी बेचारे दास को यातना दी जा रही है। लेकिन मैं जानता था कि विरोध प्रकट करने में भी मैं बच्चे की तरह अशक्त हूँ। रिओ दे यनेइरो में मैं एक वृद्धा महिला के घर के सामने रहता था। गुलाम स्त्रियों की उँगलियाँ कुचलने के लिए वह स्क्रू रखती थी।...ऐसी क्रूरताएँ मैंने स्पेन के उपनिवेश में देखी थीं। उसके बारे में बराबर कहा जाता था कि पुर्तगाली, अंग्रेज या यूरोप की किसी अन्य जाति की अपेक्षा गुलामों के साथ अच्छा बर्ताव किया जाता था।"[72] अच्छे बर्ताव के ये नमूने थे, बुरे बर्ताव के नमूनों की कल्पना की जा सकती है।

एक गुलामी घर के भीतर, दूसरी घर के बाहर। इंग्लैंड की सभ्यता के लिए सबसे बड़े कलंक की बात यह थी कि लोग दासप्रथा के समर्थन में कहते थे, इंग्लैंड के गरीबों की हालत भी तो गुलामों जैसी है। डारविन ने दासप्रथा को लेकर बहुतों से बहस की थी। उनके तर्क उन्होंने अपनी पुस्तक में दिए हैं और उनका खंडन किया है। ऐसा ही एक तर्क इंग्लैंड के गरीबों की दशा को लेकर था। डारविन ने लिखा है : "हमारे गरीब देशवासियों से गुलामों की दशा की तुलना करके अक्सर दासप्रथा को उचित ठहराने की कोशिश की जाती है। यदि हमारे गरीबों के कष्ट प्राकृतिक नियमों के कारण नहीं हैं, वरन् हमारी संस्थाओं के कारण हैं, तो हमने भारी पाप किया है। लेकिन दासप्रथा से इसका वास्ता क्या है, मैं नहीं समझ पाता।"[73] इंग्लैंड के साधारण लोग प्राकृतिक नियमों के कारण गरीब नहीं थे, वे सामाजिक कारणों से गरीब थे। गरीबी के कारण संस्थागत थे, ये कारण इंग्लैंड के आर्थिक-राजनीतिक तन्त्र में निहित थे। जो घर में गरीबी कायम किए थे, वही बाहर गुलामी कायम किए थे। इस परिस्थिति से एक ही नतीजा निकलता था : घर के गरीब और बाहर के गुलाम मिलकर उस तन्त्र को उलट दें।

जो लोग गुलामों के मालिकों के प्रति सहृदय थे, पर गुलामों के प्रति सहृदयता-शून्य थे, उनसे डारविन का कहना था : "कल्पना करो, यह सम्भावना तुम्हारे सामने प्रतिदिन है कि तुम्हारी पत्नी और बच्चे तुमसे बलपूर्वक जुदा कर दिए जाएँगे और पहली बोली बोलनेवाले के हाथ पशुओं की तरह बेच दिए जाएँगे। प्रकृति गुलाम को भी प्रेरित करती है कि वह पत्नी और बच्चों को अपना कहे। और इन कामों को ऐसे लोग करते हैं और उचित ठहराते हैं जो दावा करते हैं कि उन्हें अपने पड़ोसियों से अपनी ही तरह प्यार

है, जो ईश्वर में विश्वास करते हैं और जो प्रार्थना करते हैं कि पृथ्वी पर उसकी इच्छा चरितार्थ हो। यह सोचकर खून खौल उठता है और दिल दहल जाता है कि हम अंग्रेज और हमारे अमरीकी वंशज, स्वतन्त्रता की डींग हाँकनेवाले, ऐसे अपराधी रह चुके हैं और अभी हैं। यही सोचकर तसल्ली होती है कि हमने कम-से-कम और किसी भी जाति की अपेक्षा अपने पाप के प्रायश्चित के लिए अधिक बलिदान किया है।''[74]

अमरीका में दासप्रथा को लेकर गृहयुद्ध अभी होने को था। इंग्लैंड के कारखानों में बना हुआ माल पराधीन देशों और उपनिवेशों में बिकने लगा था। दासों की बिक्री से इसमें ज्यादा मुनाफा था।

फ्रांसीसी राज्य-क्रान्ति ने नीग्रो दासों की स्वतन्त्रता का समर्थन किया था। उस क्रान्ति से प्रेरित होकर तूसैं द लूवेर्त्यूर ने काले दासों का विद्रोह संगठित किया था और उनकी स्वतन्त्र राज्यसत्ता कायम की थी। क्रान्ति कारीगरों और किसानों ने की थी, उससे लाभ उठाया पूँजीपतियों ने। दासों की स्वतन्त्रता की बात दबा दी गई। तूसैं लूवेर्त्यूर जेल में डाल दिए गए। वड्र्सवर्थ ने उन्हें सम्बोधित करते हुए कहा : ''मरना नहीं, बन्धनों में भी चेहरे पर मुस्कान बनाए रहो। धरती, वायु, आकाश तुम्हें भूलेंगे नहीं। तुम्हारे बड़े-बड़े सहयोगी हैं—मनुष्य का उल्लास, उसकी पीड़ा, And love and man's unconquerable mind. और प्रेम और मनुष्य का अपराजेय मन।

ऐतिहासिक भौतिकवाद में मनुष्य की सचेत भूमिका को कम करके न देखना चाहिए। मार्क्स ने फायरबाख पर अपनी तीसरी स्थापना में मनुष्य की भूमिका को नकारनेवाले भौतिकवाद की आलोचना की थी। लिखा था : ''मनुष्य परिस्थितियों और लालन-पालन की उपज हैं, अतः परिवर्तित मनुष्य अन्य परिस्थितियों और परिवर्तित लालन-पालन की उपज हैं—यह भौतिकवादी सिद्धान्त भूल जाता है कि मनुष्य ही परिस्थितियों को बदलते हैं और स्वयं शिक्षक के शिक्षित किए जाने की आवश्यकता है। इसलिए यह सिद्धान्त अनिवार्यतः समाज को दो हिस्सों में बाँट देता है। इनमें एक हिस्सा समाज से श्रेष्ठ होता है (यथा रॉबर्ट ओवेन में)। परिस्थितियों का परिवर्तन और मानवीय कार्यशीलता—इनके एक साथ घटित होने की अवधारणा केवल क्रान्तिकारी व्यवहार के रूप में ग्रहण की जा सकती है और विवेकसंगत ढंग से समझी जा सकती है।''[75]

लेनिन ने मनुष्य के अपराजेय मन का परिचय देते हुए बोल्शेविक पार्टी के असाधारण क्रान्तिकारी व्यवहार द्वारा दुनिया के एक बड़े भाग में सामन्ती-पूँजीवादी परिस्थितियों को उलट दिया। नवम्बर, 1917 में रूसी क्रान्ति की विजय अनिवार्य नहीं थी, उसे अनिवार्य बनाया मनुष्यों की संगठित सचेत कार्यवाही ने। 1991 में सोवियत संघ का विघटन अनिवार्य नहीं था, उसे अनिवार्य बनाया मनुष्यों की सचेत संगठित कार्यवाही ने। 1917 का घटनाक्रम क्रान्तिकारी व्यवहार का उदाहरण है, 1991 का घटनाक्रम क्रान्ति-विरोधी व्यवहार था।

कांट, शेली, डारविन—ये सब दर्शन और विज्ञान की एक ही धारा से जुड़े हुए हैं।

वे प्रकृति को गतिमान और परिवर्तनशील मानते हैं। इनके विपरीत हेगल प्रकृति के रूपों का देशगत प्रसार ही देखते हैं, प्रकृति के कालगत परिवर्तन और विकास को अपने चिन्तन में प्रवेश नहीं करने देते। कांट, शेली, डारविन—सामाजिक न्याय के पक्षधर हैं, एक जाति द्वारा दूसरी जाति के उत्पीड़न के विरोधी हैं, वे काले दासों, अमरीकी आदिवासियों की स्वतन्त्रता के समर्थक हैं। हेगल का इतिहास दर्शन विश्व पैमाने पर हर तरह के जातीय उत्पीड़न और सामाजिक अन्याय को इतिहास की अनिवार्यता बना देता है। ऐतिहासिक भौतिकवाद कांट, शेली, डारविन की धारा को लेकर ही आगे बढ़ सकता है, हेगल के चिन्तन से उसकी टक्कर अनिवार्य है। यहाँ बात हेगल के दर्शन की है, उनकी तर्क-पद्धति की नहीं।

बड़े पैमाने का मशीनी उत्पादन छोटे पैमाने के मशीनी, गैर-मशीनी उत्पादन का नाश करता है। इंग्लैंड की औद्योगिक क्रान्ति को शुरू हुए ढाई सौ साल होने को आ रहे हैं। तब से वह अनेक देशों में फैला है किन्तु विश्व पैमाने पर भारी बहुलता छोटे पैमाने के उत्पादन की है। साम्राज्यवाद थोड़े-से देशों में उद्योगों को केन्द्रित करके शेष सभी को कच्चे माल के स्रोतों और अपने माल के खरीदारों के रूप में पिछड़ा हुआ रखता है। इस स्थिति में यह रणनीति पैदा होती है कि औद्योगिक सर्वहारा निम्न-पूँजीपतियों, अकुशल मजदूरों और किसानों को साथ लेकर चले, तभी वह विश्व मानवता को निर्धनता, निरक्षरता, हर तरह के शोषण से मुक्त कर सकेगा। दुनिया केवल सर्वहारा और बड़े पूँजीपतियों के दो वर्गों के बीच बँटी हो, यह स्थिति न कल थी, न आज है। इसलिए दार्शनिक क्षेत्र में द्वन्द्वात्मक भौतिकवाद एक ओर, मुकाबले में अन्य सभी प्रकार के भौतिकवाद और भाववाद दूसरी ओर, यह स्थिति न कल थीं, न आज है। जो भी दार्शनिक धाराएँ धार्मिक अन्धविश्वासों से टकराती हैं, वे द्वन्द्वात्मक भौतिकवाद की सहयोगी हैं। मानव-जाति के सांस्कृतिक विकास के लिए भारत की सांख्य, न्याय आदि यथार्थवादी दार्शनिक धाराओं का महत्त्व तो है ही, प्रकृति को ब्रह्ममय माननेवाले वेदान्त का भी महत्त्व है।

सोवियत संघ के विघटन के बाद दुनिया-भर के पूँजीपतियों को आशा हो गई है कि अब कहीं क्रान्ति न होगी और पूँजीवाद अमर है। इसके साथ ही बहुसंख्यक पूँजीपति इस बात से परेशान हैं कि अमरीका अपनी दादागीरी के आगे उनकी चलने नहीं देता। पिछले चालीस-पैंतालीस साल में पूँजी का अभूतपूर्व केन्द्रीकरण हुआ है। इसके प्रतीक हैं विश्व बैंक और अन्तर्राष्ट्रीय मुद्राकोष। इसके साथ ही सैन्य शक्ति का अभूतपूर्व केन्द्रीकरण हुआ है। अमरीका के पास ऐटमी हथियारों का सबसे बड़ा भंडार है। उन हथियारों के परिष्कार और आकाश में समर-सज्जा के प्रसार में कोई कमी नहीं आई है। सोवियत संघ के विघटन से अमरीका ने ऐटमी हथियारों पर लगभग इजारा कायम कर लिया है। सैन्य शक्ति के अलावा संचार माध्यमों और प्रचार के साधनों का अभूतपूर्व केन्द्रीकरण हुआ है। न केवल भारत जैसे विकासमान देश वरन् फ्रांस जैसे विकसित देश अमरीकी 'संस्कृति' के हमले से परेशान हैं। अमरीकी दादागीरी यदि संसार

के बहुसंख्यक पूँजीपतियों को नापसन्द है, तो कल्पना की जा सकती है, वह दुनिया के मजदूरों और किसानों को कितनी नापसन्द होगी।

इजारेदार पूँजीवाद का विरोध सारी दुनिया की जनता से है। प्रसार के लिए अब खाली जगह नहीं है, इसलिए इजारेदार देशों के आपसी अन्तर्विरोधों का बढ़ना अनिवार्य है। और अपने ही देश की जनता से इजारेदार पूँजीवाद का विरोध बढ़ रहा है। मई, 1992 में जर्मन मजदूरों की राष्ट्रव्यापी हड़ताल इसका प्रमाण है। मार्क्स और एंगेल्स का नारा—सभी देशों के मजदूरो, एक हो !—आज और भी सार्थक है। इनके साथ करोड़ों किसान, कारीगर और मध्यवर्ग के लोग हैं। उत्पादन और वितरण के साधनों पर थोड़े से सूदखोर देशों के एकाधिकार को तोड़ना जनवादी क्रान्ति का सारतत्त्व है, जनता की खुशहाली के लिए उनका उपयोग करना समाजवाद का लक्ष्य है। अतः आज हम शेली के शब्दों को और भी विश्वास से दोहराते हैं : "उठो ! नींद से जागे हुए शेरों की तरह उठो। अजेय समुदाय बनकर उठो। सोते में जो जंजीरें तुम पर आ पड़ी थीं, ओस की बूँदों की तरह झटककर उन्हें जमीन पर गिरा दो। तुम अनगिनत हो, वे मुट्ठी-भर हैं !!"

(ख) धर्म और नैतिकता की समस्या

तोल्स्तोय पिछड़े हुए ग्राम-समाजों के देश रूस में तो रहते ही थे, वह उस देश के सबसे प्रतिक्रियावादी-वर्ग—जमींदार-वर्ग—के सदस्य भी थे। इस वर्ग के सदस्य होने के नाते वह यूरोप के अत्यन्त सुशिक्षित व्यक्तियों में थे, अंग्रेजी और फ्रांसीसी भाषाओं के साहित्य से अच्छी तरह परिचित थे। अपने विशद ज्ञान का उपयोग उन्होंने रूसी जाति के सांस्कृतिक अभ्युत्थान के लिए किया। उनकी तुलना अंग्रेज उपन्यासकार टॉमस हार्डी से की जा सकती है जो दक्षिणी इंग्लैंड के पुरातन कृषक-समाजों में पूँजीवादी सम्बन्धों के प्रसार से क्षुब्ध थे। हार्डी ईसाई धर्म के प्रति आग्रह और श्रद्धा से मुक्त थे। उस धर्म का कोई विकल्प उनके पास नहीं था। क्रमशः वह अधिकाधिक निराशावादी होते गए और प्रकृति में एक मानवद्वेषी शक्ति की कल्पना करने लगे। यह शक्ति ईसाई धर्म-कथाओं के शैतान से बहुत मिलती-जुलती है मानो खुदा से छुट्टी मिली हो तो हार्डी शैतान की गिरफ्त में आ गए। शेक्सपियर और हार्डी दोनों ट्रैजेडी के रचनाकार हैं। शेक्सपियर के चार बड़े नाटकों में घोर निराशा के बावजूद कहीं भी खुदा की जगह शैतान प्रतिष्ठित नहीं होता मैकबेथ और किंग लिअर में भी मानव-करुणा सर्वोपरि रहती है। शेक्सपियर जिस नरक की यात्रा करते हैं, उसके आसपास कहीं जनसाधारण के मन में बसे हुए मानव-मूल्यों की आभा बराबर बनी रहती है और इन मूल्यों को इंग्लैंड की किसान जनता ने ईसाई धर्म से प्राप्त किया था। शेक्सपियर इंग्लैंड के जमींदार-वर्ग को अच्छी तरह जानते-पहचानते हैं; पूँजीवादी सम्बन्धों की आलोचना वे तबाह होनेवाले जमींदारों के दृष्टिकोण से करते हैं यथा टाइमन ऑफ एथेन्स में। टाइमन उनका सबसे निराशावादी, मनुष्य में आस्था से प्रायः रीता, हार्डी के उत्तरकालीन उपन्यासों से मिलता-जुलता नाटक है। धर्म-कथाओं की घटनाओं और मान्यताओं के प्रति शेक्सपियर के नाटकों में आग्रह नहीं है। मिल्टन की रचनाओं में उस तरह का आग्रह बहुत स्पष्ट है।

तोल्स्तोय के लेखन में धर्म के प्रति जबर्दस्त आग्रह है। उसे देखकर मिल्टन की याद आती है, शेक्सपियर की नहीं। फिर भी यह आग्रह भिन्न कोटि का है। मिल्टन का आग्रह व्यापारिक पूँजीवाद से अधिक, इंग्लैंड के ग्राम-समाजों से कम, जुड़ा हुआ है। तोल्स्तोय का आग्रह ग्राम-समाजों से अधिक, जमींदार-वर्ग से कम, जुड़ा हुआ है;

पूँजीवाद से उसे कोई वास्ता नहीं है। धर्म, ग्राम-समाज, इनसे वैज्ञानिक भौतिकवाद का कोई प्रत्यक्ष सम्बन्ध नहीं है किन्तु अप्रत्यक्ष सम्बन्ध है। जर्मनी में 1848 के क्रान्तिकारी आन्दोलन को जमींदार-वर्ग ने दबा दिया, चारों ओर शिथिलता दिखाई दे रही थी। समकालीन क्रान्तिकारियों की पस्ती दूर करने के लिए एंगेल्स ने 'जर्मनी में किसान-युद्ध' पुस्तक लिखी। उसमें उन्होंने 16वीं सदी के जर्मन किसान-योद्धाओं का चित्रण किया। इन योद्धाओं के दिमाग में ऐसी योजनाएँ, ऐसे विचार थे कि उनसे 'अक्सर उनके वंशजों को कँपकँपी आ जाती है'; तीन सौ साल के बाद जर्मनी के मजदूरों को जिन विरोधियों का सामना करना है, 'वे बुनियादी तौर से वही हैं।' (Engels, The Peasant War in Germany, p. 27)। एंगेल्स ने अपनी पुस्तक 1850 में लिखी थी। जिस वर्ग ने 1848 के क्रान्तिकारी आन्दोलन का दमन किया था, उसी ने 16वीं सदी के किसान आन्दोलन को दबाया था। 1848 के मजदूरों के विपरीत 16वीं सदी के जर्मन किसान धर्म के नाम पर लड़े थे। एंगेल्स ने उनके धर्म और संघर्ष का जो विवेचन किया है, वह तोल्स्तोय के धर्म और रूसी जनता के नेपोलियन विरोधी संघर्ष को समझने में सहायता करता है। तोल्स्तोय लेनिन के प्रिय लेखक थे और वह रूसी मजदूरों के प्रिय लेखक थे। 1910 में रूस के मजदूर नए क्रान्तिकारी उभार की शुरुआत करते हुए हड़तालें कर रहे थे; तोल्स्तोय की मृत्यु पर भी उन्होंने प्रदर्शन किए थे। सम्भव है, दुनिया के श्रमिक आन्दोलन के इतिहास में ये अपने ढंग के पहले प्रदर्शन हों। लेनिन ने मजदूर आन्दोलन के नए उभार के बारे में लिखा था : "क्रान्तिविरोध के सुनहले दिनों का त्रिवर्षीय (1908-10) दौर, जाहिर है, अब समाप्त हो रहा है और उसकी जगह नया उभार जन्म ले रहा है। इस साल गर्मियों में जो हड़तालें हुईं और तोल्स्तोय की मृत्यु के अवसर पर जो प्रदर्शन हुए, वे इस बात की स्पष्ट सूचना देते हैं। रूस में पार्टी का संगठनात्मक कार्य बेहद ढीला हो गया है...।" (ग्रन्थावली, खंड 16, पृ. 339-40) मजदूरों ने तोल्स्तोय सम्बन्धी प्रदर्शन उस समय किए थे जिस समय रूस में पार्टी का काम बेहद ढीला था, ऐसे प्रदर्शनों के लिए उन्हें पार्टी से निर्देश प्राप्त न हुए थे; इससे मजदूरों की स्वतःस्फूर्त कार्यवाही का महत्त्व और भी उजागर हुआ। और तोल्स्तोय मुख्यतः किसानों का क्षोभ और प्रतिरोध व्यक्त करनेवाले कलाकार थे। मजदूरों ने सहज भाव से तोल्स्तोय को अपनाया था; इस तरह उन्होंने किसानों के प्रति अपना सहज बन्धुतावाला भाव भी दर्शाया था।

रूस में सामन्ती अवशेष मजबूत थे। ये अवशेष पूँजीवाद के विकास और मजदूर-वर्ग के मुक्ति आन्दोलन में बहुत बड़ी बाधा थे। तोल्स्तोय की मृत्यु पर अपने लेख में लेनिन ने बताया था : "जो विशाल जनता मौजूदा व्यवस्था में पिस रही है, उसके मनोभाव खूब जोरदार ढंग से व्यक्त करने में, उसकी दशा चित्रित करने और उसके स्वतःस्फूर्त क्षोभ और विरोध को प्रकट करने में वह सफल हुए।" (उप., पृ. 323-24) जैसे तोल्स्तोय की मृत्यु पर मजदूरों के प्रदर्शन स्वतःस्फूर्त थे, वैसे ही सामन्ती उत्पीड़न के प्रति किसानों का क्षोभ, उनका विरोधभाव स्वतःस्फूर्त था। लेनिन आम जनता की

स्वतःस्फूर्त कार्यवाही कितने ध्यान से देखते थे, यह उनके तोल्स्तोय सम्बन्धी उक्त दो उल्लेखों से स्पष्ट है। जिन किसान समुदायों में सामन्त-विरोधी क्षोभ फूट रहा था, वे सामाजिक विकास में बहुत ज्यादा पिछड़े हुए थे। इन पिछड़े हुए समाजों की जनता से तोल्स्तोय का सम्बन्ध दर्शाते हुए लेनिन ने लिखा था : ''राज्यसत्ता और पुलिस से गठबन्धन करनेवाले चर्च के प्रति उनका (तोल्स्तोय का) आक्रोशपूर्ण, आवेशपूर्ण, अक्सर निर्मम रूप से तीक्ष्ण विरोध आदिम किसान जनवादी समुदायों की भावना प्रकट करता है। सदियों से वे बँधुआ प्रथा, सरकारी अत्याचार और चर्च का पादरीवाद, उसका छल-कपट, उसकी ठगविद्या बर्दाश्त करते आए थे; इससे क्रोध और घृणा के पहाड़ खड़े हो गए थे।'' (उप., पृ. 324) लेनिन ने किसानों को आदिम (अविकसित) कहा है, उनके समुदायों को जनवादी कहा है। इन किसानों में पेशों के हिसाब से बिरादरियाँ न बनी थीं। प्रायः सभी किसान बँधुआ थे; वे सामुदायिक रूप से जमींदारों के सेवक थे। उनमें व्यक्तिगत सम्पत्ति का अभाव था। इनके दृष्टिकोण के अनुरूप व्यक्तिगत भूसम्पत्ति का विरोध करने में तोल्स्तोय अडिग रहे। (उप.) तोल्स्तोय का धर्म पुलिस के सहयोगी चर्च के पादरीवाद से भिन्न था; उसका सम्बन्ध आदिम किसानों से उनके जनवादी समुदायों से था। हैं दोनों ईसाई पर जमीदारों और पादरियों की ईसाइयत एक तरह की थी, पिछड़े हुए किसानों की ईसाइयत दूसरी तरह की थी। यह भेद वैज्ञानिक भौतिकवाद के लिए महत्त्वपूर्ण था।

प्रारम्भिक ईसाइयत पर अपने लेख में एंगेल्स ने लिखा था कि रोमन शासन से उत्पीड़ित जिन लोगों ने यह धर्म स्वीकार किया था, उनमें दास, गरीब शहरी लोग और छोटे किसान थे, 'जिनकी गणसामाजिक व्यवस्था और सामुदायिक भूसम्पत्ति भंग कर दी गई थी।' (Marx and Engels, 'On Religion', पृ. 331) जैसे तोल्स्तोय के समय में पूँजीवादी सम्बन्धों के विकास से पुरानी ग्राम-व्यवस्था टूटी थी, वैसे ही वह बहुत पहले रोमन साम्राज्य के प्रदेशों में टूटी थी। 16वीं सदी में जर्मन किसानों ने जमींदारों के विरुद्ध संघर्ष किया, तब उन्होंने ईसाइयत के प्रारम्भिक दौरवाले किसानों की तरह मुक्ति के सपने देखे; ईसा मसीह फिर आएँगे और धरती पर स्वाधीनता और समता की व्यवस्था कायम करेंगे। जर्मन किसानों के लिए 'प्रारम्भिक ईसाइयत के सपनों की शुरुआत करना बहुत सुविधाजनक था।' (उप., पृ.101) ये लोग भी व्यक्तिगत सम्पत्ति का विरोध करते थे, सामुदायिक स्वामित्व की माँग करते थे। ''सामन्तवाद का क्रान्तिकारी विरोध पूरे मध्यकाल में होता रहा। उसने जो रहस्यवाद, खुले कुफ्र (स्वीकृत धर्म के विरोधी मत) अथवा सशस्त्र विद्रोह का रूप लिया, यह सब समय विशेष की परिस्थितियों पर निर्भर था। जहाँ तक रहस्यवाद का सम्बन्ध है, लोग जानते हैं कि सोलहवीं सदी के सुधारक उस पर कितना निर्भर थे। स्वयं मुएन्त्सर उसके बहुत कुछ ऋणी थे।'' (उप., पृ. 98) जर्मन सुधारकों में सामन्तवाद के सबसे सुसंगत विरोधी मुएन्त्सर ही थे, वह सशस्त्र किसान-विद्रोह के नेता थे।

एंगेल्स ने मुएन्त्सर के रहस्यवाद को पादरियों के संस्थाबद्ध मतवाद से अलगाते

हुए उसका विश्लेषण किया था। लिखा था : "ईसाइयत के आवरण में उन्होंने एक प्रकार के विश्वात्मवाद (pantheism) का प्रचार किया। इस विश्वात्मवाद और आधुनिक कल्पनाशील चिन्तन में विचित्र समानता है। कभी-कभी वह नास्तिक मत के पास भी पहुँच जाता है।" (उप., पृ. 110) नास्तिक मत के पास पहुँचने का कारण यह था कि विश्वात्मवाद के लिए संसार से अलग उसका कोई रचयिता नहीं था; परमसत्ता एक, अद्वितीय, विश्व में व्याप्त थी। मुएन्त्सर के धर्म-सम्बन्धी चिन्तन के अनुरूप उनका सामन्त-विरोधी सामाजिक चिन्तन था। एंगेल्स ने समकालीन कम्युनिस्टों के लिए इस सामाजिक चिन्तन का महत्त्व इस तरह प्रतिपादित किया था : "जैसे मुएन्त्सर का धार्मिक दर्शन नास्तिक मत के पास पहुँचता है, ठीक वैसे ही उनका राजनीतिक कार्यक्रम साम्यवाद (कम्युनिज्म) के पास पहुँचता है।" (उप., पृ. 111) फिर जर्मनी में 1875 के क्रान्तिकारी उभार का स्मरण करते हुए लिखा था : "फरवरी क्रान्ति की पूर्व वेला तक भी अनेक कम्युनिस्ट सम्प्रदायों के पास वैसा भरापूरा सैद्धान्तिक अस्त्रागार नहीं था जैसा सोलहवीं सदी में मुएन्त्सर के पास था।" (उप.) रहस्यवाद की सार्थकता एक ओर धार्मिक रूढ़िवाद के विरोध में है, दूसरी ओर उसके सामन्त-विरोधी सामाजिक कार्यक्रम में है। जहाँ वह धार्मिक रूढ़िवादी को पीठ दिखाता है और सामन्त-विरोधी सामाजिक संघर्ष को विश्वात्मवाद की चादर से ढँक देता है, वहाँ वह व्यर्थ ही नहीं, प्रतिक्रियावादी भी होता है। रहस्यवाद शब्द से परहेज के कारण यदि कोई विवेचक उसे हवाई कल्पना मानकर ऐतिहासिक परिस्थितियों के, इन परिस्थितियों में जन्मी उसकी विषय-वस्तु के विश्लेषण से बचता है, तो वह मार्क्सवाद-विरोधी मार्ग पर चलता है।

एंगेल्स ने उन लोगों की आलोचना की है जो 'मध्यकाल के अन्तिम दौर के संघर्षों में प्रचंड धार्मिक वितंडावाद के अतिरिक्त और कुछ नहीं देखते। देशी पढ़ाई में पारंगत हमारे इतिहासकार और मनीषी कहते हैं, उस समय के लोग यदि आध्यात्मिक विषयों को लेकर एकमत हो जाते तो लौकिक विषयों को लेकर झगड़ने का कोई कारण ही न रह जाता। ये इतने मासूम हैं कि अपने बारे में कोई युग जो भ्रम रचता है अथवा उसके बारे में अन्य युग के विचारक जो भ्रम रचते हैं, उन सभी को निःशंक भाव से स्वीकार कर लेते हैं।...उस समय के वर्ग-संघर्ष धार्मिक सूत्रों का ताना-बाना ओढ़े हुए थे और विभिन्न वर्गों के हित, उनकी आवश्यकताएँ और माँगें धर्म के पर्दे की आड़ में थीं, पर इससे कोई फर्क नहीं पड़ता और हर बात की व्याख्या उस समय की परिस्थितियों के अनुरूप आसानी से की जा सकती है। (उप., पृ. 96-97) युग-विशेष की परिस्थितियाँ महत्त्वपूर्ण हैं; जो मत प्रचारित होते हैं, उनके आवरण से अलग उनका सामाजिक अन्तस महत्त्वपूर्ण है।

जर्मन रहस्यवादी मुएन्त्सर ने किसानों के अतिरिक्त कुछ स्थानों में शहरी जनसाधारण को भी आन्दोलन में खींच लिया। इस शहरी जनसाधारण को एंगेल्स ने 'बीजरूप में सर्वहारा तत्त्व' कहा है। (दि पेजेंट वार., पृ. 38) इसके समानान्तर बीजरूप में आधुनिक पूँजीपति-वर्ग भी मौजूद था। इसलिए जो 'आधुनिक पूँजीवादी समाज उस

समय किंचित् ही प्रस्फुटित हुआ था', जनसाधारण का विरोध उसकी सीमाएँ, 'कम-से-कम अतिकल्पना में', लाँघ गया था, 'जो गुट एकदम सम्पत्तिहीन था, वह वर्ग-विरोध पर आधारित सभी समाजों में प्रचलित धारणाओं, संस्थाओं और मतों को चुनौती देने लगा था।' (उप., पृ. 46) सम्पत्तिहीन जनसाधारण और सम्पत्तिशाली पूँजीपतियों के बीच जो संयुक्त मोर्चा बना और उनमें जो टक्कर हुई, वह अत्यन्त शिक्षाप्रद है। शहर के धनी लोगों की माँग थी कि 'प्रारम्भिक ईसाई चर्च का सीधा-सादा संविधान फिर चालू हो और पुरोहितों का अलग समुदाय खत्म हो।' (उप., पृ. 43) किसानों और शहरी सम्पत्तिहीन जनों की माँगें भी यही थीं। इस तरह संयुक्त मोर्चे का आधार मौजूद था। किन्तु किसानों और शहरी जनसाधारण की माँगें और भी थीं। प्रारम्भिक ईसाइयत के दौर में समाज के सभी सदस्यों के बीच जो समानता थी, वह फिर बहाल होनी चाहिए और शहरों में भी कायम होनी चाहिए। ईश्वर के सभी बच्चों के अधिकार एक से हैं, इसलिए नागरिक अधिकारों के अलावा सम्पत्ति के अधिकार भी एक से होने चाहिए। राजा और रंक बराबर हैं, विशेषाधिकार किसी के न होंगे, बेगार कोई न करेगा, धनी-निर्धन के बीच आकाश-पातालवाला भेद खत्म किया जाएगा। ये माँगें 'प्रारम्भिक ईसाई सिद्धान्तों का सहज परिणाम' थीं। (उप., पृ. 45) जैसे भारतीय कवि रामराज्य का सपना देखते थे, वैसे ही मुएन्त्सर ने ईश्वर के राज्य की कल्पना की थी। ''मुएन्त्सर के लिए ईश्वर का राज्य ऐसा समाज था जिसमें वर्गभेद अथवा व्यक्तिगत सम्पत्ति नहीं थी, जिसमें ऐसी राज्यसत्ता नहीं थी जो समाज के सदस्यों के लिए विदेशी हो या उनसे स्वतन्त्र हो। जो भी अधिकारी न झुकें और क्रान्ति का साथ न दें, उन्हें हटाना था। सभी कामों में, सभी सम्पत्ति में सब लोग सहभागी होंगे और पूर्ण समानता स्थापित की जाएगी। जर्मनी में ही नहीं, समस्त ईसाई जगत में इस सबको अमल में लाने के लिए एक संघ बनेगा। राजाओं और जमींदारों से कहा जाएगा कि वे उसमें शामिल हों; यदि वे इनकार करेंगे तो संघ हथियार उठाएगा और अवसर मिलते ही उन्हें अपदस्थ करेगा या उनका वध करेगा।'' (उप. 56)

एंगेल्स के एक समकालीन जर्मन लेखक ने प्रश्न किया था : रोमन साम्राज्य में भूस्वामित्व का इतना केन्द्रीकरण हुआ, श्रमिक-वर्ग ने इतना कष्ट भोगा, फिर भी पश्चिमी यूरोप में रोमन साम्राज्य के विध्वंस के बाद समाजवाद क्यों स्थापित न हुआ ? प्रारम्भिक ईसाइयत के इतिहासवाले निबन्ध में एंगेल्स ने उत्तर दिया है : उस समय जिस हद तक 'समाजवाद' सम्भव था, वह विद्यमान था; यही नहीं, उसकी प्रधानता भी थी—ईसाइयत में। किन्तु यह ईसाइयत सामाजिक परिवर्तन का यह कार्य इस संसार में न करना चाहती थी वरन् उससे परे, स्वर्ग में, मृत्यु के बाद अमर जीवन में, शीघ्र आनेवाले 'सतयुग' (मिलेनियम, धरती पर ईसा मसीह के सहस्रवर्षीय राज्य) में सम्पन्न करना चाहती थी। उस समय की ऐतिहासिक परिस्थितियों में ऐसा होना अनिवार्य था। (ऑन रिलीजन, पृ. 313-14) सामन्ती जर्मनी के किसानों के लिए दासों की तुलना में संगठित होकर युद्ध करना आसान था। एंगेल्स ने जिस बात पर जोर दिया है, वह

सम्पत्तिगत भेद मिटाने की बहुजन आकांक्षा है। यह आकांक्षा स्वभावतः सम्पत्तिहीन वर्गों में पैदा होती है; रोमन साम्राज्य के दासों, शहरी गरीबों, निर्धन किसानों की यह आकांक्षा स्वर्ग में पूरी होती थी। समाजवाद के इस स्वर्गीय स्वप्न से दो धारणाएँ फूटती थीं—पहली यह कि इस लोक में सम्पत्तिगत भेद मिटाने का प्रयत्न न करना चाहिए, दूसरी यह कि ऐसा प्रयत्न इसी जीवन में, इसी लोक में करना चाहिए। पहली धारणा सम्पत्तिशाली वर्गों की थी, दूसरी सम्पत्तिहीन (अथवा हीन सम्पत्तिवाले) वर्गों की। संसार में शायद ही कोई ऐसा धर्म हो जिसकी व्याख्या इन दो धारणाओं के अनुरूप परस्पर विरोधी ढंग से न की गई हो। कारण यह है कि सम्पत्तिगत भेदवाले समाज में श्रमिक जन उस पुरानी अवस्था को भूलते नहीं हैं जिसमें ऐसा भेद नहीं था, जिसमें श्रमिक जन पापी या पतित न समझे जाते थे, और उनका श्रमफल दूसरे लोग न हड़प सकते थे। सम्पत्तिशाली वर्गों का हित इसमें था कि सम्पत्तिगत भेद बनाए रहें, दूसरों का श्रमफल हड़पते रहें, स्वर्ग के सपने दिखाकर श्रमिक जनता को इस संसार में अपना भाग्य बदलने के प्रयत्न से रोकते रहें।

सामन्ती यूरोप के किसानों और शहर के गरीबों ने सम्पत्तिगत भेद मिटाने के प्रयत्न किए और वैसे ही सपने देखे जैसे ईसाइयत के प्रारम्भिक दौर में लोगों ने देखे थे। उनके संघर्षों के बारे में एंगेल्स ने लिखा था : "मध्यकाल के सभी जनआन्दोलनों की तरह इन विद्रोहों पर अनिवार्यतः धर्म का आवरण था, चारों ओर फैले हुए पतन के विरोध में वे प्रारम्भिक ईसाइयत की बहाली जान पड़ते थे किन्तु धार्मिक उत्कर्ष-भाव के पीछे हर बार बहुत ही गोचर सांसारिक हित होता था। यह बात बहुत शानदार ढंग से बोहीमिआ के तबोरपन्थियों के संगठन में देखी गई। प्रातः स्मरणीय यान झिज़्का इनके नेता थे। जर्मन किसान-युद्ध के बाद वह क्रमशः तिरोहित हो गई, फिर 1830 के बाद श्रमिक कम्युनिस्टों के साथ पुनर्जीवित हुई। फ्रांस के क्रान्तिकारी कम्युनिस्टों ने, और वाइटलिंग और उनके समर्थकों ने भी रेनाँ से बहुत पहले प्रारम्भिक ईसाइयत का हवाला दिया था। रेनाँ ने कहा था : "यदि प्रारम्भिक ईसाई समाजों के बारे में मुझे बताना हो तो मैं कहूँगा, अन्तर्राष्ट्रीय श्रमिक संघ की स्थानीय शाखा देख आओ।" (उप., पृ. 314-15) वाइटलिंग जर्मन श्रमिक आन्दोलन के नेता थे और रेनाँ फ्रांस के दार्शनिक और इतिहासकार थे। बोहीमिआ वर्तमान चेकोस्लोवाकिया में है। बोहीमिआ पर जर्मन सामन्तों का अधिकार था। वहाँ पादरी-वि[illegible]ी संघर्ष ने स्वाधीनता संग्राम का रूप लिया था। उसके प्रमुख नेता यान हुस और यान झिज़्का थे। इन्होंने 15वीं सदी में, जर्मनी से पहले, बोहीमिआ में किसानों को संगठित किया था और उनका सामन्त-विरोधी संघर्ष चलाया था। इस संघर्ष में सबसे क्रान्तिकारी समुदाय तबोरपन्थियों का था। तबोर का अर्थ है खेमा। बोहीमिआ में अपने खेमे की प्रसिद्धि के कारण वह समुदाय तबोरपन्थी कहलाया।

एंगेल्स के उपर्युक्त विश्लेषण में जन आन्दोलनों के धार्मिक आवरण के भीतर उनकी सामाजिक विषयवस्तु की पहचान पर जोर दिया गया है। धर्म से सम्बद्ध होने

के कारण एंगेल्स ने जन आन्दोलनों का तिरस्कार नहीं किया, उनका सामाजिक महत्त्व उद्घाटित करके उन्होंने उनका सीधा सम्बन्ध 19वीं सदी के कम्युनिस्ट आन्दोलन से जोड़ा है। मार्क्स और एंगेल्स भौतिकवादी दर्शन के विकास के लिए प्राचीन यूनान की ओर देखते हैं, औद्योगिक क्रान्ति से पहले के इंग्लैंड और फ्रांस की ओर देखते हैं परन्तु क्रान्तिकारी ऊर्जा के लिए वे मध्यकालीन यूरोप के सामन्त-विरोधी संघर्षों की ओर देखते हैं। यह ऊर्जा क्रान्तिकारी किसानों के भावावेश, उनकी स्वप्नाविष्ट कल्पना में व्यक्त होता है। उनकी आकांक्षाओं की रूपरेखा कहीं स्पष्ट होती है, कहीं अस्पष्ट। सामूहिक स्वामित्व के सपने तबोरपन्थियों ने भी देखे थे। "केवल मुएन्त्सर के उपदेशों में ये साम्यवादी स्वर समाज के एक वास्तविक अंग की आकांक्षाएँ प्रकट करते हैं। वह पहले व्यक्ति थे जिन्होंने किसी हद तक उनकी (आकांक्षाओं की) रूपरेखा स्पष्ट की थी। उनके बाद वे (आकांक्षाएँ) प्रत्येक महान जन आन्दोलन में देखी गई हैं और अन्त में वे क्रमशः आधुनिक सर्वहारा आन्दोलन में वैसे ही घुलमिल गईं जैसे सामन्ती प्रभुत्व के जाल में निरन्तर फँसते हुए छोटे किसानों के संघर्ष सामन्ती व्यवस्था को पूर्णतः निर्मूल करने के लिए तत्पर बँधुआ और आसामी किसानों के संघर्षों में घुलमिल गए।" (उप., पृ. 102)

रहस्यवादी मुएन्त्सर ने किसानों की जो आकांक्षाएँ व्यक्त की थीं, वे प्रत्येक बड़े जन आन्दोलन में उभरती रहीं। कुछ स्पष्ट और बहुत कुछ अस्पष्ट रूपरेखाओंवाली किसानों की ये आकांक्षाएँ 19वीं सदी के मजदूरों की आकांक्षाओं में घुलमिल गईं। मध्यकालीन सामन्त-विरोधी संघर्ष में छोटी मिल्कियतवाले स्वाधीन किसान थे, उनके साथ बँधुआ और आसामी किसान थे। सामन्ती व्यवस्था को छिन्न-भिन्न करने में प्रमुख भूमिका इन किसानों की थी, पूँजीपतियों की नहीं।

जर्मनी में जो पूँजीपति-वर्ग जन्म ले रहा था, उसके प्रतिनिधि बने मार्टिन लूथर। उनका जन्म किसान परिवार में हुआ था। प्रारम्भ में पूँजीपतियों की माँगों के दायरे से बाहर निकलकर उन्होंने चर्च के विरुद्ध हथियारबन्द लड़ाई के लिए राजाओं और जमींदारों का आह्वान किया। किसान-युद्ध के विवरण में एंगेल्स ने लिखा : "उस शुरुआती मंजिल में विरोधी तत्त्वों को एकजुट करना था, अतिशय आक्रामक ऊर्जा प्रदर्शित करनी थी और कैथलिक रूढ़िवादिता के खिलाफ कुफ्र के जो भी रूप मौजूद थे, उन सबका नायक खोज निकालना था। बहुत कुछ उसी तरह हमारा 1847 का उदारपन्थी पूँजीपतिवर्ग अभी क्रान्तिकारी था, अपने को सोशलिस्ट और कम्युनिस्ट कहता था और मजदूर-वर्ग की मुक्ति के लिए हल्ला मचाता था। लूथर की कार्यवाही के उस पहले दौर में उनकी बलिष्ठ किसान-प्रकृति बड़े ही तूफानी ढंग से प्रकट हुई।...किन्तु यह क्रान्तिकारी जोश बहुत थोड़े समय तक रहा। वह आन्दोलन के जनतत्त्वों से अलग हुए और पूँजीपतियों, अभिजातों और जमींदारों के पक्षधर बने।" (उप., पृ. 103-04) जर्मन पूँजीपतियों ने 19वीं सदी में जमींदारों से समझौता किया; 16वीं सदी में उनके पुरखों ने भी यही किया था। मार्टिन लूथर के सहयोगी पूँजीपति नरम थे, कानून माननेवाले थे, समृद्ध थे और

बुद्धिमान थे। इन्होंने 'सोलहवीं सदी के आन्दोलन में ठीक वही भूमिका निबाही जो उनके उत्तराधिकारियों ने 1848 और 1849 के आन्दोलन में निबाही और दोनों की भूमिका के परिणाम एक से हुए।' (दि पेजेंट वार, पृ. 36)

लूथर ने विद्रोही किसानों और जमींदारों में समझौता कराने का प्रयत्न किया, यह कोशिश की कि विद्रोह फैले तो कैथलिक-जमींदारों के इलाकों में फैले, लूथर के अपने सम्प्रदाय–प्रोटेस्टेंट सम्प्रदाय–के जमींदारों के यहाँ न फैले। किन्तु विद्रोह साम्प्रदायिक सीमाएँ लाँघकर प्रोटेस्टेंट जमींदारों के यहाँ फैलने लगा। शहर भी उसकी लपेट में आ रहे थे। ''मुएन्त्सर के नेतृत्व में सबसे दृढ़-प्रतिज्ञ विद्रोहियों ने एकदम लूथर के निकट थुरिंगिआ जनपद में अपनी कार्यवाही का केन्द्र स्थापित किया। थोड़ी सफलता और मिलने पर सारे जर्मनी में आग फैल जाती, लूथर घिर जाता और शायद गद्दार के रूप में उसे छेद डाला और किसानों, गरीब शहरियों की क्रान्ति का ज्वार पूँजीवादी सुधारों को बहा ले जाता। (तुलनीय है 1946 में भारतीय क्रान्ति का ज्वार, पूँजीपतियों और भारतीय मार्टिन लूथरों की भूमिका।) सोच-विचार के लिए ज्यादा समय नहीं था। सामने क्रान्ति थी; पुराने बैर सब भुला दिए गए। किसानों के टिड्डीदल के सामने रोमन सोदोम (पोप) के चाकर निर्दोष मेमने थे, ईश्वर की मृदु स्वभाववाली सन्तान थे। पूँजीपति और राजा, जमींदार और पादरी, लूथर और पोप, सब एकजुट हो गए–'हिंसा और लूट पर उतारू किसान टिड्डीदल के खिलाफ'। लूथर ने घोषणा की : 'मारो इन्हें। जैसे पागल कुत्ते को मारते हो। जैसे भी बन पड़े, खुलकर या छिपकर, इनकी हड्डी-पसली तोड़ दो, गला घोंट दो, टुकड़े-टुकड़े कर दो। धर्म की बात ये नहीं सुनते। मूर्ख हैं। लाठी और गोली की बात जरूर सुनेंगे। इसी लायक हैं। ईश्वर से प्रार्थना करो कि वे आज्ञा मानें। न मानें तो उन पर दया न करो। उन पर तोपें गरजने दो वरना वे इससे हजार गुना बुरी गति करेंगे।' ठीक यही बात हमारे भूतपूर्व सोशलिस्ट और परोपकारी पूँजीपतियों ने तब कही थी जब मार्च की घटनाओं के बाद सर्वहारा-वर्ग ने विजय में अपना हिस्सा माँगा था।'' (उप., पृ. 52)

धर्म एक ही था, धर्म-पुस्तक एक ही थी, किन्तु विभिन्न युगों में, विभिन्न जनसमुदायों और वर्गों ने इनका उपयोग अपने-अपने ढंग से किया था। स्वयं लूथर की प्रारम्भिक भूमिका उनकी बादवाली भूमिका से एकदम भिन्न थी। एंगेल्स ने लिखा था : ''लूथर ने बाइबिल का अनुवाद करके जनसाधारण के आन्दोलन को एक जबर्दस्त अस्त्र दिया था। उनके समय में जिस ईसाइयत का सामन्तीकरण हो चुका था, उससे वह बाइबिल के सहारे प्रारम्भिक शताब्दियों की सादी ईसाइयत का भेद बतलाते थे; उनके समय में जिस समाज का ह्रास हो रहा था, उसके मुकाबले वह ऐसे समाज का चित्र खींचते थे जिसमें ऊँच-नीच के भेदवाली कृत्रिम सामन्ती शाखा-प्रशाखाएँ नहीं थीं। राजाओं, जमींदारों और पादरियों के खिलाफ किसानों ने इस अस्त्र का व्यापक उपयोग किया था। अब लूथर ने यही अस्त्र किसानों पर चलाया; बाइबिल से ईश्वर द्वारा अभिषिक्त अधिकारियों की ऐसी स्तुति ढूँढ़ निकाली जैसी कोई भी निरंकुश पादशाही

के तलवे चाटनेवाला अब तक उससे निकाल न पाया था। ईश्वरकृपा से राजा बनने की बात, राजा की आज्ञा मानने की बात, बँधुआ प्रथा तक, बाइबिल के सहारे सब कुछ उचित ठहराया गया। लूथर ने किसान विद्रोह को ही नहीं, धार्मिक और नागरिक अधिकारियों के प्रति अपने विद्रोह को भी नकारा; जमींदारों के पक्ष में जन आन्दोलन से ही नहीं, पूँजीवादी आन्दोलन से भी विश्वासघात किया।'' (उप., पृ. 52-53)

लूथर और मुएन्त्सर समाज के दो भिन्न समुदायों के प्रतिनिधि थे। ''आन्दोलन गम्भीर रूप धारण कर रहा था। लूथर में भय और ढुलमुलपन था। यह पूँजीपतियों की दुरंगी और ढुलमुल नीति के पूर्णतः अनुरूप था। उधर किसानों और शहरी जनसाधारण के सबसे आगे बढ़े हुए दस्तों में मुएन्त्सर की दृढ़ता और क्रान्तिकारी ऊर्जा जाग उठी थी।'' (उप., पृ. 62) मुएन्त्सर और उनके शहरी-देहाती अनुयायियों की उलझी हुई विचारधारा की चिन्ता न करके एंगेल्स ने उनकी क्रान्तिकारी ऊर्जा से अपना और अपने श्रमिक संघ का सीधा सम्बन्ध जोड़ा। दर्शनशास्त्रियों ने सारा समय संसार को समझने में लगाया था, उसे बदलने का काम किसानों ने शुरू किया था। प्रारम्भिक ईसाइयत के दौर से समकालीन मजदूर आन्दोलन की तुलना करते हुए एंगेल्स ने लिखा : ''प्रारम्भिक ईसाइयत के इतिहास और आधुनिक मजदूर-वर्ग के आन्दोलन में कई उल्लेखनीय समानताएँ हैं। मजदूर-वर्ग के आन्दोलन की तरह ईसाइयत मूल रूप में पीड़ित जनों का आन्दोलन थी। पहले पहल वह दासों, मुक्ति पाए हुए दासों, सभी अधिकारों से वंचित निर्धन जनों, रोम द्वारा विजित अथवा मार भगाए लोगों का धर्म बनकर सामने आई। ईसाइयत और मजदूरों का समाजवाद, दोनों दासता और कष्ट से मुक्ति की बात करते हैं। ईसाइयत के लिए मुक्ति जीवन के परे, मृत्यु के उपरान्त, स्वर्ग में प्राप्त होगी; समाजवाद के लिए मुक्ति इसी संसार में मिलेगी, समाज को बदलने से मिलेगी। दोनों को मारा और सताया गया, उनके अनुयायियों से घृणा की गई, उनके खिलाफ विशेष कानून बनाए गए, ईसाइयत के अनुयायी मानव-जाति के शत्रु करार दिए गए, समाजवाद के अनुयायी राज्यसत्ता के शत्रु, धर्म, परिवार और समाज-व्यवस्था के शत्रु घोषित किए गए। फिर भी इस तमाम उत्पीड़न के बावजूद—कहना चाहिए, उससे और प्रेरित होकर—वे अप्रतिहत विजयपथ पर बढ़ते रहे। अपने अभ्युदय के तीन सौ साल बाद ईसाइयत रोमन विश्व-साम्राज्य के राज्य-धर्म के रूप में स्वीकृत हुई, और अभी साठ साल ही बीते हैं, समाजवाद ने अपनी ऐसी स्थिति बना ली है कि उसकी विजय एकदम निश्चित है।' (ऑन रिलीजन, पृ. 313)

धर्म और वैज्ञानिक भौतिकवाद

एंगेल्स ने धार्मिक आन्दोलनों का जो विश्लेषण किया है वह प्रसिद्ध नहीं है, उन्होंने ईसाइयत के इतिहास और मजदूर आन्दोलन के इतिहास में जो समानताएँ दिखाई हैं,

दोनों का सम्बन्ध पीड़ित जनता से जोड़ा है, इस सबकी जानकारी कम लोगों को है; धर्म जनता के लिए अफीम है, इस सूत्र का प्रचार खूब किया गया है। मार्क्स ने अफीमवाली बात 1844 में लिखी थी। उनकी भौतिकवादी धारणाओं का विकास अभी हो रहा था। लेनिन ने मार्क्स पर अपने निबन्ध में लिखा था कि 1844-45 से उनके विचार स्पष्ट रूप ग्रहण करने लगे, वह भौतिकवादी थे, विशेष रूप से लुडविग फायरबाख के अनुयायी थे। इसके बाद वह लुडविग फायरबाख से आगे बढ़े थे। मार्क्स ने अफीमवाली बात अपने चिन्तन के प्रारम्भिक दौर में कही थी, अभी उन्होंने किसी विशेष धर्म का विवेचन, युग-विशेष की सामाजिक परिस्थितियों के सन्दर्भ में विस्तार से न किया था। किन्तु 1844 में भी मार्क्स धर्म-विशेष के बारे में ही लिख रहे थे, और उसके सामाजिक सन्दर्भ उनकी आँखों से ओझल नहीं थे। यह बड़े मार्के की बात है कि एंगेल्स ने जो बात पीड़ित जनता से ईसाइयत के सम्बन्ध पर बाद में कही, वह मार्क्स के इस लेख में भी है; और अभी उनकी मुलाकात एंगेल्स से न हुई थी ! एंगेल्स से मार्क्स की भेंट सितम्बर, 1844 में हुई थी, अपना उक्त लेख वह उस साल जनवरी में पूरा कर चुके थे।

'हेगल के विधि-दर्शन की आलोचना में योगदान' निबन्ध में मार्क्स ने दो मुख्य बातें कही हैं—पहली यह कि धर्म जिस काल्पनिक संसार की रचना करता है, वह इसी वास्तविक संसार की प्रतिच्छवि है; दूसरी यह कि धर्म जिस व्यथा का चित्रण है, वह वास्तविक है और इस व्यथा के प्रति धर्म में विरोध-प्रदर्शन भी होता है। मार्क्स ने लिखा था : "धर्म का निर्माण मनुष्य करता है, मनुष्य का निर्माण धर्म नहीं करता। धर्म उस मनुष्य की आत्मचेतना, उसके आत्मसम्मान का भाव है जिसने स्वयं को पाया नहीं है या पाकर उसे फिर खो चुका है। किन्तु मनुष्य इस संसार से बाहर रहनेवाला कोई अमूर्त जीव नहीं है। मनुष्य समाज का, राज्यसत्ता का और मनुष्य का संसार है। यह राज्यसत्ता, यह समाज धर्म का, प्रत्यावर्तित विश्व-चेतना का निर्माण करते हैं। कारण यह कि वे (राज्यसत्ता और समाज) एक प्रत्यावर्तित संसार हैं। उस संसार के बारे में जो सामान्य सिद्धान्त है, वह धर्म है; वह (धर्म) उसका (संसार का) विश्वकोशीय संग्रह है, लोक-सुलभ रूप में उसकी तर्गसंगति है, उसकी आध्यात्मिक आन, उसका उत्साह, उसका नीतिशास्त्र, उसका गम्भीर पूरक, उसे न्यायसंगत ठहराने और सान्त्वना पाने का विश्वव्यापी स्रोत है। यह मानवीय तत्त्व का काल्पनिक साक्षात्कार है क्योंकि मानवीय तत्त्व की कोई सच्ची वास्तविकता नहीं है। अतः धर्म के विरुद्ध संघर्ष अप्रत्यक्ष रूप से उस संसार के विरुद्ध संघर्ष है जिसकी आध्यात्मिक सुवास धर्म है।" (उप., पृ. 41-42)

सामाजिक विकास की एक मंजिल में नीतिशास्त्र, दर्शन, राजनीति, इतिहास, काव्य आदि अलग-अलग विषय नहीं होते, वे सब एक ही लिखित अथवा मौखिक वाङ्मय के अन्तर्गत होते हैं और उसे धर्म कहा जाता है। संसार के बारे में मनुष्य जो कुछ सोचता-समझता है, उसे वह अपने धर्म नामक विश्वकोश में एकत्र करता जाता है। यदि

भाषाविज्ञान से लेकर दर्शनशास्त्र तक मानव-जाति के इतिहास को, ज्ञान के विकास को समझने की स्रोत-सामग्री विद्वानों को धर्मग्रन्थों में मिली है, तो यह स्वाभाविक है। मनुष्य किसी युग-विशेष में, किसी समाज-विशेष में रहता है। अतः देशकाल से परे कोई अमूर्त मानव-तत्त्व नहीं है। धर्म में जो अतिकल्पना (फैंटेसी) है, वह इस संसार को ही प्रतिबिम्बित करती है, किन्तु वह संसार को प्रत्यावर्तित रूप में दिखाती है, वह जैसा है, वैसा नहीं दिखाती। मनुष्य की अतिकल्पना क्यों अनिवार्य होती है और वह वास्तविक संसार को कैसे प्रतिबिम्बित करती है, इसका उदाहरण एंगेल्स ने दिया है। उसकी चर्चा आगे करेंगे। यहाँ मार्क्स की इस बात पर ध्यान दें कि धर्म मनुष्य के सान्त्वना पाने का विश्वव्यापी स्रोत है।

सान्त्वना की जरूरत उस मनुष्य को होती है जिसे कष्ट होता है। और यह कष्ट वास्तविक होता है। मार्क्स ने लिखा था : ''धर्म की वेदना वास्तविक वेदना की अभिव्यक्ति है, साथ ही वह इस वेदना के प्रति विरोध-प्रदर्शन भी है। धर्म पीड़ित जीव की आह है, हृदयहीन संसार का हृदय है, ठीक वैसे ही जैसे वह अनात्म परिस्थितियों की आत्मा है। वह जनता की अफीम है।...इतिहास का कार्य यह है कि जो संसार सत्य से परे है, उसके एक बार गायब हो जाने के बाद इस संसार के सत्य का प्रतिपादन करे। इतिहास की सेवा के लिए दर्शनशास्त्र है। दर्शन का तात्कालिक कार्य यह है कि मनुष्य के आत्मनिर्वासन (Selfestrangement) पर जो पवित्र आवरण पड़ा हुआ है, वह एक बार उतर जाए तो अपवित्र आवरणों को उतारे। इस प्रकार स्वर्ग की आलोचना धरती की आलोचना में बदल जाती है, धर्म की आलोचना विधि-व्यवस्था की आलोचना में बदल जाती है, और देवतन्त्र (Theology) की आलोचना राजनीति की आलोचना में बदल जाती है।'' (उप., पृ. 42) मार्क्स का लक्ष्य अर्धसामन्ती जर्मनी की राजनीति, उसकी विधि-व्यवस्था की आलोचना करना है। इसके लिए वह दर्शन और इतिहास की सहायता लेते हैं। इस प्रसंग में वह मनुष्य की वास्तविक वेदना से उसके अवास्तविक सुखस्वप्न की भिन्नता दिखाते हैं, इस बात पर जोर देते हैं कि जब तक मनुष्य स्वर्ग में सुख पाने की कल्पना में डूबा रहेगा, तब तक वह इस संसार में अपने जीवन को सुखी न बना सकेगा। मार्क्स ने अर्धसामन्ती जर्मनी में ईसाई धर्म की वास्तविक स्थिति देखकर धर्म को जनता की अफीम कहा था। किन्तु धर्म यदि स्वर्ग सुख की राह देखने को न कहे, इसी संसार में सुखी जीवन के लिए संघर्ष करने को कहे, तो यह उसकी क्रान्तिकारी भूमिका होगी, उसे अफीम कहना किसी तरह भी उचित न होगा। धर्म की क्रान्तिकारी भूमिका ? क्या मार्क्सवाद में ऐसी भूमिका की कल्पना भी की जा सकती है ?

सन्त जॉन के प्रसंग में एंगेल्स ने लिखा था : ''हर बड़े क्रान्तिकारी आन्दोलन की तरह ईसाइयत का निर्माण आम जनता ने किया था।'' (उप., पृ. 206) प्रारम्भिक ईसाइयतवाले लेख में उन्होंने माना है कि इस धर्म का मूल रूप सन्त जॉन के उपदेशों में है। सन्त जॉन के लिए लिखा है कि 'वह उस धर्म के विकास के एक नए दौर

के प्रतिनिधि थे जो मानव-चेतना के विकास में एक अत्यन्त क्रान्तिकारी तत्त्व बननेवाला था।' (उप., पृ. 326) उन्होंने सन्त जॉन के समय की ईसाइयत को बाद की रूढ़िबद्ध ईसाइयत से भिन्न बताया है, लिखा है कि दोनों में आकाश-पाताल का अन्तर है। "वहाँ बादवाली ईसाइयत के न जड़ सिद्धान्त हैं, न उसका नीतिशास्त्र है। इनके बदले वहाँ यह भावना है कि हम सारी दुनिया से मोर्चा ले रहे हैं और इस लड़ाई में हम जीतेंगे; संघर्ष के लिए उत्साह है और विजय में दृढ़-विश्वास है। यह विश्वास, यह उत्साह आज के ईसाइयों में बिल्कुल नहीं है, वह समाज के दूसरे छोर पर सोशलिस्टों में ही दिखाई देता है।" (उप., पृ. 326) प्रारम्भिक ईसाइयत और समाजवाद को जन आन्दोलनों की संज्ञा देते हुए एंगेल्स ने लिखा था : "प्रारम्भिक ईसाइयों और सोशलिस्टों में यह बात सामान्य है कि जिस दुनिया से वे लड़ने चले हैं, वह शुरू में उनसे अधिक शक्तिशाली है, इसके साथ ही वह नए पन्थ पर चलनेवालों के विरुद्ध भी है। इन दो महान आन्दोलनों में से कोई भी नेताओं या भविष्यवक्ताओं द्वारा निर्मित न हुआ था—यद्यपि उनमें भविष्यवक्ताओं की कमी नहीं है; वे जन आन्दोलन थे। शुरू में जन आन्दोलन उलझनों में फँसेंगे ही, कारण यह कि आम जनता का चिन्तन पहले अन्तर्विरोधों से होकर आगे बढ़ता है, उसमें स्पष्टता और सम्बद्धता की कमी होती है और आम जनता में अभी भविष्यवक्ताओं को भूमिका बनी रहती है।" (उप.) समाजवादी आन्दोलन अन्तर्राष्ट्रीय पैमाने पर ही नहीं, राष्ट्रीय पैमाने पर भी छोटे-बड़े गुटों में विभाजित रहता है। बहुत से सम्प्रदाय जितने उत्साह से बाहरी शत्रु से लड़ते हैं, उतने ही उत्साह से आपस में भी लड़ते हैं। "यह स्थिति प्रारम्भिक ईसाइयत के समय थी और यही स्थिति सोशलिस्ट आन्दोलन के आरम्भ में थी।" (उप.) एंगेल्स ने सोशलिस्ट और ईसाई आन्दोलनों में सकारात्मक और नकारात्मक दोनों पक्षों पर ध्यान दिया था। पुरानी दुनिया से जिन्हें कोई आशा नहीं रह गई है, तरह-तरह के लोग—'ईमानदार मूर्खों से लेकर बेईमान ठगों तक—सभी देशों में ये सब मजदूर-वर्ग की पार्टियों में आकर इकट्ठे हो जाते हैं। यह स्थिति प्रारम्भिक ईसाइयों के समय थी।' (उप., पृ. 319)

एक समस्या स्त्री-पुरुष के सम्बन्धों की थी। एक ओर तपस्या और ब्रह्मचर्य का आदर्श था, दूसरी ओर अनियन्त्रित भोगवाद का। एंगेल्स ने जन आन्दोलनों के सन्दर्भ में इस समस्या की चर्चा करते हुए लिखा था : "यह विचित्र बात है कि हर बड़े क्रान्तिकारी आन्दोलन के साथ 'स्वच्छन्द प्रेम' का प्रश्न भी सामने आ जाता है। एक तरह के लोगों के लिए यह क्रान्तिकारी प्रगति का, अनावश्यक रूढ़ियों के बन्धन तोड़ने का प्रश्न है; दूसरी तरह के लोगों के लिए यह ऐसे सिद्धान्त का प्रश्न है जो स्वागत करने योग्य है, जो स्त्री-पुरुष के बीच हर तरह के स्वच्छन्द और सुगम व्यवहार को मजे से अपने भीतर समेट लेता है। लगता है, इस दूसरी तरह के लोगों की जल्दी ही चढ़ बनी। ये सब फिलिस्टिन (सुविधावादी) थे...यहाँ जिन स्वच्छन्द प्रेमियों का उल्लेख है, वे आमतौर से किसी के भी मित्र बनने को तैयार थे, शहीद बनने से इन्हें कोई वास्ता

न था।'' (उप., पृ. 205-06) कोई भी क्रान्तिकारी आन्दोलन हो, उसमें भाग लेनेवालों को बहुत से कष्ट सहने पड़ते हैं, बहुत बार ऐसी यन्त्रणा सहनी पड़ती है कि मृत्यु उसके मुकाबले वरदान बन जाती है। वैज्ञानिक समाजवाद स्त्री-संसर्ग को पाप नहीं मानता, वह सम्पत्ति की विरासत के आधार पर बनी पुरुष प्रभुत्ववाले समाज की रूढ़ियों को स्वीकार नहीं करता, इससे सुविधावादी सज्जन यह निष्कर्ष निकालते हैं कि उन्हें स्त्रियों से सुगम और स्वच्छन्द व्यवहार करने का अधिकार है। राजनीतिक अवसरवाद का गहरा सम्बन्ध 'क्रान्तिकारियों' के स्वच्छन्द यौन-व्यवहार से है और वह राजनीति-विशारदों तक सीमित नहीं है, साहित्यशास्त्रियों में भी उसकी शानदार मिसालें हैं।

ईसाई धर्म के लिए कहा जाता है कि वह अन्याय का सक्रिय प्रतिरोध करना नहीं सिखाता, वह कहता है : शत्रु से भी प्रेम करो, जो सताए, उसे क्षमा करो। शासक-वर्ग के लिए यह सिद्धान्त बड़ा उपयोगी था किन्तु एंगेल्स ने बताया है कि सन्त जॉन ईश्वर से प्रार्थना करते हैं कि वह खून का बदला ले। ''इसलिए यहाँ अभी 'प्रेम के धर्म' का सवाल नहीं है, 'शत्रु को प्यार करो, जो गाली दे, उसे आशीष दो' आदि का सवाल नहीं है। विशुद्ध प्रतिहिंसा की बात है, साफ-साफ ईमानदारी से ईसाइयों के उत्पीड़कों से बदला लेने का उपदेश है।...ईसा को लौहदंड लेकर शासन करना है...एकदम निष्कपट और सहज भाव है कि युद्ध जारी है और युद्ध को युद्ध की तरह ही चलाना होगा।'' (उप., पृ. 334) हिंसा का प्रचार पहले मार्टिन लूथर ने भी किया था किन्तु बाद को उन्होंने हिंसा की दिशा बदल दी, जमींदारों के बदले किसानों और शहर के गरीबों को उसका लक्ष्य बनाया। इनके विपरीत मुएन्त्सर आदि से अन्त तक जमींदारों के विरुद्ध संघर्ष चलाते रहे। मुएन्त्सर की तरह अंग्रेज कवि मिल्टन ने इंग्लैंड के राजा के वध का समर्थन किया था, जब गणतन्त्र कायम था, तब समर्थन किया और जब पादशाही बहाल हुई, तब उस समर्थन को वापस न लिया, उलटे पुस्तिका लिखी कि गणतन्त्र को दोबारा कैसे कायम किया जाए। सन्त जॉन की तरह मिल्टन ने अपने महाकाव्य पैराडाइज रिगेंड में ईसा मसीह के लिए लिखा कि वह पुनः अवतरित होकर दुष्टों का नाश करेंगे, सन्त जॉन की ही तरह मिल्टन ने ईश्वर से कहा, जिन्होंने सन्तों का खून बहाया है, उनसे बदला लो (Avenge, O Lord, thy Slaughtered saints...)। और इसी परम्परा का पालन करते हुए परम अहिंसावादी तोल्स्तोय ने रूसी किसानों की छापे मार लड़ाई के बारे में लिखा था : ''जन-संग्राम की लाठी विनाश और भव्यता लिये हुए उठी, लोगों की नजाकत, नफासत, कायदे-कानून की परवाह न करके, बहुत ही भोंड़ी सादगी से, लगातार, बिना थमे हुए उठी और गिरी, और उसने फ्रांसीसी फौज की तब तक धुनाई की जब तक सारे हमलावर देश से बाहर नहीं खदेड़ दिए गए।'' (युद्ध और शान्ति, भाग 14, अध्याय 1)

लेनिन ने तोल्स्तोय पर अपने प्रसिद्ध लेखों में कई बातें कही हैं जो प्रारम्भिक ईसाइयत पर एंगेल्स के लेखन में मिलती हैं। लेनिन ने बताया था कि तोल्स्तोय के युग में ग्राम-समाजों का पुराना ढाँचा टूट रहा था, नए पूँजीवादी सम्बन्ध विकसित हो

रहे थे, किसान इस परिवर्तन से त्रस्त थे, उनकी समझ में न आता था, यह उलट-फेर क्यों हो रहा है। तोल्स्तोय की रचनाओं में किसानों के स्वतः स्फूर्त प्रतिरोध का चित्रण है, किसानों का रहस्यवाद है, नए जीवन के प्रति उत्कंठा है, कल्पनालोकी स्वप्न हैं, एक तरह का समाजवाद भी है। रूस में पूँजीवाद के विकास ने जैसे तोल्स्तोय को झकझोरा था, कुछ-कुछ वैसे ही रोमन साम्राज्य में व्यापारिक पूँजीवाद ने ग्राम-समाजों का ढाँचा तोड़कर उन किसानों और पशु-पालकों को झकझोरा था जिनके प्रतिनिधि सन्त जॉन थे।

रोमन साम्राज्य के विध्वंस में ईसाइयों की भूमिका के बारे में एंगेल्स ने 1895 में लिखा था : "अबसे लगभग सोलह सौ साल पहले रोमन साम्राज्य में भी एक तख्ता उलटनेवाली खतरनाक पार्टी सक्रिय थी। उसने धर्म और राज्यसत्ता की जड़ें खोद डालीं। सीजर की मर्जी सबसे बड़ा कानून है, इसे उसने साफ अस्वीकार किया। उसकी कोई पितृभूमि नहीं थी, वह अन्तर्राष्ट्रीय थी। वह गौल (फ्रांस) से एशिया तक साम्राज्य के सभी देशों में, और साम्राज्य की सीमाओं से बाहर फैल गई। तख्ता उलटनेवाली यह पार्टी ईसाइयों के नाम से जानी जाती थी। उसके काफी आदमी फौज में भी थे। पलटनें की पलटनें ईसाई थीं। गैर-ईसाई स्थापित चर्च के यज्ञ समारोहों में उनसे उपस्थित होने को कहा जाता था तो विद्रोही सैनिक प्रदर्शन के लिए अपने शिरस्त्राण में एक विचित्र प्रतीक—सलीब—खोंस लेते थे। बैरिकों में बड़े अफसरों ने डराया-धमकाया, वह सब बेकार हुआ। सम्राट दिओक्लेतिअन फौज में व्यवस्था, आज्ञाकारिता और अनुशासन भंग होते देखकर हाथ पर हाथ धरे बैठे न रह सकते थे। समय रहते उन्होंने इस मामले में पूरी ताकत से दखल दिया। उन्होंने एक सोशलिस्ट-विरोधी—क्षमा कीजिए, कहना चाहता था, ईसाई-विरोधी—कानून जारी किया।" (मार्क्स एंड एंगेल्स, सेलेक्टेड वर्क्स, खंड 1, पृ. 203)

ईसाई जब फौज में होंगे तब लड़ेंगे ही। अहिंसावादी बने रहकर वे फौज में काम नहीं कर सकते। सन्त जॉन ने ईश्वर से प्रार्थना की थी कि वह अपने भक्तों के खून का बदला ले, वह हिंसा की स्वीकृति रोमन फौज के ईसाइयों में थी। वह परम्परा मुएन्त्सर से होती हुई मिल्टन और तोल्स्तोय तक पहुँची थी। प्रारम्भिक ईसाइयत के दौर में यह परम्परा एशिया में कायम हुई थी। 'जहाँ तक मालूम है, ऐसी थी वह ईसाइयत जिसका मुख्य अधिष्ठान सन् 1968 के लगभग लघु एशिया था।' (ऑन रिलीजन, पृ. 339) कोई भी धर्म, कोई भी विचारधारा अन्तर्राष्ट्रीय बने, उससे पहले वह राष्ट्रीय होगी ही। उसका उद्भव देशकालबद्ध किसी सामाजिक गठन में होगा। यहूदियों और ईसाइयों में आगे चलकर बड़ा तनाव पैदा हुआ किन्तु मूल-रूप में ईसाइयों का धर्म यहूदियों का धर्म है, उसका जन्म यहूदियों के देश इस्राइल में हुआ था। एंगेल्स ने ईसाइयत के इस मूल जातीय स्वरूप की व्याख्या करते हुए लिखा है कि सन्त जॉन को यह कभी नहीं सूझता कि, 'वह स्वयं को और अपने सहधर्मियों को यहूदी छोड़कर और किसी नाम से पुकारें।' (उप., पृ. 326) सन्त जॉन ने ऐसे लोगों की आलोचना की जो

स्वयं को यहूदी कहते थे पर अनुसरण उनका करते थे जिन्होंने 'इस्राइल की सन्तान के मार्ग में बाधा खड़ी की थी।' (उप.) जब ईश्वर के सिंहासन के सामने सन्त आकर उपस्थित हुए, तब 'हर कबीले से 12,000 के हिसाब से, सर्वप्रथम 1,44,000 यहूदी आए और इनके बाद ही उन विधर्मियों के अपार समूह आए जो इस नवसंस्कृत यहूदवाद में दीक्षित हुए थे।' (उप.) सन्त जॉन की वाणी की विशेषता यह है कि 'वह किसी मिलावट के बिना यह दर्शाती है कि सिकन्दरिया का गहरा प्रभाव ग्रहण करनेवाले यहूदवाद से ईसाइयत ने क्या पाया। बाद में उसमें जो कुछ मिलता है, वह सब पश्चिमी यूनानी-रोमन योग है।' (उप., पृ. 342-43)

इस विवरण से सिद्ध हुआ कि अपने मूल क्रान्तिकारी रूप में ईसाइयत एशिया की देन है। यह देन यूरोप के दासों और शहरी गरीबों को संघर्ष की प्रेरणा देती रही, उसने 15वीं, 16वीं सदियों में बोहीमिआ और जर्मनी के किसानों को सामन्त-विरोधी संग्राम के लिए प्रेरित किया। प्रारम्भिक ईसाइयत की क्रान्तिकारी भूमिका से एंगेल्स ने अन्तर्राष्ट्रीय श्रमिक संघ का सीमा सम्बन्ध जोड़ा था। इतना सब होने पर भी यह मानना होगा कि रोमन साम्राज्य का विध्वंस ईसाइयों ने न किया था। एंगेल्स ने लिखा था कि : "अलग-थलग कबीलों या शहरों के लिए रोमन विश्व-शक्ति का मुकाबला करना व्यर्थ (hopeless) था।" (उप., पृ. 331-32)

फिर भी दासों और पीड़ित जन समुदायों के लिए मुक्ति का मार्ग ढूँढ़ निकालना था। यह मार्ग इस लोक में नहीं, परलोक में मिला। परलोक में सुख की कल्पना से दासों और पीड़ितों के धर्मगुरुओं ने उन्हें इस लोक का दुख धैर्य से, हिंसात्मक प्रतिरोध के बिना शान्ति से, सहते रहने की सीख दी। यह सीख दासों और पीड़ितों को संघर्ष से विमुख करनेवाली थी। शासक-वर्गों को यह समझने में देर न लगी कि यह सीख उनके बड़े काम की थी। ईसाई धर्म को जिस रूप में रोमन सम्राटों ने स्वीकार किया, उसका साम्राज्य-विरोध से कोई सम्बन्ध न था। संघबद्ध चर्च सामन्त-व्यवस्था का प्रबल समर्थक बना। संघबद्ध चर्च के भीतर समाज के अन्तर्विरोध अनेक बार प्रतिबिम्बित हुए, छोटे पादरियों ने क्रान्तिकारी आन्दोलन का साथ दिया, बड़े पादरियों ने उसका विरोध किया। यह स्थिति दूसरे महायुद्ध के बाद बराबर बनी हुई है। एक ओर धार्मिक पुनरुत्थानवाद साम्राज्यवादी शक्तियों का मुख्य अस्त्र बना हुआ है, दूसरी ओर छोटे धर्मगुरु कहीं-कहीं बड़े धर्मगुरु भी, साम्राज्य-विरोधी आन्दोलनों में सक्रिय भाग ले रहे हैं।

जिस लेख में मार्क्स ने धर्म को जनता की अफीम कहा था, उसी में उन्होंने किसान-युद्ध को 'जर्मन इतिहास का सबसे युगान्तरकारी तथ्य' भी कहा था। (उप., पृ. 51) किन्तु अभी वह मानते थे कि किसान-युद्ध की पराजय का कारण देवतन्त्र में उसके नेताओं का विश्वास था। 'आज जब स्वयं देवतन्त्र ध्वस्त हो गया है, तब जर्मन इतिहास का सबसे अ-स्वतन्त्र कार्य, हमारी यथास्थिति, दर्शनशास्त्र से टकराकर चूर-चूर होगी।' (उप.) विचारधारा की भूमिका पर अधिक जोर है। धार्मिक विश्वासों के कारण किसान-युद्ध असफल हुआ, अब दर्शनशास्त्र से टकराकर जर्मनी की अर्धसामन्ती व्यवस्था

चूर होगी। एंगेल्स ने किसान-युद्ध के विवेचन में समाज के विभिन्न समुदायों की भूमिका स्पष्ट की, उसका निर्णायक महत्त्व प्रतिपादित किया। कम्युनिस्ट घोषणापत्र में मार्क्स और एंगेल्स ने लिखा था : "जब प्राचीन संसार आखिरी साँसें ले रहा था, तब ईसाइयत ने पुराने धर्मों का तख्ता उलट दिया। जब अठारहवीं सदी में ईसाई धारणाओं ने बुद्धिवादी विचारों के सामने घुटने टेक दिए, तब सामन्ती समाज ने उस समय के क्रान्तिकारी पूँजीपति-वर्ग से अपनी मृत्यु का युद्ध किया।" (उप., पृ. 87) यहाँ सामाजिक विकास के अनुरूप सांस्कृतिक विकास होता जाता है। प्राचीन संसार यूनानी-रोमन संसार–की दास प्रथा गई, सामन्तवाद आया; उसके साथ यूनानी-रोमन धर्म गए, ईसाई धर्म आया। फिर ईसाई धर्म गया, बुद्धिवाद आया।

सबसे पहले इस बात पर ध्यान दें कि प्राचीन संसार के बहुदेवोपासक धर्म अपने विशिष्ट रूप में क्यों विकसित हुए थे। इनके उद्भव की व्याख्या करते हुए एंगेल्स ने ड्यूरिंग की इस स्थापना का खंडन किया है कि समाजवादी व्यवस्था में धार्मिक उपासना पर पाबन्दी लगा दी जाएगी। बहुत से लोग धर्म को लेकर मार्क्सवाद पर जिस तरह के आक्षेप करते हैं, उनका आधार वास्तव में ड्यूरिंग की स्थापनाएँ हैं, मार्क्स और एंगेल्स की स्थापनाएँ नहीं। ड्यूरिंग ने लिखा था : "स्वाधीन समाज में धार्मिक उपासना नहीं हो सकती। कारण यह कि उस समय का प्रत्येक सदस्य इस आदिम बचकाने अन्धविश्वास से आगे बढ़ चुका है कि प्रकृति के पीछे या उसके ऊपर देव हैं जिन्हें बलि देकर या प्रार्थना करके प्रभावित किया जा सकता है।...समाजवादपरक व्यवस्था (Socialitarian system) की सही कल्पना के अनुसार धार्मिक जादूगरी के सारे तामझाम को, और उसके साथ धार्मिक उपासना के सभी मूल तत्त्वों को खत्म करना होगा।" (उप., पृ. 146) ड्यूरिंग की स्थापना उद्धृत करने के बाद एंगेल्स ने एक वाक्य अपनी ओर से लिखा है : "धर्म पर पाबन्दी लगा दी गई है।" (उप.) इसके बाद वह बताना शुरू करते हैं कि धर्म का उद्भव किस तरह होता है।

एंगेल्स ने लिखा है : "किन्तु सभी धर्म मनुष्य के मन में उन बाह्य शक्तियों के अतिकाल्पनिक (Fantastic) प्रतिबिम्ब के अलावा और कुछ नहीं है जो उनके दैनिक जीवन को नियन्त्रित करती हैं। इस प्रतिबिम्ब में लौकिक शक्तियाँ अलौकिक रूप धारण करती हैं। इतिहास के आरम्भ से सबसे पहले प्रकृति की शक्तियाँ इस तरह प्रतिबिम्बित हुई थीं; अगले विकास-क्रम में इन शक्तियों ने विभिन्न जनों के बीच अतिशय विविधतावाले मानवीय रूप धारण किए। देवकथाओं के तुलनात्मक अध्ययन से, कम-से-कम इंडो-यूरोपियन लोगों के सिलसिले में, पता चल गया है कि इस आरम्भिक प्रक्रिया का स्रोत भारतीय वेद हैं। उसका अगला विकास भारतीयों, ईरानियों, यूनानियों, रोमनों, जर्मनों–और जहाँ तक सामग्री सुलभ है–केल्त, लिथुआनियन और स्लावजनों में भी विस्तार से दिखाया जा चुका है।" (उप.) मनुष्य और प्रकृति का आदिम अन्तर्विरोध देव-सम्बन्धी कल्पनाओं का आदि कारण है। यह अन्तर्विरोध आदिम है किन्तु आदिम समाज-व्यवस्था के साथ समाप्त नहीं हो जाता। आगे चलकर सामाजिक

अन्तर्विरोध उसमें जुड़ जाते हैं। पहले प्राकृतिक शक्तियाँ मनुष्य को स्वयं से विलग (alien) जान पड़ती हैं, फिर सामाजिक शक्तियाँ भी स्वयं से उतना ही विलग प्रतीत होती हैं। मनुष्य को लगता है कि किसी प्राकृतिक अनिवार्यता के कारण वे उस पर हावी हैं। वह उनकी व्याख्या नहीं कर पाता। प्राकृतिक शक्तियों को प्रतिबिम्बित करनेवाले देवता इतिहास की शक्तियों के प्रतिनिधि बन जाते हैं। एंगेल्स ने यहाँ पाद-टिप्पणी में उचित ध्यान दिलाया है कि देवकथाओं के तुलनात्मक अध्ययन में देवताओं को एकांगी रूप से केवल प्राकृतिक शक्तियों का प्रतिनिधि मान लिया जाता है, वे सामाजिक शक्तियों का प्रतिनिधित्व भी करते हैं, इसे भुला दिया जाता है।

प्राकृतिक शक्तियों के ज्ञान की तुलना में सामाजिक शक्तियों का ज्ञान और भी कठिन है। ''प्रकृति को सही-सही प्रतिबिम्बित करना भी अत्यन्त कठिन है; अनुभव के लम्बे इतिहास के बाद यह सम्भव होता है। आदिम मनुष्य के लिए प्रकृति की शक्तियाँ उससे विलग, रहस्यमय, उससे श्रेष्ठ थीं। सभी सभ्य जनों को एक ऐसी निश्चित मंजिल से गुजरना होता है जिसमें पहुँचकर मनुष्य प्राकृतिक शक्तियों को मानवीकरण द्वारा आत्मसात् करता है। मानवीकरण की इस प्रेरणा से ही सर्वत्र देवताओं का उद्भव हुआ। ईश्वर है, यह सिद्ध करने के लिए जनमत बना; इससे केवल यह सिद्ध होता है कि मानवीकरण की यह अन्तर्प्रेरणा सार्वजनीन है, और संक्रमण की आवश्यक मंजिल है, फलतः धर्म सार्वजनीन भी है। प्राकृतिक शक्तियों के वास्तविक ज्ञान द्वारा ही देवता अथवा ईश्वर एक के बाद दूसरी जगह से अपदस्थ किए जाते हैं (सेक्की और उनका सौरमंडल)। यह प्रक्रिया इतना आगे बढ़ चुकी है कि सिद्धान्त रूप में कह सकते हैं, वह पूरी हो गई है।'' (उप., पृ. 149-50) एंगेल्स यहाँ बताते हैं कि धर्म का उद्भव मनुष्य की इच्छा-अनिच्छा पर निर्भर नहीं है। सामाजिक विकास-क्रम में उसका उद्भव अनिवार्य होता है। प्रकृति को समझने का आदिम रूप उसकी शक्तियों पर मानवत्व का आरोपण है। प्रकृति को समझने, उसकी शक्तियों से अपना सम्बन्ध कायम करने की इच्छा सार्वजनीन है; इस कारण धर्म—देवकथाओं और उनसे सम्बन्धित आचार-विचारवाला धर्म—सार्वजनीन है। प्राकृतिक शक्तियों के वास्तविक ज्ञान से ही यह धर्म निरस्त होता है। इस वास्तविक ज्ञान के एक सर्जक इटली के पादरी सेक्की थे।

''विकास की और अगली मंजिल में अनेकानेक देवताओं को सभी प्राकृतिक और सामाजिक विशेषताएँ एक सर्वशक्तिमान देवता में स्थानान्तरित कर दी जाती हैं। यह देवता अमूर्त मानव का प्रतिबिम्बमात्र होता है। एकेश्वरवाद का उद्भव ऐसा ही था।...इस सुविधाजनक, सुगम और व्यापक स्वीकृतिवाले रूप में धर्म का अस्तित्व बना रह सकता है। मनुष्य से विलग जो प्राकृतिक और सामाजिक शक्तियाँ उस पर हावी रहती हैं, उनसे मनुष्य के सम्बन्ध का निकटस्थ—अर्थात् भावनाजन्य—रूप यह धर्म है और वह तब तक बना रह सकता है जब तक मनुष्य इन शक्तियों के नियन्त्रण में रहता है।'' (उप., पृ. 147) धार्मिक विश्वासों के रूप बदलते रहते हैं किन्तु वे बहुत दिनों तक कायम रहते हैं। प्राकृतिक और सामाजिक शक्तियों पर नियन्त्रण पाना आसान नहीं

होता। इनमें सामाजिक शक्तियों का सही ज्ञान विशेष कठिन होता है। ऐटम बम कैसे बनेगा, इस बारे में पूँजीवादी और मार्क्सवादी वैज्ञानिकों में मतभेद नहीं है; मुद्रास्फीति, बेकारी, इजारेदार पूँजीवाद, समाजवाद आदि सामाजिक प्रपंचों को लेकर तीव्र मतभेद है। एंगेल्स ने पूँजीवादी समाज और धर्म के सम्बन्ध पर लिखा है : "हमने बार-बार देखा है कि वर्तमान पूँजीवादी समाज में मनुष्यों पर वे आर्थिक परिस्थितियाँ हावी होती रहती हैं जिनका निर्माण उन्होंने स्वयं किया है, उन पर उत्पादन के वे साधन हावी रहते हैं जिनको स्वयं उन्होंने पैदा किया है, और उन्हें लगता है कि ये सब उनसे विलग शक्ति हैं। अतः प्रतिबिम्बीकरण की कार्यवाही का वास्तविक आधार बना रहता है और उसके साथ स्वयं धार्मिक प्रतिबिम्ब बना रहता है।" (उप.) पूँजीवाद—औद्योगिक क्रान्ति के बादवाला पूँजीवाद—धर्म के आधार को निरस्त नहीं कर देता। पूँजीवादी व्यवस्था में जिन सामाजिक शक्तियों को मनुष्य ने स्वयं रचा है, उन पर वह हावी नहीं हो पाता, उलटा उस पर वे हावी हो जाती हैं। इसमें यदि यह जोड़ दें कि औद्योगिक पूँजीवाद सामन्तवाद से समझौता करता है, धर्म के संघबद्ध रूप—चर्च—का उपयोग अपने हित में करता है, इजारेदार पूँजीवाद अपने आसामी देशों—पराधीन देशों, ऋणिया स्वाधीन देशों—में धार्मिक भावनाएँ उभारकर साम्राज्य-विरोधी संघर्ष को कुंठित करता है, तो बीसवीं सदी में धर्म के सामाजिक आधार का पता चल जाएगा।

धार्मिक अन्धविश्वासों से लाभ उठानेवाले आधुनिक साम्राज्यवाद की भूमिका प्राचीनकाल के रोमन साम्राज्य की भूमिका से कहीं अधिक प्रतिक्रियावादी है। रोमन समाज के बहुदेवोपासक धर्म ने संघबद्ध होकर स्वाधीन दार्शनिक चिन्तन का गला न घोट दिया था। एंगेल्स ने यूरोप के मध्यकाल के बारे में लिखा था : "उसने पुरानी सभ्यता, पुराने दर्शन, राजनीति और विधि-व्यवस्था का सफाया कर दिया; हर चीज अब नए सिरे से शुरू करनी थी। पुराने ध्वस्त संसार से उसने एक ही चीज बचा रखी, वह थी ईसाइयत और थोड़े से शहर, जो आधे बरबाद और सभ्यता से पूरे खारिज थे। इसके फलस्वरूप जैसाकि विकास की हर आदिम अवस्था में होता है, पादरी समुदाय ने बौद्धिक शिक्षण का इजारा अपने हाथ में किया और शिक्षा मूलतः धर्मशास्त्र (Theology) की शिक्षा बन गई। पादरी-समुदाय के हाथ में अन्य विज्ञानों की तरह राजनीति और विधि-व्यवस्था धर्मशास्त्र की शाखाएँ मात्र रह गईं और उनका विवेचन धर्मशास्त्र में स्वीकृत सिद्धान्तों के अनुसार किया गया। चर्च के रूढ़ विश्वास (dogmas) राजनीति के स्वयंसिद्ध सूत्र बन गए; किसी भी न्यायालय में बाइबिल के उद्धरण कानून के रूप में मान्य थे।" (उप., 97-98)

रोमन सभ्यता का विनाश नगर-सभ्यता का विनाश था। जो शहर आधे ही बरबाद हुए थे, वे सभ्यता से पूरे खारिज थे। इस सभ्यता के साथ दर्शन, राजनीति और विधि-व्यवस्था, ज्ञान की इन शाखाओं का विनाश हुआ। ये शाखाएँ धर्मशास्त्र से स्वतन्त्र थीं; बहुदेवोपासक व्यवस्था ने उन्हें धर्मशास्त्र की शाखा न बना दिया था। रोमन (और यूनानी) समाज में बहुदेवोपासना का विकल्प एकेश्वरवाद हो, यह अनिवार्य नहीं था;

उसका विकल्प, धर्मशास्त्र से स्वतन्त्र, दर्शन, राजनीति और विधिव्यवस्था के रूप में मौजूद था। प्राचीन यूनान के बारे में मार्क्स ने 1842 में लिखा था कि दर्शनशास्त्र के प्रत्यक्ष अवतार सुकरात ने, सोफिस्ट कहलानेवाले दार्शनिकों ने, कला और वक्तृत्वशास्त्र ने, 'धर्म का स्थान ले लिया था', और रोम के बारे में लिखा था कि जब वह अपने विकास के चरम शिखर पर था, तब "सुसंस्कृत रोमनों का धर्म एपिकुरुस का दर्शन था, स्तोइक अथवा सन्देहवादी दर्शन था।" (उप., पृ. 23) ईसाइयत ने इस दर्शन का स्थान लिया था। व्यक्तिगत सम्पत्ति, व्यापारिक पूँजीवाद के रोमन संसार के बाद जो सामन्तवाद कायम हुआ, उसी के अनुरूप चर्चबद्ध धर्म का प्रसार हुआ। एंगेल्स के अनुसार : "मध्यकाल में जिस हद तक सामन्तवाद का प्रसार हुआ, उस हद तक उसके धार्मिक प्रतिरूप–ईसाइयत–का विकास हुआ। तदनुरूप उसमें (ईसाइयत में) सामन्ती स्तर-भेद (feudal hierarchy) था।" (उप., पृ. 262) पूँजीपतिवर्ग ने अपने अभ्युदय काल में पुराने कैथलिक धर्म के विरुद्ध प्रोटेस्टेंट मत चलाया किन्तु इस नए मत के गढ़ जर्मनी और इंग्लैंड थे, फ्रांस में प्रोटेस्टेंट अल्पसंख्यक रहे। यह बात आकस्मिक नहीं है कि क्रान्तिकारी संघर्ष के लिए, अंग्रेजों के विपरीत, प्रबुद्ध फ्रांसीसियों ने दर्शनशास्त्र का सहारा लिया। फ्रांस के कट्टरपंथी भूस्वामी-वर्ग ने प्रोटेस्टेन्ट मत का दमन किया। एंगेल्स ने लिखा है कि इससे फ्रांस के पूँजीपति-वर्ग का यह काम और भी आसान हो गया कि : "वह अपनी क्रान्ति धर्मेतर, नितान्त राजनीतिक रूप में सम्पन्न करे। विकसित पूँजीपति-वर्ग के लिए यही रूप सर्वथा अनुकूल था।" (उप., पृ. 264) और फ्रांस की अपेक्षा इंग्लैंड का पूँजीपति-वर्ग अधिक विकसित था। इस सन्दर्भ में एंगेल्स की एक महत्त्वपूर्ण स्थापना इस प्रकार है : "श्रम विभाजन के एक निश्चित क्षेत्र के रूप में प्रत्येक युग के दर्शन का विकास तभी होता है जब उनके पास पूर्वजों की दी हुई कोई विचार सामग्री हो। वह शुरुआत इस सामग्री से करता है। यही कारण है कि आर्थिक रूप से पिछड़े हुए देश अब भी दर्शन के क्षेत्र में सरनाम हो सकते हैं।" (उप., पृ. 282) रोमन सभ्यता से घनिष्ठ सम्बन्ध के कारण फ्रांस ने दार्शनिक रिक्थ का भरपूर उपयोग किया, इसके साथ उसने इंग्लैंड से प्राप्त भौतिकवाद को भी आत्मसात् किया। रोमन काल में धर्म का विकल्प दर्शन मौजूद था; 18वीं सदी के फ्रांस में भी यही स्थिति थी।

एंगेल्स ने लुडविग फायरबाख पर अपनी पुस्तक में इंडोयूरोपियन परिवार के गणसमाजों और उनके देवताओं के बारे में लिखा है कि प्रत्येक जन (गण) ने जिन देवताओं का निर्माण किया, वे जातीय देवता (गणदेवता) थे और जिस जातीय क्षेत्र की उन्हें रक्षा करनी थी, उसके बाहर उनका प्रभुत्व नहीं था। रोमन साम्राज्य में पुरानी जातियों (गण समाजों) का ह्रास हुआ, इसके साथ पुराने जातीय देवताओं का ह्रास हुआ। रोमन देवता केवल रोम नगर की संकुचित सीमाओं के लिए उपयुक्त थे। "विश्व-साम्राज्य के साथ उसके पूरक रूप में विश्व-धर्म होना चाहिए। यह आवश्यकता स्पष्टतः तब व्यक्त हुई जब इस बात के लिए प्रयत्न हुए कि जो भी विदेशी देवता

किंचित् भी सम्मान्य हों, उन्हें देशी देवताओं के साथ मान्यता दी जाए, उनकी पूजा के लिए वेदियाँ रची जाएँ। किन्तु इस तरह साम्राज्य के फरमान से नए विश्व-धर्म का निर्माण न हो सकता था। नया विश्व-धर्म, ईसाइयत, चुपचाप अस्तित्व में आ चुका था। पूर्वी, विशेष रूप से यहूदी, धर्मशास्त्र (Theology) के साधारणीकृत रूप तथा यूनानी, विशेष रूप से स्तोइक, दर्शन के मिश्रण से यह धर्म बना था।" (उप., पृ. 262)

गणसमाज अनेक प्रकार के होते हैं, उनके विकास की अनेक मंजिलें होती हैं। घुमन्तू कबीले आखेट और पशु चारणवाले तन्त्र में दूर-दूर तक धावा करते हैं। उनके देवता भी थोड़े से भूमिखंड की सीमाओं में बँधकर नहीं रहते। देवतन्त्र की रचना भूमिखंडों की रक्षा के लिए होती है, संसार को जनमानस में प्रतिबिम्बित करने के लिए भी होती है। अनेक देवता समुद्र, आकाश, वायुमंडल, अन्तरिक्ष पर आधिपत्य स्थापित करते हैं। गणसमाजों में विनिमय का जितना ही विकास होता है, उतना ही संस्कृति के विभिन्न उपकरणों का विनिमय बढ़ता है। यही कारण है कि ईसा से लगभग दो हजार साल पहले मिस्र से लेकर भारत तक विभिन्न रूपों में सूर्योपासना का चलन था। संसार को जनमानस में प्रतिबिम्बित करने के प्रयास का एक परिणाम यह होता है कि देवता विश्वव्यापी शक्ति अथवा शक्ति-विशेष के प्रतीक बन जाते हैं। ऋग्वेद में यह प्रतीकवाद विकसित रूप में विद्यमान है। अग्नि विश्वव्यापी तेजस है, वह शक्ति-विशेष के रूप में वाणी का देवता भी है, इसीलिए कवि है। सामन्ती जकड़बन्दी के विरोध में दूर-दूर के प्रदेशों में, विभिन्न युगों में, दृष्टा कवि इसी विश्वात्मवाद का सहारा लेते हैं। यह विश्वात्मवाद जितना धर्म है, उससे ज्यादा वह दर्शन है। यूरोप के पुनर्जागरण काल में, उससे भी अधिक औद्योगिक क्रान्तिवाले दौर में, यूरोप के कवियों ने उन देवताओं को साहित्य में पुनः प्रतिष्ठित किया जिन्हें चर्चबद्ध धर्म ने अपदस्थ कर दिया था। बहुदेववाद और विश्वात्मवाद की परस्पर सम्बद्धता की शानदार मिसाल शेली का काव्य है।

रोमन शासकों ने अपने देवताओं के साथ विदेशी देवताओं को मान्यता दी, उनके लिए वेदियों का निर्माण कराया। उसके बाद उद्योग-व्यापार के ह्रास के साथ छोटे पैमाने के उत्पादनवाला सामन्ती अर्थतन्त्र फिर चालू हुआ, और धार्मिक अन्धविश्वासों का प्रसार हुआ। व्यापारिक पूँजीवाद के पोषक गैर-ईसाई रोमन साम्राज्य और उत्तरकालीन सामन्तवादी रोमन साम्राज्य में आकाश-पाताल का अन्तर था। पादरियों और सामन्तों के नेतृत्व में अन्धविश्वासी जनसमूहों ने पुरानी सभ्यता का नाश किया। गिबन ने लिखा है : रोमन सम्राट थॅओदोसिउस् ने आज्ञा दी कि मन्दिर बन्द कर दिए जाएँ, मूर्ति-पूजा के सारे उपकरण छीन लिए जाएँ। "इनमें अनेक मन्दिर यूनानी स्थापत्य के बहुत ही सुन्दर और गौरवशाली नमूने थे।...जब तक वे बचे हुए थे, तब तक विधर्मियों के मन में यह व्यर्थ की आशा बनी रही कि शुभ युगान्तर होगा, कोई दूसरा जूलियन (उदार शासक) आएगा और मन्दिरों में उनके देवताओं की उपासना बहाल करेगा। उन्होंने जितना ही सच्चे हृदय से निरर्थक ही सम्राट से विनती की, उतना ही ईसाई सुधारकों

को जोश आया कि निर्ममतापूर्वक अन्धविश्वास की जड़ काट देनी चाहिए।...गौल (फ्रांस) में तूर के बिशॉप पुण्यात्मा मार्टिन (अथवा मार्तें) अपने क्षेत्र के मन्दिरों और मूर्तियों को ध्वस्त करने के लिए अपने अनुयायी भिक्षुओं (monks) की अगुवाई करते हुए बढ़े।...शाम (सीरिया) में धार्मिक जोश से भरे हुए बिशॉप मार्केल्लुस ने तय किया कि अपामिआ क्षेत्र के भव्य मन्दिरों को गिराकर मिट्टी में मिला देंगे। जिस कौशल और दृढ़ता से जुपिटर का वह मन्दिर बनाया गया था, उसी कौशल और दृढ़ता से आक्रमण का मुकाबला किया गया।...सबसे तेज और मजबूत हथियार बेकार हो गए। तब जरूरी हो गया कि खम्भों की नींव का विध्वंस हो। उनमें अस्थायी सहारा देनेवाले काष्ठखंडों के भस्म होते ही खम्भे गिर गए।...कार्थेज में वीनस देवी के मन्दिर का परिसर दो मील की परिधि का था। उसे बुद्धिमानी से ईसाई गिरजाघर में परिवर्तित कर दिया था। रोम के देव-मन्दिर (Pantheon) का भव्य कलश (dome) इसी प्रकार पवित्र बनाए जाने से सुरक्षित रह गया। किन्तु रोमन संसार के लगभग हर प्रदेश में धर्मान्धों की फौज ने शान्तिपूर्ण निवासियों पर हमला किया। इस फौज में न तो अनुशासन था, न उसे कोई अधिकार प्राप्त था। प्राचीनकाल के श्रेष्ठ भवनों के खँडहर उन बर्बरों की ध्वंसलीला आज भी दिखला रहे हैं। ऐसे श्रमसाध्य विध्वंस के लिए इन्हीं के पास समय था, इन्हीं के मन में चाह थी। विध्वंस के विस्तृत और विविध परिदृश्य में सिकन्दरिया के सॅरापिस मन्दिर के खँडहर दर्शक को दिखाई देंगे।...उस समय सिकन्दरिया की धर्मपीठ पर शान्ति और सदाचार का परम शत्रु थॅऑफिलुस् अधिष्ठित था। इस साहसिक दुष्ट के हाथ रक्तरंजित थे, सुवर्णरंजित थे।...थॅऑफिलुस् ने सॅरापिस का मन्दिर गिराना शुरू किया। जिस सामग्री से मन्दिर बनाया गया था, उसकी मजबूती और उसके वजन के अलावा उसे और किसी खास दिक्कत का सामना नहीं करना पड़ा। पर यह रुकावट इतनी बड़ी थी कि मन्दिर की पीठिका उसे छोड़ देनी पड़ी, भवन को गिराकर मलवे का ढेर लगा देने से उसे सन्तोष करना पड़ा। शीघ्र ही उसके एक हिस्से की सफाई करके जगह निकाली गई और वहाँ ईसाई शहीदों की स्मृति में गिरजाघर बनाया गया। सिकन्दरिया का मूल्यवान पुस्तकालय लूटा गया या नष्ट कर दिया गया। लगभग बीस साल बाद उसमें पुस्तक-शून्य पट्टियाँ देखकर, जिसके भी मन को धार्मिक पूर्वग्रह के अन्धकार ने ढँक न लिया था, वह दुखी और क्षुब्ध हुआ। विजय के फलस्वरूप आर्चबिशॉप को जो लूट का माल प्राप्त हुआ था, उससे उसके जोश या लोभ को शान्त हो जाना चाहिए था। मूर्तिध्वंस से प्रतिभाशाली प्राचीन कृतियाँ अवश्य बचाई जा सकती थीं। उनमें से न जाने कितनी सदा के लिए नष्ट हो गईं।'' (Edward Gibbon, The Decline and Fall of the Roman Empire, खंड 1, पृ. 460-62)

जर्मन कबीलों ने रोम को लूटा, तब उनकी निगाह सोने-चाँदी पर थी, मूर्तियों और मन्दिरों के नाश से उन्हें कोई दिलचस्पी न थी। ''गोथ कबीलों ने रोम शहर छठे दिन और वंडल कबीलों ने पन्द्रहवें दिन खाली कर दिया था। गिराने से बनाना कहीं अधिक कठिन है। फिर भी वे जल्दी गिराने का प्रयत्न करते तो पत्थरों के उन सुदृढ़ प्राचीन

अम्बारों पर बहुत कम असर डाल पाते। स्मरणीय है कि (जर्मन विजेता) अलरिक और गेंसेरिक दोनों ने यह दर्शाया था कि उन्होंने शहर की इमारतों को बनी रहने दिया है...इन निर्दोष बर्बरों को छोड़कर दोष देना चाहिए रोम के कैथलिकों (ईसाइयों) को। उनकी दृष्टि में मूर्तियाँ, देवियाँ और दैत्यों के भवन (मन्दिर) पापदृश्य थे। नगर की पूर्ण प्रभुता हाथ में आ जाने से वे धैर्यपूर्वक और उत्साह से अपने पूर्वजों की मूर्ति-पूजा का नाश कर सकते थे। पूर्व में मन्दिरों का विध्वंस उनके लिए आचरण का आदर्श प्रस्तुत करता था। यह सम्भव है कि (ऐसे विनाश का) पाप या पुण्य रोम के नवदीक्षित ईसाइयों के माथे मढ़ा जाए। फिर भी उनकी घृणा विधर्मी अन्धविश्वासों के स्मारकों के प्रति थी। जो नागरिक भवन समाज के व्यवसाय अथवा विलास के लिए थे, वे किसी हानि या बदनामी के बिना बचाए जा सकते थे।'' (उप., खंड 2, पृ. 592-93) गिबन ने इटली के बाहर मूर्तियों और मन्दिरों के विनाश के लिए जिस तरह धर्मान्ध पादरियों को दोषी ठहराया है, उस तरह इटली के भीतर उनके विनाश के लिए उन्हें दोषी नहीं ठहराया। पर वह मानते हैं कि रोमन साम्राज्य के अन्य भागों में जो मूर्तिभंजन हुआ, वह आदर्श रोम के पादरियों के सामने था। रोमन कैथलिक चर्च केन्द्रबद्ध संस्था थी; उसका केन्द्र रोम ही में था। रोमन साम्राज्य के अन्य भागों में जो ध्वंस-कार्य हो रहा था, उसकी मूल-प्रेरक शक्ति रोम में थी। यह असम्भव है कि धर्मगुरु बाहर मन्दिरों का नाश करें और घर में उन्हें बनाए रखें। किन्तु रोम में सभी पुराने भवन धार्मिक नहीं थे; बहुत से भवन व्यवसाय और विलास के लिए थे। यह अन्धकार युग में ही सम्भव था कि पुराने भवन गिराकर लोग उनके पत्थर घरों में इधर-उधर लगा दें या उन्हें पीसकर चूना बना डालें !

गिबन ने लिखा है : ''लोगों ने प्राचीन स्थापत्य रूपों की उपेक्षा की क्योंकि उनके उपयोग और सौन्दर्य का बोध उन्हें नहीं था। उनकी प्रचुर सामग्री का उपयोग उन्होंने किसी भी आवश्यकता अथवा अन्धविश्वास की पूर्ति के लिए किया। आयोनिक और कोरिन्थियन श्रेणियों के श्रेष्ठ स्तम्भ, पारोस और नुमीदिया के बहुमूल्य संगमरमर निकृष्ट बना दिए गए, किसी मठ या अस्तबल में सहारे के लिए लगा दिए गए। यूनान और एशिया के नगरों में आए-दिन तुर्क जो तबाही ढा रहे हैं, वह (उक्त कार्य का) दुःखद उदाहरण हो सकती है।...अधिकांश संगमरमर को जगह से हटाकर उसका अनुपात नष्ट किया गया; यही नहीं, उसका तत्त्व भी नष्ट कर दिया गया। उसे जलाकर चूना बनाया गया जिससे कि जोड़ाई के काम आ सके।'' (उप., पृ. 594)

रोमन काल की नगर-सभ्यता के विनाश के बाद इटली में जो बड़े पैमाने पर देहातीकरण हुआ और उसके साथ जो हर तरह के अज्ञान और अन्धविश्वासों का प्रसार हुआ, वह भारतीय इतिहास-विवेचकों के लिए बहुत शिक्षाप्रद है। जैसे धर्मान्ध जनों ने संगमरमर जलाकर चूना बनाया था, वैसे ही उन्होंने दर्शनशास्त्र के चूने से धर्मशास्त्र बनाया। दर्शनशास्त्र का उपयोग ईसाइयत के निर्माण में किया गया। एंगेल्स ने ब्रूनो बावर का हवाला देते हुए बताया है कि सिकन्दरिया के दार्शनिक फिलो ने यहूदियों की

विवेकसम्मत परम्पराओं का मिश्रण यूनानी दर्शन, विशेष रूप से स्तोइक दर्शन, से किया। बावर के शोध-कार्य ने सिद्ध किया कि फिलो 'ईसाइयत का वास्तविक पिता है और रोमन स्तोइक सेनेका, कहना चाहिए, उसका चाचा है।' (ऑन रिलीजन, पृ. 195) प्रारम्भिक ईसाइयत के इतिहासवाले लेख में एंगेल्स ने बताया है कि : "सिकन्दरिया के फिलो के दर्शन ने और यूनानी रोमन संसार के लोक-प्रचलित दर्शन ने—प्लेटो के दर्शन और मुख्यतः स्तोइक दर्शन ने—ईसाइयत पर जो गहरा प्रभाव डाला, उसका विस्तृत विवेचन अभी नहीं हुआ।" (उप., पृ. 321) ईसाई धर्म ने प्राचीन दर्शन का जितना भी अंश आत्मसात् किया हो, पूरे धर्मतन्त्र में उस अंश की कोई स्वतन्त्र सत्ता न रह गई। यूरोप के पुनर्जागरण काल में इंग्लैंड और फ्रांस के विद्वानों ने प्राचीन दर्शनशास्त्र का उद्धार करके उसका स्वतन्त्र विकास किया। इस विकास का सीधा सम्बन्ध द्वन्द्वात्मक भौतिकवाद से है। किन वर्गों ने प्राचीन दर्शन का उद्धार और विकास किया, इस प्रश्न के उत्तर का सीधा सम्बन्ध इस धारणा से है कि हर विचारधारा किसी आर्थिक आधार के ऊपर बनी हुई इमारत है।

पूँजीवाद, धर्म और नैतिकता

अपनी पुस्तक 'समाजवाद : कल्पनालोकी और वैज्ञानिक' के अंग्रेजी संस्करण (1892) की भूमिका में एंगेल्स ने लिखा था कि इंग्लैंड में भौतिकवाद का विकास बेकन, हॉब्स, लॉक, हार्टले, प्रीस्टले आदि विद्वानों ने किया था और इस दर्शन के समर्थक अभिजात-वर्ग में थे, पूँजीपति-वर्ग धर्म का सहारा लेकर भौतिकवाद का विरोध करता था। पूँजीवादी विचारधारा से प्रभावित अंग्रेज धार्मिक कट्टरता का परिचय देते थे। 19वीं शताब्दी के मध्य भाग में 'जो भी सुसंस्कृत विदेशी इंग्लैंड में आकर बस जाता था, वह अंग्रेजों के भद्र मध्य-वर्ग की कुछ बातें लक्षित किए बिना न रह सकता था। उन बातों को वह उस समय धार्मिक कट्टरता और मूढ़ता ही कह सकता था। हम सभी लोग तब भौतिकवादी थे या कम-से-कम बहुत आगे बढ़े हुए स्वतन्त्र विचारक थे। हमारे लिए यह कल्पनातीत था कि इंग्लैंड में लगभग सभी शिक्षित लोग तरह-तरह के असम्भव चमत्कारों पर विश्वास करते थे, बकलैंड और मैंटॅल जैसे भूगर्भशास्त्री भी अपने विज्ञान के तथ्यों को इस कारण तोड़ते-मरोड़ते थे कि बाइबिल की सृष्टि-कथाओं से वे ज्यादा न टकराएँ।' (ऑन रिलीजन, पृ. 291-92) पूँजीपति-वर्ग के लिए जरूरी था कि वह श्रमिक जनता को दबाकर रखे : "इसके लिए उसने जिन साधनों से काम लिया, उनमें एक धर्म का प्रभाव था।" (उप., पृ. 301) शासक-वर्ग बनने या शासन में हिस्सा बँटाने के बाद पूँजीपति-वर्ग धार्मिक प्रभाव का उपयोग करने लगा हो, ऐसा नहीं था। वह अपने उद्भव काल से धर्म का पक्षधर और भौतिकवाद का विरोधी था। एंगेल्स ने इस सन्दर्भ में लिखा था : "एक तथ्य और था जिसने पूँजीपति-वर्ग के धार्मिक रुझान को पुष्ट किया। वह था इंग्लैंड में भौतिकवाद का उत्थान। इस नए सिद्धान्त ने मध्यवर्ग की

धार्मिक भावना को चोट पहुँचाई। यही नहीं, उसने घोषित किया कि वह ऐसा दर्शन है जो केवल विद्वानों और संसार के सुसंस्कृत व्यक्तियों के योग्य है। इसके विपरीत धर्म अशिक्षित जनों के योग्य है और इन अशिक्षित जनों में पूँजीपति शामिल हैं। हॉब्स के साथ वह दर्शन शाही विशेषाधिकार और सर्वशक्तिमानता का समर्थक बनकर रंगमंच पर आया। उसने सर्वसत्तावादी पादशाही का आह्वान किया कि वह हृष्ट-पुष्ट किन्तु दुष्ट बालक–अर्थात् जनसमुदाय–को दबाकर रखे। इसी प्रकार हॉब्स के अनुयायियों–बोलिंगब्रोक, शाफ्ट्सबरी आदि–के यहाँ भौतिकवाद का देववादी (deistic) रूप अभिजातवर्गीय, विशिष्ट लोगों का सिद्धान्त बना रहा। अतः पूँजीपति-वर्ग उससे घृणा करता था, धर्म की लीक छोड़ने के कारण और उसके पूँजीपति विरोधी राजनीतिक सम्बन्धों के कारण भी। परिणाम यह कि जो प्रोटेस्टेंट सम्प्रदाय स्टुअर्ट पादशाही के खिलाफ झंडा और सैन्यदल जुटा चुके थे, वे अभिजात-वर्ग के भौतिकवाद और देववाद (deism) के विरोध में प्रगतिशील मध्यवर्ग की शक्ति का मुख्य स्रोत बने हुए हैं और आज भी महान लिबरल पार्टी की रीढ़ हैं।" (उप., पृ. 301-02)

इंग्लैंड के जमींदारों और पादरियों की मिली-भगत थी। पादरी जमींदारों के आश्रित थे। 19वीं सदी में भी चर्च पर मुख्यतः जमींदारों का अधिकार था। किन्तु जमींदार-वर्ग में कुछ विद्वान ऐसे थे जो भौतिकवाद का समर्थन करते थे और धार्मिक अन्धविश्वासों का विरोध करते थे। चमत्कारों से मुक्त धर्म को विवेकसंगत रूप देने के लिए उन्होंने देववाद चलाया। इन देववादियों की एक विशेषता यह थी कि वे अपने समय की सामाजिक स्थिति को विवेकसम्मत मानते थे, उसमें कोई परिवर्तन न करना चाहते थे। हॉब्स ने जिस शक्तिमान पादशाही का समर्थन किया था, उससे सामन्ती अलगाव को खत्म करने में सहायता मिली थी। उल्लेखनीय है कि ये जमींदार व्यापारिक पूँजीवाद के युग के जमींदार थे और उनमें अनेक व्यापार से लाभ उठाते थे। औद्योगिक पूँजीपति-वर्ग आर्थिक दृष्टि से प्रगतिशील था, वह भूमि पर जमींदारों के इजारे का आर्थिक आधार खत्म कर रहा था किन्तु राजनीतिक रूप से वह जमींदारों से समझौता भी कर रहा था। फ्रांस की राज्य-क्रान्ति के बाद इंग्लैंड के जमींदार और पूँजीपति दोनों श्रमिक जनता के आन्दोलन को दबाने में जुट गए और भौतिकवाद ने इंग्लैंड से भागकर फ्रांस में शरण ली।

एंगेल्स ने लिखा है कि : "पहले फ्रांस में भी वह मात्र अभिजातवर्गीय सिद्धान्त था। किन्तु शीघ्र ही उसने अपना क्रान्तिकारी स्वरूप प्रकट कर दिया। फ्रांस के भौतिकवादियों ने अपनी आलोचना धार्मिक विश्वासों तक सीमित नहीं रखी, उनके सामने जो भी वैज्ञानिक परंपरा या राजनीतिक संस्था थी, उस पर उन्होंने उसे लागू किया।...खुले भौतिकवाद के रूप में अथवा देववाद के रूप में वह सिद्धान्त फ्रांस के सभी सुसंस्कृत युवकों का दर्शन बन गया। यहाँ तक हुआ कि जब महान क्रान्ति शुरू हुई, तब जिस सिद्धान्त को इंग्लैंड के बादशाहपन्थियों (royalists) ने गढ़ा था, उसे फ्रांस के प्रजातन्त्रवादियों और आतंकवादियों ने अपनी सैद्धान्तिक पताका बना लिया,

उसी से मानव अधिकारों की घोषणा के लिए सामग्री प्राप्त हुई।'' (उप., पृ. 302) संस्कृति और विचारधारा की सापेक्ष स्वाधीनता का यह पुष्ट प्रमाण है। जमींदारों और किसानों ने जैसे ईसाइयत का उपयोग अनेक बार अलग-अलग ढंग से किया, वैसे ही उन्होंने—और उनके प्रतिनिधियों ने—भौतिकवाद का उपयोग अलग-अलग ढंग से किया। और एक ही वर्ग भिन्न देशों में सामाजिक समस्याएँ अलग-अलग ढंग से सुलझाता है। फ्रांस में वर्ग-युद्ध इस तरह चलाया गया कि : ''एक दल—अभिजात-वर्ग—का नाश कर दिया जाए और दूसरे दल—पूँजीपति-वर्ग—की पूर्ण विजय हो। इंग्लैंड में पूँजीपतियों और जमींदारों के बीच समझौता हुआ; क्रान्ति (पूँजीवादी क्रान्ति) से पहले और बाद की संस्थाएँ बनी रहीं। इसकी व्यंजना इस बात से होती है कि पहले की अदालती नजीरें कायम रहीं और कानून के सामन्ती रूप धार्मिक आधार पर सुरक्षित रहे।'' (उप.)

भारत में ब्रिटिश पूँजीवाद की भूमिका समझने के लिए यह तथ्य बराबर याद रखना चाहिए कि इस पूँजीवाद के प्रतिनिधियों ने अपने देश में जमींदारों से समझौता किया था। वे भारत में आधुनिक न्याय-व्यवस्था कायम कर रहे थे किन्तु ब्रिटेन में कानून के सामन्ती रूप खत्म न कर पाए थे, अपने धार्मिक आग्रह के कारण वे उन्हें सुरक्षित किए रहे। इसके विपरीत फ्रांस में सामन्त-विरोधी संघर्ष जमकर चलाया गया और इसके फलस्वरूप कानून ने भी धार्मिक आधारवाले सामन्ती रूप खत्म करके आधुनिक रूप ग्रहण किया। और यह आधुनिक रूप रोमन कानून के अनुरूप था। फ्रांस की भिन्न स्थिति का वर्णन करते हुए एंगेल्स ने लिखा था : ''फ्रांस में क्रान्ति ने अतीत की परम्पराओं (अर्थात् सामन्ती रूढ़ियों) से पूरी तरह नाता तोड़ लिया। उसने सामन्तवाद के अन्तिम अवशेष भी साफ कर दिए। उसने नागरिक विधान (code civil) की रचना की। यह विधान पुराने रोमन कानून का अत्यन्त कुशल अनुसरण (adaptation) है। जो न्यायिक सम्बन्ध आधुनिक पूँजीवादी परिस्थितियों के अनुरूप हैं, मार्क्स ने जिस आर्थिक मंजिल को पण्य वस्तुओं के उत्पादन की मंजिल कहा है, जो न्यायिक सम्बन्ध उसके अनुरूप हैं, उनकी लगभग पूर्ण व्यंजना पुराने रोमन कानून में है। फ्रांस का क्रान्तिकारी विधान (code) इंग्लैंड समेत सभी देशों के सम्पत्ति-सम्बन्धी कानून में सुधार के लिए अब भी आदर्श है।'' (उप., पृ. 303) फ्रांस के विधिवेत्ताओं ने रोमन कानून का अनुसरण किया और ऐसा विधान तैयार किया जो पूँजीवादी परिस्थितियों के अनुरूप है। उस रोमन कानून में ऐसे न्यायिक सम्बन्ध व्यंजित थे जो आधुनिक पूँजीवाद की परिस्थितियों के अनुरूप हैं, बिकाऊ माल के उत्पादनवाली आर्थिक मंजिल के अनुरूप हैं। जब तक रोमन समाज में पूँजीवाद का विकास न हुआ हो, तब तक वहाँ न तो आधुनिक समाज के न्यायिक सम्बन्ध विकसित हो सकते थे, न उन्हें व्यंजित करनेवाला कानून बन सकता था। कानून संस्कृति का वह अंग है जिसका सीधा सम्बन्ध आर्थिक बुनियाद से है। सामन्ती-सम्पत्ति का कानून पूँजीवादी सम्पत्ति पर लागू न होगा। रोमन कानून का अनुसरण करते हुए फ्रांस ने सामन्त विरोधी कानून बनाया, यह कानून सभी पूँजीवादी देशों के सम्पत्ति सम्बन्धी कानून को सुधारने के लिए आदर्श था। यदि रोमन

समाज में पूँजीवादी सम्पत्ति का विकास न हुआ होता तो वहाँ ऐसा कानून बनता ही नहीं, फ्रांसीसी राज्य-क्रान्ति के बाद उसके अनुसरण की नौबत ही न आती। रोमन समाज के न्यायिक सम्बन्ध बिकाऊ माल पैदा करनेवाली आर्थिक मंजिल के अनुरूप थे। मुख्य बात है बिकाऊ माल की पैदावार, उसे पैदा करनेवाले दास हैं या पगारजीवी श्रमिक, यह बात गौण है। बिकाऊ माल की पैदावार पुनर्जागरण काल के यूरोप को रोमन समाज से जोड़ती है, बीच में व्यवधान है सामन्ती मध्यकाल का। इंग्लैंड सामन्तवाद से पूरी तरह नाता नहीं तोड़ता, वह रोमन कानून का भरपूर अनुसरण भी नहीं करता; फ्रांस यह नाता तोड़ता है, वह रोमन कानून का अनुसरण करता है—पुनर्जागरण काल में नहीं, राज्य-क्रान्ति के बाद।

इंग्लैंड में कानून के दो पहलू थे—एक पूँजीवादी, दूसरा लोक परम्परावादी। दूसरे पहलू का सम्बन्ध फ्रांस से नहीं, जर्मनी से था। एंगेल्स ने इस सन्दर्भ में लिखा है : "हमें यह न भूलना चाहिए कि बर्बर सामन्ती भाषा में रचा हुआ अंग्रेजी कानून पूँजीवादी समाज के आर्थिक सम्बन्धों को व्यंजित करता है। वह भाषा व्यंजित विषयवस्तु के वैसे ही अनुरूप है जैसे अंग्रेजी वर्तनी अंग्रेजी उच्चारण के अनुरूप है। एक फ्रांसीसी ने कहा था, लिखेंगे लन्दन, बोलेंगे कुस्तुन्तुनिया। उसी अंग्रेजी कानून ने, और केवल उसने पुरानी जर्मन व्यक्तिगत स्वाधीनता, स्थानीय स्वायत्त-शासन और अदालतों को छोड़कर, हर तरह के हस्तक्षेप से मुक्ति के श्रेष्ठ अंश को युग-युग तक कायम रखा है और उसे अमरीका तथा उपनिवेशों में पहुँचाया है। सर्वसत्तावादी पादशाही के दौर में यूरोप के भीतर उसका लोप हो गया था और पूरी तरह वह दोबारा कहीं भी प्राप्त नहीं हुआ।" (उप.) यहाँ एंगेल्स ने जिस व्यक्तिगत स्वाधीनता की बात कही है, उसका सम्बन्ध स्थानीय स्वायत्त-शासन से है। इस स्वायत्त-शासन के घटक ग्राम-समाज थे। इसमें सामूहिक सम्पत्ति के अवशेष कायम थे। रोमन साम्राज्य में सामूहिक सम्पत्तिवाली ग्राम-व्यवस्था भंग कर दी गई थी; यह काम जितना फ्रांस में हुआ था, उतना जर्मनी और ब्रिटेन में नहीं। इसीलिए व्यक्तिगत स्वाधीनता, हस्तक्षेप से मुक्त स्वायत्त-शासन की परम्परा जर्मनी और ब्रिटेन में कायम रही, फ्रांस में नहीं। अंग्रेजी कानून के एक स्तर पर पूँजीवादी सम्पत्तिवाले सम्बन्ध प्रतिबिम्बित थे, दूसरे स्तर पर सामूहिक सम्पत्ति के परम्परागत सम्बन्ध प्रतिबिम्बित थे।

अंग्रेज अपने साथ कानून का यह दूसरा स्तर उपनिवेशों में ले गए। जहाँ वे बस गए, वहाँ यह कानून चालू हुआ; जहाँ वे हुकूमत करने, लूटने-खसोटने गए, वहाँ की जनता अधिकारहीन, पराधीन बनी रही। उपनिवेशों और पराधीन देशों में अंग्रेजी राज अभिजात-वर्ग ने कायम किया था, पूँजीपति-वर्ग ने नहीं। इंग्लैंड का पूँजीपति-वर्ग कितना सामन्त-विरोधी था, यह एंगेल्स के इस कथन से स्पष्ट हो जाएगा : "ब्रिटिश पूँजीपति-वर्ग को अभिजात-वर्ग ने रहन-सहन के तौर-तरीके, जैसे भी वे थे, सिखाए; उसके लिए फैशन ईजाद किए; उसने फौज और जल सेना के लिए अफसर जुटाए। फौज घर में शान्ति-व्यवस्था कायम रखती थी; जल सेना ने बाहर औपनिवेशिक भूखंड और

नए बाजार जीते। अपने अभिजात-वर्ग के बिना ब्रिटिश पूँजीपति क्या करता ?'' (उप.) अभिजात-वर्ग की जड़ काटनेवाली फ्रांसीसी क्रान्ति से इंग्लैंड के जमींदारों को भला क्यों सहानुभूति होती, वहाँ के पूँजीपतियों को भी उस सामन्त-विरोधी क्रान्ति से सहानुभूति न थी। ''पूँजीपति-वर्ग में एक प्रगतिशील अल्पसंख्यक गुट जरूर था जिसके हितों का ध्यान समझौते में (जमींदार-पूँजीपति समझौते में) बहुत न रखा गया था। इस गुट में मुख्यतः मध्यवर्ग के कम दौलतवाले लोग थे। इन्हें क्रान्ति से सहानुभूति अवश्य थी किन्तु पार्लियामेंट में वे शक्तिहीन थे।'' (उप., पृ. 303-04) भौतिकवाद और ईसाई धर्म में पूँजीपतियों की उक्त स्थिति का सम्बन्ध बना : ''भौतिकवाद फ्रांसीसी राज्यक्रान्ति का मार्गदर्शक सिद्धान्त (creed) बनाकर खुदा से डरनेवाले अंग्रेज पूँजीपति अपने धर्म से और भी चिपक गए। पेरिस में आतंकराज ने साबित कर दिया था ना कि आम जनता की धार्मिक-वृत्तियाँ लुप्त हुईं तो परिणाम क्या होगा ? जितना ही भौतिकवाद फ्रांस से पड़ोसी देशों में पहुँचा और वहाँ मिलती-जुलती सैद्धान्तिक प्रवृत्तियों से—उल्लेखनीय है, यथा जर्मन दर्शन से—पुष्ट हुआ, उतना ही यूरोप में भौतिकवाद और सामान्यतः स्वच्छन्द चिन्तन, किसी भी सुसंस्कृत व्यक्ति के आवश्यक गुण बन गए। किन्तु उतना ही इंग्लैंड का मध्यवर्ग अपने विविध धार्मिक मतवादों से चिपका रहा। ये मतवाद परस्पर भिन्न हो सकते थे पर वे सभी स्पष्टतः धार्मिक, ईसाई मतवाद थे।'' (उप., पृ. 304)

ब्रिटिश पूँजीपतियों का एक अन्तर्विरोध अभिजात-वर्ग से था दूसरा मजदूर-वर्ग से। अभिजात-वर्ग सत्ताधारी बना रहा या पूँजीपतियों के साथ सत्ता में भागीदार बना रहा, तो इसके आर्थिक कारण ही नहीं सांस्कृतिक कारण भी थे। दोनों वर्गों की शिक्षा, संस्कृति, व्यवहार-कुशलता में बड़ा अन्तर था। वह इस प्रकार : ''इंग्लैंड में कभी भी पूँजीपति-वर्ग का अविभाजित प्रभुत्व नहीं रहा। 1832 की विजय (मतदान-सम्बन्धी सुधार) ने भी भूस्वामी अभिजात-वर्ग को प्रायः सभी मुख्य सरकारी पदों पर अपना इजारा कायम रखने दिया। भीगी बिल्ली की तरह धनी मध्यवर्ग इसे क्यों स्वीकार कर लेता था, यह बात पहले मेरी समझ में न आती थी। समझ में तब आई जब बड़े उदारपन्थी उद्योगपति श्री डब्ल्यू.ए. फॉर्स्टर ने एक सार्वजनिक भाषण में ब्रैडफोर्ड के नौजवानों से फ्रांसीसी भाषा सीखने का आग्रह किया जिससे कि वे उसके सहारे दुनिया में आगे बढ़ सकें। उन्होंने अपने अनुभव का हवाला दिया कि वह कैबिनेट मन्त्री की हैसियत से उस समाज में कैसे झेंपते थे जिसमें फ्रांसीसी कम-से-कम उतनी ही जरूरी थी जितनी अंग्रेजी ! सचाई यह है कि उस समय के मध्यवर्ग में (अर्थात् पूँजीपति-वर्ग में) आमतौर से नितान्त अशिक्षित रंगरूट भरे होते थे। उनमें कूप-मंडूकों की संकीर्णता थी, कूप-मंडूकों का अहंकार था; अहंकार और संकीर्णता पर व्यावसायिक चालाकी का मुलम्मा चढ़ा हुआ था। इनके अलावा जहाँ ऊँचे सरकारी पदों के लिए अन्य गुण दरकार थे, वहाँ वे उन पदों को अभिजात-वर्ग के हवाले किए बिना न रह सकते थे।...अंग्रेज पूँजीपतियों में सामाजिकहीनता की भावना आज तक इतने गहरे पैठी हुई है कि वे

अपने और राष्ट्र के खर्चे से, सजावट के लिए, कर्मियों की एक बिरादरी (caste) कायम रखते हैं। इनका काम यह होता है कि सभी राज्य-समारोहों में वे योग्यतापूर्वक राष्ट्र का प्रतिनिधित्व करें। और जब इस चुने हुए, विशेषाधिकारी लोगों के गुट में किसी पूँजीपति को प्रवेश योग्य माना जाता है, तब वे (शेष सभी पूँजीपति) स्वयं को अति सम्मानित अनुभव करते हैं यद्यपि इस गुट का निर्माण उन्होंने ही किया है।'' (उप., पृ. 308)

भारत भाग्य-विधाता लॉर्ड माउंटबैटन इसी विशेषाधिकारी गुट के सम्मान्य सदस्य थे !

ब्रिटिश पूँजीपतियों को यदि फ्रांस की सामन्त-विरोधी क्रान्ति नापसन्द थी तो वहाँ का पूँजीवाद-विरोधी श्रमिक आन्दोलन और भी नापसन्द था। इंग्लैंड में चार्टिस्ट आन्दोलन का अनुभव उन्हें था; 1848-49 में यूरोप के मजदूरों का क्रान्तिकारी उभार उन्होंने देखा था। ''यदि ब्रिटिश पूँजीपतियों को पहले ही विश्वास था कि सामान्य जनता की धार्मिक प्रवृत्ति को बरकरार रखना जरूरी है, तो इतने अनुभवों के बाद उन्हें इस जरूरत का कितना ज्यादा अहसास न हुआ होगा ? यूरोप में अपने जोड़ीदारों के नाक-भौं सिकोड़ने की जरा भी परवाह न करके वह निम्न स्तरों (श्रमिक जनों) को धार्मिक बनाए रखने (evangelization) के लिए साल दर साल हजारों और लाखों खर्च करते चले जाते हैं। उन्हें अपनी देशी मजहबी मशीनरी से सन्तोष न हुआ; उन्होंने बिरादर जोनाथन (अर्थात् अंकल सैम अर्थात् संयुक्त राज्य अमरीका) से मदद माँगी। धर्म को व्यापार के रूप में संगठित करनेवाला इनसे (जोनाथन से) बड़ा और कोई नहीं है। उन्होंने (ब्रिटिश पूँजीपतियों ने) अमरीका से पुनरुत्थानवाद, मूडी, सांके आदि का आयात किया।'' (उप., पृ. 306) ब्रिटिश पूँजीपतियों को धर्म की जरूरत इसलिए थी कि वे मजदूरों को अपने विरुद्ध आन्दोलन करने से रोकते रहे किन्तु उनके लिए यह सम्भव न था कि प्रारम्भिक ईसाइयत के दौरवाली बातें मजदूरों तक न पहुँचने दें। उन्होंने सैल्वेशन आर्मी (उद्धारक दल) की सहायता ली। यह संगठन 'प्रारम्भिक ईसाइयत के प्रचार को पुनर्जीवित करता है, गरीबों से कहता है, तुम्हीं खुदा के असली बन्दे हो, पूँजीवाद से धार्मिक रूप में संघर्ष करता है और इस तरह प्रारम्भिक ईसाइयतवाले वर्ग-विरोध के एक तत्त्व का पोषण करता है। जो खाते-पीते लोग अभी इसके लिए पैसा जुटाते हैं, सम्भव है, आगे उसे अपने लिए खतरनाक पाएँ।'' (उप.) इंग्लैंड में रस्किन जैसे लेखकों ने ईसाइयत के आधार पर पूँजीवाद की कड़ी आलोचना की किन्तु वे मजदूरों को क्रान्तिकारी संघर्ष चलाने से रोकते भी थे। पूँजीपति जनता की धरोहर के रक्षक (ट्रस्टी) हैं, यह सिद्धान्त महात्मा गाँधी को रस्किन से प्राप्त हुआ था। ईसाइयत के आधार पर चलाए जानेवाले श्रमिक आन्दोलन पूँजीपतियों के लिए खतरनाक साबित नहीं हुए।

उन्नीसवीं सदी में ही संयुक्त राज्य अमरीका धार्मिक पुनरुत्थानवाद का निर्यात करने लगा था। उसके आदि ग्राहक ब्रिटिश पूँजीपति थे। अमरीका के बारे में माना जाता

है कि वहाँ न सामन्तवाद था, न सामन्ती अवशेष थे, वहाँ विशुद्ध पूँजीवाद का विकास हुआ, पर उसी अमरीका में पूँजीवाद ने धार्मिक पुनरुत्थानवाद को सबसे ज्यादा प्रोत्साहन दिया, और यह दूसरे महायुद्ध के बाद बीसवीं सदी में नहीं, उन्नीसवीं सदी में, ज़ब अमरीका विश्व-बाजार में प्रवेश कर रहा था। ब्रिटिश मजदूरों को सिखाया गया था कि पूँजीपति बड़े आदमी हैं, उनकी इज्जत करनी चाहिए। किन्तु इतना काफी नहीं था। पार्लियामेंट का पुराना स्वरूप बदल रहा था। "नैतिक साधनों से जनता को काबू में रखना था तो अब उसका समय आ गया था, और आम जनता को प्रभावित करने के लिए नैतिक साधनों में सर्वोपरि और सर्वप्रथम साधन है, और रहा है—धर्म ! इसीलिए स्कूलों की प्रबन्ध समितियों में बहुलता है पादरियों की। इसीलिए कर्मकांड (ritualism) से लेकर सैल्वेशन आर्मी तक हर तरह के पुनरुत्थानवाद की सहायता के लिए पूँजीपति अपने ऊपर टैक्स लगाते हैं।" (उप., पृ. 309-10)

फिर यूरोप के पूँजीपतियों ने अपने ब्रिटिश भाइयों का अनुसरण किया। उन्होंने अपना स्वच्छन्द चिन्तनवाला बाना उतार फेंका और मजदूरों के सामने धर्म का झंडा लेकर खड़े हो गए। "फ्रांस और जर्मनी के मजदूर बागी बन गए थे।...फ्रांसीसी और जर्मन पूँजीपतियों के सामने इसके सिवा और कोई चारा न था कि आखिरी दाँव के रूप में चुपचाप अपना स्वच्छन्द चिन्तन का बाना उतार दें।...मखौल उड़ानेवाले, एक के बाद एक, ऊपरी व्यवहार में धर्मात्मा बन गए; चर्च की, उसके रूढ़ विश्वासों और कर्मकांड की चर्चा वे श्रद्धा से करने लगे, और कर्मकांड का उतना पालन भी करने लगे जितने के बिना काम न चल सकता था। फ्रांसीसी पूँजीपति शुक्रवार को निरामिष भोजन करने लगे और जर्मन पूँजीपति इतवार को चर्च में अपनी जगह बैठे लम्बे प्रोटेस्टेंट उपदेश सुनने लगे। भौतिकवाद से झटका खाया था। जनता के लिए धर्म को जिलाए रखना है—समाज को सर्वनाश से बचाने का यह एकमात्र और अन्तिम उपाय रह गया है। उनका दुर्भाग्य कि यह ज्ञान उन्हें तब हुआ जब वे सदा के लिए धर्म की कमर तोड़ने में अपनी सारी ताकत लगा चुके थे। और अब ब्रिटिश पूँजीपतियों की बारी थी कि नाक-भौं सिकोड़ें और कहें, "अरे मूर्खो, यह तो हम तुम्हें दो सौ साल पहले बता सकते थे'।"

एंगेल्स को विश्वास था कि पूँजीपतियों द्वारा धर्म का यह उपयोग, 'उठते हुए सर्वहारा ज्वार को न रोक सकेगा', 'धर्म पूँजीवाद की रक्षा का स्थायी साधन नहीं बन सकता', 'लड़खड़ाते समाज को कोई भी धर्मसूत्र गिरने से नहीं बचा सकते।' (उप., 310-11) समस्या केवल जर्मनी-फ्रांस-ब्रिटेन के वर्ग-संघर्ष की नहीं थी, पराधीन देशों के स्वाधीनता संग्राम की भी थी। मार्क्स और एंगेल्स ने स्पष्ट कर दिया था कि ब्रिटिश पूँजीपति साम्राज्य की लूट का एक हिस्सा मजदूरों में बाँटते थे। आयरलैंड जैसे पराधीन देशों की मुक्ति के बिना इंग्लैंड के मजदूरों का उद्धार न हो सकता था। अतः धार्मिक पुनरुत्थानवाद की जरूरत केवल इंग्लैंड के मजदूरों के लिए नहीं थी; उन्हें तो लूट में हिस्सा देकर भी बहलाया जा सकता था। उससे ज्यादा जरूरत भारत की जनता के लिए

थी जिसका स्वाधीनता संग्राम ब्रिटिश पूँजीपतियों को अपने मजदूरों के संघर्ष से ज्यादा खतरनाक मालूम हो रहा था। बीसवीं सदी में विशेष रूप से दूसरे महायुद्ध के बाद, साम्राज्यवाद के लिए यह नितान्त आवश्यक हो गया कि वह पिछड़े हुए देशों में धार्मिक पुनरुत्थानवाद को संगठित करे। चाहे पोलैंड हो चाहे भारत, यह बात आकस्मिक नहीं है कि जितना ही ये देश सूदखोर अंतर्राष्ट्रीय पूँजी के जाल में फँसते गए हैं, उतना ही धार्मिक पुनरुत्थानवाद इनके यहाँ मुख्य प्रतिक्रियावादी राजनीतिक शक्ति बनकर सामने आया है।

भारत में अंग्रेजी राज कायम होने से पहले यहाँ व्यापारिक पूँजीवाद का इतना विकास हो गया था कि कुछ स्वार्थी लोग धर्म को भी बिकाऊ माल बना दें। बेचहिं बेद धर्म दुहि लेहीं—तुलसीदास ने धर्म के प्रारम्भिक व्यापार को लक्ष्य करके यह पंक्ति लिखी थी और उसके विरोध में लोक-धर्म की प्रतिष्ठा की थी। इस लोक-धर्म को बिक्रीवाले धर्म से अलग रखना चाहिए। आज धर्म के व्यवसाय में करोड़ों के वारे-न्यारे होते हैं और इस व्यवसाय का सीधा सम्बन्ध तीसरे विश्वयुद्ध की तैयारियों से है।

पूँजीवादी धर्मशास्त्र का एक सूत्र यह है कि धर्म के बिना नैतिकता का विकास नहीं हो सकता। जितना ही पूँजीपति धर्म का अनैतिक व्यापार चलाते हैं, उतना ही वे नैतिकता और धर्म की दुहाई देते हैं। मशीनी उत्पादन पहले इंग्लैंड में शुरू हुआ, औद्योगिक क्रान्ति पहले इंग्लैंड में हुई, धार्मिक पाखंड और पूँजीवाद का सबसे मजबूत गठबन्धन पहले इंग्लैंड में हुआ और पूँजीवादी देशों में सबसे पहले और सबसे ज्यादा नैतिक ह्रास इंग्लैंड का हुआ। एंगेल्स ने दीर्घकाल तक अंग्रेजों के जातीय चरित्र का, इंग्लैंड में विभिन्न वर्गों के चरित्र का गहराई से अध्ययन किया था। इस सम्बन्ध में उनका विवेचन भारतवासियों के लिए तो शिक्षाप्रद है ही, वह मार्क्सवाद के सैद्धान्तिक पक्ष की समझ के लिए भी महत्त्वपूर्ण है। यहाँ आर्थिक प्रगति और नैतिक प्रगति का समीकरण उलट गया है। एक ओर है आर्थिक प्रगति, दूसरी ओर है उसके समानान्तर नैतिक ह्रास। यह ह्रास पूँजीपति-वर्ग से बाहर निकलकर इतना फैला कि समाज का सबसे क्रान्तिकारी-वर्ग—मजदूरवर्ग भी बहुत कुछ उसकी लपेट में आ गया। एंगेल्स के विवेचन से कुछ नमूने देखें।

1843 में प्रसिद्ध लेखक कार्लाइल की पुस्तक अतीत और वर्तमान (Past and Present) प्रकाशित हुई। एंगेल्स ने इस पुस्तक की चर्चा करते हुए 1844 में लिखा था : "इंग्लैंड में उच्च वर्गों का कितना ज्यादा बौद्धिक पतन हुआ है और वे अपनी शक्ति खो बैठे हैं, यह मार्के की बात है। अंग्रेज इन्हें 'भद्र लोक' या 'बड़े आदमी' कहते हैं। सारी ऊर्जा, सारी कर्मठता, सारा तत्त्व निकल गया है। भूस्वामी अभिजात-वर्ग को शिकार से फुर्सत नहीं। भूस्वामी अभिजात-वर्ग को अपने बही खाते से फुर्सत नहीं। बहुत हुआ तो कुछ साहित्य पढ़ लिया और वह साहित्य भी खोखला और नीरस होता है। राजनीतिक और धार्मिक पूर्वग्रह पीढ़ी-दर-पीढ़ी विरासत में प्राप्त होते जाते हैं। फिर और क्या चाहिए ?...अंग्रेज, अर्थात् जिन शिक्षित अंग्रेजों को देखकर यूरोप में लोग उनके जातीय

चरित्र का मूल्यांकन करते हैं, वे अंग्रेज इस धरती पर सबसे घृणित दास (the most despicable slaves under the sun) हैं। अंग्रेज जाति के जिस अंग को लोग यूरोप में जानते नहीं, केवल यह अंग, केवल इंग्लैंड के अछूत—वहाँ से मजदूर, वहाँ के गरीब, अपने तमाम अनगढ़पन के बावजूद और अपनी तमाम नैतिक अवनति (moral degradation) के बावजूद वास्तव में सम्मान्य हैं।" (सम्पूर्ण ग्रन्थावली, खंड 3, पृ. 444-46)

1845 में प्रकाशित इंग्लैंड में मजदूर-वर्ग की दशा (The Condition of the Working Class in England) पुस्तक में एंगेल्स के पूँजीपति-वर्ग के बारे में लिखा : "मैंने कभी ऐसा वर्ग नहीं देखा जो नैतिकता से एकदम इतना रीता (so deeply demoralised) हो, जो स्वार्थपरता से असाध्य रूप में इतना पतित (debased) हो, जो भीतर से इतना गलित हो, जो प्रगति करने में इतना अक्षम हो, जितना अंग्रेज पूँजीपति-वर्ग है। मेरा मतलब यहाँ विशेष रूप से पूँजीपति-वर्ग खास (उद्योगपति-वर्ग) से है, उन पूँजीपतियों से विशेष रूप में है जो उदारपन्थी हैं, जो अनाजवाला कानून खत्म कर चुके हैं। इनके लिए दुनिया में जो कुछ है पैसे के लिए है, वे स्वयं भी हैं सिर्फ पैसे के लिए। तुरत लाभ छोड़कर उनके लिए कोई सुख नहीं है, पैसे की हानि छोड़कर उनके लिए कोई दुख नहीं है। किसी भी मानवीय भाव या विचार के लिए सम्भव नहीं है कि उसे यह छूत न लग जाए।" (उप., खंड 4, पृ. 562-63)

1858 में लखनऊ की लूट में सिलसिले में एंगेल्स ने लिखा था : "तथ्य यह है कि यूरोप या अमरीका में कोई ऐसी फौज नहीं है जिसमें इतनी पशुता हो जितनी ब्रिटिश फौज में है। लूटमार, जनसंहार दूसरी जगह सख्ती से और पूरी तरह बहिष्कृत हैं, किन्तु वे ब्रिटिश सैनिक का समय-स्वीकृत विशेषाधिकार हैं, उसका खास हक है।...जिस शहर पर धावा बोलकर अधिकार किया जाए, उसे लूटा जाए, यह मध्यकालीन प्रथा हर जगह वर्जित है किन्तु अंग्रेजों के लिए अभी वह नियम बनी हुई है।...बारह दिन, बारह रात तक लखनऊ में ब्रिटिश सेना जैसी कोई चीज नहीं थी, वहाँ बेकानून, शराब पिए, जानवरों की भीड़ थी जो डाकू-दलों में बँट गई थी। जो सिपाही वहाँ से निकल गए थे, उनसे यह भीड़ कहीं ज्यादा बेकानून, हिंसक और लोभी थी। 1858 में लखनऊ की लूटमार ब्रिटिश सैनिक सेवा पर अमिट कलंक है।" (Marx and Engels : The First Indian War of Independence, 1857-1859, p. 147)

इसी सिलसिले में कुछ दिन बाद उन्होंने फिर लिखा था : "चंगेज खाँ और तैमूर की काल्मुक सेनाएँ जिस शहर पर टिड्डीदल की तरह उतरती थीं, उसकी हर चीज का सफाया कर देती थीं। किन्तु इन ईसाई, सभ्य, आनबानवाले, शिष्ट ब्रिटिश सैनिकों के अभियान की तुलना में वे फौजें किसी देश के लिए वरदान सिद्ध हुई होंगी। वे फौजें बवंडर की तरह आतीं और कम-से-कम जल्दी ही चली जातीं। लेकिन ये अंग्रेज सब काम कायदे से करते हैं। वे अपने साथ इनामी लूट का हिसाब रखनेवाले कारिन्दे लेकर चलते हैं। उन्होंने लूट को व्यवस्थित रूप दिया है। लूट में कितना माल बरामद हुआ, इसका हिसाब रखते हैं; उसे नीलाम करते हैं और इस बात की चौकसी रखते हैं कि

कोई अंग्रेज सूरमा इनाम से वंचित न रह जाए।" (उप., पृ. 166)

एंगेल्स ने इसी साल, 7 अक्तूबर, 1858 के पत्र में, मार्क्स को लिखा था : "अंग्रेज सर्वहारा-वर्ग अधिकाधिक पूँजीवादी होता जा रहा है। सभी जातियों में यह (अंग्रेज) जाति सबसे ज्यादा पूँजीवादी है। उसका उद्‌देश्य यह मालूम होता है कि पूँजीपति-वर्ग के अलावा उसके पास ऐसा अभिजात-वर्ग हो जो पूँजीवादी हो, और सर्वहारा-वर्ग भी पूँजीवादी हो। जो जाति सारी दुनिया का शोषण करती है, उसके लिए यह रास्ता बहुत कुछ न्यायसंगत है।" (Marx and Engels, Selected Correspondence, p. 115-16) 12 सितम्बर, 1882 के पत्र में एंगेल्स ने कौट्स्की को लिखा : "यहाँ मजदूरों की पार्टी जैसी कोई चीज नहीं है; यहाँ केवल पुरानपन्थी हैं और उदारपन्थी परिवर्तनवादी (लिबरल रैडिकल) हैं। विश्व-बाजार और उपनिवेशों पर इंग्लैंड का जो इजारा है, उसके महाभोज में मजदूर भी प्रसन्नतापूर्वक शामिल होते हैं।" (उप., पृ. 399) और 21 मई, 1894 के पत्र में एंगेल्स ने प्लेखानोव को लिखा : "सचमुच इन अंग्रेज मजदूरों से तो आदमी निराश हो जाता है। इनकी कल्पना में जातीय श्रेष्ठता का भाव जमा हुआ है, इनका दृष्टिकोण और इनके विचार मूलतः पूँजीवादी हैं, इनकी 'व्यावहारिकता' बहुत ही संकीर्ण दिमाग की उपज है, पार्लियामेंटशाही के भ्रष्टाचार ने इनके नेताओं पर गहरा असर किया है।" (मार्क्स-एंगेल्स, ऑन ब्रिटेन, पृ. 537)

मजदूरों में भ्रष्टाचार का फैलना नैतिकता का ह्रास है। नैतिकता के इस ह्रास का गहरा सम्बन्ध अंग्रेज मजदूरों की सुधारवादी राजनीति से है। यह राजनीति ब्रिटिश पूँजीपतियों का समर्थन करती है, दूसरे देशों को गुलाम बनाए रखने की नीति का समर्थन करती है। इस राजनीति का आधार साम्राज्यवादी अर्थतन्त्र है, पराधीन देशों की लूट है, लूट में अंग्रेज मजदूरों की भागीदारी है। इस प्रकार इंग्लैंड में नैतिकता का ह्रास उस देश की राजनीति और अर्थनीति से जुड़ा हुआ है। इंग्लैंड ने औद्योगिक क्रान्ति की, विश्व-बाजार का चौधरी बना, इतना बड़ा साम्राज्य कायम किया कि उसमें कभी सूर्यास्त न होता था, और इसके साथ ही उसकी नैतिकता का सूर्य पूरी तरह डूब गया। जो विद्वान भारत में अंग्रेजी राज के गुण गाते नहीं अघाते, वे इस नैतिकता के ह्रास की बात कभी नहीं करते। किन्तु मार्क्सवाद के सैद्धान्तिक पक्ष की समझ के लिए इस ह्रास पर ध्यान देना बहुत जरूरी है।

औद्योगिक क्रान्ति से पहले के इंग्लैंड की नैतिकता इस क्रान्ति से बादवाले इंग्लैंड की नैतिकता से बढ़कर थी। जिस भारत में मशीनी उद्योग-धन्धों का चलन न हुआ था, उसकी नैतिकता औद्योगिक इंग्लैंड की नैतिकता से बढ़कर थी। जैसे प्राचीन ईसाइयत और चर्चा की संघबद्ध ईसाइयत में भेद था, वैसे ही सामान्य जनों की नैतिकता और सामन्तों की नैतिकता में भेद था। उद्योग-प्रधान इंग्लैंड में नैतिकता के ह्रास का एक कारण उसके द्वारा पिछड़े हुए समाजों का शोषण था। इन पिछड़े हुए समाजों को अलग रखकर इंग्लैंड की नैतिकता, अर्थनीति और राजनीति का विश्लेषण नहीं किया जा सकता। पूँजीवाद को उसकी समग्रता में देखना जरूरी है, उसके राजनीतिक, आर्थिक

और नैतिक पक्षों को देखना जरूरी है। इसके लिए पिछड़े हुए समाजों की संस्कृति का अध्ययन अनिवार्य है। इसी तरह मार्क्सवाद के विवेचन के लिए यह अध्ययन अनिवार्य है। औद्योगिक क्रान्ति से पहले के समाजों की जिस संस्कृति ने वैज्ञानिक भौतिकवाद के निर्माण में योगदान किया था, उस संस्कृति का एक मूल्यवान तत्त्व पिछड़े हुए समाजों की सामन्त-विरोधी नैतिकता है।

(ग) विचारधारा और आर्थिक बुनियाद

1. विचारधारा और मिथ्या प्रतीति

राजनीति के अलावा साहित्य और कला के सन्दर्भ में मार्क्सवाद का अध्ययन करते हुए मार्क्स और एंगेल्स के चिन्तन की समग्रता पर ध्यान देना और भी जरूरी है। राजनीति की तुलना में साहित्य और कला की समस्याएँ कम नहीं, कुछ ज्यादा ही उलझी हुई होती हैं।

सामान्य धारणा यह है कि साहित्य और कला विचारधारा हैं। आर्थिक बुनियाद बदलने पर विचारधारावाली ऊपर की इमारत भी बदल जाती है। सामन्ती समाज में सामन्ती साहित्य लिखा जाता है, पूँजीवादी समाज में पूँजीवादी साहित्य रचा जाता है। जरूरत है, इस सबको खारिज करके सर्वहारा साहित्य रचने की।

'अर्थशास्त्र की आलोचना' की भूमिका में जहाँ मार्क्स ने सामाजिक विकास की रूपरेखा बनाई है, वहीं उन्होंने आर्थिक बुनियाद के बदलने के साथ विचारधारावाली अधिरचना के बदलने की बात कही है।

सबसे पहले विचारधारा शब्द को लें। अंग्रेजी के आइडिओलॉजी शब्द के लिए हम इसका व्यवहार करते हैं। कोश के अनुसार इसके दो अर्थ हैं–(1) विचार-विज्ञान, (2) हवाई अटकलबाजी (visionary speculation)। अंग्रेजी शब्द की तरह जर्मन में ईडॅओलोगी, रूसी में ईदॅओलोगिया का स्रोत है ग्रीक इदॅआ (रूप, आभास)। आइडिओलॉजी के पहले अर्थ में लॉजी का विज्ञानवाला भाव बना हुआ है, दूसरे अर्थ में वह भाव क्षीण है, आभास या रूपवाला भाव प्रधान है। मार्क्स और एंगेल्स ने विचारधारा का प्रयोग इस दूसरे अर्थ में किया है।

1846 में मार्क्स और एंगेल्स ने जर्मन विचारधारा नाम की पुस्तक लिखी। इसमें उन्होंने जर्मनी के भाववादी दर्शन की आलोचना की थी। यह दर्शन मिथ्या प्रतीति का दर्शन था, इसलिए उन्होंने उसे विचारधारा कहा। पुस्तक के आरम्भ में उन्होंने विचारधारा की विशेषता यह बताई कि उसमें 'मनुष्य और उसकी परिस्थितियाँ सिर नीचे, पैर ऊपर किए, दिखाई देती हैं।' (Collected Works, खंड 5, पृ. 36)। जिस दिमाग में परिस्थितियाँ उलटी दिखाई देती हों, उसकी तुलना मार्क्स और एंगेल्स ने

अन्धकारपूर्ण फोटोयन्त्र (cemera obscura) से की है।

औद्योगिक क्रान्ति से पहले के समाज पिछड़े हुए हैं। परिस्थितियों की उलटी तस्वीरें देखना इन समाजों के आदमियों की विशेषता है। इन आदमियों की उलटी समझ का नाम है विचारधारा। यह निश्चित बात है कि औद्योगिक क्रान्ति के बाद विचारधारा अथवा मिथ्या प्रतीति का अन्त हो जाएगा। मार्क्स और एंगेल्स ने उस पुस्तक में आगे लिखा, आधुनिक उद्योग ने होड़ को व्यापक बनाया, संचार-साधनों का निर्माण किया, पूँजी का द्रुत संचरण और केन्द्रीकरण किया, "जहाँ तक सम्भव था, उसने विचारधारा, धर्म, नैतिकता आदि का नाश किया, जहाँ वह यह न कर सका, वहाँ उसने उन्हें प्रत्यक्ष झूठ बना दिया।" (उप., पृ. 73) विचारधारा का नाश किया, उसे प्रत्यक्ष झूठ बना दिया। मिथ्या विचारों के समवाय का नाम है विचारधारा।

सोलहवीं सदी में जर्मन किसान अपने भौतिक हितों के लिए लड़े। ऊपर से देखने में लगता था ये सब झगड़े धार्मिक मामलों को लेकर हुए हैं। एंगेल्स ने 1850 में लिखा : "जर्मन विचारधारा मध्ययुग के अवसान काल के संघर्षों में हिंसक धार्मिक फसाद के अलावा और कुछ नहीं देखती।" (The Peasant War in Germany, p. 41)

1883 में एंगेल्स ने लिखा–राजनीति, विज्ञान, कला, धर्म आदि का अनुशीलन करने से पहले मनुष्य को भोजन, पानी, आवास और वस्त्र चाहिए। 'यह सीधी-सी बात अब तक विचारधारा की अतिवृद्धि के कारण प्रच्छन्न थी।' (Selected Works, खंड 3, पृ. 162) जो सत्य को छिपाए, वह है विचारधारा।

1886 में एंगेल्स ने फायरबाख और जर्मन दर्शन के प्रसंग में लिखा, पहले से जो धारणा सामग्री (conceptual material) विद्यमान रहती है, उसकी संगति में विचारधारा विकसित होती है और उस सामग्री को आगे विकसित करती है। "ऐसा न हो तो वह विचारधारा न रहे अर्थात् वह विचारों से यों सरोकार रखती है मानो वे स्वतन्त्र इकाइयाँ हों, स्वतन्त्र रूप से विकसित होते हों, अपने ही नियमों से अनुशासित होते हों। जिन व्यक्तियों की खोपड़ियों में यह सोचने की प्रक्रिया जारी रहती है, अन्ततोगत्वा उनकी भौतिक जीवन परिस्थितियाँ उसका क्रम निर्धारित करती हैं–यह बात लाजमी तौर से उन्हें मालूम नहीं होती। ऐसा न हो तो सारी विचारधारा का अन्त हो जाए।" (उप., पृ. 372) विचारधारा वहाँ है जहाँ विचार स्वतन्त्र इकाइयाँ हैं। यदि मनुष्य यह समझ लें कि उसकी भौतिक परिस्थितियाँ उसका चिन्तन-क्रम निर्धारित करती हैं तो विचारधारा का अन्त हो जाए।

1890 में एंगेल्स ने कोनराड श्मिट को लिखा, कानूनी सम्बन्ध आर्थिक सम्बन्धों के उलटे प्रतिबिम्ब हैं। विधिवेत्ता सोचता है, वह पूर्व निश्चित सिद्धान्तों के अनुसार काम कर रहा है पर वे सिद्धान्त आर्थिक प्रतिक्रिया (economic reflexes) मात्र होते हैं। "इस तरह सब कुछ उलट-पलट जाता है। जिसे हम वैचारिक धारणा (indeological conception) कहते हैं, उसका निर्माण यह उलटने की क्रिया (inversion) तब तक करती है जब तक वह पहचानी नहीं जाती।" (करेस्पोंडेंस, पृ. 482)

इसमें कोई सन्देह नहीं कि विचारधारा शब्द का प्रयोग मार्क्स और एंगेल्स ने उलटी समझ, मिथ्या प्रतीति के लिए किया था। इस अर्थ में विचारधारा औद्योगिक क्रान्ति से पहले की चीज है, इस क्रान्ति के बाद वह समाप्त हो जाती है। कम्युनिस्ट घोषणापत्र में मार्क्स और एंगेल्स ने पूँजीपतियों के जिस सम्पूर्ण और निरपेक्ष क्रान्तिकारीत्व की कल्पना की थी, विचारधारा के बारे में उनकी यह धारणा उसी के अनुरूप है। औद्योगिक क्रान्ति से पहले मनुष्य का सारा चिन्तन प्रवंचना मात्र है। औद्योगिक क्रान्ति से पहले की ज्ञानराशि का यह निषेध हेगल के त्रैत सिद्धान्त के अनुरूप है। निषेध सम्पूर्ण और निरपेक्ष है; ज्ञान कहलानेवाली पुरानी प्रवंचना के जारी रहने की गुंजाइश नहीं है।

औद्योगिक क्रान्ति के बाद समाज पूँजीपति और सर्वहारा, दो विरोधी वर्गों में बँट जाता है। इन दो वर्गों के संघर्ष की परिणति होती है सर्वहारा क्रान्ति में। यदि यह मानें कि इन दो वर्गों के परस्पर विरोधी हितों के अनुरूप इनकी दो परस्पर विरोधी संस्कृतियाँ हैं, तो निष्कर्ष यह निकलेगा कि सर्वहारा संस्कृति मानव-जाति की समस्त ज्ञानराशि का निषेध करके ही विकसित होगी। इस तरह का निषेध त्रोत्स्कीवाद की विशेषता है। रूस में प्रोलेतकुल्त (सर्वहारा संस्कृति) का आन्दोलन चला, चीन में सर्वहारा सांस्कृतिक क्रान्ति का आयोजन हुआ, भारत में प्रगतिशील साहित्यिक आन्दोलन के जन्म से लेकर अब तक ऐसी प्रवृत्तियाँ बराबर विद्यमान रही हैं। इस तरह के प्रपंच मार्क्सवादी आन्दोलन के भीतर रूपायित होते हैं, इसका कारण 'विचारधारा' सम्बन्धी भ्रान्तियाँ हैं।

मार्क्स और एंगेल्स ने मानव-संस्कृति का जो ठोस विश्लेषण किया है, वह सम्पूर्ण निषेध की उक्त धारणा से ठीक विपरीत दिशा में चला है। 1840-41 में मार्क्स ने एपिकुरुस के दर्शन का सकारात्मक मूल्यांकन किया; 1885 में ऐंटी-डूयरिंग के दूसरे संस्करण की भूमिका में एंगेल्स ने वैज्ञानिकों से दर्शनशास्त्र के ढाई हजार साल के विकास के निष्कर्षों को आत्मसात् करने को कहा। क्रान्तिकारी जीवन के आदि से अन्त तक मार्क्स और एंगेल्स निरन्तर प्राचीन ज्ञानराशि का मूल्यांकन करते रहे, उसके निष्कर्षों को आत्मसात् करते रहे। इसी कारण मार्क्सवाद पूर्व मानव संस्कृति का सम्पूर्ण निषेध नहीं है, उसका विकास है। मार्क्सवाद की संरचना में तीन घटक मुख्य थे—जर्मनी का दर्शन, इंग्लैंड का अर्थशास्त्र और फ्रांस का समाजवाद। लेनिन ने इस सन्दर्भ में लिखा था, मानव-जाति ने 19वीं सदी तक जो कुछ सबसे अच्छा रचा था, मार्क्स उसके सही उत्तराधिकारी थे।

जर्मन विचारधारा में मार्क्स और एंगेल्स ने लिखा था कि आधुनिक उद्योग ने विचारधारा का नाश किया, जहाँ वह यह न कर सका, उसने उसे प्रत्यक्ष झूठ बना दिया। इससे यह निष्कर्ष निकाला जा सकता है कि उद्योगपति स्वयं मिथ्या प्रतीति और आत्मप्रवंचना से मुक्त हैं। कम्युनिस्ट घोषणापत्र में मार्क्स और एंगेल्स ने लिखा था कि ऐतिहासिक रूप से पूँजीपति-वर्ग ने अत्यन्त क्रान्तिकारी भूमिका निबाही है। (Selected Works, खंड 1, पृ. 111) इस क्रान्तिकारी भूमिका में 'विचारधारा' से मुक्ति शामिल नहीं है। पूँजीपति-वर्ग मिथ्या प्रतीति का शिकार वैसे ही है, जैसे उसके पहले के

शासक-वर्ग थे। अधिक-से-अधिक यह कहा जा सकता है कि उसने पुरानी प्रवंचना खारिज करके नई प्रवंचना स्थापित कर दी है। घोषणापत्र में ही मार्क्स और एंगेल्स पूँजीपतियों से कहते हैं : ''उत्पादन की तुम्हारी वर्तमान पद्धति से और सम्पत्ति के रूप से जो सामाजिक रूप उत्पन्न होते हैं, वे ऐतिहासिक सम्बन्ध हैं, उत्पादन के प्रगति-क्रम में उनका अभ्युदय और लोप होता है। स्वार्थी मिथ्या धारणा से प्रेरित होकर तुम उन्हें प्रकृति और विवेक के शाश्वत नियम बना देते हो। तुमसे पहले जो भी शासक-वर्ग हुए हैं, उनमें प्रत्येक की इस मिथ्या धारणा के तुम सहभागी हो।'' (उप., पृ. 123)

औद्योगिक क्रान्ति से 'विचारधारा' का अन्त नहीं हुआ। पूँजीवाद में उत्पादकों का शोषण पहले से कहीं ज्यादा बड़े पैमाने पर और सुसंगठित रूप से होता है। इस शोषण को अनिवार्य सिद्ध करने के लिए या उसके अस्तित्व को नकारने के लिए पूँजीपति-वर्ग पहले से कहीं ज्यादा बड़े पैमाने पर और सुसंगठित रूप में झूठ का प्रचार करता है। मार्क्स ने मैकाले के लिए लिखा था कि 'ह्विगदल और पूँजीपति-वर्ग के हित में उसने अंग्रेजों के इतिहास को मिथ्या रूप में पेश किया है।' (पूँजी, खंड 1, पृ. 260) मार्क्स और एंगेल्स ने अपनी कृतियों में इस तरह के मिथ्या प्रचार का निरन्तर खंडन किया है।

नतीजा यह निकला कि विचारधारा, मिथ्या प्रतीति के निश्चित अर्थ में, औद्योगिक क्रान्ति से पहले थी, बाद को भी रही। इसके साथ ही औद्योगिक क्रान्ति के युग में, और उससे पहले भी, मानव-संस्कृति की कुछ महत्त्वपूर्ण उपलब्धियाँ थीं। सामाजिक विकास-क्रम में मनुष्य उन्हें मिथ्या धारणाओं से अलगाते हैं, उनका विकास करते हैं।

2. विचारधारा के अज्ञात प्रेरक भाव

विचारधारा का भ्रान्तिवाला अर्थ आगे चलकर छोड़ दिया गया, यह अच्छा हुआ। यद्यपि यह मार्क्स और एंगेल्स के चिन्तन में संशोधन था किन्तु वह आवश्यक था। कारण यह कि औद्योगिक क्रान्ति से पहले ही समस्त ज्ञानराशि भ्रान्ति नहीं थी और इस क्रान्ति से बाद की समस्त ज्ञानराशि भ्रान्तिमुक्त नहीं थी। मार्क्स और एंगेल्स के अनुसार मनुष्य अपने विचारों के प्रति सचेत रहता है किन्तु उनके प्रेरणा-स्रोतों के बारे में अक्सर अचेत रहता है। वह अपने को बड़ा विवेकशील प्राणी समझता है किन्तु उसकी विवेचना को जो भाव प्रेरित करते हैं, वे उसकी आँखों से ओझल रहते हैं। जो आँखों से ओझल है, वह विचार नहीं है; उसकी प्रेरक शक्ति अज्ञात भाव हैं। ये भाव आइडियोलॉजी नहीं हैं, उनसे प्रेरित विचार आइडियोलॉजी हैं। यह भेद साहित्य और कला के लिए ही नहीं, मनुष्य की आर्थिक और राजनीतिक कार्यवाही के विवेचन के लिए भी अत्यन्त महत्त्वपूर्ण है। इस दृष्टि से मार्क्स और एंगेल्स ने विचारधारा का जो भ्रान्तिवाला अर्थ किया, वह निस्सार नहीं है।

मार्क्सवादी विवेचन में मनुष्य के विचारों के प्रेरक भावों की चर्चा जरा कम रहती

है। अज्ञात प्रेरक भावों पर फ्रायड और अन्य उपचेतनवादी मनोविज्ञानियों का इजारा कायम हो गया। इस उपचेतनवाद को दमित वासनाओं की गुफा में अथवा अनादि और अपरिवर्तनशील अन्तःप्रेरणाओं के अन्धकूप में ढकेल दिया गया है। पूँजीवादी समाज में सम्पत्तिशाली लोगों की मानसिक बीमारियों का सम्बन्ध दमित वासनाओं से है और असभ्य, असंस्कृत मानव-समुदायों की आदिम प्रवृत्तियों से भी है, किन्तु उनका उपचेतन दमित वासनाओं और आदिम प्रवृत्तियों तक सीमित नहीं है। उसके भीतर उनके सामाजिक जीवन से उत्पन्न होने वाले विचारों के प्रेरक भाव भी हैं।

1893 में एंगेल्स ने मेरिंग को एक पत्र में लिखा था : "विचारधारा ऐसी प्रक्रिया है जिसे निःसन्देह तथाकथित विचारक सचेत रूप में सम्पन्न करता है। किन्तु वह गलत किस्म की चेतना है। जो वास्तविक प्रेरक शक्तियाँ उसे आगे ठेलती हैं, वे विचारक के लिए अज्ञात बनी रहती हैं, वरना वह विचारधारात्मक प्रक्रिया न हो। इसलिए वह मिथ्या अथवा भ्रामक प्रेरक शक्तियों की कल्पना कर लेता है। यह सोचने-विचारने की प्रक्रिया है, इसलिए वह उसके रूप और विषयवस्तु का स्रोत विशुद्ध विवेकशीलता को, अपनी और अपने पूर्ववर्तियों की विवेकशीलता को, मानता है। वह केवल चिन्तन-सामग्री से काम लेता है, परीक्षा किए बिना उसे विवेकशीलता की उपज मानकर स्वीकार कर लेता है; किसी दूरस्थ, विवेक से स्वतन्त्र, स्रोत की खोज वह और आगे नहीं करता। दरअसल वह सोचता है, ऐसा तो होता ही है। कारण यह कि समस्त कर्म विचार की मध्यस्थता से सम्पन्न होता है, इसलिए उसे प्रतीत होता है कि अन्ततः वह विचार पर आधारित है।" (Marx Engels, On Literature and Art, p. 65) विचार के साथ उसके स्रोत को लेकर जो भ्रान्ति जुड़ी हुई है, उसे अपने विवेचन में हम छोड़ दें, विचारों की छानबीन करें, उनके प्रेरक भावों को छोड़ दें, तो हमारे हाथ बहुत ही उथले किस्म का विवेकवाद लगेगा। ऐसे विवेकवाद से बचने के लिए सबसे पहले विचारधारा से उसके प्रेरक भावों को अलग करके उन्हें देखना जरूरी है। हिन्दी में कुछ मार्क्सवादी लेखकों के लिए विचारधारा से अलग उसके प्रेरक भावों की सत्ता है ही नहीं। वे उथले विवेकवाद को मार्क्सवाद का पर्याय मान बैठे हैं।

मनुष्य के प्रेरक भावों को, उसके सहजबोध और स्वतःस्फूर्त क्रिया को, विचारों से मिलाकर एक न कर देना चाहिए, सबको विचारधारा की संज्ञा न दे देनी चाहिए। योहान फिलिप बेकर जर्मन मजदूर थे, क्रान्तिकारी कार्यकर्ता थे। इनके लिए अर्थशास्त्र और राजनीति के सिद्धान्त और विचार बहुत ही महत्त्वपूर्ण रहे होंगे। मार्क्स ने इनके बारे में लिखा था : "वे उन थोड़े से आदमियों में थे जो अपने सहजबोध (natural instincts) के भरोसे आगे बढ़ें तो सही रास्ते पर ही चलेंगे।" (उप., पृ. 406) हर आदमी के साथ ऐसा नहीं होता, नहीं तो अर्थशास्त्र और राजनीति की जरूरत ही न रहे। किन्तु ऐसे भी आदमी होते हैं जो सचेत विचार-प्रक्रिया के बिना सही रास्ता पकड़ लेते हैं। यहाँ स्पष्ट यह करना है कि मानव-चेतना के अन्तर्गत नैचुरल इंस्टिंक्ट—सहजबोध—है पर वह सचेत विचार-प्रक्रिया से अलग है।

यदि राजनीति के क्षेत्र में सहजबोध का भरोसा किया जा सकता है तो निःसन्देह उसका भरोसा कला के क्षेत्र में भी किया जा सकता है। एंगेल्स ने जर्मन कवि गेटे के लिए लिखा था, हम उनकी आलोचना इसलिए नहीं करते कि 'जर्मन-स्वाधीनता के प्रति उत्साह से वह अछूते रहे हैं वरन् इसलिए करते हैं कि उनका जो सहज सौन्दर्य-बोध (aesthetic instinct) ज्यादा सजग था और जब तब उभरता रहता था, उसका उन्होंने बलिदान कर दिया—सभी बड़े समकालीन ऐतिहासिक आन्दोलनों के प्रति निम्न पूँजीवादी भय की वेदी पर।' (उप., पृ. 356) भय एक भाव है। गेटे में इस भाव का सम्बन्ध उनकी वर्ग-स्थिति से था। इस वर्ग-स्थिति से जुड़े हुए भाव के विरोध में उनका सहज सौन्दर्यबोध रह-रहकर जोर मारता था पर गेटे ने उसे भरपूर ताकत से उभरने न दिया। एंगेल्स उनकी आलोचना करते हुए मानो कहते हैं : इतने बड़े कवि होकर तुमने अपने सहज सौन्दर्य-बोध को दब क्यों जाने दिया ? बेकर की तरह उसके भरोसे आगे बढ़ते तो सही रास्ते पर दूर तक चले जाते।

यह सहज सौन्दर्य-बोध विचारधारा नहीं है। मार्क्स और एंगेल्स ने जिसे विचारधारा कहा है, उसका सम्बन्ध समझ से है। एक ओर उत्पादन की परिस्थितियों का भौतिक रूपान्तर है, दूसरी ओर विचारधारात्मक रूप हैं, 'जिनके अन्तर्गत मनुष्य इस संघर्ष के प्रति सचेत होते और निपटते हैं। जैसे किसी व्यक्ति के बारे में हमारी धारणा इस बात पर निर्भर नहीं होती कि वह स्वयं को क्या समझता है, वैसे ही इस रूपान्तरण के दौर की अपने बारे में जो चेतना थी, उसके आधार पर हम उसका मूल्यांकन नहीं कर सकते।' (उप., पृ. 41-42)

3. विचारधारा और सामाजिक यथार्थ का चित्रण

कोई व्यक्ति अपने को क्या समझता है, कोई युग अपने को क्या समझता है, यह समझना विचारधारा है। मानव-चेतना की कार्यवाही में इस समझने के अलावा और बहुत-सी चीजें हैं। एंगेल्स की निगाह में फ्रांस के महान उपन्यासकार बाल्जाक अपने समय के फ्रांसीसी समाज का ऐसा इतिहास चित्रित कर सके कि जो उससे सीखा जा सकता है, वह पेशेवर इतिहासकारों से नहीं; 'उस दौर के पेशेवर इतिहासकारों, अर्थशास्त्रियों और आँकड़ेबाजों की पूरी जमात की तुलना में उससे मैंने ज्यादा जानकारी प्राप्त की है।' (उप., पृ. 91) एक ओर फ्रांसीसी समाज के बारे में इतिहासकारों और अर्थशास्त्रियों की समझ है, दूसरी ओर उपन्यासकार का चित्रण है। इस चित्रण से एंगेल्स को ज्यादा जानकारी प्राप्त हुई थी। इसी तरह उन्नीसवीं सदी के अंग्रेज उपन्यासकारों के बारे में मार्क्स ने लिखा था कि उनके 'विशद और प्रभावशाली चित्रण (graphic and eloquent pages) से जितना राजनीतिक और सामाजिक सत्य संसार को प्राप्त हुआ है, उतना सभी पेशेवर राजनीतिज्ञों, प्रचारकों और नीतिशास्त्रियों से कुल मिलाकर प्राप्त नहीं हुआ।' (उप., पृ. 339) फ्रांस और इंग्लैंड के उपन्यासकार समकालीन समाज

का ऐसा इतिहास लिख गए जैसा इतिहासकार और अर्थशास्त्री न लिख पाए। पेशेवर इतिहासकार और अर्थशास्त्री समाज का विवेचन करते थे; उपन्यासकार उसका चित्रण करते थे। सम्भव है, उपन्यासकार विवेचना में लगते तो वैसी ही बातें करते जैसी पेशेवर इतिहासकार करते थे। बर्नार्ड शा कलाकार थे, अर्थशास्त्र और राजनीति के विवेचक भी। इनके बारे में एंगेल्स की राय थी कि वह 'लेखक रूप में बहुत प्रतिभाशाली और वाक्पटु (witty) हैं पर अर्थशास्त्री और राजनीतिज्ञ के रूप में एकदम बेकार हैं।' (उप., पृ. 340) बर्नार्ड शा नाटक लिखने में जिस प्रतिभा का परिचय देते हैं, वह एक कोटि की है; आर्थिक राजनीतिक समस्याओं के विवेचन में जिस प्रतिभा से काम लेते हैं, वह दूसरी कोटि की है। दूसरी कोटि की प्रतिभा नीचे दर्जे की है, समस्याओं के बारे में उनकी समझ पेशेवर राजनीतिज्ञों और अर्थशास्त्रियों की समझ से मिलती-जुलती है। शा की समझ विचारधारा है, उनकी कला नहीं।

तोल्स्तोय विचारक थे, समाज का चित्रण करनेवाले कलाकार भी। लेनिन ने उनकी समझ में और उनके कलात्मक चित्रण में अनेक बार बहुत स्पष्ट भेद किया था। 1908 के लेख में उन्होंने तोल्स्तोय को रूसी क्रान्ति का दर्पण कहा और यह भी बताया कि वह इस क्रान्ति को समझ नहीं पाए। दोनों बातें परस्पर विरोधी जान पड़ती हैं, इसलिए कैफियत देते हुए लेनिन ने लिखा : "जिस क्रान्ति को वह महान कलाकार समझने में स्पष्ट ही असफल रहा और जिससे वह स्पष्ट ही अलग हटकर खड़ा रहा, उससे उसके तादात्म्य की बात कहना पहले अजीब और अस्वाभाविक-सा लगेगा।...यदि हमारे सामने कोई वास्तव में महान कलाकार हो, तो उसने अपनी रचना में क्रान्ति के कम-से-कम कुछ बुनियादी पहलू जरूर प्रतिबिम्बित किए होंगे।" (ग्रन्थावली, खंड 15, पृ. 202) कलाकार के रूप में तोल्स्तोय समकालीन यथार्थ को प्रतिबिम्बित किए बिना न रह सकते थे, इसमें उन्हें सफलता मिली; किन्तु उस यथार्थ को समझने में वह असफल रहे। एक ओर वह महान कलाकार थे जिन्होंने 'रूसी जीवन के अनुपम चित्र खींचे हैं; यही नहीं, उन्होंने विश्व-साहित्य को प्रथम श्रेणी की चीजें दी हैं;' दूसरी ओर समाज के अन्तर्विरोधों के कारण वह 'न तो मजदूर-वर्ग के आन्दोलन को और समाजवाद के लिए संघर्ष में उसकी भूमिका को समझ सके थे, न रूसी क्रान्ति को।' (उप., पृ. 205-06)

जैसे बाल्जाक और अंग्रेज उपन्यासकार समकालीन इतिहास विवेचकों और अर्थशास्त्रियों से श्रेष्ठ थे, वैसे ही कलाकार तोल्स्तोय विचारक तोल्स्तोय से श्रेष्ठ हैं। सामाजिक यथार्थ की विवेचना और चित्रण एक ही चीज नहीं हैं। मानव-जाति की प्रगति में तोल्स्तोय का कलात्मक साहित्य आगे बढ़ा हुआ कदम है, तोल्स्तोय पन्थ नहीं। तोल्स्तोय के कथा-साहित्य और उनके विवेचनात्मक साहित्य का स्रोत एक ही है—रूसी किसानों का जीवन। इस जीवन से तोल्स्तोय मानव-जीवन (और उसके प्राकृतिक परिवेश) के अनुपम चित्र प्राप्त करते हैं, साथ ही सारा आवेश, अन्याय की जबर्दस्त भावात्मक प्रतिक्रिया भी वहीं से उन्हें मिलती है। विचारक के रूप में समस्या का निदान और समाधान, धर्म-सम्बन्धी सारा ऊहापोह, निष्क्रिय प्रतिरोध की धारणा आदि, भी वहीं

से प्राप्त करते हैं। किन्तु तोल्स्तोय का विवेचनात्मक गद्य भी एक सहृदय कलाकार का गद्य है। वैज्ञानिक विवेचना की तटस्थता उनके कथा-साहित्य में नहीं है किन्तु कथा-साहित्य का भावावेश उनके विवेचनात्मक गद्य में है।

यदि आप विचारक का सम्बन्ध विचारधारा से मानें तो नोट करें कि लेनिन के लिए विचारक और कलाकार अतः विचारधारा और कला, दो इकाइयाँ हैं, दोनों एक ही चीज नहीं हैं। "कलाकार के रूप में उनकी विश्वव्यापी महत्ता और विचारक के रूप में उनकी विश्वव्यापी प्रसिद्धि, अपने-अपने ढंग से, रूसी क्रान्ति का विश्वव्यापी महत्त्व प्रतिबिम्बित करती हैं।" (उप., खंड 16, पृ. 323) तोल्स्तोय कलाकार के रूप में प्रसिद्ध हैं और विचारक के रूप में भी। दोनों रूपों में उनकी ख्याति अलग-अलग ढंग से रूसी क्रान्ति का महत्त्व प्रतिबिम्बित करती है।

तोल्स्तोय 1861 से 1904 तक के युग का प्रतिनिधित्व करते हैं। "कलाकार के रूप में तथा विचारक और प्रचारक के रूप में दोनों ही तरह तोल्स्तोय ने समूची प्रथम रूसी क्रान्ति की निश्चित ऐतिहासिक विशेषताओं का, उसकी ताकत और कमजोरी का, आश्चर्यजनक रूप से उभरे चित्रों में समावेश किया है।" (उप., पृ. 324) लेनिन के विवेचन से यह निष्कर्ष निकाला जा सकता है कि क्रान्ति की कमजोरी तोल्स्तोय के विचारक रूप में ज्यादा प्रकट हुई है। चर्च और राज्यसत्ता के विरुद्ध उनका आक्रोश किसानों के भाव प्रकट करता है। सरकारी लूट, ठगविद्या, अत्याचार के विरुद्ध इन किसानों के हृदय में 'घृणा और क्रोध के अम्बार खड़े हो गए थे।' (उप.) यह कला का भावपक्ष है जो यथार्थ के चित्रण में है, उसके विवेचन में भी। किन्तु विचारक के रूप में तोल्स्तोय ने अपनी कृतियों में 'रूस पर मँडराते संकट के कारणों और उससे बचने के उपायों को समझने में विफलता प्रकट की।' (उप., पृ. 325) यहाँ चित्रण और भावात्मक प्रतिक्रिया की बात नहीं है, बात है उस यथार्थ को समझने की जिसका चित्रण वह कर रहे हैं, जिसे लेकर अपना तीव्र आक्रोश व्यक्त कर रहे हैं। लेनिन के अनुसार यथार्थ को समझने की यह विफलता आदिम रूसी किसान की विफलता है, यूरोपियन शिक्षा प्राप्त लेखक की नहीं। अर्थात् विचारक तोल्स्तोय इस शिक्षा से लाभ न उठा सके।

यूरोपियन- शिक्षा प्राप्त विद्वानों में जर्मनी और फ्रांस के मार्क्सवादी सबसे आगे थे। रूसी किसान क्रान्ति कर सकते हैं, यह उनके किसी सिद्धान्त-ग्रन्थ में न लिखा था। रूसी किसान 1917 में ही नहीं, 1905 की रूसी क्रान्ति में भी लड़े थे। नवम्बर, 1905 में लेनिन ने लिखा था : "अब वह समय आ गया है जब किसान रूस में, नई जीवन-पद्धति के सचेत निर्माता के रूप में, आगे आ रहे हैं।" (ग्रन्थावली, खंड 10, पृ. 40) यह बात पश्चिमी यूरोप ही नहीं, रूस के भी बहुत से मार्क्सवादियों की समझ में न आ रही थी; बहुतों की समझ में वह 1917 के बाद भी न आई। तोल्स्तोय के किसान भी लड़ते हैं, युद्ध और शान्ति में वे नेपोलियन के विरुद्ध छापामार लड़ाई चलाते हैं, वे इतिहास के सचेत निर्माता नहीं हैं—बेशक, पर 'युद्ध और शान्ति' में यदि कोई समुदाय इतिहास का निर्माता है तो वह रूसी किसान समुदाय है। नेपोलियन, जार, फौज

के बड़े-बड़े पदाधिकारी, ये इतिहास के निर्माता नहीं हैं, यह तोल्स्तोय ने अपनी पुस्तक में स्पष्ट कर दिया था। पर वह रूसी मजदूरों की क्रान्तिकारी भूमिका से अपरिचित थे, यह बात सही है। यह उनकी विचाराधारा की कमजोरी है।

तोल्स्तोय का विवेचन कमजोर है पर रूसी जीवन की जानकारी अद्वितीय है। इस जानकारी के बल पर वह उस जीवन के अनुपम चित्र दे सके हैं। लेनिन कहते हैं : "तोल्स्तोय को देहाती रूस की अनुपम जानकारी थी। अपनी कलात्मक रचनाओं में उन्होंने इस जीवन का ऐसा वर्णन किया है कि वह विश्व-साहित्य की श्रेष्ठ कृतियों में गिना जाता है।" (उप., पृ. 331) उन्होंने आलोचना के रूप में जो कुछ कहा, उसमें नया कुछ न था। "उन्होंने ऐसा कुछ नहीं कहा जो उनसे बहुत पहले यूरोपियन तथा रूसी साहित्य में श्रमिक जनता के मित्र न कह चुके हों।" (उप.) आलोचक रूप में वह मौलिक नहीं हैं किन्तु उनका चित्रण अनुपम है और यह चित्रण आवेशपूर्ण है। कलाकार का यह आवेश तोल्स्तोय के आलोचनात्मक गद्य में है। "तोल्स्तोय की आलोचना का अनोखापन और उसका ऐतिहासिक महत्त्व इस बात में है कि इस दौर के रूस में, अर्थात् देहाती किसानों के रूस में आम जनता की धारणाओं के मौलिक परिवर्तन को उन्होंने ऐसी शक्ति से व्यंजित किया जैसी शक्ति पर केवल अत्यन्त प्रतिभाशाली कलाकारों का अधिकार होता है।" (उप., पृ. 332)

क्या ही अच्छा होता कि जिस शक्ति पर केवल अत्यन्त प्रतिभाशाली कलाकारों का अधिकार होता है, वह विचारधारा का एक हिस्सा होती, आर्थिक बुनियाद के बदलने पर वह भी बदल जाती, अर्थशास्त्र और राजनीति की वैज्ञानिक पुस्तकें पढ़नेवालों के हाथ आसानी से आ जाती और तोल्स्तोय की-सी कृतियाँ ही नहीं, उनसे भी ऊँचे दर्जे की कृतियाँ—विचारधारा में आगे बढ़े होने के कारण—वे दे पाते। पर लेनिन ने ऐसे कलाकारों की आकांक्षाओं पर बहुत पहले पानी फेर दिया था। लिख गए थे : "एक बार आम जनता जमींदारों और पूँजीपतियों का जुआ उतारकर फेंकने के बाद जरा अपने लिए जीवन की इंसानी परिस्थितियाँ निर्मित कर ले, वह तोल्स्तोय की कलात्मक रचनाओं को तो सदा ही पढ़ेगी और पसन्द करेगी।" (उप., पृ. 322) यानी समाजवादी रूस में भी पढ़ेगी ! क्या मुसीबत है ! आर्थिक बुनियाद बदल गई पर उसकी यह अधिरचना अब भी बनी हुई है !

इससे कुछ मिलती-जुलती बात एंगेल्स कह गए थे। पुनर्जागरणकाल का इटली कभी का बदल गया था पर एंगेल्स अब भी उसकी कला पर मुग्ध थे। मुग्ध ही नहीं थे, उनका विचार था कि वैसी कला का निर्माण दोबारा हुआ ही नहीं। और इटली की इस कला को देखकर उन्हें याद आई थी प्राचीन रोम-यूनान की कला। दो हजार साल बीत गए थे, पर यूनान और रोम की कला अभी मोहक बनी हुई थी और इटली की कला की प्रशंसा में यह कहा गया था कि वह उस प्राचीन कला का प्रतिबिम्ब है ! "स्वप्न में भी जिसकी कल्पना न की जा सकती थी, कला का ऐसा विकास देखने को इटली उठ खड़ा हुआ, ऐसा विकास जो क्लासिकल प्राचीनता का प्रतिबिम्ब जैसा था

और जो दोबारा फिर कभी सुलभ नहीं हुआ।" (On Literature and Art, p. 252) आर्थिक बुनियाद के बाद कला का यह सौन्दर्य क्यों नहीं बदल जाता ? औद्योगिक क्रान्ति के बाद उसके जोड़ की और उससे ऊँचे दर्जे की कला का सृजन क्यों नहीं हुआ ? यह भी क्या विडम्बना है कि एंगेल्स ने इटली की जिस कला की ऐसी जोरदार प्रशंसा की है, वह औद्योगिक क्रान्ति के इटली की नहीं है और लेनिन ने तोल्स्तोय की जिन कृतियों को मानव-जाति के कलात्मक विकास का आगे बढ़ा हुआ कदम बताया है, उनका सम्बन्ध औद्योगिक रूस के सर्वहारा से नहीं, देहाती रूस के किसानों से है !

4. आर्थिक बुनियाद और अधिरचना : बीच का फासला

भाववाद के लिए शुद्ध चेतना भौतिक प्रपंच से मुक्त है, मुक्त नहीं है तो उसे मुक्ति के लिए प्रयास करना चाहिए। इस मुक्ति की प्राप्ति में संसार की भौतिकता बाधक है। आत्मा शरीर में है किन्तु उससे पृथक है, इसी तरह विशुद्ध ज्ञान संसार में है किन्तु उससे पृथक है। दर्शन, विज्ञान, साहित्य, कलाएँ—ये सब पूर्ण ज्ञान से नीचे हैं, कहीं-कहीं उसकी झलक-भर दिखा देती हैं। इनकी रचना मानव-चेतना आन्तरिक प्रेरणा से करती है, उनका मानव-जीवन की भौतिक परिस्थितियों से कोई सम्बन्ध नहीं है; है भी तो गौण है। आर्थिक बुनियाद पर संस्कृति की इमारत खड़ी होती है—इस तरह की बातों से दर्शन और साहित्य को कोई सरोकार नहीं है।

अब ये विशुद्ध ज्ञान और आत्मावाले जितने लोग हैं, जितने दिन शरीर धारण करते हैं और संसार में रहते हैं, खाते-पीते हैं, साँस लेते हैं, धरती के गुरुत्वाकर्षण से बँधे रहते हैं। वे बोलते हैं, भाषा का व्यवहार करते हैं, उनका ज्ञान चाहे जितना विशुद्ध हो, उसे वे व्यक्त भाषा के माध्यम से ही करते हैं। भौतिक जगत के बिना मनुष्य का अस्तित्व नहीं, उसके दर्शन और साहित्य का अस्तित्व नहीं। इस भौतिक जगत में जीने के लिए मनुष्य खाने-पीने, पहनने-ओढ़ने आदि के लिए आवश्यक वस्तुओं का उत्पादन करते हैं। उत्पादन के इस क्रम में आपस में वे विशेष प्रकार के सम्बन्ध कायम करते हैं। जहाँ सब लोग मिलकर श्रम करते हैं और आपस में श्रम-फल बाँट लेते हैं, वह आदिम साम्यवाद की व्यवस्था है। जहाँ श्रम करनेवालों का समुदाय अलग और श्रम-फल हड़पनेवालों का समुदाय अलग होता है, वह वर्गयुक्त समाज है और उसके अनेक रूप हैं। मार्क्स ने लिखा था कि उत्पादन-सम्बन्धों का पूर्ण योग समाज की आर्थिक संरचना होता है। "यह वास्तविक बुनियाद है जिस पर कानूनी और राजनीतिक अधिरचना खड़ी होती है।" (On Literature and Art, p. 41) ध्यान देने की बात यह है कि अधिरचना के सिलसिले में मार्क्स ने पहले कानून और राजनीति को याद किया है। याद इसलिए किया है कि कानून और राजनीति का सीधा सम्बन्ध उत्पादित वस्तुओं से, उनके विनिमय और वितरण से, सम्पत्ति के विभिन्न रूपों से है। इससे निष्कर्ष यह निकलेगा कि आर्थिक बुनियाद से अधिरचना के सभी घटकों का फासला एक-सा नहीं है।

'अर्थशास्त्र की आलोचना' की भूमिका में मार्क्स ने लिखा था : "समाज की भौतिक उत्पादक शक्तियाँ अपने विकास की एक मंजिल पर उत्पादन के तत्कालीन सम्बन्धों से टकराती हैं अथवा—यही बात कानूनी भाषा में कहें तो—जिन सम्पत्ति-सम्बन्धों के भीतर वे अब तक क्रियाशील रही हैं, उनसे टकराती हैं।" (उप.) उत्पादन के सम्बन्धों का मतलब है सम्पत्ति के सम्बन्ध। अर्थशास्त्र की भाषा में जो उत्पादन के सम्बन्ध हैं, वही कानून की भाषा में सम्पत्ति के सम्बन्ध हैं। कानून अधिरचना का एक घटक है। यह घटक आर्थिक बुनियाद के सबसे ज्यादा पास है।

आर्थिक बुनियाद से अधिरचना के सभी घटकों का फासला एक-सा नहीं है; यह तथ्य एंगेल्स ने शिमट के नाम 1890 के पत्र में इस तरह स्पष्ट किया था : "जहाँ तक विचारधारा के उन विभागों का सम्बन्ध है जो हवा में और भी ऊँचे उड़ते हैं, धर्म, दर्शन इत्यादि... ।" (उप., पृ. 58) कानून की तुलना में धर्म, दर्शन इत्यादि हवा में और भी ऊँचे उड़ते हैं। अधिरचना के कुछ घटक ज्यादा ऊँचाई पर हैं, कुछ कम ऊँचाई पर, उससे एकदम चिपका हुआ एक भी घटक नहीं है। भाववाद के लिए आर्थिक बुनियाद से विचारधारा का कोई सम्बन्ध नहीं है। यान्त्रिक भौतिकवाद के लिए आर्थिक बुनियाद से विचारधारा के सभी घटक एकदम चिपके हुए हैं। द्वन्द्वात्मक भौतिकवाद के लिए आर्थिक बुनियाद से इन घटकों का फासला अलग-अलग है।

यदि आर्थिक बुनियाद से इन घटकों का फासला अलग-अलग है, तो यह स्वाभाविक है कि बुनियाद के बदलने पर सारी अधिरचना एक साथ न बदल जाएगी, कुछ घटक जल्दी बदलेंगे, कुछ देर में। मार्क्स ने ठीक यही बात 'अर्थशास्त्र की आलोचना' की भूमिका में कही है। "आर्थिक बुनियाद के बदलने पर समूची विशाल अधिरचना न्यूनाधिक तीव्रता से बदल जाती है (more or less repidly transformed)।" (On Literature and Art, p. 41)। अधिरचना जिस गति से बदलती है, वह गति किसी घटक के लिए अधिक तीव्र होती है, किसी के लिए कम। समूची अधिरचना एक साथ नहीं बदल जाती। यान्त्रिक भौतिकवाद के लिए आर्थिक बुनियाद के बदलते ही सारी अधिरचना एक साथ बदल जाती है।

यान्त्रिक भौतिकवाद के लिए अधिरचना (मानव-संस्कृति) आर्थिक बुनियाद का प्रतिबिम्बमात्र है। प्रतिबिम्ब की कोई स्वतन्त्र सत्ता नहीं होती। जब बुनियाद न होगी, तब प्रतिबिम्ब कहाँ होगा ? और भी। यान्त्रिक भौतिकवाद के लिए आर्थिक बुनियाद के सभी प्रतिबिम्ब एक जैसे हैं, सभी समान रूप से विचारधारा हैं; इसलिए बुनियाद के बदलने पर सारी अधिरचना एक साथ बदल जाएगी, घटकों के बदलने का सिलसिला आगे-पीछे पूरा न होगा। द्वन्द्वात्मक भौतिकवाद के लिए अधिरचना के घटक आर्थिक बुनियाद से कम-ज्यादा दूरी पर तो हैं ही, वे बुनियाद के एक जैसे प्रतिबिम्ब नहीं हैं, सापेक्ष रूप में उनका स्वतन्त्र अस्तित्व भी है। इस कारण वे आर्थिक बुनियाद को प्रभावित करते हैं, और एक-दूसरे को भी प्रभावित करते हैं।

मार्क्स ने लिखा था कि उत्पादन के सम्बन्ध कानून की भाषा में सम्पत्ति के सम्बन्ध

हैं। इससे लगता है कि सम्पत्ति के सम्बन्ध कानून में ज्यों के त्यों प्रतिबिम्बित होते हैं। एंगेल्स ने उसी 1890 वाले पत्र में स्पष्ट किया था कि ऐसा होता नहीं है। नए श्रम-विभाजन के फलस्वरूप पेशेवर वकीलों का समुदाय तैयार हो जाता है। इसके साथ ही 'एक दूसरा नया और स्वतन्त्र क्षेत्र खुल जाता है। उत्पादन और व्यापार पर अपनी समस्त निर्भरता के बावजूद इन क्षेत्रों पर भी अपना असर डालने (reacting) की उसकी क्षमता बनी ही रहती है।' कानून का क्षेत्र उत्पादन और व्यापार पर निर्भर है, फिर भी वह स्वतन्त्र है, अर्थात् वह सापेक्ष रूप में आर्थिक बुनियाद से स्वतन्त्र है। इसके सिवा वह आर्थिक बुनियाद का सीधा प्रतिबिम्ब नहीं होता। "आधुनिक राज्य में कानून को सामान्य आर्थिक स्थिति के अनुरूप होना चाहिए, उसकी अभिव्यक्ति होना चाहिए। पर इतना ही नहीं। उसे ऐसी अभिव्यक्ति भी होना चाहिए जो अपने में सुसंगत हो, जो भीतरी अन्तर्विरोधों के कारण खुले खजाने असंगत न दिखाई दे। इस लक्ष्य की सिद्धि के लिए आर्थिक परिस्थितियों के सीधे-सच्चे प्रतिबिम्ब में अधिकाधिक दखलन्दाजी की जाती है। जितना ही यह दखलन्दाजी ज्यादा होती है, उतना ही ऐसी विधि-संहिता विरल हो जाती है जो किसी वर्ग के प्रभुत्व की खालिस, बेलौस और ठेठ अभिव्यक्ति हो। ऐसी अभिव्यक्ति स्वयं 'न्याय की अवधारणा' का उल्लंघन करती जान पड़ेगी।" (करेस्पांडेंस, पृ. 481)

अधिरचना का जो घटक आर्थिक बुनियाद के सबसे ज्यादा नजदीक है, वह भी उससे चिपका हुआ नहीं है, उसका यान्त्रिक प्रतिबिम्ब नहीं है, उसकी भी सापेक्ष रूप में स्वतन्त्र सत्ता है, वह आर्थिक बुनियाद को प्रभावित भी करता है। तब अन्य घटकों की सापेक्ष स्वतन्त्रता, बुनियाद को प्रभावित करने की उनकी क्षमता की सहज ही कल्पना की जा सकती है। एकान्तवादियों से द्वन्द्ववादियों को अलग करते हुए एंगेल्स ने उसी पत्र में लिखा था : "इन सज्जनों के पास जो चीज नहीं है, वह है द्वन्द्ववाद। यह है कारण, यह है कार्य; इसके अलावा वे और कुछ देखते ही नहीं हैं। वे यह नहीं देखते कि यह खोखली अमूर्त धारणा है कि वास्तविक संसार में ऐसे एकान्त-विरोधी ध्रुव केवल संकटकाल में उपस्थित होते हैं, जबकि समूची विशद प्रक्रिया पारस्परिक घात-प्रतिघात (interaction) के रूप में घटित होती चलती है (यद्यपि यह पारस्परिक घात-प्रतिघात बहुत ही असमान शक्तियों का होता है, इनमें अर्थवाली गति सबसे शक्तिशाली, अप्रतिहत और सबसे ज्यादा निर्णायक होती है), और यह कि यहाँ हर चीज सापेक्ष है, कोई चीज निरपेक्ष नहीं है। इनके लिए हेगल कभी था ही नहीं।" (उप., पृ. 484)

अधिरचना आर्थिक बुनियाद को प्रभावित नहीं करती, यह खोखली अमूर्त धारणा है। एकान्तवादियों के लिए अधिरचना सापेक्ष रूप में स्वतन्त्र नहीं है, प्रतिबिम्बमात्र है; इसलिए बुनियाद को प्रभावित नहीं कर सकती। उनके लिए बुनियाद है कारण, अधिरचना है कार्य; दोनों एक-दूसरे से निरपेक्ष रूप में पृथक् हैं। द्वन्द्ववादियों के लिए अर्थवाली गति सबसे शक्तिशाली होती है किन्तु अधिरचना के घटक इसे भी प्रभावित करते हैं।

कानून की तरह राजनीति भी आर्थिक बुनियाद के बहुत नजदीक है। वह भी सापेक्ष रूप में स्वतन्त्र होकर आर्थिक बुनियाद को प्रभावित करती है। उसी पत्र में एंगेल्स ने लिखा कि समाज में श्रम-विभाजन के फलस्वरूप राज्यसत्ता का अभ्युदय हुआ। "यह नई स्वतन्त्र सत्ता कुल मिलाकर उत्पादन की गति का अनुसरण करने को बाध्य है किन्तु अपनी अन्तरंग स्वतन्त्रता के कारण (यह सापेक्ष स्वतन्त्रता है जो मूलतः उसे हस्तान्तरित की गई थी और जो क्रमशः और विकसित की गई थी), अपनी बारी में, वह उत्पादन की गति और उसकी परिस्थितियों पर असर डालती है। यह दो असमान शक्तियों का पारस्परिक घात-प्रतिघात है। एक ओर आर्थिक गति है, दूसरी ओर नई राजनीतिक शक्ति है जो यथासम्भव अधिक-से-अधिक स्वतन्त्रता पाने का प्रयास करती है, और जिसे एक बार स्थापित हो जाने के बाद स्वयं अपनी गति भी प्राप्त हो जाती है।" (उप., पृ. 480) यदि राजनीति सापेक्ष रूप में स्वतन्त्र हो सकती है, यदि उसे अपनी गति प्राप्त हो सकती है, तो दर्शन, साहित्य और विज्ञान की सापेक्ष स्वतन्त्रता और उनकी अपनी गति की कल्पना की जा सकती है।

1894 के एक पत्र में एंगेल्स ने लिखा था : "राजनीतिक, न्यायिक, दार्शनिक, धार्मिक, साहित्यिक, कलात्मक आदि विकास आर्थिक विकास पर आधारित हैं। किन्तु ये सब एक-दूसरे पर असर डालते हैं और आर्थिक आधार पर भी असर डालते हैं। ऐसा नहीं है कि आर्थिक परिस्थिति कारण है, अकेले सक्रिय है और शेष सारी चीजें निष्क्रिय परिणाम हैं। इसके बदले आर्थिक आवश्यकता के आधार पर पारस्परिक घात-प्रतिघात होता है और अन्ततः यह आवश्यकता ही अपनी चला ले जाती है।" (On Literature and Art, p. 58)

अधिरचना के घटक सापेक्ष रूप से स्वतन्त्र हैं, उनकी अपनी गति भी होती है, आर्थिक बुनियाद से सबका फासला एक-सा नहीं होता, परिणाम यह कि आर्थिक बुनियाद के बदलने पर सारी अधिरचना एक साथ नहीं बदल जाती। सारी अधिरचना नहीं बदलती, इसका एक कारण यह भी है कि पुरानी अधिरचना के कुछ तत्त्व लिए बिना, उन्हें अपना आधार बनाए बिना, नई अधिरचना का निर्माण नहीं हो सकता। उसकी सापेक्ष स्वतन्त्रता का यह भी एक प्रमाण है कि आर्थिक बुनियाद से अलग उसे अपना एक आधार चाहिए, और यह आधार उसे पहले से विद्यमान विचारधारा से ही मिलता है।

5. अधिरचना के विभाग : उनकी अपनी बुनियादें

कानून की तुलना में धर्म, दर्शन आदि विचारधारा के जो विभाग हवा में और भी ऊँचे उड़ते हैं, उनकी एक विशेषता यह है कि 'उनका एक प्रागैतिहासिक भंडार होता है, वह पहले से विद्यमान पाया जाता है, ऐतिहासिक काल में वह ग्रहण कर लिया जाता है। यह भंडार ऐसी सामग्री का होता है जिसे हम निरर्थक कल्पना (nonsense) कहेंगे।'

(उप., पृ. 58-59) यदि प्रागैतिहासिक काल की निरर्थक कल्पनाएँ धर्म, दर्शन आदि का आधार बन सकती हैं तो ऐतिहासिक काल की सार्थक कल्पनाएँ दर्शन, साहित्य का आधार अवश्य बन सकती हैं। वैसे नानसेंस—निरर्थक कल्पनाओं—पर प्रागैतिहासिक काल का इजारा नहीं है। दर्शन ही क्या, विज्ञान के साथ भी कुछ-न-कुछ नानसेंस जुड़ा रहता है। प्रागैतिहासिक भंडार के उसी प्रसंग में एंगेल्स ने लिखा है : "विज्ञान का इतिहास इस नानसेंस को क्रमशः हटाने का इतिहास है अथवा उसकी जगह ताजे, तो भी कम बेहूदा, नानसेंस को स्थापित करने का इतिहास है।" (कारेस्पांडेंस, पृ. 482-83) यदि नानसेंस की बेहूदगी क्रमशः कम होती जाती है तो उसके साथ ज्ञान की वास्तविकता क्रमशः बढ़ती भी जाती है। नए युग का अज्ञान पुराने युग के अज्ञान से कहीं जुड़ा रहता है, तो नए युग का ज्ञान भी पुराने युग के ज्ञान से जुड़ा रहता है। आर्थिक बुनियाद के बदलने पर नया युग शुरू होता है किन्तु पुराने युग से सम्पूर्ण और निरपेक्ष रूप में नाता नहीं टूटता। नाता टूटता है, इसीलिए नए युग का आविर्भाव होता है; नाता नहीं टूटता क्योंकि पुराने ज्ञान के आधार पर ही नए ज्ञान का विकास होता है। परिवर्तन और विकास की यह द्वन्द्वात्मक प्रक्रिया है।

विचारधारा के घटक सापेक्ष रूप में स्वतन्त्र होते हैं, आर्थिक बुनियाद से उनका सम्बन्ध एक-सा नहीं होता। यूरोप में दर्शनशास्त्र के विकास की चर्चा करते हुए उसी पत्र में एंगेल्स ने लिखा था : "प्रत्येक युग का दर्शन श्रम-विभाजन का एक निश्चित क्षेत्र है। इसलिए यह तो पूर्वानुमानित है कि कोई सुनिश्चित बौद्धिक सामग्री अपने पूर्ववर्तियों से उसे प्राप्त होगा ही। वहीं से वह शुरुआत करता है। और यही कारण है कि आर्थिक रूप से पिछड़े हुए देश, पिछड़े होने पर भी दर्शनशास्त्र में आगे-आगे चल सकते हैं।" (उप., पृ. 483) इसका यह अर्थ नहीं है कि आर्थिक परिस्थितियों से दर्शनशास्त्र के विकास का कोई सम्बन्ध नहीं है। केवल सापेक्ष रूप में पिछड़े होने की बात है। आदिम साम्यवादी समाज भी पिछड़े हुए हैं, इनकी विशेषता है तन्त्र-मन्त्र, जादू-टोना। इस साम्यवादी समाज के विघटनकाल में और उसके बाद ही दर्शन का विकास होता है। यह दर्शन पहले धर्म से उलझा रहता है और धर्म तन्त्र-मन्त्र से। सामन्ती-व्यवस्था के भीतर, व्यापारिक पूँजीवाद के विकास के समय, कला और दर्शन की अभूतपूर्व उन्नति होती है। प्राचीन यूनान और रोम की, पुनर्जागरण काल के इटली की, अनुपम कलाकृतियाँ व्यापारिक पूँजीवाद के युग की देन हैं। एंगेल्स ने इनकी भूरि-भूरि प्रशंसा की है। औद्योगिक पूँजीवाद का युग आर्थिक विकास में आगे है, विज्ञान और प्रौद्योगिकी में बहुत आगे बढ़ा है, किन्तु कला और दर्शन में वह पीछे रहा।

एंगेल्स ने उक्त प्रसंग में फ्रांस को याद किया। अठारहवीं सदी का फ्रांस, इंग्लैंड की तुलना में, पिछड़ा हुआ था, लेकिन इंग्लैंड के दर्शन के आधार पर आगे बढ़ गया। दर्शन में, जर्मनी, फ्रांस और इंग्लैंड दोनों की तुलना में, आगे बढ़ा। इंग्लैंड ने भौतिकवादी दर्शन का विकास किया। एंगेल्स के अनुसार हॉब्स प्रथम आधुनिक भौतिकवादी थे और वह उस समय हुए जबकि सारे यूरोप में सम्पूर्ण सत्तावादी पादशाही का बोलबाला था।

इंग्लैंड के दूसरे भौतिकवादी विचारक लॉक, '1688 के वर्ग-समझौते की सन्तान थे।' (उप.) हेगल का जर्मनी भी औद्योगिक रूप से पिछड़ा हुआ था। लॉक 1688 के वर्ग-समझौते की सन्तान थे। किन वर्गों में यह समझौता हुआ था ? समझौता हुआ था भूस्वामी अभिजात-वर्ग में और व्यापारिक पूँजीवाद के सूत्रधारों में। आर्थिक और राजनीतिक क्षेत्रों में चाहे जिस वर्ग का पलड़ा भारी रहा हो, दर्शन और धर्म के क्षेत्र में असंदिग्ध रूप से पलड़ा अभिजात-वर्ग का भारी था।

भौतिकवाद का विकास करना दूर, इस विकास से त्रस्त होकर इंग्लैंड के पूँजीपति-वर्ग ने धर्म का सहारा लिया। हॉब्स और उनके अनुवर्तियों, बोलिंगब्रोक, शाफ्ट्सबरी आदि के यहाँ भौतिकवाद के जिस रूप का विकास हुआ, अंग्रेज पूँजीपति उससे घृणा करते थे। इंग्लैंड से यह भौतिकवाद फ्रांस पहुँचा और पहले वह नितान्त अभिजातवर्गीय सिद्धान्त रहा। इंग्लैंड में दर्शन की जो पताका पादशाही के समर्थकों के हाथ में थी, वह फ्रांस में गणतन्त्रवादियों के हाथ में पहुँच गई। विचारधारा की सापेक्ष स्वतन्त्रता का यह बहुत अच्छा प्रमाण है। व्यापारिक पूँजीवाद के युग में इंग्लैंड ने भौतिकवाद का विकास किया, औद्योगिक क्रान्ति से पहले के फ्रांस ने उसे ग्रहण किया। व्यापारिक पूँजीवाद के युग में भौतिकवाद का विकास हुआ किन्तु उसका विकास व्यापारियों ने न किया था। व्यापारियों के बिना व्यापारिक पूँजीवाद की कल्पना नहीं की जा सकती किन्तु उस पूँजीवाद के युग में जिस दर्शन का विकास हुआ, उसकी कल्पना व्यापारियों के बिना अवश्य की जा सकती है। उस दर्शन का सम्बन्ध पूँजीपति-वर्ग की अपेक्षा अभिजात-वर्ग से अधिक था। दिलचस्प बात यह है कि साहित्य के क्षेत्र में भी अभिजात-वर्ग से सहानुभूति रखनेवाले कुछ लोग कमाल कर गए हैं।

एंगेल्स के प्रिय लेखक बाल्ज़ाक उस राजवंश के समर्थक थे जिसने फ्रांसीसी राज्य-क्रान्ति के दौरान अपना सिंहासन खो दिया था। "उनका महान कृतित्व ऐसा अटूट शोकगीत है जो एक अच्छे समाज के अपरिहार्य पतन पर रचा गया है; उनकी सारी सहानुभूति उस वर्ग के साथ है जिसका अवसान सुनिश्चित है।" (On Literature and Art, p. 91-92) पतनशील वर्ग के साथ गहरी सहानुभूति होने पर भी बाल्ज़ाक क्यों एक महान कलाकार बन सके, यह सवाल उठायें जरूर पर यहाँ केवल इस बात पर ध्यान देना है कि भौतिकवादी दर्शन की तरह बाल्ज़ाक के कथा-साहित्य का सम्बन्ध भी पूँजीपतियों से नहीं है। व्यापारिक पूँजीवाद के बाद औद्योगिक पूँजीवाद का युग आया। इस युग में विज्ञान ने बड़ी उन्नति की। इस उन्नति में पूँजीपतियों का हाथ कितना था ?

मशीनरी और आधुनिक उद्योग का विवेचन करते हुए मार्क्स ने लिखा था : "मोटे तौर से पूँजीपति को विज्ञान के लिए कुछ खर्च करना नहीं पड़ता, किन्तु इस कारण वह उसके इस्तेमाल से बाज नहीं आता। दूसरों के विज्ञान को पूँजीपति वैसे ही हथिया लेता है जैसे दूसरों के श्रम को। (The science of others is as much annexed by capital as the labour of others.)।" (पूँजी, खंड 1, पृ. 365) इस सारगर्भित वाक्य में मार्क्स ने अपने ही द्वन्द्वात्मक भौतिकवाद का विकास किया है। अर्थशास्त्र की

आलोचना की भूमिका में मार्क्स ने आर्थिक बुनियाद और विचारधारा को लेकर जो रूपरेखा बनाई है, वह द्वन्द्वात्मक भौतिकवाद के अनुसार ही बनाई है। कम्युनिस्ट घोषणापत्र में उन्होंने विचारधारा के क्षेत्र को लेकर पूँजीपति-वर्ग की क्रान्तिकारी भूमिका का जो उल्लेख किया है, वह भी उसी भौतिकवाद के अनुरूप है। किन्तु यहाँ पूँजीपति-वर्ग का रूप दूसरा है। यह भौतिकवाद का विकास है। पूँजीपति दूसरों के श्रम को हथियाता है, उसी तरह वह दूसरों के रचे हुए विज्ञान को हथियाता है। भौतिक सम्पदा को हथियाने और विज्ञान को हथियाने में महत्त्वपूर्ण अन्तर यह है कि पूँजीपति को भौतिक सम्पदा की जानकारी खूब होती है, विज्ञान की जानकारी उसे नहीं के बराबर होती है।

मार्क्स ने उस टिप्पणी में आगे लिखा था : "किन्तु विज्ञान हो या भौतिक सम्पदा, इनका पूँजीवादी अपहरण (appropriation) और व्यक्तिगत अपहरण दो एकदम भिन्न चीजें हैं। डॉक्टर उरे को मशीनरी इस्तेमाल करनेवाले कारखानेदार प्रिय हैं। इनमें यन्त्र-विज्ञान (machanical science) का जो घोर अज्ञान फैला हुआ है, उस पर स्वयं डॉक्टर उरे ने क्षोभ प्रकट किया है और रयासनशास्त्र का जो आश्चर्यजनक अज्ञान इंग्लैंड के रासायनिक कारखानेदारों में है, लीबिग उसकी लम्बी दास्तान सुना सकते हैं।" (उप.) विज्ञान के पूँजीवादी आधार की चर्चा करते समय पूँजीपतियों के विज्ञान-सम्बन्धी अज्ञान को याद कर लेना उचित है।

पूँजीवादी परिस्थितियों में विज्ञान की उन्नति सम्भव है, इससे यह सिद्ध नहीं होता कि उसी परिमाण में कला और साहित्य की उन्नति सम्भव है। मार्क्स ने तो यहाँ तक कहा है : "पूँजीवादी उत्पादन की, बौद्धिक उत्पादन की कुछ शाखाओं से, यथा कला और साहित्य से, शत्रुता है।" (On Literature and Art, p. 141) विचारधारा के घटकों की भिन्नता, आर्थिक संरचना से इनके सम्बन्धों की भिन्नता, जो आदमी नहीं पहचानता, वह सोचता है, 'यन्त्र-विज्ञान आदि में हम प्राचीनों से आगे हैं, तब हम महाकाव्य की भी रचना क्यों नहीं कर सकते ?' (उप.) इसी के समानान्तर यह प्रश्न है, 'हम प्रेमचन्द और निराला से मार्क्सवाद ज्यादा समझते हैं, हमें उनसे ज्यादा अच्छे कवि और कथाकार क्यों नहीं माना जाता ?'

6. वर्ग, जातीय चरित्र, व्यक्तित्व

अधिरचना के घटक अलग-अलग तरह के हैं, आर्थिक बुनियाद से उनके सम्बन्ध अलग-अलग तरह के हैं, एक ही वर्ग के लोग विभिन्न देशों में—अथवा एक ही देश में—तरह-तरह के हैं। मार्क्स और एंगेल्स अपने संक्षिप्त उल्लेखों में भी इन सारी चीजों का ध्यान रखते थे। एंगेल्स ने हेगल के दर्शन की क्रान्तिकारिता और उसकी राजनीति के दब्बूपन में भेद करते हुए लिखा था : "उनके तन्त्र की भीतरी आवश्यकताएँ यह बताने को काफी हैं कि सोचने की एक पूर्णतः क्रान्तिकारी पद्धति ने एक नितान्त दब्बू

राजनीतिक निष्कर्ष को क्यों जन्म दिया। वास्तव में इस निष्कर्ष के विशिष्ट रूप का स्रोत यह है कि हेगल जर्मन थे। अपने समकालीन गेटे की तरह टटपुँजिए (फिलिस्टिन) की पूँछ थोड़ी-सी उनके पीछे भी लटक रही थी।'' (उप., पृ. 349) जर्मन बुद्धिजीवियों को मुँह लटकाए नित गम्भीरता का बाना धारण किए देखकर एंगेल्स ने 1890 में लिखा था : ''मुझे आश्चर्य है कि जर्मनी में लोग एक-दूसरे से इतनी भयानक संजीदगी से पेश आते हैं। हास्यविनोद (wit and humour) पर, लगता है, और भी तगड़ी पाबन्दी लगा दी गई है। मालूम होता है कि बोरियत नागरिक कर्त्तव्य में शामिल है।'' (उप., पृ. 78) वृद्ध एंगेल्स की जिन्दादिली बनी हुई है। नौजवानों की मुहर्रमी सूरतें देखकर वह दुखी होते हैं। इससे बहुत पहले 1859 में उन्होंने लासाल को लिखा था कि विचारों की और भी ज्यादा गहराई का, सचेत ऐतिहासिक विषयवस्तु का, 'शेक्सपियर की सजीवता से और भरे-पूरे चित्रण से' पूर्ण समन्वय शायद भविष्य में ही होगा। (उप., पृ. 103) बर्नार्ड शा अर्थशास्त्री और राजनीतिज्ञ के रूप में बेकार थे पर एंगेल्स को उनकी वाक्पटुता पसन्द थी। (उप., पृ. 340) बाल्ज़ाक को अभिजात-वर्ग से सहानुभूति थी पर 'उनका व्यंग्य सबसे ज्यादा तीखा तभी होता है' जब वे इस वर्ग की स्त्रियों और पुरुषों को अपनी कथा में संचालित करते हैं। (उप., पृ. 92)

बात केवल हास्यविनोद और व्यंग्य की नहीं है, जातीय (अथवा राष्ट्रीय) चरित्र की भी है, कलाकार के व्यक्तित्व की भी है। इन दोनों का ही विश्लेषण कठिन होता है। मध्यवर्ग जर्मनी में था, नार्वे में था; दोनों में फर्क था। ''नार्वे का निम्न पूँजीवादी आदमी आजाद किसान का बेटा है और इस परिस्थिति में वह मर्द है, गिरे हुए जर्मन टटपुँजिए के मुकाबले। इसी तरह नार्वे की निम्न मध्यवर्गीय नारी जर्मन टटपुँजिए की जोरू के मुकाबले आकाश तक ऊँची है। और उदाहरण के लिए इब्सन के नाटकों में चाहे जो खामियाँ हों, और यह सच है कि वे छोटे और मँझोले पूँजीपतियों के संसार का प्रतिबिम्ब हैं, लेकिन उसमें और जर्मनी की स्थिति में भारी अन्तर है; वे जिस संसार का प्रतिबिम्ब हैं, उसमें लोगों का चरित्रबल, उनकी पहल-कदमी बनी हुई है। वे स्वतन्त्र रूप से काम करते हैं, यद्यपि दूसरे देशों में प्रचलित धारणाओं के अनुसार उनके काम अक्सर बेतुके मालूम हो सकते हैं।'' (पृ. 77-78)

जब हम अधिरचना की बात करें, तब चरित्रबल, पहल-कदमी, स्वतन्त्र रूप से काम करने की क्षमता का भी ध्यान रखें। साहित्य इन गुणों से महान बनता है। नार्वे और जर्मनी दो भिन्न देश हैं, वहाँ के मध्यवर्ग अलग-अलग तरह के हैं तो आश्चर्य नहीं। पर रूस के भीतर, एक ही देश के एक ही वर्ग के लोगों में, एंगेल्स को काफी अन्तर दिखाई दिया था। रूस ने दोब्रोल्यूबोव और चर्निशेव्स्की जैसे दो बड़े लेखक पैदा किए हैं। ऐसा देश धराशायी न होगा, केवल इसलिए कि उसने बाकुनिन जैसे छलावे को जन्म दिया है और थोड़े से कच्ची अक्ल के छात्रों को जन्म दिया है जो बड़े बोल बोलते हुए मेढक की तरह फूल जाते हैं और अन्त में एक-दूसरे को खा जाते हैं। ''दरअसल नई पीढ़ी के रूसियों में भी हम ऐसे लोगों को जानते हैं जिनमें श्रेष्ठ सैद्धान्तिक और

व्यावहारिक क्षमता है और उनमें, बड़ी ऊर्जा है। वे भाषाएँ सीखने में विभिन्न देशों के आन्दोलन की अन्तरंग जानकारी में, अंग्रेजों और फ्रांसीसियों से आगे हैं, सांसारिक चतुराई में जर्मनी से आगे हैं।" (उप., पृ. 414) एंगेल्स, विभिन्न देशों के आन्दोलनों को, वहाँ के लोगों के जातीय चरित्र को कितनी सावधानी से परखते थे, यह उसकी मिसाल है। रूसी नौजवानों में बड़ी ऊर्जा है। इस ऊर्जा के बिना विचारधारा व्यर्थ है।

मजदूर क्रान्तिकारी बेकर का व्यक्तित्व किस तरह का है? एंगेल्स कहते हैं : "शरीर बूढ़ा हो चला है लेकिन जुझारूपन ठीक-ठाक बना हुआ है, प्रसन्नचित्त हैं। नीबेलुँगेनलीड में हमारी जो हाईन-फ्रैंकजनों की गाथा साकार हुई है, उसी से मानो एक पात्र बाहर निकलकर आ गया हो—वादक फोल्केर, ठीक उसी का प्रतिरूप!" (उप., पृ. 406) पुरानी जर्मन गाथा एंगेल्स ने इस तरह पढ़ी थी कि उसके पात्र उन्हें प्रत्यक्ष से दिखाई देते थे। जब न पूँजीवाद था, न सर्वहारा-वर्ग था, तब यह गाथा रची गई थी। अपने समकालीन गायक और क्रान्तिकारी बेकर को देखकर उन्हें उस गाथा का पात्र याद आता है। बेकर उसका ठीक प्रतिरूप है!

मार्क्स स्वयं कैसे लेखक थे? एंगेल्स के अनुसार मार्क्स 'युग के सर्वाधिक ओजस्वी और कसे हुए गद्य-लेखकों में हैं।' (उप., पृ. 120) उनके गद्य का एक गुण है कि वह ओजपूर्ण है, दूसरा यह कि वह खूब कसा हुआ है, उसमें कम-से-कम शब्दों का व्यवहार हुआ है, उसी अनुपात में अर्थ की गहराई है। मार्क्स के विचार निर्जीव इकाइयाँ नहीं हैं; उनके जर्मन गद्य का अनुवाद अंग्रेजी में करना सरल नहीं है। कारण यह है कि : "शक्तिशाली जर्मन के अनुवाद के लिए शक्तिशाली अंग्रेजी चाहिए।" (उप.) जर्मन भाषा में संरचना और शब्द-भंडार के विचार से अनेक स्तर थे। मार्क्स रोजमर्रा के ऐसे मुहावरों से भी काम लेते थे जो साहित्यिक जर्मन से बाहर रखे जाते थे। मानक भाषा से अलग हटकर वह जनपदीय, गैर-मानक, मुहावरे भी इस्तेमाल कर लेते थे। वह नए शब्द भी गढ़ते थे, उदाहरण अनेक विज्ञानों से देते थे और सांकेतिक सन्दर्भ एक दर्जन भाषाओं के साहित्य से लेकर गद्य में समाते थे। (उप., पृ. 119-20)

यह जरूरी नहीं है कि हर मार्क्सवादी लेखक इसी तरह की शैली का व्यवहार करे। यदि कोई यह मानता हो कि शैली विचारधारा का अंश है, तो उसे कहना चाहिए—एंगेल्स की शैली मार्क्स की शैली से भिन्न है, इसलिए उनकी विचारधारा भी मार्क्स की विचारधारा से भिन्न है ! यदि मार्क्स की विचारधारा वैज्ञानिक है तो एंगेल्स की नहीं है, एंगेल्स की है तो मार्क्स की नहीं है। फैसला जिसके भी पक्ष में हो, यह निश्चित है कि ये दोनों महानुभाव विषयवस्तु और रूप का आपसी सम्बन्ध जानते हुए भी दोनों को एक ही चीज न मानते थे। फ्रांसीसी लेखक शातोब्रियाँ की आलोचना करते हुए मार्क्स ने लिखा था : "झूठ का ऐसा मुरब्बा अब तक किसी ने तैयार न किया था—न रूप में, न विषयवस्तु में।" (उप., पृ. 272) इसी तरह एंगेल्स ने लासाल के एक नाटक के बारे में लिखा था कि पहले तीन अंकों में लम्बी, उबाऊ वक्तृताएँ हैं, एक ही पात्र बहुत देर तक बोलता चला जाता है; किन्तु अन्तिम दो अंकों में संवाद द्रुत और सजीव

हैं। ऐसे ही संवाद पहले के तीन अंकों में भी लिखे जा सकते हैं। ''बेशक इससे विचार वस्तु (idea content) घाटे में रहेगी पर ऐसा होना अनिवार्य है।'' (उप., पृ. 103) आप कह सकते हैं, एंगेल्स रूपवादी थे, विचारवस्तु को घाटे में रखकर सजीव संवाद लिखने की सलाह दे रहे थे। जो भी आपकी राय हो, यह तो निश्चित है कि विचारवस्तु की रक्षा के लिए एंगेल्स लम्बे उबाऊ भाषण सहने को तैयार नहीं थे।

शायद ऐसा कहनेवाले भी मिल जाएँ कि रूप विचारवस्तु से अलग जरूर है पर विचारधारा व्यापक संज्ञा है, उससे रूप अलग नहीं है।

7. विचारधारा और कलात्मक सौन्दर्य

कला और साहित्य के प्रसंग में यहाँ विचारधारा शब्द के कुछ उदाहरण देख लें। सोवियत संघ की कम्युनिस्ट पार्टी की केन्द्रीय समिति के साहित्य-कला सम्बन्धी फैसलों से उदाहरण लिए गए हैं। अगस्त, 1746 में ज़्वेज़्दा पत्रिका के बारें में : ''संपादकों ने पत्रिका में इतर (alien) विचारधारा की कृतियाँ छपने दीं। इसके अलावा उन्होंने लिखनेवालों के लिए साहित्यिक मानदंड भी नीचे कर दिए। नतीजा यह कि ज़्वेज़्दा के पृष्ठ निम्न साहित्यिक मूल्यों के नाटकों और कहानियों से भर गए।'' (Decisions of the Central Committee, C.P.S.U.(B) on Literature and Art, p. 6) अगस्त, 1946 में रंगमंच में खेले जानेवाले नाटकों के बारे में : ''हमारे नाट्यगृह समकालीन विषयों पर जो थोड़े से ही नाटक मंचित करते हैं, उनमें कुछ का कलात्मक और विचारधारात्मक मानदंड नीचा है।'' (उप., पृ. 13) सोवियत लेखक संघ की समिति नाटककारों का मार्गदर्शन नहीं करती कि : ''वे अपनी कृतियों का विचारधारात्मक और कलात्मक स्तर ऊँचा करें।'' (उप., पृ. 16) सितम्बर, 1946 में 'प्रकाशमान जीवन' नाम की फिल्म के बारे में : ''इसके विचारधारात्मक और राज़नीतिक पक्ष दोषपूर्ण हैं और वह बहुत ही नीचे कलात्मक स्तर की है।'' (उप., पृ. 23)। जो फिल्में बनती हैं, उनकी 'विचारधारात्मक और राजनीतिक विषयवस्तु के प्रति तथा उनके कलात्मक गुणों के प्रति' फिल्म मन्त्रालय के अधिकारी उदासीन हैं। फरवरी, 1948 में संगीत नाटिका महान मैत्री के बारे में : ''संगीत और कथानक दोनों के विचार से यह दोषपूर्ण, कलाविहीन कृति है।'' (उप., पृ. 31) आवश्यकता इस बात की है कि : ''ऊँचे दर्जे की विचारवस्तु से संगीतात्मक रूप की कलात्मक सुधराई का मिश्रण किया जाए।'' (उप., पृ. 36)

कलात्मक और विचारधारात्मक मानदंड, विचारधारात्मक और कलात्मक स्तर, विचारवस्तु और कलात्मक सुधराई–विचारधारा के साथ अलग से कला का उल्लेख यह सूचित करता है कि दोनों एक ही चीज नहीं हैं। पर सवाल यह नहीं है कि आप विचारधारा शब्द का व्यवहार कितने व्यापक अर्थ में करते हैं; सवाल यह है कि साहित्य और कला में विचारवस्तु से अलग कोई तत्त्व है या नहीं और है तो आप उसकी व्याख्या कैसे करते हैं। भौतिकवादी धारणा यह है कि विचारों के लिए भाषा का व्यवहार

आवश्यक है। मार्क्स की उक्ति है : "भाषा से अलग विचारों का अस्तित्व नहीं है, (Ideas do not exist separately from language)" (उप., पृ. 108) भाववादी लेखक डूयरिंग का कहना था : "जो आदमी केवल भाषा के माध्यम से विचार करता है, वह अभी जानता ही नहीं है कि अमूर्त और विशुद्ध विचार होता क्या है।" इस पर एंगेल्स की टिप्पणी थी : "इस आधार पर पशु सबसे अमूर्त और विशुद्ध विचारक ठहरेंगे क्योंकि उनकी विचारणा पर भाषा का अनचाहा अवगुंठन नहीं पड़ा होता।" (एंटी डूबरिंग, पृ. 100) चित्र, शिल्प, संगीत, स्थापत्य कलाएँ विचार व्यक्त नहीं करतीं क्योंकि उनमें अभिव्यक्ति का माध्यम भाषा नहीं है। जो लोग मानते हैं कि ये कलाएँ भाषा के बिना भी विचार व्यक्त करती हैं, वे भाववादी होते हैं, भौतिकवादी नहीं।

यदि आप मानते हों कि स्थापत्य-कला का निर्माण-सौन्दर्य, भिन्न रूपों में, साहित्य तथा चित्र, संगीत आदि कलाओं में भी होता है, तो आपको बताना चाहिए विचारवस्तु से अलग हटकर यह सौन्दर्य मानव-चेतना की किस तरह की कार्रवाई से जुड़ा हुआ है। इसी तरह आप मानते हों कि नाद-सौन्दर्य केवल संगीत में नहीं, काव्य में भी है, चित्रमयता केवल चित्रकला में नहीं संगीत और साहित्य में भी है, तो आपको बताना चाहिए कि काव्य का यह नाद-सौन्दर्य, साहित्य की यह चित्रमयता विचारवस्तु से किस तरह अलग है, साहित्य में विचार के अलावा अन्य घटक कौन से हैं। भाववादी विचारकों के लिए जैसे भाषा के बिना विचार की अमूर्त सत्ता होती है, वैसे ही उनके लिए गोचर अनुभव के बिना, इंद्रिय-बोध के बिना, सौन्दर्य की अमूर्त सत्ता होती है।

मनुष्य का सौन्दर्य-बोध, उसकी 'वासना' कलाओं के प्रति उसकी अभिरुचि शताब्दियों के ऐतिहासिक विकास का परिणाम है। मार्क्स ने 1844 में ही लिखा था कि मनुष्य में संगीत का बोध संगीत से ही जागृत होता है। (जैसे धर्म-दर्शन आदि का विकास पहले से प्राप्त सामग्री के आधार पर होता है, वैसे ही शास्त्रीय संगीत का विकास पहले से प्राप्त अशास्त्रीय संगीत के आधार पर होता है।) संगीत के लिए ठस कानों को अच्छे से अच्छा संगीत प्रभावित नहीं करता; वस्तु हमारे लिए वहीं तक सार्थक है, जहाँ तक हमारा बोध पहुँचता है। "इस कारण सामाजिक मनुष्य का इन्द्रिय-बोध (senses) गैर-सामाजिक मनुष्य के इन्द्रिय-बोध से भिन्न होता है। मनुष्य की मूल सत्ता (essential being) की समृद्धि के वस्तुगत रूप में प्रस्फुटित होते रहने पर ही आत्मगत मानवीय संवेदनशीलता (sensibility) (संगीत-प्रेमी कान, रूप का सौन्दर्य पहचानने वाली आँख—संक्षेप में ऐसा इन्द्रिय-बोध जिसमें मानवीय तुष्टि की क्षमता हो, ऐसा इन्द्रिय-बोध जो मनुष्य की मूल शक्ति के रूप में अपनी पुष्टि करता हो) विकसित की जाती है अथवा अस्तित्व में आती है। कारण यह कि मनुष्य की पाँच इन्द्रियाँ (कर्मेन्द्रियाँ) ही नहीं वरन् तथाकथित ज्ञानेन्द्रियाँ (mental senses) भी, व्यावहारिक इन्द्रियाँ (इच्छा, प्रेम, इत्यादि), संक्षेप में मानवीय इन्द्रिय-बोध (human sense), इन्द्रियों की मानवीय प्रकृति, अपनी वस्तु के कारण, अपने मानवीकृत स्वभाव (humanised nature) के कारण, अस्तित्व में आती है। पाँच इन्द्रियों की निर्माण-प्रक्रिया आज तक

के समूचे विश्व-इतिहास के परिश्रम का फल है। जो इन्द्रिय मोटी व्यावहारिक आवश्यकता से बँध जाती है, वह सीमित बोध (restricted sense) वाली होती है। जो आदमी भूखों मर रहा है, वह भोजन का मानवीय रूप नहीं देखता, वह मात्र भोजन के रूप में उसका अमूर्त अस्तित्व देखता है। वह भोजन भोंड़े-से-भोंड़े रूप में हो तो भी क्या, यह कहना कठिन होगा कि यह भक्षण-कर्म पशुओं के भक्षण-कर्म से किस तरह अलग होगा। परेशानियों से बेचैन, गरीबी से बेहाल आदमी में अच्छे-से-अच्छे नाटक के लिए बोध नहीं होता। धातुओं का व्यापारी उनका व्यापारिक मूल्य ही देखता है, उनका सौन्दर्य, उनका विशिष्ट स्वरूप नहीं देखता। उसमें धातुशास्त्रीय बोध नहीं है।'' (उप., पृ. 127-28)

मार्क्स के उदाहरण में एक छोर पर भूखों मरता आदमी है, दूसरे छोर पर धातुओं का व्यापारी है। भूखा आदमी भोजन का उपयोग मूल्य ही पहचानता है, उसे किसी तरह अपना पेट भरना है, भोजन के पाकशास्त्रीय मूल्यों से उसे मतलब नहीं। दूसरी तरफ धातुओं का व्यापारी उनका व्यापारिक मूल्य (विनिमय मूल्य) ही पहचानता है, उनका सौन्दर्य, उनका धातुशास्त्रीय मूल्य नहीं। अर्थशास्त्र में वस्तु के उपयोग मूल्य और विनिमय मूल्य, इन दो मूल्यों से काम चल जाता है; किन्तु सौन्दर्य-शास्त्र में एक तीसरा मूल्य चाहिए। वह है कलात्मक मूल्य। यह मूल्य अर्थशास्त्रवाले दो मूल्यों से नितान्त पृथक नहीं है। स्वस्थ आदमी के लिए भोजन क्षुधा शान्त करने का एक साधन है, एक उपयोग मूल्य है; वह स्वाद की वस्तु भी है, एक कलात्मक मूल्य भी है। यह कलात्मक मूल्य, इस मूल्य का बोध, मनुष्य के समूचे इतिहास का परिणाम है। उसके इन्द्रिय-बोध के विकास से यह सौन्दर्य-बोध जुड़ा हुआ है।

यूनान की प्राचीन कला, उसके महाकाव्यों के मूल्यांकन को लेकर समस्या क्यों पैदा होती है? इसलिए कि मार्क्स के शब्दों में, ''उनसे हमें आज भी सौन्दर्यजनित आनन्द (aesthetic pleasure) प्राप्त होता है और कुछ बातों में उन्हें मानक कृतियाँ और अप्राप्य आदर्श माना जाता है।'' (उप., पृ. 84) सुन्दर वस्तु से मनुष्य को आनन्द प्राप्त होता है, इस आनन्द प्राप्ति के लिए सौन्दर्य-बोध का विकास जरूरी है। मार्क्स ने 1858 में लिखा था : ''कलाकृति ऐसे मानव-समुदाय का निर्माण करती है जिसमें कलात्मक बोध हो, जो सौन्दर्य से आनन्द प्राप्त कर सके।'' (उप., पृ. 127) कलाकृति देखकर मनुष्य का सौन्दर्य-बोध तुष्ट होता है, विकसित होता है। स्वभावतः कलाकृति, सुन्दर वस्तु, का निर्माण तभी सम्भव है जब सौन्दर्य के नियमों का ध्यान रखा जाए। मार्क्स ने 1844 गें बिल्कुल ठीक लिखा था : ''विभिन्न पशु अपनी-अपनी जाति और औकात के अनुसार ही रचना करते हैं... मनुष्य सौन्दर्य के नियमों के अनुसार भी रचना करता है।'' (Collected Works, खंड 3, पृ. 277)

समाज की नींव में—आर्थिक बुनियाद में—उपयोग मूल्य और विनिमय मूल्य भरे पड़े हैं। कलात्मक मूल्य ऊपर की इमारत में हैं। जब हम समझते हैं कि ये कलात्मक मूल्य उपयोग मूल्यों का प्रतिबिम्बमात्र हैं, तब हमारे लिए यह सोचना स्वाभाविक है कि

बुनियाद के बदलने पर इन प्रतिबिम्बों का बदलना जरूरी है। किन्तु ये तीसरी तरह के मूल्य हैं, प्रतिबिम्बमात्र नहीं हैं, सापेक्ष रूप में स्वतन्त्र हैं, इसलिए कई बार आर्थिक बुनियाद के बदलने पर, कई युगों के आने और चले जाने के बाद भी, हमें आनन्द देते हैं। आर्थिक बुनियाद से अधिरचना के सम्बन्ध को समझाने का एक तरीका द्वन्द्वात्मक भौतिकवाद का है, दूसरा यान्त्रिक भौतिकवाद का। यान्त्रिक भौतिकवाद की धारणाएँ साहित्य और कलाओं के क्षेत्र में ही नहीं, आर्थिक और राजनीतिक क्षेत्रों में भी हानिकारक हैं।

प्राचीन यूनान के महाकाव्य, वहाँ की कलाकृतियाँ मूल्यवान हैं। कुछ अनुपम कलाकृतियाँ, अमर महाकाव्य भारत के पास भी हैं। हम इनसे अधिक सुन्दर, अधिक प्रभावशाली कृतियाँ न दे सकें, तो प्रयत्न यह होना चाहिए कि कम-से-कम इनकी रक्षा अवश्य करते रहें। इस कार्य का राजनीतिक महत्त्व भी है। इस कार्य की सिद्धि के लिए मार्क्स और एंगेल्स के चिन्तन का—उसकी समग्रता और विकासमानता को ध्यान में रखते हुए—अध्ययन करना आवश्यक है। खासतौर से आर्थिक बुनियाद और अधिरचना के सम्बन्ध की व्याख्या के लिए कला और साहित्य के अतिरिक्त दर्शन (प्राचीन, पुनर्जागरण काल से 18वीं सदी तक के दर्शन), प्रकृति-विज्ञान (मुख्यतः औद्योगिक क्रान्ति से लेकर अपने समय तक के विज्ञान), सामाज-विज्ञान (इतिहास, राजनीति, अर्थशास्त्र—नए और पुराने) के बारे में उन्होंने जो कुछ लिखा था, उसे भी ध्यान में रखना चाहिए।

बुनियाद और अधिरचना के द्वन्द्वात्मक सम्बन्ध की तरह राष्ट्रीय संस्कृति और अन्तर्राष्ट्रीय संस्कृति का सम्बन्ध है। मार्क्स और एंगेल्स का कृतित्व जर्मन राष्ट्रीय संस्कृति का विकास है, इसके साथ ही वह अन्तर्राष्ट्रीय (मुख्यतः यूरोपियन, पर अंशतः गैर-यूरोपियन) संस्कृति का विकास भी है। मानव-संस्कृति का यह विकास रुक नहीं गया। इसका प्रमाण लेनिन हैं—रूसी संस्कृति की अनिवार्य उपज और दुनिया-भर के मजदूरों-किसानों के भाईचारे के शक्तिशाली निर्माता। आज हमारे सामने अपने देश की नहीं, अनेक देशों की आर्थिक बुनियादें हैं और ये सब अलग-थलग नहीं, एक-दूसरे से—कहीं कम, कहीं ज्यादा—उलझी हुई हैं। इनकी जानकारी महत्त्वपूर्ण है। परन्तु इनसे पहले की आर्थिक बुनियादें? उनका महत्त्व समाज-विज्ञान के लिए है, वे हमारी आज की सामाजिक कार्यवाही को प्रभावित नहीं कर सकतीं। किन्तु उनके साथवाली अधिरचनाएँ? उनका महत्त्व हमारी आज की सांस्कृतिक कार्यवाही के लिए भी है—सकारात्मक और नकारात्मक दोनों रूपों में। कितनी नई सभ्यताओं का पता चला है मार्क्स के निधन के बाद! इनकी जानकारी से मानव-संस्कृति कितना समृद्ध हुई है!

मार्क्स ने ठीक कहा था, किसी युग को हम उसकी अपनी चेतना से नहीं परखते। जिस युग की चेतना का जैसा भी विकास हुआ हो, उसी से वह पुराने युग की चेतना को परखता और पहचानता है। यह परख और पहचान जरूरी है उस युग की अपनी चेतना और विकास के लिए। कितने युग, चेतना की कितनी पर्तें! इनकी जानकारी

वर्तमान अधिरचना को ही प्रभावित नहीं करती, वह आज की आर्थिक बुनियाद को, हर तरह की सामाजिक कार्यवाही को भी प्रभावित करती है। ऐसी निरन्तर गतिशील भूमिका है पुरानी अधिरचनाओं की। देखना है, नया भारत पुराने भारत को नए सिरे से पहचान पाता है या नहीं, राष्ट्र के रूप में अपना अस्तित्व कायम रखकर संसार में नई प्रतिष्ठा कायम रख पाता है या नहीं।

8. भाषा, अधिरचना और टेक्नोलॉजी

इतिहास की भौतिकवादी धारणा की व्याख्या करते हुए लेनिन ने 'कार्ल मार्क्स' शीर्षक निबन्ध में पूँजी (प्रथम खंड) से मार्क्स का यह वाक्य उद्धृत किया था : "टेक्नोलॉजी यह बताती है कि आदमी प्रकृति से किस तरीके से निपट रहा है, उत्पादन की वह प्रत्यक्ष प्रक्रिया कौन-सी है जिससे वह जीवनयापन करता है, और इस तरह यह भी दिखा देती है कि उसके सामाजिक सम्बन्धों के निर्माण की पद्धति कौन-सी है और उनसे पैदा होनेवाली मानसिक अवधारणाओं के निर्माण की पद्धति, कौन-सी है। (Technology discloses man's mode of dealing with nature, the immediate process of production by which he sustains his life, and thereby also lays bare the mode of formation of his social relations, and of the mentel conceptions that flow from then)।" (ग्रंथावली, खंड 21, पृ. 55) मानसिक अवधारणाएँ कहाँ से कैसे पैदा हो रही हैं, यह जानने के लिए आदमी के सामाजिक सम्बन्धों को देखो, सामाजिक सम्बन्धों का निर्माण किस पद्धति से हो रहा है, यह जानने के लिए उत्पादन प्रक्रिया देखो, उत्पादन की प्रक्रिया को समझने के लिए टेक्नोलॉजी को पहचानो। इस तरह अधिरचना से टेक्नोलॉजी जुड़ी हुई है। वह आर्थिक बुनियाद का अंग है, उसके बदलने पर सामाजिक सम्बन्ध बदलेंगे, सारी बुनियाद बदलेगी।

द्वन्द्वात्मक और ऐतिहासिक भौतिकवाद पर अपने लेख में स्तालिन ने पूँजी (खंड 1) से मार्क्स के ये वाक्य उद्धृत किए थे : "श्रम के उपकरणों (instruments of labour) का निर्माण और उपयोग बीज रूप में पशुओं की कुछ जातियों में भी पाया जाता है, किन्तु वह सुनिश्चित रूप में मानवीय श्रम-प्रक्रिया की विशेषता है। इसलिए फ्रैंकलिन ने आदमी की व्याख्या की थी कि वह औजार बनानेवाला जानवर है। समाज के जो आर्थिक रूप समाप्त हो चुके हैं, उनकी खोजबीन के लिए श्रम के पुरातन उपकरणों का वही महत्त्व है जो पशुओं की समाप्त हो चुकी जातियाँ निर्धारित करने के लिए भूगर्भस्थ हड्डियों का है। विभिन्न आर्थिक युगों को हम एक-दूसरे से यह देखकर नहीं बिलगाते कि उनमें कौन-सी चीजें बनाई गई थीं वरन् इससे बिलगाते हैं कि ये चीजें कैसे बनाई गई थीं और किन औजारों से बनाई गई थीं। श्रम के उपकरणों से यह मानदंड मिल जाता है जिससे पता चलता है कि मानव-श्रम का विकास किस हद तक हुआ है। यही नहीं, वे उन सामाजिक परिस्थितियों के सूचक भी हैं जिनके अन्तर्गत वह श्रम किया जाता है।"

(History of the Communist Party, P. 199-200) उत्पादन के पुराने उपकरण मिल जाएँ तो मालूम हो जाएगा, वे किस तरह की समाज-व्यवस्था में इस्तेमाल किए जाते थे। मनुष्य किन सामाजिक परिस्थितियों में श्रम करता था इसका पता श्रम के उपकरणों से लग जाता है। आदमी औजार बनानेवाला जानवर है, वह आदमियत की किस मंजिल में है, इसका पता उत्पादन के औजारों से लग जाना चाहिए।

स्तालिन ने आगे मार्क्स की पुस्तक दर्शनशास्त्र की निर्धनता से यह उद्धरण दिया है। ''सामाजिक सम्बन्ध बहुत नजदीकी तौर पर उत्पादक शक्तियों से जुड़े हुए हैं। नई उत्पादक शक्तियाँ प्राप्त करने में मनुष्य अपनी उत्पादन की पद्धति बदल देते हैं। उत्पादन की पद्धति बदलने में, जीविका उपार्जित करने की पद्धति बदलने में, वे अपने समस्त सामाजिक सम्बन्ध बदल देते हैं। हाथ की चक्की से सामन्ती स्वामीवाला समाज प्राप्त होता है, भाप की चक्की से औद्योगिक पूँजीपतिवाला समाज प्राप्त होता है।'' (उप., पृ. 20)।

उत्पादन के औजार बदले, युग बदल गया। मार्क्स की धारणा के अनुरूप स्तालिन ने प्रत्येक युग के लिए उत्पादन के औजार निर्धारित कर दिए। आदिम साम्यवाद का युग—पत्थर के औजार, बाद को तीर-कमान; दासप्रथा का युग—पत्थर के औजारों के बदले धातुओं के औजार; सामन्ती युग—लोहे के काम का और परिष्कार, लोहे के फालवाले हल और करघे का प्रसार; पूँजीवादी युग—बड़ी मिलें और कारखाने, बड़े फार्म जहाँ मशीनों से खेती होती हो। इन औजारों के साथ हर युग के सामाजिक सम्बन्ध इस प्रकार हैं : आदिम साम्यवाद—उत्पादन के साधनों पर सामूहिक स्वामित्व, सामूहिक श्रम; दासप्रथा—दासों पर, उत्पादन के साधनों पर, दासों के मालिक का स्वामित्व, पशुवत दासों का श्रम; सामन्तवाद—उत्पादन के साधनों पर सामन्ती मालिक का स्वामित्व, उत्पादक हैं बँधुआ किसान, सामन्ती मालिक उनकी जान नहीं ले सकता पर उनका क्रय-विक्रय कर सकता है; पूँजीवाद—उत्पादन के साधनों पर पूँजीपति का स्वामित्व, पगारजीवी मजदूरों को वह न बेच सकता है, न उनकी जान ले सकता है किन्तु भुखमरी से बचने के लिए वे पूँजीपति के हाथ अपनी श्रमशक्ति बेचने को बाध्य होते हैं; समाजवाद—उत्पादनों के साधनों पर सामाजिक स्वामित्व, सहकारितावाला श्रम, श्रम के अनुसार उत्पादित वस्तुओं का विवरण। (उप., पृ. 194-199)

स्तालिन ने निष्कर्ष यह निकाला है : उत्पादन के सम्बन्धों (अर्थात् सामाजिक सम्बन्धों) का विकास सर्वप्रथम उत्पादन के उपकरणों (अर्थात् श्रम के उपकरणों) के विकास पर निर्भर है। (उप., पृ. 199) ये सारी बातें केवल आंशिक रूप में, बहुत ही सापेक्ष रूप में, सही हैं। ज्यों की त्यों ग्रहण करने पर उनसे भारी उलझनें पैदा हो सकती हैं। स्तालिन ने औजारों के बदलने के साथ युगों के बदलने का जो नक्शा बनाया है, उसमें औजार केवल पूँजीवादी युग तक बदलते हैं, समाजवादी युग के प्रसंग में औजारों का उल्लेख नहीं है। समाजवादी क्रान्ति—मानव-इतिहास का सबसे बड़ा परिवर्तन, और इस परिवर्तन में औजारों की कोई भूमिका नहीं !

समाजवादी क्रान्ति होती क्यों है ? पूँजीवाद उत्पादन का प्रसार करता है, लाखों मजदूरों को भारी कारखानों में बटोर लेता है, उत्पादन की प्रक्रिया को सामाजिक स्वरूप प्रदान करता है। यह सामाजिक स्वरूप उत्पादन के साधनों पर पूँजीपतियों के निजी स्वामित्व से टकराता है। समाजवादी क्रान्ति इसलिए नहीं होती कि उत्पादन का तरीका पिछड़ा हुआ है वरन् इसलिए होती है कि उत्पादक शक्तियों के स्वरूप से (मजदूरों के सामूहिक श्रम से) उत्पादन के सम्बन्ध (कल-कारखानों पर निजी स्वामित्व) मेल नहीं खाते। समाजवादी क्रान्ति मजदूरों के सामूहिक श्रम के अनुरूप कल-कारखानों पर समाज का अधिकार कायम करती है। पहले श्रम के उपकरण बदल जाएँ, फिर समाजवादी व्यवस्था कायम हो, ऐसा नहीं होता।

मार्क्स ने औद्योगिक पूँजीवाद की परिस्थितियों को ध्यान में रखकर समाजवादी क्रान्ति की अनिवार्यता सिद्ध की थी। उनके बाद महाजनी पूँजीवाद का युग आया। संसार थोड़े से साहूकार देशों और बहुसंख्यक कर्जदार देशों में विभाजित हो गया। विश्व-क्रान्ति का स्वरूप बदल गया, श्रमिक-वर्ग की रणनीति बदल गई। यह सब लेनिन की रचनाओं में है लेकिन 'कार्ल मार्क्स' शीर्षक निबन्ध में नहीं है, स्तालिन की रचनाओं में भी है लेकिन 'द्वन्द्वात्मक और ऐतिहासिक भौतिकवाद' शीर्षक निबन्ध में नहीं है। लेनिन की तरह स्तालिन की स्थापनाओं का अध्ययन भी उनके चिन्तन की समग्रता को ध्यान में रखते हुए करना चाहिए।

यह बात सम्भव है कि टेक्नोलॉजी के कुछ क्षेत्रों में सोवियत संघ अमरीका से पिछड़ा हुआ है। इससे यह सिद्ध नहीं होता कि सामाजिक सम्बन्धों के विचार से अमरीका आगे बढ़ा हुआ है, सोवियत संघ पिछड़ा हुआ है। सोवियत संघ दरकिनार, सामाजिक सम्बन्धों के विचार से वियतनाम और निकारागुआ भी अमरीका से आगे बढ़े हुए हैं। इससे निष्कर्ष यह निकलेगा कि टेक्नोलॉजी और समाज-व्यवस्था में यान्त्रिक सम्बन्ध नहीं है। श्रम के उपकरण और सामाजिक सम्बन्ध दोनों आर्थिक बुनियाद के घटक हैं और दोनों सापेक्ष रूप में एक-दूसरे से स्वतन्त्र हैं।

औद्योगिक पूँजीवाद की शुरुआत मशीनों के चलन से होती है किन्तु पूँजीवादी उत्पादन की शुरुआत इससे पहले हो चुकी होती है। पूँजीवादी उत्पादन की शुरुआत दस्तकारी के आधार पर होती है, मशीनों का चलन बाद में होता है। पूँजीवादी उत्पादन की विशेषता यह है कि वह श्रम के उपकरणों को बदलता रहता है। इस सिलसिले में भाप से चलनेवाली मशीनों का उपयोग बहुत महत्त्वपूर्ण मंजिल है, फिर बिजली से चलनेवाली मशीनों का उपयोग दूसरी महत्त्वपूर्ण मंजिल है। पूँजीवाद की शुरुआत बिजली की मशीनों से नहीं होती, भाप की मशीनों से नहीं होती, शुरुआत होती है उन्हीं औजारों के इस्तेमाल से जिनसे सामन्ती समाज के कारीगर काम करते थे। इस शुरुआती मंजिल में कारीगर कारखानों में जमा होकर काम करते थे, घर पर रहते हुए—कारखाने की शक्ल देखे बिना भी—काम करते थे। वास्तव में मशीन का चलन घरेलू उद्योग के दायरे में हुआ, वहाँ से यह कारखानों में पहुँची। 1765 के आसपास जेम्स हारग्रीव्ज नाम के

जुलाहे और ब्लैकबर्न नाम के बढ़ई ने कताई की मशीन (spinning jenny) बनाई। "यह सादी मशीन थी, हाथ से चलाई जा सकती थी, अपेक्षाकृत सस्ती थी और इस तरह वह घरेलू तन्त्र (domestic system) में फिट हो जाती थी।" (A Survey of English Economic History, edited by H.W. Thomas, p. 250) उत्पादन में कब किस तरह के औजार इस्तेमाल किए जाते हैं, यह आर्थिक परिस्थितियों पर निर्भर है। 1730 के दशक में जॉन वायट और लीबिस पॉल ने कताई की मशीन बनाई जो उस मशीन का पूर्वाभास देती थी जिसे बाद को रिचार्ड आर्कराइट ने बनाया था किन्तु उससे काम नहीं लिया गया। (उप.,) कारण यह था कि अभी आर्थिक परिस्थितियाँ अनुकूल न थीं।

इंग्लैंड में कारखानेदारी की शुरुआत से डेढ़ हजार साल पहले रोमन साम्राज्य में एक तरह की कारखानेदारी का चलन हो चुका था। बर्नाल ने लिखा है, तब तक के अर्जित ज्ञान के आधार पर सड़कों, बन्दरगाहों आदि का निर्माण हुआ; यही नहीं, 'किसी रोक-टोक के बिना व्यापार फल-फूल सकता था और साम्राज्य के सभी भागों से स्वच्छन्दतापूर्वक उत्पादों का विनिमय हो सकता था। इससे मिट्टी के बर्तनों जैसे बिकाऊ माल के लिए मानक वस्तुओं का ऐसा उत्पादन शुरू हुआ जो व्यवहारतः कारखाने का उत्पादन (practically factory production) था। किन्तु दासों के श्रम की इफरात थी और बाजार अभी खाते-पीते वर्गों तक सीमित था, अतः मालिक-दस्तकारों के लिए कोई प्रेरणा नहीं थी कि मशीनें चालू करने का अगला कदम उठाते। औद्योगिक क्रान्ति के विकास के लिए परिस्थितियाँ कभी पैदा नहीं हुईं।' (Science in History, p. 164) इंग्लैंड अठारहवीं सदी में जहाँ था, वहाँ रोमन साम्राज्य डेढ़ हजार साल पहले पहुँच गया था। बाजार के लिए मानक वस्तुओं का उत्पादन, साम्राज्य के हर भाग की वस्तुओं का स्वच्छन्द विनिमय, यह परिस्थिति अठारहवीं सदी के यूरोप में नहीं थी, किन्तु अकबर के समय के भारत में थी। रोमन बाजार को ध्वस्त किया जर्मन आक्रमणकारियों ने, भारतीय बाजार को ध्वस्त किया अंग्रेज आक्रमणकारियों ने। मशीनों के चलन की प्रेरणा कब किसे होती ?

रोमन समाज में खेतों पर दास काम करते थे, आजाद मालिक-किसानों के अपने खेत भी थे, इसीलिए मार्क्स ने लिखा था कि रोमन समाज का मुख्य अन्तर्विरोध छोटे-बड़े भूस्वामियों में था, दासप्रथा से उसमें थोड़ी-बहुत तब्दीली हुई थी। दासों और आजाद किसानों के सामाजिक सम्बन्ध दो तरह के थे, उनके श्रम के उपकरण एक तरह के थे। रोम और यूनान में बिकाऊ माल दास तैयार करते थे, पगारजीवी श्रमिक भी तैयार करते थे। दासप्रथा के समानान्तर छिटपुट रूप में, एंगेल्स के अनुसार, पगारजीवी श्रम का चलन शताब्दियों तक रहा : "किन्तु यह भ्रूण, पूँजीवादी उत्पादन-पद्धति के रूप में, तभी विकसित हो सका जब आवश्यक ऐतिहासिक परिस्थितियाँ प्रस्तुत कर दी गईं।" (एंटी ड्यूरिंग, पृ. 310)। पगारजीवी श्रम की प्रथा का व्यापक चलन ऐतिहासिक परिस्थितियों पर निर्भर है; किन्तु रोम और यूनान में उत्पादन के जो औजार दासों के थे, वही

पगारजीवी श्रमिकों के थे। नार्वे में बँधुआ किसान नहीं थे, जर्मनी में थे। श्रम के उपकरण दोनों देशों में मिलते-जुलते थे। स्वयं जर्मनी में सामूहिक स्वामित्ववाले गाँवों के अलावा ऐसे गाँव थे जहाँ एंगेल्स के अनुसार, 'खेत ग्राम-सम्पत्ति नहीं थे, वे किसानों में व्यक्तिगत स्तर पर उनकी मौरूसी जायदाद के रूप में विभाजित थे।' (Precapitalist Socio-Economic Formations, p. 278) छोटे मालिक-किसान, सामूहिक स्वामित्ववाले ग्राम-समाजों के किसान, बँधुआ किसान—एक ही देश में तीन तरह के सामाजिक सम्बन्ध, किन्तु तीनों स्थितियों में किसानी के उपकरण एक से ही।

आर्थिक बुनियाद का एक हिस्सा है—सामाजिक सम्बन्ध, दूसरा हिस्सा है—श्रम के उपकरण। ऊपर के उदाहरणों से सामाजिक सम्बन्धों की सापेक्ष स्वतन्त्रता सिद्ध होती है। टेक्नोलॉजी का उद्भव, विकास, सदुपयोग और दुरुपयोग आर्थिक परिस्थितियों पर निर्भर है किन्तु टेक्नोलॉजी सापेक्ष रूप में स्वतन्त्र होने से अपनी चाल दिखाती है और आर्थिक परिस्थितियों को प्रभावित करती है, उत्पादन के दायरे से बाहर निकलकर, युद्ध-कौशल से जुड़कर, वह उत्पादकों और उपभोक्ताओं का जीवित रहना असम्भव बना सकती है। मार्क्स ने श्रम के उपकरणों से समाज-व्यवस्था का सम्बन्ध जोड़ा था; मार्क्स ने ही पूँजी के प्रथम खंड में दस्तकारी के पुराने उपकरणों के आधार पर पूँजीवादी उत्पादन की नई पद्धति को विकसित होते दिखाया था। यदि सामाजिक सम्बन्ध टेक्नोलॉजी से यन्त्रवत् जुड़े हुए नहीं हैं, तो स्पष्ट है कि टेक्नोलॉजी और मानसिक अवधारणाओं के बीच का फासला और भी ज्यादा होगा।

मानसिक अवधारणाएँ भाषा द्वारा ही व्यक्त होती हैं; प्रश्न यह है : भाषा को अधिरचना मानें या उससे अलग कोई और प्रपंच मानें ? स्तालिन से सोवियत संघ के कुछ नौजवानों ने पूछा था, 'क्या यह सच है कि भाषा, आधार के ऊपर की, अधिरचना है ?' स्तालिन ने कहा, 'नहीं, यह सच नहीं है।' तर्क यह था, बुनियाद के बदलने पर अधिरचना बदल जाती है; पूँजीवादी व्यवस्था के बदलने पर रूसी भाषा नहीं बदली। (Concerning Marxism in Linguistics, p. 3) बुनियाद में टेक्नोलॉजी को शामिल करें तो कहना होगा कि बुनियाद भी पूरी तरह नहीं बदली। समाजवादी रूस में रेलें चालू रहीं, रूसी भाषा भी चालू रही। इस तथ्य से यह निष्कर्ष निकालना कठिन न होगा कि भाषा भी एक तरह की टेक्नोलॉजी है जिसका उपयोग पूँजीवादी और समाजवादी व्यवस्थाओं में, किसी मौलिक परिवर्तन के बिना, हो सकता है। स्तालिन ने यह निष्कर्ष निकाला था। भाषा किसी एक वर्ग के नहीं, समाज के सभी वर्गों के काम आती है, इस बात पर जोर देते हुए स्तालिन ने कहा था : "सिद्धान्त की दृष्टि से भाषा अधिरचना से भिन्न है लेकिन वह उत्पादन के औजारों से, मशीनों से भिन्न नहीं है जो हम कह सकते हैं, वर्गों के प्रति वैसे ही उदासीन हैं जैसे भाषा, और जो उसकी तरह समान रूप से, पूँजीवादी व्यवस्था तथा समाजवादी व्यवस्था के काम आ सकते हैं।" (उप., पृ. 6)

पूँजीवादी व्यवस्था में जो मशीनें काम आती हैं, वे समाजवादी व्यवस्था में भी काम आती हैं। सामाजिक सम्बन्ध बदलते हैं, टेक्नोलॉजी बनी रहती है। मार्क्स ने अर्थशास्त्र

की आलोचना में लिखा था कि जीवनयापन के लिए आवश्यक वस्तुएँ पैदा करते हुए मनुष्य जो उत्पादन-सम्बन्ध कायम करते हैं, वे समाज का आर्थिक ढाँचा हैं, अधिरचना की वास्तविक बुनियाद हैं। इस बुनियाद की भी कोई बुनियाद हो सकती हो तो वह टेक्नोलॉजी है। मार्क्स ने पूँजी (प्रथम खंड) में कहा था कि मनुष्य के सामाजिक सम्बन्धों के निर्माण की पद्धति की जानकारी टेक्नोलॉजी से होती है। सबसे नीचे है टेक्नोलॉजी, उस पर है उत्पादन के सम्बन्ध, इन सम्बन्धों के ऊपर है अधिरचना।

भाषा अधिरचना नहीं है, इस बारे में स्तालिन का एक तर्क यह है : ''उत्पादन से, मनुष्य की उत्पादक कार्यवाही से, अधिरचना का सीधा सम्बन्ध नहीं होता...इसके विपरीत मनुष्य की उत्पादक कार्यवाही से भाषा का सीधा सम्बन्ध है और केवल उत्पादक कार्यवाही से नहीं, उत्पादन से आधार तक और आधार से अधिरचना तक, मनुष्य के सभी कार्य-क्षेत्रों में उसकी सभी अन्य कार्यवाही से भाषा का सम्बन्ध होता है।'' (उप., पृ. 8) भाषा का सीधा सम्बन्ध आर्थिक बुनियाद से है, उसका सीधा सम्बन्ध बुनियाद पर खड़ी हुई अधिरचना से है। बुनियाद और अधिरचना दोनों को भाषा जोड़ती है। तब क्या उसे बुनियाद और अधिरचना से भिन्न प्रपंच मानें ? यदि बुनियाद के बदलने पर अधिरचना बदल जाती है तो भाषा अधिरचना नहीं है। यदि उत्पादन से अधिरचना का सीधा सम्बन्ध नहीं है, तो भाषा अधिरचना नहीं है।

भाषा को बुनियाद और अधिरचना से भिन्न प्रपंच मानना जरूरी नहीं है। बुनियाद के बिना न समाज-व्यवस्था होगी, न भाषा होगी। भाषा ऐसी अधिरचना है जो कई बुनियादों के सहारे निर्मित होती है, वह एक युग के बदलने पर दूसरे युग में भी कायम रहती है। स्तालिन का यह वाक्य देखें : ''भाषा किसी समाज-विशेष में इस-उस आधार की, पुराने या नए आधार की, उपज नहीं है, वरन् वह समाज के सारे इतिहास-क्रम की, अनेक शताब्दियों के आधारों के इतिहास की उपज है।'' (उप., पृ. 5) भाषा किसी एक आधार की उपज नहीं है, अनेक आधारों के इतिहास की उपज है। वह साधारण अधिरचना नहीं है, एक आधार से उसका काम नहीं चलता, उसके निर्माण के लिए अनेक आधार चाहिए। यही उसकी असाधारणता है लेकिन है वह आधारों की उपज। इसलिए उसे अधिरचना मानने में कठिनाई न होनी चाहिए।

सामाजिक सम्बन्ध आर्थिक बुनियाद का एक हिस्सा है, बुनियाद का दूसरा हिस्सा है श्रम के उपकरण। कारखानेदारी की शुरुआत दस्तकारी के पुराने उपकरणों से हुई किन्तु सामाजिक सम्बन्ध बदल गए। समाजवादी रूस ने पूँजीवादी रूस की मशीनों से काम लिया किन्तु सामाजिक सम्बन्ध बदल गए। जब पूरी बुनियाद नहीं बदलती तब समूची अधिरचना ही क्यों बदल जाए ? टेक्नोलॉजी आर्थिक बुनियाद का एक हिस्सा है, वैसे ही भाषा अधिरचना का एक हिस्सा है। उत्पादन, विनिमय, यातायात, आत्मरक्षा आदि के लिए मनुष्य औजार बनाता है। ये औजार हड्डियों, पत्थरों, धातुओं आदि के काफी स्थूल होते हैं। ध्वनि-संकेत इनकी तुलना में सूक्ष्म होते हैं। मनुष्य के संगठित होकर जीवित रहने के लिए वे आवश्यक होते हैं। ध्वनि-संकेतों और उनके व्यवहार की

पद्धति का नाम भाषा है। औजारों की टेक्नोलॉजी स्थूल है, भाषा की टेक्नोलॉजी सूक्ष्म है। उत्पादन से सीधा सम्बन्ध औजारों का है, भाषा का है; इसलिए टेक्नोलॉजी है।

भाषा का सम्बन्ध अधिरचना से है। इससे उसका टेक्नोलॉजी होना खंडित नहीं होता। टेक्नोलॉजी अधिरचना से जुड़ी रह सकती है। विज्ञान अधिरचना का एक हिस्सा है। उसका सीधा सम्बन्ध औजारोंवाली स्थूल टेक्नोलॉजी से है। कहाँ टेक्नोलॉजी खत्म होती है और विज्ञान शुरू होता है, यह बताना कठिन है। इसी तरह भाषा टेक्नोलॉजी, उत्पादन से सीधा सम्बन्ध कायम रखते हुए, अधिरचना से भी जुड़ी हो, तो उसमें आश्चर्य की कोई बात नहीं है।

भाषा अनेक आधारों की उपज है, इसी तरह अधिरचना के कुछ अन्य अंग भी कई आधारों की उपज होते हैं। एंगेल्स ने धर्म और दर्शन के लिए कहा था कि युग-विशेष में इनकी रचना पुराने तत्त्वों के आधार पर होती है। यदि धर्म और दर्शन की रचना पुराने तत्त्वों के आधार पर होती है तो पुराने तत्त्वों के आधार पर भाषा की रचना भी अत्यन्त स्वाभाविक क्रिया है।

प्रत्येक भाषा किसी-न-किसी सामाजिक गठन—कबीला, लघुजाति या महाजाति—से जुड़ी होती है। यह गठन आर्थिक बुनियाद पर निर्मित होता है; बुनियाद के बदलने पर गठन बदलता है और उनके साथ भाषा भी बदलती है। स्तालिन ने सोवियत नौजवानों को जो उत्तर दिए थे, उनका सबसे महत्त्वपूर्ण अंश वह है जहाँ उन्होंने सामाजिक गठनों के साथ भाषाओं के परिवर्तित होने की बात कही है। "उत्पादन का और अधिक विकास, वर्गों का अभ्युदय, लेखन का चलन, राज्यसत्ता का उत्थान, जिसे प्रशासन के लिए बहुत कुछ सुव्यवस्थित पत्राचार चाहिए था, व्यापार का विकास जिसे सुव्यवस्थित पत्राचार की जरूरत और भी ज्यादा थी, छापेखाने का चलन, साहित्य का विकास—इन सबसे भाषा के विकास में भारी परिवर्तन हुए। इस अवधि में कबीले और लघुजातियाँ (tribes and nationalities) विघटित हुई और बिखर गईं, एक-दूसरे में मिश्रित हुईं; और सम्बद्ध हुईं; आगे चलकर जातीय भाषाओं (national languages) और राज्यों का उत्थान हुआ, क्रान्तियाँ हुईं और नई व्यवस्थाओं ने पुरानी व्यवस्थाओं की जगह ली। इससे भाषा और उसके विकास में और भी बड़े परिवर्तन हुए।" (उप., पृ. 23)

आदिम साम्यवाद का सामाजिक गठन है कबीला। जब ये कबीले विघटित होते हैं, तब उनकी भाषाओं के तत्त्व भी पुनर्गठित होते हैं। सामन्तवाद का सामाजिक गठन है लघु जाति। जब ये लघुजातियाँ विघठित होती हैं तब इनकी भाषाओं के तत्त्व पुनर्गठित होते हैं। पूँजीवाद का सामाजिक गठन है महाजाति और समाजवाद का सामाजिक गठन भी महाजाति है। महाजातियों का विघटन हो, कोई नया सामाजिक गठन बने, ऐसा नहीं हुआ। दो व्यवस्थाओं में एक ही सामाजिक गठन बना रहे, ऐसा महाजाति के निर्माण से पहले कभी नहीं हुआ। पूँजीवादी रूस में रूसी जाति थी, उसकी रूसी भाषा थी; समाजवादी रूस में रूसी जाति है, उसकी रूसी भाषा भी है।

भाषा एक से अधिक वर्गों के काम आती है। अधिरचना के भी कुछ अंग अनेक

वर्गों के काम आते हैं। जैसे क्रेमलिन का भवन; पहले सामन्तों और पूँजीपतियों के काम आते थे, अब कम्युनिस्टों के काम आते हैं। उनका केवल उपयोग मूल्य नहीं है, सौन्दर्य मूल्य भी है। वे स्थापत्य कला के ऐसे नमूने हैं जो एक से अधिक वर्गों के लोगों को पसन्द आए हैं।

आर्थिक बुनियाद के सभी घटक एक ही स्तर पर नहीं हैं, कुछ गहराई में हैं जैसे श्रम के उपकरण, कुछ उनके ऊपर हैं जैसे उत्पादन के सम्बन्ध। ये घटक सापेक्ष रूप में स्वतन्त्र हैं, उनकी गति भिन्न-भिन्न है। सबमें एक साथ, एक ही ढंग से परिवर्तन नहीं होता। ऐसे ही अधिरचना के घटक सापेक्ष रूप में स्वतन्त्र हैं, उनकी अपनी गति है, बुनियाद से कम या ज्यादा दूरी है। टेक्नोलॉजी से विज्ञान का सीधा सम्बन्ध है; यहाँ बुनियादें (टेक्नोलॉजी) और अधिरचना (विज्ञान) नितान्त पृथक इकाइयाँ नहीं हैं। भाषा ऐसी अधिरचना है जिसका सीधा सम्बन्ध उत्पादन से है, अधिरचना के अन्य घटकों से है। वह असाधारण किस्म की अधिरचना है क्योंकि वह अनेक बुनियादों की उपज है। वह सामाजिक गठन के साथ बदलती है। अन्य युगों में सामाजिक गठन बदलता है किन्तु पूँजीवाद के बाद समाजवाद के युग में ही गठन कायम रहता है। इसलिए भाषा में पहले की तरह परिवर्तन नहीं होता। भाषा टेक्नोलॉजी है जो एक से अधिक वर्गों के काम आती है, वह स्थापत्य-कला जैसी अधिरचना भी है जो एक से अधिक वर्गों के लिए मूल्यवान होती है। आर्थिक बुनियाद और अधिरचना एक-दूसरे से एकान्तवादी ढंग से पृथक नहीं हैं; उनके अनेकान्तवादी सम्बन्धों का प्रमाण है भाषा।

9. द्वन्द्ववाद, प्रकृति और मानव-समाज

मार्क्सवाद अर्थात् द्वन्द्वात्मक भौतिकवाद। द्वन्द्वात्मक इसलिए कि प्रकृति के अध्ययन का तरीका द्वन्द्वात्मक है, भौतिकवाद इसलिए कि प्रकृति की व्याख्या भौतिकवादी है।

अध्ययन का तरीका और अध्ययन की हुई सामग्री की व्याख्या—इन दो चीजों का भेद उपयोगी है किन्तु सीमित और सापेक्ष है। प्रकृति के बारे में जो हमारी समझ होती है, उसी से अध्ययन का तरीका निर्धारित होता है। इस कारण द्वन्द्ववाद को भाववादी अथवा भौतिकवादी दर्शन से अलग नहीं किया जा सकता। प्रसिद्ध है कि जर्मनी में दार्शनिक क्रान्ति हुई। इस क्रान्ति की सबसे बड़ी हस्ती हेगल थे। उनकी सबसे बड़ी देन है द्वन्द्ववाद। मार्क्स और एंगेल्स को दार्शनिक क्रान्ति की यही उपलब्धि मान्य थी। इस तरह व्यवहार में द्वन्द्ववाद दर्शनशास्त्र का अंग माना गया है।

मार्क्सवाद अर्थात् ऐतिहासिक भौतिकवाद। द्वन्द्वात्मक भौतिकवाद का सम्बन्ध प्रकृति से है, ऐतिहासिक भौतिकवाद का सम्बन्ध मानव-समाज से है। यह भेद भी उपयोगी है किन्तु सीमित और सापेक्ष है। प्रकृति का अपना इतिहास है, इसलिए उससे सम्बन्धित दर्शन—भौतिकवाद—ऐतिहासिक होगा; समाज का अध्ययन द्वन्द्वात्मक ढंग से होगा, इसलिए उससे सम्बन्धित शास्त्र द्वन्द्वात्मक होगा। इस तरह द्वन्द्वात्मक भौतिकवाद

ऐतिहासिक भौतिकवाद है और ऐतिहासिक भौतिकवाद द्वन्द्वात्मक भौतिकवाद है।

वास्तविक जगत में प्रकृति और मनुष्य एक-दूसरे से अलग नहीं हैं, इनका अध्ययन भी एक को दूसरे से अलग करके नहीं किया जा सकता। किसी भी तरह का दर्शनशास्त्र हो, वह मानव और प्रकृति दोनों की व्याख्या करने का दावा करता है अथवा ऐसी व्याख्या के लिए प्रयास करता है। पहले मनुष्य प्रकृति का अध्ययन कर ले, फिर अपने अध्ययन के तरीके, और उस अध्ययन से प्राप्त समझ, को समाज पर लागू करे, ऐसा कम ही होता है। अधिकतर होता यह है कि समाज के बारे में अपनी समझ को मनुष्य प्रकृति पर लागू करता है। आदमी सोचता है, पुत्र के जन्म के लिए पिता आवश्यक है, वैसे ही इस संसार की सृष्टि के लिए विधाता आवश्यक है, (विधाता की यह कल्पना पितृसत्ताक समाज की देन है।) दर्शनशास्त्र का काफी हिस्सा सृष्टि और विधाता के इस प्रश्न से उलझा रहता है।

समाज के बारे में अपनी समझ को एक तरफ करके मनुष्य जब प्रकृति का अध्ययन करता है, तब उसकी निगाह समाज और प्रकृति के भेद पर अधिक रहती है। सबसे पहले उसकी समस्या चेतन-अचेतन के भेद की होती है। चेतन में वह प्राणिजगत (पशु और वनस्पति) से मनुष्य का सम्बन्ध पहचानता है; अचेतन से प्राणिजगत को अलग रखता है। केवल कुछ कवि (द्रष्टा, रहस्यवादी आदि) सम्पूर्ण जगत में एक ही शक्ति को व्याप्त देखते हैं और यह शक्ति बहुधा चेतन और आनन्दमय होती है। वास्तव में ये लोग अनुकूल प्राकृतिक परिवेश को और उससे अपने सम्बन्ध को सारी प्रकृति पर लागू करते हैं, प्रकृति के ज्ञान को मानव-समाज पर लागू नहीं करते।

मुख्य प्रश्न यह है : क्या प्रकृति के, उसकी गति, परिवर्तन और विकास के, सारे नियम समाज पर लागू किए जा सकते हैं ? स्पष्ट ही उत्तर होगा—नहीं।

आदिम साम्यवादी समाज में वर्ग नहीं हैं, बाद के समाजों में वर्ग हैं। कम्युनिस्ट घोषणापत्र में मार्क्स और एंगेल्स ने लिखा था—अब तक के समाजों का इतिहास वर्ग-संघर्षों का इतिहास है। मान लीजिए, समाजों में ये वर्ग-संघर्ष किसी प्राकृतिक नियम के अनुरूप हुए हैं। तो वह नियम आदिम साम्यवादी समाज पर क्यों लागू नहीं होता ? जो प्रकृति आदिम साम्यवाद के दौर में थी, वही (अथवा लगभग वही) सामन्तवाद के दौर में थी। फिर एक जगह वर्ग-संघर्ष, दूसरी जगह उसका अभाव, ऐसा क्यों ?

समाज में वर्ग-संघर्ष किसी प्राकृतिक नियम का प्रतिरूप नहीं है। अधिक-से-अधिक इतना कह सकते हैं, प्रकृति में अन्तर्विरोध हैं, इस कारण उसमें गति है, उसमें परिवर्तन होते हैं, यही स्थिति समाज की है। लेकिन अन्तर्विरोध, गति और परिवर्तन, के बहुत से रूप हैं, और समाज में उसी ढंग के अन्तर्विरोध नहीं होते जिस ढंग के प्रकृति में होते हैं। फिर प्रकृति सर्वत्र एक-सी नहीं है, न उसके अन्तर्विरोध एक से हैं। धरती पर ऑक्सीजन है, वातावरण है; चन्द्रमा पर ऑक्सीजन नहीं है, वातावरण नहीं है। दोनों जगह एक से अन्तर्विरोध नहीं हैं। एक-सी गति नहीं है, परिवर्तन के एक से नियम नहीं हैं।

समाज के बारे में अपनी समझ को मनुष्य प्रकृति पर कैसे आरोपित करता है, इसका बहुत ही शिक्षाप्रद उदाहरण है विकास-सिद्धान्त। व्यापारिक पूँजीवाद के दौर में इस सिद्धान्त का जन्म हो चुका था, औद्योगिक पूँजीवाद के दौरान उसका प्रसार हुआ और उसकी लोकप्रियता महाजनी पूँजी के युग में काफी दिन तक बनी रही। हिरोशिमा और नागासाकी पर बम गिरने के बाद इसकी लोकप्रियता में काफी कमी आई है।

डारविन के जन्म से पन्द्रह वर्ष पहले उनके पितामह ने विकास-सिद्धान्त का प्रतिपादन करते हुए एक लम्बी कविता लिखी थी। प्राणियों की जातियों के उद्भव पर डारविन के ग्रन्थ के प्रकाशन से अट्ठाईस वर्ष पहले कीट्स की हाइपीरिअन कविता प्रकाशित हुई थी। इसमें विकास की निरन्तरता को, सौन्दर्य और शक्ति से जोड़कर, एक अटल नियम कहा गया था। हेगल के दर्शन में निम्न स्तर से उच्च स्तर की ओर संक्रमण, विकास की निरन्तरता और अनिवार्यता, दैवी नियम के समान हैं।

प्रकृति गतिशील है, परिवर्तनशील है, पर यह गति निम्न स्तर से ऊपर के स्तर की ओर है, इसका क्या प्रमाण है ? प्रकृति में ऊँचा क्या है, नीचा क्या है ? भौतिकी में हर परिवर्तन इस तरह होता है कि परमाणु गुण के रूप में बदल जाता है; पानी का तापमान गिरता जाए तो वह बर्फ बन जाएगा, चढ़ता जाए तो वह भाप बन जाएगा। इस उदाहरण से साबित हुआ कि किन्हीं परिस्थितियों में परिमाण (यहाँ तापमान) के घटने-बढ़ने से वस्तु में गुणात्मक परिवर्तन होता है, पानी बर्फ बनेगा या भाप बनेगा। किन्तु इससे यह साबित नहीं होता कि परिवर्तन नीचे से ऊपर की ओर होता है। यदि मानें कि भापवाला परिवर्तन नीचे से ऊपर की ओर है तो कहना पड़ेगा कि बर्फवाला परिवर्तन ऊपर से नीचे की ओर है। प्रकृति में दोनों तरह के परिवर्तन होते हैं; यदि एक विकास है तो दूसरा ह्रास है। जहाँ तक मनुष्य का सम्बन्ध है, उसके लिए भाप और बर्फ दोनों लाभकारी हो सकती हैं, दोनों हानिकारक हो सकती हैं। सबकुछ परिस्थितियों पर निर्भर है। अपने में भाप बौर बर्फ न तो विकास हैं, न ह्रास हैं।

विकास-सिद्धान्त डारविन के नाम से जुड़ा हुआ है। इस सिद्धान्त का मूल सूत्र यह है कि संसार के जीव पीढ़ी-दर-पीढ़ी ज्यों के त्यों अपरिवर्तनशील नहीं रहते, क्रमशः उनका स्वरूप बदलता जाता है, यहाँ तक कि एक समय अपने पुरखों से वे भिन्न हो जाते हैं। इस तरह पशुओं और पक्षियों की जातियों का विकास हुआ है, मनुष्य का विकास हुआ है। ये सब अनादिकाल से इसी रूप में नहीं हैं। यह संसार किसी उद्देश्य को लेकर रचा गया है, इस धारणा पर डारविन के विकासवाद ने जबर्दस्त आघात किया। यह उसका क्रान्तिकारी पक्ष था। किन्तु डारविन ने समकालीन समाज के बारे में अपनी समझ प्रकृति पर आरोपित की। पूँजीवादी समाज में जीवित रहने और आगे बढ़ जाने के लिए सतत संघर्ष चालू रहता है; जो समर्थ होता है, वह बच जाता है, जो असमर्थ है, वह नष्ट हो जाता है। मार्क्स ने 18 जून, 1962 के एक पत्र में लिखा : "डारविन ने भी खूब किया जो पशु-वनस्पति-जगत में अपने अंग्रेजी समाज का पता फिर लगा लिया—उसका श्रम-विभाजन, होड़, नए बाजारों का चालू होना, आविष्कार और अस्तित्व

के लिए माल्थसपन्थी संघर्ष।'' (Vernon Venable, Human nature : The Marxian View, p. 64) पादरी माल्थस ने युद्ध-महामारी आदि द्वारा जनसंख्या के नियन्त्रित होने को प्राकृतिक नियम माना था। प्रकृति में जीवनयापन के साधन सीमित हैं, आबादी बढ़ती जाए तो इन साधनों से काम न चलेगा। इसलिए प्रकृति किसी-न-किसी तरकीब से जनसंख्या को नियन्त्रित कर लेती है। पूँजीवादी होड़ के फलस्वरूप जो युद्ध हुए, वे माल्थस के चिन्तन में प्राकृतिक आवश्यकता बन गए थे। डारविन ने पूँजीवादी समाज के आन्तरिक संघर्ष को प्रकृति पर आरोपित किया।

एंगेल्स ने लिखा कि डारविन ने पूँजीवादी समाज को पशु-जगत के समतुल्य बना दिया है : ''डारविन को पता न था कि जिस स्वच्छन्द होड़, अस्तित्व के लिए संघर्ष, को अर्थशास्त्री सर्वोच्च ऐतिहासिक सफलता मानकर सराहते हैं, उसे पशु-जगत् की सामान्य स्थिति कहकर उन्होंने मनुष्य-जाति पर, और खासतौर से अपने देशवासियों पर, कितना कठोर व्यंग्य किया है।'' (Dialectics of Nature, p. 35)। अब यदि यह मानें कि पशु-जगत में अस्तित्व के लिए हिंसक संघर्ष होता है तो कहना पड़ेगा कि यह संघर्ष केवल पूँजीवादी व्यवस्था के लिए प्राकृतिक नियम है, हर समाज-व्यवस्था के लिए नहीं। इसके विपरीत यदि यह मानें कि डारविन ने पूँजीवादी व्यवस्था का आन्तरिक संघर्ष पशु-जगत पर आरोपित किया था, तो कहना पड़ेगा कि पशु-जगत के नियम और हैं, मानव-समाज के नियम और। एंगेल्स ने प्रकृति और मानव-समाज के नियमों में भेद करते हुए मार्च, 1865 के एक पत्र में लांगे को लिखा था : ''हमारे लिए तथाकथित 'आर्थिक नियम' प्रकृति के शाश्वत नियम नहीं हैं, वरन् ऐतिहासिक नियम हैं जिनका उद्भव और अवसान होता है।'' (करेस्पांडेंस, पृ. 198) प्रकृति मानव-समाज से पहले से है, उसके नियम अधिक स्थायी हैं। मानव-समाज के विशेष ऐतिहासिक नियमों का पता लगाने से ही उसके परिवर्तन और विकास का ज्ञान हो सकता है।

पशु-जगत मानव-समाज से भिन्न है। उसके नियम सर्वत्र मानव-समाज पर लागू नहीं किए जा सकते। सबसे बड़ा भेद है उत्पादन को लेकर। उत्पादन के साधन, उत्पादन की पद्धति, उत्पादन के सम्बन्ध—समाज का सारा विकास, विकास की मंजिलें; पशु-जगत में अधिक-से-अधिक भोज्य सामग्री का संग्रह है, उत्पादन नहीं। एंगेल्स ने इस भेद के बारे में लिखा था : ''बहस के लिए थोड़ी देर को अस्तित्व के लिए संघर्ष, यह शब्दावली हम स्वीकार कर लें। पशु अधिक से अधिक जो कर सकता है, वह संग्रह करना है; मनुष्य उत्पादन करता है, वह जीवनयापन के साधन, व्यापक अर्थ में, तैयार करता है। उसके बिना प्रकृति उनका उत्पादन न करती।'' (उप., पृ. 308) इसलिए समाजशास्त्र स्वतन्त्र विज्ञान है, समाज पर दर्शनशास्त्र को लागू करने से वह प्राप्त न होगा। द्वन्द्वात्मक भौतिकवाद को समाज पर लागू करने से ऐतिहासिक भौतिकवाद—अपने पूर्णरूप में—प्राप्त न होगा, उसका अपना अस्तित्व है।

यदि पशु-जगत और मानव-समाज में इतना अन्तर है तो मानना होगा, इनमें तथा शेष जीवेतर प्रकृति में और भी अधिक अन्तर है। जहाँ ऑक्सीजन नहीं है, वायु नहीं

है, जल नहीं है, वहाँ प्रकृति की गति और परिवर्तन के नियम और भी अधिक भिन्न होंगे। इस प्रकृति के लिए परिवर्तन की बात कही जा सकती है, विकास की नहीं। विकास की बात जीव के उद्भव के बाद शुरू होती है। प्रश्न यह है : जिन परिस्थितियों में जीव का उद्भव हुआ, उन्हें विकास का परिणाम क्यों न कहा जाए ? इंग्लैंड में टेनीसन जैसे कवि अपने धार्मिक विश्वासों से विकासवाद का तालमेल इसी तरह बिठाते थे। सारी जीवेतर प्रकृति में परिवर्तन-चक्र इस ढंग से चल रहा था कि जीव की उत्पत्ति हो, फिर मानव-समाज गठित हो, तत्पश्चात् संसार को सभ्यता का पाठ पढ़ाने के लिए ब्रिटिश साम्राज्य की स्थापना हो। जीवेतर प्रकृति में विकास की बात करना उस पर मनुष्य की इच्छा लादना है, परिवर्तन को सोद्देश्य, पूर्वनियोजित बना देना है। एक तो विकास का यह नियम अभी केवल पृथ्वी पर चरितार्थ हुआ है, अन्य किसी लोक में जीव के अस्तित्व का पता नहीं चला, दूसरे प्रकृति में अनेक स्तरों पर जो कार्यवाही होती है, उससे एक स्तर के नियम दूसरे स्तर के नियमों को काट भी देते हैं। प्रकृति की गतिशीलता ही शाश्वत है, बाकी सारे नियम सापेक्ष हैं।

धरती की परिस्थितियों से जीव का उद्भव हुआ। उधर महाकाश का एक नक्षत्र-खंड अन्य नियम से परिचालित होकर धरती के पास से निकल गया। धरती नष्ट होने से बच गई। कह सकते हैं, वह गति का नियम ही ऐसा था कि धरती बच जाए ! एक नियम से धरती की ऊपरी सतह ठंडी हुई, मनुष्य गाँव-नगर बसाकर रहने लगे; दूसरे नियम से भीतर की आग भड़क उठी, ज्वालामुखी फूट पड़ा, भूचाल आया, गाँव और नगर नष्ट हो गए। मान लीजिए, ये दोनों क्रियाएँ एक ही नियम के अन्तर्गत सम्पन्न होती हैं तब पृथ्वी का ठंडा होना विकास है या ज्वालामुखी का फूटना ?

औद्योगिक पूँजीवाद के दौर में, विज्ञान और टेक्नोलॉजी में अभूतपूर्व उन्नति करके, मनुष्य प्रकृति के मामलों में दखल देता चला जा रहा था। विकास की गति अबाध और अनिवार्य जान पड़ती थी। पहले के सब समाज हेय और पिछड़े हुए जान पड़ते थे, पश्चिमी यूरोप के बाहर की सारी दुनिया जड़ और अपरिवर्तनशील जान पड़ती थी। डारविन तथा अन्य पूँजीवादी विचारकों के लिए यह विकास प्रतिगामिता और ह्रास से मुक्त था। मार्क्स और एंगेल्स ने प्रतिगामिता और ह्रास के पक्ष की ओर बार-बार ध्यान दिलाया था। जर्मन विचारधारा में उन्होंने औद्योगिक पूँजीवाद के अन्तर्गत श्रमिकों की स्थिति के बारे में लिखा था : "हवा, रोशनी आदि—जानवर के लिए आवश्यक सादे ढंग की सफाई—मनुष्य के लिए आवश्यक नहीं रह गई। गन्दगी, मनुष्य का जड़ होना, उसका सड़ना—(शब्दशः) सभ्यता का नाबदान—उसके लिए जीवन-तत्त्व बन जाता है।" (सम्पूर्ण ग्रन्थावली, खंड 3, पृ. 308) यह है पूँजीवादी नगर-सभ्यता का रूप। अब खेती की ओर ध्यान दें। मार्क्स ने पूँजी में लिखा कि पूँजीवादी कृषितन्त्र में प्रगति उस कला में प्रगति है जो केवल श्रमिक को नहीं लूटती, वरन् धरती को भी लूटती है; धरती को उर्वर बनाने में जो भी उन्नति होती है, वह उर्वरता के स्थायी स्रोतों के विनाश में उन्नति है। (पूँजी, खंड 1, पृ. 474-75)। पूँजीवादी कृषितन्त्र से जो विकास होता है, वह तो

सीमित है; जो विनाश होता है, वह व्यापक और दूरगामी है। कम-से-कम खेती के मामले में पूँजीवादी उत्पादन-पद्धति, दूरगामी परिणाम के विचार से, विकास नहीं ह्रास है।

एंगेल्स ने राज्यसत्ता के उद्‌भववाली पुस्तक में लिखा, एक पति एक पत्नीवाली विवाहप्रथा बहुत बड़ी प्रगति थी लेकिन उसने दासप्रथा और निजी सम्पत्ति के उस युग का सूत्रपात किया जो आज भी चला आ रहा है जिसमें हर प्रगति सापेक्ष रूप में प्रतिगामिता भी है। (The Origin, p. 63) प्रकृति का द्वन्द्ववाद में एंगेल्स ने बताया कि प्राणिजगत में हर प्रगति प्रतिगामिता भी होती है, एक दिशा में विकास होता है, अन्य अनेक दिशाओं में विकास की सम्भावना समाप्त हो जाती है। (Dialectics of Nature, p. 307) विकास की यह अवधारणा न हेगल के यहाँ है, न डारविन के।

पशुओं और वनस्पतियों की जातियाँ क्यों बदलती हैं ? डारविन ने एक चीज पकड़ी, अस्तित्व के लिए संघर्ष। एंगेल्स ने कहा, अस्तित्व के लिए संघर्ष तो होता है पर इससे जातियाँ नहीं बदलतीं, संघर्ष के फलस्वरूप जीवों में गुणात्मक परिवर्तन नहीं होता। ''अस्तित्व के लिए संघर्ष। इसे उन संघर्षों तक ही सीमित रखना चाहिए जो पशुओं और वनस्पतियों की आबादी के बहुत बढ़ने के परिणाम होते हैं। वनस्पतियों और निम्न पशुओं के जीवन की किन्हीं अवस्थाओं में वे बेशक घटित होते हैं। लेकिन इससे उन परिस्थितियों को एकदम अलग रखना चाहिए जिनमें जातियाँ बदलती हैं, पुरानी नष्ट होती हैं, आबादी के बहुत बढ़े बिना नवविकसित उनका स्थान लेती हैं; उदाहरण के लिए पशुओं और वनस्पतियों का नए प्रदेशों में आव्रजन, जहाँ भूमि, जलवायु आदि की नई परिस्थितियों से यह तब्दीली होती है।'' (उप., पृ. 306)

प्राणिजगत में अस्तित्व के लिए संघर्ष के फलस्वरूप विकास होता है, डारविन की यह धारणा एंगेल्स ने स्वीकार नहीं की। डारविन के पहले जो लोग प्रकृति में सामंजस्यपूर्ण सहकारिता देखते थे, वे डारविन की प्रसिद्धि के बाद केवल संघर्ष की बात करने लगे। एंगेल्स ने लिखा : ''संकुचित सीमाओं के भीतर दोनों बातें सही हैं लेकिन दोनों ही समान रूप से एकांगी और पूर्वग्रही हैं।'' जीवेतर प्रकृति में, पिंडों के घात-प्रतिघात में, सामंजस्य और टक्कर, दोनों चीजें होती हैं। जीवन्त पिंडों के घात-प्रतिघात में सचेत और अचेत सहयोग होता है, सचेत और अचेत संघर्ष भी।'' (उप.,, पृ. 306) सामंजस्य और संघर्ष दोनों प्रकृति में हैं, किसी एक को प्रकृति का नियम मान लेना एकांगिता है, पूर्वग्रह है।

गणसमाज में जैसा आन्तरिक सामंजस्य होता है, वैसा वर्गयुक्त समाज में नहीं होता। सामंजस्य नियम है गणसमाज का, संघर्ष नियम है वर्गयुक्त समाज का। दोनों प्राकृतिक नियम हैं, दोनों सापेक्ष हैं। गणसमाज में सामंजस्य ही हो, संघर्ष न हो, तो वह कभी टूटे ही नहीं; वर्गयुक्त समाज में संघर्ष ही हो, सामंजस्य न हो, तो सभ्यता का विकास ही न हो। एक चिरन्तन अन्तर्विरोध मानव-समाज तथा प्रकृति में है। एंगेल्स ने लिखा है कि प्रजननकाल में पशु किसी एक मादा से अथवा कई मादाओं से सम्बन्ध स्थापित करता है, इस दौरान वह पशुयूथ के अन्य सदस्यों से टकराता है। अस्त्रहीन

मानव के लिए जरूरी था कि किसी एक सदस्य की आत्मरक्षा की अपर्याप्त शक्ति का स्थान 'यूथ की संयुक्त शक्ति और सम्मिलित प्रयत्न ले।' (The Origin, p. 35) इसके लिए आवश्यक हुआ कि जितने वयस्क नर हैं, वे सहनशील हों, ईर्ष्या से मुक्त हों; इसी तरह वे बड़े और स्थायी समूह बना सकते थे और इन समूहों में रहकर ही वे पशु-जगत से निकलकर मनुष्य बन सकते थे। (उप.) पशु-जगत का नियम था, ईर्ष्या, संघर्ष; आदिम-मानव पशु-जगत से बाहर आया सहनशीलता और सामंजस्य के बल पर। अमरीकी आदिवासी गणसमाजों के लिए एंगेल्स ने लिखा था, उनका उत्पादन अत्यन्त अविकसित अवस्था में था, थोड़ी-सी आबादी बहुत बड़े क्षेत्र में फैली हुई थी, 'और इसलिए मनुष्य पर बाह्य प्रकृति का लगभग पूर्ण प्रभुत्व था—ऐसी प्रकृति जो मनुष्य के लिए गैर थी, उसके विरोध में थी, दुर्बोध थी, यह प्रभुत्व उसकी बचकानी धर्मगत अवधारणाओं में प्रतिबिम्बित होता था।' (उप., पृ. 98) इस गैर और दुर्बोध प्रकृति का मुकाबला करके जीवित रहने के लिए मनुष्य के लिए आवश्यक था कि वह उत्पादन बढ़ाए।

एंगेल्स ने कुटुम्ब के जो विभिन्न रूप दिखाए हैं, उनका सम्बन्ध उत्पादन से है। स्लाव जाद्रुगा नामक कुटुम्ब में एक ही वंश के लोग संगठित होकर सम्मिलित रूप में खेती करते हैं, सामान्य भंडार से खाने-पहनने की चीजें प्राप्त करते हैं। (उप., पृ. 59) कुटुम्ब के विकास के सिलसिले में एंगेल्स ने लिखा है कि प्रागैतिहासिक काल में मूल वृत्त निरन्तर संकुचित होता जाता है और उस मूल वृत्त में समूचा गण समाहित होता है। (उप., पृ. 47) पहले गण, फिर गोत्र, उसके बाद कुल, कुटुम्ब आदि—ये सारे परिवर्तन उत्पादन की आवश्यकताओं से जुड़े होते हैं, विभिन्न अवस्थाओं में वे स्वयं उत्पादन के घटक होते हैं। सामूहिक श्रम पूरा गण करता है, फिर गण नहीं करता, गोत्र करते हैं; फिर पूरा गोत्र नहीं, विभिन्न कुटुम्ब करते हैं। अब गोत्र और गण में, गोत्र और कुटुम्ब में संघर्ष के लिए जमीन तैयार होने लगती है। कुटुम्ब को इकाई बनाए बिना मनुष्य उत्पादन बढ़ा नहीं सकता और उत्पादन बढ़ाने पर विभिन्न कुटुम्बों के बीच सम्पत्तिगत भेद को बढ़ने से रोक नहीं सकता।

मातृसत्ताक व्यवस्था की जगह पितृसत्ताक व्यवस्था का चलन एंगेल्स के अनुसार मानव-इतिहास की निर्णायक क्रान्ति थी। (उप., पृ. 56) इसका कारण भी श्रम विभाजन और उत्पादन था। पुरुष युद्ध, आखेट, अस्त्र-निर्माण आदि के कार्य करते थे, स्त्रियाँ घर की देखभाल, बुनाई, सिलाई आदि के काम करती थीं। (उप., पृ. 155) जनसंख्या के बढ़ने पर एक गण कई गोत्रों में विभाजित हुआ, गोत्रों से और गोत्र बने; एक गण कई गणों में विभाजित हुआ। (उप., पृ. 154) गणसमाज के विकास में यह भूमिका हुई जनसंख्या की। पशुपालक समाज अन्य मानव-समुदायों से अलग हुए। एंगेल्स ने इसे पहला बड़ा सामाजिक श्रम-विभाजन कहा। पशुपालक समाज दूध, ऊन आदि अधिक परिमाण में पैदा करने लगे; यही नहीं, उनके उत्पादों में विविधता भी थी। 'इससे पहली बार नियमित रूप में विनिमय सम्भव हुआ।' (उप., पृ. 156) यह विनिमय गण के भीतर

नहीं, विभिन्न गणसमाजों के बीच था। इससे उत्पादन को बढ़ाने की प्रेरणा मिली। उपयुक्त चरी की भूमिका के लिए या अन्य कारणों से गणों के बीच जो झगड़े होते थे, उन्हें हल करने का एक तरीका युद्ध का था। युद्ध में सफलता पाने के लिए अस्त्र-शस्त्रों के निर्माण-कौशल का विकास जरूरी था। इस तरह आदिम-समाजों के विकास में, चाहे विनिमय हो या युद्ध, बाहरी अन्तर्विरोधों की भूमिका महत्त्वपूर्ण थी।

बाहरी अन्तर्विरोध, गण के भीतर गोत्र, कुटुम्ब आदि के अन्तर्विरोध, प्रकृति से अन्तर्विरोध—इस तरह आदिम-समाजों के विकास में अनेक प्रकार के अन्तर्विरोध काम करते हैं। विकास की यह अनेकान्तवादी प्रक्रिया बहुत ही दीर्घकालीन और बहुत ही धीमी गतिवाली होती है। विकास द्रुत गति से, छलांग लगाकर हो, ऐसा कोई प्राकृतिक नियम आदिम-समाजों पर लागू नहीं होता। वास्तव में परिमाणगत परिवर्तन से गुणात्मक परिवर्तन होने की सबसे अच्छी मिसालें—सामाजिक इतिहास में—ये आदिम-समाज हैं। इनके लम्बे युग के बाद सामन्ती व्यवस्था में अपेक्षाकृत जल्दी परिवर्तन होता है, पूँजीवादी व्यवस्था में और जल्दी होता है। औद्योगिक क्रान्ति को छलांग का उदाहरण मानें तो इस छलांग के पूरे होने में भी कई दशक लग गए थे और समाजवाद की ओर संक्रमण ? यह पूँजीवादी दुनिया कितने धीरे-धीरे बदल रही है ! और बदलने के क्रम में ऐसी सम्भावना पैदा कर रही है कि छलांग आगे को नहीं, पीछे को लगाए; और जहाँ से चले थे, वहीं पहुँचेंगे, इसकी कोई गारंटी नहीं है। एंगेल्स ने प्रगति के साथ प्रतिगामिता के जुड़े होने की जो बात कही थी, वह ज्वलन्त सामाजिक यथार्थ के रूप में आज प्रत्यक्ष है। इतिहास के सचेत निर्माण में मनुष्य के आत्मगत प्रयत्न का महत्त्व भी आज अभूतपूर्व ढंग से बढ़ गया है।

प्रकृति, समाज, मनुष्य के विचार—ये सब गतिशील हैं। द्वन्द्ववाद के अनेक नियम सामान्य हैं, प्रकृति, समाज, विचार—सब पर लागू होते हैं, पर कब लागू होते हैं, यह परिस्थितियों पर निर्भर है। प्रकृति में सर्वत्र एक-से नियम लागू नहीं होते, सभी समाजों पर एक-से नियम लागू नहीं होते। जीव-जगत और जीवेतर जगत, इनकी परिवर्तनशीलता में बड़ा फर्क है; पशु-जगत और मानवसमाज इनकी परिवर्तनशीलता में बड़ा फर्क है। विकास की अवधारणा जीव-जगत से जुड़ी हुई है। मानव उत्पादक है, मानवेतर जीव उत्पादक नहीं है। इसलिए मानव-समाज का विकासक्रम मानवेतर जीवों के विकास से भिन्न है। अधिरचना, सचेत आत्मगत प्रयत्न की भूमिका मानव-इतिहास में निरन्तर बढ़ती गई है। प्रकृति-सम्बन्धी दर्शन तथा मानव-सम्बन्धी समाजशास्त्र में कुछ नियम सामान्य होंगे, कुछ विशेष। सामान्य और विशेष का यह सम्बन्ध मानवज्ञान के इतिहास में उतना पुराना है जितना भारत का वैशेषिक दर्शन। द्वन्द्वात्मक भौतिकवाद को सामाजिक इतिहास पर लागू करें तो ऐतिहासिक भौतिकवाद प्राप्त होगा—सामान्य के दायरे में। समाज जहाँ प्रकृति से, और मानवेतर प्राणिजगत से, भिन्न है, वहाँ उसके अध्ययन से ऐतिहासिक भौतिकवाद प्राप्त होगा—विशेष के दायरे में।

पूँजीवाद के अभ्युदयकाल में विकास—विशुद्ध, निरपेक्ष, ह्रासमुक्त—अबाध,

अनिवार्य और सर्वव्यापी जान पड़ता है। वह मानव-समाज में, पशु-वनस्पति-जगत में था, जीवेतर प्रकृति में था। वह सदा नीचे से ऊपर को होता था; नीचे की स्थिति दोहरायी जाती थी तो ऊँचे स्तर पर। विकास की धारणा को जीवेतर प्रकृति से अलग रखना उचित है। पानी का भाप बनना यदि विकास है तो हर गुणात्मक परिवर्तन को विकास मानना होगा। पानी का बर्फ बनना विकास है। भाप का, बर्फ का, फिर से पानी बनना भी विकास है। तब मनुष्य पशु-जगत से उभरा तो यह विकास हुआ; वह फिर उसी पशु-जगत में समा जाए तो यह भी विकास होगा। विकास को गुणात्मक परिवर्तन का समानार्थी बना देने से उसका विशेष अर्थ खत्म हो जाएगा।

सामाजिक विकासक्रम में यह गुणात्मक परिवर्तन सम्पूर्ण और निरपेक्ष नहीं होता, पुरानी स्थिति के अवशेष कायम रहते हैं। आदिम साम्यवाद के बाद गोत्रोंवाला संगठन खत्म हो जाना चाहिए लेकिन बहुत जगह नहीं हुआ। एंगेल्स ने लिखा है : ''गोत्र ऐसी संस्था है जो सभी बर्बर जनों में, सभ्यता में उनके प्रवेश करते समय, और उसके बाद भी, मिलते हैं।'' (The Origin, p. 84) अर्थात् गुणात्मक परिवर्तन आंशिक रूप में घटित होते हैं।

विकास के अनेक कारण होते हैं, अन्तर्विरोध—समाज के भीतर और बाहर—अनेक प्रकार के होते हैं। ये सभी कारण एक साथ हर समाज में केन्द्रीभूत नहीं होते। इसलिए कुछ सामान्य बातों के अलावा विकास के रूप में अलग-अलग होते हैं। कई जगह कुछ कबीलों ने दूसरों को जीतकर उनके सदस्यों को अपना गुलाम बना लिया; अन्यत्र कुछ कबीलों ने दूसरों को जीता, पर उन्हें गुलाम न बनाया, उन्हें एक गणसंघ में समानता के आधार पर शामिल होने को कहा। एंगेल्स ने अमरीका के आदिवासी गण इरोकुआ के लिए लिखा कि उसने एरीसगण तथा तटस्थ कबीलों को जीता और 'समानता के स्तर पर उन्हें संघ में शामिल होने को आमन्त्रित किया।' (उप., पृ. 96) दासप्रथा का विकास (बिकाऊ माल पैदा करनेवाले दासों में भिन्न) किन्हीं पिछड़े हुए समाजों में हो सकता था, नहीं भी हो सकता था। जर्मनी में बँधुआ किसान-प्रथा का चलन हुआ, नार्वे में नहीं हुआ। परिवर्तन और विकास की यह विविधता अनेकान्तवादी है।

द्वन्द्ववाद की एक विशेषता है कार्य-कारण परम्परा का विच्छिन्न होना। विकास की अनिवार्यता तब तक है जब तक कार्य-कारण परम्परा टूटती नहीं है। प्रकृति में कार्य-कारण परम्परा की अनिवार्यता है, आकस्मिकता भी। कार्य-कारण की परम्परा को अविच्छिन्न मानने से हम नियतिवादी बनेंगे। कार्य-कारणवाले नियतिवाद के अनुसार गैस के जिस महापिंड से सौरमंडल का उद्‌भव हुआ, वह इस प्रकार निर्मित हुआ था कि पृथ्वी पर जीव की उत्पत्ति हो, फिर सामाजिक विकासक्रम में खेती का चलन हो, पुनः किसी एक खेत में मटर बोई जाए और मटर की किसी फली में पाँच ही दाने हों, चार या छह न हों। एंगेल्स ने बताया था कि यह एक प्रकार का नियतिवाद है जिसने फ्रांसीसी भौतिकवाद से आकर प्रकृति-विज्ञान में जगह बना ली थी। (Dialectics of Nature, p. 218) मटर की फली-विशेष में चार दाने हो सकते थे, छह भी; पृथ्वी पर

जीव की उत्पत्ति हो सकती थी, नहीं भी हो सकती थी। उत्पत्ति हो जाने के बाद, वर्तमान परिस्थितियों में, पृथ्वी पर जीव का विनाश हो सकता है, नहीं भी हो सकता। यह स्याद्‌वाद है, अनेकान्तवाद है। विनाश की सम्भावना है, अनिवार्यता नहीं, यह धारणा मनुष्य के सचेत, आत्मगत प्रयत्न को सौ गुना महत्त्व प्रदान करती है। नियतिवाद की तुलना में यह अनेकान्तवाद अधिक सारगर्भित है, अधिक मानवतावादी है, आज की परिस्थितियों में हमारे लिए अधिक प्रासंगिक है।

(घ) समकालीन समाज के अन्तर्विरोध

मुनाफा कमाने के लिए बड़े पैमाने पर मशीनी उत्पादन—यह औद्योगिक पूँजीवाद की विशेषता है। यह पूँजीवाद पुरानी व्यवस्था का नाश करता है, लेकिन पूरी तरह नहीं। उन्नीसवीं सदी के ब्रिटेन में सत्ता पर भूस्वामियों का अधिकार था। यह स्थिति मजदूरों के मुक्ति-संघर्ष में बाधक थी। ब्रिटेन के पास एक बड़ा साम्राज्य था। उसकी लूट का एक हिस्सा पूँजीपति मजदूरों में बाँटते थे। इसी कारण ब्रिटेन और उस जैसे देशों में समाजवादी क्रान्ति नहीं हुई। पूँजीवादी देशों के मजदूर सामन्ती अवशेषों को हटाने के लिए लड़ते, पराधीन देशों के लोग आजादी के लिए लड़ते, तो विश्वव्यापी परिवर्तनों का सिलसिला आगे बढ़ता। रूस में बोल्शेविक पार्टी ने यही किया। पीड़ित जातियों का उद्धार और किसानों में भूमि का बँटवारा रूसी क्रान्ति की मुख्य विशेषताएँ थीं। आवश्यक उद्योग-धन्धों का निर्माण कर लेने के बाद ही बोल्शेविक पार्टी समाजवादी व्यवस्था कायम कर सकी। रूसी क्रान्ति से मार्क्सवाद की नई स्थापनाएँ पुष्ट हुईं। उस क्रान्ति का अनुभव पिछड़े हुए देशों की जनता के लिए महत्त्वपूर्ण है।

1. इंग्लैंड की पूँजीवादी क्रान्ति अधूरी थी; औद्योगिक क्रान्ति के बाद भी वहाँ पुराने अर्थतन्त्र के बहुत से अवशेष कायम रहे

पहला अवशेष सूदख़ोरी का था। यद्यपि पूँजीपतियों ने अपने लिए बैंक व्यवस्था कायम कर ली थी लेकिन ग़रीब आदमियों को सूदखोरों से पैसा उधार लेना पड़ता था। उसकी एक विशेष पद्धति यह थी कि शहर और देहात में सूदखोरों की दुकानें थीं जहाँ वे लोगों का माल गिरवी रख लेते थे, कुछ पैसे उधार दे देते थे, सूद बहुत ऊँची दर का होता था। यदि उन्होंने सूद भर दिया, तो अपना माल वापस ले जाते थे, नहीं तो माल सूदखोर का हो जाता था। इस तरह की सिर्फ लन्दन में ही दो सौ चालीस दुकानें थीं। इन्हीं में से किसी दुकान से मार्क्स को भी साबिका पड़ा था। देहात में इन लोगों की ढाई हजार दुकानें थीं। इन्हें गिरवी रखनेवाला (पौन ब्रोकर) कहा जाता था। उस समय के एक लेखक ने हिसाब लगाया था कि ये लोग साल में दस लाख पाउंड सूद के रूप में कमाते हैं।[1]

दूसरी तरह का अवशेष सौदागरी का था, वह भी बहुत घटिया किस्म की सौदागरी। कारखानेदार मजदूरों को पैसे न देकर उनकी पगार माल के रूप में देते थे। होता यह था कि कारखानेदार कुछ दुकानें खोल लेते थे। वहाँ वे तमाम चीजें रखते थे जो मजदूरों के काम आती थीं। उन्हें वे मजदूरों के हाथ बेच देते थे और इस तरह उनकी पगार इस माल के रूप में उनको मिल जाती थी। इससे मजदूरों का बहुत शोषण होता था। उन्हें इन दुकानों से ही माल खरीदना पड़ता था, वहाँ उसे वे किस भाव बेचते हैं, यह कारखानेदारों के ऊपर निर्भर रहता था। कारखानेदार पहले उन्हें उद्योगपति के रूप में मूड़ता, फिर उन्हें सौदागर के रूप में ठगता था। इसके विरुद्ध आन्दोलन हुआ और 1831 में कानून बना। इससे यह प्रथा बन्द कर दी गई। इसे 'ट्रक सिस्टम' कहा जाता था। लेकिन एंगेल्स ने लिखा है कि कानून बन जाने के बाद भी, इंग्लैंड के और बहुत से कानूनों की तरह, यह बस जहाँ-तहाँ ही अमल में लाया जाता था।[2] इस तरह पुराने ढंग की यह बनियागीरी अभी उन्नीसवीं सदी में भी चालू थी।

अवशेषों में सबसे महत्त्वपूर्ण जमींदारों का वर्ग था। फ्रांस में जब राज्यक्रान्ति हुई, तब वहाँ जमीन किसानों में बाँट दी गई थी अथवा उन्हें बेच दी गई थी। इस तरह जमींदारों की और सामन्तों की बड़ी रियासतें तोड़ दी गई थीं। इंग्लैंड में इससे ठीक उलटा हुआ। किसान बेदखल कर दिए गए, खेत उनसे छीन लिए गए। पुराने सामन्तों के पास उनकी रियासतें बनी रहीं, और न केवल बनी रहीं, बल्कि उनका विस्तार भी किया गया। जमींदार आमतौर से पुराने खेतों को चरागाह बनाकर वहाँ भेड़ें पालते थे, उनकी ऊन बेचते थे। इस तरह वे व्यापारी का काम भी करते थे। जमीन पर उनका मौरूसी हक था, वह सामन्तवादी पद्धति के अनुसार ही बना हुआ था। इंग्लैंड में इस समय दो राजनीतिक दल थे—एक टोरी दल था, दूसरा व्हिग दल था। टोरी दल विशुद्ध रूप से जमींदारों का दल था। व्हिग दल कुछ अधिक प्रगतिशील माना जाता था लेकिन इसमें भी जमींदारों के प्रतिनिधि ही अधिक थे। ये प्रतिनिधि काफी चालाक थे। अपने वर्ग के अलावा वे पूँजीपतियों के वर्ग का भी प्रतिनिधित्व करते थे। मार्क्स ने व्हिग दल के लिए लिखा है कि ये पूँजीपति-वर्ग के अभिजात प्रतिनिधि थे यानी पूँजीपति-वर्ग को पार्लियामेंट में सीधा प्रतिनिधित्व न मिला था, उसके हितों का प्रतिनिधित्व कुछ जमींदार करते थे जो व्हिग दल में शामिल थे। इसका परिणाम यह हुआ कि थोड़े से जमींदार खानदान इंग्लैंड के ऊपर हुकूमत करते थे[3] और मार्क्स ने अनुसार उनका यह शासन एक शताब्दी से अधिक तक चालू रहा।[4]

राज्यसत्ता के अलावा ये जमींदार फौज और चर्च के ऊपर भी हावी थे। मार्क्स ने बताया है कि फौज में ऊँची जगह पाने के लिए खानदानी सम्बन्ध काम आते थे।[5] इसी तरह चर्च में ऊँची जगहें पाने के लिए, और वहाँ ऊँची तनख्वाहें मिलती थीं, आदमी के विशेषाधिकार जरूरी थे। ये विशेषाधिकार अभिजात-वर्ग के पास थे। यहाँ रक्त सम्बन्ध बहुत जरूरी था। मार्क्स के शब्दों में 'priveileges bestowed by blood'[6] ऐसे विशेषाधिकार जरूरी थे जो रक्त-सम्बन्ध के कारण प्राप्त थे अर्थात् जो लोग वंशगत

अभिजात थे, उनको चर्च में ऊँची जगहें मिलती थीं। चर्च और फौज दोनों में कुछ जगहें ऐसी होती थीं जो बेच ली जाती थीं। एक तरफ तो सामन्ती ढंग से अभिजात-वर्ग अपने बेटों के लिए फौज और चर्च में कुछ पद सुनिश्चित कर लेता था, दूसरी तरफ सौदागरी ढंग से ये पद बेचे जाते थे।[7] काफी लम्बी रकमें देकर लोग फौज या चर्च में ऊँचे स्थान पा सकते थे। इसके अलावा अभिजात-वर्ग आयरलैंड और भारत जैसे देशों में ऊँचे पदों पर प्रतिष्ठित था। भारत के जितने गवर्नर जनरल थे, सब अभिजात-वर्ग के थे। उनके नीचे कर्मचारी होते थे, वे छोटे अभिजात होते थे और उनके नीचे कर्मचारी और छोटे अभिजात होते थे। जो यहाँ के मध्यवर्ग के लोग थे, वे बहुत ही साधारण कर्मचारी थे। इस तरह अभिजात-वर्ग इंग्लैंड के उपनिवेशों तथा पराधीन देशों में अपना सिक्का जमाए था। इसका अर्थ यह है कि ये पराधीन देश और उपनिवेश पूँजीपति-वर्ग का माल बेचने के विशुद्ध बाजार नहीं थे।

इंग्लैंड में अभिजात-वर्ग अभी इतना शक्तिशाली था कि उस पर निर्भर रहे बिना पूँजीपति-वर्ग का काम न चलता था। अभिजात-वर्ग से अपने लिए वह कुछ रियायतें प्राप्त कर लेता था, बाकी शासन-सत्ता उसने अभिजात-वर्ग को सौंप रखी थी। उन्नीसवीं सदी के मध्य में ही नहीं, उन्नीसवीं सदी के अन्त तक यही स्थिति थी। 1892 में एंगेल्स ने लिखा था कि इंग्लैंड में कभी पूँजीपति-वर्ग का प्रभुत्व अविभाजित नहीं रहा।[8] जिस वर्ग से वह प्रभुत्व का बँटवारा करता था, वह वर्ग अभिजात भूस्वामियों का था। खान-पान, रहन-सहन, बोली-बानी से लेकर राजकाज तक पूँजीपति-वर्ग कैसे अभिजात-वर्ग पर निर्भर था, यह मार्क्स के इस कथन से ज्ञात होगा : "ब्रिटिश पूँजीपति-वर्ग को अभिजात-वर्ग ने रहन-सहन के तौर-तरीके, जैसे भी वे थे, सिखाए, उसके लिए फैशन ईजाद किए, उसने फौज और जलसेना के लिए अफसर जुटाए। फौज घर में शान्ति-व्यवस्था कायम रखती थी, जलसेना ने बाहर उपनिवेशित भूखंड और नए बाजार जीते। अपने अभिजात-वर्ग के बिना ब्रिटिश पूँजीपति क्या करता ?"[9] इससे अभिजातों पर पूँजीपतियों की निर्भरता का पता चलेगा।

एक बात में अलबत्ता वह इन अभिजातों से अलग रहता था। भौतिकवादी दर्शन का जन्म अभिजात-वर्ग के एक अंश में हुआ था। यहाँ से यह भौतिकवाद फ्रांस पहुँचा। वहाँ भी पहले इसे अभिजात-वर्ग का ही अधार मिला था, आगे चलकर उसे फ्रांस के क्रान्तिकारियों ने अपनाया।[10] होना यह चाहिए था कि इंग्लैंड का उदीयमान पूँजीपति-वर्ग पुराने धार्मिक विश्वासों से अलग हटकर इस भौतिकवादी दर्शन का पक्षधर होता। किन्तु हुआ यह कि वह अभिजात-वर्ग से भी अधिक धर्मभीरु निकला। मार्क्स ने लिखा था, भौतिकवाद फ्रांसीसी राज्य-क्रान्ति का मार्गदर्शक सिद्धान्त बना। जितना ही भौतिकवाद फ्रांस से पड़ोसी देशों में फैला, उतना ही इंग्लैंड का मध्यवर्ग, अर्थात् पूँजीपति-वर्ग, अपने धार्मिक मतवादों से चिपका रहा।[11] इंग्लैंड की औद्योगिक क्रान्ति मानव-इतिहास में अब तक की सबसे बड़ी क्रान्ति थी। उत्पादन में उसने बुनियादी परिवर्तन किए थे।

होना यह चाहिए था कि सारा पुराना तामझाम खत्म हो जाता और नए स्तर पर समाज का सांस्कृतिक विकास होता। किन्तु इंग्लैंड में भी, जहाँ यह क्रान्ति पहले हुई, सामन्ती अवशेष कायम रहे अथवा अपना वेश बदलकर वे सामने आए। इन अवशेषों के चलते पूँजीवादी क्रान्ति पूरी नहीं हुई। यह पूँजीवादी क्रान्ति अधूरी थी, आर्थिक क्षेत्र में अधूरी थी, राजनीतिक और सांस्कृतिक क्षेत्रों में भी अधूरी थी। यह हालत केवल इंग्लैंड की नहीं थी, जर्मनी का पूँजीपति-वर्ग कुछ बहुत ज्यादा प्रगतिशील न था। एंगेल्स ने लिखा था, जर्मनी का पूँजीपति-वर्ग वास्तविक राज्य-शक्ति सरकार के हाथ में छोड़ देता है।[12] यह सरकार अभिजात-वर्ग की थी। और भी लिखा था, पूँजीपति-वर्ग क्रमशः अपना सामाजिक उद्धार खरीदता है और उसके लिए जो कीमत देता है, वह राजनीतिक शक्ति के तात्कालिक त्याग की।[13] जर्मनी में राजनीतिक शक्ति पूँजीपति-वर्ग ने त्याग दी अभिजात-वर्ग के लिए, और इस तरह उसने अपना उद्धार किया, अपने विकास के लिए उसने कुछ रियायतें भर प्राप्त कीं।

2. औद्योगिक क्रान्ति के बाद सामाजिक प्रगति के लिए पश्चिमी यूरोप में अभिजात-वर्ग के प्रभुत्व को खत्म करना जरूरी था

यह स्वाभाविक था कि इंग्लैंड तथा यूरोप के अन्य देशों में सामाजिक प्रगति के लिए जो आन्दोलन हुए, उन्होंने अपना ध्यान अभिजात-वर्ग के प्रभुत्व पर केन्द्रित किया। ऐसे आन्दोलनकारियों में इंग्लैंड के प्रसिद्ध कवि शेली भी थे। 1817 में उन्होंने एक पुस्तिका के रूप में प्रस्ताव रखा था कि सुधार को लेकर सारे राज्य में मत-संग्रह किया जाए।[14] इसमें उन्होंने बहुत स्पष्ट लिखा था कि इंग्लैंड का हाउस ऑफ कॉमन्स वहाँ का लोक सदन, ब्रिटिश जनता की इच्छा का प्रतिनिधित्व नहीं करता, इसलिए उसे ऐसे कदम उठाने चाहिए जिससे कि जाति के वास्तविक प्रतिनिधि वहाँ जाकर बैठें। 1817 में शेली पार्लियामेंट के सुधार की माँग कर रहे थे, किसी क्रान्ति का आह्वान न कर रहे थे। उनका विचार था कि इस प्रस्ताव पर तमाम लोगों के हस्ताक्षर एकत्र किए जाएँगे और वह आवेदन पार्लियामेंट के सामने रखा जाएगा।[15]

शेली की यह योजना सफल नहीं हुई। किन्तु यह बात दिलचस्प है कि उन्होंने इस आवेदन पर हस्ताक्षर एकत्र करने की बात सोची थी। आगे चलकर चार्टिस्ट आन्दोलन ने यही काम किया। दो साल बाद शेली ने एक दूसरा निबन्ध लिखा—सुधारों के प्रति एक दार्शनिक दृष्टि। इस निबन्ध में शेली ने फिर हाउस ऑफ कॉमन्स के बारे में कहा कि जिसे हाउस ऑफ कॉमन्स कहा जाता है, अब इसके सदस्य आम जनता द्वारा नियुक्त किए जाने चाहिए। अभिजात-वर्ग के लिए उन्होंने कहा कि उसके पास हाउस ऑफ पियर्स अथवा हाउस ऑफ लॉर्ड्स नाम का सदन अभी भी है, इसके सिवा बादशाह भी इसी अभिजात-वर्ग का प्रतिनिधित्व करता है। इसलिए आम जनता के लिए कम-से-कम एक सदन तो होना चाहिए जहाँ उसके प्रतिनिधि इकट्ठे हो सकें।[16] अभी

उनका विचार था कि आवेदन करने से सरकार मान जाएगी और वह इस तरह के सुधार करेगी। लेकिन इस निबन्ध में उन्होंने एक विकल्प भी अपने सामने रखा : यदि सरकार ऐसे सुधार न करे तो उसे बाध्य करना होगा कि सही ढंग से सुधार लागू किए जाएँ। उन्होंने कहा था : "यदि वर्तमान सरकार जाति को बाध्य करती है कि वह सुधारों का काम अपने हाथ में ले ले तो एक बहुत ही स्पष्ट-सा परिणाम इस परिस्थिति का यह होगा कि बादशाही और अभिजात-वर्ग निरस्त कर दिए जाएँगे।"[17] बादशाही और अभिजात-वर्ग निरस्त कर दिए जाएँगे, यह स्थापना शेली की 1819 में थी। इंग्लैंड के प्रगतिशील बुद्धिजीवी किस तरह के जनतान्त्रिक सुधार चाहते थे, शेली के इस लेख से यह प्रकट हो जाता है।

इंग्लैंड में 1780-1790 के बीच डेमोक्रेटिक पार्टी नाम की एक पार्टी उभरी।[18] यह टोरी और व्हिग दलों से अलग पार्टी थी। उसमें कुछ उदारपन्थी पूँजीपतियों का सहयोग लिया गया, किन्तु उसकी शक्ति का स्रोत निम्न मध्यवर्ग, किसान और मजदूर थे। एंगेल्स ने इसके बारे में लिखा था कि उसने पुरानी पार्लियामेंट के भूस्वामी गुट के हाथ से वह सुधार कानून पास करा ही लिया जिससे कि पूँजीपति-वर्ग को कुछ रियायतें मिलीं।[19] इस तरह 1832 का कानून पहला कदम था जब भूस्वामी-वर्ग को कुछ रियायतें देनी पड़ी थीं और इसकी मुख्य प्रेरक शक्ति यह डेमोक्रेटिक पार्टी थी। आगे चलकर 1835 में लन्दन के मजदूर संघ ने एक कमेटी बनाई और उसने जनता का माँग पत्र तैयार किया। इस पर बहुत लोगों ने हस्ताक्षर किए और वह पार्लियामेंट के सामने पेश किया गया। इसमें पहली माँग थी सार्वजनिक मताधिकार की। मताधिकार की जो माँग शेली कर रहे थे, वही माँग, यहाँ है। शेली वैसे शुरुआत सार्वजनिक मताधिकार से न करना चाहते थे लेकिन उन्होंने कह दिया था : "यदि हाउस ऑफ कॉमन्स हमारे सुधार के प्रस्ताव नहीं मानता, तो मेरा मत सार्वजनिक मताधिकार के पक्ष में होगा।"[20] यही सार्वजनिक मताधिकार का मामला आगे चलकर मजदूर आन्दोलन ने उठाया। उसने यह भी माँग की थी कि पार्लियामेंट साल-भर के लिए होनी चाहिए, पार्लियामेंट के सदस्यों को तनख्वाह मिलनी चाहिए जिससे कि गरीब आदमी भी चुनाव लड़ सके, मतदान गुप्त रूप से होना चाहिए, निर्वाचन पत्र के द्वारा होना चाहिए, चुनाव क्षेत्र बराबर-बराबर के हों जिससे जनता को सही प्रतिनिधित्व मिले और जो अभी भू-सम्पत्ति की शर्त लगी है कि पार्लियामेंट के लिए चुनाव लड़ो तो इतनी भू-सम्पत्ति तुम्हारे पास होनी चाहिए, उसे भी खत्म कर देना चाहिए।[21]

ये सारी माँगें जनतन्त्र की माँगें थीं। अभिजात-वर्ग के प्रभुत्व को खत्म करना, नया जनतन्त्र कायम करना, यह मजदूर-वर्ग की माँग थी। इसके बारे में एंगेल्स ने लिखा था कि ये छह मुद्दे हाउस ऑफ कॉमन्स को पुनर्गठित करने से सम्बन्धित थे। ऊपर से देखने में ये बहुत ही मासूम मालूम होते थे लेकिन उन्हें अमल में लाया जाता तो इंग्लैंड का पूरा संविधान, वहाँ की महारानी और लॉर्ड्स समेत, उलट दिया जाता।[22] इसका मतलब यह है कि इंग्लैंड में जो बहुत बड़ा परिवर्तन दरकार था, वह अभिजात-वर्ग का

तख़्ता उलटना था। एंगेल्स ने यह भी बताया कि पूँजीपति वर्ग का हित इस बात में है कि वह अभिजात-वर्ग को कायम रहने दे। वह इसकी ओट में शिकार खेलता था। उन्होंने कहा, यह तथाकथित बादशाही और अभिजात-वर्ग संविधान में इसलिए बने हुए हैं कि पूँजीपति-वर्ग का हित इसमें है कि वह उन्हें बना रहने दे। यह वर्ग अभिजात-वर्ग की राज्यसत्ता को मजदूर आन्दोलन का दमन करने के लिए इस्तेमाल करता था। 1819 में मैनचेस्टर के मैदान में मजदूरों की एक सभा हुई। इसमें स्त्रियों, पुरुषों, बच्चों समेत 60 हजार आदमी एकत्र हुए। इस पर पुलिस ने आक्रमण किया। वहाँ के जो मुख्य वक्ता हंट थे उन्हें पुलिस ने पकड़ लिया। घुड़सवारों ने तलवारें खींचकर जब आक्रमण किया तो 11 व्यक्ति मारे गए जिनमें दो स्त्रियाँ थीं। सैकड़ों आदमी तलवारों की मार से घायल हुए। बहुत-से लोग घोड़ों की टापों के नीचे कुचल गए। सौ से ऊपर स्त्रियाँ घायल हुईं। यही घटना मैनचेस्टर का हत्याकांड (मैनचेस्टर मैसेकर) के नाम से प्रसिद्ध हुई। इसी पर शेली ने अपनी जोरदार कविता माक्स ऑफ ऐनार्की लिखी थी। इसके बहुत दिन बाद 1855 में लन्दन के हाइड पार्क में चर्च-विरोधी प्रदर्शन हुआ। इसमें हजारों लोग शामिल हुए, मुख्यतः मजदूर-वर्ग के लोग शामिल हुए। इस प्रदर्शन को देखनेवालों में मार्क्स भी थे। इस पर पुलिस ने हमला किया, डंडे चलाए और लोगों को इतना मारा कि उनके सिर से खून बहने लगा, 104 आदमी गिरफ्तार किए गए थे। इस तरह अभिजात-वर्ग की शक्ति का उपयोग पूँजीपति मजदूर आन्दोलन का दमन करने के लिए करते थे।

मार्क्स और एंगेल्स ने 1848 में जब कम्युनिस्ट घोषणा पत्र लिखा था, तब उन्होंने जर्मनी में अभिजात-वर्ग के प्रभुत्व पर ध्यान दिया था। उन्होंने कम्युनिस्टों के लिए कहा था कि वे पूँजीपति-वर्ग को साथ लेकर सर्वसत्तावादी बादशाही से लड़ते हैं बशर्ते कि पूँजीपति-वर्ग क्रान्तिकारी ढंग से काम करे। बादशाही से लड़ना है, वह सर्वसत्तावादी है, इस लड़ाई में पूँजीपति-वर्ग को भी साथ लिया जा सकता है। मार्क्स और एंगेल्स ने यह प्रस्ताव कम्युनिस्ट घोषणा पत्र में रखा था। सन् 1850 में एंगेल्स ने जर्मनी का किसान युद्ध नाम की पुस्तक लिखी। 20 साल बाद इसकी भूमिका में उन्होंने जर्मनी के पूँजीपति-वर्ग के चरित्र पर अपनी टिप्पणी दी। एक विशेषता इस वर्ग की यह थी कि इसके जितने सहयोगी थे, सब प्रतिक्रियावादी थे। इसमें सबसे पहले फौज समेत, नौकरशाही समेत, बादशाही थी। बादशाह एक तरह से अभिजात-वर्ग का मुखिया था। फौज और नौकरशाही उसके अधिकार में थे। इसके बाद बड़े-बड़े सामन्ती अभिजात थे। अंग्रेजी अनुवाद में शब्द इस्तेमाल किए गए हैं The big feudal nobility.[23] यह सामन्ती अभिजात-वर्ग हुआ। सामन्तवाद अभी जर्मनी में खत्म न हुआ था। बड़े-बड़े सामन्त अभिजात-वर्ग के सदस्य अभी बने हुए थे और वे सत्ताधारी थे। इसके अलावा और छोटे-मोटे जमींदार थे। इनके साथ पुरोहित भी थे। इस तरह राज्यसत्ता और चर्च दोनों पर यह अभिजात-वर्ग अपना अधिकार कायम किए हुए था। इस बीच सर्वहारा-वर्ग संगठित होता जा रहा था। किन्तु पूँजीपति-वर्ग इस सर्वहारा-वर्ग की शक्ति से डरता था। एंगेल्स के अनुसार जितना भी एक वर्ग के रूप में सर्वहारा शक्तिशाली बना, उतना

ISBN : 978-81-267-0307-4

मूल्य : ₹ 995

पहला संस्करण : 2001
चौथा संस्करण : 2026

प्रकाशक : राजकमल प्रकाशन प्रा.लि.
1-बी, नेताजी सुभाष मार्ग, दरियागंज
नई दिल्ली-110 002
शाखाएँ : अशोक राजपथ, साइंस कॉलेज के सामने, पटना-800 006
पहली मंजिल, दरबारी बिल्डिंग, महात्मा गांधी मार्ग, प्रयागराज-211 001
1, अनमोल सोराबजी सन्तुक लेन, धोबी तलाव, मरीन लाइंस, मुम्बई-400 002
वेबसाइट : www.rajkamalprakashan.com
ई-मेल : info@rajkamalprakashan.com

मुद्रक : राजा ऑफसेट प्रिंटर्स
दिल्ली-110 095

PASHCHATYA DARSHAN AUR SAMAJIK ANTARVIRODH
by Ram Bilas Sharma

पाश्चात्य दर्शन और सामाजिक अन्तर्विरोध

हालत में जब मजदूर-वर्ग अल्पसंख्यक है, वह अकेले क्रान्ति नहीं कर सकता; उसे क्रान्ति के लिए नजदीकी सहयोगी चाहिए और ये सहयोगी किसान ही हो सकते थे।

1871 में जब पेरिस विद्रोह हुआ और वहाँ मजदूरों ने कुछ समय के लिए राज्यसत्ता पर अधिकार किया, तब उस पर विस्तार से विचार करते हुए मार्क्स ने किसानों के महत्त्व पर फिर जोर दिया। जर्मनी में किसान की जमीन गिरवी थी, और वह सूदखोरी का शिकार था, फ्रांस में भी यही हालत थी। मार्क्स का कहना था, किसानों को सूदखोरी से, ग़रीबी से मजदूर ही मुक्त कर सकते थे, इसीलिए प्रतिक्रियावादी शासक दल इस बात का बड़ा ध्यान रखता था कि पेरिस के मजदूर अलग-थलग पड़ जाएँ और देहात में किसानों से उनका सम्पर्क न होने पाए। निष्कर्ष यह निकला कि यदि पेरिस के मजदूरों को किसानों का सहयोग मिलता तो एक व्यापक क्रान्ति हो सकती थी और फिर राज्यसत्ता पूँजीपतियों के हाथ में न रहती। पेरिस कम्यून एक असफल प्रयोग बन गया, ऐसा न होता। 1871 तक मार्क्स और एंगेल्स इस बात को बहुत स्पष्ट रूप में मजदूर-वर्ग को, उसके नेताओं को समझा रहे थे, किसानों का संगठन करना, उन्हें अपने साथ लेना क्यों जरूरी है। यह सब लेनिन ने बहुत अच्छी तरह मार्क्सवाद से आत्मसात किया।

19वीं सदी के इतिहास का सिंहावलोकन करते हुए लेनिन ने 1921 में लिखा था : यूरोप में 1871 में, सर्वहारा-वर्ग महाद्वीप के किसी देश में जनता का बहुसंख्यक भाग न था।[28] न केवल मध्य 19वीं सदी में, वरन् उसके अन्तिम चरण में भी जब यूरोप महाजनी पूँजीवाद के युग में प्रवेश कर रहा था, सर्वहारा-वर्ग समाज का बहुसंख्यक वर्ग न बन पाया था। इसलिए जनता क्रान्ति करे, यह तभी सम्भव था जब मजदूरों के अलावा उसमें किसानों का बहुत बड़ा हिस्सा शामिल हो। रूस में जो कुछ हुआ, इसका मानो सारांश देते हुए लेनिन ने लिखा था : कोई क्रान्ति जनक्रान्ति तभी हो सकती थी, ऐसी क्रान्ति जो बहुसंख्यक भाग को सचमुच अपनी धारा में बहा ले जाए, जब इसकी लपेट में मजदूर और किसान दोनों हों।[29] इन दो वर्गों से मिलकर जनता बनी। इन दोनों वर्गों में एकता इस बात से कायम होती है कि राज्यसत्ता की नौकरशाही–फौजी मशीन इसका उत्पीड़न, शोषण और दमन करती है। इस मशीन को नष्ट करना, उसे तोड़ देना सचमुच जनता के, उसके बहुसंख्यक भाग के, मजदूरों और किसानों के, हित में है। ग़रीब किसानों और सर्वहारा का गठबन्धन क्रान्ति की प्रारम्भिक शर्त है। ऐसे गठबन्धन के बिना जनतन्त्र अस्थिर होगा और समाजवादी रूपान्तरण असम्भव होगा।

जनवादी क्रान्ति मजदूरों और किसानों के सहयोग से ही सम्भव है। पूँजीपति-वर्ग जनवादी क्रान्ति पूरी नहीं करता, इसीलिए यह कार्य मजदूर-वर्ग को करना होता है। यदि पूँजीपति-वर्ग के सहयोगी जमींदार हैं तो मजदूर-वर्ग के सहयोगी किसान हैं। जनवादी क्रान्ति के बाद समाजवादी रूपान्तरण के लिए भी मजदूरों को किसानों का सहयोग लेना होता है।

4. पश्चिमी यूरोप में मजदूरों के क्रान्तिकारी आन्दोलन की सफलता पराधीन देशों के स्वाधीनता आन्दोलन की सफलता पर निर्भर थी

ब्रिटेन जैसे देशों में मजदूर-वर्ग के तीन शत्रु थे—एक तो पूँजीपति-वर्ग जो उसकी श्रमशक्ति का शोषण करता था, दूसरा अभिजात-वर्ग जो राज्यसत्ता पर हावी था, और तीसरा स्वयं मजदूरों में पैदा होनेवाला ऊपर का स्तर जो पराधीन देशों और उपनिवेशों की लूट में हिस्सा बँटाता था। इन तीनों का आपस में भाईचारा था। अभिजात-वर्ग की प्रभुसत्ता का उपयोग, पूँजीपति-वर्ग मजदूर आन्दोलन के दमन के लिए करता था। इसके अलावा वह मजदूरों में भ्रष्टाचार फैलाकर उन्हें क्रान्ति से विमुख करता था। इस तरह मजदूर आन्दोलन के अन्दर जो अवसरवादी रुझान पैदा हुए, वे भी पूँजीपति-वर्ग की सहायता करते थे।

भारत जैसे पराधीन देशों के भी यही तीन शत्रु थे। अभिजात-वर्ग यहाँ शासन करता था। पूँजीपति-वर्ग यहाँ अपना माल बेचता था और मजदूर-वर्ग के अन्दर जो अवसरवादी थे, वे पूँजीपति-वर्ग और अभिजात-वर्ग की हाँ में हाँ मिलाकर, भारत जैसे देश की पराधीनता को कायम रखने में सहायता देते थे। इन तीनों में सबसे प्रतिक्रियावादी अभिजात-वर्ग था। ब्रिटेन के औद्योगिक विकास में वह एक बाधा था। जमीन पर अपना मौरूसी अधिकार जमाए हुए था। पूँजीपति को वह भाड़े पर जमीन देता था। वहाँ वे खेती का काम कराते थे। खेत-मजदूरों के शोषण में जमींदार भी भागी होता था। इस तरह ब्रिटेन के साधारण लोगों का दुहरा शोषण होता था। अभिजात-वर्ग उनका शोषण करता था। इस अभिजात-वर्ग ने अपनी छाप पूँजीपति-वर्ग पर भी छोड़ी थी।

भारत से जो पैसा ब्रिटेन जाता था, वह सारा विलायती माल की बिक्री से प्राप्त न होता था। अंग्रेजों की आय का सबसे बड़ा स्रोत यहाँ के किसान थे। वे किसानों का जमींदारों की तरह शोषण करते थे। केवल ईस्ट इंडिया कम्पनी के दौर में नहीं, वरन् उसके बाद भी अंग्रेजी राज्य का शोषण बहुत कुछ जमींदारी ढंग का था। अभिजात-वर्ग सत्ता सँभाले था, इसलिए वह पूँजीपति-वर्ग को मजदूर-वर्ग की सीधी टक्कर से एक हद तक बचा रहा था। इस तरह वह ब्रिटेन के वर्ग संघर्ष में बाधा डाल रहा था।

मजदूर-वर्ग मार्क्स के अनुसार 1848 के बाद भ्रष्टाचार में शामिल हुआ, इससे पहले वह अभिजात-वर्ग से लड़ रहा था। चार्टिस्ट आन्दोलन मुख्यतः अभिजात-वर्ग को हटाने के लिए चलाया गया था। 1848 से पहले ब्रिटेन में मजदूर आन्दोलन चला और उसके नौ साल बाद भारत में 1857 का स्वाधीनता संग्राम छिड़ गया। ये दोनों आन्दोलन मिलकर काम करते, तो यह निश्चित है कि दुनिया का नक्शा बदल जाता। यह कहना आवश्यक है कि 1848 से पहले जब इंग्लैंड में मजदूर आन्दोलन उभार पर था, तब वहाँ किसानों के साथ संयुक्त मोर्चा बनाना सम्भव था। सारे ब्रिटेन में छोटे किसान तबाह हो गए हों, ऐसा नहीं था। सभी गाँवों में केवल गड़रिए भेड़ चराते हों, और पूँजीवादी

दार्शनिक धारा अथवा किन्हीं दार्शनिक अवधारणाओं का अभिप्राय समुचित ढंग से समझा जा सकता है ?

इन प्रश्नों के अतिरिक्त दर्शन को ज्ञान की अन्य शाखाओं के साहचर्य अथवा उनके बीच के अन्तःसम्बन्धों की रोशनी में समझने का प्रयास किस प्रकार किया जा सकता है, इस दृष्टि से भी पाश्चात्य दर्शन पर रामविलासजी का लेखन सार्थक और मूल्यवान है।

यूनानी दर्शन, रिनासां काल के चिन्तन, दार्शनिक प्रतिपत्तियों पर सामाजिक अन्तर्विरोधों के प्रभाव, अधिरचना और बुनियाद के बीच के जटिल सम्बन्ध, एशिया-अफ्रीका की सभ्यता को देखने की पश्चिमी दृष्टि के पूर्वग्रह आदि पर रामविलासजी बहुत ही स्पष्ट और दो टूक ढंग से अपनी बात कहते हैं। हिन्दीभाषी पाठक समुदाय के लिए यह पुस्तक दर्शन-सम्बन्धी ज्ञान-झरोखा है।

'एशियाई धरती पर यूनानी दर्शन का जन्म' शीर्षक के तहत दर्शन की उत्पत्ति के प्रश्न पर विस्तार से विचार किया गया है। रामविलासजी इस निष्कर्ष पर पहुँचे हैं कि यूनानी दर्शन के उद्भव, विकास और उत्थान के मूल में भारत का निर्भ्रान्त योगदान था। वैदिक चिन्तन से थलेस और अन्य यूनानी दार्शनिकों के विचारों का साम्य दिखानेवाली बेनीमाधव बरुआ की पुस्तक में प्रस्तुत निष्कर्षों का रामविलासजी उल्लेख करते हैं। मानव-सभ्यता के विकास तथा दर्शन के इतिहास पर विचार करनेवाले विद्वान अभी तक यह मानते आ रहे थे कि यूनानी दर्शन के उद्भव के मूल में पूर्वी सभ्यता का जो योगदान था, वह मूलतः मिस्र ओर बेबिलोन तक सीमित था। रामविलासजी ने इस धारणा के खंडन में बेनीमाधव बरुआ की पुस्तक से सहायता ली है और अपनी मान्यता प्रस्तुत करते हुए इस बात पर जोर दिया है कि *"पूर्व से जो उद्भावनाएँ यूनान पहुँची हैं, उनका मूल स्रोत भारत है।"* अपनी इस मान्यता की पुष्टि में वेदों और उपनिषदों से रामविलासजी बार-बार उद्धरण देते हैं। परमाणुवाद के उद्भव और विकास की व्याख्या में भी रामविलासजी अपनी उसी मान्यता की पुनः पुष्टि करते हैं।

दर्शन के इतिहास से सम्बन्धित अनिर्णीत विवादों की विवेचना के लक्ष्य को ध्यान में रखकर रामविलासजी अपनी मान्यता प्रस्तुत करने में किसी दुविधा, किसी हिचक या झिझक का अनुभव नहीं करते। भाषाशास्त्र, पुरातत्त्व, इतिहास, समाजशास्त्र आदि के अद्यतन ज्ञान से लैस होने तथा मार्क्सवादी चिन्तन की द्वन्द्वात्मक पद्धति के सटीक विनियोग के कारण उनके निष्कर्ष वैचारिक उत्तेजना तो पैदा करते ही हैं, रोचक और ज्ञानवर्द्धक भी होते हैं।

1905 में प्रकाशित महामहोपाध्याय पंडित रामावतार शर्मा की पुस्तक 'यूरोपीय दर्शन' का उपर्युक्त विवाद के प्रसंग में उल्लेख आवश्यक है। पंडित रामावतार शर्मा ने अपनी उक्त पुस्तक की प्रस्तावना में कहा था—"यूरोपीय दर्शन की उत्पत्ति ग्रीस से मानी जाती है। यद्यपि दर्शन आदि के तत्त्व ग्रीस देश में पहले-पहले ईजिप्ट से आए थे और सिकन्दर आदि के समय में ग्रीस का भारत से भी सम्बन्ध हुआ था, तथापि यहाँ के

अनुक्रम

भूमिका VII

पहला अध्याय

यूनानी दर्शन का उद्भव और विकास
(क) एशियाई धरती पर यूनानी दर्शन का जन्म 15
(ख) एथेन्स के दार्शनिक 50

दूसरा अध्याय

यूरोप का पुनर्जागरण काल : हेगल और मार्क्स
(क) दार्शनिक विरासत का मूल्यांकन 143
(ख) यथार्थवाद और शून्यवाद 155
(ग) हेगल 163

तीसरा अध्याय

मार्क्स का दार्शनिक चिन्तन और समकालीन समाज के अन्तर्विरोध
(क) मार्क्स के दार्शनिक चिन्तन का विकास 217
(ख) धर्म और नैतिकता की समस्या 244
(ग) विचारधारा और आर्थिक बुनियाद 277
(घ) समकालीन समाज के अन्तर्विरोध 316

सन्दर्भ ग्रन्थ तथा पत्र-पत्रिकाएँ 341
अनुक्रमणिका 349

कायम करते हैं। एक ओर उत्पादन करनेवाले, दूसरी ओर उत्पादन के सम्बन्ध, इनमें जब टक्कर होती है, तब सामाजिक क्रान्ति की बेला आ पहुँचती है। यह बात मार्क्स ने 'अर्थशास्त्र की आलोचना में योगदान' पुस्तक की भूमिका में इस प्रकार लिखी है : "अपने जीवन की सामाजिक पैदावार में मनुष्य ऐसे निश्चित सम्बन्ध कायम करते हैं जो लाजिमी होते हैं और उनकी इच्छा से स्वतन्त्र होते हैं। पैदावार के लिए सम्बन्ध उत्पादन की भौतिक शक्तियों के विकास की एक निश्चित मंजिल से मेल खाते हैं। विकास की एक मंजिल तक पहुँचकर समाज की भौतिक उत्पादक शक्तियाँ उस समय के उत्पादन सम्बन्धों से टकराती हैं। उत्पादक शक्तियों के विकास के रूप में रहकर ये सम्बन्ध उनके लिए बेड़ियाँ बन जाते हैं। तब सामाजिक क्रान्ति का युग शुरू होता है।"[34]

मान लीजिए, उत्पादक हैं मजदूर। उत्पादन के सम्बन्ध वे सम्बन्ध हैं जो मजदूरों और पूँजीपतियों के बीच कायम होते हैं। इन सम्बन्धों से उत्पादक शक्तियाँ अर्थात् मजदूर टकराते हैं। तब समाजवादी क्रान्ति की बेला आ पहुँचती है। यह बात पूँजी के प्रथम खंड में मार्क्स ने और भी विस्तार से इस तरह समझाई है : पहले मजदूर केवल अपने लिए काम करता था। लेकिन अब पूँजीपति समाज में अनेक मजदूरों का शोषण करता है। इस तरह मजदूरों के शोषण के साथ पूँजीवादी उत्पादन में एक दूसरी चीज घटित होती है। वह है पूँजी का केन्द्रीकरण। बड़ा पूँजीपति छोटे पूँजीपति को खा जाता है। वह मजदूरों की श्रम-शक्ति का ही अपहरण नहीं करता, वरन् छोटे पूँजीपतियों की पूँजी का, उनके व्यवसाय का, अपहरण भी करता है। इस तरह पूँजी का केन्द्रीकरण बराबर होता जाता है।

मार्क्स कहते हैं कि इसी के साथ श्रम की प्रक्रिया में सहकारिता बढ़ती जाती है। बहुत से मजदूर एक साथ कार्य करने को बाध्य होते हैं। विज्ञान से जो तकनीक प्राप्त होती है, उसे उत्पादन में लगाया जाता है। जमीन का बड़े पैमाने पर, व्यवस्थित ढंग से, उपयोग किया जाता है। जो उत्पादन के औजार हैं, वे अब ऐसे होते हैं कि सब लोग मिलकर ही उनका उपयोग कर सकते हैं। जैसे पहले लुहार अपने हथौड़े से अकेले काम कर सकता था लेकिन अब बहुत से कारीगर कारखाने में कार्य करते हैं और वे सब मिलकर ही मशीनें चला सकते हैं। इस तरह श्रम के औजारों का समाजीकरण हुआ। उत्पादन के जो साधन हैं, उनमें मितव्ययिता से काम लिया जाता है, उत्पादन के साधनों को मिलाकर सामाजिक श्रम से काम लिया जाता है। इससे श्रम की उत्पादकता बढ़ती है।

मार्क्स आगे कहते हैं कि विश्व-बाजार का ऐसा जाल फैलता है कि उसमें सारी दुनिया के लोग सिमट जाते हैं। इसी से पूँजीवादी व्यवस्था का अन्तर्राष्ट्रीय चरित्र निर्मित होता है। एक तरफ जो बड़े-बड़े पूँजीपति हैं, उनकी संख्या कम होती जाती है, जो लखपति है, वह करोड़पति होता है, जो करोड़पति है, वह अरबपति होता है। इस तरह जो बड़े पूँजीपति होते हैं, वे उत्पादन पर अपना इजारा कायम कर लेते हैं। इजारे की

यह प्रवृत्ति औद्योगिक पूँजीवाद के जमाने में देखी जाती है। एक तरफ उत्पादन पर थोड़े से बड़े पूँजीपतियों का इजारा कायम होता है, दूसरी तरफ करोड़ों आदमियों में मुफलिसी, ग़रीबी, गुलामी, पतन, शोषण आदि का बहुत बड़ा विस्तार होता है।

लेकिन इसके साथ मजदूर-वर्ग का विद्रोह भी शुरू हो जाता है। मार्क्स के अनुसार यह वर्ग ऐसा है जिसकी संख्या बराबर बढ़ती जाती है। यह वर्ग बराबर अनुशासित होता जाता है, एकताबद्ध होता है। पूँजी-उत्पादन की जो प्रक्रिया है, वह उसको संगठित होने में मदद देती है। अब पूँजी के ऊपर जो बड़े पूँजीपतियों का इजारा कायम है, वह उत्पादन की पद्धति पर एक बन्धन बन जाता है। एक तरफ है श्रम का समाजीकरण, यानी करोड़ों मजदूर मिलकर काम करते हैं। यह श्रम का समाजीकरण हुआ। दूसरी तरफ जो उत्पादन के साधन हैं; उनके ऊपर स्वामित्व थोड़े से पूँजीपतियों का है। इस उत्पादन-सम्बन्ध से उत्पादक शक्तियाँ, करोड़ों मजदूर टकराते हैं। यह टक्कर आखिर में ऐसी रेखा तक पहुँचती है जब पूँजीवादी खोल फट जाता है। तब पूँजीवादी व्यक्तिगत सम्पत्ति के विदा होने की घंटी बज जाती है। यहाँ व्यक्तिगत सम्पत्ति का अर्थ है—उत्पादन के साधनों पर थोड़े से पूँजीपतियों का स्वामित्व।

मार्क्स कहते हैं, जिन्होंने अब तक सबका अपहरण किया था, उनका ही अपहरण कर लिया जाता है,[35] अर्थात् उनके स्वामित्व को खत्म कर दिया जाता है, उत्पादन के साधनों पर उत्पादकों का अधिकार हो जाता है। जिन लोगों ने सामाजिक श्रम से खाने-पहनने, रहने-सहने के मूल्य पैदा किए हैं उनका अधिकार अब उत्पादन के साधनों पर हो जाता है। कम्युनिस्ट घोषणापत्र में मार्क्स और एंगेल्स ने विभिन्न वर्गों की जो स्थिति बताई है, वह इसी प्रारूप के अनुसार है। पहली बात यह कि इस घोषणापत्र के अनुसार इंग्लैंड में, फ्रांस जैसे अन्य विकसित देशों में, सामन्तवाद पूरी तरह समाप्त हो गया है। पूँजीपति-वर्ग अर्थतन्त्र पर हावी है, राज्यसत्ता उसके अधिकार में है, वह संस्कृति पर भी अपना अधिकार जमाए है। मुख्य बात यह है कि विकसित पूँजीवादी देशों में मजदूर-वर्ग अब बहुसंख्यक है और वह अकेले क्रान्ति कर सकता है। मार्क्स और एंगेल्स कहते हैं कि इतिहास में पहले जितने आन्दोलन हुए हैं, वे सब अल्पसंख्यकों के आन्दोलन रहे हैं, वे आन्दोलन अल्पसंख्यकों के हित में किए गए हैं। सर्वहारा आन्दोलन स्वतन्त्र है, वह बहुसंख्यक भाग का आन्दोलन है और वह इस विशाल बहुसंख्यक भाग के हित में चलाया जाता है (Movement of the immense majority in the interests of the immense majority)[36] अंग्रेजी अनुवाद में ये दो शब्द दो बार दुहराए गए हैं : immense majority बहुत बड़ा बहुसंख्यक भाग।

पूँजीवाद का इतना विकास हो चुका होता है कि मजदूर समाज का बहुसंख्यक भाग बन जाते हैं। तब सर्वहारा क्रान्ति की नौबत आती है। ऐसी स्थिति में किसान तथा अन्य वर्ग प्रतिक्रियावादी दिखाई देते हैं। उसका कारण यह है कि ये वर्ग पूँजीवाद से अपना बचाव करना चाहते हैं। जो प्रगतिशील उत्पादन की प्रक्रिया है, उससे बचने के लिए अपने पुराने ढंग को कायम रखना चाहते हैं। इसलिए ये रूढ़िवादी हैं। घोषणापत्र में

दार्शनिकों ने अपनी ही स्वतन्त्र बुद्धि से नवीन तर्कों के द्वारा अपना दर्शन बढ़ाया। इसलिए इनके दर्शन को स्वतन्त्र ही समझना चाहिए।''

पिछले 95 वर्षों में विश्व-स्तर पर इस बात को लेकर प्रचंड विवाद हुए हैं कि पाश्चात्य ज्ञान-विज्ञान और दर्शन के विकास के मूल में एशिया और अफ्रीका का योगदान है या नहीं। एडवर्ड सईद *(ऑरियंटिलिज्म)* और मार्टिन बर्नाल *(ब्लैक एथेना)* ने इस बहस को और भी सार्थक और जीवन्त बना दिया है। 1978 में प्रकाशित अपनी पुस्तक 'ऑरियंटिलिज्म' (प्राच्यवाद) के द्वारा एडवर्ड सईद ने विस्तार से यह स्पष्ट कर दिया कि पश्चिमी दर्शन और ज्ञान-विज्ञान के उद्‌भव तथा विकास में एशिया-अफ्रीका का कितना व्यापक योगदान है। मार्टिन बर्नाल ने भी विस्तार से पश्चिम की सर्वोपरि महत्ता का सुसंगत ढंग से खंडन किया है। इसीलिए महामहोपाध्याय पंडित रामावतार शर्मा के उपर्युक्त निष्कर्ष से रामविलासजी सहमत नहीं हैं। दरअसल सारी बहस थलेस के प्रसंग में शुरू हुई। थलेस की इतनी व्यापक प्रसिद्धि का आधार मूलतः अरस्तू की कृति *मेटाफिजिक्स* है। इस पुस्तक के पहले भाग में अरस्तू यह बताते हैं कि थलेस की जबर्दस्त शोहरत का कारण उसका यह कथन है कि तमाम वस्तुओं का मूलाधार जल है—हर वस्तु जल से उत्पन्न हुई है और अन्ततः जल में ही समाविष्ट हो जाएगी। सिर्फ इस मूल तत्त्व के अन्वेषण से सम्बन्धित विचार के कारण थलेस को इतिहास में अमर स्थान प्राप्त हो गया। थलेस को यह स्थान दर्शन और विज्ञान—दोनों के इतिहास में उपलब्ध है। दर्शनशास्त्र और विज्ञान के इतिहास-लेखक थलेस की चर्चा आयोनियाई सुप्रभात के जन्मदाता के रूप में करते हैं। उनके बारे में प्रचलित दन्तकथाओं का संग्रह और विश्लेषण जी.एस. किर्क और जे.ई. रैवेन की पुस्तक *द प्रि-सोक्रेटिक फिलौसोफ़र्स* में विस्तार से मिलता है। किन्तु इन दन्तकथाओं से वैज्ञानिक चिन्तन को छुटकारा दिलाने का काम करनेवाले जॉर्ज थॉमसन और बेंजामिन फारिंगटन की कृतियों के आधार पर यूनानी दर्शन के उद्‌भव को लेकर नए ढंग का सोच-विचार सम्भव हो सका।

बेंजामिन फारिंगटन का कहना था कि प्राचीन पुराणकथा शास्त्र में निश्चित तौर पर यह विचार प्रचलित था कि सृष्टि की हर वस्तु का सृजन किसी जलदेवता ने किया है। थलेस ने युगान्तरकारी कार्य यह किया कि देवता को हटाकर मात्र जल को प्रथम कारण का दर्जा दे दिया। मानव-सभ्यता के विकास की उस मंजिल पर महत्त्व की बात यह थी कि थलेस ने अतीत की सभी पौराणिक कल्पनाओं से मुक्त होकर प्रकृति को शुद्ध रूप से एक प्राकृतिक संवृति (फेनोमेना) के रूप में समझने का पहला प्रयत्न किया था। फारिंगटन के पहले—उन्नीसवीं सदी के हेगेलवादी चिन्तक और इतिहासकार श्वेगलर की पुस्तक *ग्रीक फिलौसोफ़ी* में भी यह बताया जा चुका था कि ''थलेस पहला व्यक्ति था जिसने बोध के सिद्धान्तों के आधार पर प्रकृति की व्याख्या का प्रयास किया।''

देवीप्रसाद चट्टोपाध्याय द्वारा सम्पादित ग्रन्थमाला की चौथी कृति के लेखक रासबिहारी दत्त का भी इस बात पर जोर है कि ''इस चिन्तन-प्रणाली ने यूरोपीय

कर सकता है कि सहकारिता उसके लिए लाभकारी होगी या नहीं।

अब किसान की स्थिति बदल जाती है, वह क्रान्ति में सहायक होता है, विरोधी नहीं होता। तीसरी बात एंगेल्स ने यह कही है कि जितना ही अधिक संख्या में हम किसानों को सर्वहारा-वर्ग में ढकेले जाने से रोकेंगे, जितना ही अधिक किसानों को बहैसियत किसानों के अपने साथ मिला लेंगे, उतना ही समाज का परिवर्तन तेजी से होगा।[40] सूदखोर महाजन किसान को बेदखल कर दे और वह सर्वहारा बन जाए, एक स्थिति यह है। दूसरी स्थिति यह है कि मजदूर-वर्ग सूदखोर महाजन से लड़े और किसान की रक्षा करे, सर्वहारा में ढकेले जाने से उसे बचाए। वह मुफलिस हो जाए, सर्वहारा हो जाए, इसके बदले उसकी छोटी सम्पत्ति की रक्षा करना कम्युनिस्टों का कर्त्तव्य हुआ। जितनी ज्यादा संख्या में वे किसानों को अपने पक्ष में कर लेंगे, उतनी ही जल्दी सामाजिक परिवर्तन सम्पन्न होगा। यह तो हुई उद्योग-प्रधान देशों के किसानों की बात। अब उन किसान-जातियों की बात सोचिए जिन पर बड़े पूँजीवादी देशों ने अधिकार जमा लिया था। ये पूँजीवादी देश तो नहीं बने, पराधीन देशों में पूँजीवाद का तेजी से विकास तो नहीं हुआ बल्कि वे तबाह हो गए। इस तबाही का वर्णन एंगेल्स ने आयरलैंड के सन्दर्भ में किया है। वहाँ के आर्थिक विकास को इंग्लैंड के पूँजीपतियों ने रोका, वहाँ के शहर तबाह हो गए, मजदूर बेकार हो गए, और हजारों किसान, भुखमरी के शिकार हुए। बड़े देशों के पूँजीपतियों ने, जब अन्य देशों पर अधिकार किया, तो वहाँ पूँजीवादी परिवर्तन नहीं हुआ। वे ऊपर उठकर बड़े पूँजीवादी देशों के बराबर नहीं आ गए, वे जहाँ थे उसके भी नीचे ढकेल दिए गए। उनकी हालत और भी खराब हो गई। इस तरह मार्क्स और एंगेल्स की पुरानी धारणाएँ लगभग पूरी तरह बदलीं। यह वैज्ञानिक समाजवाद का दूसरा प्रारूप हुआ।

इस दूसरे प्रारूप के अनुसार अब मजदूर-वर्ग को अपनी रणनीति कायम करनी थी। इस रणनीति की पहली विशेषता यह थी कि मजदूरों को सबसे पहले अभिजात-वर्ग का शासन खत्म करना है। मजदूरों के जो स्तर भ्रष्टाचार में फँसे हुए हैं, उन्हें अलग कर देना है, उनके प्रभाव को खत्म करना है। यदि इंग्लैंड जैसे देशों के मजदूर यह काम नहीं कर सकते तो यह काम आयरलैंड जैसे पराधीन देशों के किसानों को करना चाहिए। विकसित पूँजीवादी देशों के भ्रष्ट मजदूर अलग कर दिए गए। रह गए क्रान्तिकारी मजदूर। जो अविकसित या विकासमान देश हैं, वहाँ मजदूर-वर्ग की संख्या बहुत थोड़ी है। आगे बढ़ते हुए देश और पिछड़े देश, इन दोनों में जिनकी संख्या ज्यादा हैं, वे हैं किसान। मार्क्स, एंगेल्स की सलाह है कि इंग्लैंड, फ्रांस, जर्मनी के मजदूरों को किसानों के साथ संयुक्त मोर्चा बनाना चाहिए। रणनीति की यह दूसरी विशेषता है।

आयरलैंड जैसे देशों का जो किसान आन्दोलन है, जमींदारों को हटाकर जमीन हासिल करने का जो आन्दोलन है, वह उनका राष्ट्रीय स्वाधीनता आन्दोलन भी है। एक तरफ राष्ट्रीय स्वाधीनता आन्दोलन में किसानों की बहुत बड़ी संख्या है, दूसरी तरफ विकसित देशों के अन्दर मजदूर-वर्ग के साथ किसानों का समुदाय है। अब जरा विश्व

पैमाने पर क्रान्ति की प्रक्रिया पर विचार कीजिए। यूरोप के किसान हैं और एशिया के किसान हैं। इनमें थोड़े से यूरोप और एशिया के मजदूर हैं, वे बहुत महत्त्वपूर्ण भूमिका निभाते हैं, लेकिन संख्या के विचार से किसान बहुत ज्यादा हैं। क्रान्ति की इस प्रक्रिया में किसान भाग तभी लेते हैं जब उन्हें यह विश्वास हो कि हमारी छोटी सम्पत्ति की रक्षा की जाएगी। यदि उनकी छोटी सम्पत्ति छीन ली गई है तो वह उन्हें लौटा दी जाएगी। जमींदारियाँ तोड़ दी जाएँगी, बड़ी रियासतें खत्म कर दी जाएँगी। इनकी जमीनें किसानों में बाँट दी जाएँगी। इस उद्‌देश्य की सिद्धि के लिए वे इस क्रान्ति में शामिल होते हैं। इसलिए नहीं शामिल होते हैं कि श्रम का समाजीकरण हो गया है, गाँव में सब लोग खेत-मजदूर बन गए हैं, और वे अब सहकारिता की ओर बढ़ रहे हैं।

छोटी सम्पत्ति की रक्षा एक बहुत बड़े पैमाने पर क्रान्ति का उद्‌देश्य बन जाता है। तब विश्व पैमाने पर जो क्रान्ति की प्रक्रिया है, वह सर्वहारा क्रान्ति की प्रक्रिया है या जनवादी क्रान्ति की प्रक्रिया है ? निस्सन्देह वह जनवादी क्रान्ति की प्रक्रिया है। यह पुराने ढंग की जनवादी क्रान्ति नहीं है जहाँ सामन्तवाद को हटाकर पूँजीपति-वर्ग अपना प्रभुत्व कायम करना चाहता है। यह नए ढंग की जनवादी क्रान्ति है, सामन्तवाद के तमाम अवशेषों को हटाकर पूँजीपति-वर्ग को या तो तटस्थ कर दिया जाता है या उसे शक्तिहीन कर दिया जाता है। मूल बात है कि सत्ता पर अधिकार थोड़े-से पूँजीपतियों या भूस्वामियों का नहीं होता, सत्ता पर अधिकार होता है मजदूरों और किसानों का। रणनीति की यह तीसरी विशेषता है। वैज्ञानिक समाजवाद के दूसरे प्रारूप की इन विशेषताओं के अनुसार विश्व पैमाने पर क्रान्ति की विराट प्रक्रिया 1917 से 1988 तक चालू है।

6. वैज्ञानिक समाजवाद को सही ढंग से समझने के लिए मार्क्स और एंगेल्स के विचारों को उनकी विकासमानता के सन्दर्भ में देखना चाहिए

मार्क्स अत्यन्त प्रतिभाशाली व्यक्ति थे, फिर भी उन्होंने 1848 या किसी अन्य वर्ष एकबारगी वैज्ञानिक समाजवाद की रूपरेखा न बना ली थी। यह रूपरेखा क्रमशः परिवर्तित होते हुए और क्रमशः विकसित होते हुए बनी थी। इसका बहुत पुष्ट प्रमाण आयरलैंड के बारे में उनकी परिवर्तित विचारधारा है। 10 दिसम्बर, 1869 के पत्र में मार्क्स ने एंगेल्स को लिखा था : "बहुत दिनों तक मैं यह विश्वास करता रहा कि अंग्रेज मजदूर-वर्ग के उत्कर्ष द्वारा आयरिश तन्त्र को धराशायी करना सम्भव होगा। न्यूयार्क ट्रिब्यून में सदा मैं यही धारणा प्रतिपादित करता था और गहरे अध्ययन से मुझे विश्वास हो गया है कि इससे उलटी बात सही है। जब तक अंग्रेज मजदूर-वर्ग आयरलैंड से पिंड न छुड़ाएगा, तब तक वह कुछ भी न कर सकेगा।" केवल आयरलैंड के बारे में नहीं, अन्य देशों के बारे में भी उनकी धारणाएँ बदली थीं और इसे मार्क्सवाद के विद्वान स्वीकार करते हैं।

मैकडनल ने ऋग्वेद की जल माताओं के लिए लिखा था : "जो कुछ भी स्थावर और जंगम है; उस सबको उत्पन्न करनेवाली वे हैं" (6.50.7)।[6] इस तरह 'पूर्व' में मिस्र और बैबिलोन के साथ भारत को भी शामिल करना चाहिए। जल को आदि तत्त्व माननेवाली उपनिषदों की विचारधारा से थलेस के चिन्तन की समानता रानडे ने दिखाई थी। उनकी पुस्तक अंग्रेजी में थी। किर्क और रैवेन ने सुकरात से पहले के यूनानी दार्शनिकों पर जो पुस्तक लिखी है वह 1957 में प्रकाशित हुई थी। उससे पहले मैकडनल और रानडे की पुस्तकें छप चुकी थीं। वैदिक चिन्तन से थलेस और अन्य यूनानी दार्शनिकों के विचारों का साम्य दिखानेवाली बेनीमाधव बरुआ की पुस्तक प्रकाशित हो चुकी थी। शायद किर्क और रैवेन जैसे विद्वानों की मान्यता है कि भारत दूसरों से प्रभावित होता रहा है, वह भला यूनान को क्या प्रभावित करेगा ? भारत द्वारा मिस्र और बैबिलोन के प्रभावित होने का प्रश्न ही नहीं है। बैबिलोन की सृष्टि-कथा के प्रसंग में किर्क ने अप्सु और तिआमत के लिए लिखा है कि "वे आदिम जल के नर और नारी सिद्धान्त थे।"[7] इनमें अप्सु रूप ऋग्वेद में है, और वह जलवाचक है। अन्तर यह है कि वह स्त्रीलिंग सप्तमी बहुवचन है, सुमेर-बैबिलोन में वह पुल्लिंग प्रथमा एकवचन हो गया है। यह बात विश्वासपूर्वक कही जा सकती है कि 'पूर्व' से जो उद्भावनाएँ यूनान पहुँची हैं, उनका मूल स्रोत भारत है।

थलेस का अपना लिखा हुआ कुछ भी नहीं बचा किन्तु परवर्ती लेखकों ने उनके विचारों को बार-बार उद्धृत करके उन्हें सुरक्षित किया है। उनमें एक विचार यह था कि सभी पदार्थों में देवता हैं।[8] जिन्हें हम निर्जीव कहते हैं, उनमें भी वह देवों का अस्तित्व मानते थे। संकलनकर्ता ऐतिउस के अनुसार थलेस मानते थे कि विश्व का मन देवता है, पदार्थों का समवाय आत्मामय है और देवों (दैमॉन) से भरा है; आदिम आर्द्रता में ओर-छोर तक दैवी-शक्ति प्रविष्ट है और वह उसे गतिशील बनाती है।[9] थलेस की ये धारणाएँ उन्हें मिस्र और बैबिलोन से दूर ले जाती हैं और ऋग्वेद तथा उपनिषदों के बहुत पास ले आती हैं। जल के आदि तत्त्व होने के विचार को उनके साथ मिलाकर देखें तो विश्वास हो जाएगा कि यूनान की उस प्रथम दार्शनिक उद्भावना का स्रोत भारत है।

थलेस मानते थे कि धरती जल पर तैर रही है। धरती जल-तत्त्व से बनी है, धरती जल पर तैर रही है—ये दो अलग धारणाएँ हैं। किर्क का विचार है कि आदि तत्त्व की धारणा अरस्तू की थी और उससे उन्होंने थलेस के विचार को मिला दिया है। 'फिर भी अरस्तू की सहज कल्पना के विपरीत यह सम्भव है कि थलेस ने कहा हो कि धरती जल से निकली है (अर्थात् उससे बाहर आकर वह किसी प्रकार ठोस बनी) पर इस कारण आवश्यक नहीं कि उन्होंने सोचा हो कि धरती और उसके पदार्थ किसी प्रकार जल हैं।'[10] किर्क की टिप्पणी में धरती का जल से निकलना और धरती का जलमय होना, इन स्थापनाओं में महत्त्वपूर्ण भेद किया गया है। पर अरस्तू ने उन पर अपनी धारणा आरोपित नहीं की, न उससे थलेस के विचार को उन्होंने मिला दिया है। जिस

पहला अध्याय

यूनानी दर्शन का उद्भव और विकास

(क) एशियाई धरती पर यूनानी दर्शन का जन्म

(ख) एथेन्स के दार्शनिक

पश्चिमी यूरोप के विकसित देशों ने यहाँ आकर बहुत बड़ा परिवर्तन किया है। यहाँ के समाजों में ठहराव था, उसे उन्होंने तोड़ दिया है, उन्हें परिवर्तित करके पूँजीवादी देश बना दिया है। वे या तो ब्रिटेन और जर्मनी के समकक्ष हो गए हैं या अब पूर्व और पश्चिम के देशों में कोई ज्यादा फासला नहीं रहा है। इसलिए यहाँ अगर क्रान्ति करना है तो केवल मजदूरों का भरोसा करना चाहिए, यहाँ जनवादी क्रान्ति नहीं समाजवादी क्रान्ति करनी चाहिए। बहुसंख्यक जनता राष्ट्रीय स्वाधीनता के लिए लड़ रही थी, लड़ना चाहती थी, लेकिन ये तथाकथित मार्क्सवादी सोचते थे कि सर्वहारा क्रान्ति आवश्यक है। इसका वस्तुगत परिणाम यह था कि साम्राज्यवाद को अपना शासन बनाए रखने में मदद मिलती थी। अकाल में, भुखमरी में, लाखों आदमी मरते थे, यह सब इनके लिए क्रान्ति की तैयारी थी। वे समझते थे कि यह भी सामाजिक परिवर्तन के लिए आवश्यक है। जनता को कष्ट जरूर होता है, इतने आदमी भूखों मरते हैं, कष्ट तो होगा ही, लेकिन इतिहास के लिए यह सब सह लेना चाहिए।

आगे चलकर चीन में, वियतनाम में, ऐसे अन्य देशों में क्रान्ति हुई। यहाँ जनवादी क्रान्ति हुई तो यही लोग कहते थे कि वास्तव में यहाँ कोई क्रान्ति नहीं हुई। इसलिए कि यहाँ बहुसंख्यक जनता किसान है और किसानों में यह क्षमता नहीं है कि वे कोई मौलिक सामाजिक परिवर्तन कर सकें। इन सबका सार यह निकला कि यदि वैज्ञानिक समाजवाद के उन दो प्रारूपों का भेद न देखा जाए, मार्क्स और एंगेल्स की विचारधारा को उसकी विकासमानता के सन्दर्भ में न पहचाना जाए, तो साम्राज्यवादी व्यवस्था की रक्षा होगी, उसके खिलाफ लड़ने के लिए जनता को गोलबन्द न किया जाएगा। इसके अलावा विकसित देशों में जो लोग मजदूर-वर्ग के भ्रष्टाचार से फायदा उठा रहे हैं, उन्हें भी अपनी क्रिया को जारी रखने में मदद मिलेगी। साम्राज्यवाद ने पिछड़े हुए देशों में पुराने सामन्तवाद को कायम रहने दिया, नए ढंग से सामन्तवाद को पाला-पोसा। उसे बनाए रखने में मदद मिलेगी। सारांश यह कि क्रान्ति के साम्राज्य-विरोधी कार्य, सामन्त-विरोधी कार्य न किसी एक देश में पूरे होंगे, न विश्व पैमाने पर पूरे होंगे।

वैज्ञानिक समाजवाद के बारे में मार्क्स और एंगेल्स की विचारधारा विकासमान है, यह न समझने के कारण बहुत से मार्क्सवादियों ने आपसी विवाद में अनगिनत पृष्ठ लिखे हैं। इन विवादों का मानो कभी अन्त ही न होगा। इन विवादों का सबसे बड़ा कारण यह है कि एक तरह के मार्क्सवादी एक तरह के प्रारूप से उद्धरण देते हैं, दूसरी तरह के मार्क्सवादी दूसरी तरह के प्रारूप से उद्धरण देते हैं। मार्क्स के उद्धरणों से दोनों ही अपने पक्ष का समर्थन कर सकते हैं। इस तरह के विवादों का खात्मा तभी हो सकता है जब हम इन दो प्रारूपों को अलग-अलग स्पष्ट रूप में देखें, मानें कि मार्क्स और एंगेल्स के विचारों में परिवर्तन हुआ था। अतः उनकी विचारधारा को उसकी विकासमानता के सन्दर्भ में ही देखना-परखना चाहिए।

सन्दर्भ सूची

(क) मार्क्स के दार्शनिक चिन्तन का विकास

1. मार्क्स-एंगेल्स : कलेक्टेड वर्क्स खंड, 1, 18
2. उप., खंड 3, 130
3. उप.
4. उप.
5. उप., खंड 4, 139
6. उप., खंड 1, 109
7. एंगेल्स : लुडविग फायरबाख, 43
8. उप.
9. उप., 19
10. उप., 43-44
11. मार्क्स-एंगेल्स : कलेक्टेड वर्क्स, खंड 2, 489
12. उप.
13. उप., 618
14. एंगेल्स : पेजेंट वार इन जर्मनी, 56
15. मार्क्स-एंगेल्स : कलेक्टेड वर्क्स, खंड 2, 490
16. उप.
17. उप., 483
18. उप., 143
19. उप., 238
20. उप.
21. उप.
22. उप.
23. उप.
24. उप.
25. उप., 239
26. उप., 240
27. मार्क्स-एंगेल्स : कलेक्टेड वर्क्स, खंड 12, 222
28. मार्क्स-एंगेल्स : ऑन ब्रिटेन, 2

29. मार्क्स-एंगेल्स : कलेक्टेड वर्क्स, खंड 12, 218
30. सेलेक्टेड करेस्पोंडेंस, 14
31. मार्क्स-एंगेल्स : ऑन द यूनाइटेड स्टेट्स, 204
32. मार्क्स-एंगेल्स : कलेक्टेड वर्क्स, खंड 16, 133
33. हेगल : द फिलोसोफी ऑफ हिस्ट्री, 205-13
34. उप., 93
35. शेलीज प्रोज, 239
36. उप.
37. हेगल : लेक्चर्स ऑन हिस्ट्री ऑफ फिलोसोफी, खंड 1, 2
38. उप., 9-10
39. शेलीज प्रोज, 109-10
40. मार्क्स-एंगेल्स : कलेक्टेड वर्क्स, खंड 1, 337
41. उप., 41
42. एंगेल्स : डायलेक्टिक्स ऑफ नेचर, 130
43. उप., 223
44. एंगेल्स : लुडविग फायरबाख, 14
45. सुरेन्द्रनाथ दासगुप्त : ए हिस्ट्री ऑफ इंडियन फिलोसोफी, खंड 1, 161-62
46. हेगल : साइंस ऑफ लॉजिक, खंड 1, 95
47. शेलीज प्रोज, 338-39
48. एंगेल्स : डायलेक्टिक्स ऑफ नेचर, 26-27
49. उप., 30
50. उप., 373
51. उप., 31
52. एंगेल्स : ऐंटी ड्यूरिंग, 35-36
53. डायलेक्टिक्स ऑफ नेचर, 316 (सम्पादकीय टिप्पणी)
54. उप.
55. कोपल्स्टन फ्रेडरिक : ए हिस्ट्री ऑफ फिलोसोफी, खंड 2, 183
56. हौफडिंग : ए हिस्ट्री ऑफ मॉडर्न फिलोसोफी, खंड 2, 33
57. कांट : मौरल एंड पॉलिटिकल राइटिंग्स, 434
58. उप., 447
59. डारविन : जर्नल ऑफ रिसर्चेज, 173
60. उप., 292
61. उप., 295
62. उप., 320
63. उप., 139
64. उप., 140
65. उप., 179
66. उप.
67. उप.
68. उप., 114

69. उप., 115-16
70. उप., 411
71. उप., 39
72. उप., 469-70
73. उप., 470
74. उप., 471
75. एंगेल्स : लुडविग फायरबाख, 63-64

(घ) समकालीन समाज के अन्तर्विरोध

1. कैपिटल, खंड 3, 601
2. ऑन ब्रिटेन, पृ. 215
3. उप., 353
4. उप., 355
5. उप., 407
6. उप., 406
7. उप., 407
8. मार्क्स-एंगेल्स : ऑन रिलीजन, 307
9. उप., 303
10. उप., 301-02
11. उप., 304
12. पेजेन्ट वार इन जर्मनी, 19
13. उप., 20
14. शेलीज प्रोज (सम्पादक डेविड ली क्लार्क), 158
15. उप., 160
16. उप., 254
17. उप., 255
18. ऑन ब्रिटेन, 263
19. उप.
20. उप., 256
21. उप., 263
22. उप., 264
23. पेजेन्ट वार, 13
24. उप.
25. शेलीज प्रोज, 248-49
26. पेजेन्ट वार, 14
27. उप., 15
27A. उप.
28. लेनिन : कलेक्टेड वर्क्स, खंड 25, 416
29. उप., खंड 33, 52-53

30. ऑन ब्रिटेन, 305
31. उप., 303
32. उप., 30-31
33. उप., 504
34. ए कंट्रीब्यूशन टु द क्रिटीक ऑफ पोलिटिकल इकोनॉमी, 20-21
35. कैपिटल, खंड 1, 714-15
36. मार्क्स एंगेल्स : कलेक्टेड वर्क्स, खंड 1, 118
37. उप., 117-18
38. उप., 112
39. उप., खंड 2, 411
40 उप., खंड 3, 471
41. मार्क्स-एंगेल्स : कलेक्टेड वर्क्स, खंड 6, 471

सन्दर्भ-ग्रन्थ तथा पत्र-पत्रिकाएँ

हिन्दी

अग्रवाल, वासुदेवशरण : पाणिनिकालीन भारतवर्ष, बनारस, 2012 वि.
उमाशंकर शर्मा : सर्वदर्शन संग्रह, वाराणसी, 1964
कौटिलीयम् अर्थशास्त्रम्, चौखम्भा, 1984
गणेशन, एस.एन. : मणिमेखला, मद्रास, 1990
भारत की कम्युनिस्ट पार्टी (मा.) का राजनीतिक प्रस्ताव, 1985
मनुस्मृति चौखम्भा, 1982
महाभारत, गीता प्रेस, गोरखपुर, 1955-58
मार्क्सवादी : दिल्ली
मुक्तिसंघर्ष : दिल्ली
युधिष्ठिर मीमांसक : वैदिक सिद्धान्त मीमांसा, बहालगढ़, सं. 2033
रामनाथ वेदालंकार : वेदों की वर्णन शैलियाँ, हरिद्वार, 1976
राहुल सांकृत्यायन :
—अकबर, इलाहाबाद, 1991
—ऋग्वेदिक आर्य, उप., 1957
—जय यौधेय, उप., 1981
—दर्शन दिग्दर्शन, उप., 1992
—दिमागी गुलामी, पटना, 1938
—दिवोदास, इलाहाबाद, 1979
—मानव-समाज, उप., 1993
—वासुदेवशरण अग्रवाल : पाणिनिकालीन भारतवर्ष, बनारस, सं. 2012 वि.
—विविध प्रसंग, नई दिल्ली, 1988
—वैज्ञानिक भौतिकवाद, इलाहाबाद, 1993
—वोल्गा से गंगा, उप., 1993
—संस्कृत काव्यधारा, उप., 1958
—साम्यवाद ही क्यों, उप., 1991

–सिंह सेंनापति, उप., 1993
–हिन्दी साहित्य सम्मेलन के अध्यक्षीय भाषण, खंड 3, अभिभाषण : 35, इलाहाबाद (मुद्रणाधीन)
सत्यव्रत सिद्धान्तालंकार : एकादशोपनिषद्, नई दिल्ली, 1988
सम्पूर्ण गाँधी वाङ्मय, सूचना एवं प्रसारण मन्त्रालय, भारत सरकार, नई दिल्ली, 1973
सातवलेकर, श्रीपाद दामोदर : ऋग्वेद का सुबोध भाष्य, पारडी, 1985
सोवियत संघ की कम्युनिस्ट पार्टी (बोल्शेविक) का इतिहास, दिल्ली, 1984
सोवियत संघ की कम्युनिस्ट पार्टी की 27वीं कांग्रेस, दिल्ली, 1986
श्रीमद्भागवत-महापुराण, गोरखपुर, सं. 2042
हरिशंकर जोशी : वैदिक योगसूत्र, वाराणसी, 1967

अंग्रेजी

Achkasov, A., Preksin O. : Two Worlds-Two Monetary Systems, Moscow, 1986
Activities of Transnational Corporation in South Africa and Namibia; United Nations, New York, 1986
Ain-i Akbari, Translated by H. Blochman, Delhi, 1965
Allingham, M. Burstein, M.L.: Resource allocation and Economic Policy, Machmillan, 1976
Ambrose, S.E.; Barber,T.E. : The Military and Economic Society, New York, 1972.
An Approach to Science and Technology Plan; New Delhi, 1973
Aristophanes, Lysistrata, the Achanians, the Clouds, Penguin, 1969
Aristotle, Politics; Heinemann, London
Aristotle, Politics, Harvard, 1950.
Arrian, The Campaigns of Alexander, Penguin, 1986
Atkinson, E.J. (Ed.), Geology of the Himalayas, New Delhi, 1980
Bacon, F., The Advancement of Learning & Novum Organism, New york
Barnet, S.A. (Ed.), A Century of Darvin, London, 1958
Barua, B.M., A History of Pre-Budhistic Indian Philosophy, Delhi, 1981
Bernal, J.D., Science in History, London, 1954
Bernier, Travels in the Mogul Empire, Delhi
Boardman J., Griffin J., Murray O., Greece and the Hellenistic World, New York, 1985
Bolt, B.A., Horn, W.L., Macdonald G.A., Scott. R.T., Geological

Hazards, New York, 1975
Boner, Alice; Sharma, Sadashiva Rath; Das, Rajendra Prasad : New Light On the Sun Temple of Konarka, Varanasi, 1972
Bose, D.M., Sen, S.N., Subbarayappa, B.V. : A Concise History of Science in India, New Delhi, 1971
Bose, S.N., Pandya Memorial Lecture, Durgapur, 1964
Boswell, J., The Life of Samuel Johnson, New York
Burn, A.R., Alexander the Great and the Hellenistic World, New York, 1962
Burrow, T., The Sanskrit Language, London, 1965
Bury, J.B. and Meiggs, R., A History of Greece, London,1975
Bury, J.B., A History of Greece, New York, 1900
Cassirer, E., The Philosophy of Enlightenment, Princeton, 1951
Chandrashekhar, S : American Aid and Indian Economic Development, New York, 1965
China : Socialist Economic Development, Washington, 1983
Christensen, Arther, L'Iran sour les sassanices, Copenhagen, 1936
Church, F.J., The Trial and Death of Socrates, London,1927
Clark, D.L., Shellay's Prose, Albuquerque, 1954
Complete Works and Letters of Charles Lamb; New York
Concerning Marxism in Linguistics, New Delhi, 1953
Coomarswamy, A., The Douce of Sheria, Calcutta, 1952
Copleston, F., A History of Philosophy from Wolff to Kant, London, 1961
Cowie, L.W., Seventeenth Century Europe, London, 1968
Curwen, E.C., Plough and Pasture, London, 1946
Dante, A., The Divine Comedy, London, 1939
Darmesteter, J., The Zend-Avesta, Delhi, 1965
Darwin, C.R., Journal of Researches, New York
Dasgupta, S., A History of Indian Philosophy, Delhi, 1975
Dasgupta, S.N., A History of Indian Philosophy, Varanasi, 1975
Decisions of the Central Committee C.P.S.U. (B.) On Literature and Art (1946-48), Moscow, 1951
Demosthenes, I, Olynthiacs, Philippics, Minor Public Orations, London, 1970. The New Encyclopaedia Britannica, Vol II, London,1974
Demosthenes, Loetz Classical Library, Massachusetts
Dimitrov, G., Selected Articles and Speeches, London, 1951
Disarmament Fact Sheet. United Nations, New York
Documents and Materials, 28th Congress of the Communist Party of the Soviet Union, Moscow, 1990

Documents of the History of the Communist Party of India, Vol. VIII, New Delhi, 1977
Durant, W., The Reformation, New York, 1957
Dutt, R.P., India Today, Bombay, 1949
Eighth National Congress of the Communist Party of China, Peking, 1956
Einstein, A., Ideas and Opinions, Calcutta, 1992
Encyclopaedia Britannica, London, 1973-74
Engels, F, Anti-Duhring, Moscow, 1975
: Dialectics of Nature, Moscow, 1976
: Anti-Duhring, Moscow, 1978
: Dialectics of Nature, Moscow, 1978.
: Ludwig Feuerback and the End of Classical German Philosophy, Moscow, 1973
: The Origin of the Family, Private Property and the State, Moscow, 1977
: The Peasant War in Germany, Moscow, 1977
: Dialectics of Nature (with a Preface and Notes by J.B.S. Haldane) London, 1946
Faramazyan, R.A.; USA : Militarism and Economy. Moscow. 1974
Farrington. B., Greek Science; Penguin, 1953
Faulkner H.U, American Economic Histrory, 1954
Fergusson. D.N., A History of Musical Thought, New York, 1948
Foster R.J., Physical Geology, Columbus, 1983
Frank, P., Einstein, His Life and Tunes, London, 1948
Fuller J.F.C., The Generalship of Alexander the Great, Dehradun, 1977
Gibbon, E., The Decline and fall of the Roman Empire, Chicago, 1952
Gompers, T., Greek Thinkers; London, 1906
Gonda, J., Vedic Literature, Weisbaden, 1975
Gorbachev, M. : Immortal Exploit of the Soviet People, Moscow, 1985
: October and Perestroika : The Revolution Continues, Moscow, 1987
: To Feel Responsible for the Worlds Destiny, Moscow, 1987
Government of India, Technology Policy Statement, New Delhi, 1983
Griffith, R.T.H., The Hymns of the Rigveda, Varanasi, 1971
Gupta S. and Rustav, H., Philosophy, Science and Social Progress, New Delhi, 1992
Hale, J.R., Renaissance Europe, London,1971
Harris, N., India China : Underdevelopment and Revolution, Delhi, 1974

Hegel, The Philosophy of History, Dover Publications
Hegel, G.W.F., The Philosophy of History, Now York, 1956
Hegel; Science of Logic, London,1951
Hegel's Lectures on the History of Philosophy, London, 1985
Hegel's Science of Logic, London, 1951
History of the Communist Party of the Soviet Union (Bolsheviks), Moscow, 1952
Hoffding, H., A History of Modern Philosophy, New York, 1955
Hood, S., The Home of the Heroes, London,1967
I. Believe, London, 1945
Indo-US Cooperation in Science and Technology, A Report by US Embassy, New Delhi
J., Murray O., Greece and the Hellenistic World, New York, 1985
Jain, Purushottam Chandra, Labour in Ancient India, Varanasi, 1971
Jayaswal, K.P., Hindu Polity; Bangalore, 1943
Jowett, B., The Dialogues of Plato, Vol. II, Republic, Oxford, 1953
Kangle, R.P., The Kautilya Arthashastra, Bombay, 1969
Kant, I., Moral and Political Writings, New York
Keith, A.B., Indian Logic and Atomism, Oxford, 1921
Kirk, G.S. and Raven, J.E., The Presocratic Philosophers, Cambridge, 1957
Klochkovsky, L., Debt Burden of Developing Countries, New Delhi, 1986
Kornev, V., Transnational Corporations and Asia, New Delhi, 1986
Kosambi, D.D., An Introduction of the study of Indian History, Bombay, 1956
Lach, D.F., Asia in the Making of Europe, Chicago, 1965,
Lach, D.T., Asia in the Making of Europe, Vol. I, Chicago, 1965
legouis E. and Cazamian, L., A History of English Literature, London,1954
Lenin, Collected Works, Moscow, 1972
Levin, H.L., Contemporary Physical Geology, New York, 1986
Lindquist, C.A., Space Science, New York, 1966
Lindsay, J., Civil War in England, London, 1954
Macdonald G.A., Scott, R.T., Geological Hazards, New York, 1975
Macdonell, A.A. and Keith, A.B., Vedic Index of Names and Subjects, Delhi, 1982
Macdonell, A.A., Vedic Mythology, Delhi, 1987
Macdonell, B.R., Vedic Mythology, Delhi, 1981
Macdonell, B.R. and Keith, A.B., Vedic Index of Names and Subjects,

Delhi, 1982
Majumdar R.C. (Ed.) : The Vedic Age, London,1951
Majumdar R.C., The Classical Accounts of India, Calcutta, 1960
Mao Tse-Tung, Selected Works, Peking, 1977
Marx and Engels : Collected Works, Moscow, 1975
: On Colonialism, Moscow, 1978
: Selected Works, Moscow,1977
: The First Indian War of Independence, Moscow
: On the United States, Moscow, 1979
: Pre-Capitalist Socio-Economic formations, Moscow, 1979
Marx, Engels, Lenin, On Dialectical Materialism, Moscow, 1977
: On Historical Materialism, 1976
Marx, K. : A Conribution to the Critique of Political Economy, Moscow, 1977.
: Capital, Vol I, Moscow, 1954
: Ireland and the lrish Question, Moscow, 1978
: On Britain, Moscow, 1953
: On Colonialism, Moscow, 1978
: On Religion, Moscow, 1957
: On the United States, Moscow, 1979
: On the Literature and Art, Moscow, 1978
: Pre-Capitalist Socio-Economic Formations, Moscow, 1979
: Selected Correspondence, London, 1943
: Selected Works, Moscow, 1977
: Werke, Berlin, 1969
: A Contribution to the Critique of Political Economy, Moscow, 1977
: Capital, Vol. I, Moscow, 1954
: Capital, Vol. III. Moscow, 1974
: Notes On Indian History
Maxmuller, F., My Autobiography, Varansi
McVicker, C.P., Titoism, New York, 1957
Mehring, F., Karl Marx, London, 1951
Millman, P.M., This Universe of Spase, London, 1963
Mommsen, T., The History of Rome, London, 1868
Moreland, W.H., India at the Death of Akbar, Delhi, 1962
Myrdal, G., Asian Drama, Penguin, 1968
National Legislation and Regulations Relating to the Transnational Corporations, Vol I, United Nations, New York, 1986

Needham. J., Science and Civilisation in China, Cambridge, 1954-63; 1965
New Times, Moscow
Newman, F.W., Lectures on Political Economy, London,1957
Newsweek, New York
Oman, C.W.C., A History of Greece, London,1910
Panlov, S.A., Asia and 'Technological' Imperialism, New Delhi, 1986
Parkes, H.B., The United States of America, A History, Calcutta, 1970
Piggott, S., Prehistoric India (to 1000 B.C.), London, 1962
Plekhanov, G., Selected Philosophical Works, Moscow, 1974
Plutarch, The Age of Alexander, Penguin, 1983
Posseehl, G.L., Ancient Cities of the Indus, Delhi, 1979 Seminar on Landslides and Toe Erosion Problems with Special Reference to Himalayan Region, Calcutta, 1975
Purani, A.B., Sri Aurobindo's Vedic Glossary, Pondicherry, 1962
Questions of Ideology in the International Communist Movement, No.3, New Delhi
Questions of Ideology in the International Communist Movement, Bombay, 1963
Ranade, R.D., A Constructive Survey of Upanishadic Philosophy, Bombay, 1986
Rao, R., India and the Two Pythons
Riepe, D., The Naturalistic Tradition in Indian Thought, Delhi, 1964
Rogers, Adams and Brown, Story of Nations, New York, 1964
Role of Public Industrial Enterprises in India, United Nations, 1983
Rumyantsev, Y., Indian Ocean and Asian Security, New Delhi, 1986
Sagan, C., Cosmos, New York, 1980
Shastri, D.N., Critique of Indian Realism, Agra, 1964
Sinha, J.N., Indian Realism, London,1958
Smith, C., International Trade and Development Control
Smith, V.A., The Early History of India, Oxford, 1962
Snow, E., Red Star Over China, Penguin
Social Scientist, New Delhi
Speech by tate Otto Kunsinen, New Delhi, 1964
Stace, W.T., A Critical History of Greek Philosophy, London, 1967
Stalin. J., : Economic Problems of Socialism in the U.S.S.R., Moscow, 1952.
: Problems of Leninism, Moscow, 1947
: Marxism and the National and Colonial Question
: Works, Moscow

Stcherbatsky, F.T., Buddhist Logic, Delhi, 1984
Strickberger, M.W., Genetics, New York, 1985
Sub Regional Conference for World Disarmament Campaign (Sweden)
Summary Proceedings Annual Meeting IMF, Washington, 1986
The Cambridge Economic History of Europe, Vol V. 1977
The Cambridge Medieval History, Vol. I, 1975
The Comintern and the East Moscow, 1979
The CTC Reporter, New York
The New Encyclopaedia Britannica, London,1974
The Revolutionary Movement in the Colonies and Semi Colonies, Bombay, 1948
The Transfer of Power (1942-47), Delhi
The Vedic Age, London,1951.
The World Bank Annual Report, Washington, 1985
Thomas, M.W. (Ed.) : A Survey of English Economic History, London,1957
Thomson G. : Aeschylus and Athens, London, 1950
: The First Philosophers; London, 1955
Thucydides, The History of the Peloponnesian War, London, 1936
Time, New York
Tito speaks in India and Burma, New Delhi, 1955
TNC Reporter, New York
Tolstoy, War and Peace, New York
Trends and Issues in Foreign Direct Investment and Related Flows; United Nations, New York, 1985
Venable, V., Human Nature : The Marxian View, London, 1946
Vinterhalter, V., In the Path of Tito, New Delhi, 1972
Vivekananda, Swami, Raja-Yoga, Almora, 1930
Woodhouse, C.M., Modern Greece, London, 1976
Word, A.C., English Literature, London, 1958
XXVII CPSU Congress Documents and Materials, New Delhi, 1986.
Yolton, J.W., The Locke Reader, Cambridge, 1977
Yugoslavia Constrainsts and Prospects for Restruturing the Energy Sector; Washington, 1985
Zaehner, R.C., Zurvan a Zoroastrian Dilemma., Oxford, 1955
Zaehner, R.C., Zurvan A Zoroastrian Dilemma, Oxford, 1955

अनुक्रमणिका

अप्सु 16
अरस्तू 16, 32, 42, 69, 93
अद्वैतवाद 17, 30
अद्वैतवादी 23, 24, 30
अनक्सिमॅनॅस 17, 18, 23, 29, 40, 51, 52
अग्नि 18, 24, 41
अपान 18
अनक्सिमंदॅर 22, 23, 24, 25
अपॅइटॉन् 22
अपॅइरॉस 23
अरिस्तोफनेस 51, 53, 54, 59, 63, 68
असत् 25, 28, 29, 40, 155
अव्यक्त प्रकृति 29, 40
अधिनायक 77
अधिभूतवाद 47, 48
अधिरचना 286, 287, 292, 293, 298, 303, 304, 305, 306
अनात्मवादी 47, 159
अर्न्स्त कासिरे 38
अबेल रे 38
अतिक बिएदेस 56, 61
अम्कित्रुओनॉस 59
अल्पतंत्रवादी 74
अराजकता 76, 111
अपरिवर्तनवाद 90
अमरीकी रेड इंडियन 119
अमरीका 164, 165
अरब 167
अफ्रीका 167
अभिज्ञान शाकुंतल 172
असुर 180
अकबर 302
आशयानम् 15
आर्य 15
आत्मा 18
ऑउरनॉस 24
ऑक्सीजन 35
आणविक भौतिकवाद 35
आत्मवाद 36, 48
आसन विद्या 45
आइंस्टीन 48, 151
आर्खिलाऑस 57, 58
आस्तिकता 60
आयरलैंड 192
आर्थिक बुनियाद 285, 297, 288, 289, 290, 292, 298, 299, 303, 306
आदिम साम्यवादी समाज 290, 307, 314
आदि मानव 312, 313
इंग्लैंड 46, 145
इंडो-यूरोपियन 259, 262
इनोत्रिया प्रदेश 97, 115

इतलुस 97
इन्कवीजीशन 152
इलहम 212
इंडियन (आदिवासी रेड इंडियन) 239
इजारेदार पूँजीवाद 243, 261
इस्राइल 257, 258
ईशावास्य 18, 19, 20
ईरान 32, 180
ईस्ट इंडिया कम्पनी 109, 325
ईस्खुलुस 145, 153
ईसाई धर्म 228, 266
ईसा मसीह 256, 263
ईसाई गिरजाघर 264
ईब्सन 293
ईस्ट इंडिया कंपनी 325
उपनिषद 16, 19, 22, 25, 27, 36, 46, 47, 155, 212, 218, 219, 220, 230
उत्पादन पद्धति 78
उत्पादन विनिमय 94
उत्पादन शक्तियाँ 287
उत्पादन के तत्कालीन सम्बन्ध 287
उत्पादन के साधन 300, 329
उत्पादन के सम्बन्ध 301
उदारपंथी परिवर्तनवादी 275
उपचेतनावादी 281
ऊर्जा 34
एकता 20
एम्पिदोक्लेस 29, 30, 31
एपिकुरुस 32, 33, 35, 38, 32, 33, 35, 202, 203, 231
एलेक्ट्रोन 34
एरोस 60
एथेन्स 50, 52, 53
एकान्तवाद 95, 152, 159, 163, 194, 205, 288
एथ्नोस 117
एंगेल्स 120, 143-154
एनसाइक्लोपीडिया ब्रिटानिका 160
एनलाइटैनमेंट 160, 162
एलेक्ट्रोन 34
एंगेल्स 204, 205, 206, 208, 209, 210, 211, 212, 213, 218, 219, 220, 221, 222, 223, 224, 225, 226, 227, 228, 229, 230, 231, 232, 233, 234, 243, 245, 248, 252, 254, 277, 292, आदि
एकेश्वरवाद 260, 261
एकाधिकार 243
ऐतिउस 16
ऐर 95
ऐलन डब्ल्यू. वुड 160
ऐंटीड्यूहरिंग 205, 234
ऐतिहासिक भौतिकवाद 70, 226, 228, 236, 241, 306, 307, 313
ओकॅअनॉस 15
ओलिव 109
औपनिषदिक ऋषिमंडल 36
औद्योगिक पूँजीवाद 80, 209, 290, 301, 310, 329
औद्योगिक क्रान्ति 242, 273, 275, 278, 279, 286, 291, 313, 327, 330
ऋग्वेद 15, 16, 20, 25, 27, 40, 46, 155
ऋत 40
कठोपनिषद 18, 26, 31
कणाद 34, 36, 38
कर्मकांड 36, 102, 46, 47, 272
कनफूशियस 45, 48
कम्युनिस्ट पार्टी 295

कलिक्लॅस 56, 58
कबीर 61
कलाम 161
कम्युनिस्ट घोषणापत्र 145, 190, 224, 226, 230, 259, 279, 292, 307, 321, 329, 330
कम्यूनिस्ट आंदोलन 250
कबीला 305
कॉर्नफोर्ड 27
काम 94
कालिदास 172
कांट 206, 217, 232, 233, 234, 235, 237, 241
कार्लाइल 212, 273
कार्ल ग्रयुन 221
किर्क 15, 16, 19, 20, 21, 23, 27, 32, 35, 52
क्रितिआस 55
किसान आंदोलन 245
किंग लिअर 244
कीथ 34
कीट्स 308
कैथलिक 93, 166, 179
कैल्विन 220
कैथलिक मतवादी 322
कुस्तुनतुनिया 269
कुल 312, 313
कार्यकारण परम्परा 314
कैथरीन 161
कूमे 105
कोंदिल्येक 162
कोनराड श्मिट 278
क्सेनोफनेस 23, 24, 25, 26, 29, 52
कौटिल्य 46
क्सेनोफोन 55, 90
कबीले 106
कोपन 146, 147
क्रीमिया 227
क्वीन मैब 229, 232
केल्त 259
कुटुम्ब 312, 313
खुङ्फूत्जू 45
खुङ 45
खगोलशास्त्र 109, 179
गणतंत्र 70, 79, 82, 89, 99
गणसमाज 70, 83, 262, 263, 311-12
गणदेवता 262
गणसंघ 314
गण 312, 313
गालेन 42
गेटे 172, 282, 293
गैर मशीनी उत्पादन 242
गोत्र 87, 117, 312-13
गोथ कबीला 264
ग्रिफिथ 15
ग्रीक दर्शन 22
गोर्गिअस 54, 56, 57, 58
ग्रीक 173
ग्राम व्यवस्था 178
ग्रुंडरिस 187
ग्रेबर 212, 220, 221
गर्बाचोव 225
ग्राम-समाज 244
ग्राम व्यवस्था 246
गेंसेरिक 265
गुरुत्वाकर्षण 286
गुणात्मक परिवर्तन 314
चरक 46
चर्च 207, 213, 220, 248, 258, 262, 318
चर्चबद्ध धर्म 263

चार्टिस्ट 226
चार्टिस्ट आंदोलन 271, 319, 325
चेर्निशेव्स्की 293
चार्ल्स जेम्स फौक्स 326
चार्वाक 41, 47, 162
चीन 39, 167, 172, 220, 227
चीनी संस्कृति 38
चीनी काव्य 115
चुआङ्जू 40
छान्दोग्य 23, 26, 28, 40
ज्योतिषी 177
जंगम 16
जगन्नाथ 177
जल 24, 41
जर्मनी 145, 173
जनतंत्र 92, 112
जनपद 96, 117
जनवादी क्रान्ति 77, 84, 126
जनवादी क्रान्ति 208, 209, 226, 237, 323, 324, 327, 333
जॉन बुल 227
जनप्रतिनिधि सभा 210
जलडमरूमध्य 239
जर्मन किसान-युद्ध 249
जर्मन कबीला 264
जागृत 21
जाति 69, 93, 97, 98, 113, 116
जान वायट 302
जिओर्दानो ब्रूनो 152
जंगम 155
जॉर्गे 154
जेन्दावेस्ता 180
जेम्स हारग्रीव्ज 301
जैन 36
जोवेट 90, 93
ज्यामिति 38
ज़्वेज़्दा 295
टाइथ 322
टिटो 225
टेनीसन 310
टैसिटस 169
टोलैंड 217
टोरी दल 317, 320
टॉमसन 120
टॉम्स हार्डी 244
ट्राय 117
ट्रक सिस्टम 317
ट्रेजेडी 85, 86, 114
डब्ल्यू.ए. फॉर्स्टर 270
डायलेक्टिक्स 188
डारविन 27, 232, 237, 238, 239, 240, 241, 308, 309, 310
ड्यूहरिंग 259, 296
डॉक्टर उरे 292
डेल रीप 37
डेमोक्रेटिक पार्टी 320
डेविड लीक्लार्क 228
डोलैल्ड एफ. फर्गुसन 49
तत्त्ववाद 25
तर्क-विज्ञान 219
तन्मात्रा 33, 34
तमस 34
ताओ 39, 40, 46
ताओवाद 40, 43, 45, 46
ताओयिन 45
ताओ ते चिंङ् 39
ताजमहल 39
तानाशाह 77, 125
तिआमत 16
तिरुवल्लवुर 45

तिब्बत 176
तुलसीदास 195
तैत्तिरीय 18, 26
तूसैं लूवेर्त्यूर 228
तोल्सतोय 244, 245, 256, 257, 283, 284, 285
थलेस 16, 23, 25, 40, 108, 160
थलॉफिलुस् 264
थॅऑस् 19
थॅओफ्रास्तुस 22
थॅओदोसिउस् 263
थुरई 105
थुरिंगिया 251
थेमिस्तोक्लेस 57
थेसली 101, 103, 104
द्वंद्ववाद 19, 65, 147, 159, 190-91, 204-5, 228, 232-34, 313
द्वंद्वात्मक भौतिकवाद 196
द्वंद्वात्मक 205
दलाईलामा 176
द ब्रदर्स 326
दास व्यापार 109
दासप्रथा 227, 228, 240, 241, 259, 311, 314
दासता 86
दांते 95
दादापन्थी समाज 119
दिदॅरो 162
देवकथा 15, 260
देशगत अनिश्चित 23
देवतन्त्र 23, 25, 254, 258
देववादी 267
दैवी स्रोत 18
देहातीकरण 265
द्युलोक 28
द्वापर 30
देमोक्रितुस 31, 32, 33, 38, 160, 160, 201, 231
दिङ्नाथपन्थी 35
दोल्बॉ 161
देमोस्थेनॅस 70
देमोक्रितुस 201, 231
दोब्रोल्यूबोव 293
धर्मेन्द्रनाथ शास्त्री 35, 37
धर्माचार्य 99
धर्मनिरपेक्ष 99, 322
धर्मशास्त्रीयता 299, 211
धर्मशास्त्र 261, 263, 265
धनिकतंत्र 73, 74, 75, 92, 100
धार्मिक रूढ़िवाद 150, 63
धार्मिक सुधार आंदोलन 220
धार्मिक वितंडावाद 247
धार्मिक पुनरुत्थानवाद 271, 272, 273
नस्ल 87
नरमांस-भक्षण 168
नगर सभ्यता 261, 265
नास्तिक 29, 30, 31, 54
नागार्जुन 156
नार्मन शासन 199
नागासाकी 308
नागरिक समाज 210
निरीश्वरवाद 220, 228
नियतिवाद 220, 314, 315
निरंकुशता 170, 209
निःस्वार्थवाद 48
नीढैम 38, 40, 41, 43, 45, 47
नील नदी 161
नीग्रो 167, 168, 228, 240
नेशन 117
नेबुला 206

निराला 21
न्याय वैशेषिक 36, 47, 48
न्यूटन 158, 205
नॉट्कॅर 169
न्यूयार्क ट्रिब्यून 333
न्यू अमेरिकन इन्साक्लोपीडिया 334
नैपोलियन 208, 245, 284
नैसर्गिक शासनतंत्र 124
पश्चिमी एशिया 17
पर्मेनिदेस 28, 29, 30, 232
पशु योनि 30
पशुपालक समाज 312
परमाणु 31
परमाणुवाद 33, 34, 35, 231, 36, 37, 38, 39, 46, 161
पउध कच्चायन 37
पणिनी 46
पतगोनिया 164
पशुपूजक 181, 198
पगारजीवी श्रम 302
परमसत्ता 217, 221
पवित्र-परिवार 218
पादशाही 171
पॉल क्लेमेंत त्रयोदशीय 162
पेरू 164
पादरी माल्थस 309
पादरी समुदाय 261
पादशाही 267
पार्लियामेन्ट 272
पिथागोरस 26, 27, 28, 49, 93
पिथागोरसपंथी 31
पिरामिड 125
पिरिआस 127
पेरिक्लेस 52, 57, 61
पेरिस विद्रोह 324
पेरिस कम्यून 324
प्लेटो 50, 51, 58, 61, 69-97, 201 व यत्र-तत्र
पुनर्जन्म 47
पुरोहित 72, 74, 93, 162
पुनर्जन्म 95
पुनर्जागरण काल 38, 109, 143, 149, 153, 184, 269, 285, 298
पुर्तगाल 16?
पुनरुत्थानवाद 271, 272
पुराणपंथी हेगलीयवाद 212
पूँजी 69
पूँजीवादी जनतंत्र 74
पूँजीपति वर्ग 250
पूँजीवादी धर्मशास्त्र 273
पितृसत्तात्मक समाज 307, 312
पूँजीवादी अपहरण 292
पूँजीवादी नगर सभ्यता 310
पूँजीवादी कृषितन्त्र 310
पूँजीवादी क्रान्ति 209, 316, 322
पूर्वजन्म 95
पोटैशियम 35
पोलैंड 199
प्लोतिनुस 161
प्लूतार्ख 15, 52, 145, 148
प्राण 18
पृथ्वी 18, 24
पर्जन्य 18
प्रश्नोपनिषद् 18, 29, 30, 31, 33, 34
प्रजापति 19, 27, 29, 43
प्रकृतिवादी 26, 33
पिंड 29
प्रकृति 29
प्रोटोन 34, 35
प्लेरोड 35

प्रजा 72, 76
प्राण सिद्धान्त 45
प्राणायाम 44, 45
प्राचीन यूनान 143
प्रोटेस्टेंट 15, 152, 165-66, 179, 251, 262
प्रतीत्य समुत्पाद 156
प्रुशिया 186, 208, 209, 221
प्रोलेतकुल्त 279
प्रागैतिहासिक भंडार 289, 290
प्रागैतिहासिक काल 290, 312
प्रकृति का द्वंद्ववाद 311
प्रकृति 231, 234
प्रकृति-दर्शन 201
प्रकृति-विज्ञान 203, 204, 224, 231, 298, 314
प्रजातियाँ 239
प्राचीन यूनान 250
प्रारंभिक ईसाइयत 252
प्रतीकवाद 263
प्रीस्टले 266
फलसफा 161
फलेअस 100, 117
फारिंगटन 25, 26
फिनीशिया 82, 83, 181
फ्रांस 145, 186
फिलिस्टिन 255
फिलो 265
फिलिप बेकर 281
फिश्टे 217, 218
फैंटेसी 174, 175, 254
फ्रायड 281
फ्रेंकलिन 299
फ्रांसीसी भौतिकवाद 314
फ्रांसीसी राज्य-क्रान्ति 208, 228, 267, 269
फ्रोलोव 220
फौजी तानाशाही 165
फ्रेडरिक विलियम द्वितीय 235
बहुदेवोपासक 17, 149, 259, 261, 263
बहुदेववाद 23, 24
बगदाद 161
बकलैंड 266
बर्नार्ड शॉ 283, 293
बर्नाल 302
बाजार 79
बाइजैंटियम 149
बादशाही 102, 123, 125
बावर 266
बुद्ध 36, 47
बाल्जाक 282, 283, 291, 293
बाकुनिन 293, 331
बादशाह 320
बाइरन 206, 226
बाइबिल 251, 252
बेबिलोन 15, 16
बिन्दु 38
बेनीमाधव बरुआ 16
बेकन 158, 266
बेकर 294
बुल्फ 234, 236
बुद्धिवाद 259
बिशप मार्केल्लुस 264
बोनीफेस चतुर्दशीय 161
बोहीमिया 249, 258
बोलिंगब्रोक 267, 291
बोल्शेविक पार्टी 241, 316
बौद्ध 37, 41, 44, 47, 48, 155, 231, 232
ब्रह्म 18, 19, 22
ब्रह्मवाद 29
ब्रह्मांड 29, 43, 82
बृहदारण्यक 42

ब्राह्मण 72, 73, 81, 176
ब्रूनो 217
ब्रेडफोर्ड 270
ब्रिटिश साम्राज्य 310
ब्रिटिश पूँजीवाद 224, 268, 318
ब्रह्म 175, 208, 212, 218, 219, 222, 230
ब्लैकबर्न 302
बँधुआ प्रथा 174, 228, 336
भाववाद 90, 95, 112, 202, 211, 212, 217, 219, 242
भाववादी दर्शन 208, 220
भारतीय तर्कशास्त्र 34
भूत ऊर्जा 48
भूमध्यसागर 97, 109, 113
भूस्वामी 99, 101
भूगर्भशास्त्र 235
भ्रूणशास्त्र 235
भौतिकवादी दर्शन 26, 231, 250, 291,318
भोगवाद 255
भौतिकवाद 30, 78, 90, 150, 160, 175, 202, 204, 211, 212, 217, 218, 219, 224, 231, 241, 242, 253, 262, 266, 267, 268, 270, 291, 306, 318
मंसूर 61
मणिमेखलई 37, 38
महायान 47
मध्यस्वर 49
मध्यवर्ग 110, 243, 266, 268
मध्यतंत्री 49
मध्यकालीन 73, 110, 143, 250
मध्यकाल 209, 210, 247, 248, 262
मख्दूनिया 57, 123, 125
मनोविज्ञान 82
महात्मा गांधी 271
मजदूर वर्ग 273
महाजनी पूँजीवाद 301, 308, 323
महाजाति 305
माल्थसपंथी 309
मशीनी उत्पादन 242, 273, 316
माल 19
मार्क्स 32, 33, 60, 78, 120-122, 143-154, 163, 194-97, 69, 78, 120, 121, 122, 143-154, 163, 194-97, 203, 204, 205, 209, 211, 213, 217, 218, 220, 225, 226, 227, 228, 229, 230, 231, 243, 250, 253, 254, 282, 292, 297, 316 एवं यत्र-तत्र
मार्क्सवाद 204, 205, 226, 254, 275, 277, 280, 316, 324, 333
माधवाचार्य 36
मानवतावादी 63, 65
मार्गन 119
माइकेल ई. मरमुरा 161
मार्टिन निकोलॉस 187, 188
मैंटॅल 266
मानवीकरण 260
मातृसत्तात्मक व्यवस्था 312
माक्स ऑफ ऐनार्की 321
माइकेल 326
मार्टिन लूथर 250, 251, 252, 256, 264
मिस्र 15, 16, 27, 32, 82, 83, 98
मिनोस 115
मिथ्या प्रतीति 277, 279, 280
मिल्टन 244, 256
मिखाइलोव्स्की 205
मूल तत्त्व 18
मेगारा 63, 105
मिलेतुस 17, 23, 25

मेरिंग 147, 148, 281
मेक्सिको 164
मेनचेस्टर का हत्याकाण्ड 321
मैक्समुलर 15
मेटाफिजिक्स 194
मैक्डनल 15, 40
मैसे 49
मैक्सिको 238
मैकबेथ 244
महाजनी पूँजीवाद 109
मोक्ष 94
यज्ञ 47, 222
यहूदी 257, 258, 263
यान्त्रिक भौतिकवाद 287, 298
यान झिज़्का 249
यूथुफरोन 54
यूनान 22, 74, 119, 143-44
यूनानी सभ्यता 126
यूनानी दर्शन 15
यूनानी देवता 19
यूनानी चिन्तन 19
यूनानी काव्य 176, 229
यूनानी जागरण 33
यूनानी जीवन्त भूतवादी 25
यूरोप 22
यूरीपिदेस 85
यदृच्छावादी 33
योग 43, 45, 46
योसॅफ 161
यहूदीवाद 258
रक्त सम्बन्धी 96, 116, 317
रसा नदी 15
रहस्यवाद 35, 201, 220, 246, 257
रहस्यवादी 61
रसायनशास्त्र 44, 235
रस्किन 271
राधाकृष्ण, डॉ. 37
राज्यसत्ता 66, 68, 70, 178, 253, 289
राज्यतंत्र 73, 75, 78
रेचन सिद्धान्त 114
राजनीतिक अवसरवाद 256
राजा सेसोस्त्रिस 97, 115
रानडे 155
रामराज्य 248
रिपब्लिक 69
रिचर्ड आर्कराइट 302
रूसो 162
रूसी-क्रान्ति 226, 241, 283, 316
रैवेन 16, 28, 29, 30, 31
रोम 143, 144
रोमन 66, 143, 171
रोमन साम्राज्य 246, 248, 249, 257, 258, 261, 262, 263
रोमन सभ्यता 261, 262
रोमन कानून 268, 269
राष्ट्रीय स्वाधीनता आंदोलन 332, 336
रॉबर्ट ओवेन 241
रोमांटिक आंदोलन 326
लघु एशिया 15, 120
लघु जाति 305
लॅउकिप्पुस 31, 35, 160, 201
लकेदैमोन 93
लायर (लूरा) 49
लार्ड मैकाले 178
लांगे 309
लीबिस पॉल 302
लॉर्ड माउंटबैटन 271
लासाल 294
लॉक 158, 162, 202, 266, 291
लिनीअस 234

लिबरल पार्टी 267
लिथुआनियन 259
लिबर्टिन संप्रदाय 220
लीबिंग 292
लुडविग-फायरबाख 211, 219, 229, 232, 235, 241, 253, 262, 278
लुई पंचदशीय 162
लुक्रेतिउस 35, 38
लूथर 151
लेनिन 189, 201, 202, 203, 205, 226, 227, 241, 245, 246, 253, 284
लेओनार्दो द विंची 151
लैटिन 173
लोकायत दर्शन 42
लोकोत्तर ज्ञान 61
लोकवादी 204
वर्ण 210
वर्णभेद 92, 100
वक्तृत्व शास्त्र 262
वर्ण-संकरता 71
वर्ग युद्ध 104
वर्ड्सवर्थ 228, 326
वाल्तेयर 162
वाइटलिंग 249
विकासवाद 26
वायु 18, 24
विशिष्टाद्वैत 27
विधि-दर्शन 207, 210
विनिमय 19, 70, 79, 80, 107, 110
विनिमय मूल्य 297
वित्त 100
विधितंत्र 115
विश्व पूँजीवाद 192
विश्व बाजार 225, 239, 275, 327
विश्वधर्म 263
विचारधारा 280, 285
विसर्जनवादी धारा 225
विकासवाद 234, 236, 308, 310
विश्वात्मवाद 247, 263
विवेकवाद 221, 281
वेदान्त 212, 220, 223, 230, 231
वेस्टइंडीज 228, 238
वेल्स 331
वेदान्ती 60, 222, 223
वैदिक इंडेक्स 15
वैदिक परम्परा 19, 20
वृहदारण्यक 21
वैश्वानर 31
वैशेषिक 34, 37, 38, 39, 43, 159
वैश्य 72
वैज्ञानिक समाजवाद 256, 332, 333, 334, 336
व्यान 18
व्यापारिक पूँजीवाद 83, 90, 168, 257, 263, 290, 291, 308
व्हिग दल 317
शंकराचार्य 156
शरीर विज्ञान 46
शाहजहाँ 49
शास्त्रकार 99
शाक्ट्सबरी 267, 291
शिमट 289
शातोब्रियाँ 294
शुद्धिकरण 209
शून्य 28, 29
शून्यवाद 156, 157, 179
शूद्र 72
शूरतन्त्र 71, 73, 77, 90, 102, 111
शोरेल 173
शोकगीत 291

शेक्सपीयर 244, 293
शेली 206, 212, 217, 222, 226, 228, 229, 230, 232, 234, 237, 241, 319, 320
शेलिंग 210, 212, 213, 224
श्रुति-विज्ञान 28
श्रमिक 271
श्रम-फल 286
श्रम शक्ति 300
श्रम के उपकरण 303
श्रम विभाजन 70, 80, 118, 312
श्रमजीवी सर्वहारा 80
श्रुति विज्ञान 49
संवत्सर 19
संगीत सारिणी 49
संस्कृत 173
संत जॉन 254, 255, 256, 257, 258
समवाय 16, 157
समान 18
सत् 26, 28, 29, 40, 155
सत्य युग 30
सतयुग 248
सत्यव्रत सिद्धान्तालंकार 31
समाज विज्ञान 48
सप्तक 49
सर्वात्मवाद 60
स्त्रेप्सिअदॅस 65
सरमद 61
समानता 76
समोस 125
सर्वेतुस 152
सम्प्रदायवाद 187
समाजवाद 243, 248, 249, 252, 261, 313
समाजवादी रूपांतरण 324
समाजवादी रूस 305
समाजवादी आन्दोलन 255
समाजवादी क्रान्ति 226, 230, 300, 301, 316, 330, 331, 335
सम्राट दियोम्लेतियन 257
सर्वसत्तावादी पादशाही 267, 269, 290, 321
सहजबोध 281, 282
सर्वहारा वर्ग 230
सर्वहारा क्रान्ति 230, 327, 329
सर्वात्मवाद 208, 211, 212, 213, 217, 218, 219, 220, 221, 222, 223, 224, 230
सांख्य 33, 34, 36, 43, 46, 48, 219
सामन्तवाद 73, 78, 90
साम्यवाद 286
साम्यवादी व्यवस्था 78, 83, 84
साम्यवादी समाज 290
सार्वजनिक सम्पत्ति 116
साम्राज्यवाद 273, 336, 207, 242
साम्राज्यवादी अर्थतंत्र 275
सामन्तवाद 262, 272, 305, 323, 333, 336
सामाजिक क्रान्ति 328
साइबीरिया 239
साइलीशिया 209
सिकन्दरिया 181, 258, 265, 266
सिकन्दर 70, 128
सिम्पोजियम 89
सिराम्यूज 126
सिसेरो 145
स्वभाववाद 42
सुरेन्द्रनाथ दासगुप्त 34, 36, 156, 232
सृष्टि कथा 16
सुकरात 16, 19, 31, 40, 50, 53, 54, 56, 60, 68, 85, 160 एवं यत्र-तत्र

सुधारवादी राजनीति 275
सृष्टि-प्रलय-क्रम 24, 30, 35
सुषुप्ति 21
सुमेर 16
सूर्य 18
सूर्योपासना 263
सूफी 60
सूदखोर महाजन 332
सूफी मत 220, 221
सूफी शायरी 220
सैन्यशास्त्र 87
सैक्की 260
सैल्वेशन आर्मी 272
सोफिस्ट 53, 54, 55
सोवियत संघ 291, 292
सोवियत लेखक संघ 295
सौर उपचार 45
स्वप्न 21
स्पार्ता 52, 55, 90, 102, 103, 104, 111, 124
स्वच्छंदता 76
स्वर्ग 95
स्कूलाक्स 113
स्तेन्तोर 117
स्टोइक 145, 266
स्केप्टिक 145
स्पेन 165
स्थावर 155
स्वामी विवेकानन्द 223
स्लाव जन 259
स्तनपायी 239
स्तालिन 299, 300, 301, 303, 304
स्लाव जाद्गुगा 312
स्याद्वाद 315
स्ट्रास 212, 213
स्पिनोजा 217, 218
सॅरापिस 264
हंट 321
हर्कुलीज 58
हाइड्रोजन 34
हॉल्बॉख़ 38
हाऊस ऑफ कॉमन्स 319, 320
हाऊस ऑफ लार्ड्स 210, 319, 322
हालैंड 166
हीलियम 35
हेराक्लितुस 18, 19, 20, 21, 22, 26, 41, 52
हेराक्लेस 58, 59
हेसिओद 72, 119
हेरीक्लोआ 105
हेलास 222, 233
हेगल 52, 63, 67, 123, 145, 163-213, 201, 202, 203, 204, 205, 206, 207, 208, 209, 210, 211, 212, 218, 219, 220, 221, 222, 224, 227, 228, 229, 231, 232, 234, 235, 241, 291, 306
हेगलपंथी 224
हेगलीय दर्शन 224
होमर 15, 23, 70, 88, 93, 94, 117
हित्ती 15
हॅनॉस् 20
हैरॉल्ड लेविन 35
हुआङ खिनचुआन 39
हॉक्स 266, 267
ह्विग दल 280, 319
क्षत्रिय 72, 73, 92, 93, 100
त्रेता 30
त्रोत्स्की 193

●●●